Nonsens- und Lügengeschichten aus Grünheide

reward

Nonsens- und Lügengeschichten aus Grünheide

reward

Erstes, zweites und drittes Buch

© 2015 reward
Alle Rechte vorbehalten

Satz, Layout und Covergestaltung: Wilfried Läpke
Illustrationen: Wilfried Läpke

Herstellung und Verlag: BoD – Books on Demand GmbH, 22848 Norderstedt
ISBN 978-3-7347-9592-3

Inhalt

Nonsens- und Lügengeschichten aus Grünheide – Erstes Buch 9
Wie der Werlsee zum Peetzsee kam 10/11
Utopia 17
Das seltsame Schiff 21
Der Tafelspitz
    Teil I 23
    Teil II 26
Leopolt Franz 29
Latschenkiefer 34
Die Sackflöte 35
Die Büchse der Pandora 38
Baldur, der Kampfkater 41
Das Waldhaus oder wie der Storch zu seinem Bein kam 46
Hubert Batsch will fliegen 56
Das Hasengeweih 60
Hansing oder der wundersame Käse 69
Weihnachtsmann und Osterhase 79
Der traurige Clown oder Die Perversion 87
Das große Fressen oder Der Einsiedler 93
Der ewige Zweite 97
Über den Jordan jagen
    Teil I – Bis zum Wasser 104
    Teil II – Hin und zurück 109
Der Strohmann 112
Der Wüstenfuchs 117
Gendilemma 122
Frizzi, das Brauereipferd oder das große Rennen 131

Inhalt

Nonsens- und Lügengeschichten aus Grünheide – Zweites Buch 141
- Die Normannenmaske 142/143
- Der Sensenmann 150
- Emil Kawentz 152
- Viesmann, der Allerweltskerl 154
- Die Ratten verlassen das sinkende Schiff 160
- In die Tiefe 165
- Der Baum des Wissens 176
- Die Kommission 182
- Die Geschichte vom guten Lindwurm – Eine Tragik 188
- Im Himmel ist Jahrmarkt 193
- Die Luft brennt 198
- Der seltsame Punkt 207
- Das schlechte Gewissen oder Nächtlicher Alptraum 221
- Hans, der Luftraumüberwacher 226
- Tod einer Fliege 232
- Die wundersamen Handschuhe 236
- … als Nächstes werden die Katzen losziehen … 241
- Kein leichtes Leben 247
- Fliegende Fische 253
- Die Alge 258
- Der Seiteneinsteiger 262
- Die Wiesen 265
- Stubenrauch 266

Inhalt

Nonsens- und Lügengeschichten aus Grünheide – Drittes Buch 271
    Der Unbekannte 272/273
    Das Ungeheuer vom Peetzsee 279
    Peetzolf 282
    Der heidnische Baum 287
    Der alte Brunnen 290
    Der Kugelblitz 298
    Der Hymnenschrank 305

Erstes Buch

Nonsens- und Lügengeschichten
aus Grünheide

Erstes Buch – Nonsens- und Lügengeschichten aus Grünheide
Wie der Werlsee zum Peetzsee kam

Wie der Werlsee zum Peetzsee kam

Aufgrund einer längeren Auslandsreise meinerseits hatte ich meinen Onkel lange nicht gesehen. Kurz entschlossen fuhr ich am Sonntag nach Grünheide, um ihm meine Aufwartung zu machen.
So hatte ich ihn oft erlebt: in seinem Schaukelstuhl sitzend am Ufer seines Sees, wie er immer scherzhaft betonte, an seiner Pfeife nuckelnd, anscheinend das Wetter oder was auch immer genießend, seinen versponnenen Blick in die Ferne gerichtet. Sie müssen wissen, er nannte ein wie ich fand riesiges Anwesen sein Eigen, das bis an den Peetzsee reichte. Auch wie so oft stand sein Stuhl am Ufer, in dem er oft Stunde um Stunde einfach so dasaß und seinen Gedanken nachhing. Erfreut blickte er mich an, als ich zu ihm trat. Nach einer kurzen Umarmung forderte er mich auf, einen zweiten Schaukelstuhl aus dem Schuppen zu holen und mich an seine Seite zu setzen. Nachdem ich das getan hatte, schauten wir gemeinsam über den See. Der hatte eine stahlblaue Oberfläche und schien sich auf ein Gewitter vorzubereiten.
Aber noch war es nicht so weit. Alles war ruhig. Selbst die Vögel waren ungewöhnlich schweigsam, hatten sich offensichtlich schon auf ihren Unwettersitz zurückgezogen und harrten der Dinge, die da kommen mochten.
Nach dem ich ihm meine neuesten Erlebnisse berichtet hatte, blieb es wortlos zwischen uns, jeder mit seinen Gedanken beschäftigt.
Nach einer stummen Weile schüttelte sich mein Onkel unmerklich, blickte kritisch in den sich beziehenden Himmel.
„Komm' mal mit, mein Junge, ich will dir was zeigen".
Mit einem weiteren sorgenvollen Blick nach oben stemmten wir uns aus unserer Sitzgelegenheit.
Er dirigierte uns in den Ort.
Mit kleinen energischen Schritten gewann mein Onkel schnell einen Vorsprung, so dass ich Mühe hatte aufzuschließen.
Fußgängerweg und Straße wölbten sich etwas in die Höhe, wo er anhielt, gewissermaßen buckelten sie dort und er gab mir zu verstehen, dichter an ihn heran zu treten. Er breitete die Arme aus, als wollte er den Verkehr regeln, dass der rechte Arm in Richtung Peetzsee zeigte und der linke Arm in Richtung Werlsee.
Die Verbindung beider Seen, die du hier siehst, gab es nicht immer, Benny, sagte er mir mit bedeutungsschwerer Miene. Weißt du, wie sie entstanden ist? Aber er wartete gar nicht erst meine Antwort ab, die sowieso verneinend ausgefallen wäre und fuhr fort:

Erstes Buch – Nonsens- und Lügengeschichten aus Grünheide
Wie der Werlsee zum Peetzsee kam

„Das muss ich dir erzählen, wie gewissermaßen der Werlsee zum Peetzsee kam, oder umgekehrt, wie du es willst".
Ehrlich gesagt, mir war es gleich, wer zu wem kam, aber ganz augenscheinlich gab es eine Verbindung zwischen beiden Seen, ich stand ja über ihr und sah sie.
Mein Onkel setzte sich auf die Böschungsoberkante, ließ seine Beine in Richtung Wasser baumeln und bedeutete mir, dasselbe zu tun.
Nachdem ich an seiner Seite einen Ruheplatz eingenommen hatte, fing er mit seiner merkwürdigen Erzählung an: „Früher hießen die Seen nicht Werlsee und Peetzsee und die Verbindung, die wir beide hier sehen", – mit diesen Worten zeigte er hinunter –, „gab es auch noch nicht".
„Die Bewohner, die am Werlsee wohnten, waren den Anwohnern des Peetzsees nicht wohl gesonnen und umgekehrt. Man bekämpfte sich, wo immer man sich begegnete. Nicht bloß verbales Anfeinden, nein, nein, es ging so richtig körperlich zur Sache, unter dem Motto: mit einem Messer im Rücken gehe ich noch lange nicht nach Hause".
Er machte eine Pause, um die Wirkung seiner Worte zu verstärken.
„Dort hinten, in der Nähe von meinem Grundstück, wohnte damals der Graf Peetz. Damit zeigte er in weiter Geste über den Peetzsee in Richtung seines Wohnsitzes".
Etwaige Ähnlichkeiten sind rein zufällig und nicht beabsichtigt, fiel mir bei seinen Worten und Gesten ein. Natürlich blieb ich still.
„Die Straße zwischen den beiden Seen gab es noch nicht. Sie waren noch getrennt".
Er legte eine Pause ein.
Nach einer geraumen Weile fuhr er fort:
„Nun begab es sich …"
Er fing wirklich wie ein Märchenerzähler mit ... nun begab es sich ... an.
„… dass der Graf eines Tages zur Jagd ausritt, in den Wald, der Grünheide so reichlich umgibt".
Zugegeben, es klang auch märchenhaft.
„Zur gleichen Zeit ging die Frau Werl, eine so genannte Freifrau, irgend so ein Adelstitel, eine Baronesse, hab ich mir sagen lassen, wohnhaft am jetzigen Werlsee, also an des Grafen verfeindeter Seeseite, in eben selbigen, um sich zu erholen, um Beeren zu pflücken, was auch immer sie antrieb. Jedenfalls begegneten sich die beiden im selben Waldstück".
Ein Graf und eine Baronesse, kleiner hast du es nicht, fragte ich meinen Onkel, der wusste, dass ich den Adel nicht sonderlich mochte.
„Ja, Benny, das waren nun einmal damals die entscheidenden gesellschaftlichen Kräfte, die bestimmten, welche Musik gespielt wurde.

Erstes Buch – Nonsens- und Lügengeschichten aus Grünheide

Wie der Werlsee zum Peetzsee kam

Nimm es einfach hin, was ich dir erzähle. Höre weiter … Als plötzlich das Pferd des Grafen die Frau erblickte, war es wohl so überrascht, eine Person vor sich zu sehen, dass es scheute und den Grafen abwarf".

„Das Pferd kann ich verstehen", sagte ich lakonisch, war aber sofort still, als ich den missbilligenden Blick des Onkels auf mich gerichtet spürte.

„Du bist voreingenommen", sagte mir mein Onkel trocken; „Die Frau Werl soll eine sehr schöne Frau gewesen sein und gar nicht eingebildet".

Unbeirrt fuhr er dann fort: „Da lag er nun im Dreck, das Pferd aber galoppierte davon, man begegnete ihm erst wieder auf dem Grundstück des Grafen".

Ich war drauf und dran, wieder etwas von mir zu geben, aber der Blick des Onkels ließ mich lieber schweigen.

„Erst dort wurde man seiner wieder habhaft", fuhr er fort. „Die Freifrau Werl, die sich schuldig an dem Unglück des Grafen fühlte, bemühte sich sogleich um die Person des Grafen. Sie half ihm, sich aufzurichten und klopfte seine Kleidung ab. Dem Grafen aber war es peinlich, dass er sich vor der Dame im Schmutz gesuhlt hatte und dass sie ihn sauber klopfen musste. Außerdem hinkte er etwas seit seinem unfreiwilligen Pferdeabwurf.

Lange Rede, kurzer Sinn, der Anblick beider ließ sie sofort gegenseitig ihre Liebe zueinander entflammen".

Junge, Junge, was für Kino, dachte ich, sagte aber nichts.

„Mit hochrotem Kopf ließ er alle ihre Bemühungen mit sich geschehen, typisch für einen Verliebten. Auch ihre an einer Betulichkeit grenzenden Sorge war irgendwie typisch. Denn auch ihr sah man an all ihren eifrigen Bemühungen ihre entbrannte Leidenschaft für den Grafen an".

Ich beobachte meinen Onkel. In der ihm eigenen Art schien er die Begegnung beider dort im Wald kräftig auszuschmücken.

„Mhm", machte ich laut, um meinen Onkel wieder in die Wirklichkeit zurück zu holen.

„Die Freifrau Werl", sagte er weiter, „bot sich an, den Grafen nach Hause zu begleiten, quasi als lebendes Auflager für den verletzten Fuß sozusagen, aber der Graf, der diese Hilfe im höchsten Maße als äußerst peinlich einstufte, auch wenn er dadurch das Zusammensein mit ihr verkürzte, lehnte dankend ab … Noblesse oblege …

Lange Rede, kurzer Sinn, die beiden trennten sich an einer Weggabelung, und jeder ging für sich nach Hause.

Aber die entfachte Liebe zueinander hatte eine intensive Leidenschaft in ihnen geweckt, wie sie es beide noch niemals erlebt hatten. Bis abends konnte die Dame

Erstes Buch – Nonsens- und Lügengeschichten aus Grünheide
Wie der Werlsee zum Peetzsee kam

ihre Sehnsucht nach dem Grafen unterdrücken, dann schwang sie sich kurzentschlossen in das Familienruderboot und ruderte an das Ende des Sees, um ihrem Geliebten, wenn zwar nicht bei ihm, zumindest etwas näher zu sein.

Der Graf hingegen stand gedankenverloren am Ufer des anderen Sees. Er wurde von ähnlichen Leidenschaften geplagt und blickte sehnsüchtig hinüber, wo er ihr Boot und darin ihrer selbst ansichtig wurde. Dass heißt, er erahnte sie mehr als das er sie wirklich sah. Im Schein einer Sturmlaterne, die sie an einer Halterung in ihrem Boot befestigt hatte, erahnte er ihre Konturen.

Sie drehte den Docht höher und richtete sich vorsichtig auf, dass er sie besser sehen konnte:

Schüchtern winkte sie hinüber.

Er bemerkte ihr Zeichen und schwenkte überschwänglich, für sie sichtlich erfreut, mit seinen Armen. Dabei blieb es.

So ging es mehrere Tage. Sie fuhr mit dem Boot hinaus, beide sahen sich von weitem und winkten sich zu. Mehr nicht.

Aber eines Tages riss die Geduld des Grafen.

Er dachte bei sich: so kann es nicht weitergehen.

„Eines Nachts, die Dunkelheit waberte über den See, der jetzt Peetzsee heißt irrten an dieser Stelle …" Mein Onkel wies nach vorn „… zwei Lichter durch die Finsternis. Der Graf war es mit seinem treusten Diener. Sie hatten Lichter an ihren Stirnen befestigt, solche, wie man sie aus dem Bergbau kennt. Bei jedem Schritt, jeder Geste, jedem Wort tanzte ihr Schein hierhin und dorthin auf der Wasseroberfläche. Der Diener bohrte Löcher in die Erde, der Graf stopfte sie mit Schwarzpulverpatronen aus und verfüllte sie, dass nur noch ein Docht aus einem wieder geschlossenen Loch herausragte.

Sie arbeiteten verbissen, ohne viel Worte zu wechseln. Jeder wusste, was er zu tun hatte, als hätten sie ihr Lebtag nichts anderes getan.

Als sie fertig waren, bedeutete der Graf seinem Diener, eine Deckung aufzusuchen. Als der Schein seiner Lampe davon gezittert war und der Graf sich vergewissert hatte, dass sein Diener sich in Sicherheit aufhielt, begann er damit, die Lunten anzuzünden, grad so, wie er es seinerzeit beim Militär gelernt hatte. Dann schritt er schnell in die Deckung, wo sich sein Diener bereits aufhielt.

Man hörte dumpfe Schläge.

Nach einer kurzen Weile, nachdem die Detonationen vorüber waren, ging der Graf aus der Deckung an den Ort der Explosionen um nachzusehen, ob alle angelegten Sprengkapseln erfolgreich gewesen waren. Als er an den Ort des Geschehens trat, erkannte er, dass die Sprengkapseln ganze Arbeit geleistet hatten.

Erstes Buch – Nonsens- und Lügengeschichten aus Grünheide
Wie der Werlsee zum Peetzsee kam

So wie er es beabsichtigt hatte, war das Erdreich bis zum Werlsee" – ich benutze mal die heutige Bezeichnung – „nach beiden Seiten herausgesprengt worden und hatte das Wasser des Sees bis kurz vor den Peetzsee herangeführt. Dabei bemerkte er, dass die beiden ersten Kapseln direkt hinter dem Peetzsee nicht explodiert waren, einen Erdwall hinterlassen hatten und dadurch das Wasser beider Seen nach wie vor voneinander trennten. Kurz entschlossen entledigte er sich seiner Schuhe und Hose und stieg in das Wasser, um die beiden Ladungen erneut zu zünden.

Was nun passierte, ließ sich im Nachhinein kaum rekonstruieren. Man vermutete folgendes: Kaum war der Graf im Wasser, wurde er auch schon von dem Schwemmsand, der sich im Untergrund beider Seen befindet, so stark angesaugt und festgehalten, dass er keine Ausfallschritte mehr leisten konnte. Überrascht von diesem Umstand und der plötzlichen Detonation der beiden Bohrungen, die, durch irgendetwas verzögert, verspätet zur Explosion kamen, musste er tatenlos alles über sich ergehen lassen, was nun geschah. Der Boden wurde durch das Schwarzpulver angehoben und begrub den bewegungsunfähigen Unterkörper des Grafen so unglücklich, dass dieser in dem träge zu ihm schwappenden Wasser des Werlsees ertrank. Durch das über ihn dahin fließende Wasser wurde langsam der Boden, der auf ihm lag, weggespült. Wieder befreit, ergriff das bewegte Wasser den nunmehr wieder vom Erdstoff befreiten Körper des Grafen und nahm ihn mit sich fort.

Derweil lag der Diener in seiner Deckung und wunderte sich, dass sein Herr so lange brauchte und nicht wieder kam. Die verspätete dumpfe Detonation hatte er gehört und sich keine sonderlichen Gedanken gemacht.

Beim zufälligen Seitenblick auf die Wasseroberfläche entdeckte er einen langsam vorbei treibenden dunklen Gegenstand. Doch etwas beunruhigt, was das wohl sein mochte, schritt er näher an das Ufer heran und leuchtete mit seiner Lampe den dunklen Gegenstand an.

Welch grausige Entdeckung!

Er erkannte in dem finsteren Klumpen seinen leblosen Herren.

Spontan schritt er in das Wasser an den Grafen heran und sah sofort, dass er hier nichts mehr tun konnte. Da packte er den toten Körper und zerrte ihn auf das trockene Ufer. Behutsam legte er den Leichnam ab und setzte sich neben seinen toten Herrn ins Gras. Stumm nahm er Abschied von ihm.

Nach einer langen Weile räusperte er sich, erhob sich dann, packte seinen Grafen und zerrte ihn zurück in den See. Immer weiter zog er ihn hinein, bis der Auftrieb groß genug war. Er richtete ihn dann auf und umarmte ihn. So eng umschlungen,

Erstes Buch – Nonsens- und Lügengeschichten aus Grünheide
Wie der Werlsee zum Peetzsee kam

in einer letzten körperlichen Vertrautheit, die es im Leben nie gab, ging er mit ihm immer tiefer in den See hinein, bis die leichten Wellen über beide zusammenschlugen".

Der Onkel blickte mich scheel von der Seite an, als ich bei seinen letzten Worten eine süßliche Grimasse schlug.

„Ich kann mir denken, was in deinen grauen Zellen vor sich geht", sagte er in ärgerlichem Unterton. „Das ist nun mal keine soziologische Abhandlung, mein Studiosus. Außerdem, früher war nun einmal die Dienerschaft treu bis in den Tod, wie es so schön heißt. Ich würde vorschlagen, nimm es einfach als anrührende Schilderung. Außerdem, es kommt sogar noch schlimmer ...

Am nächsten Tag wurde eine mehr oder weniger erdachte Geschichte, so wie man sich alles vorstellte, beide Seen auf und ab erzählt. Viele Anwohner gingen an die Stelle und betrachteten die neu geschaffene Verbindung zwischen beiden Seen, kopfschüttelnd die einen, anerkennend die anderen.

Die Freifrau Werl aber hörte am nächsten Tag von dem Unglück, und zwar von ihrem Bruder, der ihr alle Einzelheiten noch genüsslich ausschmückte, denn er kannte nicht die heimliche Leidenschaft der Schwester und genoss, dass es einen vom anderen See erwischt hatte. So sind nun einmal die Traditionen ...

Die Freifrau schloss sich nach der brüderlichen Darstellung der Geschehnisse in ihrem Zimmer ein und ließ am übrigen Tag niemanden zu sich, überwältigt von ihrer Trauer um den geliebten Menschen.

Als die Nacht hereinbrach, verließ sie ihr Zimmer, griff sich eine Sturmlaterne und ging zielsicheren Schrittes zum Ufer hinab, wo sie wie jeden Abend ihr Boot bestieg.

Langsam ruderte sie zur neu geschaffenen Seenverbindung und dann zum anderen See hinüber. Entschlossen steuerte sie den Uferabschnitt an, wo ihr Geliebter all abendlich zu ihr hinüber gewinkt hatte.

Sie stieß mit ihrem Nachen auf das Ufer, natürlich nur ein wenig, so dass das Boot von dem festen Boden gehalten wurde und sie trockenen Fußes an Land springen konnte. Es war eine bedingungslose Entschlossenheit in all ihren Handlungen, die nur Leute an den Tag legen, die genau wissen, was zu tun ist. Dann stellte sie das Licht ab, setzte sich ins Gras und verharrte für eine geraume Weile reglos.

Dann gab sie sich einen unmerklichen Ruck, atmete hörbar ein, wie ein Zeichen für sie, erhob sich und schritt ins Wasser, immer geradeaus, bis über sie die leichten Wellen zusammenschlugen und sie verschwunden war.

Am nächsten Morgen fand man ihr Boot und die verloschene Laterne.

Ja, so war es, dass der Werlsee zum Peetzsee kam oder eben umgedreht. Irgend-

wann später wurden die Seen nach ihren zu Tode gekommenen prominenten Anwohnern benannt".
Ich blickte auf die harmlose Verbindung beider Seen.
„Wenn man das stille Wasser beobachtet, würde man nicht für möglich halten, dass drei Menschen dafür ihr Leben ließen", sagte ich gedankenverloren, nun doch von der Geschichte ergriffen.
„Ja, ja, so war es und so wird es immer sein", sagte mein Onkel nun knapp in seiner mehrdeutigen Art und erhob sich.

Utopia

Mittlerweile ist viel Zeit ins Land gegangen. Damals lebten die Brüder Peetz am jetzt gleichnamigen See. Das Bruderpaar war von edler Herkunft, und so benahmen sie sich auch. Man sagte ja dem Adel damals eine gewisse Streitlust nach. Nun will ich nicht dieses Klischee bedienen, aber die beiden hatten wirklich Mühe, ihre zugegeben außergewöhnlichen Körperkräfte zu zügeln.
Wie es damals üblich war, gehörten beide, weil sie der mächtigen Oberschicht angehörten, auch der Ritterschaft an.
Gerulf und Sieghard, so hießen sie nämlich mit Vornamen, waren ständig dabei, ihre Kräfte mit ihrer Umwelt zu messen.
Zur gleichen Zeit lebte noch ein anderes Bruderpaar in Grünheide, nämlich die Gebrüder Werl, Conrad und Ullrich.
Sie merken, nach beiden Brüderpaaren sind irgendwann später die Grünheider Seen benannt worden.
Aber lassen sie mich weiter berichten. Conrad und Ullrich waren genau das Gegenteil von Gerulf und Sieghard. Beide zeichneten sich nicht gerade von betonenswerten Körperkräften oder besonderen körperlichen Geschicklichkeiten aus. Aber auch sie hatten eine hervorragende Eigenschaft: ihre Stärke war nämlich der Geist. So wie Gerulf und Sieghard im spielerischen Kampfe nicht besiegbar waren, so waren die Brüder Werl intellektuell nicht schlagbar. Man möge mir den Kraftausdruck in diesem Zusammenhang verzeihen.
Jedenfalls, was die einen in ihren Armen und Beinen hatten, die Werl-Brüder hatten es in ihren Köpfen.
Zu jener Zeit sammelte der König unerschrockene Leute um sich herum, um im Namen des Papstes und der Krone, die zu dieser Zeit kulturell viel weiter entwickelten Länder des Orients zu erobern, um ihnen das mittelalterliche Niveau

Erstes Buch – Nonsens- und Lügengeschichten aus Grünheide
Utopia

Europas zu bringen. Natürlich wurde das zum Fiasko, denn: kämpfen konnten die auch und gefallen ließen sie sich nichts.

Aber der Reihe nach: Die beiden Peetz-Brüder empfanden es als sportliche Herausforderung und meldeten sich freiwillig beim König, um dabei zu sein, wenn es den Orient zu erobern galt.

Zur gleichen Zeit ließen sich die Werl-Brüder im Orient zu Ärzten ausbilden, denn das, was sie am Hofe eines Paschas lernten, hätten sie in Europa nie erfahren. Jener Pascha hatte sie wie seine Söhne bei sich aufgenommen und ihnen alles mögliche Wissen der damaligen Zeit zukommen lassen, so dass sie eine sehr umfangreiche Ausbildung genossen.

Aber dann stand das europäische Heer im Land. Die Ärzte, auch die beiden Werl-Brüder, hatten alle Hände voll zu tun. Sie halfen den Kriegern beider Seiten, den Kampf zu überstehen. So kam es zufällig zu dem Zusammentreffen der Grünheider Landsleute weitab von der Heimat. Die Ärzte halfen Gerulf, der einen fürchterlichen Säbelhieb nicht überlebt hätte, wenn sie nicht zufällig zeitgleich vor Ort gewesen wären und ihn sofort behandelten.

Sie lernten sich näher kennen und nachdem Gerulf wieder genesen war, packten alle vier ihre Sachen und reisten nach Hause. Sie hatten genug von dem Krieg. Selbst die Peetz-Brüder!

Die Fahrt dauerte sehr lange, genügend Zeit, um sich gegenseitig ausführlich bekannt zu machen. Sie begeisterten sich füreinander und als sie in der Heimat eintrafen, waren sie unzertrennlich. Freundschaft war zwischen ihnen entstanden.

Wieder eine lange Zeit zu Hause in Ruhe und Sicherheit, da kribbelte es den Peetz-Brüdern in den Fingern; es verlangte ihnen nach Eroberung.

Sie reisten mit kleinem Gefolge bis nach Storkow und stürmten die dortige Burg. Sie stießen nicht auf nennenswerte Gegenwehr. Mit der Eroberung der Burg gehörte ihnen auch gleichzeitig eine große Fläche an Ländereien.

Als dies geschah, so muss man sagen, war die ländliche Bevölkerung noch ziemlich unterentwickelt; zumindest kulturell. Gerulf und Sieghard redeten damals viel mit Conrad und Ullrich, auch über ihre Eroberungen.

Die beiden, die ihre Ausbildung im Orient erfahren hatten und damals bereits von den Gedanken des Humanismus begeistert waren, als in Mitteleuropa davon noch nicht die Rede war, schwärmten in jenen Tagen den Peetz-Brüdern vor, wie es wäre, wenn jeder Bewohner eine Schulbildung hätte, die ihn in die Lage versetzen würde, alles viel bewusster zu tun. Die Werl-Brüder waren sich einig, dass dann die Menschen viel mehr für ihre Herren leisten würden.

Von der ganzen Schwärmerei ließen sich auch Gerulf und Sieghard begeistern.

Erstes Buch – Nonsens- und Lügengeschichten aus Grünheide
Utopia

Nachdem der Besitz um die Storkow-Burg von ihnen erkämpft war, setzten sie Conrad und Ullrich ein, die Verwaltung der neuen Ländereien zu übernehmen. Jeder, der sein Kind nicht aufs Feld, sondern in eine Schule schickte, bekam dafür je Monat einen Taler, nennen wir es Erziehungsgeld.

Wie zu jeder Zeit gab es auch damals unter der Landbevölkerung schwarze Schafe, die diesem neuen Umstand für sich besonders ausnutzen wollten. Sie waren sowieso der Meinung, sie selbst konnten weder schreiben noch lesen, niemand konnte das in all ihren vorangegangenen Generationen, also brauchten auch ihre Kinder das nicht können. Sie kassierten sehr gern das Geld, ließen aber trotzdem ihre Kinder auf den Feldern arbeiten. Erst als die Kontrollen verschärft wurden, bekamen die Werl-Brüder das Problem in den Griff. Nach und nach sah man nur noch Erwachsene auf den Feldern, und die Kinder waren am Tag in der Schule.

Natürlich, der König sah das, was seine besten Ritter machten, mit Unbehagen. Er konnte darin keine Nützlichkeit erkennen. Nachdem er sie zum Einlenken bewegen wollte und sie entschieden ablehnten, verhängte er schweren Herzens ein Bann über sie, denn er konnte das, was sie taten, nicht dulden, ansonsten, so befürchtete er, war seine Autorität gefährdet.

Er rüstete ein kleines Heer, um die beiden Abtrünnigen zu entmachten und zu strafen. Man zog vor Storkow, um ihrer habhaft zu werden.

Nach anfänglicher Skepsis hatten die Bauern gemerkt, dass ihre neuen Herren ihnen mit dem Schulzwang für ihre Kinder alles in allem gutes angedeihen lassen wollten. Also griffen sie sich ihre Werkzeuge, Dreschflegel, Sensen, was auch immer, um damit ihre neue Herrschaft zu verteidigen.

Der König sah voller Misshagen das aufgerüstete Bauernheer. Nicht etwa, dass er sie als Streitmacht gefürchtet hätte, das nicht, aber er wusste ganz genau, wenn der eine oder andere im Kampf um ihre Herren fallen würde, wer bestellt ihm dann die Felder, und, wer zahlt dann in Zukunft die Steuern, die er für sein teures Leben und für das seiner Höflinge brauchte?

Also bewaffnete er sein Heer mit Knüppeln und gab die Anweisung, das Leben der Bauern zu schonen, aber sie einmal richtig durchzuprügeln.

Die beiden Bruderpaare aus Grünheide aber ließ er gefangen nehmen. Sie sollten für den Aufruhr büßen. Dafür hatte er sich etwas besonders perfides ausgedacht. Nachdem die Bauern durchgeprügelt, das Bauernheer aufgelöst war und die Brüder gefangen genommen und ins Verlies gesperrt worden waren, veranlasste der König, vor der Burg ein Schafott zu errichten. Gleichzeitig musste der Schmied des Ortes sechs Eisen an die Burgwand anbringen.

Erstes Buch – Nonsens- und Lügengeschichten aus Grünheide
Utopia

Er zwang die Bauern zuzuschauen, wie die Peetz-Brüder und dann die Werl-Brüder, einer nach dem anderen, geköpft wurden. Anschließend wurden noch zwei der brüdertreuesten Bauern auf die gleiche Weise umgebracht.

Aber das reichte dem König noch nicht. Nachdem sie unter den Augen der Bauernschaft umgebracht worden waren, spießte man ihre Köpfe weitsichtbar auf die extra dafür vom Schmied angebrachten Eisen an der Burgwand, so als Warnhinweis für alle.

Die Anwesen der Peetz-Brüder und der Werl-Brüder wurden beide so geschliffen, dass eine zeitlang niemand mehr dort siedelte.

Soweit das Utopia von Grünheide-Storkow.

Das seltsame Schiff

Eines Tages rief mich mein Onkel an und bat mich, am kommenden Wochenende zu Besuch zu ihm zu kommen. Ich solle viel Zeit mitbringen, denn er müsse mir etwas zeigen. Da ich für dieses Wochenende nichts Sonderliches geplant hatte, sagte ich ihm sofort zu.

Wie gewohnt, saß er in seinem Schaukelstuhl am Ufer des Sees. Er genoss die letzten Sonnenstrahlen des Sommers. Dabei nuckelte er an seiner Pfeife. Er schien nicht viel Freude an ihr zu haben, denn er legte sie nach einer Weile angewidert ins Gras. Eigentlich warf er sie mehr, dabei streckte er seine Zungenspitze ein klein wenig heraus und schien sie sich an der Luft etwas abkühlen zu lassen. Jetzt war er es zufrieden und konnte den Spätsommer mit allen Sinnen genießen.

In diesem Augenblick trat ich zu ihm. Er freute sich, mich zu sehen. Wir umarmten uns und ein letzter Tabakduft umwehte ihn.

Nach unserer kurzen Begrüßungsformel und dem Bericht von mir über meine dürftigen Erlebnisse der vergangenen Zeit packte er meinen Kopf und schaute mir in die Augen. Sehr verschwörerisch! Wenn er mich so ansah, so tiefgründig, dann konnte ich mich auf eine unglaubliche Geschichte freuen. Wo er die immer hernahm?

„Komm einmal mit, Benny, ich will dir etwas zeigen".

Wir gingen einen Trampelpfad zum Ufer des Sees und noch ein Stück um den See herum. Dann bedeutete er mir stehen zu bleiben, zog seine Schuhe aus und krempelte die Hosenbeine hoch. Neugierig schaute ich mich um, konnte aber nichts Außergewöhnliches bemerken. Fragend blickte ich meinen Onkel an. Der sah wohl meinen fragenden Blick, aber er ging nicht darauf ein, mit einem selbstzufriedenen Lächeln auf den Lippen. Vielmehr bedeutete er mir, dasselbe zu tun. Dann ging er ein paar Schritte ins Flachwasser und breitete vorsichtig den Bewuchs zur Seite. Er bedeutete mir, etwas näher zu kommen.

Dann sah ich sie: vor mir ragten drei Stege im Abstand von etwa 20 Metern zueinander ins Wasser. Ich war ziemlich erstaunt, sie zu sehen. Vorher hatte ich sie gar nicht wahrgenommen. Anscheinend waren sie hinter den Pflanzen gut verdeckt. Deren Anfänge, die im Uferbereich lagen, waren durch den intensiven Bewuchs nicht zu erkennen. Nur wer wusste, dass es sie gab, fand sie, auch vom Ufer aus. Von der Wasserseite war ihr Entdecken kein Problem.

„Du siehst hier drei Stege, Benny", erzählte mir mein Onkel im dozierenden Ton. „Du weißt bestimmt nicht, was es mit ihnen auf sich hat".

„Nein", gab ich zu. Insgeheim dachte ich mir, was wird schon mit ihnen sein, Anlegestege in einem See sind ja nichts Außergewöhnliches.

Erstes Buch – Nonsens- und Lügengeschichten aus Grünheide
Das seltsame Schiff

„Es ist etwas Besonderes mit ihnen", sagte er als hätte er meine Gedanken erraten. Mein Onkel senkte verschwörerisch die Stimme.

„Weißt du, früher ankerte hier ein ganz besonderes Schiff, ein na ich will mal sagen Zirkusschiff".

„Ein Zirkusschiff", fragte ich ungläubig nach? Davon hatte ich noch nie gehört, dass es so etwas gab.

„Ja, du hast richtig gehört, ein Zirkusschiff. Hinten im Wald hatte der Inhaber mit seinen Leuten ihr Quartier. Ein Winterquartier, du verstehst? Auch Tierschauen wurden dort abgehalten, wie es sich für einen richtigen Zirkus gehört. Es war dann wie ein kleiner Zoo. Und Wohnwagen standen dort, in denen die Künstler schliefen. Wenn sie nicht gerade auf dem Schiff nächtigten.

Ganz eigenartige Nummern wurden angeboten: eine Dressur von Hauskatzen zum Beispiel, eine Nummer mit Hunden, eine Eselsnummer war auch dabei; selbst eine Clownsnummer fehlte nicht. So allerlei Merkwürdiges gab es zu sehen. Das Trapez fiel etwas kleiner aus, war aber auch dabei".

„Was es hier nicht alles gab". Ich schüttelte den Kopf.

„Ja. Früher gab es hier sogar eine kleine Werft. Die hatte ein Dock, ein Trockendock, dort ist der Boden des Zirkusschiffes extra verstärkt worden, wegen der besonderen Beanspruchung, denn sie arbeiteten auch mit Huftieren".

„Ein Zirkusschiff in Grünheide!"

„Da staunst du, was? So etwas hat nicht jeder. Hatte, muss ich sagen, denn die Zeiten sind lange vorbei. Später gab es dann einen Zirkuszug, aber davon später mehr".

Einen Zirkuszug, auf was muss ich mich denn heute noch alles einlassen, dachte Ich.

„Aber zurück zum Zirkusschiff, davon habe ich noch Bilder gesehen, fuhr mein Onkel fort". Die Leute saßen auf dem Schiff außen, musst du dir vorstellen, hinter einer Art Reling, es sah ziemlich gedrängt aus, irgendwie auch gefährlich. und in der Mitte des Schiffes lief die Veranstaltung. Aber die Besucher störte der geringe Platz anscheinend nicht, sie machten einen freudig-erregten Eindruck. So schien es zumindest auf dem Bild.

Bei jeder Veranstaltung schipperte ein Kapitän beide Seen ab, den Peetzsee und den Werlsee, eine Mordsgaudi. Die Verbindung zwischen den beiden Seen, du weißt, die ich dir neulich zeigte, wurde für diesen Zweck extra ausgebaut.

Die Veranstalter hatten Publikum von weither, kannst du dir ja denken, denn, welche Stadt hat so etwas schon zu bieten, ein Zirkusschiff?

Doch dann kam ein fürchterlicher Sturm. Für Mitteleuropa ungewöhnlich heftig.

Danach war es gerade hier am See nicht mehr so, wie es vorher war. Der starke Wind hatte alles kurz und klein gehauen. Gerade hier am See wütete er besonders stark. Und aus war es auch mit dem Zirkusschiff".
„Ja, so war es damals". Mein Onkel ließ die Bepflanzung los. Sie deckte den Blick auf die Stege wieder zu und wir wateten zurück zum Ufer.

Der Tafelspitz (Teil I)

Vor der und um die Gaststätte namens „Zum Futteraal" oder so ähnlich, jedenfalls in Grünheide gelegen, ereignete sich einmal folgende, ja nahezu epochale Geschichte, die ich hier erzählen möchte. Eine Geschichte mit weit reichenden Konsequenzen, wie ich an dieser Stelle gleich anmerken möchte.
Der Grünheide-Bewohner mit dem seltenen Namen Zuschek (sch hier stimmhaft gesprochen, nicht gezischt, wie der Inhaber dieses Namens mit nimmermüder Beständigkeit betonte) züchtete einst kleine Hunde der Rasse ‚Spitz'. Das war ein ganz lukrativer Nebenjob für den Forstarbeiter zu jener Zeit. Damals galt der Spitz als Jagdhund für Arme, wie seinerzeit der Volksmund scherzhaft mit dem ihm eigenen derben Humor behauptete. Ich will mir darüber kein Urteil erlauben, dazu kenne ich mich mit Hunderassen zu wenig aus. Fakt ist jedenfalls, dass Zuschek mit dieser Zucht den Nerv der Zeit getroffen hatte. Neidvoll beäugten ihn die Bewohner, wenn er wieder einmal einen oder zwei von seinen Hunden auslieferte. Stolz, erhobenen Hauptes, tat er dies. Er spürte die neidischen Blicke von den Anwohnern auf sich.
Nun begab es sich einst, dass ihn sein Weg an der oben genannten Gaststätte vorbei durch den Wald führte, begleitet von einem seiner Spitze, den es auszuliefern galt.
Gerade schloss der Gasstättenbesitzer seine Einrichtung nach getaner gastfreundlicher Arbeit, in dem er jede Tür verriegelte. Nachdem er das getan hatte, startete er seinen kompakten Geländewagen, um in sein trautes Heim zu fahren und seinen Feierabend zu genießen.
Der Motor heulte in einem tiefen, kräftigen Klang, als freue er sich, endlich etwas zu tun zu bekommen. Gerade, als der Wagen aus der Grundstückseinfahrt kam und in rückwärtiger Fahrt den Fußgängerweg überqueren wollte, um auf die Straße zu biegen, lief Zuschek mit seinem Spitz vorbei, das heißt, erst zögerte er, als er die Rücklichter des Fahrzeugs auf sich unaufhaltsam zukommen sah. Doch der Hund zog an der Leine, und im zögerlichen Verhalten des Mannes, stehen

Erstes Buch – Nonsens- und Lügengeschichten aus Grünheide
Der Tafelspitz (Teil I)

bleiben zu wollen, um erst das Vehikel vorüberfahren zu lassen, siegte der Hundeimpuls. Also versuchte Zuschek, mit dem Hund eilig die Einfahrt zu überqueren. Das missglückte total und es ging sehr schnell. Der Hund, der schon die kräftigen Räder auf sich zurollen sah, zog, nun doch kläffend vor Angst, an der von Zuschek gehaltenen Leine, um das rettende Gegenüber zu erspurten. Doch der Widerstand in Zuscheks Hand war zu groß, denn der wollte den Hund zurückhalten.

Bevor der Hund von dem Fahrzeug erfasst wurde, schleuderte es sein Herrchen zur Seite. Dieser fiel so unglücklich auf den Hinterkopf, dass er augenblicklich das Bewusstsein verlor. So blieb ihm erspart mitanzusehen, wie sein Zuchterfolg überrollt wurde. Wupp, wupp, machte die schwere Maschine lapidar, und um den x-ten Hund war es geschehen.

Immer schon war es dem Gaststättenbesitzer suspekt, um nicht zu sagen unheimlich, rückwärts sein Grundstück im Geländewagen zu verlassen, um auf die Straße zu schwenken, denn es ergaben ihm zu viele tote Winkel in seinen Rückspiegeln, die er nicht einsehen konnte, vielmehr: er verstand es nicht richtig, sie für sich vorteilhaft einzusetzen.

Jedenfalls sah er mit Schrecken im Scheinwerferlicht, als er einen Blick nach vorn warf, zuerst den überrollten Hund in der Einfahrt liegen, dann auch den regungslosen Körper des Mannes, der den Hund an der Leine geführt hatte.

Abrupt bremste er, ließ aber den Motor im Standgas laufen und sprang heraus. Er beugte sich besorgt über den einen und dann den anderen Körper und untersuchte sie nach einem Lebenszeichen. Doch bei dem Hund, das sah er sofort mit geschultem Weidblick, kam jede Hilfe zu spät. Der Mann hingegen atmete stabil; er musste sich nur am Kopf verletzt haben, ansonsten lebte er und war anscheinend nur bewusstlos. Glücklicherweise.

Schnell stieg er wieder ein, beruhigt, dass es nur den Hund erwischt hatte, lenkte am Hund vorbei wieder auf sein Grundstück zurück.

Nachdem er das Fahrzeug abgestellt hatte, schritt er eilig in seinen so eine Art Gartenschuppen, aber ohne Garten, um sich Hilfsmittel zum Bergen des Mannes und des Hundes zu beschaffen. Nachdem er einige Gegenstände in die Hand genommen hatte und sie letztendlich als für seine Zwecke ungeeignet fand, fiel ihm die von ihm gesuchte Tafel in die Hand, die er seinerzeit in einer Abrissschule gesichert und für seine damaligen Zwecke umgebaut und mit Rädern versehen hatte.

Damit ging er dann zu dem Mann und wuchtete ihn auf die Tafel. Vielmehr, er brauchte ihn nur darauf zu wälzen, um ihm dann problemlos zu seinem Haus zie-

Erstes Buch – Nonsens- und Lügengeschichten aus Grünheide
Der Tafelspitz (Teil I)

hen zu können. Dort angekommen, begann für ihn das schwerste Stück Arbeit.
Er musste ihn aufnehmen und auf sein Sofa im Haus legen.
Es bereitete dem Wirt viel Mühe, aber letztendlich lag der Mann doch auf dem Kanapee, den Kopf extra gesichert.
Ein letzter Blick auf den ruhenden Mann minderte seine Sorge um ihn und er konnte sich um den Hund kümmern, denn der musste auf jeden Fall verschwinden. Spuren beseitigen nennt man das.
Also zog er wieder mit seiner Tafel los. Seine Hofbeleuchtung reichte gerade bis zur Unfallstelle. Im fahlen Licht trudelte er den toten Körper des Spitzes auf die für diese Zwecke mitgebrachte Hilfe. Dann zog er ihn mitsamt der Unterlage in einen Raum, der ihm sonst eigentlich dazu diente, das von ihm geschossene Wild essfertig aufzubereiten.
Die Wände hier waren raumhoch gefliest, so dass er sich jedes Mal wie ein Fleischer vorkam, wenn er sich in ihm befand.
Im Moment der Stille betrachtete er den Hund, wie dieser so auf der Tafel lag. Eigenartige Gedanken schossen durch seinen Kopf.
Aber nur kurzzeitig, dann ging ein Ruck durch seinen Körper, als wisse er plötzlich, was er zu tun hatte.
Gekonnt nach Weidmannssitte hatte er den Hund binnen Sekunden erst aufgehängt, dass er ihm dann das Fell abziehen konnte. Wenig später entnahm er dem Kadaver die Innereien und zuletzt schnitt er ihm den Kopf ab. Gleichzeitig öffnete er ihm die Adern, er wusste welche, so dass der Tierkörper allmählich in den Behälter unter ihm leer lief.
Wenn du erst frei von deinem Blut bist, mein kleiner Freund, wirst du ordentlich in Buttermilch eingelegt, sagte er sich.
Innereien, Kopf und Fell, auch die Leine, die noch um den Hals des Hundes geschlungen war, warf er in eine Schüssel, schnappte sich diese und eilte damit nach draußen, um ihren Inhalt zu entsorgen. Die Überbleibsel des Hundes deponierte er dort, wo er immer das Innenleben seines Jagderfolges entsorgte. Zu guter Letzt schleuderte er ein paar Schaufeln Erde über das ganze, und schon konnte niemand mehr irgendetwas erkennen.
Das mit dem Spitz ist erstmal erledigt, dachte er erleichtert. Nun muss nur sein Blut fließen.
In das Zimmer mit der Couch zurückgekehrt, hatte der angefahrene Mann die Augen aufgeschlagen und starrte die für ihn unbekannte Umgebung an. Unbehagen machte sich in ihm breit, wie immer, wenn ihm ein Stück seines Lebensfilms fehlte.

Erstes Buch – Nonsens- und Lügengeschichten aus Grünheide
Der Tafelspitz (Teil II)

„Sie glauben gar nicht, wie ich mich freue, dass sie wieder bei Bewusstsein sind".
Der Wirt war wirklich erleichtert, dass der Mann die Augen aufgeschlagen hatte. Aber auch etwas beunruhigt, denn er wusste nicht, an was der sich erinnern konnte.
„Wo bin ich", fragte der Mann, ein gutes Zeichen für den Wirt. Ahnungslosigkeit ist prima, dachte dieser. Aber er machte weiter ein sorgenvolles Gesicht.
Mal sehen, was der noch wusste, dachte der Wirt.
„Ich habe sie angefahren", sagte der Wirt mit Bedauern in der Stimme, „leider".
Er spielte seinem Gast eine zerknirschte Miene vor.
„Sie waren in Begleitung eines Hundes", fuhr er fort. „Ihr Hund ist in den Wald gerannt und leider nicht wieder aufgetaucht".
Der Wirt betrachtete lauernd seinen Gast. Dieser schien wirklich alles vergessen zu haben, was den Unfallhergang betraf, denn er reagierte kaum auf seine Worte. Umso besser, dachte der Wirt, dann wird er dir deine Schilderungen abnehmen.
„Und wie fühlen sie sich? Soll ich sie in ein Krankenhaus fahren?"
Zuschek räusperte sich.
„Das ist nicht nötig", antwortete der. „Mir fehlt nichts, glauben sie mir".
„Wenn sie sich nicht untersuchen lassen wollen, kann ich irgendetwas anderes für sie tun? Sagen sie's nur".
„Nein, es ist sehr nett, aber ich muss jetzt nach Hause. Mein Hund läuft bestimmt durch den Wald zu unserem Gehöft. Ich will Zuhause sein, wenn er ankommt".
Armer Teufel, dachte der Wirt mitleidig, wenn du wüsstest.
„Wenn ich nichts für sie tun kann, dann lade ich sie auf jeden Fall Übermorgen zu einem Mittagessen ein. Ich habe dann etwas Großartiges für sie vorbereitet, ein Spezialgericht".
„Wie heißt es denn", wollte Zuschek im Verlassen des Raumes beiläufig wissen?
Der Wirt, der im Schnelldurchlauf alles noch einmal erlebte, besonders den toten Hund, wie er auf der umgebauten Tafel lag, gab ihm spontan die lakonische Antwort: „Eine Spezialität des Hauses: Tafelspitz!"

Der Tafelspitz (II)

Heute muss ich mit einem Geständnis beginnen, lieber Leser. Als ich zum ersten Mal mit dem Begriff „Tafelspitz" konfrontiert wurde, in welchem Zusammenhang auch immer, dachte ich niemals an eine kulinarische Besonderheit, eher an so etwas wie Hundesport. Das wird ihnen in ähnlicher Situation sicher ganz anders

Der Tafelspitz (Teil II)

gegangen sein. Sie werden bei der Bezeichnung bestimmt Bescheid gewusst haben, den „Tafelspitz" für eine Mittagsspeise zu halten, für ein Fleischgericht, was es ja nun wirklich ist. Damit sind die Vegetarier unter ihnen weitestgehend ausgenommen. Aber auch unter denen wird es einige geben, die zumindest das kennen, was sie prinzipiell nicht mögen.

Wie zufällig so ein Name entstehen kann und dass mitunter die eigenartigsten Fügungen eine nicht kleine Rolle bei einer derartigen Namensfindung spielen können, will ich ihnen näher bringen. Auch ihr Findungsort kann ebenso von diesen Zufällen abhängen.

Lesen sie also, wie der Name „Tafelspitz" entstanden ist.

Dazu muss ich etwas ausholen, denn ich will, dass sie die besondere Situation erfassen, in der die Bezeichnung Einzug in unsere Sprachwelt gehalten hat. Die Geschichte, von der ich dem Leser nun berichte, hat ein Museumswärter erzählt, von dem sie noch erfahren werden. Ich hab sie ihnen nur etwas mit meiner Fantasie gewürzt. Folgendes hat sich zugetragen:

Es gab einmal eine Zeit, da trafen sich regelmäßig die betuchten Leute der Gemeinde Grünheide und Umgebung zum gemeinsamen Mittagsmahl in der Gaststätte „Zum Futteraal" oder so ähnlich; eine Loge, wenn sie so wollen. Wie es üblich ist, wurden auf diesen Zusammenkünften damals wie heute zum einen gemeinsame Vorhaben auf den Weg gebracht und zum anderen berufliche Hürden dafür ausgeräumt. Sie merken also, bestimmte gesellschaftliche Modalitäten ändern sich kaum.

In einer Museumsvilla des Ortes hatte der besagte Wärter Dienst und erzählte seinen Gästen, unter denen ich mich befand, ebenso zwei Freunde aus Berlin, ihres Zeichens Gourmetkritiker von gewissem Rang, die noch eine wichtige Rolle spielen werden, eine ganz erstaunliche Geschichte. Bei seinen Worten stand er neben einem Gemälde, das in der Villa ausgestellt ist und sich auf dieses erwähnte gemeinsame Essen bezieht. Der Maler, kein außergewöhnlicher Künstler, dessen Name für die Geschichte unerheblich ist, verewigte auf dem Bild diese bewusste Tafelrunde der damaligen Zeit.

Damit aber nicht genug. In der besagten Villa gibt es einen wie soll ich sagen merkwürdigen Raum, den der Wärter uns anschließend präsentierte. In jenem Zimmer sitzen genau die Honoratioren, die auf dem Gemälde zu erkennen sind, um einen großen Tisch herum, plastinierte Abbildungen der damaligen Zeit, alle Figuren ganz genau so, wie es das Bild beschreibt: ihre Gesichter, die Kleidung, ihre Frisuren, einfach alles gemäldegleich. Der Konservator hatte als Vorlage offensichtlich das Bild genommen und dabei ganze Arbeit geleistet.

Erstes Buch – Nonsens- und Lügengeschichten aus Grünheide
Der Tafelspitz (Teil II)

Auf dem vierbeinigen Möbelstück hatte er die reichlichsten Speisen aufgehäuft, alles natürlich haltbar gemachte Originale, für die Ewigkeit plastiniert. Beim Anblick dieser nachgestellten Szene lief mir damals ein kalter Schauer über den Rücken, so lebensecht und doch tot war alles nachgebildet. Noch heute wird mir unwohl, denke ich daran zurück, wie dort die lebensgroßen Figuren kunststoffgehärtet beim gemeinsamen Mahl um den Tisch saßen. Irgendwie morbid, das ganze; wie eine Esseneinnahme aus einer anderen Welt.

Dieser Runde gehörte auch ein Hund an, ebenfalls am Tisch sitzend und mit den Menschen tafelnd.

Am Tisch ein Hund, werden sie fragen? Ist das wirklich möglich? Ja! Auch wenn es unglaublich klingt. Ein Spitz sei es gewesen, sagte uns der Wärter, als er unsere fragenden, nicht glauben wollenden Blicke bemerkte, sein Herrchen (warum benutzt man in solchen Fällen immer die Diminutivform, auch der Wärter tat das – dabei handelte es sich doch in unserem Fall um einen sehr präsenten stattlichen Mann, der nun wirklich nichts kleines an sich hatte, zumindest glaubt man dem Gemälde) sitze rechts neben ihm auf dem Bild. Ein Bankbesitzer, wie er betonte, der damals reichste Mann der Gegend.

Was für eine Welt! Schon seinerzeit leisteten sich die Betuchten alle Spleens, die ihnen einfielen, auch wenn sie noch so ausgefallen waren und viel Geld kosteten. Wir, die wir mit normalem Menschenverstand ausgestattet sind, können da nur mit dem Kopf schütteln. Ein Hund an einer Mittagstafel!

Man könnte denken, der Skurrilitäten reicht es damit. Aber es kommt noch ärger. Der damalige Wirt des „Futteraals", ein ehemaliger Sattlermeister des Ortes, hatte die Gaststätte geerbt und sofort sein Erbe angetreten. Dieser war für jeden Scherz dankbar, mochte er auch noch so plump sein. Dem kam die Sache mit dem Spitz gerade recht. Er ließ sich was Außergewöhnliches einfallen und fertigte dem Hund ein Geschirr aus Lederriemen für dessen Hinterteil nebst Hinterextremitäten an, um ihn einesteils auf dem Stuhl fest zu arretieren und ihm anderseits das Sitzen auf demselben zu erleichtern.

Anfänglich kippte der Hund, als ihm die Riemenfertigung zum ersten Mal angelegt worden war und er sitzen sollte, nach vorne über, natürlich, da ihm seine neue Körperposition gänzlich ungeübt war. Er konnte sich nicht am Tisch halten, soviel er auch scharrte und winselte, in lautem wehklagenden Ton, und vernichtende Blicke auf sein Herrchen werfend, denn er wollte natürlich seinen Sturz vermeiden. Aber es half alles nichts. Er knallte mit seiner Schnauze in den vor ihm stehenden vollen Teller. Essen spritzte über den Tisch und bekleckerte das Gesicht des Hundes.

Es ist eigenartig, aber wer aufmerksam das Gemälde der Tafelrunde betrachtet und die Worte des Wärters beachtet, kann ein angewidertes Gesicht des Tischnachbarn linkerhand des Hundes erkennen. Oder war es nur Einbildung und die Fantasie ging mit mir durch?
Schmunzelnd reinigte der Banker dem Hund die Schnauze.
Nach dem Dilemma am Tisch sah der Spitz nicht sehr glücklich, um nicht zu sagen jämmerlich aus, gerade wie einer, der versucht hatte, seine typisch hündische Physiognomie erfolglos auszutricksen. Und in der Tat, so war es ja auch.
Aber später, als der Banker ihm öfter zu Hause das Geschirr angelegt und ihn daran gewöhnt hatte, konnte der Hund perfekt sitzen, denn, der Spitz war ein äußerst gelehriger Hund.
Es gibt neben dem Tafelbild noch ein weiteres Gemälde, ein Ölschinken, darauf ist der Hund zu sehen, wie er im Stuhl sitzend, seine rechte Pfote in die Luft erhoben hält, darin eingeklemmt von seinem Herrchen eine brennende Zigarette haltend. Dabei, wie wunder, sieht er ganz anders, nämlich glücklich aus.
Aber zurück zu dem Tafelbild. Darauf ist, vor dem Hund auf einem Teller liegend, eine Scheibe Fleisch zu sehen. Auch in der figürlich nachgestellten mystischen Tafelrunde in dem bereits beschriebenen Zimmer liegt vor dem Hund ein ebensolches haltbar gemachtes Stück.
Als nun wir Besucher den Raum zwecks Besichtigung betraten, rief der eine der Gourmetfreunde spontan „Tafelspitz" aus, als er den Hund auf dem Stuhl sitzen sah.
Der andere sah bei dem Ausruf gerade auf das Stück Fleisch, das da vor dem Spitz in naturalistischer Form lag.
Nicht schlecht, sagte er sich, den Ausruf in Verbindung mit dem Fleisch betrachtend.
Und so kam es, dass in seiner nächsten Kolumne vom „Tafelspitz" als einer Fleischspezialität der Provinz, die Rede war.
Meine Damen und Herren, kurz und knapp, eine neue Fleischkreation war geboren.

Leopolt Franz

Leopolt war alles in allem ein unauffälliges Kind. Sein Elternhaus stand im Wald nahe Grünheide. Sein Vater war Forstarbeiter, und wenn es nach ihm ginge, dem Familienoberhaupt wenn sie so wollen, würde auch seinem Sohn die gleiche Kariere bevorstehen.
Alles an ihm, dem lang aufgeschossenen Kind, war mittelmäßig, auch seine Leistungen in der Schule, nur in einem war er außergewöhnlich: in dem Fach Biolo-

Erstes Buch – Nonsens- und Lügengeschichten aus Grünheide
Leopold Franz

gie, und ganz speziell in der Botanik. Hier war er besonders wissbegierig, lernte schnell und wusste sich in allem zu schicken. Besonders gern lief er mit einer Botanisiertrommel und einem Pflanzenbestimmungsbuch durch die Natur und ermittelte die Namen ihm unbekannter Gewächse. Ganz zur Freude seines Lehrers, eines alten Paukers, bei dem schon Generationen von Eltern Unterricht gehabt hatten. Auch der Vater von Leopolt.

Selbst bei ihm hatte er damals über das normale Maß hinaus Interesse an pflanzenkundlichen Experimenten geweckt, offensichtlich ein Franzsches Generationsphänomen, wenngleich bei dem Vater auch nur bezüglich einer Frage: was kann ich günstig zu Alkohol destillieren. All sein Hoffen und Sehnen war dem untergeordnet.

Mit viel Mühe hatte er sich einen Destillationsapparat beschafft, mit dem der Vater im Wald weitestgehend ungestört seinen alkoholinduzierten Experimenten frönen konnte. Denn sein Bestreben war es, aus der Vielfalt von Stoffangeboten in der Natur diejenigen auszutesten, die aromatisch und trinkbar zugleich waren. Nach so einer experimentellen Phase probierte er seine erreichten Produkte selbst aus. Seine Frau, die Mutter von Leopolt, half ihm dabei, auch beim Probieren.

So kam es zu einem tragischen Unfall beider. Ahnungslos nahmen die Eltern von Leopolt einen vergifteten Cocktail zu sich, an dem sie qualvoll verschieden, mit großen körperlichen Schmerzen. Einzelheiten über ihren Tod erspar ich ihnen. Soviel sei jedoch gesagt, die Art und Weise des Dahinscheidens beider wünscht man seinem stärksten Feinde nicht.

Leopolt fand die bedauernswerten Eltern Stunden später in verkrampften Stellungen in ihrem Erbrochenen liegen.

Nüchtern hob der Junge die schlaffen Lider der Verstorbenen an, um ihr Dahinscheiden zweifelsfrei festzustellen. Gedanken der Trauer wollten sich in ihm nur schwer einstellen, von großer emotionaler Bindung kann hier wohl nicht gesprochen werden. Stattdessen dachte er mit einer gewissen Erleichterung sofort, dass er nun nicht mehr wie sein Vater Forstarbeiter werden müsse.

Nachdem der Junge sich um die Formalitäten gekümmert hatte, die vorerst letzten, die der Tod seiner Eltern erforderte, und er die Verblichenen beerdigt hatte, kam seine Großmutter väterlicherseits zu ihm in das Haus im Wald, sonst hätten die Behörden ihn, den Halbwüchsigen, in ein Waisenhaus gesteckt.

Beim Durchstöbern aller Ecken des Hauses entdeckte er noch diverse Vorräte, Destillate, die der Vater angelegt hatte, für was auch immer, mit den verschiedensten Inhaltsstoffen.

Der Junge schüttete sie zusammen, um sie irgendwann einmal zu entsorgen, Seine

Erstes Buch – Nonsens- und Lügengeschichten aus Grünheide
Leopold Franz

Großmutter entdeckte den Bottich und wollte seinen Inhalt wegschütten, um Platz zu schaffen. Wie Großmütter eben sind!
Aber das war so eine Sache. Anheben konnte sie den deckellosen Behälter nicht, dazu war er ihr zu schwer. Sie versuchte, ihn anzukanten und ihn mittels Drehbewegungen über den Erdboden zu bewegen. Das glückte, doch etwas von der Flüssigkeit schwappte über den Rand und überschüttete Arme und Beine der Großmutter. Bestürzt schruppte sie eilig ihre benetzten Stellen mit Kernseife und klarem Wasser ab, denn sie wollte keine Hautschäden davontragen. Aber das meiste war schon durch die Poren in die Haut eingedrungen.
Einen Tag später hatte sie den Vorfall mit der Flüssigkeit vergessen. Sie wunderte sich nur, warum ihr ausgerechnet an diesem Tag alles so gelang. Das machte sie etwas unruhig. Auch ihre Knochen, vor allem ihre Gelenke schmerzten ihr weniger als sonst. Selbst ihrem Enkel fiel die besondere Vitalität der Großmutter an diesem Tage auf. Aber sie beachteten es nicht weiter. Beide schoben die einfache Erklärung vor, dass nicht jeder Tag wie der andere sei.
Er richtete sich eine Art Versuchslabor ein, mehr eine Versuchsbude. Nun konnte Leopolt die Experimente, für die er sich schon eine geraume Weile interessierte, die aber durchzuführen seine Eltern ihm untersagt hatten, nämlich mit Nadelbäumen, durchführen. Er besorgte sich Spezialwerkzeug, kratzte einigen Bäumen ein Stück Rinde weg und ließ sie bluten, wie er es sagte, indem er in die Haut der Bäume an den borkenlosen Stellen Rillen kratzte, in einer Art Fischgrätenmuster; eine etwas breitere Hauptrille, in der sich dann der harzige Saft der Bäume aus den Nebenrillen sammelte und in die darunter befestigten Gefäße floss.
Als er seine so gewonnenen Extrakte Zuhause wegräumen wollte, kam gerade seine Großmutter dazu. Das war ihm gar nicht recht, denn er wollte ihr nicht unbedingt erklären, dass er vorhatte, mit dem Destilationsapparat Versuche zu starten.
Als seine Großmutter dazu kam, schnupperte sie. Sie witterte das Nadelbaumaroma; es verwirrte sie.
Er machte ein missmutiges Gesicht und wollte sie gerade mit allem Nachdruck zum Verlassen seiner Experimentierbude bitten, als sie plötzlich stehen blieb und geräuschvoll das Aroma einsog. Sie spürte dem luftigen Ergebnis nach, um dann noch einmal die harzgeschwängerte Luft kräftig einzuatmen. Dabei schaute sie Leopolt groß an. Einen kurzen Augenblick passierte nichts. Dann straffte sie sich und ging entschlossen an ein Regal, griff zielgerichtet in das untere Fach hinein und zerrte den nun verschlossenen Behälter hervor, den sie schon einmal bewegt und sich mit dem Inhalt vollgekleckert hatte.

Erstes Buch – Nonsens- und Lügengeschichten aus Grünheide
Leopold Franz

„Deine Pampe riecht wie die aus dem Behälter hier", sagte die Großmutter Leopolt gleichgültig und rollte den Behälter vor ihn hin.
Er lupfte den Deckel und schnüffelte hinein.
„Du hast recht", sagte er ihr und sog das Aroma des Fassinhaltes ein, „aber hier ist noch mehr drin, nicht nur Kiefernsaft".
Er zog mehrmals kurz hintereinander die Luft über der Flüssigkeit ein.
„Ich würde sagen, hier ist noch Kampfer drin", schnüffelte er, „und noch so einiges, aber das krieg ich jetzt nicht raus", wieder schnüffelnd, „und natürlich reichlich Alkohol".
„Weißt du", stammelte die Großmutter, „ich muss dir ein Geständnis machen. Neulich, als ich das Fass wegstellen wollte, ist mir einiges ausgeschwappt und über Arme und Beine gelaufen".
„So, so", sagte Leopolt und runzelte die Stirn, „das ist mir gar nicht aufgefallen", log er.
Natürlich war ihm das aufgefallen.
„Und, wie ging es dir danach", fragt der Junge, sehr interessiert daran, wie die Tinktur des Vaters auf seine Oma gewirkt hatte?
„Um ehrlich zu sein, am nächsten Tag ging es mir auffallend gut", sagte die alte Dame, „wenn ich darüber nachdenke. Du wirst dich vielleicht daran erinnern, dass ich den einen Tag so gut drauf war; ich kam so flink durch die Stuben; die Gelenke krachten nicht wie sonst, meine Muskeln und Sehnen schmerzten mir nicht, jedenfalls ließ sich das alles besser aushalten".
Auch das war ihm aufgefallen.
„So, so", sagte Leopolt und blickte nachdenklich wechselseitig mal die Großmutter an, mal in den offen stehenden Behälter, als wäre dort ein guter Geist verborgen.
„Interessant! Sehr interessant", sagte er vieldeutig.
Dann, nach einer Weile, in der er angestrengt überlegt hatte:
„Würdest du noch einmal deine Gelenke damit einreiben, Großmutter", fragte der Junge sie?
„Was denn, mit dieser Flüssigkeit", fragte seine Großmutter nach?
„Ja", bat er sie. „Du brauchst keine Angst haben, es passiert dir nichts".
„Nein? Na, du musst es ja wissen. Mir geht nur die Haut ab, dazu habe ich keine Lust, ehrlich gesagt", äußerte sie ihre Befürchtungen.
„Nein, das kann nicht passieren", beruhigte er sie. Da sind keine aggressiven Stoffe drin.
Zu ihrer Beruhigung griff er hinein und benetzte seinen Ellenbogen damit. Augenblicklich füllte sich der Raum mit aromatischem Duft.

Erstes Buch – Nonsens- und Lügengeschichten aus Grünheide
Leopold Franz

„Ich will nämlich sehen", sagte er, sich dabei einreibend, „ob das Zeug wirklich alten Knochen und Gelenken helfen kann".
Misstrauisch blickte die Großmutter auf Leopots Armgelenk, ob sie etwas Bedrohliches bemerkte; Quaddeln oder gar abgelöste Hautfetzen. Aber da nichts passierte, alles auf seiner Haut normal blieb, willigte sie ein.
Am nächsten Morgen wieselte sie wieder durch das Haus.
„Nun, Großmutter", stellte Leopolt fest, „es scheint dir ja heute gut zu gehen, offensichtlich bekommt dir und deinen Gelenken die Einreibung mit Vaters Extrakt ausnehmend gut". Sie schaute ihn an und nickte zustimmend mit dem Kopf.
„Na gut, dann wollen wir mal darangehen und sehen, was alles drin ist".
Er analysierte eine Woche die von seinem Vater hinterlassene Flüssigkeit, denn, das Ergebnis bei seiner Großmutter hatte ihn überzeugt.
Es war viel reiner Alkohol drin, wie er feststellte, aber auch verschiedene Duftstoffe. Er fand aber auch Menthol und Kampfer.
Durch Zufall bekam er einen Posten Flakons geschenkt, und zwar von der Apotheke des Ortes, die ihn kannte, weil er mitunter Heilkräuter für sie sammelte. Er füllte den Vaterschen Extrakt in die Fläschchen und vereinbarte mit ihnen, dass diese die umgefüllte Flüssigkeit unter der Hand verkaufen sollte, unter dem Namen „Franzsches Tonikum", Einreibung bei rheumatischen Beschwerden.
Der Absatz ging rasant. Die gute Wirkung des Einreibemittels sprach sich sehr schnell rum, so dass die Flakons im Nu vergriffen waren. Nur eine kleine Probe hatte sich Leopolt zurückgehalten, für alle Fälle, wie er sagte.
So weit das abenteuerliche Schulleben des Leopolt Franz.
Nach der Schule lernte Leopolt Laborant, und mit dem Beruf alles Wissenswerte rund um ein Labor. Anschließend studierte er Biologie. Natürlich, die Botanik interessierte ihn am meisten. Dort, in seiner Seminargruppe, bemühte er sich um eine junge Frau, eine Französin, Studentin wie er. Nach beider abgeschlossenen Ausbildung heiraten sie und zogen nach Frankreich. Seine junge Frau hatte Leopolts Traum übernommen, einmal das Franzsche Tonikum in großem Stil zu vertreiben. Deshalb bauten sie sich im französischen Land eine kleine Fabrik auf. Viel Land pachteten sie auch dazu. Sie stellten Landarbeiter ein und bauten mit ihnen auf diesem Land viele Pflanzen mit hohen ätherischen Inhaltsstoffkonzentraten an. Die gewannen sie und was sie nicht selbst verarbeiteten, wurde von ihnen an die Kosmetikindustrie verkauft. Aber das allerwichtigste: sie stellten das Franzsche Tonikum her und vertrieben es unter dem Namen „Franzbranntwein". Aufgrund der hervorragenden Wirkung fand es rasch in ganz Europa Absatz. Einige Flaschen erreichten sogar Übersee.

Erstes Buch – Nonsens- und Lügengeschichten aus Grünheide
Latschenkiefer

Den Franzbranntwein gab es natürlich auch in Grünheide. Man erfuhr, dass er die Weiterentwicklung ihres Franzschen Tonikums war. Das erfüllte sie mächtig mit Stolz, dass einer von ihnen es so weit gebracht hatte. Ihr kleiner Leopolt, sagten die älteren Bewohner liebevoll und anerkennend zugleich. Fast abergläubisch rieben sie sich verstärkt mit dem Wässerchen ein, denn es hatte ja hier seinen Ursprung genommen, also musste es gut sein!

Latschenkiefer

Vor einiger Zeit gab es in Grünheide eine kleine Manufaktur, die sich mit der Herstellung von Holzpantinen beschäftigte. Manufaktur, das hört sich fast an wie eine kleine Fabrik, das ist wohl doch etwas übertrieben, jedenfalls war es der Broterwerb der Familie Bork. Alle Familienangehörigen arbeiteten mit an der Fertigung ihres allseits beliebten Produkts; die drei Gebrüder Bork, daneben auch deren Cousin und Cousine. Landesweit war ihr Produkt, die Holzpantine, ein begehrter Verkaufsschlager. Die Pantine war kein Straßenschuh im eigentlichen Sinne, auch kein Schlappen, wie sie fälschlicherweise mitunter bezeichnet wurde, eigentlich war die Pantine mehr ein Pantoffel, bestenfalls könnte man sie als einen Schlüpfschuh bezeichnen. Deren Basis war Holz, mit Leder überspannt für das Festhalten des Vorderfusses. Es wurden verschiedene Ausfertigungen angeboten. Die einfachste Form der Pantine wurde auch im Volksmund liebevoll Latschen genannt, wahrscheinlich, weil man einfach reinschlüpfen und loslatschen konnte. Nach der Borkschen Familienphilosophie sollte sie etwas Einfaches sein, Kostengünstiges, ein für jeden Bürger erschwingliches Fußutensil. Der älteste der Brüder ließ sich etwas einfallen und erfand aus diesem Grund die Holzpantine.

Als die Pantine in die Läden kam, eroberte sie sofort die Region um Grünheide und darüber hinaus. Es ging ganz schnell soweit, dass die Holzpantinenmacherei als eine sehr angesehene Zunft galt und die Holzpantinen bei den Menschen sehr hoch im Kurs standen.

Die Bork-Brüder wollten ihre Errungenschaft noch billiger anbieten können. Aber alles daran, das verwendete Material für die Pantine ebenso wie auch der Einsatz ihrer Maschinen, war schon optimiert. Und ihren Macherlohn mussten sie einfach einfordern.

Die Jungs dachten angestrengt nach, bis schließlich der Zweitälteste die bahnbrechende Idee hatte, das Holz zu verändern, eine andere Holzart zu verwenden; nicht mehr das seltene Pappelholz, sondern die hierzulande im Überfluss zu findende einheimische Kiefer. Dazu ging er in den Wald, rings um Grünheide neben Wasser ausreichend vorhanden, um Möglichkeiten für die Pantinenherstellung unter dem Blickwinkel der anderen Holzart zu ermitteln. Alle Stämme, die er sich aussuchte, waren entweder zu teuer oder für andere Zwecke bereits vergeben. Er ging mit dem Revierförster nochmals in alle Ecken des Waldes und schilderte ihm sein Problem. Ganz zum Schluss zeigte der ihm in einer sehr unzugänglichen Gegend ein Waldstück, in dem Bäume mit nicht besonders geradem Wuchs standen, Kiefern, vom Wind gezaust, von nahezu mystisch wunderlichem Aussehen. Weil diese Krüppel niemand verwenden konnte, waren sie besonders billig zu haben.

Mit seinem ältesten Bruder ging er nochmals in diese abgeschiedene Waldgegend und zeigte ihm den günstig zu bekommenen Kiefernbestand. Der Älteste schüttelte zwar unmerklich den Kopf, als er die windgeprüften Bäume sah, überdachte aber ganz schnell im Kopf die Kosten unter den Bedingungen des Erwerbs dieser Krüppelkiefern und stimmte letztendlich doch zu. Sie waren um so vieles günstiger, dass er gar nicht anders konnte als Ja zu sagen.

Das größte Problem aber hatte ihr jüngster Bruder, denn seine Aufgabe war es, die Bäume zu bergen und das Holz zu bearbeiten, fußbettgerechte Stücke herzustellen. Der jüngste Bruder tat ihm beim Anblick dieses minderwertigen Holzes leid.

Der jedoch, als er den außergewöhnlichen Waldabschnitt sah, nahm das Ganze als besondere Herausforderung an. Von diesem Tage an hieß es immer, wenn es um ihre Bäume im Wald ging, die ‚Latschenkiefer' im Grünheider Forst, nach der Volksmundbezeichnung ihres Fußbekleidung: die ‚Latschenkiefer' müssen gefällt werden, die ‚Latschenkiefer' müssen geschnitten werden und so weiter. Es dauerte gar nicht lange, und die bizarr geformten Bäume hießen bald für jedermann ‚Latschenkiefer'. Auch in der Fachliteratur sprach man bald von Latschenkiefern.

So kam es also, dass die Pantinenbauer von Grünheide Pate für die eigenartige Namensgebung dieses Baumes standen.

Die Sackflöte

Vor langer Zeit lebte in Grünheide ein Schäfer, der wie man so schön sagt den Schalck im Nacken hatte, dabei sehr neugierig war und alles ausprobieren musste, wovon er einmal gehört hatte, nur kurios, ja seltsam genug musste es sein, denn, er war auch ein sehr wissbegieriger Mensch. Er verulkte sehr gern die anderen,

Erstes Buch – Nonsens- und Lügengeschichten aus Grünheide
Die Sackflöte

aber auch sich nahm er dabei nicht aus. So begegneten ihm die Menschen immer mit sehr wachsamen Blicken, um nicht zu sagen Argwohn, denn wer wollte schon gern in seine Ulkfalle tappen!

Einmal im Jahr musste er seine Schafe scheren und auch in regelmäßigen Abständen deren Klauen stutzen. Aber in der übrigen Zeit hatte er nur für ihr Fressen zu sorgen, sie gewissermaßen von Weideplatz zu Weideplatz zu führen. Sein Hund, ein australischer Hütehund, sein treuer Wegbegleiter, hielt fast allein die Herde zusammen, so dass er kaum eingreifen musste, sondern die Zeit hatte, anderen Neigungen nachzugehen. Zum Beispiel beobachtete er gern seine Umwelt. Wie alle Schäfer hatte auch er schwermütige Momente, wenn er abends vor seinem Zelt am Feuer saß und seinen Gedanken nachhing, nur in Gesellschaft seiner zwei braunfelligen Ziegen und seines Hundes.

Es gab aber auch Abende, da leisteten ihm Knechte und so manche Magd aus der Umgebung Gesellschaft; sie kamen an sein Feuer, ruhten sich von ihrem anstrengenden Tagwerk aus, tranken etwas und speisten mit ihm. Dann saßen sie lange am Feuer, blickten fasziniert auf die knisternden Holzscheite und lauschten seinen Worten, denn er war ein genauer Beobachter der Welt und wusste Vieles und Interessantes zu berichten. Aber es gab auch trübsinnige Tage, da sang er dann seine sehr nachdenklichen melancholischen Lieder.

Oft saß er auch allein. Dann griff er sich seine selbstgeschnitzte Flöte und schickte schwermütige Töne in die Weite. Es klang wie Einsamkeit, Weltschmerz, Vergehen und Alleinsein, nach allem einwenig. Aber auch nach dieser Zeit der Trübsinnigkeit kamen auch wieder heitere Momente.

Eines Abends, nach einer kleinen Feier mit seinen Freunden, entschloss er sich spontan, eine Flöte mit einer Art Sack als Luftpolster daran zu bauen. Als er sich dazu entschloss und sie sich vorstellte, musste er lauthals loslachen und freute sich seines Einfalls. Er nannte sie in Gedanken Sackflöte, wenn er sie sich vorstellte, ha, ha, ha, das gab es noch nicht, eine Sackflöte, ha, ha, ha.

Für den Sack kaufte er sich eine Ziege, denn eine seiner treuen Begleiter allabendlich am Feuer, seine beiden Gehörnten, wollte er dafür nicht nehmen; sie waren ihm zu sehr ans Herz gewachsen.

Aber die gekaufte Ziege schlachtete er wohl. Dann zog er ihr die Haut mitsamt dem Fell ab. Das machte er ganz geschickt.

Dann legte er die leere Ziegenhaut ans Feuer, denn sie musste trocknen, bevor er sie weiter verarbeiten konnte. So wie die Haut am Feuer lag, leer und faltig, sah sie wirklich aus wie ein Jutesack, ein Sack mit einem Ziegenkopf, dachte er amüsiert; auch den Begriff ‚Sackflöte' fand er mehr als passend.

Die Sackflöte

Lange betrachtete er den Ziegenkopf an der leeren Haut, dann entschloss er sich, den Kopf zu präparieren und mit ihm als Schrumpfkopf den Sack der Flöte geheimnisvoll aussehen zu lassen.
Der Schäfer schnitt ihn ab, packte ihn an den Hörnern und legte ihn erst einmal neben sich so auf den Boden, als wäre die Ziege mit magischen Kräften ausgestattet und gerade dabei, in der Erde zu verschwinden.
Er wartete, bis sein Feuer fast völlig verbrannt war, füllte den Kopf mit glühender Asche und entfernte so die organischen Bestandteile im Schädel. Dann kochte er ihn aus und ließ ihn an der Luft trocknen. Nach zwei Tagen war es soweit: der Kopf war zwar etwas kleiner geworden, aber das Gehörn war fast so groß wie vor der Präparation geblieben.
Anschließend nähte er alle offenen Stellen am leeren Ziegenkörper mit den gewonnenen Sehnen zu und verödete die Nahtstellen mit Teer, denn sie durften nicht luftdurchlässig sein. Als das getan war, bohrte er ein Loch in den ausgenommenen Ziegenrumpf, in das er dann die Flöte reindrehte, und zwar so, dass sie stramm saß und sich nicht ohne weiteres entfernen ließ. Dann packte er den geschrumpften Ziegenschädel und nähte ihn zur Zierde an die Haut. Und auch diese Nahtstellen verödete er. Wenn er jetzt in die Flöte blies, blähte sich der leere Ziegenkörper quasi spielend mit Luft auf. Wenn er sie anschließend unter seinen Arm nahm und die Luft rausquetschte, schickte die Flöte wie von selbst ihre traurigen Töne in die Welt, so als würde das sinnentfremdete Tier seine Trauer über sein leeres Los hinausklagen. Das Gehörn des Ziegenschädels war je nach Füllstand mal mehr, mal weniger zu sehen. Der Schäfer nutzte es häufig als Griff.
Jeden Abend nun saß er am Feuer und übte das Spielen auf seiner Sackpfeife, bis er es perfekt beherrschte.
Eines Abends nun gesellte sich wieder einmal eine Magd zu ihm ans Feuer, der er sehr zugetan war. Sie hatte schon lange seine allabendlichen Flötentöne vermisst. Auch sie mochte ihn, war regelrecht vernarrt in ihn und deshalb in Sorge, es könnte ihm etwas zugestoßen sein. Aber ihm ging es gut. Schweigsam saßen sie in der wohligen Wärme, sprachen kein Wort miteinander, jeder seinen Gedanken nachhängend und mit seinen Gefühlen kämpfend.
„Sag mal", brach er das Schweigen, denn er wollte höflich zu ihr sein und sie unterhalten, „hab ich dir eigentlich schon meine Sackflöte gezeigt?" Ein wenig stolz klang die Frage schon.
Was soll denn das jetzt, dachte sie bestürzt. Sie hatte das Wort ‚Sackflöte' noch nie gehört, war doch einigermaßen pikiert, denn sie vermutete eine unanständige Anmache. Unangenehm berührt, hätte sie so eine vulgäre Art von ihm nicht ver-

mutet. Ausgerechnet von ihm etwas Derartiges zu hören, den sie immer für einen Mann mit gefestigten Grundsätzen gehalten hatte, bestürzte sie. Mit hochrotem Kopf sprang sie auf, rief ihm zornig zu, er könne sich seine ‚Sachflöte' sonst wohin nageln und verschwand stapfenden Schrittes.

Noch ehe er begütigend auf sie einwirken, das Missverständnis aufklären und sie wieder zurück ans Feuer holen konnte, hatte sie die Finsternis verschluckt.

Am nächsten Morgen ging er zu seinem Arbeitgeber, kündigte, verschenkte seine zwei Ziegen und begab sich auf Wanderschaft, denn es hielt ihn nur selten längere Zeit an einem Ort, zumal sein Verhältnis zu der Magd, wohl unbegründet zwar aber doch scheinbar endgültig gestört war. Nur seinen treuen Hütehund nahm er mit auf die Reise.

Anfangs führten ihn seine Wanderungen bis nach Spanien. Später schiffte er sich ein und wanderte erst durch England, dann durch Schottland. Auch die schottischen Schäfer bauten sein Instrument nach, mit einigen Veränderungen, und nannten ihr Blasinstrument liebevoll ‚Dudelsack'. Aber es blieb doch eine Sackpfeife. Von Schottland nahm ihn ein Schoner mit bis nach Indien.

Er verdingte sich überall als Schäfer. Unterwegs leuchteten seine Feuer, leisteten ihm Hirten Gesellschaft und er spielte mit seiner Sackflöte seine schaurig-schönen Lieder.

In Indien wurde er sehr krank und starb eines Nachts an einem Feuer, völlig unspektakulär, wie sein ganzes Leben war, nicht ohne vorher einem Hirten seine Sackpfeife zu schenken.

Er bedauerte nur eins, sein Grünheide niemals wieder gesehen zu haben.

Überall, wo es seine Füße hingetragen hatten, waren es hauptsächlich die Hirten, die seine Sackpfeife nachbauten, denn sie waren begeistert vom Klang des Instruments.

So kam es, dass man zwar den Schafhirt aus Grünheide schnell vergaß, seine Sackpfeife aber für alle Zeiten bekannt blieb.

Die Büchse der Pandora

Es war ein fürchterlicher Traum, der mich nachts ereilte. Ich weiß nicht, wieso und warum er mich heimsuchte, am Essen abends kann es nicht gelegen haben, denn ich speise gerade zu dieser Tageszeit niemals zu viel, und zu stark gewürzt auch nicht, aber trotzdem …Wahrscheinlich hatte ich wieder eine dieser skeptischen Klimareportagen im Fernseher gesehen.

Erstes Buch – Nonsens- und Lügengeschichten aus Grünheide

Die Büchse der Pandora

Entweder hat Pandora mal kurz ihre Büchse geöffnet oder aber der Beginn der Apokalypse zeigte sich, oder auch beides, jedenfalls war ich im Traum behindert, konnte nicht mehr laufen, saß in einem Rollstuhl und wohnte in dem Pflegeheim am Peetzsee, das da erst vor kurzem gebaut worden war. Eine gute Bekannte in diesem Heim hat mich dazu animiert, im Traum, wohl bemerkt, Seetang zu essen. Ja, sie haben richtig gehört, Seetang! Nicht eine mikroskopisch kleine Algenform, sondern eine großblättrige. Wo das Zeug so plötzlich herkam, war mir nicht klar. Irgendwie muss mir das im Traum bekannt gewesen sein, oder es spielte keine Rolle, jedenfalls war der ganze Peetzsee voll davon. Und der Werlsee auch!

Dass es so große Blätter hatte, daran erinnere ich mich. Unser Koch erntete nämlich den Seetang mit einer Art Greifhaken (der Koch!), gleich aus dem See heraus. Wie praktisch, nicht? Irgendwie kam mir das Gerät in seiner Hand von früher bekannt vor. Ich kann mich erinnern, mit so was zogen wir damals als Lehrlinge die von uns zuvor mit einer Sense abgeschnittenen und dahintreibenden Algen aus kleinen Flutern, als wir dabei waren, diese Wasserläufe zu sanieren.

Jedenfalls musste der Koch für uns Bewohner einen nur geringen Teil der auf dem Peetzsee nahezu flächendeckend dahintreibenden Algen ernten. Ich weiß noch genau, die Alge sah so ähnlich aus wie ein Rhabarberblatt; so groß wie junger Rhabarber, nicht wie alter, schon mehrmals geschnittener.

Jedenfalls zog der Koch mit viel Schwung die vegetarische Speise an Land, wusch die Blätter und schnitt sie uns bissfertig in kleine Streifen, gut zu reichen und auch einfach zu essen. Woher der Koch wusste, dass diese Alge für uns Heimbewohner unbedenklich, ja physiologisch besonders wertvoll war, ist mir ein Rätsel.

Jedenfalls, als wir die zubereitete Alge auf unseren Tellern sahen, schauten wir den Koch fragend an. Eher anklagend. Uns war sie auf unseren Tellern zumindest fragwürdig, er aber glaubte, mit der Speisezubereitung uns etwas besonders Gutes getan zu haben. Er sah wohl unsere nicht verstehen könnenden Blicke, denn er betonte unaufgefordert, wie vitaminreich diese Algenspeise sei und dass er vor kurzem einen Filmbericht gesehen hätte, darin betonten die Protagonisten, wie wenig Vitamine gerade in Pflegeheimen gereicht wurde. Na das war jetzt mit der Alge Geschichte, zumindest bei uns!

Jedenfalls saßen wir stumm vor unseren, mit vegetarischer wertvoller Kost voll gepackten Tellern und aßen sehr zögerlich davon, auch wenn in dem Grünzeug sehr viele der guten Stoffe enthalten sein sollten. Es gab nichts anderes, also aßen wir es. Wie man so schön sagt, der Hunger trieb es hinein. Auch wenn das Bewusstsein mitaß, so richtig munden wollte es uns nicht.

Erstes Buch – Nonsens- und Lügengeschichten aus Grünheide
Die Büchse der Pandora

Jetzt fragen sie sich zu Recht, was denn das Grünzeug mit der Pandora und mit ihrer Büchse zutun hat.

Sehr viel. Das Grünzeugdilemma auf den Seen müssen sie als eine Art Fluch der Natur gegen uns Menschen verstehen oder als so eine besondere Form eines Rachefeldzuges der Natur gegen uns für die ständige Umweltvergiftung ansehen. Überlegen sie doch bloß mal, was dieser Algenteppich den Seen antut: kein Licht kann mehr durch das Grünzeug dringen, die Fische können kaum noch Luft schnappen und müssen elend sterben. Wenn sie so wollen haben sie damit die Verbindung zu Pandora mit ihrer Büchse. Einzig die Vögel waren Gewinner des neuen Zustandes: sie konnten auf dem Grünteppich inmitten des Sees landen und in dem Grünzeug herumpicken.

Und wie lösten die Menschen das Problem, zumindest im Traum? Typisch, werden sie sagen. Und damit haben sie nicht ganz Unrecht.

Eine Kommission aus Industrie und Wissenschaft inspizierte die beiden Seen mit ihrer Algenfracht. Die Wissenschaftler sagten, dass es jetzt soweit wäre, als sie die großblättrige Hochseealge als eine solche identifizierten und meinten, es ginge nicht mit rechten Dingen zu; die Natur scheint sich zu rächen; ein Binnensee mit dieser salzwassertypischen Alge, unglaublich! Insgeheim sprachen sie von einer Plage.

Die Industrieexperten hingegen schüttelten bei den Worten der Wissenschaftler den Kopf. Schwarzseherei, meinten sie. Schnell berechneten sie das Volumen des Algenbefalls und ermittelten, dass die Anlage in der nächstgrößeren Stadt ausreichte, das Volumen des Grünzeugs der Seen dort gewinnbringend zu verarbeiten, Nahrungsmittel für die dritte Welt herzustellen zum Beispiel, nur die Entnahme und den Transport müsse man organisieren. In ihren Berechnungen stellte die Industrie fest, dass die Errichtung eines zusätzlichen Verarbeitungswerkes nicht erforderlich sei. Klar war man sich, dass die UNO das alles schon zahlen würde. Gerade wenn es um die dritte Welt geht...

Bei diesen Gedanken, bei ihren Berechnungen und bei dem Blick auf die überdimensionierte Alge bekamen die Industrievertreter feuchte Dollaraugen. Es fehlte eigentlich nur noch tropfender Speichel in ihren Mundwinkeln...

Man stellte sofort ein Kosten-Nutzenschema her. Es wurde viel gerechnet und auch viel telefoniert, um ihrer Chefetage die Entscheidung zu erleichtern.

Dem Bürgermeister von Grünheide versprachen sie die sofortige Lösung des Problems, er brauche sich keine unnötigen Gedanken machen.

Und schon am nächsten Tag, die Entscheidung war schnell gefallen, rückte bereits schweres Gerät an. Es wurde eine Entladerampe hergestellt, eine richtig sichere mit einer Spundwandrammung, wie es sich gehört.

Erstes Buch – Nonsens- und Lügengeschichten aus Grünheide
Baldur, der Kampfkater

Die Larsenelemente befestigten die Seeböschung, so dass LKWs zum Abtransport des geernteten großblättrigen Bewuchses heranrollen und das Erntegut zur Weiterverarbeitung in das Werk bringen konnte.
Sie merken, eine durch und durch generalstabsmäßige Lösung!
Auf den Seen arbeitete ab sofort eine Spezialschute, so ein Kahn, der die Algen gewinnen, den Tang aufnehmen, entwässern und den Lastkraftwagen an Land übergeben konnte. Es dauerte nicht allzu lange, und der See war wieder frei. Die Hochseealge war verarbeitet und in Afrika gewinnbringend verkauft worden, meistens in Büchsen konserviert, versteht sich. Die Industriefirmen hatten gut verdient mit der Hochseealge auf dem Binnengewässer.
Da soll noch einer etwas gegen den technischen Fortschritt sagen! Apokalypse hin – Pandoras Büchse her.
Abends fuhr ich, doch etwas unruhig geworden, zu meinem Onkel nach Grünheide am Peetzsee. Ich gebe zu, ich raste mehr als das ich fuhr. Sie glauben gar nicht, wie froh ich war, einen blitzsauberen Peetzsee vorzufinden. Auch der Werlsee lag in seiner Schönheit da. Beide Seen ohne jeden Algenbewuchs!

Baldur, der Kampfkater

Unweit des Ortes Grünheide, mitten im Wald, lebte eine alte Frau. Über sie lässt sich eigentlich nicht viel berichten. Sie war keine Kräuterhexe, wie diejenigen Frauen genannt wurden, die sich Heilkräuter sammelnd wie hausbackene Apothekerinnen durchs Leben schlugen. Die man oft verleumdete, sie würden im Bunde mit dem Teufel stehen und verstünden was von Zauberei. Obwohl sie so einsam im Wald lebte, war es ruhig um sie, konnte man ihr nichts Derartiges nachsagen.
Waldkräuter sammelte sie auch, aber nur für den eigenen Bedarf. Von Magie verstand sie nichts. Und auch sonst war sie sehr unscheinbar: von unauffälligem Äußeren, lebte sie eigentlich ziemlich zurückgezogen dort im Wald. Freunde hatte sie nicht, zumindest nicht unter den Menschen. Aber sie liebte die Tiere, hatte sie gerne um sich herum. Da machte sie keine Ausnahme, alle waren ihr gleich willkommen. Das Rotwild kam zu ihr und sie fütterte es mit Kastanien und Eicheln. Besonders in der Winterzeit, wenn die Tiere kaum noch Futter fanden. Dann kam auch das Schwarzwild zu ihr. Der Eber, die Sauen und die kleinen Frischlinge wussten sich Leckereien bei ihr abzuholen.
Sie hatte nur eine bemerkenswerte, ich will mal sagen Besonderheit, nämlich

Erstes Buch – Nonsens- und Lügengeschichten aus Grünheide
Baldur, der Kampfkater

ihren Kater namens Baldur. Warum der Kater von ihr Baldur genannt wurde, ist nicht bekannt. Jedenfalls ist Baldur kein gewöhnlicher Katzenname. Baldur nannten die Asen, dieses germanische Göttergeschlecht, ihren König der Sonne, und in der Tat, er war zwar nicht majestätisch, oder sagen wir gravitätisch, nein, das nun wirklich nicht, aber etwas Besonderes war an dem Kater; auf alle Fälle verstand er es, seinen Körper, ja seine gesamten sensomotorischen Fähigkeiten für seine Zwecke ganz besonders vorteilhaft zu nutzen. Diese außerordentliche Fertigkeit des Katers muss die alte Frau bei der Namensfindung gespürt haben.

Als er noch recht klein war und alles für ein erfülltes Katzenleben lernen musste, wuchs er im Kreise von vier Waschbären auf, die sich regelmäßig bei der alten Frau einfanden: zwei Weibchen und zwei Waschbärenkinder. Die Weibchenwaschbären kümmerten sich rührend um ihren Nachwuchs, aber auch Baldur wurde von ihnen wie ihr eigenes Kind zärtlich-besorgt betreut. Mutterliebe und erzieherische Bestimmtheit vermisste er jedenfalls nicht. So manche Kopfnuss steckte er in dieser Zeit von ihnen ein. Auch lernte er, sich gegen den Waschbärennachwuchs zu behaupten. Was das Katzentier an Kraft unterlegen war, kompensierte es mit enormen Sinnesfähigkeiten. Vor allem lernte der Kater, den gefährlichen Bärenkrallen geschickt auszuweichen. Im spielerischen Kampf tänzelte der Kater um die Jungbären herum. Das irritierte sie, und er bot so keinen Angriffspunkt; er wich ihrer plumpen Kraft einfach aus.

Als die beiden Bärenjünglinge anfingen, selber auf die Jagd zu gehen, nahmen sie Baldur gern mit, denn keiner konnte es in Geschicklichkeit und Vorausschau mit ihm aufnehmen, kurz, der Kater war der Garant ihres Jagderfolges.

So wuchs Baldur mit den Wildtieren auf. Als er knapp ein Jahr zählte, war er der unumschränkte König unter Seinesgleichen in seinem Revier. Mit seinem dicken dichten Fell und seinem kräftigen Körperbau war er schon optisch eine imposante Erscheinung und seine Gegnerschaft überlegte es sich zweimal, sich mit ihm zu duellieren.

Er wurde älter und damit auch häufiger herausgefordert. Die nun einsetzenden Revierkämpfe unter Seinesgleichen entschied er sehr schnell für sich, und bald konnte Baldur seine bestimmten Wege durch sein Jagdgebiet, ohne jedes Mal kämpfen zu müssen, passieren.

Wie jede Katze, hatte auch Baldur in kurzer Zeit einen bestimmten Weg durch sein Revier, eine Art Highway, auf dem er, wenn er es besuchte, immer entlang schlenderte. Die anderen Artgenossen von ihm kannten ihn bald, vor allem die weiblichen. Irgendetwas versprachen sie sich von ihm, wahrscheinlich stuften sie instinktiv seine Gene als besonders würdig ein, verbreitet zu werden. Sie rollten

Erstes Buch – Nonsens- und Lügengeschichten aus Grünheide
Baldur, der Kampfkater

sich auf den Rücken, in gehörigem Abstand vom Baldur-Weg zwar, aber doch so nah, dass er ihre besonderen Leibespräsentationen sehen musste, unter dem Motto: sieh doch, was dir geboten wird, und, deinen Nachwuchs trage ich gern aus, du musst es nur wollen, Baldur.

Nein. Kein Bedarf. Er ging jedes Mal vorbei und würdigte sie keines Blickes.

Wann immer er sich sehen ließ, blieben die anderen Kater lieber in ihren Verstecken, denn sie wussten, gegen ihn hatten sie keine Chance, und schmerzliche Niederlagen warum? Welchen Sinn machen die? So pragmatisch dachte seine Gegnerschaft.

Baldur legte es auch oft an zu provozieren, zum Beispiel wusch er sich gern, und zwar tat er das ausgiebig, besonders oft an exponierter Lage, wenn er wusste, von den anderen Katzen beobachtet zu werden. Dann streckte und leckte er sich besonders ausgiebig und gefiel sich in seiner kraftstrotzenden Pose. Ach es ist einfach wunderbar, mag er in solchen Augenblicken gedacht haben. Er lag auf dem Rücken, hatte die Augen geschlossen und liebte das Leben.

Wenn Baldur durch die Gärten lief, mit seinem dichten Fell und seinen schweren Gliedmaßen, dann schüttelten sich die Menschen und lockten ihre Katzen ins Haus, denn sie fürchteten blutige Auseinandersetzungen und hohe Tierarztrechnungen.

Dann kam der Tag, der alles verändern sollte.

Irgendwie wurde es an diesem Tag früher dunkel als sonst. Baldur machte sich wie so oft wieder einmal auf, sein Revier zu inspizieren. Er lag gerade auf der Lauer, denn er wollte sich eine Maus für sein nächtliches Spielvergnügen fangen, da zogen plötzlich brenzliche Düfte in seine Nase. Zuerst war er irritiert und konnte den Geruch nicht einordnen. Dann wurde ihm bewusst, dass irgendetwas mit seinem Heim nicht stimmte. Diese Dünstung mochte er gar nicht. Er zog noch einmal das Aroma ein. Widerlicher Gestank, dachte Baldur. Merkwürdig, irgendwie riecht es gefährlich, nur einordnen konnte er den Gestank noch nicht. Er hatte schnell für sich entschieden, diese Art Geruch nicht zu mögen.

Auch wenn es widerlich war und seine Sinne unangenehm berührte, zog er ihn erneut tief ein, und nun witterte er das drohende Unheil, das von ihm auszugehen schien.

Eilig ließ der Kater die Maus sausen, die gar nichts verstand, sich schon von ihrem Leben verabschiedet hatte und nun überglücklich in einem ihrer Fluchtgänge für den Rest der Nacht untertauchen konnte. Er ärgerte sich nur kurzzeitig, sie ungejagt davonhuschen lassen zu müssen. Stattdessen sprintete er schnell zurück zum Haus, denn er vermutete Hilfebedarf für die alte Dame

Erstes Buch – Nonsens- und Lügengeschichten aus Grünheide
Baldur, der Kampfkater

An dem Haus angekommen, wehten gerade erste Rauchschwaden aus dem Dach. Entsetzt sah er, dass keines der Fenster offen stand; als er ums Haus wetzte. Dabei nahm er aber ihre Schlafgeräusche wahr, die eindeutig aus ihrem Schlafzimmer kamen. Einen Moment war er unschlüssig, Ratlosigkeit machte sich in ihm breit, wollte von ihm Besitz ergreifen. Doch er beobachtete mit Besorgnis, dass erste Flammen aus dem Dach schlugen. Er zögerte nur einen Moment, wirklich nur kurz, dann fasste er sich ein Herz und schleuderte sich mit aller ihm zur Verfügung stehenden Kraft gegen das Fenster. Mit ohrenbetäubendem Lärm ging die Scheibe zu Bruch; man hörte laut das Glas zersplittern. Durch Baldurs Wucht flog die obere Hälfte der Scheibe nach innen und zerschellte laut krachend auf dem Boden. Aber durch den Widerstand abgebremst, flog der Kater nicht hinterher, sondern von oben auf die untere Hälfte der zersplitterten Scheibe, die noch im Fensterrahmen steckte. Die Scherbe, auf die er fiel, ragte spitz in die Höhe und zerschnitt sofort Baldurs Fell, und damit nicht genug, auch seine Haut, die seinen Bauchraum schützte. Ein stechender Schmerz durchfuhr ihn. Er jaulte kurz auf. Blut spritzte. Seine Vorderpfoten hingen schon im Zimmer, seine Hinterpfoten noch draußen. Sein Mittelteil jedoch steckte durch die Glasscherbe aufgespießt im Fensterrahmen. Seine Pein wurde unerträglich. Mit letzter Anstrengung und, indem er die Schmerzen versuchte zu ignorieren, verlagerte er sein Gleichgewicht so, dass er von der Scherbe loskam und nach innen plumpste. Das Blut tropfte.
Endlich wieder in Freiheit, war ihm bewusst, dass er jetzt schnell handeln musste. Wer weiß, wie lange die Schmerzen erträglich bleiben, dachte Baldur. Eilig sprang er an ihr Bett, in dem sie noch immer lag und schnarchte. Spontan sprang er ihr ins Gesicht, um sie wach zu bekommen, anders wusste er sich nicht zu helfen. Auch wenn die stechenden Schmerzen dabei unerträglich waren. Sie erwachte und schaute den Kater schlaftrunken an. Was macht der denn hier, in meinem Zimmer, wird sie vielleicht bei seinem Anblick gedacht haben. Dann erkannte sie aber sofort die gefährliche Situation, in der sie sich befand. Mit einem Satz war sie aus dem Bett. Diese Behändigkeit hätte man ihr nicht mehr zugetraut. Schnell war sie auf den Beinen, lief nach Behältnissen, um Wasser zu schöpfen und das Feuer zu bekämpfen. Typisch für alte Menschen. Anstatt sie sich selbst retten! Aber nach einer Weile ihrer Löschversuche merkte sie, dass es ein sinnloses Unterfangen war, das Holzhaus retten zu wollen und eilte flüchtend nach draußen. Für Baldur hatte sie, bevor sie mit Eimern bewaffnet die Flammen löschen wollte, die Haustür aufgesperrt. Er sprang hinaus. Aus seiner Wunde tropfte nach wie vor Blut, doch davon sah sie nichts.
Schnell rannte der Kater zur Feuerwehr. Noch einmal musste er eine Glasscheibe

Erstes Buch – Nonsens- und Lügengeschichten aus Grünheide
Baldur, der Kampfkater

zertrümmern, denn er wusste, den schwarzen Knopf dahinter musste er eindrücken, dann kommt Hilfe.
Völlig entkräftet vom enormen Blutverlust biss er noch einmal die Zähne zusammen, sprang gegen die Scheibe und zersplittere sie. Gleichzeitig heulte die Sirene auf.
Geschafft, dachte er erleichtert.
Die Feuerwehrleute kamen augenblicklich. Zuerst kam der Brandmeister, dann sein Stellvertreter. Danach kam auch die Mannschaft eilig zum Löschfahrzeug. In Windeseile zogen sich die Männer ihre Kombinationen an und brausten schnell mit dem Fahrzeug los.
Derweil sah der Meister den sich davon schleppenden Kater. Den kenne ich, dachte er verwundert, das ist doch Baldur von der alten Dame im Wald, hat der uns alarmiert, fragte er sich, erstaunt über Baldurs Fähigkeiten? Sein Blick wanderte automatisch zu den Baumkronen des Waldes, in die Richtung, wo er in etwa das Haus der alten Frau wusste. Da sah er auch schon aus den Kiefern dort Rauch aufsteigen. Schnell dirigierte er das Löschfahrzeug an den richtigen Ort.
Derweil schleppte sich Baldur noch ein paar Meter weiter. Dann erfasste den Kater ein Todeskrampf, der ihn schüttelte und auf die Seite warf. Wie aus der Ferne drang noch das Signalhorn des vorbeibrausenden Feuerwehrautos in sein Bewusstsein, machte ihn ruhig; jetzt kann ich einschlafen, waren seine letzten Gedanken.
Als die Feuerwehrleute an der Brandstelle eintrafen, stand das ganze Holzhaus bereits in Flammen. Davor kauerte die Alte und greinte erschöpft. Es blieb ihnen nur noch zu tun darauf aufzupassen, dass die Waldbäume nicht noch Feuer fingen und der Brand sich ausbreitete. Binnen kurzer Zeit blieben von dem Haus nur noch schwelende Balkenreste übrig, so hatte das Feuer gewütet. Die geschockte Frau führten sie derweil behutsam von dem Unglücksort fort und brachten sie derweil bei ihrem Enkel unter.
Danach gab es für die Feuerwehleute nichts mehr zu tun. Sie fuhren mit ihrem Löschfahrzeug in ihr Depot zurück.
Unterwegs entdeckte der Brandmeister den toten Kater. Behutsam barg er ihn und später, als sie die Männer ihre Vorbereitung für den nächsten Einsatz erledigt hatten, fand der Brandmeister die Zeit, mit seinem PKW die Strecke zu dem Enkel der Frau erneut zu fahren und ihr den verschiedenen Kater zu bringen.
Die Frau hatte dem Jungen gerade Baldurs aufopferungsvolle Rettungsaktion geschildert, der Brandmeister beiden Baldurs Tat auf der Feuerwache. Fassungslos starrte der Enkel abwechselnd auf den Katzenleichnam, dann wieder in die Ge-

sichter der Berichtenden, denn er konnte nicht glauben, was er von ihnen hörte. Der Kater, dachte er anerkennend, wer hätte das gedacht.

Am nächsten Tag fuhr er mit Baldurs Leiche zu einem Präparator und ließ den Katzenkörper konservieren. Dazu fühlte er sich verpflichtet, nach allem, was Baldur seiner Großmutter helfend angetan hatte. Dann klärte er auch noch die Versicherungsleistungen für den Brandverlust. Von dem Geld baute er dann seiner Großmutter ein kleines, diesmal massives Haus an gleicher Stelle. Baldurs konservierten Körper drahtete er fest auf einen horizontal wachsenden Ast, so dass die ersten Blicke der Großmutter, wenn sie morgens aufwachte und aus dem Fenster schaute, immer erst auf ihren Lebensretter fielen; auf einen verschmitzt dreinblickenden Kater.

Das Waldhaus
oder wie der Storch zu seinem Bein kam

Der Igel stromerte durch den Garten. Den kannte er noch nicht, also untersuchte er ihn sorgfältig. Unter Heckensträuchern fand er einen Blätterhaufen, den er mit seiner Schnauze nach Essbarem durchwühlte. Er fand einige Würmer, die er genüsslich verspeiste.

Dann ging es mit kleinen flinken Schritten weiter. Eine Tonne war in die Erde eingelassen. Auf die stieß der neugierige Igel. Ihre Abdeckung war etwas seitlich verrutscht, so dass er hineinspähen konnte. Man kann ja nie wissen, dachte das Stacheltier, vielleicht haben sich dort Käfer und Würmer versteckt. Aber darin war es erst einmal ziemlich dunkel. Er konnte nichts erkennen, also beugte er sich weit hinüber. Dann ging es schnell. Er verlor seinen Halt und stürzte kopfüber hinein. Es platschte und der Igel tauchte in eine kalte Wasserneige ein. So schnell er bis auf den Grund hinab fiel, kam er wieder an die Wasseroberfläche, ähnlich wie eine Pose oder eine Boje. Nun blieb ihm nur noch zu paddeln, sich irgendwie über Wasser zu halten. Schnell kam der Igel zum Rand, schnaufend, aber so sehr er sich auch bemühte, er bekam keinen Halt. So musste er immer weiter mit seinen kleinen Armen rudern, um sich über Wasser zu halten. Nach einer Weile des Prustens und krampfhaft Luft Einsaugens wäre er jämmerlich untergegangen, denn seine Kräfte waren schnell erlahmt. Doch es nahte unerwartet Rettung. Der Sohn des Hausherrn kam zufällig in den Garten, wollte gerade den Sitz der Abdeckung korrigieren, als er kurz in die Regentonne spähte und den um sein Leben kämp-

Erstes Buch – Nonsens- und Lügengeschichten aus Grünheide

Das Waldhaus oder wie der Storch zu seinem Bein kam

fenden Igel entdeckte. Eilig holte er sich eine Schippe und barg ihn mit deren Hilfe.
In typischer Igelmanier wollte der sich zusammenrollen. Aber selbst dafür war der Igel zu entkräftet. Sein Versuch scheiterte kläglich. Außerdem war er pitschenass und fror mittlerweile erbärmlich. Er zitterte buchstäblich am ganzen Stachelleibe. Schnell trug er den Igel in den Keller. Anschließend holte der Junge verstohlen Mutters Föhn und blies den Igel mit warmer Luft erst einmal einigermaßen trocken. Dann bettete er ihn behutsam in eine Kiste, in die er vorher Hobelabfälle geschüttet und darauf eine alte Filzdecke gelegt hatte. In die er den Igel einwickelte. Der war es zufrieden und schlief augenblicklich ein.
Der Junge wollte dem Igel noch etwas Gutes tun. In wenig Wasser löste er eine Multivitamintablette auf und mischte sie einer Büchse mit Katzenfutter unter, von der der Junge wusste, dass Igel so etwas mögen. Anschließend füllte er den Büchseninhalt auf einen Teller und stellte den neben die Kiste, in der der Igel sich überhaupt nicht stören ließ und ganz entspannt schnarchte.
Inzwischen belagerte der Junge seinen Vater, dem er die Story mit dem Igel erzählte. Der hörte ganz genau zu und lobte dann seinen Sprössling für dessen umsichtiges Verhalten. Nur allzu gern erfüllte er seinem Sohn die Bitte, ein Starthäuschen, wie der Junge sich ausdrückte, für den Igel zu bauen und im Garten aufzustellen; dort sollte der sich wieder ab übermorgen an die raue Wirklichkeit gewöhnen.
Am nächsten Morgen suchte der Junge den Igel im Keller wieder auf und brachte ihm einen Teller mit Katzenfutter wie am Vortag. Jetzt stellte er ihm noch einen Teller mit frischem Wasser dazu, denn trinken muss sein, sagt sein Vater auch immer.
Einen Tag später deponierten Vater und Sohn das neue Igeldomizil, ein Holzhäuschen, unter der Hecke. Die neue Igelbehausung, vom Vater gebaut, war mit einer Filzmatte ausgekleidet.
„Benny", wies der Vater an, „hier diese Zeitungen, reiß sie mal Seite für Seite ab, knäule die Seite dann und werf sie anschließend in das Häuschen. Das Dach ist abnehmbar. Zeitungspapier, musst du wissen, isoliert wunderbar, speichert die eigene Körperwärme. In den Zeitungspapierhaufen kann sich dann der Igel gut einmummeln".
„Das wird ihm so gut gefallen, davon will er dann gar nicht mehr weg", meinte Benny. Dann holten beide das Tier aus dem Keller und legten den Igel behutsam in die neu gezimmerte Behausung.
Und in der Tat, in den frühen Morgenstunden der nächsten Nacht kam der Igel

Erstes Buch – Nonsens- und Lügengeschichten aus Grünheide
Das Waldhaus oder wie der Storch zu seinem Bein kam

wieder und kletterte in das für ihn erbaute Holzhäuschen. Es ist nun mal Spätsommer, da sind die Nächte mitunter schon recht kalt, wird er sich gedacht haben.
So war es mit dem Igel. Eigentlich, wenn man so will, der erste Gast des Waldhauses. Zumindest war die Idee des Waldhauses geboren; Tierasyl, Tierheim, Tierkrankenstation, von allem etwas. Im Laufe der Zeit folgten weitere Igel, und auch denen wurden weitere Holzhüttchen gebaut.
Waldhaus, so nannte die Bevölkerung ihr Heim, da zwar das Grundstück, auf dem es stand, am Waldrand endete. Aber der weitaus größere Teil reichte bis in eine Flussniederung. Trotzdem, Waldhaus. Na gut, wenn es denn sein muss. Gegen Volkes Wille ist sowieso kein Kraut gewachsen.
Der Vater baute, so wie die Igel zu ihnen gelangten, noch einige Igelhäuschen, und Benny stattete sie mit Knüllpapier aus.
Zum Beispiel ein Nachbar. Der brachte ihnen eine Woche später ebenfalls einen Igel, den er auf der Straße, umherirrend, gefunden hatte, denn ihre vorzügliche Igelpflege hatte sich wie ein Lauffeuer im Ort herumgesprochen.
Wie sie sich denken können, brachten die Leute nicht nur Igel. Ein sehr entfernter Verwandter brachte ein Schaf zu ihnen, das sich eine Glasscherbe eingetreten hatte und nun nur noch hinkte. Wie man sich denken kann, blieb es immer in der Herde zurück und der Schäfer hatte Mühe, es nicht zurückzulassen.
Und dann ging es wirklich los. Die zündende Idee zum Tierheim hatte der Ehemann, und zwar fing es so an: als die Familie eines Abends zusammen am Abendbrottisch saß, blieb er auffallend einsilbig. Die Frau blickte ihren Mann an. „Du hast doch was", fragte sie ihn. Sie kannte ihn mittlerweile zu gut, als dass er ihr etwas verheimlichen konnte. Trotzdem druckste er herum und kam nur zögerlich mit der Antwort heraus:
„Mir ist da eine Idee gekommen. Lehnt nicht gleich in Bausch und Bogen ab, denkt erst einmal in Ruhe darüber nach. Was haltet ihr davon, eine Krankenstation für Tiere aufzumachen. Vorige Woche, als mir Benny die Geschichte mit seinem Igel erzählte, ist mir die Idee gekommen. Den letzten Zweifel hat mir das verletzte Schaf genommen. So etwas Derartiges gibt es hier in der Gegend noch nicht, und der Bedarf ist riesengroß".
Die Angesprochenen am Tisch blieben stumm, über den Vorschlag sinnierend, jeder mit seinen Gedanken beschäftigt. Nur Benny bekam glänzende Augen, je mehr er über den Vorschlag seines Vaters nachdachte.
Die Ehefrau war es, die als erste das Schweigen brach. Natürlich hatte sie rationale Einwände: „Und wie stellst du dir das vor, wie willst du das finanzieren?"

Erstes Buch – Nonsens- und Lügengeschichten aus Grünheide
Das Waldhaus oder wie der Storch zu seinem Bein kam

„Mit Spendengeldern, denke ich mir. Natürlich müsst ihr mich alle unterstützen. Das geht nur, wenn wir alle an einem Strang ziehen".

„Das kannst du gleich vergessen, dass ich meinen Job aufgebe, wenn du an so etwas gedacht haben solltest", protestierte seine Ehefrau.

„Keiner gibt seinen Job auf", warf er beschwichtigend ein, „ich auch nicht, zumindest zu Anfang nicht".

Seine Mutter, die auch in dem Haushalt lebte und mit am Tisch saß, freute sich im Stillen über das Vorhaben ihres Sohnes. Aber sie hielt sich zurück. Letztendlich müssen sich die jungen Leute darüber verständigen, dachte sie moderat.

Sie diskutierten noch eine ganze Weile über seinen Vorschlag,

Lange Rede, kurzer Sinn. Letztendlich stimmten sie zum Schluss über ihn ab. Die Entscheidung, wie so oft bei ihnen paritätisch getroffen, fiel zugunsten der Krankenstation aus.

Vormittags, wenn die Leute die verletzten Tiere brachten, nahm Bennys Oma sie in Empfang, am Nachmittag, wenn der Junge aus der Schule wieder Zuhause war, übernahm er das Ganze. Die Familie war inzwischen, was die Tierversorgung betraf, ein eingespieltes Team. Futterzubereitung und deren Darreichung übernahm im Wesentlichen der Junge, ebenso ihre Reinigung. Die Tiere bekamen auch jedes Mal eine gehörige Portion Zuwendung von ihm, denn sie waren ja krank, da brauchten sie gerade viel Zuspruch, das hatte ihm sein Vater oft genug erklärt.

„Denk mal, wie du dich fühlst, Benny, wenn du krank bist".

Abends behandelte der Vater die verschiedenen Verletzungen der Tiere und besprach erforderliche Therapien mit seiner Mutter und seinem Sohn. Seine Gattin hatte wenig Zeit für die Tiere, nur am Wochenende mitunter, denn als Ärztin in einem Krankenhaus hatte sie oft auch in der sonst freien Zeit Dienst.

So war im Waldhaus alles geregelt: Benny und seine Großmutter kümmerten sich um das Wohlergehen der Tiere, der Vater um die Beschaffung der Gelder. Bis in die Hauptstadt hinein sprach er Firmen an und bat sie um eine Spende. Bald hatte er soviel zusammen, dass er an seiner Grundstücksgrenze feste Stallungen bauen lassen konnte, dass die Tiere ein festes Dach über den Kopf bekamen.

Daneben außerhalb seines Zaunes verlief ein Fußgängerweg, und er ließ in seine Richtung jeweils ein großes Fenster in die Rückwände der Stallungen einbauen, dass interessierte Passanten einen Blick auf die Tiere werfen konnten. Eine kleine Tierschau! Wenn sie da vorbei waren, stand am Ende der Gebäudereihe ein Topf, der um eine Spende für die Tierversorgung bat.

Etwa um diese Zeit fand ein Passant einen Storch. Der lag im Schilf einfach so da, wie eine Glucke, die Eier ausbrütet. Seltsam, dachte der Mann, ein liegender

Erstes Buch – Nonsens- und Lügengeschichten aus Grünheide
Das Waldhaus oder wie der Storch zu seinem Bein kam

Storch, mitten im Schilf, das habe ich noch nie gesehen. Er zog sich Gummistiefel an und pirschte sich näher heran, Das ist wirklich schon sehr ungewöhnlich, einen Storch so flach liegen zu sehen. Als er näher trat und die ihn umgebenden Schilfhalme zur Seite bog, um ihn besser zu erkennen, blickte der ihm nahezu trotzig in die Augen, unter dem Motto: wenn ich dir fest in die Augen schaue, wirst du mir nichts tun. So nah der Passant auch herantrat, er machte keine Anstalten, das Weite zu suchen.

Da sah der Mann, warum der Vogel nicht fort flog: aus irgendwelchem Grund hatte der Storch nur ein Bein. Adebar, dachte der Passant bei sich, wie hast du das denn verloren, denn ein Storch mit nur einem Bein ist gelinde gesagt zumindest äußerst ungewöhnlich. Wo der Storch das Bein verloren hatte, konnte der Mann sich nicht erklären: hoffentlich keine Wilderei oder kein dummer Jungenstreich, dachte er im Stillen. Egal wie, Fakt ist, das Bein ist ab. Ein Fall für das Waldhaus, dachte er spontan.

Behutsam packte er den Vogel und trug ihn mit beiden Händen vor sich wie eine Trophäe oder wie die goldene Gans, ganz wie sie wollen.

Im Waldhaus kam der Hausbesitzer gerade nach Hause und nahm den versehrten Storch in Empfang.

Er packte ihn genauso, wie der Passant es getan hatte, indem er ihm seine Flügel an seinen eigenen Körper drückte. Dann untersuchte er ihn.

„Alles Übrige an ihm ist gesund", stellte er, ihn in seinen Händen vorsichtig bewegend, fest. Der Storch merkte sofort an der Art und Weise, wie sicher er gegriffen wurde, dass er nichts zu befürchten hatte. „Das mit dem Bein muss ihm erst vor kurzem passiert sein", sagte er dem Passanten, der interessiert zusah, wie er den Storch untersuchte. „Sein Ernährungszustand ist erstaunlicherweise in Ordnung, wahrscheinlich wäre sonst sein Allgemeinbefinden nicht so gut. Ohne Bein könnte er nämlich nicht jagen", erklärte er.

Der Passant schüttelte mit den Achseln, „mhm", meinte er, „mag sein, ich hab keine Ahnung".

Jetzt nahm er sich die Extremitäten des Storches vor.

Das Beingelenk ist noch dran, wenigstens das, dachte er erleichtert, dann kommen noch etwa zehn Zentimeter Bein, gewissermaßen ein Stumpf, und dann nichts mehr. Zum Abschluss fotografierte er den Storch, besonders die Stellen, die das Bein betrafen, denn er wusste, was er in nächster Zeit vordergründig zu tun hatte: er musste sich um ein künstliches Bein für den Storch kümmern, fiel ihm spontan ein.

Bevor der Passant ging, notierte er sich dessen Adresse.

Erstes Buch – Nonsens- und Lügengeschichten aus Grünheide

Das Waldhaus oder wie der Storch zu seinem Bein kam

Am nächsten Abend erzählte er seiner Familie die Erlebnisse mit den Firmen und der Storchbeinprothese.

„Zuerst bin ich zu einem Unternehmen gegangen, das baut so ausgestylte Wintersportgeräte. Zum Beispiel haben die einen hochmodernen Bob entwickelt, natürlich m Windkanal getestet, mit dem unsere Olympioniken fahren. Ich will euch damit nur bildlich machen, bei denen ist viel Geld im Spiel; alles war vom Feinsten, kann ich euch sagen; und ausgestattet waren die! Man merkte gleich, bei denen geht es um viel Geld. Da hab ich mir gedacht, die musst du gewinnen. Die würden dem Storch ein wunderbares Bein entwickeln. Das hätten die auch getan. Doch als die Rede auf das Geld kam und ich die Prothese bezahlen sollte, war mir klar, dass die mir zwar ein wunderbares Bein hergestellt hätten, aber bei dem Wort ‚Spende' haben die mich so komisch angesehen, da habe ich gemerkt, das wird nichts mit denen und: schade um die wertvolle Zeit mit ihnen. Man hat gemerkt, es ging um zu wenig, nur um einen Storch und um keinen Olympiasieg. Ich machte, dass ich weiterkam.

Die nächste Firma war ein Unternehmen, das hauptsächlich Scheibenwischer für die Autoindustrie herstellt. Als ich mit meinem Storchproblem kam, waren sie sofort Feuer und Flamme. Von Anfang an interessierten sie sich für den Storch und seine Beinproblematik. Als ich meine Bilder ausgebreitet hatte, holten sie sofort ihren Entwicklungsingenieur hinzu. Man sah ihm sofort an, dass er im Kopf die Herangehensweise schon klar hatte. Sein Blick war erst aufmerksam auf die Bilder gerichtet, dann nach innen, als stünde dort das Ergebnis. Und so war es sicher auch. Für ihn war, glaub ich, schon alles klar; das Bein schon konstruiert".

Benny stellte sich hinter seinen Stuhl und lachte auf. „Ein Scheibenwischerbein", feixte er. Dabei entlastete er sein rechtes Bein, nur auf dem linken stehend, und schwenkte es im Takt vor und zurück,

„Wie praktisch", lachte er. „Wenn er im Herbst zieht und in sein Winterquartier fliegt, dabei in einen Regenschauer gerät, kann er gleich mit seinem Bein über sein tropfnasses Gesicht wischen". Benny lachte und grunzte bei dem Gedanken.

„Bleib ernst", mahnte der Vater. „Ich bin jedenfalls froh, dass sie gleich bereit waren für das Bein. Ach, übrigens, morgen kommen sie her und scannen den Storch in ihren Computer ein".

Am nächsten Tag kamen sie wie angekündigt zum Waldhaus und nahmen die Maße des Vogels in ihren Computer auf. Danach sahen sie, der Entwicklungsingenieur und sein Konstrukteur, sich ein Video über das Leben eines Storches an, denn sie wollten ganz genau wissen, wie ein solcher Vogel seine Extremitäten über einen ganzen Tag einsetzt.

Erstes Buch – Nonsens- und Lügengeschichten aus Grünheide
Das Waldhaus oder wie der Storch zu seinem Bein kam

Nach zwei weiteren Tagen hatten sie ein Bein auf dem Rechner konstruiert, kamen wieder angefahren und besprachen ihr Resultat mit dem Storchbeinauftraggeber, gleich auf dem Laptop. Bis auf ein paar kleine Veränderungen, die sie sofort am Computer vornahmen, war der Mann von dem Resultat begeistert.
Eine Woche darauf brachten sie ihm das künstliche Storchenbein. Sie gaben es dem Mann in die Hand.
„Es fühlte sich sehr leicht an", meinte der spontan, „und, soviel ich sehe, stimmt selbst die Farbe mit dem verbliebenen Storchenbein überein".
Er wog es in der Hand und machte ein anerkennendes Gesicht.
„Man spürt es kaum", sagte er anerkennend und betrachtete es nun eingehend.
„Hightechmaterial, unwahrscheinlich leicht", meinte er zu dem Ingenieur, seine Hand, in der er das neue Storchenbein hielt, auf und ab wippend.
„Viel schwerer hätten wir es auch nicht machen dürfen, schließlich muss ja der Vogel damit fliegen können".
Der Ingenieur nahm ihm das Bein aus der Hand.
„Es besteht hauptsächlich aus Rohrmaterial. Im Kniebereich haben wir ein Dämpfungsorgan eingebaut, so eine Art Stoßdämpfer. Jetzt kann er starten und landen, ohne dass sich das Bein wieder verabschiedet, es soll ja eine Weile halten".
„Einen Stoßdämpfer", fragte der Mann nach?
Der Chefkonstrukteur griff sich einen Stift und ein Blatt Papier. Er skizzierte darauf einen abstrakten Storch mit zwei Beinen. Er malte Pfeile an die Beine, nach unten und nach oben gerichtete.
„Sehen sie mal hier: wenn der Storch startet und landet, wirken auf das Bein enorme Kräfte. Die versuchen wir, mit dem Stoßdämpfer, wenn sie so wollen, abzuleiten".
Offensichtlich hatte der Chefkonstrukteur an alles gedacht.
„Natürlich, schreiten kann er nicht mehr, denn ab Kniegelenk unterwärts könnte er ja die Gelenke nicht mehr steuern".
„Abwarten", sagte der Mann, „der Storch wird sich an die Beinprothese gewöhnen und Bewegungsabläufe neu lernen, da bin ich mir sicher. Kompensationsbewegungen, wenn sie wissen, was ich meine".
Der Ingenieur nickte mit dem Kopf. Dann gab er ihm noch ein paar Hinweise, wie das Bein dem Storch am besten angebracht werden kann.
„Sehen sie hier die kleine Stelle über dem Stoßdämpfer?" Er tippte mit seinem Stift die Markierung an. „Hier machen sie das Material heiß, meinetwegen mit einem Lötkolben. Es dehnt sich dann aus. Jetzt stülpen sie dem Storch schnell die obere Beinhülse auf seinen Stummel und lassen das Bein wieder abkühlen; es

Erstes Buch – Nonsens- und Lügengeschichten aus Grünheide

Das Waldhaus oder wie der Storch zu seinem Bein kam

schrumpft sich dann fest drauf". „Wie fest", wollte der Mann wissen. „Nicht zu fest, keine Angst, aber so fest, das es nicht wieder so schnell abgeht. Das Bein ist nahezu wartungsfrei, aber einmal im Jahr würde ich es abnehmen und den Stumpf behandeln. Ich glaube, dass ist ratsam. Dann umgekehrt vorgehen, na klar".
„Ach ja, noch was. Machen sie sich über die Kosten keine Gedanken; ich sage nur eins, die Industrie zahlt. Hauptsache, der Storch kommt mit seinem neuen Bein klar".
Er nannte ihm noch ein paar Pflegehinweise und dann verabschiedeten sich die Beinentwickler.
„Vielen Dank für alles, auch im Namen des Storches", stammelte der Mann; er war nahezu sprachlos.
Der Ingenieur wiegelte ab. Im nächsten Moment war er verschwunden.
Stunden später, Benny war aus der Schule zurück und assistierte ihm dabei, griff er sich den Storch und ging mit ihm in ein freies Stallgebäude und betäubte ihn. Dann steckte er dem narkotisierten Storch das Bein an. Er machte es genau so, wie es ihm beschrieben worden ist. Es ging wirklich ganz leicht. Das Bein saß wie angegossen. „So, Benny, nun muss der Vogel seine Arbeit leisten, die schwerste, mein Junge; die kann ihm keiner abnehmen; er muss das künstliche Bein annehmen und nichts Geringeres als damit klarkommen", sagte der Vater besorgt.
Nachdem der Storch aus der Narkose aufgewacht worden war, lehnten sie ihn mit abgespreizten Beinen stehend gegen eine Wand.
Bums, der Vogel rutschte weg und landete unsanft auf dem Fußboden. So sehr er sich auch bemühte, er konnte sich nicht allein aufrichten. Schnell ging der Junge hinein und gab ihm wieder wie vorher seine Lehnhilfe.
Erst einmal lernte der Storch das freie Stehen. Das klappte schon ganz gut. Nach Stunden des Übens schwankte er zwar, aber er fiel nicht mehr. Er korrigierte viel mit seinen Schwingen. Im Grunde genommen nahm er alles zu Hilfe, was ihm zur Verfügung stand: mal die Flügel, mal den Schnabel.
So unternahm er seinen ersten Schritt, den ersten Schritt mit dem neuen Bein. Er schwankte zwar bedenklich hin und her, aber er fiel nicht. Schließlich, als er doch umkippte, bemühte er sich sehr und kam letztendlich wieder allein auf die Beine. Das war für Vater und Sohn das Signal, ihn in Ruhe zu lassen.
„Auch wenn es schwer fällt, er muss allein klar kommen", sagte der Vater. Der Junge schaute mitfühlend durch die große Fensterscheibe auf die Bemühungen des Storchs.
„Glaub mir, Benny, der Vogel wird's uns danken. Komm!"
Mit einem letzten Blick auf den Storch verließen Vater und Sohn die Stätte.

Erstes Buch – Nonsens- und Lügengeschichten aus Grünheide
Das Waldhaus oder wie der Storch zu seinem Bein kam

Abends, als der Vater abgelenkt war, schlich sich Benny aus dem Haus fort. Heimlich stellte er sich an das große Fenster und lugte in den Raum hinein, um den Storch und seine Bemühungen zu beobachten. Der korrigierte gerade mit seinem Schnabel die Stellung der Beinprothese.
Teufelskerl, dachte Benny und schlich sich wieder ins Haus.
Am nächsten Morgen hatte der Storch gelernt, halbwegs mit seinem künstlichen Bein umzugehen. Als Vater und Sohn gemeinsam den Storch aufsuchten, stand der in seinem vorübergehenden Wohnsitz, zwar schwankend, aber beide aus seinen kohlrabenschwarzen Augen erwartungsfroh, wie es beiden schien, anlugend, voller Tatendrang. Der Mann betrachtete den stehenden Storch kritisch, fand aber, dass der für die kurze Zeit recht ordentlich zu Recht kam.
„Einen Tag und eine Nacht mindestens wollen wir ihm noch geben, Benny. Mal sehen, wie er morgen drauf ist". Damit verließen sie ihn, nicht ohne ihm frisches Wasser hinzustellen.
Der Förster brachte ihnen einen alten Telegrafenmast aus Holz. Der kam ihnen gerade recht.
Als hätte er es geahnt, freute sich der Junge, denn sie wollten dem Storch ein neues Zuhause schaffen.
Sie fuhren dann beide zu dem Ortsschmied, um eine alte Traktorradfelge zu erbitten, für einen neuen Storchensitz, erklärte Benny.
Der Schmied brubbelte, gab ihnen aber die gewünschte Felge. Insgeheim freute er sich, dass es Menschen gibt, denen es nicht gleichgültig lässt, was mit den Tieren passiert.
Sie bauten aus dem Mast und der Felge dem Storch einen ausgezeichneten Hochsitz. Anschließend kleideten sie die Wohnmulde mit Weidengeflecht und Gras aus.
„So", sagte der Vater, als sie fertig waren, „jetzt kann er in den Boden".
Abends fuhr der Kran vom Nachbarn vor und setzte den Mast in das von den beiden vorbereitete Erdloch. Mit einer kleinen Betonmischung befestigten sie den zukünftigen Storchsitz, denn der nächste Sturm kommt gewiss, und danach sollte es noch stehen.
„Ganz schön niedrig", sagte der Vater kritisch, als er den Mast aufragen sah, „na ja, ich würde sagen, grenzwertig. Von da oben, meinte er, indem sein Blick gedankenverloren in die Flussniederung wanderte, kann der Storch das Flussvorland gut einsehen, besonders für seine Futtersuche".
„Wichtig ist, dass der Storch sein neues Nest annimmt", meinte Benny, „alles Andere wird sich finden".

Erstes Buch – Nonsens- und Lügengeschichten aus Grünheide
Das Waldhaus oder wie der Storch zu seinem Bein kam

Am nächsten Morgen holen sie den Storch und stellten ihn in die Flussniederung. Erst stand er, als müsse er sich erst wieder an die frische Luft gewöhnen, sein Blick wanderte den Fluss hinauf und hinunter. Dann entdeckte er den für ihn errichteten Wohnsitz. Scheel schaute er hin, unter dem Motto: was ist denn das schon wieder. Aber Benny schnappte sich den Vogel und trug ihn bis vor den eingelassenen Telegrafenmast.

„Das ist jetzt deins, Prothi", sagte er dem Storch und zeigte nach oben.

Derweil beobachtete der Vater die beiden. Mit ‚Prothi' meint der Junge bestimmt den Storch, dachte er verwundert. ‚Prothi', schüttelte der Vater den Kopf. Kinder, dachte er, aber bitte, warum nicht Prothi, wenn es denn sein muss.

Der Prothi genannte Vogel, als hätte er den Jungen verstanden, flog hinauf und beäugte kritisch, was Vater und Sohn da gebaut hatten. Er zupfte dort mit dem Schnabel, schichtete hier um, beäugte alles sehr kritisch. Doch im Wesentlichen war er mit dem Resultat beider einverstanden.

Jeden Abend nun ging Benny in die Nähe des Hochsitzes und erzählte dem Storch seine Tageserlebnisse. Der blickte derweil von oben auf den Jungen herunter, aus seinen kohlrabenschwarzen Knopfaugen, als verstünde der, was der Junge ihm sagte.

Eines Abends im Frühherbst hörte die Familie beim Essen aufgeregtes Klopfen von dem Storch. Das Geräusch war wie ein Signal für Benny, sofort zu dem Hochsitz zu eilen. „Prothi", entwich es ihm spontan. Aber es gab ein ungeschriebenes Gesetz in der Familie, vom Tisch erst aufzustehen, wenn der letzte geendet hatte. Der Vater bemerkte bei dem Klappergeräusch die sofort auftretende Unruhe in dem Jungen. Er schaute sich das Zappeln seines Jungen am Tisch eine Weile an. Dann entließ er ihn von seinen Tischpflichten. Schnell rannte dieser hinaus.

Am nächsten Tag, einem Sonntag, rannte der Junge gleich früh zum Nest des Storches. Aber vergeblich! Er fand ihn nicht, weder am Fluss beim Jagen, noch sonst wo. Benny rannte verzweifelt nach Hause, um die Hilfe des Vaters beim Suchen zu erbitten, doch der besänftigte ihn.

„Damit musstest du eines Tages rechnen, mein Junge. Sieh doch mal auf den Kalender, welches Datum wir heute haben", sagte ihm der Vater mit ruhiger Stimme. Mit einem schnellen Blick auf den Kalender sagte Benny, immer noch kleinlaut und mit Trauer in der Stimme: „Ich weiß, worauf du hinaus willst, aber es ist doch noch Sommer".

„Tja, Benny, die Störche brauchen eben so lange, bis sie in ihrem Winterquartier sind. Du solltest eigentlich froh sein, dass die anderen Störche ihn so akzeptiert haben, wie er ist". Der Vater merkte, er musste noch irgendetwas Tröstendes hin-

terherschicken: „Sei beruhigt, wenn alles gut läuft, ist er ja im nächsten Jahr wieder bei dir".
Plötzlich hörten sie lautes Gekreische. Schnell rannten beide aus dem Haus und schauten zum Himmel. In spitzwinkliger Formation flogen große Greifvögel kreischend am Himmel.
Irgendwo da oben ist bestimmt Prothi dabei.
Automatisch hob der Junge eine Hand und winkte wie zum Gruß.

Hubert Batsch will fliegen

Seinerzeit gab es in Grünheide einen Mann namens Hubert Batsch, der die Idee hatte, fliegen zu wollen. Das, was die Vögel können, kann ich schon lange, sagte er sich selbstbewusst. Dabei warf er trotzig seinen Kopf etwas in den Nacken, wenn er jemand von seinem Vorhaben berichtete. Die das beobachteten, fanden, dass diese Geste etwas arrogant wirkte.
Und dann geschah das Unvermeidliche, hören sie selbst:
Hubert Batsch saß eines Tages in seiner so genannten Stammkneipe. Und wenn er einiges getrunken hatte, verschob sich regelmäßig sein Blick für die Realität. Da machte er keine Ausnahme, das hatte er mit all denen gemein, die Alkohohl tranken. Nicht dass er ein regelmäßiger Kneipengänger war, das wahrlich nicht. Aber wenn er etwas getrunken hatte, verschob sich einfach sein Blick auf die Wirklichkeit. Es konnte passieren, dass er, wenn er sich herausgefordert fühlte, zu einem Gigant mutierte, nicht unbedingt in körperlichen Dingen, aber in psychischen, in intellektuellen. Diejenigen, die ihn kannten und es darauf anlegten, konnten ihn dann ganz einfach zu unüberlegtem Handeln provozieren. So kam es, dass er einem flüchtigen Bekannten, der in irgendeiner Redaktion tätig war, aufschneiderisch entgegenschleuderte, in zwölf Wochen fliegen zu können. Dabei wölbte sich sein Oberkörper in angeberischer Pose und seine Daumen spielten hinter seinen breiten Hosenträgern. Triumphierend blickte er mit hochrotem Gesicht feist in die Gesichter seiner Gegenüber.
„Also", verabschiedete sich sein Bekannter, „am 15.11. sehen wir uns".
Noch hätte Hubert klein beigeben können, aber nein, da kennt man Hubert nicht. Trotzig hielt er dem Redakteur die Stirn hin, eifrig nickend.
Zu einer Zeit geschah dies, als die Menschen noch nicht so eine Allmächtigkeit in sich verspürten, alles zu können, koste es, was es wolle. An Fliegen war zu dem Zeitpunkt erst recht nicht zu denken. Der Graf Zeppelin hatte das gleichna-

Erstes Buch – Nonsens- und Lügengeschichten aus Grünheide
Hubert Batsch will fliegen

mige Luftschiff noch nicht erfunden, ja er selbst war noch gar nicht geboren, demzufolge war an das Unglück in New York noch nicht zu denken. Gerade einmal erste Versuche gab es mit Automobilen, denn: fahren wollten die Menschen schon; nicht immer nur laufen oder bestenfalls reiten.
Es war auch die Zeit, da Manufakturen wie Pilze aus dem Boden schossen. Die Dampfmaschine revolutionierte die Industrie. Das Weltklima begann, sich zu verschlechtern. Aber zu dem Zeitpunkt war das allen egal, niemand achtete darauf.
Das war in etwa die Zeit, als Hubert den Entschluss gefasst hatte, gewissermaßen in die Luft zu gehen, wenn sie so wollen. Er wusste zwar nur, dass … aber nicht … wie. Rückgängig konnte er seine Aussage nicht mehr machen, denn am nächsten Tag hatte der Zeitungsschmierer, wie er insgeheim abfällig über ihn dachte, einen reißerischen Titel in seinem Zeitungsblatt veröffentlicht. Der trug den Titel: ‚Hubert Batsch will fliegen'.
Nichts mehr zu machen, jetzt muss ich durch, dachte er.
 Hubert legte sich ins Gras auf den Rücken und beobachte die Vögel, wie die das taten. Dabei machte er sich so seine Gedanken. Vielleicht sind es die Vogelfedern, die etwas Besonderes in sich haben, dachte er bei sich. Auf jeden Fall bewegen sie ihre Flügel heftig auf und nieder.
Das muss es sein. Die kleinen Vögel ja. Der Hahn dagegen, auch ein Vogel, waren seine Überlegungen, kann seine Flügel längst nicht so schnell schlagen, wie ein Sperling als Beispiel. Aha, dachte er. Demzufolge kommt der auch nicht so hoch. Also, schlussfolgerte er, die Flughöhe steht und fällt mit der Intensität des Flügelschlags.
Hubert machte eine wichtige Miene ob seines genialen Einfalls. Ist es nicht herrlich, dachte er, man muss nur lange und richtig beobachten können, dann kommt man hinter jedes Geheimnis der Natur.
Sein Körper straffte sich, das Kinn reckte er etwas in die Höhe. Auch wenn es arrogant aussah, er tat dies immer, wenn er von sich überzeugt war.
Franz hat einen Bauernhof, dann hat er auch bestimmt Hühner, Hubert dachte dabei an seinen Freund, da ist meistens auch ein Hahn dabei, dort werde ich meine neuen Erkenntnisse vertiefen.
Dachte es und machte sich sofort auf den Weg dorthin.
Franz hatte noch wichtige Dinge im Haus zu erledigen, wie er zu Hubert sagte, er sollte sich schon mal allein auf den Hühnerhof begeben, er komme gleich nach.
Hubert stand dann inmitten der gakelnden Betriebsamkeit und sah angewidert den zerkratzten devastierten Boden. Hier wächst vorläufig nichts mehr, schüttelte er betrübt den Kopf, aber das soll nicht mein Problem sein. Er sah den Hahn, wie

Erstes Buch – Nonsens- und Lügengeschichten aus Grünheide
Hubert Batsch will fliegen

er alles beäugte, manchmal wie nebenbei scharrte und sonst Hubert nicht aus den Augen verlor.

Die Hühner scherten sich nicht um Hubert, denn sie mussten ihre biologische Pflicht erfüllen, soviel wie möglich Fressbares in sich reinstopfen. Sie mussten groß und dick werden und jeden Tag ein Ei legen können, dazu waren sie da. Unterschwellig wussten sie, wer das nicht tat, landete schnell im Kochtopf. Deshalb sputeten sie sich.

Hubert riss seinen angeekelten Blick von dem Hühnerhof weg. Er musste den Hahn fangen und die Flügel genau untersuchen, unter allen Umständen. Aber das stellte sich als keine leichte Aufgabe heraus.

Der Hahn schien Unheil auf sich drauf zu kommen zu sehen, als Hubert sich ihm näherte, um ihn zu fangen. Um zu Hubert einen Sicherheitsabstand einzuhalten, schlich er rückwärts in die äußerste Ecke der umzäunten Fläche des Hühnerhofs, dabei beobachtete er Hubert scharf. Der wich der Hühnerkacke, die überall wie Tretminen auf ihn lauerte, aus, um nicht auszurutschen. Wollte er den Hahn untersuchen, besonders seine Flügel, musste er ihn nun einmal fangen, das war leider unumgänglich. Kacke ausweichen und ihn fangen, nicht so leicht für Hubert.

Als Hubert ihn fast hatte, stieß der Hahn einen angstvollen Zeterruf aus, hob vom Erdboden ab und flog in geringer Höhe über den Hühnerhof. Er wollte über den Maschenzaun setzen, in die Freiheit flattern, doch das schaffte er nicht. Mit voller Wucht knallte er gegen die Zaunanlage. Dabei hatte er den Kopf weit nach vorn gestreckt, der sich in einer Masche verhedderte. Der schwere Körper schob den Kopf endgültig in die Masche; er verhedderte sich. Der Körper, abrupt am Weiterfliegen gehindert, fiel an der Zaunanlage senkrecht hinunter. Durch seine Schwere strangulierte er den unglücklichen Hahn.

Der Hahnkörper hing im Zaun und zuckte nur noch. Aber je mehr ein Beben durch ihn ging, desto mehr drückte es seine Kehle in der Masche zu. So ist es, dachte Hubert philosophisch, der atemlos die Bemühungen des Hahnes verfolgte, selber aber nicht einschritt, um das Leben des Hahns zu retten. Man denkt, man befreit sich, dabei reitet man sich immer auswegloser hinein.

Langsam ging er zu dem hängenden Hahn, dessen letzte Augenblicke gekommen schienen. „So, mein Lieber, jetzt fliegst du mir nicht mehr davon", sagte er hämisch mit grinsendem Blick, unter dem Motto: ‚Das hast du nun davon'. Mit beiden Händen griff er sich die Flügel und breitete sie auseinander. Er studierte den Federbesatz, die sterbende Kreatur hingegen interessierte ihn sonst überhaupt nicht.

Das ist also seine Außenansicht, dachte Hubert. Dann drehte er den toten Vogel, in der Masche steckend, um und breitete auch hier die Flügel auseinander. So,

Erstes Buch – Nonsens- und Lügengeschichten aus Grünheide
Hubert Batsch will fliegen

dachte Hubert, das ist also deine, wie sag ich, Unteransicht? Egal, wie es heißt, jedenfalls kein großer Unterschied, stellte er lapidar fest.

Hubert hatte genug gesehen. Außerdem war seine Hatz auf den Hahn mit viel Krafteinsatz verbunden. Er sehnte sich danach, nur einfach im Gras zu liegen und seinen Gedanken nachzuhängen.

Er ging ins Haus, um sich von Franz zu verabschieden. Der schaute ihn entgeistert an.

„Wie siehst du den aus, Hubert", fragte der ihn entgeistert, als er ihn erblickte.

„Wieso, wie denn", fragte Hubert ihn nüchtern.

„Irgendwie voller Hühnerkacke, und im Haar zwei prächtige Hahnenfedern", beschrieb Franz seinen Freund.

„So? Na; ja, ich bin ins Stolpern geraten und auf dem Hof ausgerutscht".

„Sonst alles klar mit dir, Hubert?"

„Sonst; Ja, mir fehlt nichts". Mit keinem Wort erwähnte er den toten Hahn.

Hubert lag wieder auf dem Rücken im Gras, kaute andächtig auf einem Stängel herum und dachte über seine Flugproblematik nach.

Ich muss irgendwie den Hahnflügel nachgestalten, dachte er resultierend, bloß schneller bewegen muss ich ihn, war sein Erkenntnis aus seinem Hühnerhofintermezzo, denn hätte der Hahn das gekonnt, wäre er über den Zaun gekommen, war er sich sicher. Spontan nahm er sich vor, jeden Morgen eine Übungsstunde einzulegen, um seine Armkraft zu trainieren, denn das musste ihm gelingen, seine Arme schneller auf und ab zu bewegen.

Aber wie krieg ich solche Flügel hin, dachte er angestrengt nach. Leicht müssen sie sein, das steht fest. Aus Vollmaterial wird es nichts, Holz oder so was, das geht nicht, war er sich im Klaren. Aber solange er auch darüber nachdachte, ihm fiel kein leichtes Material für den Flügelbau in. Resigniert ging er nach Hause. Da kam ihm, wie so oft im Leben, der Zufall, diesmal in Form eines Lumpens, zu Hilfe.

Gerade als er auf dem Heimweg war, ging er an einem Stück Stoff vorbei, das zufällig ein Stück eingegraben im Wind wippte. Beinah wäre er ins Straucheln geraten, denn sein Fuß hatte sich in dem Fetzen verfangen. Er befreite seinen Fuß, indem er ordentlich mit seinem Bein daran zog. Doch es widerstand. Der Stoff war so fest, dass es seinen Beinattacken trotzte. Wütend bückte er sich, griff mit der Hand danach und riss es aus dem Boden. Erstaunlich, dachte er bei sich, wie fest es zusammenhielt. Lange betrachtete er den Fetzen. Er drehte und wendete ihn hin und her. Was ist, dachte er spontan, wenn ich die Flügel mit solchem festen Stoff bespanne? Nur ein Leistengerüst darunter?

Gedankenverloren trabte er nach Hause, nur mit seinem Problem beschäftigt. Angekommen, skizzierte er sofort seinen Einfall, der Flügel aus einem Lattengerüst, bespannt mit Stoff.
Sofort rechnete er aus, wie viel Leisten und wie viel Stoff er brauchte.
Am nächsten Tag ging er zu seinem Bekannten in die Redaktion und erbat einen Vorschuss, denn er wusste, mit der exklusiven Berichterstattung über sein Vorhaben würde die Zeitung nicht schlecht verdienen. Und er wollte soviel Geld von ihnen haben, dass er sich zumindest das Flügelmaterial davon kaufen konnte.
Äußerst ungern gaben sie ihm eine Summe Geldes, nicht ohne von ihm einen festen Termin seiner Luftfahrt zu erhalten.

Das Hasengeweih

Um Grünheide gibt es weniger eine Heide, wie der Name es vermuten lässt, als vielmehr ausgedehnte Wälder; und es gibt Flüsse: einen flachen kleinen, der sich durch eben diese Wälder schlängelt und in dem man Forellen fangen kann und einen breiteren, der etwas außerhalb durch Weiden und Felder fließt. Auch in dem kann man Fische fangen, aber nicht eben Forellen.
Dort, wo Wald steht, gibt es meistens auch Jäger, das weiß man. So auch selbstverständlich hier in Grünheide. Oft hört man es knallen, dann musste wieder einmal ein Tier dran glauben.
Paul war einer der Jäger. Aber er war eigentlich kein gewöhnlicher Jäger, eher ein Träumer. Paul besaß zwar eine Waffe, eine ganz moderne Büchse, aber die benutzte er eher selten, und wenn ja, dann höchst ungern. Dafür rügten ihn oft seine Kameraden. Denn es gab für jedes erlegte Tier, das auf einer bestimmten Liste stand, eine sogenannte Abschussprämie. Und die wollten sie sich nicht entgehen lassen. Außerdem standen sie auf dem Standpunkt, ein Jäger, der nicht schießt ist wie ein Schornstein, der nicht raucht.
Aber viel lieber streifte Paul durch die Natur und beobachtete die Tiere, als sie abzuschießen. Das war ihm viel interessanter.
Am Sonnabend war es wieder einmal soweit. Paul schnappte sich früh, kurz vor dem Sonnenaufgang, seine Utensilien, die er für ein Biwak im Freien brauchte und eilte in den nahen Wald.
Schnell weg aus dem Ort, dachte er und beeilte sich, noch bevor die ersten Sonnenstrahlen die Umgebung in helles Licht taucht, in die anonyme Dichtheit des Baumbestandes einzutauchen.

Erstes Buch – Nonsens- und Lügengeschichten aus Grünheide
Das Hasengeweih

Seine Büchse nahm er immer mit. Schließlich war es mit einem Zielfernrohr ausgestattet, das brachte die zu beobachtenden Tiere zumindest optisch so herrlich nahe. Und ein Alibi hatte man außerdem in der Hand, falls Kontrollen kamen. Überhaupt konnte man sich daran so herrlich festhalten, dachte er und umklammerte den Lauf. Die Leute, die man unterwegs traf, wissen dann gleich, dass man Jäger ist und stellen keine dummen Fragen.
Sein Jägerrucksack war mit nur praktischen Dingen gepackt.
Zu unterst ein leichtes Zelt, das für ein, zwei Nächte ausreichte. Dann kam ein Feldstecher, sein ganzer Stolz, denn es war nachtsichtfähig. Den kramte er beizeiten vor und hängte sich ihn um, sehr stolz über diese Errungenschaft. Und noch so einige nützliche Dinge waren drin, wie zum Beispiel eine imprägnierte Armeeplane, falls es einmal regnet. Und natürlich ein Kocher für alle Fälle. Noch so allerlei, wie auch eine Taschenlampe für den Notfall. Natürlich konnte man sich für jeden Eventualfall rüsten, es blieb nur zu beachten, dass alles das auch durch den Wald geschleppt werden musste. Dieser Fakt allein begrenzte schon den Füllstand des Rucksacks.
Es dunkelte bereits. Er wollte eine ganz bestimmte Stelle im Wald aufsuchen. Als er sie gefunden hatte, ein Stück Wiese, mehr so eine Art Lichtung, an dem eingangs beschriebenen Waldfluss gelegen, baute er schnell sein Zelt auf, denn es dauerte nicht mehr lange, und es war finstere Nacht. Zum Glück schien heute der Mond. Er tauchte die freien Stellen in gleißendes Licht.
Gekonnt und schnell baute Paul an einer geschützten Stelle sein Zelt auf, denn er freute sich darauf, aus dem Zelt heraus Tiere zu beobachten.
Er hatte seinen Platz gut gewählt. Viele Tiere kamen über die Lichtung zum flachen Fluss, um Wasser zu saufen. Es war ein reges Kommen und Gehen. Zuerst kamen Rehe und Hirsche, dann Wildschweine. Paul staunte, dass alles so diszipliniert ablief.
Wenig später weckte ein junger Uhu Pauls Interesse. Er freute sich, das Glück zu haben, diesen stillen Jäger beobachten zu können. Er saß in einer Buche und schaute vor ihm auf die kleine Wiese. Wahrscheinlich hatte er einen kleinen Nager aufgespürt und verfolgte ihn jetzt mit seinem scharfen Blick. Lautloser Geselle, der Vogel, dachte Paul, nicht ohne Anerkennung!
Er gratulierte sich, einen so guten Platz ausgesucht zu haben. Wann entdeckt man schon einen Uhu, dachte Paul freudig.
Und dann ging es auf der Lichtung weiter. Eine weitere Tiergruppe war eingetroffen. Aber was waren das für Tiere? Paul drehte an der Schärfeeinstellung des Feldstechers, um das Bild noch klarer zu erkennen, aber es veränderte sich nur

Erstes Buch – Nonsens- und Lügengeschichten aus Grünheide
Das Hasengeweih

unwesentlich. Er stierte durch seine Sehverstärkung hindurch und traute seinen Augen nicht: auf der Lichtung vor dem Fluss fanden sich, ja, was denn? Kleine Ziegenböcke? Wild lebende Ziegenböcke gibt es doch gar nicht mehr, dachte Paul, zumindest bei uns nicht.
Kleine Steinböcke? Hier? Bei uns? Er sah genauer hin.
Nein. Es waren…ihm stockte der Atem. Hasen! Natürlich, das sind Hasen! Aber warte mal, was haben die denn da, dachte er aufgeregt? Das kann doch gar nicht sein! Geweihe? Hasen mit Geweihen! Sind wir in der Fabel oder was?
Aber Paul irrte sich nicht. Dort, auf der Lichtung, stellten sich drei Hasen ein, zwei Rammler und eine Häsin, soweit er es beurteilen konnte. Die Häsin legte sich ein paar Meter abseits ins Gras und beobachtete die beiden Rammler. Sie waren es, die mit einem Geweih ausgestattet waren, Ein kleines zwar, der Hasenkörpergröße angemessen, aber immerhin … Zwei leicht gebogene Geweihenden ragten parallel zwischen den ausgeprägten Ohren hervor. Es hatte den Anschein, die beiden buhlten wohl gerade um die Häsin. Eine Hasenbalz! Die Rammler schlugen ihre Stirnplatten gegeneinander wirklich wie zwei kämpfende Steinböcke, nur das es nicht so laut knallte. Da steckte wohl nicht ganz soviel Kraft dahinter, beobachtete Paul atemlos die Szenerie. Die Geweihe verhakten sich. Dann drückte der eine Rammler mit seinen Knochenzapfen den anderen ins Gras. Kurzzeitig waren beide Kämpfer nicht mehr zu sehen.
Die Häsin hatte offenbar kein gesteigertes Interesse zu erfahren, welcher von beiden das Rennen um ihre Gunst entscheiden würde. Leidenschaftslos, wie ganz nebenbei, blickte sie auf den körperlichen Zwist der beiden Auserwählten. Die trennten sich kurzzeitig, wie um Atem zu schöpfen. Alles sehr wohlgesittet. Fair Play! Nach einer kurzen Weile ging der Kampf von neuem los. In der gleichen Reihenfolge: erst schlugen sie mit ihren Stirnplatten gegeneinander, dann verkeilten sich ihre Hörner und der eine drückte den anderen ins Gras.
Paul war fasziniert von diesem Schauspiel.
Doch dann hatten die Rammler scheinbar genug vom Kämpfen und in trauter Gemeinsamkeit hoppelten alle drei Hasen, in der Mitte die Häsin und rechts und links flankierend wie zwei Bodyguards mit gezogener Waffe die Rammler, aus Pauls Blickfeld.
Seltsam, seltsam, die Langohren, dachte er, als sie verschwunden waren.
Jetzt kamen keine Tiere mehr an die Tränke. Nur das fahle Mondlicht beschien die eben noch in hartem Kampf befindliche Stelle auf der Grasfläche.
Am nächsten Morgen packte er eilig seine Sachen zusammen und ging so schnell er konnte zu seinem besten Freund, der auch Mitglied in der Jagdgesellschaft war.

Erstes Buch – Nonsens- und Lügengeschichten aus Grünheide
Das Hasengeweih

Dem erzählte er seine Beobachtungen der letzten Nacht. Dieser schaute Paul so seltsam entrückt an, als die Sprache auf die beiden Geweihhasen fiel.
„Hast du dich auch nicht geirrt, Paul?"
Der wurde fast ungehalten: „Ich weiß doch wohl noch, was ich gesehen habe", hielt er entrüstet entgegen.
„Schon gut, schon gut, Paul", beschwichtigte ihn sein Freund, „bleib ganz ruhig. Etwas merkwürdig ist es trotzdem".
„Was kann ich denn dafür!"
Nach einer Weile: „Das mit den Rasselböcken glaubt dir kein Mensch".
„Und du? Glaubst du mir denn?"
„Was ich glaube, interessiert kaum. Natürlich sagst du mir die Wahrheit. Warum solltest du mich anlügen. Aber ... verstehe mich jetzt nicht falsch, Paul, du kennst doch unsere Leute, es wäre gut, wenn du den Skeptikern irgendeinen Beweis vorlegen könntest. Du hast doch so eine tolle Kamera. Was hältst du davon, ein Foto von den beiden Hasen zu schießen. Die kommen doch bestimmt noch einmal dorthin. Dann kann keiner mehr etwas gegen deine Beobachtung sagen. Der Beweis ist dann eindeutig".
Paul grübelte. „Wahrscheinlich hast du Recht, antwortete er zögernd".
„Du kennst sie, Paul. Eh du die Pferde scheu machst, legst du ihnen einfach das Foto vor. Hier, Freunde, zack, zack, zack, liegen die Fotos vor ihnen. Dann können sie nichts mehr sagen, dann sind sie perplex", triumphierte sein Freund.
Paul hatte sich überzeugen lassen. Das wird wirklich das Beste sein, dachte er. Ein Rasselbock, sozusagen ein Wesen, das es nur in der Fabel gibt, wie das Einhorn, wer würde ihm schon glauben, dass er das wahrhaftig dort am Fluss gesehen hatte? Nein, er musste wirklich Fotos vorlegen.
Schnell verabschiedete sich Paul von seinem Freund. Zuhause griff er sich seine einsatzbereite Fotokamera und seinen Rucksack von der letzten Nacht und stapfte eilig an den Ort seines skurrilen Erlebnisses.
Schnell baute Paul sein Nachtlager auf. Dann blickte er ungeduldig auf seine Armbanduhr. Bis zum Einbruch der Dunkelheit blieb ihm noch viel Zeit. Heute hatte er gar keine Lust, irgendwelche Tiere zu beobachten. Dazu war er viel zu aufgeregt. Nur den Hasen mit dem Geweih galt seine volle Konzentration. Immer wieder blickte er erst durch den Sucher an seinem Fotoapparat, anschließend prüfte er erneut die gewählten Einstellungen. Nach einer Pause ging es erneut von vorn los. Es musste ihm einfach heute unbedingt gelingen, die Geweihhasen im Bild festzuhalten. Zäh verging die Zeit.
Dann brach endlich die lang ersehnte Dunkelheit an. Er legte sich hinter der Ka-

Erstes Buch – Nonsens- und Lügengeschichten aus Grünheide
Das Hasengeweih

mera auf die Lauer. Die Tiere kamen in der gestrigen Reihenfolge wieder an die Tränke: erst die Rehe und Hirsche, dann das Schwarzwild. Zum Schluss kam die Häsin mit ihrem Gefolge. Die Rammler gaben sich wirklich wie ihre Personenschützer. Ihre Geweihe glänzten bedrohlich im Mondlicht wie blankgezogene Degen. Es fehlte bloß noch, dass sie mit einer ihrer Vorderläufe an die Flanke der Häsin griffen, so ähnlich wie es die Personenschützer eines Präsidenten taten, wenn sie an den hinteren Kotflügeln seines Wagens klebten und mit grimmigen Gesichtsausdruck seine bedrohliche Umgebung fixierten, immer bereit, wenn nötig ihre Waffen aus ihren Halftern zu reißen, um sie natürlich auch zu benutzen.

Anschließend wie gehabt: die Häsin lag etwas abseits, scheinbar gelangweilt, und die Rammler kämpften wieder gegeneinander.

Paul schnappte sich seine Kamera und stellte sie auf die Hasengesellschaft ein. Gerade als er abdrücken wollte, kam er ins Straucheln, verhedderte sich in seiner Decke und fiel zur Seite. Beim Fallen kam er an den Auslöser des Fotoapparates. Es gab ein lautes Geräusch. Der Apparat schoss ein Bild und transportierte den Film lärmend weiter.

Die kämpfenden Hasen hielten inne und stierten in Richtung von Pauls Zelt, von wo sie sich gestört fühlten.

So weit weg und doch so laut, werden die Hasen gedacht haben. Sicherheitshalber hoppelten sie davon, die Häsin wieder in ihrer Mitte.

Nun hatte er das Stelldichein mit den Nagern so sehr herbeigesehnt und alles vermasselt, dachte Paul resigniert, als er ihre kleinen Blumen aus seinem Blickfeld wackeln sah.

Na ja, zumindest ein Foto müsste gelungen sein.

Die ganze Nacht schlief er sehr unruhig. Im Traum verfolgte ihn ein Monster mit mokantem Gesichtsausdruck und gezücktem Säbel. Paul war außerstande, sich zu wehren, soviel er es auch versuchte. Im Gegenteil – mit grinsendem Gesicht erstach ihn das Untier, denn es gelang Paul nicht, in seinem Alptraum zu flüchten, er hatte sich nämlich in zu langem Gras verheddert.

Schweißgebadet wachte er auf, froh, dem Spiel seiner Einbildungskraft entronnen zu sein. An Schlaf war ohnehin nicht mehr zu denken. Das erste Dämmerlicht nutzte er, um seine Sachen einzupacken und zu verschwinden.

Zuhause stürmte er gleich in seine Dunkelkammer und entwickelte den erst angefangenen Film. Dann machte er einen Abzug von dem letzten Bild. Noch im Fixierbad erkannte er die Schwäche des Fotos. Er konnte nicht abwarten. Ungeduldig nahm Paul das noch tropfnasse Bild und betrachtete es intensiv.

Erstes Buch – Nonsens- und Lügengeschichten aus Grünheide
Das Hasengeweih

Der obere Teil eines Hasenschädels war zu erkennen, und das Geweih, ganz deutlich. Aber als Beweis …?
Er fluchte laut und schlug hart auf den Tisch.
Nun sind die Geweihhasen noch mal an die Tränke gekommen, fluchte Paul laut, und er hatte es wieder mal nicht geschafft. Kein eindeutiges Bild! Er war enttäuscht von sich.
Nachdem er sich abreagiert hatte und wieder nüchtern nachdenken konnte, entschloss er sich doch, mit seinem nächtlichen Bild zu seinem Freund zu gehen.
Sein Freund, ein ruhiger und durch und durch sachlicher Mensch, drehte das Foto in seiner Hand hin und her.
Dazu dozierte er: „Was haben wir also, ein Foto, auf dem ein halber Hasenschädel mit einem Geweih zwischen den Hasenohren erkennbar sind.
Er stierte auf das Bild, aber auch je länger er es tat, es wurde trotzdem nicht deutlicher.
„Tja, Paul, schwieriger Fall. Am besten wird sein, du gehst mal zu Herbert und erklärst ihm deine Erlebnisse".
Herbert, so hieß ihr Jagdleiter.
Herbert saß zusammen mit Fritz, demjenigen von ihnen mit den meisten Abschüssen, im Vereinszimmer über ihrer monatlichen Meldung an die übergeordnete Dienststelle, als Paul hinzukam. Fritz war in Herberts Augen so etwas wie ein Krösus im Jagdkollektiv, denn ohne ihn und seine sehr gute Schießleistung hätten sie ihn, Herbert, und seine Jägertruppe schon längst auf dem Kieker. Fritz wusste ganz genau, was sie in ihm hatten. Herbert adelte ihn, indem er ihn jedes Mal für außergewöhnliche Aufgaben hinzuzog, wenn es darum ging, Berichte zu verfassen.
Paul dagegen konnten die wenigsten leiden. Er war den meisten ein rotes Tuch, denn er hatte mit Abstand die wenigsten Abschüsse (ein Jäger, der mit einer Fotokamera durch den Wald rennt – was soll denn das!) und war auch sonst mit seinem Querulantentum immer kurz vor dem Rausschmiss.
Aber heute waren die beiden dankbar dafür, dass er sie zumindest für ein Weilchen auf andere Gedanken brachte.
Paul war es gar nicht recht, dass der ungehobelte Fritz mit im Vereinszimmer saß, er hätte gern erst einmal mit Herbert allein gesprochen. Aber bitte, er konnte es sich nicht aussuchen. Na gut, dachte er, dann eben gleich rein in die nackte Wirklichkeit.
Paul erzählte den beiden seine nächtlichen Erlebnisse mit den Geweihhasen. Dazu legte er sein zugegeben schlechtes Bild auf den Tisch. Die beiden hörten sich

Erstes Buch – Nonsens- und Lügengeschichten aus Grünheide
Das Hasengeweih

Pauls Bericht an und betrachteten das Foto. Herbert schaute Paul mit halb zugekniffenen Augen an.

„So ein Quatsch", entfuhr es Fritz spontan, und er tippte sich an die Stirn, um beiden im Raum mitzuteilen, was er von Pauls Schilderungen hielt. „Was hast du dir denn jetzt wieder ausgedacht". Er zeigte hintereinander auf Pauls Bild und auf den Druck an der Wand, einem Scherzbild von einem Rasselbock.

„Vergleich mal. Fällt dir was auf? Siehst du die Ähnlichkeit?" Er tippte sich wieder an die Stirn. Dann blickte er Paul voll ins Gesicht: „Du denkst wohl, wir sind mit dem Klammerbeutel gepudert. Hast du wohl abfotografiert und willst uns damit dein nächtliches Erlebnis verkaufen. Du solltest lieber einmal ein paar Wildschweine schießen als uns solchen Unsinn erzählen". Herbert schüttelte mit dem Kopf: „Hat Rasselböcke gesehen. Und jetzt will er sie uns das als Tatsache einreden ... Nicht zu fassen ... Ich glaube, du solltest dich einliefern lassen, Paul".

„Zumindest rausschmeißen sollten wir ihn ... will uns weismachen, dass es Rasselböcke gibt, nicht zu fassen ... ein komischer Jäger bist du ...".

In Paul stieg Groll hoch. Er packte sein Bild vom Tisch und verschwand schleunigst.

Mit diesen Ignoranten wollte er nichts mehr zu tun haben. Er ärgerte sich maßlos. Aber im Grunde genommen hatte er solche Reaktion erwarten. Trotzdem war er enttäuscht. Ich muss einen stichhaltigeren Beweis liefern, sagte er sich.

Er eilte entschlossenen Schrittes zu dem Forstingenieur, der die Baumnutzung unter sich hatte. Mit dem besprach er, welche Bäume er schlagen durfte, um sich ein Floß zu bauen. Ihm sagte Paul, dass er den Flussuntergrund untersuchen wollte. Die Wahrheit verstand der sowieso nicht, dachte er sich, also blieb er ihm gegenüber bei einer Ausrede. Er hatte genug von fruchtlosen Debatten.

Schnell waren die notwendigen Bäume gefällt und zu Wasser gelassen. Paul arbeitete verbissen, und am Spätnachmittag konnte er ein sehr archaisch anmutendes Wasserfahrzeug am Ufer des Waldflusses vertäuen. Zum Schluss vergaß er auch die erforderliche Stake nicht. Jetzt kann ich endlich von der Wasserseite meine Bilder machen, dachte Paul beruhigt.

Als es dämmerte, bestieg Paul mit seiner Ausrüstung das Floß. Die Sträucher der Uferbefestigung warfen mystische Schatten, wenn er vorbei stakte, dass ihm auf seinem unebenen Gefährt mitunter unheimlich zumute wurde.

Passend dazu schrie irgendwo ein Käuzchen, was ihn noch unruhiger werden ließ, als er sich flussabwärts an die Stelle bugsierte, an der sich die Geweihhasen wieder einfinden würden, so hoffte Paul zumindest.

Er befestigte sein Floß.

Das Hasengeweih

Alles war, wie an den Vortagen. Erst kam das Rotwild, dann das Schwarzwild, und zum Schluss kam, Paul jubelte innerlich, die Hasentroika. Er erkannte das Geweih der Rammler im kalten Mondlicht ganz deutlich. Das gibt herrliche Bilder, frohlockte Paul, innerlich juchzend vor Vergnügen. Nur begannen sie ihre Kampfspiele sehr weit seitlich, für Paul teilweise durch den Bewuchs verdeckt. Zum Glück, dachte Paul, gibt das Floß noch etwas Spielraum her. Er nahm so leise wie möglich seine Kamera und schickte sich an, mehr in die Bugzone zu klettern, um ein freies Fotografierfeld auf das Hasenvolk einzusehen. Er setzte zwar sehr vorsichtig seine Füße auf die unebene Oberfläche seiner schwimmenden Unterlage, aber bei aller Besonnenheit war es doch ein sehr unsicheres Unterfangen.

Paul blickte in Richtung des Hasenvolkes. Er hatte es fast geschafft, ihr Kampfgetümmel frei einzusehen, da passierte es, er kam ins Straucheln auf der rauen Oberfläche von einem der Floßbaumstämme. Instinktiv riss er seine Arme nach vorn, um Gleichgewicht zu halten. Dabei schoss auch die Hand, die den Fotoapparat hielt, gleichgewichtsuchend weg von seinem Körper. Seine Kamera machte sich selbständig und flog in hohem Bogen in das schwarzglänzende Wasser.

Für einen kurzen Augenblick verharrte alles in Starre. Erst das harte Geräusch des eintauchenden Apparats in das Flusswasser schien alle Bewegungen zu wecken. Die Hasen stoben ängstlich auseinander.

Erstes Buch – Nonsens- und Lügengeschichten aus Grünheide
Das Hasengeweih

Paul machte eine schnelle Bewegung hinter seiner Kamera her, hoffte, sie noch zu fangen. Doch, weit gefehlt. Durch die schnelle Bewegung ist sein Körper vollends außer Kontrolle geraten, Paul konnte sich nicht mehr auf dem Floß halten. Mit einem lauten Platschen fiel er seiner Kamera hinterher kopfüber in das dunkle Wasser. Mit seiner Stirn schlug er schwer auf einen knapp unter der Wasseroberfläche im Schlamm stecken gebliebenen Baumstamm, verlor sofort das Bewusstsein. Ohne wieder zu Sinnen zu kommen, auch durch das kalte Wasser nicht, war es Paul nicht vergönnt, wieder Luft zu schnappen.

Durch die lauten Geräusche verschreckt, stoben die Hasen auseinander. Erst nach einer geraumen Weile wagte es einer der Rammler, der mutigere von beiden, dem Wasser zögerlich näher zu kommen. Er blickte von weitem skeptisch auf den Fluss, bereit, bei Gefahr sofort zu verschwinden. Der Mond spiegelte sich in der vom leichten Wind gekräuselten Wasseroberfläche und zerhackte sein fahles Ebenbild, als sich der Geweihhase über das Ufer beugte, um zu erkunden, ob wieder mit einer Störung ihres Kampfspieles zu rechnen sei. Aber alles schien friedlich. Nur schemenhaft sah der Rammler sein Ebenbild. Es reichte ihm schon, um in ihm erneut Furcht aufkeimen zu lassen. Selbst sein stolzes Geweih zwischen den langen Ohren konnte er auf der spiegelnden Wasseroberfläche erkennen. Aber dass es sein eigenes war, erkannte er natürlich nicht.

Aber trotz der vielen fremden Eindrücke mutig, beugte sich der Rammler noch weiter vor, denn er vermutete hinter dem Zerrbild im Fluss nicht sich selbst, sondern einen lauernden Rivalen. Der Rammler sah, dass dieser Hase im Wasser sogar den kaltscheinenden Mond aufgespießt hatte, denn dessen Abbild leuchtete genau in Höhe der Geweihspitzen. Allen Respekt! Wer es sogar mit dem Mond aus dem Himmel aufnimmt …!

Plötzlich, Faulgase, Strömung, was auch immer dafür gesorgt hatte, kam der Leichnam des ertrunkenen Paul an die Oberfläche. Wie sich jedoch Pauls Körper gedreht hatte, war unerklärlich. Jedenfalls tauchte plötzlich sein blasses Gesicht an der Wasseroberfläche auf.

Der Hase erschrak nicht wenig und wollte schon flüchten, aber da der im Wasser treibende Mensch nur still dahin plätscherte, nahm er all seinen Mut zusammen, blieb sitzen und blickte voll in Pauls Gesicht.

So dicht war er dem Tier nie gekommen. Den Rammler zum Greifen nahe, hätte er ihn in diesem Augenblick anfassen können, so dicht am Ufer, wie er saß, wäre Paul nicht schon tot gewesen.

Hätte Paul zumindest seine Augen in dem Moment öffnen können, der Geweihhase und er hätten sich in die Augen sehen können.

Hansing oder der wundersame Käse

Etwas außerhalb von Grünheide lebte ein Schäfer namens Hansing. Bevor sie jetzt ihre Verwunderungsmütze aufsetzen und diesen merkwürdigen Namen, der, zu ihrer Information sei gesagt, ein Vorname ist, zusammengesetzt aus den Vornamen der Eltern, Hans und Inge, hinterfragen, sei ihnen gesagt: es gab mal eine Zeit, da war die Entstehung solcher kurioser Namen möglich. Doch diese Zeit ist lange vorbei.

Egal. Der Mann hieß eben Hansing, wie ich finde, ein recht wohl klingender Name.

Dieser Mann also hatte eine Erbschaft angetreten. Irgendjemand war aus sehr persönlichen Gründen der Meinung gewesen, dass er, Hansing, die Erbmasse nicht verschleudern, sondern damit am besten umgehen würde. Der Gönner war also davon überzeugt, damit die richtige Person zu unterstützen. Warum das so war, soll uns an dieser Stelle nicht interessieren.

Das Erbe war eine Hofstelle mit dazugehörender reichlicher Weidefläche. Das Grundstück bestand neben dem vielen Weideland aus einem Haus und, sehr ungewöhnlich für die Gegend um Grünheide, aus einem Kelterkeller. Das waren tief in die Erde eingelassene Räumlichkeiten, in denen der Erblasser seinerzeit Obstweine und Fruchtsäfte herstellte und seine Produkte lagerte.

Als Hansing sein Erbe zum ersten Mal in Augenschein nahm, fand er in ihm sehr viele Behältnisse, so Flaschen und Fässer, mit eben diesen gesunden Lebenselixieren gefüllt. Über Jahre, ja Jahrzehnte, mein ganzes Leben werde ich daran trinken können, dachte Hansing. Und meine Freunde kann ich bei der Menge dazuladen.

Als er das alles und auch das Haus und das ganze Weideland in Augenschein nahm, war er vor Freude schier überwältigt, denn endlich konnte er durch diese zufällige Fügung seinen Traum verwirklichen, der ihn seit seine Jugend nicht mehr los gelassen hatte, unbeschwert mit eigenen Tieren in den Tag leben, ohne Existenzängste entwickeln zu müssen.

Das alles soll jetzt mir gehören! Unfassbar! Diese neue Wirklichkeit konnte Hansing gar nicht fassen. Unbegreiflich, das Ganze! Er musste erst darüber schlafen. Am nächsten Tag gehörte ihm das alles immer noch. Er verkaufte die Hälfte seiner Fruchtsaftmenge für einen guten Preis. Am verbliebenen Anteil wird er noch lange genug trinken können, war er überzeugt.

Von dem erzielten Preis kaufte er sich diverse Tiere: zehn Walachenschafe, dann noch zwei Heidschnucken, zwei schottische Hochlandrinder, eine besonders ro-

Hansing oder der wundersame Käse

buste Art, zwei Ziegen, einige Hühner, einen Hahn und zwei Enten. Für jede Tierart zimmerte er eine separate Stallanlage, denn Baulichkeiten waren genügend vorhanden.

Am Tage trieb er seine Tiere auf sein Weideland hinterm Haus, dort konnten sie dann tun, was sie wollten, denn seine Tiere sollten froh und glücklich sein und ungezwungen, wie er selbst. Nur für sein Federvieh zäunte er eine separate Fläche ein, sozusagen eine Portionsweide. Wenn das Grüne vertilgt war, und das wird nicht lange dauern bei den Hühnern und Enten, konnte er den Zaun umstellen.

Um das Grundstück bis zum Fluss herum zog er eine sehr kostspielige Zaunanlage, und abends trieb er alle seine Tiere wieder in die Stallanlage hinter dem Haus, eine Art Offenstall für den Sommerbetrieb. Die Schafe, Ziegen und die Kuh mussten gemolken werden, das vergaß er natürlich nicht. Ansonsten blieben die Kühe und Schafe, da sie Wetterunbilden in ihrer Robustheit gut vertragen konnten, im Freien.

Nach dem Melken fand er die Zeit, die er brauchte, um spezielle Hilfsanlagen für sein neues Zuhause zu entwickeln. Das tat er gern, tüfteln und experimentieren. Dazu gab es auf dem Grundstück eine hervorragend eingerichtete Werkstatt, wie für seine Zwecke geschaffen.

Als erstes musste er ein Rührgerät entwickeln, denn er wollte Schafskäse herstellen nach dem gleichen Rezept, wie er es von seinem Vater und dessen Vater, beide waren natürlich auch Schäfer, überliefert bekommen hatte, angepasst an die heutige Zeit. Angepasst heißt, dass er seine, Hansings, Erfahrungen aus seiner Wanderzeit um den Globus einfließen ließ. Er hatte nämlich in jungen Jahren, damals gerade frisch ausgebildeter Schäfer, verschiedene Länder besucht, England, Schottland, Schweiz, Australien, um nur einige zu nennen, und hatte sich dort in der Schafzucht verdingt. Das kam seinem Naturell entgegen, denn er war unbekannten Dingen immer recht aufgeschlossen. Eine Studienreise, gewissermaßen, in Sachen Schafe.

Er lernte viel Neues kennen, natürlich auch in der Schafskäseherstellung. Das Meiste auf diesem Sektor hatte er in der Schweiz kennen gelernt.

Bei Aufräumarbeiten auf dem Hof fand er einen alten Motor. Ganz schön versifft, das Exemplar. Aber trotzdem, mit wenigen Handgriffen bekam er ihn wieder funktionsfähig. Ein Langsamläufer, genau das Richtige für meine Zwecke, dachte Hansing erfreut.

Er experimentierte mehrere Nächte herum, aber das Ergebnis befriedigte ihn noch nicht. Erst nach zwei Wochen harter Versuchsarbeit war er zufrieden. Er hatte sich etwas Besonderes einfallen lassen: ein Rührwerk, das nach einem Lochkar-

Erstes Buch – Nonsens- und Lügengeschichten aus Grünheide
Hansing oder der wundersame Käse

tensystem arbeitete. Und nicht nur das, er war besonders stolz, dass sein Rührlöffel nicht nur runde Bahnen zog, sondern gewissermaßen sich auf chaotische Weise durch die Milchstufe kämpfte. Ganz hervorragend für meine Zwecke, fand Hansing. Nur so konnte eine besonders homogene Käsevorstufe entstehen.
Ein Raum im Kelterkeller, wie er ihn heimlich für sich immer bezeichnete, war immer noch mit Fruchtsaftutensilien voll gestopft. Er zimmerte Regale und legte die abgefüllten Flaschen hinein, Alles Andere verkaufte er, zum Schluss zog er eine Trennwand ein, denn er musste für seine Käseproduktion eine spezielle räumliche Konstellation schaffen.
Den anderen Kellerraum ließ er komplett fliesen. Das musste er tun, schon allein aus hygienischen Gründen, denn schließlich wollte er darin seine Käseerzeugnisse herstellen. Auch den abgetrennten Kellerraum ließ er fliesen, denn der sollte ihm später als Käselager dienen. Das war recht günstig, irgendwo müssen ja seine Käseerzeugnisse ihre Endreife ausliegen.
Jetzt konnte es losgehen mit seiner Käseproduktion.
Allabendlich nach dem Melken brachte er die gewonnene Milch in den Kellerraum. Hier begann er mit dem Rühren. Das übernahm seine neue Erfindung: das Rührgerät. Dazu schüttete er sein Melkprodukt in eine dafür vorgesehene Schüssel. Nach dem Geheimrezept seiner Ahnen musste noch etwas Schafurin hinzugefügt und anschließend kräftig gerührt werden. Hansing ließ alles zwei volle Tage rühren, schüttete dann das ganze in ein Leinentuch und hängte es zum Entwässern auf. Am nächsten Tag konnte er die flüssigkeitsarme Masse in eine Form geben und zwei Tage in seinen neu geschaffenen Lagerraum ablegen. Jetzt musste sich eine Haut bilden. Damit aber noch nicht genug. Der Käse mit der Haut wurde nun mit einer Salzlake, die wiederum mit Schafurin gestreckt worden war, überträufelt und fünf Tage in Ruhe in dieser Tunke liegen gelassen. Danach wurde der Schafskäse unter klarem Wasser gewaschen und fertig war er, essbereit und verkaufsfähig. Er schnitt ihn in Tortenstücken und verkaufte ihn direkt vor seiner Haustür an die Vorbeikommenden
Dass man neuerdings dort an der Straße frisch hergestellten Käse kaufen konnte, Schafskäse noch dazu, war für diese Gegend ungewöhnlich, es sprach sich aber in Windeseile herum, zumal der Käse als besonders wohlschmeckend galt.
Hansing freundete sich mit seinem Nachbarn an. Sie halfen sich oft gegenseitig, gerade, wenn mal nebenan eine kräftige Hand gebraucht wurde. Dafür versorgte er den Nachbarn immer mit ausreichend Schafskäse, was dieser mit Begeisterung quittierte.
Soweit, so gut. Im Nachhinein kann niemand so genau sagen, wie die Verbindung

Erstes Buch – Nonsens- und Lügengeschichten aus Grünheide
Hansing oder der wundersame Käse

von Schafskäse und Krebserkrankung hergestellt wurde und vor allen Dingen, wer es tat. Jedenfalls nahm die Selbstheilungsrate von Krebserkrankten sprunghaft zu und bemerkenswerter Weise trat dieser Umstand zeitlich mit Hansings Verkauf seines Käses ein. Und nicht nur das! In dieser Gegend gingen auch die chronischen Krankheiten spürbar zurück. Auch dieses Phänomen konnte man sich nicht erklären. Die Ärzte registrierten verwundert, dass die Robustheit der Menschen zunahm. Sie hatten kaum noch Erkältungskrankheiten zu heilen. Das hieße, das Immunvermögen der Menschen verbesserte sich schlagartig.

Die Schulmediziner, naturwissenschaftlich gebildete Leute, konnten sich das alles nicht erklären, aber über den Fakt an sich waren sie selbstverständlich froh. Hinter vorgehaltener Hand sprachen sie von einem wundersamen Käse. Zwar bekamen sie bei dem Wort ‚Wunder' rote Ohren, aber da sie keine wissenschaftliche Erklärung fanden, benutzten sie diese Vokabel.

Natürlich blieb die Wirkung des Käses auch den anderen Leuten nicht im Verborgenen. Wunder sind Quatsch, die gibt es nicht, dafür muss es eine natürliche Ursache geben, sagte sich das Gesundheitsministerium, nüchtern operierende Frauen und Männer, und schickte eine Untersuchungskommission zu Hansing und seinem Käse. Die Pharmaindustrie war besonders interessiert, den Fakt aufzuklären. Ein Käse, der Krankheiten bekämpft, das hat es noch nie gegeben! In den Chefetagen zuckten nervös die Augenlider, wenn die Leute darauf zu sprechen kamen. Aber die Statistik sprach nun mal eine deutliche Sprache. Sie log im Allgemeinen nicht. Was da wirkt, da war man sich im Klaren, musste unbedingt aufgeklärt werden. Angst schwang mit; ohne Frage, die Chefs fürchteten um ihre milliardenschwere Pfründe!

Sie kamen zu einem Geheimtreffen zusammen.

„Ich brauche ihnen ja wohl nicht näher erläutern, was daraus entstehen kann".

„Verluste! Verluste!"

„Übertreiben sie da nicht etwas, Kollege?"

Der der Übertreibung bezichtigte Experte schaute ihn mitleidig an.

„Sehen sie denn nicht, dass es das Ende unserer vom Staat bewilligten Forschungsgelder einläuten kann", hub er zornig an? „Sind sie wirklich so naiv? Stellen sie sich doch nur mal folgendes Szenarium vor: ein Bauer lässt seine Tiere vernünftig grasen, so auf einer ökologischen Weide, von der Milch dann fertigt er einen Käse, alle essen davon und schon gesundet das Volk. Keine teuren Medikamente sind mehr erforderlich, Milliardenausgaben für die Forschung in neue Medikamente sind nicht mehr nötig, wir brauchen nur noch den Käse von dem Bauern essen, und schon ist das Krankheitsproblem ein für allemal gelöst. Und

Hansing oder der wundersame Käse

nicht zuletzt: denken sie doch nur an die Gesundheitsreform, die auch sie sich mit ihrer Partei auf ihre Fahnen geschrieben haben! Ich sehe schon das Bild vor mir: ähnlich wie eine Schluckimpfung bekommen die Kinder in den Schulen einen Happen Schafskäse, und schon baut sich in ihnen ein Immunsystem auf, das allen Krankheiten trotzt. Ich frage sie, rief er eindringlich, fast hysterisch, wollen sie das?"

Langes betretenes Schweigen.

Letztendlich waren sich aber ausnahmsweise alle Vertreter der pharmazeutischen Großbetriebe einig: den Fall mit dem erstaunlichen Käse mussten sie unbedingt untersuchen lassen. Das Geld, das sie dafür einsetzen müssten, nüchtern betrachtet, war nach ihrer Meinung gut angelegt.

„Wir hängen uns an den Gesundheitsminister ran, soviel ich weiß, lässt der diese regionale Besonderheit schon untersuchen".

„Nein", rief der Querulant in die Runde. „Sie können anderer Meinung sein, aber Ich würde vorschlagen, wir geben die Untersuchung besser selbst in Auftrag. Aus zwei Gründen:

Zum einen erfahren wir dann gleich aus erster Hand das Ergebnis und können darauf sofort reagieren!"

„Und zweitens?"

„Und zweitens können wir uns für weniger Geld mehr Meriten kaum verdienen. Bedenken sie das! So etwas macht zweifellos einen außerordentlich vorteilhaften Eindruck, beim Volk sowieso und gerade bei den Politikern".

„Nobel, nobel!"

„Kollege, lassen sie ihre Späße, die Sache ist zu ernst!"

Die Experten gingen in sich und man einigte sich dann schnell für diesen Vorschlag.

Zuerst schickten sie einen Lebensmittelchemiker zu Hansing. Der kaufte ihm einen kompletten Käse ab. Nebenbei fragte er dieses und jenes rund um die Käsezubereitung, aber Hansing ließ sich nicht ausfragen, er nannte ihm schon gar nicht das über Jahrhunderte gehütete Rezept. Hansing blieb in seinen Antworten vage, und auch sonst war er zwar freundlich, aber sehr unkonkret.

Im Labor analysierte er die Käsebestandteile, außergewöhnliche Besonderheiten konnte er aber nicht feststellen. Das brachte also keinen Erfolg.

Nun schickten sie einen Bodenkundler. Der kam zu Hansing und bat ihn, den Boden, auf dem seine Schafe grasten, untersuchen zu dürfen.

Nichts einzuwenden, untersuch' nur, untersuch'!

Natürlich hatte Hansing dagegen nichts einzuwenden, wollte aber über das Ergeb-

Erstes Buch – Nonsens- und Lügengeschichten aus Grünheide
Hansing oder der wundersame Käse

nis informiert werden, denn wann kriegt man schon eine Bodenanalyse umsonst. Der Bodenkundler packte seinen Rillenbohrer aus und machte zwei Peilungen über die gesamte Fläche, ein Meter fünfzig tief.

Er schuftete den ganzen Tag schwer, denn der Spätsommer hatte es in sich, besonders was die Wärme betraf, zumal es nicht einfach war, mit einem Schlegel den Bohrer in die Erde zu treiben. War er erst mit viel Kraftaufwand eingeschlagen, musste er ja noch gedreht und wieder gezogen werden. Zum Glück war der Standort nicht all zu schwer, wie der Bodenkundler Hansing gegenüber betonte, in ihm seien wenig Bestandteile an Lehm und Ton enthalten, Flussvorland eben. Und je höher er kam, in Richtung Wald, desto sandiger wurde der Untergrund. Der Fachmann kartierte gewissenhaft das Ergebnis und schüttelte jedes Mal den Kopf, wenn er die Rille etappenweise auskratzte.

Nichts Besonderes drin, lachte er verschwitzt, als er Hansing ein Duplikat seiner Kartierung überreichte.

Als letzten Spezialisten schickten die Pharmazeuten ihm einen Botaniker. Der kroch fast auf allen Vieren über die Weidefläche, denn der war begeistert, was für Gräser und blühende Pflanzen zu finden waren.

Aber auch der konnte nichts Außergewöhnliches feststellen.

Du hast viele Kräuter auf deiner Weide, sagte er Hansing überschwänglich glucksend. Ich bin begeistert von der Pflanzenvielfalt, aber Außergewöhnliches habe ich nicht entdecken können. Alles gängige, längst erforschte Pflanzen. Damit verabschiedete er sich.

Es kam wieder ein Frühsommer und Hansings Schafe mussten geschoren werden. Der Schäfer eines Großbetriebes, der sehr viele Schafe zu betreuen hatte, lieh ihm seine Schneidemaschine.

Die liegt aber gut in der Hand, bestätigte er dem Schäfer. Der war ganz stolz über Hansings Urteil.

Mit der Maschine hatte Hansing im Nu seine wenigen Schafe geschoren.

Für den Abend lud er seinen Nachbarn zu einem kleinen Fest ein.

… nur wir beide, hatte er seinem Freund gesagt, ein kleines Abendessen und Obstwein, weiter nichts. Meine Schafe haben doch heute ihre Wolle verloren, das feiern wir.

Es gab ein Schafskäsegericht nach altem Rezept, mit Olivenöl überträufelt und mit vielen verschiedenen Kräutern gereicht … sehr gesund, meinte Hansing zu seinem Freund …, und dazu hatte er Reibekuchen aus Kartoffelbrei und klein gehackten Zwiebeln gebacken…

Sein Nachbar sprach dem Gericht mehrmals zu, grunzend vor Wohlbehagen. Er

Hansing oder der wundersame Käse

rülpste verstohlen. Auf seinen Lippen schimmerte das Abendlicht im Fettglanz.
Nach dem Essen prosteten sich beide zu und tranken einen sehr schmackhaften Hagebuttenwein aus Hansings Erbfundus. Der war zwar sehr gefährlich süffisant, deshalb merkten sie auch nicht, wie sich allmählich ihre Sinne benebelten.
Hansing fiel es auf einmal ein, natürlich alkoholinduziert enthemmt, seinem Nachbarn mit einigem Stolz seine von ihm erfundene Maschinerie der Käseproduktion zu zeigen. Beide schwankten in trauter Zweisamkeit, sich gegenseitig stützend, zur Kellertreppe und stolperten den Gang hinunter. Hansing zeigte seinem Nachbarn stolz die Räume und erklärte ihm mit lahmer Zunge den Umbau. Ein Außenstehender hätte sich über die Sprechweise amüsiert, aber sein Freund, selber beschwipst, merkte keinen Unterschied. Ganz nebenbei verriet Hansing, als sie vor der Milchschüssel und dem rührenden Gerät standen, dass die Milch, aus der sein berühmter Käse entstand, mit Schafurin angesetzt wird.
… darum schmeckt der Käse so gut … Hansing plapperte drauflos, nicht allein deshalb merkte er gar nicht, dass sein Nachbar immer einsilbiger wurde.
Wieder an ihren Sitzplätzen im Hof, der Nachbar mittlerweile wieder äußerst nüchtern, verabschiedete dieser sich sehr eilig.
Musst du wirklich schon gehen? Enttäuschung lag in Hansings Stimme.
Hab noch einen Termin, brubbelte der Nachbar, es war kaum zu verstehen.
Iss' doch wenigstens noch auf! Hansing wollte unbedingt, dass er noch bliebe.
Aber dieser verabschiedete sich schnell und verließ den Hofplatz.
Der Nachbar hatte schon die Hofpforte erreicht, da drehte er sich hastig um:
Damit du's weißt, deine Schafpisse kannst du alleine fressen, schrie er Hansing zu. Der schaute ihn verdutzt an, als habe er sich verhört. Was ist denn in den gefahren, dachte er, doch da war er schon verschwunden.
Der Bruch zwischen beiden war endgültig, ohne dass Hansing später sagen konnte, wie die Zwistigkeit entstanden war. Jedenfalls hat der Nachbar niemals wieder den Fuß auf Hansings Gehöft gesetzt.
Schon vor längerer Zeit hatte sich Hansing ein Buch über Filzen gekauft, das vollzog er mit der frisch geschorenen Schafwolle nach, denn solche alten Handwerke interessierten ihn. Filzen gehörte auch dazu, das er unbedingt erlernen wollte.
Anfänglich hatte er große Mühe, aber später gelang es ihm ganz gut. Er filzte sich eine dicke Matte als Unterlage, sozusagen als Matratze, denn jetzt kamen die warmen Nächte, da wollte er unter freiem Himmel campieren. Dabei ging die ganze Wolle drauf.
Hinter dem Offenstall, windgeschützt, dort, worin im Sommer seine Tiere nachtens untergebracht waren, fand er genug freie Fläche, um sein Nachtlager aufzu-

Erstes Buch – Nonsens- und Lügengeschichten aus Grünheide
Hansing oder der wundersame Käse

schlagen. Zur Not konnte er sich darin unterstellen, wenn es einmal regnen sollte. Wenn sich Hansing zur Ruhe gebettet hatte, kamen seine beiden Rinder und zwei Schafe zu seinem Lagerplatz getrottet und legten sich um den Mann auf der Filzmatte, als wollten sie ihn schützen. Das ist unser Herr! Hätten Außenstehende das beobachtet, es trug fast biblische Züge. Alttestamentarisch, würde man sagen.

Der Vorstandsvorsitzende des größten Pharmakonzerns, der, der seinerzeit die Vertreter der größten Pharmaunternehmen des Landes zusammengerufen hatte, sie werden sich erinnern, das Geheimtreffen der Experten, hielt drei Gutachten in den Händen, nämlich vom Lebensmittelchemiker, vom Bodenkundler und vom Botaniker. Er las sie gründlich durch. Dabei hielt er die Pamphlete in der Hand und wippte damit in der Luft, um seine Wortwahl zu verstärken. Leise sprach er zu seinem Assistenten, indem er auf die Papiere wies: „Hast du die gelesen?"

Der Assistent zuckte mit den Achseln: „Ja. Zusammenfassend kann man sagen: nichts Genaues weiß man nicht".

Der Ausspruch sollte ironisch wirken, doch der Vorsitzende sah ihn missbilligend an. Aber im Wesentlichen hat er Recht, dachte er. Dieses Geschreibsel sagt gar nichts aus. „Und? Was machen wir jetzt?"

„Ruhe bewahren und abwettern, wie wir Segler sag würden", meinte der Assistent.

„Eben nicht", sagte der Vorsitzende ärgerlich über den protzigen Ton seines Assistenten. „Wir müssen in der Vorhand bleiben".

Dann sagte er nichts weiter und dachte nach.

Der Assistent schwieg ebenfalls, trotzig, denn alles, was er sage, dachte er, ist sowieso falsch. Also blieb er ebenfalls still. Reden ist Silber, Schweigen ist Gold, dachte er den alten Spruch.

„Ich hab's. Wir schicken dem Bauer die Hygiene auf den Hals. Eine Bakterie finden die Leute garantiert. Wenn nicht, müssen sie eben nachhelfen. Die finden eigentlich immer was, wenn sie nur wollen, und dann wird der Laden dicht gemacht. So müssen wir sie unterweisen. Das ist deine Aufgabe", sagte er zum Assistenten. „Nimm ein anständiges Salär mit".

So kam es dann. Unanständig, wie der Assistent fand. Aber es waren kurzzeitig Skrupel, die ihn plagten. Er hatte sie bald verdrängt, waren sie wie weggeblasen. Die Hygiene-Leute fanden in der Fertigung des Käses keine Beanstandungen, aber den Verkauf nahmen sie auseinander. Sie stellten Forderungen, die Hansing niemals in die Tat umsetzen konnte. Obendrein gaben sie ihm eine kurze Frist, um ihre strengen Auflagen umzusetzen, natürlich in erster Linie auch, um den Pharma-Leuten den Gefallen zu erfüllen. Denn sie wussten, so schnell konnte er ihre Forderungen nicht verwirklichen.

Erstes Buch – Nonsens- und Lügengeschichten aus Grünheide
Hansing oder der wundersame Käse

Als Hansing den Termin verstreichen lassen musste, sperrten sie kurzerhand seinen Käseverkauf. Sie drohten ihm bei Zuwiderhandlungen mit einer empfindlichen Strafe.
Das kam zu einem Zeitpunkt, als Hansing vorhatte, weil der Bedarf so groß war, seine Käseherstellung zu verdoppeln. Zum Glück hatte er sich noch keine zusätzlichen Schafe gekauft. So musste er den vorhandenen Käse, ehe er verdarb, an seine Schweine verfüttern. Was für eine Schande, dachte er, ihr Schmatzen ist riesengroß, als er sie den Käse wie eine Delikatesse verspeisten sah. Sie grunzten nur zufrieden. In Zukunft werde ich den Käse verschenken, dachte er bei sich. Dagegen kann keiner etwas sagen. So machte er es. Die Leute wollten nach wie vor seinen Käse haben, aber er durfte kein Geld dafür verlangen. Geld geben durften sie schon, das ja. Sie schenkten ihm also in Preishöhe Geld, denn sie hatten ein schlechtes Gewissen, ganz umsonst so eine Köstlichkeit zu bekommen.
Der Käse erfreute sich nach wie vor größter Beliebtheit bei den Leuten. Hansing verschenkte, was er fertigte, und sie revanchierten sich mit Geldpräsenten. Die oberen Pharmachargen beobachteten ohnmächtig Hansings Reagieren auf ihre Destruktionen.
„Verleumdungen", sagte der oberste Boss des größten Pharmaunternehmens zu seinem Assistenten mit ernster Miene, „das letzte Mittel, um den Bauer zu stoppen. Irgendwie muss es doch zu schaffen sein, dass kein Bedarf mehr bei den Leuten besteht. Das ist deine Aufgabe, bringe ihn in Misskredit, setze Geld ein, höhere Summen werden mit mir abgesprochen".
Seine Späher ermittelten Hansings Nachbarn als eine Person, der, warum auch immer, einerlei, es war ihnen vollkommen egal, gegen den Käsehersteller in der Öffentlichkeit heftig polemisierte. Dass er es tat, darauf kam es ihnen an. Herrlich, dachten sie, der behauptete doch allen Ernstes, in dem Schafskäse verarbeitet der Bauer Schafurin Wie er wohl drauf kommen mag? Egal. Das ist die genau richtige Abschreckung. Und, vor allem, ganz ohne Geldeinsatz.
Urin im Schafskäse, wie abwegig! Na, Hauptsache, es wirkt.
Was kann man noch dagegen aufführen, vielleicht Krankheitskeime, das geht, denn letztendlich hat ja auch die Hygiene den Verkauf gesperrt. Jawohl, die haben Keime im Käse festgestellt, sehr aggressive, die einen nach dem Verzehr sehr krank machen können. Jawohl, das muss ich in die Bevölkerung lancieren, dann wollen wir doch einmal sehen…
Den einen oder anderen schreckte es tatsächlich ab, aber im Allgemeinen blieb der Käse beliebt in der Bevölkerung.
Der Vorstand merkte, dass ihre Kampagne nicht von Erfolg gekrönt war.

Erstes Buch – Nonsens- und Lügengeschichten aus Grünheide
Hansing oder der wundersame Käse

Dann war es fast so weit. Das Gesundheitsministerium stand kurz vor dem Umschwenken. Es wollte sein Geld, letztendlich ja das Geld der Steuerzahler, in Zukunft in die Erforschung des Käsemysteriums stecken, und nicht in den Moloch der Erforschung und Entwicklung von pharmazeutischen Produkten, das sagte man sich schon hinter vorgehaltener Hand.

Die Pharma-Leute wurden immer nervöser. „Gut", sagte sich der Chef ihres größten Unternehmens, „er hat es nicht anders gewollt, jetzt muss ich zum Äußersten greifen. Der Sommer war in diesem Jahr besonders heiß. Die Menschen litten sehr unter dem Wetter".

Hansing lag auf seiner Filzmatte und konnte nicht schlafen. Die Sterne funkelten. Mitunter durchbrach ein Komet das Firmament.

Es war immer noch sehr warm; der Nachrichtensprecher hatte von einer subtropischen Nacht gesprochen.

Im Offenstall war es sehr unruhig. Die Schafe blökten. Mensch und Tier scheinen gleichsam unter der Hitze zu leiden, dachte Hansing hitzegeplagt.

Er schlich so leise wie er eben konnte in den Stall. Dort verharrte er, um seine Augen an die Dunkelheit zu gewöhnen. Den Geruch der Tiere kannte er von Zuhause. Er hasste ihn. Das ist das Aroma der Ärmlichkeit. Nie wieder, dachte er angewidert. Der wichtige Mann aus dem schwarzen Auto hatte ihm einen ganzen Koffer voller Geld gegeben.

Er blieb reglos stehen, denn er wusste, um Ruhe im Stall erreichen zu können, mussten sich die Tiere an seinen Geruch gewöhnen.

Als die Tiere sich wieder beruhigt hatten, ging er entschlossen zu den Schafen.

In seiner linken Hand trug er eine Taschenlampe. Sie leuchtete auf. In deren Schein sah man etwas in seiner rechten Hand kurz aufblitzen.

Ein Schaf nach dem anderen wurde zu seiner besseren Orientierung kurz angestrahlt. Mit einem kurzen kompromisslosen Schnitt durchtrennte er ihnen erst die Halsschlagader, dann die Kehle. Der Mann hatte schnell sein Werk vollbracht. Die anfängliche Unruhe wich einer gespenstischen Stille.

Hansing stand auf und ging in den Stall, um seinen Tieren etwas Wasser zu bringen. Sie werden Durst haben, dachte er sich.

Den Mann, den er dort sah, kannte er nicht. Er verstand nicht, was der dort machte und auch nicht, wieso alle seine Schafe mit durchtrennten Kehlen tot am Boden lagen.

Während sich in Hansing erst eine Verwunderung, dann eine nie geahnte lähmende Bestürzung breit machte, kam der Mann, kampfgestählt, auf ihn zu, den Überraschungseffekt ausnutzend. Mit einem kurzen Ruck durchtrennte er auch

Hansings Kehle. Der röchelnde Hansing zog sich mühsam vorwärts auf einen der toten Schafleiber und vergrub seine Faust und sein Gesicht verkrampft in dessen Fell. Der von dem Schaf noch immer ausgehende Geruch beruhigte ihn. Erst als der Tod kam, wurde es ganz dunkel um ihn.

Der Weihnachtsmann und der Osterhase

Der Mann lehnte sich an einen Baum und schaute sich konzentriert um. Jetzt bin ich also zurück, dachte er erleichtert. Das ist mein Wald. Endlich! In Böen peitschte ihm der Wind den Regen ins Gesicht. Das störte ihn nicht sonderlich, im Gegenteil, er schien darüber sogar froh zu sein. Sein klatschnasses Gesicht wirkte zufrieden, als wäre endlich eine lange Trockenzeit zu Ende gegangen.
Er löste sich und ging festen Schrittes den Weg weiter in den Wald hinein. Ganz plötzlich tat sich dieser auf und vor ihm stand wie aus dem Nichts ein kleines Anwesen. Am niedrigen Lattenzaun verharrte er und starrte zum Haus hin. Sein Blick verschwamm, Erinnerungen schienen ihn zu überwältigen.
Genau an dieser Stelle haben wir damals gestanden, René und ich, dachte er zurück. Er grabbelte prüfend die Zaunlatten ab und entdeckte eine lose Stakete. Immer noch dieselbe lose Latte, dachte er, merkwürdig angetan davon. Wie lange ist das her, zwanzig Jahre? Nein; es muss jetzt schon sechsundzwanzig Jahre her sein. Wir beide Jungs, fünfjährig, konnten damals gerade so über den Zaun schauen, erst, wenn wir uns auf die Zehenspitzen stellten. Den Weihnachtsmann wollte ich René zeigen. Damals habe ich allen Ernstes geglaubt, es würde ihn geben und er wohnte hier.
Merkwürdig, dachte der Mann erstaunt, als wäre es eben erst alles geschehen. Selbst die kleinsten Details von damals kehren in mir zurück.
Wie wir damals hier hinter den Latten standen, René und ich. Und hier wuchs noch ein Strauch, erinnerte er sich, der ist nicht mehr, blickte er prüfend die Zaunzeile ab. Aber ansonsten scheint hier die Zeit stehen geblieben zu sein, dachte er.
Wie hab ich ihn damals genannt, Rennie? Ich glaube.
Rennie, das waren Zeiten.
Wie war es doch gleich!
War ich damals unruhig, ich hatte wohl hauptsächlich die Anlagen meiner Mutter geerbt. So wie mir Mutter erzählt hat, war ich so wie sie in ihren Kindheitstagen. Alles, was mir unbekannt erschien, musste ich untersuchen. Ständig habe ich meinen Eltern Fragen gestellt, wann war dieses und jenes, warum war es, weshalb

Erstes Buch – Nonsens- und Lügengeschichten aus Grünheide
Der Weihnachtsmann und der Osterhase

war es so und nicht anders und so weiter. Sie mussten mir alles erklären. Wie oft waren sie auch ratlos, natürlich. Zum Glück hatten sie Kompendien, die sie befragen konnten. Die einzigen Erbstücke, die ich von ihnen behalten habe. Zur Erinnerung!

Im Kindergarten war es ähnlich: Fragen über Fragen von mir. Die arme Kindergärtnerin, dachte er zurück, die hat sich damals bestimmt gefreut, als ich endlich n die Schule gekommen bin, der Frager war weg, da konnte wieder Normalität in den Kindergarten einziehen.

Ich weiß noch, wie ich respektvoll mit dem Betonungszeichen in Renés Namen umgegangen bin. Respekt ist vielleicht das falsche Wort, Reserviertheit ist besser; wie Kinder eben sind. Was sie nicht kennen, wird argwöhnisch beäugt. Ein Name mit einem fremdländischen Strich darüber. René, dachte ich, auch ein wenig neidisch wegen des Betonungszeichens, das kann man zwar mal sagen, aber nicht rufen. Nein. Mir gefiel dagegen Rennie, wie ich ihn nannte und mit mir fast alle Leute, selbst seine Eltern, sehr viel praktischer. Das dachte auch René selber. Ich kann mich gerade daran deutlich erinnern.

René war genau das Gegenteil von mir: zurückhaltend, ein artiger Junge, würde ich heute sagen. Sein Motto war: nur keine unnötigen Fragen stellen, lieber selbst eine Erklärung finden als andere darum bitten, ruhig, oft schon zu ruhig, in sich gekehrt, nie lärmend, das wirkte oft schon im Kindesalter irgendwie arrogant, den anderen überlegen. Aber er fühlte sich nicht den anderen überlegen.

Wir beide kamen mit den Charakterzügen des anderen bestens zurecht.

Wenn wir uns zum gemeinsamen Spiel trafen, kann ich mich erinnern, hatte fast immer ich die zündenden Ideen, was wir grade machen wollten. Während er noch nachdachte, plapperte ich schon los.

Eines Tages habe ich mich wie so oft unternehmungslustig vor René aufgebaut: „Habe ich dir eigentlich schon gezeigt, wo der Weihnachtsmann wohnt", fragte ich ihn triumphierend?

„Der Weihnachtsmann? Den gibt's doch gar nicht", antwortete René im Brustton der Überzeugung, nicht ohne sehr intensiv nachgedacht zu haben.

„Hab ich früher auch gedacht. Ich zeig ihn dir".

„Den will ich sehen", sagte René skeptisch. Natürlich, wollte er alles über den Weihnachtsmann erfahren.

Wir gingen beide in den Wald und ich führte meinen Freund. Mit jedem Schritt, den wir tiefer in den Wald kamen, wurde René immer stiller.

„Komm", habe ich ihn forsch aufgefordert, „wir sind gleich da".

Ich hatte damals kein Gespür für seine Ängste. Ein Kind eben. Dabei bebten sogar

Der Weihnachtsmann und der Osterhase

seine Lippen, je weiter wir gingen. Ich habe ihn damals nur erstaunt angesehen.
„Was hast du denn, Rennie?" Dämliche Frage von mir.
Ich weiß noch genau, wie es aus René daraufhin ausbrach: „Meine Mutter hat mir verboten", greinte er los, „in den Wald zu gehen".
„Beruhige dich", redete Ich auf den armen Jungen ein, „wir sind doch gleich da. Wir gucken nur kurz und dann gehen wir wieder".
René schluchzte noch eine Weile, doch dann wurde er still.
Als wir ankamen, bauten wir uns am Zaun auf und spähten hinein.
„Wo ist denn nun dein Weihnachtsmann", fragte René mich. Er war enttäuscht. Jetzt hatte er seiner Mutter zuwider gehandelt für nichts und wieder nichts. Wir standen hinter einem Strauch und luchsten durch die Latten.
Das ist also das Haus des Weihnachtsmannes, dachte René. Dass er mitten im Wald wohnt, stimmt schon mal.
Ein älterer Mann trat aus dem Haus, mit grauen, wildwachsenden kräftigen Haaren und einen langen grauen Bart, aber, nicht sehr weihnachtlich, mit einer schäbigen Jeanshose bekleidet. Obenrum trug er ein ebenso desolates Sporthemd.
„Das ist er", flüsterte ich meinem Freund zu.
„Das soll der Weihnachtsmann sein", flüsterte René zurück, „wo ist denn sein roter Mantel? Und, trägt er nicht immer schwarze Stiefel und eine rote Zipfelmütze?" Ernüchterung machte sich in René breit.
„Na überleg' doch mal, jetzt im Sommer?" Ich war um keine Antwort verlegen.
„Guck doch mal, wie er aussieht! Lange, graue Haare, langer, grauer Bart!"
„Das könnte passen", gab er mir flüsternd recht, „aber ansonsten? Sieh doch bloß mal, was er anhat. Darauf fiel auch mir keine Erwiderung ein".
Der Mann, den wir für den Weihnachtsmann hielten, verschwand wieder im Haus.
„Was wird er jetzt wohl machen", flüsterte René mir zu, als sich der Mann nicht mehr blicken ließ.
„Tja", habe ich zurückgefragt, „was macht ein Weihnachtsmann wohl im Sommer? Um das rauszubekommen, müssen wir dichter an das Haus heran".
Danach habe ich den Zaun untersucht und die lose Latte gefunden, kann ich mich noch genau erinnern. Wunderbar zum Durchschlüpfen geeignet. Draufgängerisch wie ich damals war, pirschte ich mich näher an das Haus heran. Denn das wollte ich wirklich wissen, was macht so einer im Sommer!
Ich linste durch ein Fenster nach innen, und was ich da sah, war für mich fünfjährigen Knirps unglaublich.
Direkt unter dem Fenster erblickte ich ein altes Sofa, genauso eins, dachte ich spontan, wie bei Oma Krause steht, einer mir bekannten alten Dame. Aber viel

Erstes Buch – Nonsens- und Lügengeschichten aus Grünheide
Der Weihnachtsmann und der Osterhase

merkwürdiger war, darauf saßen, ich traute meinen Augen kaum, der Weihnachtsmann und daneben der Osterhase.
Zugegeben, dieses Bild verwirrte mich sehr, aber es blieb, es war keine Einbildung.
Ich winkte René stürmisch heran. Das musste er unbedingt sehen! Was für ein Anblick!
„Rennie!" Rief ich ihn eilig, „komm' schnell", zischte ich so laut wie möglich.
Er wollte gerade meiner verzerrten Aufforderung Folge leisten und war auf halbem Wege zu mir, als der alte Mann erneut herauskam. Dieser sah mich am Fenster stehen und René in seinem Vorgarten.
Kaum sah René den vermeintlichen Weihnachtsmann aus der Tür treten, fuhr dermaßen der Schreck in den kleinen Kerl, dass er schreiend davonlief, sogar die lose Latte hatte er sofort gefunden.
Der alte Mann riss erstaunt die Augen auf, als er Renés Geheul vernahm. Er wandte sich sofort mir zu: „Was gibt's, mein Junge", fragte er friedvoll, in sonorem Bass.
Natürlich, dachte ich damals, nur so und nicht anders musste die Stimme des Weihnachtmannes klingen.
„War das dein Freund? Warum schreit er denn so?"
Ich hob nur unbestimmt die Schultern. Dagegen kann ich mich ganz genau erinnern, dass ich ihn stattdessen mit meiner Frage bombardierte: „Bist du der Weihnachtsmann?"
Er muss sich von dieser Frage so merkwürdig berührt gefühlt haben. An seine Antwort kann ich mich ganz deutlich erinnern, obwohl sie eigentlich nicht sehr klar formuliert war, besonders nicht für ein solch kleines Kind wie ich: „Manchmal könnte man das meinen", sagte er nämlich, daran erinnere ich mich genau. Für mich, der ich seine Erwiderung nicht verstand, war sie eine Bestätigung. Es konnte nur ein Ja sein.
Er lud mich dann in sein Haus ein, und ich schoss meine Fragekanone ab.
Als ich drin war, zeigte ich auf sein Kaninchen: „Was macht denn der Osterhase hier?"
Zu dem Zeitpunkt wusste ich natürlich nicht, dass es ein Kaninchen war. Der alte Mann war ganz perplex, mit so einer Frage hatte er nicht gerechnet.
„Der Osterhase? Tja", antwortete er gedehnt, um sich gedanklich zu sammeln, dann geistesgegenwärtig, „der hat sich seine Pfote verletzt, die muss er erst auskurieren. Jetzt war er drin in meine Welt. Komm' einmal mit". Wir gingen nach draußen und er zeigte mir eine Anlage mit kleinen Buchten.

Erstes Buch – Nonsens- und Lügengeschichten aus Grünheide

Der Weihnachtsmann und der Osterhase

„Du siehst doch hier die kleinen Ställe. Hier wohnen die anderen Osterhasen, sagte er in mein ungläubig staunendes Gesicht.
„Ich habe gar nicht gewusst, dass es so viele Osterhasen gibt", sagte ich staunend.
Er daraufhin: „Na, überleg' doch mal, wie viel Kinder es auf der Welt gibt, und jedes wünscht sich etwas vom Osterhasen. Das würde doch ein Hase allein gar nicht schaffen".
Da hat er Recht, das kann stimmen, dachte ich nachdenklich. „Aber dir geht es doch genauso", sagte ich laut. „Und wie schaffst du es?" Da wartete ich gespannt auf eine Antwort von ihm.
„Meinst du mich als Weihnachtsmann", wollte er lächelnd wissen.
„Natürlich!"
„Sieh' mal, ich habe wenigstens einen Knecht, der mir hilft, den Knecht Ruprecht. Den habe ich derweil zwar nach Norden geschickt, mein Rentier pflegen. Du weißt doch bestimmt, dass mein Schlitten dort oben stationiert ist. Kurz vor Weihnachten kommt er damit runter und hilft mir dann".
So konnte es sein, war ich damals fest überzeugt.
„Und Ostern? Ostern helfe ich den Hasen ein bisschen, dass auch ja alle Kinder ihr Geschenk erhalten".
Ja, ja, dachte ich damals. Während der Weihnachtsmann hier den Osterhasen zur Hand geht, macht sein Knecht wilde Schlittenfahrten oben in Lappland, oder wie das Land dort heißt.
Die Kaninchen glotzten mich beiläufig an. Ihre Nasen zuckten. Denen war es ganz sicher egal, ob sie für Hasen gehalten wurden, noch dazu für Osterhasen, fällt mir heute ein. Damals jedoch hatte ich keinerlei Zweifel an seinen Worten. Alles, was er sagte, erschien mir einleuchtend.
Prüfend schritt ich sein Sammelsurium an Kaninchenställen ab. Eines der Osterhasen fand ich besonders bemerkenswert. Es betrachtete mich ganz intensiv aus braunen Augen mit so seltsam rotem Feuer im Blick. Das ist bestimmt der Osterhase, der uns auf dem Plan hat, dachte ich, wie der mich anschaut! So wissend! der hat mich bestimmt erkannt. Seine Nase zuckt ganz besonders, wie ich mir damals einbildete, als wollte er mir sagen: Im nächsten Jahr bist du wieder dran, Freundchen, also sei artig! Was man so in einen Kaninchenblick hineininterpretieren kann!
„Ich weiß auch, dass du Paul heißt, wo du wohnst und was deine Eltern arbeiten", sagte derweil der alte Mann zu mir. Na klar, dachte ich, er muss es wissen, er ist schließlich der Weihnachtsmann. „Zum Beispiel weiß ich auch, dass es vorhin da dein Freund war, der weggelaufen ist. Er heißt René".

Erstes Buch – Nonsens- und Lügengeschichten aus Grünheide

Der Weihnachtsmann und der Osterhase

Mein lieber Mann, der Weihnachtsmann, auch das weiß er, dachte ich erstaunt! Wir gingen wieder ins Haus.

„Wo hast du denn deinen roten Mantel, deine Mütze und deine Stiefel", fragte ich ihn, um René Bescheid geben zu können, wenn ich ihn morgen im Kindergarten treffen würde, und natürlich all die anderen Kinder. Die wollen so etwas ja auch wissen.

„Komm' mal mit", forderte er mich auf.

Wir gingen eine Treppe zum Boden hinauf, wo er einen alten Kleiderschrank öffnete.

Daoben roch es komisch, so eigenartig muffig. Damals fand ich den Geruch passend, so typisch weihnachtlich.

Er öffnete dann einen abgestellten Kleiderschrank und zog einen alten Mantel heraus. „Das ist mein Mantel", bedeutete er mir; „meine Stiefel und die Mütze habe ich Ruprecht mitgegeben, dass er sich im Norden nicht erkälte. Wie du weißt, Paul, brauche ich ihn und seine Hilfe in der Weihnachtszeit ganz dringend wieder hier unten, gesund und ohne Schnupfen".

Dann ging es wieder nach unten zu dem Karnickel im Wohnzimmer.

„Wo ist denn der Korb von dem Osterhasen", fragte ich ihn weiter?

„Korb? Korb, ja, na klar, den Korb vermisst du", sagte der alte Mann gedehnt. „Der Osterhase muss natürlich einen Korb haben".

„Da fällt mir ein, den hat er natürlich bei mir im Schuppen, Meinst du, der hoppelt das ganze Jahr über mit einem Korb auf dem Rücken rum, noch dazu, wo er verletzt ist!"

Das leuchtete mir ein.

Ich fragte noch dieses und jenes, und der alte Mann antwortete mir mit stoischer Gelassenheit.

Er machte mir sogar eine Mittagsmahlzeit. Auch da überraschte er mich mit seinen hellseherischen Fähigkeiten, denn er schien zu ahnen, dass ich gerne Kartoffelpuffer aß.

Natürlich, dachte ich damals, fand dafür eine einfache Erklärung, auch das weiß er, der Weihnachtsmann.

Die haben geschmeckt, erinnere ich mich, einfach grandios.

Na ja, bedachte ich, der Weihnachtsmann weiß nicht nur alles, er kann auch alles. Selbstverständlich!

Darob dämmerte es bereits.

Er brachte mich dann durch den Wald. Bei den ersten Häusern ging ich allein weiter.

Tja, der alte Mann…

Erstes Buch – Nonsens- und Lügengeschichten aus Grünheide
Der Weihnachtsmann und der Osterhase

Die Weihnachtszeit kam und ging. Der Mann mit dem roten Mantel brachte mir meine Geschenke. Ich lächelte ihn verschwörerisch an, aber er ließ unser besonderes Verhältnis seit dem Sommer durch keine Geste erkennen. Ich wollte ihn schon fragen, was die Osterhasen machen, ließ es dann aber doch bleiben. Zugegeben, ein wenig enttäuscht war ich schon von ihm.

Seit der Weihnachtszeit hatten wir ihn nicht mehr gesehen. Inzwischen sind wir, René und ich, in die Schule gekommen, wir beide in dieselbe Klasse. Bis zu diesem Zeitpunkt haben wir fest daran geglaubt, damals im Sommer dem Weihnachtsmann und dem Osterhasen begegnet zu sein.

Dann kam dieser unselige Tag im Winter! Diesmal schickte er schon vor den festlichen Tagen seine frostigen Vorboten zu uns. Es schneite zwar nicht, aber die Seen und Flüsse gefroren allmählich, zur Freude von uns Kindern; wir Schulkinder hatten nämlich schon Weihnachtsferien und konnten es gar nicht erwarten, das gefrorene Wasser zu betreten.

René und ich stromerten durch den Wald bis zum Fluss. Er war schon etwas zugefroren, aber eben nur etwas.

Zu Anfang interessierte uns dieser nicht sonderlich. Doch dann schlich sich mehr und mehr die Langeweile in unser Spiel. Es kam, wie es kommen musste. Ich kam auf die Idee, das Eis auf dem Fluss zu testen. So ein Irrsinn, würde ich heute sagen. Aber damals war ein unbändiger Drang in mir, alles auszutesten. Meine Angstschwelle war sehr niedrig! Extrem niedrig!

Also ging ich aufs Eis. René wollte mich zurückhalten, argumentierte ganz sachlich dagegen. Pppphhhh, Angsthase! Wenn der sich nicht traut! Ich ließ mich jedoch nicht beirren.

Es kam so, wie es kommen musste. Natürlich hielt das Eis noch nicht. Wie auch, die paar Tage Kälte!

Es knackte verdächtig unter meiner Last. Da hätte ich noch vorsichtig das dünne Eis verlassen können. Aber so!

Die Stelle, auf der ich stand, zerbarst und ich brach ein, dummerweise gerade an einer sehr tiefen Stelle im Fluss.

Nässe und Kälte, eine äußerst ungünstige Mischung!

Je mehr ich versuchte, mich wieder zurück aufs Eis zu schieben, umso tiefer rutschte ich hinein. Das kalte Wasser tat ein Übriges, es lähmte ganz schnell meine motorischen Körperfähigkeiten. René, der am Ufer aufgeregt hin- und herrannte, bemerkte vom Ufer aus meine immer lahmer werdenden Befreiungsbemühungen. Angst weitete sein erschrockenes Gesicht.

„Rennie, du musst Hilfe holen, ich schaffe es nicht mehr allein", bibberte ich zu ihm

Erstes Buch – Nonsens- und Lügengeschichten aus Grünheide
Der Weihnachtsmann und der Osterhase

rüber, so laut ich noch konnte. „Du weißt doch, der Weihnachtmann wohnt in der Nähe. Hol' ihn, beeil' dich, ich kann mich nicht mehr lange über Wasser halten".

René überlegte kurz, dann rannte er los, nicht ohne mir noch zuzurufen durchzuhalten.

Als lange keiner kam, die Nässe und Kälte immer furchtbarer wirkten, war ich kurz vor der Resignation.

Doch plötzlich, ich hatte kaum noch damit gerechnet, stürmten die beiden ans Ufer heran.

Mittlerweile konnte ich wirklich nicht mehr. Ab Brust abwärts spürte ich kaum noch etwas.

Der alte Mann hatte eine Leiter mitgebracht. Die schob er vorsichtig über das Eis zu mir. Aber sie war zu kurz. Erst als er sich ebenfalls langlegte und sie noch weiter zu mir schieben konnte, war sie von mir zu greifen. Aber soviel ich es auch tun wollte, es gelang mir nicht, ich konnte nicht mehr zufassen, meine Motorik war eingefroren.

Der alte Mann durchblickte sofort mein Dilemma. Er zögerte nicht, sondern zog sich sofort, immer noch liegend, mit Hilfe der Leiter über das Eis zu mir. Auf der Stelle begann er damit, mich ganz langsam aus dem Bruchloch herauszuwuchten. Es gelang ihm auch, irgendwie.

Krieche ans Ufer, rief er mir zu, als ich endlich draußen war.

Doch dann geschah es. Wir alle glaubten, es schon geschafft zu haben, da hörte ich es splittern und bersten. Immer noch mit dem Krabbeln ans rettende Ufer beschäftigt, sah ich nicht, was sich Furchtbares hinter mir abspielte. Jetzt brach der alte Mann ein. Als ich endlich an Land war, sah ich ihn groß aus dem Fluss ragen. Er war zwar im Wasser, aber im Gegensatz zu mir hatten seine Füße Kontakt mit dem Untergrund. Irgendwie muss er eine größere Klamotte erwischt haben. Jedenfalls stand er auf dem Klumpen und wollte sich gerade raushieven, da rutschte das Stück, auf dem er stand, zur Seite. Mit lautem Getöse krachte der alte Mann ins Wasser und tauchte unter.

René hatte augenscheinlich das alles beobachtet, denn plötzlich schrie er laut auf und rief etwas. Ich wusste gar nicht, worum es ging. Als ich endlich Boden unter meinen Füßen spürte, richtete ich mich schlotternd auf und blickte mich um. Weit und breit kein Weihnachtsmann zu sehen, nur das gähnende Eisloch, in dem ich bis vor kurzem steckte und an ihm auf dem Eis die Leiter von dem alten Mann. Davor war so eine Art breite Eisrinne, in der er wohl verschwunden war.

Die Kälte war mir egal; Sie spürte ich kaum noch. Der alte Mann war untergetaucht, eine Katastrophe! Wo war er, der Weihnachtsmann? Er war nirgends zu

sehen! Ich rannte, so triefend wie ich war, zur nahen Brücke und spähte den Flussbereich bis zum Eisloch ab.
Erst sah ich nichts. Dann plötzlich, schon unter meinem Standort, gut sichtbar unter der gefrorenen Eisschicht, trieb der Körper des alten Mannes ganz langsam, fast träge, unter mir durch. Sein Gesicht war zur Eisoberfläche gerichtet, seine Lippen geschürzt, als pfeife er ein Lied, auf die Welt oder auf was auch immer. Er muss vergeblich versucht haben, in seiner Not die Eisschicht zu durchstoßen. Seine Arme waren noch nach vorn gerichtet, als würden seine Hände zum Abschied winken.

Der traurige Clown oder die Perversion

Zwei Männer schleiften den ohnmächtigen Mann in den Raum, packten ihn unsanft und drückten ihn auf einen groben Stuhl. Dann bogen sie seine Hände auf den Rücken. Sie fesselten seine Arme mit einem Strick hinter der Lehne aneinander. Nachdem sie das getan hatten, banden sie seine Beine an die vorderen Stuhlbeine. Anschließend holte einer der beiden einen Eimer aus dem Nebenraum, füllte ihn halbvoll mit Wasser unter dem Wasserhahn im selben Zimmer, nahm Schwung und spritzte den Gefesselten mit einem Schwall das kalte Nass ins Gesicht,
Pass' doch auf, protestierte der Andere unwillig; der hatte nämlich bei dieser Aktion ein paar Spritzer abbekommen.
Durch das kalte Wasser wieder zum Leben erweckt, merkte der Gefangene die Veränderung, die mit ihm und seinem Körper vor sich gegangen war, seit sein Bewusstsein ihn verlassen hatte.
Die beiden Männer verließen den Raum und ließen den Mann auf dem Stuhl zurück. Inzwischen kam ein vornehm Gekleideter und setzte sich seufzend auf einen bequemen Bürostuhl hinter dem Tisch, der dem Gefesselten gegenüber stand. Lange betrachtete er ihn, als galt es, den Mann zu taxieren. Oder wie ein Schönheitschirurg, der sich genau die Stelle ausguckte, wo er sein Skalpell ansetzen musste, um den die Operation entscheidenden ersten Schnitt zu placieren.
Keiner der Männer sagte etwas, beide blickten sich nur stumm an.
Nach einer geraumen Weile sagte der Vornehme zu dem Gefesselten: „Die beiden Männer, die sie auf den Stuhl gesetzt haben, werden gleich zu ihnen kommen und sie, wie soll ich sagen, ein wenig umgestalten. Nehmen sie's nicht persönlich. Seien sie gewiss, die Herren verstehen ihr Handwerk, im wahrsten Sinne des Wor-

Der traurige Clown oder die Perversion

tes. Und wenn die beiden mit ihrem Gesicht fertig sind, kommt ihr", er betrachtete ihn und schien seine Anatomie abzuschätzen, „sagen wir, linkes Knie dran".
„Zu ihrer Information, wenn sie mit ihrem Gesicht und ihrem Knie fertig sind, werden sie vor eine Klinik gelegt und man wird wieder versuchen, ihren alten Zustand herzustellen. Ganz wird es denen nicht gelingen.
Und wie gesagt, nichts Persönliches ... Ach ja, noch was, man wird sie des Öfteren mit kaltem Wasser, wie soll ich sagen" ... er gluckste vor Vergnügen ob seines sprachlichen Einfalls ... „ein wenig erfrischen".
„Ach ja, noch was: sie können schreien, so laut sie wollen, niemand wird sie hören. Aber, sie wissen ja, schreien ist gut für die Stimmbildung, außerdem macht es die Schmerzen erträglicher, und Schmerzen werden sie spüren, glauben sie mir.
„Ach ja, noch etwas ... die beiden, die gleich kommen werden, sind physiologisch auf das Beste ausgebildet. Sie kennen den menschlichen Körper ganz genau. Die wissen aufs beste, was sie tun.
Also dann, es war mir ein Vergnügen, ihre Bekanntschaft gemacht zu haben... seien sie tapfer". Darauf verließ der Mann den Raum.
Nach einer Weile kamen die anderen wieder. Sie hatten sich fast elegant wirkende Handschuhe übergestreift.
Der erste trat an ihn heran. Der andere stellte sich derweil hinter dem Tisch auf.
Der, der sich zuerst mit dem Gefesselten beschäftigte, legte ihm die rechte Hand auf den Kopf, veränderte öfter seinen Blickwinkel durch Drehen desselben und betrachtete sich dessen Gesicht ausführlich.
... „ich bin zuständig für deine Nase", sagte er ihm beiläufig. „Sitzt du gut", fragte er ihn allen Ernstes." Ja? Na dann kann es losgehen".
Im weiten Bogen holte er aus und schlug ihm die Faust auf die Nase. Es knackte gewaltig und der geschlagene Mann schrie vor Schmerz laut auf. Dann verlor er wieder das Bewusstsein.
„Das ging ja schnell", sagte der andere der beiden sachlich, schnappte sich den Eimer, ließ ihn halb voll Wasser laufen und schüttete den Inhalt mit viel Schwung in das Gesicht des Gefesselten. Der wachte wieder auf und stöhnte.
So ging es weiter. Der Mann schlug ihm die Nase zu Brei, und während der eine schlug, kümmerte sich der Andere um den Wassernachschub und darum, dass der Geschlagene immer bei Bewusstsein war.
Dann war die Nase anscheinend genügend demoliert, denn er hörte auf zu schlagen.
Jetzt wechselte das Rollenspiel.
So, wie es begonnen hatte, fing der funktionale Wechsel wieder an. Der andere

Erstes Buch – Nonsens- und Lügengeschichten aus Grünheide

Der traurige Clown oder die Perversion

Mann legte dem Gefesselten die rechte Hand auf den Kopf und betrachtete ganz nüchtern die zerschlagene Nase. Die Wunde blutete ihm zu sehr.
„Hol' mal noch einen Eimer Wasser", sagte er mit prüfendem Blick auf den klaffenden Nasenstumpf.
Nach der Spülprozedur tupfte er ihm fast behutsam das Gesicht trocken. Der Geschlagene wimmerte leise. Der nun mit der Prügelei dran war schaute ihn sich erneut prüfend an.
Was auch immer er sehen musste, er hatte es gesehen.
Dann schlug auch er hart zu, aber die Nase ließ er in Ruhe. Der nahm sich das übrige Gesicht vor.
Regelmäßig fiel der Gequälte in die Bewusstseinstrübung, wenn der Schmerz ihm schier zu groß wurde. Und regelmäßig holte ihn der Mann mit dem Wasser wieder zurück in die schmerzende Wirklichkeit.
Dann so plötzlich, wie das Schlagen begonnen hatte, hörten die Männer mit der Gesichtsprügelei auf. Sie verschwanden beide aus dem Raum. Die Stille, die nun eintrat, war so unerträglich für den Gefesselten, dass er aufgeschrieen hätte, nur um sie nicht erdulden zu müssen.
Aber die Männer kehrten in den Raum zurück. Einer hatte eine Eisenstange in der Hand.
Der Geprügelte sah sie auch. Ihm schwante nichts Gutes.
„Wie machen wir es am besten", fragte der, der die Stange hielt, den anderen.
„Hm, am besten wird sein, wir legen ihn auf den Boden", antwortete dieser, „dann treffen wir auch".
„Der Aufwand ist mir, ehrlich gesagt, zu groß".
„Ich hab's". Er knotete das rechte Bein los, bog es außen am Stuhl rechtwinklig nach hinten und befestigte es mit dem Strick an der Querstrebe. „So, jetzt ist das linke Knie frei. Willst du es machen oder soll ich?"
„Gib her". Er nahm die Stange in beide Hände und schlug mehrmals hart gegen das Knie. Die Knochen darin splitterten, die Sehnen rissen. Bei jedem Hieb, so hart ausgeführt, rutschte der Mann mit seinem Stuhl in Schlagrichtung. Die Schmerzen waren so immens, dass er erneut sein Bewusstsein verlor.
Aber nun holten sie ihn nicht mehr in die Realität zurück.
Zum Schluss trennte einer von ihnen mit einem Skalpellschnitt in der linken Hand die Sehnen und Nerven, die seine Finger steuerten, einfach durch. Dann hatten sie die Aufträge des eleganten Mannes erledigt, aber nur fast.
Sie legten den bewusstlosen, stark blutenden Mann in ihr Auto und fuhren mit ihm los.

Erstes Buch – Nonsens- und Lügengeschichten aus Grünheide
Der traurige Clown oder die Perversion

Vor der städtischen Klinik steuerten sie das Fahrzeug eng am Haupteingang vorbei, nicht zu schnell, um den immer noch bewusstlosen Mann einfach hinaus zu werfen.

Der willenlose Körper schlug hart auf und rollte bis fast vor die Eingangstür. Das passierte so schnell, dass ein Beobachter dieser Szenerie derart überrascht war, dass er nicht auf das Kennzeichen des Fahrzeugs achtete, sondern nur auf den unglaublichen Vorgang. Zumindest konnte der Pförtner das, was vor seiner Tür passierte, registrieren und sofort eine Notärztecrew alarmieren, sehr zum Glück für den gequälten Mann.

Der Arzt, der den Mann untersuchte, schüttelte nur mit dem Kopf. Er berichtete danach seinen Kollegen: so etwas habe er noch nicht gesehen, das Gesicht fast vollkommen zerschlagen, besonders die Knochen um das Nasenbein. Den muss einer mit dem Faustkeil bearbeitet haben. So sieht es jedenfalls aus. Rumpf, Becken und das linke Bein sind sonst soweit in Ordnung, keine verletzte Stelle. Aber das Knie des rechten Beines ist nur noch ein einziger Brei.

Mensch, was muss der Mann erduldet haben.

Ach ja, noch etwas, Nerven und Sehnen der linken Hand sind mit einem ich würde sagen Skalpell unterhalb der Finger durchtrennt worden. Die Kripo habe ich informiert, die wissen bescheid.

Man operierte ihn mehrmals, und nach einem dreiviertel Jahr war er wieder soweit genesen, wenn man das in seinem Fall überhaupt sagen konnte, denn, komplett seinen alten Gesundheitszustand wieder herzustellen, hatten die Ärzte nicht vermocht: sein rechts Auge hing für immer, einige Nervenstränge im Gesicht waren verloren, so dass er Probleme mit seiner Gesichtsmimik geben wird, ebenso die linke Hand: Die Steuerung der Finger wird nicht mehr möglich sein. Aber am schlimmsten ist sein linkes Knie dran; da wird überhaupt nichts mehr zu machen sein. Er musste sich damit abfinden, dass er für immer hinken wird.

„Aber länger als die Wiederherstellung seiner anatomischen Fähigkeiten würde wohl die Gesundung seiner Psyche brauchen", so der Arzt.

Die Kriminalisten, die mit der Untersuchung dieses Falles betraut waren, hatten Mühe, die Identifizierung des Mannes herauszubekommen. Aber schließlich ermittelten sie, dass es sich um einen Musikclown aus Grünheide handelte. Ach was sage ich, um den Musikclown schlechthin. Er galt als das Vorbild für alle Musikclowns überhaupt.

„Ich kenne ihn dem Namen nach", sagte einer der Ermittler, „aber er hatte ihn nicht mehr erkannt".

Doch die Tataufklärung verlief im Sande.

Der traurige Clown oder die Perversion

„Herr Direktor, geben sie ihm noch eine Chance. Sie kennen ihn doch, er wird sie bestimmt nicht enttäuschen". Der Direktor wippte mit seinem Kopf hin und her. „Ich weiß nicht", meinte er skeptisch, „er ist doch schon zu lange aus dem Geschäft. Sie wissen doch, damals, auf ihrem Zirkusschiff, wie er die Massen begeisterte".
„Das ist lange her", warf der Direktor ein, immer noch reserviert. „Und überhaupt, sieh doch bloß mal, wie er jetzt aussieht. Geschäftsschädigend! So bedauerlich es auch sein mag, das ganze. Aber ehrlich, mit dem Gesicht können wir ihn doch nicht auf die Menschheit loslassen".
„Ach, ein bisschen Schminke, und sie sollen mal sehen...er ist nicht wieder zu erkennen".
„Na, ich weiß nicht ..." Der Direktor wog in Gedanken das Für und wider ab.
„Geben sie ihrem Herzen einen Stoß, Herr Direktor. Denken sie an die alten Erfolge mit ihm. Glauben sie mir, er wird sie nicht enttäuschen. Er braucht wieder eine Aufgabe ... Er muss weg kommen von seiner Grübelei ...", dachte der Agent.
„Okay, ich mach's, eingedenk alter Zeiten", sagte der Direktor zu dem Agent. „Wann kann er anfangen?"
„Morgen ist sein erster Arbeitstag, erste Vorstellung in vier Wochen".
„Abgemacht". Sie schüttelten ihre Hände und besiegelten damit ihr Vorhaben.
Vier Wochen probte er. Anstelle des Violinespiels brachte er eine Mundharmonika zum Klingen. Er verstand es, ihr allerlei Töne zu entlocken, die hohen lustigen, die tiefen, traurigen, aber alle, die ihn von früher kannten, fanden, dass die Mundharmonika, so gut er sie auch spiele mochte und ihr die seltsamsten Klänge entlockte, längst keine Ersatzstellung für die Geige einnahm. Aber aus Pietätgründen sagten sie ihm das nicht. Ohnehin hatte er es selbst gemerkt.
Kurz vor der Vorstellung kam der Direktor, um sich den Musikclown und seine Show anzusehen.
Hinterher fragte er den Agenten: „Das ist doch nicht etwa ernst gemeint. Hast du in sein Gesicht gesehen? So etwas Starres, das müsst ihr alle doch gesehen haben! Und das Auge, das hängt ja fast auf der Backe! Nein, das ist doch kein Clown, da kriegen ja die Leute Angst. So bedauerlich es alles ist, aber wir haben einen guten Ruf zu verlieren".
„Na gut, morgen können wir ja nicht mehr absagen. Aber es geht nicht mehr mit ihm, das muss auch dir klar sein".
Das war das letzte Wort des Direktors. Dann verließ er die Manege.
Der Agent verstand ihn. In der Vorstellung geht es wirklich nicht mehr, das ist mit ihm vorbei, dachte er. Aber morgen, morgen steht er noch einmal im Rampenlicht.

Erstes Buch – Nonsens- und Lügengeschichten aus Grünheide
Der traurige Clown oder die Perversion

Die Scheinwerfer zeigten auf ihn, alles Andere blieb im Dunkel. Er, der Clown, stand im Rampenlicht. Die viel zu großen Schuhe, die viel zu große Hose, seine knappe Jacke darüber mit der großen Sonnenblume im Knopfloch, alles im Lichtstrahl erhellt. Für Augenblicke genoss er es. Dann griff er sich seine Mundharmonika und spielte los. Die Zuschauer waren auf Lachen aus. Doch sie wunderten sich, welche traurigen Töne an ihr Ohr drangen. Das passt zwar zu dem Gesicht, dachten sie sich, aber doch nicht zu dieser Zirkusvorstellung. Unmut machte sich breit. Die ersten Leute fingen an zu murren. So schön die Musik auch klang, aber diese Art wollten sie nicht, nicht heute.

Er wollte gerade mit seinen verbalen Gags beginnen, da sah er sie. Ihr Anblick durchfuhr ihn wie ein elektrischer Schlag. Das zerschlagene Knie zuckte und beinahe hätte es ihn in den Sand stürzen lassen. Mit breitem Grinsen sahen es seine Peiniger von einst, die er gleich vorn in der ersten Reihe entdeckt hatte.

Die Harmonika schluchzte, aber das Murren der Leute wurde immer lauter. Dann drehte er sich einfach um und verließ das Rampenlicht.

Im Zelteingang empfing ihn der Direktor, schwitzend.

„Was ist los", empörter er sich, „zügig wieder rein mit dir".

Doch der schüttelte nur mit dem Kopf, sagen konnte er nichts.

Schnell schickte der Direktor seine Ponygarde in die Manege, denn eins hatte er in all den Jahren beim Zirkus gelernt, ja lernen müssen: improvisieren.

Das Zelt war menschenleer. Schnell erklomm' er eine Empore, schaltete den Scheinwerfer an und richtete den gebündelten Lichtstrahl auf einen bestimmten Punkt in der Manege. Dann kletterte er wieder nach unten.

Dasselbe tat er auf der gegenüberliegenden Seite. Den Lichtstrahl des zweiten Scheinwerfers richtete er auf den des ersten, so dass der eine Punkt in der Manege noch heller erleuchtet wurde. Dann verließ er für kurze Zeit das Zelt.

Er kam sehr bald wieder zurück und stellte sich in das gleißende Licht.

Da stand er nun im Rampenlicht, sehr ruhig, beinahe lässig, als sammele er sich vor seinem größten Auftritt.

Nach einer Weile verbeugte er sich; trotzdem blieb es still, kein frenetischer Beifall, denn er war ja allein im Zirkuszelt.

Augenblicke vergingen, als müsse er nachdenken, was er nun tue. Dann verbeugte er sich erneut. Wieder brandete nichts auf, blieb es ruhig, nur der Lichtstrahl füllte einen Teil der Manege mit seinem gleißenden Licht aus.

Der Mann griff in seine viel zu weite Hosentasche und brachte eine Mundharmonika zum Vorschein. Er schaute sie lange an als hätte er vergessen, wo er auf ihr beginnen sollte. Dann nahm er sie behutsam an den Mund. Klagend

tönten die ersten Akkorde ins menschenleere Rund; eine Art Ouvertüre. Der Mann spielte weiter auf dem Instrument. Seine Gefühlswelt schien er mit der Harmonika zu vertonen. Mal schreiend, dann wieder weinend, erzählte das Lied vom hoffnungslosen Zustand seines Ichs. Keiner kümmerte sich um die disharmonischen Liedfetzen, die er von sich schleuderte.
Dann brach er so plötzlich ab, wie er begonnen hatte, nur dass er sich zum Schluss nicht verbeugte.
Er ging einfach aus dem Zelt...

Das große Fressen oder Der Einsiedler

In der Nähe von Grünheide, am Rande des Waldes, lebte ein einsamer Mann. Einer, der aus irgendwelchen Gründen nicht etwa alleingelassen, weil ihm zum Beispiel der Lebenspartner weggestorben und der aus Trauer um seinen Verlust keine Bindung mehr eingegangen worden war. Das nicht, sondern ein Mann, der sich nur äußerst ungern mit Menschen umgab. Wenn es ging, vermied er es, auf seinesgleichen zu treffen. Er zog eine Einsamkeit vor; wenn Gesellschaft, dann die von Tieren. Darum hatte er sich auch weitab von den nächsten Ansiedelungen und in Waldnähe sein Haus gebaut. Das war ein Haus nach eigenen Vorstellungen, so wie er es sich schon immer erträumt hatte, eins fast nur aus Holz, aus einer hier wachsenden Holzart, denn der Einsiedler war ein umweltbewusster Mann. Umweltbewusst, vegetarisch und einsam, welches Klischee, würden sie sagen, ich auch, wenn es nicht auf ihn so passend zutreffen würde. Vegetarisch war zwar seine Ernährung im Allgemeinen, aber nicht fanatisch, sagen wir, er hielt es eher wie ein Hamster; wenn es sich ihm anbot, aß er schon einmal ein Stück Fleisch. Sein Holzhaus hatte er ganz nach ökologischen Erwägungen errichtet, oder sagen wir, eine ökologisch bedingte abgespeckte Version davon hergestellt.
Photovoltaische Platten lieferten ihm seinen Strombedarf. Das war aber so ziemlich der einzige Luxus, den er sich leistete, wenn man in dem Fall überhaupt von Luxus reden kann.
Für die Deckung seines Wasserbedarfs hatte er sich einen Brunnen anlegen lassen. Das Wasser förderte er mit einer Schwengelpumpe, ganz wie in alten Zeiten. Stromverbrauch, hatte er sich auferlegt, gab es für die Wasserförderung nicht; es wurde mit der Armkraft aus dem Boden gefördert und in Eimern transportiert.
Als er die äußere Hülle seines Hauses errichtet hatte, dachte jeder, der zufällig vorbeischaute, was für ein gewaltiges Gebäude er sich hinstellen würde. Aber

Erstes Buch – Nonsens- und Lügengeschichten aus Grünheide
Das große Fressen oder Der Einsiedler

innen war es dann nicht sehr groß. Der Unterschied ist sehr rasch erzählt: er brauchte den Hohlraum, um viel Dämmmaterial unterbringen zu können. Dazu nutzte er aufbereitete Schafwolle, denn: er wollte weitestgehend auf Künstliches verzichten.

Er umhauste seine Wasserentnahmestelle mit gedämmten Wänden für den Winterbetrieb.

Für den Sommer hatte er sich eine Freiluftdusche gebaut, eine umfunktionierte Gießkanne.

Im Spätsommer und Herbst sammelte er Kastanien und Eicheln, Futter für das Wild, wenn es Schnee gab und die Tiere im Wald nicht mehr viel fanden. Dazu hatte er sich eine Dachgalerie gebaut, so eine Art Aneinanderreihung von Carports, würde man heute sagen, unter denen er das gesammelte Futter in speziellen Stiegen trocken für den Winter aufbewahren konnte.

Besonders verrückt hielt er es mit den Vögeln. Da hatte er sich etwas ganz Besonderes einfallen lassen. An eine alte Jacke hatte er von der Wallnuss halbierte Schalen angenäht, die ihm als Futternäpfe dienten. Er füllte die Schalen mit Körnern auf, an die Rückenpartie befestigte er Hirsekolben, und die so präparierte Jacke hängte er über ein Stangenkreuz in die Mitte seines Hofes. Es dauerte nicht lange, und die Vögel hatten sich an die Jacke gewöhnt.

Als er sie das nächste Mal bestückte, zog er sie sich selbst über. Er stellte sich in die Mitte seines Hofes, breitete die Arme aus und gar nicht lange dauerte es, bis er nur so von vielen Vögeln umflattert wurde. Das wollte er erreichen.

Es reichte ihm noch nicht. Er präparierte eine Mütze so, dass die Vögel auch auf seinem Kopf landeten und Futter pickten. Es dauerte nicht lange, und die Vögel hatten sich an ihn, an seine Gestalt gewöhnt. Mittlerweile zutraulich, kamen sie zu ihm geflogen und fraßen ihm das Futter sogar aus der Hand.

Im Spätherbst legte er Futterspuren aus Kastanien und Eicheln; vom Wald führten sie bis in seinen Innenhof. Rehe und Hasen kamen zuerst. Anfangs nur zögerlich, doch als die Tiere merkten, dass dieser Fressplatz völlig gefahrlos war, gesellte sich auch wenig später eine Rotte Wildschweine zu ihnen.

Ein Bild von biblischer Dimension, wie von alten Meistern gemalt: der Einsiedler stehend, in seine präparierte Jacke gehüllt, mitten in seinem Innenhof, umschwirrt von einer Vielzahl pickender Vögel, während um ihn Hasen, Rehe und Wildschweine sich Futter zuführten. Und da die Menschen ihn im Allgemeinen in Ruhe ließen, störte auch niemand das große Fressen.

Wenn es dann allmählich dunkel wurde, die ersten Tiere gespeist hatten, kamen die Waschbären zu ihm, um sich Brot und anderen Knabberspaß bei ihm abzuho-

Erstes Buch – Nonsens- und Lügengeschichten aus Grünheide
Das große Fressen oder Der Einsiedler

len. Vorher hatten Eichhörnchen und ähnliches Kleingetier den Innenhof von Essensresten geräumt.

Jahrein und jahraus dasselbe Bild. Aber im Sommer plante der Einsiedler eine kleine wenn man so will Europareise. Das war eigentlich nicht das richtige Wort für sein Vorhaben, denn er wollte Rumänien besuchen. Das war eigentlich auch nicht richtig ausgedrückt, denn er wollte im Grunde genommen nur den rumänischen Wald aufsuchen. In seinem Nachschlagewerk war ihm seine enorme Größenordnung aufgefallen; so etwas wollte er einmal in seinem Leben in natura sehen. Was muss es dort Tiere geben, dachte er verzückt.

Und Reise, das ist in seinem Fall auch nicht das richtige Wort, das hört sich so nach Eisenbahn oder Auto an. Beides nutzte er, der Ökofreak, natürlich nicht. Für ihn kam nur ein Fußmarsch infrage.

Er besorgte sich gutes Kartenmaterial, denn orientieren wollte er sich nur mit ihm und mit Kompass.

Dann stapfte er los. Zuerst ging es durch tschechisches Land. Hier war es zwar auch sehr waldreich, aber alles erinnerte ihn zu sehr an Zuhause.

Auf seinem Weg durchquerte er schmale Flüsse schwimmend. Er zog sich dann jedes Mal nackend aus, packte seine Sachen zu einem Päckchen und zum Schluss stopfte er alles in eine übergroße wasserfeste Tüte, annähernd sein einziges Zugeständnis an die moderne Zeit. Er schnallte sie auf den Rücken und schwamm ans andere Ufer. Trotz Wasserung blieb so alles trocken. Musste er jedoch große Ströme überwinden, wählte er seinen Wanderweg so aus, dass Brücken auf seinem Weg lagen.

Dann schloss sich slowakisches Land an. Als es hinter ihm lag, musste er auf dem Weg zu seinem Hauptziel auch die ungarische Natur durchwandern, ein kleines waldreiches Land, wie er fand.

Dann stand er plötzlich drin, im nie enden wollenden rumänischen Wald. Er war begeistert, aber die enorme Weite flößte ihm auch Respekt ein. Tagelang konnte er, was er nun wahrlich nicht gewohnt war, in ihm herumstreifen, ohne je einem Menschen zu begegnen. Mitunter, wenn er nachts in seinem Schlafsack lag und über ihm die Sterne funkelten, ging ihm alles Mögliche durch den Kopf. Er dachte oft über die für ihn unfassbare Grenzenlosigkeit nach, dann kam ihm die Weite dieses Waldes unheimlich vor. Und manchmal auch gespenstisch. Jedes kleine Geräusch beunruhigte ihn dann. Er durfte sich nicht reinsteigern, verbot er sich. Wenn er trotz aller Vorsicht eine bestimmte Barriere überschritt, drehte sich ihm alles und er musste sich zu einer Art Abgeklärtheit zwingen. Wenn es ihm so erging, kamen ihm die seltsamsten Gedanken. Wie muss es erst sein, wenn man in

Erstes Buch – Nonsens- und Lügengeschichten aus Grünheide
Das große Fressen oder Der Einsiedler

der russischen Taiga liegt, dachte er ehrfürchtig. Wenn er sich das vorstellte, dieses große Stück Land, kam er sich sehr winzig vor. Wie klein wir Menschen doch eigentlich sind, klein und unbedeutend, kam er zu dem Schluss, bevor er einschlief. Dann bezog sich der Himmel und es kam ein fürchterlicher Sturm auf. Es regnete los und schien überhaupt nicht mehr aufhören zu wollen. Nach ein paar Tagen war so ziemlich alles an ihm nass. Besonders ärgerlich war, dass sich sein Kartenmaterial auflöste. Ohne konnte er sich nicht mehr orientieren und irrte umher. Essen und Trinken wurden knapp. Selbst den Tieren muss es so ergangen sein. Der Sturm und der heftige Regen müssen sie total durcheinander gebracht haben. Einmal führte es den Einsiedler an einen ganz dunklen und ganz dichten Tann vorüber. Als er etwa die Hälfte passiert hatte, grunzte es tief und für ihn undefinierbar heraus. So etwas war ihm mal im Thüringer Wald auf seinen zahllosen Wanderungen passiert, vor langer Zeit, kam ihm in Erinnerung. Damals fühlte sich ein Wildschwein durch seine Schritte gestört. Das hatte auch so ähnlich heraus gegrunzt.

Aber das Grunzen hier hat irgendwie eine andere Note, dachte er. Schnellen Schrittes ging er weiter, mit einem unguten Gefühl im Bauch, sicherheitshalber wollte er Distanz zwischen sich und der fraglichen Stelle gewinnen Er hoffte so, unbeschadet vorbei zu kommen. In Thüringen hat es damals geklappt, dachte er. Doch da irrte er gewaltig; und das, was da grunzte, war auch kein Wildschwein. Plötzlich schoss nämlich ein Braunbär heraus. Als er den sah, wurde ihm ganz anders. Er rannte los. Der Bär hinterher. Bloß weg, dachte der Einsiedler bei sich. Aber die Geschwindigkeit des Bären konnte er mit all seinem Gepäck nicht erreichen. Selbst als er es peu á peu in die Wildnis warf, war er nicht schnell genug. Dann ging es schnell. Der Bär erwischte ihn mit einem Tatzenhieb. Zum Denken blieb dem Einsiedler keine Zeit mehr. Der Bär hatte die Krallen ausgefahren, um sich beim Laufen besser vom Waldboden abdrücken zu können. Deshalb war der Schlag, der den Einsiedler erreichte, auch so niederschmetternd. Die rechte Schulter war bis zur Taille aufgerissen und blutete stark. In Tatzenbreite fehlte Fleisch zwischen Schulter und Beckenknochen. Der Schmerz, der dann einsetzte, traf den Einsiedler wie ein Donnerschlag und übermannte ihn. Augenblicklich wurde er ohnmächtig. Der Bär sprang über ihn und fraß den Einsiedler mit Haut und Haar, nur seine Wanderschuhe ließ er übrig.

Seltsam! Einsam standen sie auf dem Weg, als warteten sie auf ihren Besitzer.

Der ewige Zweite

Um diese Geschichte ihnen näher zu bringen, muss ich etwas ausholen.
Wir alle kennen doch das menschliche Fable für sportliche Wettkämpfe. Solange es den Menschen gibt auf der Welt, gibt es auch den sportlichen Wettstreit. Schneller, weiter, höher, seine Grundmaxime.
Seit der Erfindung des Geldes wird eine sportliche Leistung gegen eine andere gesetzt, um sozusagen Profit zu erzielen. Insider wissen, eine Wette wird abgeschlossen. Darin favorisiert man die eine Leistung über die andere.
Der Bedarf an Wetten war in Kürze so enorm, dass die Wettkämpfe in den Reihen der eigenen Spezies nach einer gewissen Zeit nicht mehr ausreichten. Also wurde das Wettgeschehen auf das Tierreich ausgeweitet. In den unterschiedlichsten Tierarten organisierten die Menschen Kämpfe, die eben auch nur den Profit zum Ziel hatten. Als Beispiel seien hier Hunde erwähnt. Sie liefen gegeneinander um die Wette, auch bei Pferden tat man es so, um an dieser Stelle nur einige Tierarten zu nennen. Im Laufe der Entwicklungsgeschichte wurde kaum eine Gattung ausgelassen. Selbst die skurrilsten Wettkämpfe gab es. Schnecken schoben sich auf ihrer Schleimspur auf Schnelligkeit voran, Schildkröten liefen um die Wette, Hähne kämpften gegeneinander auf Leben und Tod, und so weiter und so fort.
So auch unsere Geschichte. Hier traten Mäuse gegeneinander an und sprangen aus dem Stand auf Höhe, Springmäuse eben. Das war der Wettbewerb in diesem Fall. Welche Maus in einem Satz am höchsten kam, hatte gewonnen. Die technischen Voraussetzungen müssen sie sich ähnlich wie beim Hochsprung der Menschen vorstellen, die Anlage nur viel kleiner. Gegenüberstehende Stangen waren in regelmäßigem Abstand mit Bohrungen versehen, um eine höhenverstellbare Arretierung aufnehmen zu können. Die zu überspringende Höhe wurde eingestellt und dann darüber ein auf beiden Seiten mit Steinen gestraffter Bindfaden gelegt, der die zu überspringende Höhe fixierte Die Maus stand nun diesseits des Fadens, drückte sich in die Knie und schnellte dann so hoch wie möglich, um in einem Satz über den Faden zu gelangen.
Die Geschichte, die ich ihnen erzählen will, fing wie viele Geschichten ganz harmlos an. Einem Mann, sagen wir einem Geschäftsmann, denn diese Bezeichnung mögen die Männer besonders gern, trieb es in die ferne Mongolei, warum wohl, richtig, der Geschäfte wegen. Nach Erledigung seiner fachlichen Dinge kehrte er zurück. Beim Auspacken seiner mitgenommenen Koffer sprang eine Maus aus seinen Bekleidungsstücken und versteckte sich ängstlich im Zimmer unter einem Möbelstück. Mit Mühe kramte er sie wieder vor. Er betrachtete sie

Erstes Buch – Nonsens- und Lügengeschichten aus Grünheide
Der ewige Zweite

lange. Sie zitterte am ganzen Leibe. Eine derartige Enge war sie einfach nicht gewöhnt, denn der Mann hielt sie zwischen Daumen und seinen Fingern. Da gab es für sie kein Entrinnen.

Du bist ja ein komisches Exemplar, dachte der Mann, hast du große Ohren, wie von einer Fledermaus. Und deine Hinterbeine sind so eigenartig kräftig, im Vergleich zu deinen Vorderbeinen, dachte er. Damit musst du doch besonders gut rennen können. Das kam ihm spontan in den Sinn. Was mache ich mit dir, dachte er angestrengt. Weißt du was, du siehst so putzig aus, dich muss ich unbedingt meiner Tochter zeigen, dachte der Mann, denn seine Tochter war Tierärztin, die kann mir bestimmt sagen, wo du kauziger Kerl her bist.

Er legte die Maus in einen Karton, zum Schluss klemmte er den Deckel drauf, nicht ohne ein paar Locher reinzustoßen, denn die Maus sollte nicht ersticken. Fachmännisch nahm die Tochter die Maus aus dem Karton und betrachtete sie sich. „Eindeutig", sagte sie nach einer Weile der Studie am Objekt zu ihrem Vater, „eine Springmaus, Familie dipodidae, aber genauer eine Riesenohr-Springmaus, den lateinischen Begriff habe ich momentan nicht parat".

„Das macht nichts, damit kann ich sowieso nichts anfangen".

Die junge Frau legte die Maus wieder in den Karton zurück. „Ein Männchen", sagte sie noch.

Der Mann nahm die Maus erneut heraus und betrachtete sie sich. „So, so, ein Männchen bist du also", sagte er süßlich der Maus ins Gesicht, als ob sie ihn verstehen würde. „Ich taufe dich auf den Namen ‚Bert'", sagte er spontan.

Bert, so hatte er also seinen Namen weg. Bert, die Springmaus, eigentlich der Springmäuserich, dachte er korrekt.

Dann erfuhr der Mann von den skurrilen Springwettbewerben, und dass Mäuse gegeneinander ins Rennen geschickt wurden. Erst sah er sich das Spektakel an, kopfschüttelnd; in einer ausgeräumten Busgarage fand es statt. Er registrierte die Wetten und entschloss sich dann doch, Bert für diese Wettbewerbe vorzubereiten. Bert mit den großen Ohren und den kräftigen Hinterbeinen, dachte er schmunzelnd, und auch siegessicher.

Er baute das Hochsprunggerät nach, das er in der Garage gesehen hatte. Es gelang ihm auch ganz gut. Er stellte es Bert in seine Kiste zum Üben. Bert betrachtete es lange und wusste anfangs nichts damit anzufangen. Als der Mann sah, dass nichts passierte und die Maus scheinbar nicht wusste, was sie damit anfangen sollte, griff er hinein, nahm die Maus zwischen Daumen und Zeigefinger und ahmte mehrmals einen Sprung nach, indem er die Maus über den Bindfaden schleuderte. Erst nach einer Weile der schmerzenden Spranganimation, die Rippen taten ihm

Erstes Buch – Nonsens- und Lügengeschichten aus Grünheide
Der ewige Zweite

inzwischen weh vom festen Griff des Mannes, auch die Beine schmerzten ihm von den unsanften Landungen, dämmerte es Bert, was von ihm erwartet wurde. Er baute sich diesseits der Anlage auf, sammelte sich und drückte sich dann so kräftig wie möglich ab. Sein erster Sprung über den Faden! Der Mann beobachtete Bert und war begeistert. Er applaudierte spontan. „Bravo, Bert", rief er aus.
Bert versuchte es noch mehrmals; doch je mehr er sprang, umso niedriger wurde er. Er landete mit seinen kräftigeren Hinterbeinen im Faden, verheddderte sich und riss die gesamte Anlage mit sich. Er hatte genug davon, ließ es bleiben und verdrückte sich an die andere Seite der Kiste.
Der Mann räumte seinen Hochsprung-Nachbau raus und am nächsten Tag wieder hinein. Bert sollte üben!
Nach vier Wochen fand der Mann, jetzt könne sich Bert der Konkurrenz stellen. In der Busgarage fand wieder ein Springwettbewerb statt. Vier Mäuse sollten gegeneinander antreten, ihre Besitzer hatten ihren Start gemeldet, unter ihnen auch erstmalig der Geschäftsmann mit Bert. Wetteinsatz auf Sieg! Der Mann hoffte, Bert möge gewinnen und ihm eine ordentliche Summe einbringen. Eigentlich leicht verdientes Geld, dachte der Mann zufrieden. Was hab' ich denn verbraucht bisher? Die Maus ist mir zugelaufen, also Nullouvert, gut, das bisschen Futter, und dann noch die Übungsanlage, selbst gebaut, kostenmäßig kaum der Rede wert, also fast Nullouvert. Alles in Allem, mehr als günstig. Jetzt muss sie nur noch gut rüberkommen, und der Scheffel rollt!
Dann sprangen sie. Beim ersten Mal kamen Bert und eine Konkurrenzmaus rüber, zwei schieden gleich aus. Dann wurde mehr Höhe aufgelegt, denn nun musste eine Entscheidung her. Ausgelost musste Berts Widersacher zuerst springen. Die Maus wurde in den Absprungsektor gelegt. Sie sammelte sich kurz und sprang dann los. Sie berührte ganz leicht den Faden, aber landete auf der anderen Seite, ohne ihn runter zu reißen.
Dann kam Bert an die Reihe. Der Mann legte ihn dort hin, wo der Absprungbereich war. Ein kurzes Beben ging durch Bert, dann sprang er los. Aber seine längeren Hinterbeine verheddderten sich wie Zuhause in den Faden, und wieder riss er alles um bei seinem Sprung. Damit war alles entschieden. Zweiter Platz!
Der Mann entheddderte enttäuscht Berts Hinterbeine, steckte den Mäuserich in den mitgebrachten Karton zurück und verschwand ohne großes Aufsehen.
Daheim ließ er Bert jeden Tag Springen üben. Er hoffte, so das nächste Mal die Siegerprämie kassieren zu können. Alles eine Frage der Übung, dachte der Mann zuversichtlich, aber auch streng
Vierzehn Tage vergingen, in denen er Bert trainieren ließ. Er passte auch auf, dass

Erstes Buch – Nonsens- und Lügengeschichten aus Grünheide
Der ewige Zweite

dies geschah. Dann meldete er seine und Berts Teilnahme am nächsten Springwettbewerb an. Der Mann zahlte seinen Wetteinsatz und tippte mit Bert auf Sieg. Dann ging es los. Die Maus, die beim letzten Mal gewonnen hatte, war wieder dabei. Fünf Mäuse stellten diesmal die Konkurrenz. Sie sprangen die Anfangshöhe; vier Mäuse schafften es auf Anhieb, die fünfte erst beim dritten Mal. Aber sie patzte bei der nächsten Höhe und schied aus. Die anderen Mäuse kamen drüber, nur in einer unterschiedlichen Anzahl von Versuchen. Bert schaffte es auf Anhieb. Der letzte Sieger hatte an diesem Tag offensichtlich Probleme; er schaffte die Höhe erst beim dritten Mal und rangierte sich vorübergehend ganz hinten ein. Dann kam die nächste Höhe. Jetzt ergab sich ein ganz anderes Bild. Bert schaffte die Höhe auf Anhieb, der vormalige Sieger erst beim dritten Mal. Bert führte die Konkurrenz an, die Siegermaus dahinter auf Platz zwei. Die anderen Mäuse scheiterten. Es kam also wieder zu einem Stechen zwischen beiden. Der Mann hatte Berts sichere Sprünge beobachtet.
Stechen bedeutete, Die Mäuse, die die Höhe geschafft hatten, mussten in einem entscheidenden Sprung gegeneinander den Sieger ermitteln. Der Mann war diesmal sehr zuversichtlich, dass Bert gewinnen würde, zumal die andere Maus, die die Höhe gemeistert, hatte zu oft gerissen, war also an diesem Tag zu unsicher. Bert hingegen sprang über alle Höhen auf Anhieb.
Aber woran es gelegen hatte, vermochte der Mann hinterher auch nicht zu sagen. Bert machte den Anfang und scheiterte an der entscheidenden Höhe. Wieder verhedderten sich seine längeren Hinterbeine.
Die andere Maus schaffte die Höhe auf Anhieb. Damit war das Springen zu Ungunsten Berts entschieden. Wieder nur der zweite Platz, dachte der Mann zerknirscht. Ihm war es leid, immer die zweite Geige spielen zu müssen. Resignation schien sich so langsam in ihm breit zu machen. Nun ist das schon eine Springmaus, aber hinüber springen kann sie nicht, dachte er ungerecht. Na ja, aller guten Dinge sind Drei, einen Versuch gebe ich ihr noch, einmal will ich es noch mit ihr versuchen.
Zwei Wochen später fand wieder ein Mäusespringen statt. Der Mann erschien in der Busgarage mit Bert im Schuhkarton. Auf zum letzten Versuch, dachte er. Er zahlte seinen Wettanteil ein. Dann bereitete er Bert für die Konkurrenz vor.
Das Springen begann, aber irgendwie lief es wie der Wettbewerb davor, denn Bert schaffte alle Höhen auf Anhieb, die anderen Mäuse patzten immer mal wieder Erneut blieben zuletzt zwei Mäuse übrig, und die mussten gegeneinander das Stechen bestreiten. Bert war eine von ihnen. Und wieder kam Bert ins Straucheln. Der Faden schnitt der Springmaus beim Fehlversuch schmerzhaft in die Hinterbeine. Die andere Maus schaffte die Höhe wieder gleich beim ersten Mal. Wortlos

Der ewige Zweite

griff sich der Mann seine unterlegene Maus, steckte sie achtlos in den Karton und verließ resigniert die Garage.
Äußerst wütend geworden, schüttete der Mann den Karton unterwegs einfach aus, denn mit dieser Springmaus wollte er nichts mehr zu tun haben.
Das war's dann mit dir, großohriges Fellvieh, dachte der Mann, immer noch erzürnt. „Von wegen Springmaus", platzte es enttäuscht aus dem Mann heraus.
Bert fiel in einen Blätterhaufen und instinktiv wühlte er sich sofort ein, denn – Logik einer Maus, ist man erst mal weg, kann einen keiner irgendwie behelligen. Aber der Mann kümmerte sich sowieso nicht mehr um Bert, für ihn war das Kapitel ‚Springmaus' ein für alle Mal beendet.
Einen langen Augenblick wartete Bert im Laub, nichts geschah. Als die Schritte des Mannes schon lange verebbt waren, raffte er sich, rappelte sich auf und rannte nach Leibeskräften los, in irgendeine Richtung, die er nach einer plötzlichen Eingebung festlegte. In seiner Spontaneität hatte er den richtigen Weg gewählt. Nachdem er das Wohnviertel ohne Zwischenfälle durcheilt hatte, landete er auf einem Acker. Hier konnte er verschnaufen. Sein Herz raste und er brauchte eine ganze Weile, bis er sich wieder beruhigt hatte.
Der Geruch nach Erde tat ein Übriges. Alte Erinnerungen wurden in ihm wach, sozusagen mongolische Heimatgefühle. Die machten ihn wieder ruhig und sicher. Hier auf dem Acker werde ich mir eine Behausung graben. Seine Gedanken wurden wieder zuversichtlich, Tatendrang kehrte in ihm zurück. Aber er merkte beim Graben, dass der Boden zu locker war für haltbare Gänge.
Enttäuscht streifte er durch das blühende Feld auf der Suche nach einem besseren Platz. Plötzlich fiel er in ein Geländeloch. Er hatte es gar nicht bemerkt. Mit Müh und Not konnte er sich an einem Wurzelwerk festhalten. Zum Glück wuchsen hier genügend Bäume und Sträucher; wer weiß, dachte er, was sonst geschehen wäre. Weit unten sah er bedrohlich Wasser blinken. Das hat auch seine gute Seite. Bert wusste, dort wo Wasser steht, hält die Erde. Das hatte man ihm beigebracht. In dem Bereich kann er getrost seinen Schlafbau errichten. Er kroch wieder nach oben. Und richtig. Bert schnupperte, sog die Luft ein. Und tatsächlich! Hier riecht die Erde fester, lehmiger, dachte der Mäuserich. Er rutschte erneut vorsichtig über den Rand der Geländevertiefung hinein. Nicht weit unter der Oberkante grub sich Bert einen kleinen Stollen in die Erde, den er sich später zur Behausung noch ausbauen wollte. Keine Einsturzgefahr hier, dachte er zufrieden. Auch sonst, der Standort macht einen guten Eindruck. Von unten droht keine Gefahr, durch Wasser, und oben werde ich mehrere Fluchtgänge anlegen. Immer vorausschauend handeln, hat ihm schon seine Mutter beigebracht, nichts dem Zufall überlassen. Sie wäre bestimmt stolz gewesen.

Erstes Buch – Nonsens- und Lügengeschichten aus Grünheide
Der ewige Zweite

Er schnüffelte alles ganz gründlich ab. Jetzt würde er die Stelle garantiert wieder erkennen. Unverwechselbar!

Er streifte durch die futterreiche Oase. Er genoss es, endlich wieder In der Natur zu sein. Das kurze Springintermezzo hatte Bert schon längst in seine hinterste Gedächtnisschublade abgelegt.

Herrlich, dieses üppige Getreidefeld, dachte er verklärt. Er hatte gar keinen Blick für die Gefahren, die auf ihn lauerten. Denn plötzlich wurde Bert angeschrieen. Er zuckte zusammen. Wo kam die Stimme her?

„Halt, merkwürdiger Kauz, gräselte ihn die Stimme an, was suchst du hier in meinem Revier?"

Erschreckt drehte sich Bert um. Hinter ihm stand eine Maus und giftete ihn an. „Was bist du den für einer, du langohriger Bastard?"

„Einen Bastard kenn' ich nicht", antwortete Bert wahrheitsgemäß, „aber Ich bin auch so was wie du, nur eine Springmaus", versuchte er sein Gegenüber mit Wahrheit zu besänftigen. „Dass ich in deinem Revier bin, wusste ich nicht".

„Springmaus, hä? Was ist den das?"

„Genau weiß ich das auch nicht, so etwas Ähnliches wie du eben".

„Was, so etwas Ähnliches wie ich", höhnte Berts Gegenüber, „da täuschst du dich aber gewaltig. Sei's drum, weißt du was? Wenn ich dir einen guten Rat geben darf, verschwinde hier, aber ein bisschen Plötzlich".

Bert kannte sich mit Revierrangelei noch nicht aus. „Und wo soll ich hin", fragte er naiv? „Ist doch mir egal, nur weg aus meinem Revier".

Sprach's, drehte sich um und ging gemessenen Schrittes davon. Demonstration der Stärke ist alles.

Bert nahm sich vor, heute Nacht noch hier zu bleiben, einmal auf Jagd zu gehen und morgen einen neuen Acker für sich zu suchen.

Der Abend kam und Bert hatte solange in dem Stollen verbracht, den er sich in dem Geländeloch angelegt hatte. Jetzt wurde es aber allmählich dunkel, deshalb war es an der Zeit, auf Futtersuche zu gehen denn, der nächste Winter kommt gewiss, gar nicht mehr lange, bis dahin muss ich ordentlich zugelegt haben, wusste Bert. Unterwegs fraß er, was er so fand: ein paar Käfer, wohlschmeckenden Samen und noch so allerlei. Diesmal passte er aber auf, dass er von unliebsamen Überraschungen verschont blieb. Vorsichtig schlich er sich vorwärts. Er presste sich an den Boden, lugte nach vorn, um rechtzeitig gewarnt zu sein, wenn es einem Ortsansässigen wieder nach Revierkämpfen lüsterte.

Der ewige Zweite

Plötzlich verdunkelte sich das hell scheinende Mondlicht. Er drückte sich so tief wie möglich auf den Erdboden, denn, was das Mondlicht so dimmen ließ, hatte er noch nicht herausbekommen.

Dann sah er es: ein Nachtvogel war mit ausgebreiteten Schwingen im Tiefflug, den Mond kurzzeitig bedeckend, auf die Erde geschossen kommen, hatte irgendwas gekrallt und schickte sich an, wieder aufzusteigen, um mit seiner Beute in der Nacht zu verschwinden. Jetzt erkannte Bert ganz deutlich den aggressiven Mäuserich, der ihm heute das Revier streitig gemacht hatte.

Der Vogel war direkt über ihn, noch sehr flach, und wollte gerade in die Höhe steigen.

Bert zögerte nicht lange, denn schließlich ging's um einen Artgenossen. In einem fulminanten Sprung, der ihm große Anerkennung von der Springergilde eingebracht hätte, auch von dem Mann, der Springen so liebte, schwang er sich an die Vogelkralle. Er bekam sie kaum zu fassen und drohte, gleich wieder abzurutschen. Er merkte, dass seine Vorderpfoten einfach zu wenig Kraft entwickelten. Dazu kam noch ein derart wackliger Flug von dem Vogel, staunte Bert, denn es ging immer ein wenig ruckartig rauf, und sofort wieder dieselbe Distanz ruckartig runter. Er merkte, dass er gerade das Ruckartige nicht mehr lange überstehen würde. Also musste er schnell handeln, noch ehe der Vogel wieder in die Höhe schoss.

Schnell biss er mit aller Kiefernkraft, die er aufbringen konnte, in die Kralle. Der Vogel stieß, von unsäglichen Schmerzen getrieben, einen seltsamen Gurgellaut aus und ließ sofort seine Beute los. Dann rutschte Bert ab. Er fiel so unglücklich auf eine Ackerkrume, dass er sich seine Wirbelsäule brach. Bevor er starb sah er noch in seinen Augenwinkeln seinen Artgenossen auf dem Erdboden landen. Der Vogel flatterte, endlich befreit, sofort davon. Die wieder freie Maus rannte, kaum dass sie auf dem Erdboden aufgekommen war, nicht etwa sorgenvoll zu Bert, sondern sofort geduckt Schutz suchend in ein Dickicht. Dort blieb die Reviermaus bis zum Morgen. Dann traute sie sich wieder hervor. Sie rannte sofort zu Bert. Sein Leichnam lag immer noch an derselben Stelle. Lange betrachtete sie ihren Lebensretter. Sie verstand nicht, warum er das getan hatte. Natürlich war sie ihm dankbar, aber trotzdem…

Dann schulterte sie ihn und schleppte ihn in die nahe Bodensenke. Hier, wo der großohrige Fremdling einen Gang gegraben hatte, zog er den Leichnam in den Stollen hinein. Dann verschloss er alle Ein- und Ausgänge. Zum Schluss setzte er sich oberhalb der Vertiefung hin und gedachte seiner.

Über den Jordan jagen (Teil I)
Bis zum Wasser

Es gibt in Grünheide ein geflügeltes Wort, so eine Art Fluch, müssen sie sich vorstellen. Wenn man jemanden nicht besonders mag und diesen am liebsten weitweg wünschen möchte, schickt man ihn über den Jordan. ‚Schicken' ist vielleicht nicht das richtige Wort, ‚Jagen' oder ‚Treiben' trifft es viel eher. Sie werden sich fragen und zu Recht fragen, wieso veranlasst man, diese unliebsamen Zeitgenossen ausgerechnet dorthin, an diesen Ort, zu bringen, und wieso treibt man sie dann ausgerechnet über jenen Fluss? Leider kann ich ihnen das ‚Warum und das ‚Weshalb' nicht erklären. Aber ich kann versuchen, ihnen das ‚Wie' vielleicht etwas Näher zu bringen.

Hören sie: Früher gab es einen Ritter in Grünheide, der wusste auf alle Fragen eine Antwort, und was er nicht wusste, überspielte er mit Witz und Humor. Dieser Ritter nun war mit dem Ortsschmied in Freundschaft verbunden, seit der ihm mal mit einem extra gehärteten Schwert für irgendein wichtiges Scharmützel eine geschärfte Freude geschmiedet hatte. Sie sehen daran also, Waffen verbinden die Menschen, auch verschiedener sozialer Herkunft!

Beide trafen sich nach diesem schmiedeeisernen Gunstbeweis regelmäßig zum Plausche, eigentlich zu einigen Partien des Chaturanga-Spieles.

Nun, während eines im Schloss des Ritters stattfindenden Spiels hatte der Schmied in einem belanglosen Gespräch dem Ritter einst eine Frage gestellt: „Herr Ritter, ihr seid doch ein erfahrener Mann, kennt dieses und so allerlei", hub der Schmied jovial an, „dann könnt ihr mir bestimmt sagen, wie es eigentlich am Jordan so ist und wie es den Menschen ergeht, die über diesen Fluss getrieben würden?"

Zu Ehre des Ritters muss man erwähnen, dass entgegen seiner üblichen Verballhornungen die Antwort des Ritters ungewohnt nüchtern ausfiel: „Interessante Frage, muss ich ihm schon sagen, Schmied, eine sehr interessante Frage hat er mir da gestellt", sagte der nämlich. „Das kann ich ihm momentan gar nicht beantworten, muss ich ihm ehrlicherweise bekennen". Wenig später ergänzte er: „Aber wenn er das wirklich wissen muss, dann werde ich wohl nicht umhin kommen, dorthin zu reisen, um der Antwort auf den Grund zu gehen".

Die Gegenrede eines Abenteurers, der Blut geleckt hat! Man merkt schon, die Frage, die der Schmied aufgeworfen hatte, reizte den Ritter mächtig.

Nach der ritterlichen Antwort schaute der Schmied den Ritter misstrauisch an,

Über den Jordan jagen (Teil I) – Bis zum Wasser

aber das Gesicht des Ritters blieb offen; anscheinend meinte er das, was er sagte. Sei's drum! Wenige Tage später schon ward jener nicht mehr in Grünheide gesehen. Kurz entschlossen hatte der Ritter nämlich das Notwendigste zusammengepackt, seinen Knappen aktiviert, am nächsten Tag von ihm ihrer beider Pferde satteln lassen und sich mit ihm aufgemacht.

… Auf ins gelobte Land …, frotzelte der Ritter. Mit seiner humorigen Bemerkung deutete er seinem Knappen lediglich in etwa ihre einzuschlagende Richtung an, die beide zu wählen hatten, um den ‚Jordan' zu finden.

Sie ritten also los, den Fluss im Visier, unterwegs wie seinerzeit der biblische Abraham, nur eben der Ritter und sein Knappe allein, ohne gleich ein ganzes Volk mitzunehmen. Mehrere Jahre vergingen, ohne dass beide wieder in Grünheide auftauchten. Dann plötzlich stand eines Tages friedlich grasend des Ritters Pferd vor seinem Schloss, ebenso das des Knappen.

Der Ritter sah immer noch wie eh und je aus, die Jahre in der Fremde hatten ihm nichts anhaben können, vielleicht ein wenig reifer war er geworden.

Der Knappe hingegen hatte sich sehr verändert; aus einem Jüngling war ein Mann geworden.

Kaum waren sie wieder Zuhause, ließ der Ritter dem Schmied Bescheid geben, dass man zurück sei und die gewünschten Informationen über den Jordan-Fluss mitgebracht hätte.

„Jordan-Fluss, ach ja", sagte sich der Schmied, „irgendwas hatte er damals in diese Richtung gefragt, aber so genau konnte er sich nicht mehr erinnern".

Der Ritter freute sich auf den Schmied, denn ein neues Spiel hatte er aus dem Orient mitgebracht. Er breitete ein zusammenklappbares Brett aus, bevölkerte es mit den buntesten und merkwürdig geformten Spielsteinen und wartete voller Ungeduld auf seinen Freund.

Als der kam, gab es erst einmal eine herzliche Begrüßung. Anfänglich erzählte der Schmied dem Ritter die Neuigkeiten des Ortes, dann erklärte der Ritter dem Schmied nach seinem groben Bericht über ihre Reiseabenteuer begeistert das neue Spiel, das er mitgebracht hatte. „Es nennt sich ‚Schach'", sagte der Ritter zur Erklärung.

Sie spielten mit Leidenschaft und erst als sie eine Spielpause einlegten, kam der Ritter auf die seinerzeitige Frage des Schmiedes zu sprechen:

„Was soll ich ihm sagen, Schmied? Von der beschwerlichen Reise dorthin werde ich ihm ein anderes Mal ausführlich berichten. Ich komme gleich auf die Beantwortung seiner Frage von damals. Pass' er ordentlich auf".

Ohne Umschweife erzählte der Ritter:

Erstes Buch – Nonsens- und Lügengeschichten aus Grünheide
Über den Jordan jagen (Teil I) – Bis zum Wasser

„Er muss wissen, Schmied, bevor man zum besagten Fluss, zum Jordan, kommt, muss man durch eine ziemlich weit gestreckte Ebene ziehen. Die ist so groß, du siehst das Wasser des Flusses gar nicht. Ganz staubig trocken ist sie obendrein. Jedenfalls mussten wir, mein Knappe und ich, diese öde Fläche durchwandern. Er kann sich vielleicht vorstellen, wie uns der feine Staub zu schaffen machte. Durch alle Ritzen drang er ein. Schrecklich! Und wie wir so gingen, die Pferde trabten hinterher, da wurde es plötzlich ganz eigenartig nebelig. Aus heiterem Himmel! Man sah die Hand vor Augen nicht mehr. Das kam wirklich mit einem Mal. Und weiß er, was das Eigenartigste war? Man konnte mit einem Schritt im Nebel stecken und mit dem anderen Bein in der klarsten Luft stehen. Den Nebel konnte man richtig betreten; so etwas habe ich noch nie vorher erlebt. Das kennt man gar nicht von hier. Aber diese feuchte Luft atmete sich wider Erwarten ganz leicht, es war richtig angenehm, die diesige feuchte Luft in die Lungen einzusaugen. Wir gingen also weiter, während unsere Pferde grasten. Die grasten nicht einfach, die wurden regelrecht betreut.

Wir gingen also weiter Richtung Fluss, und mit uns ein riesiger Menschenstrom, der uns ganz allmählich eingeholt hatte. Plötzlich stand wie aus dem Nichts ein imposantes Tor in unserem Weg; protzig, so im maurischen Stil, muss er sich vorstellen, wenn er weiß, was ich meine. Man hat wirklich nicht eindeutig erkennen können, zu welchem Zweck es gebaut worden war, vielleicht als Eingang zu der immergrünen Oase vor dem Fluss, ich weiß es nicht.

Jedenfalls sortierten sich die Menschenmassen davor in Dreierreihen. Eigenartigerweise lief alles sehr diszipliniert ab, wie von selbst, keiner musste die Leute nötigen. Wie selbstverständlich ordneten sie sich und schritten dann durch das Tor. Kein babylonisches Stimmengewirr, keine Schreie, keine Proteste, nichts".

„Richtig unheimlich, Herr Ritter", warf der Schmied ein. „Er sagt es".

„Alle liefen so eigenartig introvertiert in der Reihe, so merkwürdig für sich, da habe ich versucht, einen von ihnen anzusprechen. Er sah wie mein Schwager aus, der im Pulk mitlief. Aber so, wie er reagierte, oder sagen wir besser, nicht reagierte, bin ich mir nicht mehr so sicher, ob es wirklich mein Verwandter war.

Franz, rief ich ihn an, erkennt er mich denn nicht wieder, was macht er den hier? Ich griff in die Laufformation hinein, zog ihn heraus und schüttelte ihn leicht. Er schaute mich aber ganz seltsam an, mit einem so merkwürdig leeren Blick, seine hellblauen Augen schienen durch mich hindurch zu sehen, ja ich bin gewillt zu sagen, sie nahmen mich überhaupt nicht wahr, so als kenne er mich nicht und verstünde überhaupt nicht, was ich von ihm wollte.

Franz, schrie ich ihn erneut an, enttäuscht, ich bin es, sein Schwager aus Grün-

Erstes Buch – Nonsens- und Lügengeschichten aus Grünheide
Über den Jordan jagen (Teil I) – Bis zum Wasser

heide! Er aber nahm scheinbar nicht nur mich nicht wahr. Er drehte sich langsam um und ging ganz selbstverständlich wieder in seine Reihe zurück.
Ich wunderte mich sehr über seine Reaktion, oder sagen wir besser seine Nichtreaktion. Ich war so überrascht, als ich ihn erneut ansprechen wollte, war er schon in der Masse verschwunden.
Dieses merkwürdige Zwischenspiel hatte mich, ich gebe es zu, mehr als überrascht, ja beinahe fast enttäuscht, verunsichert, von allem etwas. Aber ich ließ es dabei bewenden.
Weiter im Text. Ach ja, hinter dem Bauwerk stand ein Mann, bekleidet wie ein Einheimischer, bewaffnet mit einem Krummsäbel. Der winkte uns heraus und bat uns in unserer Landessprache ganz freundlich zur Seite. Gleich geht es los, das Treiben, meinte er zu uns in nahezu herzlichem Ton, von hier aus könne man es am besten beobachten.
Dann sprengten, Säbel schwingend, drei Beduinen auf ihren feurigschwarzen Rappen heran auf die erste Gruppe der Menschen zu. Die wussten gar nicht recht, was mit ihnen geschah. In ihrer Not rannten sie los, in Richtung Fluss, denn den konnten sie plötzlich sehen, der Nebel hatte sich nämlich auf einmal gelichtet und überrascht sah man ringsum überall üppiges Grün leuchten. Irgendwie muss der Jordan auf die hilflose Masse einen beruhigenden Einfluss ausgeübt haben, außerdem sprengten die drei Reiter von hinten und von den Seiten heran, so dass die Menschen gar keine andere Wahl hatten, als nach vorn zum Fluss zu flüchten.
Sie rannten wie um ihr Leben; sie hatten wohl Angst vor den scharfen Klingen. Aber irgendwie schaffte es jeder rechtzeitig in den Fluss.
Außerdem, zu seiner Beruhigung sei gesagt, die ganze Zeit floss kein Tropfen Blut. Es waren nur Scheinangriffe.
Wie dem auch sei, die Treibjagd endete jedenfalls vor dem Fluss.
Die Beduinen drehten nämlich vor dem Wasser um, offensichtlich zufrieden mit ihrem Ergebnis, und sprengten zurück, die nächste Menschengruppe zu jagen. So wurden nach und nach alle Menschen ins Flusswasser gedrängt.
Die Inszenierung dieses Schauspiels erforderte anscheinend keinen Regisseur, denn es gab ihn nicht. Er war offenbar nicht nötig, denn alles lief auch so reibungslos. Vor dem Nebeltor wälzte sich eine staubige Spur durch das dürre Land, dahinter reihten sich die Menschen und gingen planvoll in Richtung Fluss, eine graue Masse, denn alle, ob Frauen oder Männer, waren mit einem in grauschwarz gehaltenen ortsüblichen Tuch bekleidet. Kopf und Teile des Oberkörpers hatten sie sich schützend eingewickelt. Aus gutem Grund, denn der Dreck war allgegenwärtig. Auf den Menschen lag eine dicke Staubschicht aus der Ebene.

Erstes Buch – Nonsens- und Lügengeschichten aus Grünheide
Über den Jordan jagen (Teil I) – Hin und zurück

Auffallend war, mit welcher Stummheit es ablief; niemand schrie, kein babylonisches Gezeter, kein Wort des Protestes hörte man, nichts. Alles blieb in einem ich gebe es zu beängstigenden Ebenmaß.
Dann, als die Beduinen Säbel schwingend herangesprengt kamen auf ihren sattellosen Pferden, selbst da rannten sie stumm durch die Ebene zum Wasser des Jordan!
Ach ja, noch was. Der Mann hinter dem Tor, der uns heraus gewunken hatte, stellte, separat von den anderen Menschenmassen, eine kleine Versehrtentruppe zusammen, in erster Linie Fußlahme, die sich von den Beduinen nicht treiben lassen konnten. Sie schleppten sich zum Fluss und schwammen hinüber, ohne den physischen Druck der Reiter. Irgendwie ging das auch so, wichtig war anscheinend, dass sie über den Jordan kamen.
Auch eine kleine Gruppe Tiere gab es. Die liefen natürlich nicht so vorschriftsmäßig in Dreierreihen zum Fluss, aber jeder eilte so schnell er konnte hin und schwamm hinüber; selbst wasserscheue Katzen!"
„Ja, Schmied, so war es dort am Jordan! Ich hoffe, er ist zufrieden und alle seine Fragen beantwortet".
Der Ritter hatte seinen Bericht über seine Jordan-Erlebnisse beendet. Beide spielten eine Partie Schach dabei. Er wunderte sich, dass von Seiten des Schmieds keinerlei Reaktionen auf seine wie er fand mehr als merkwürdigen Schilderungen kamen. Gar keine Bemerkungen sind auch nicht gut, dachte der Ritter über seinen Schachpartner. Aber dass der Schmied immer stiller geworden ist, je mehr er erzählte, war ihm aufgefallen; stiller und unkonzentrierter. Das letzte Spiel hatte der Ritter nämlich in wenigen Zügen für sich entschieden.
Abrupt stemmte sich der Schmied gegen den Tisch und schurrte mit seinem Stuhl etwas weg vom Tischchen, auf dem ihr Schachbrett lag.
„Herr Ritter, mich lässt euer Gesagtes nicht los. Dort am Fluss, in dieser grauen Masse, einfach furchtbar!"
Ein sehr nachdenkliches Gesicht!
„Wieso", fragte der Ritter, „es ist doch niemandem etwas passiert?"
Der Schmied weiter unbeirrt, in sich gekehrt: „Passiert nicht, zumindest nicht an Leib und Leben, aber wenn man bedenkt, wie schnell jeder dort landen kann, wird mir ganz anders", meinte er ernst zum Ritter.
Wieder dieses unergründliche Gesicht!
„Wenn ich mich recht entsinne", immer noch der Schmied, „muss mein Lehrling auch schon mal am Jordan gewesen sein, so hab ich ihn verflucht, als er mal etwas nicht gleich kapiert hatte".

„Ja, Schmied", sagte der Ritter nebenbei, „da merkt er, wie vorsichtig man mit seinen Äußerungen sein muss. Aber los, ein Spiel schaffen wir noch".
Sie spielten noch eine Partie und dann trennten sie sich. Als der Schmied den Ritter verließ, war draußen schon stockdunkle Nacht.

Über den Jordan jagen (Teil II)
Hin und zurück

Wir wissen, im ersten Teil reist ein Ritter aus Grünheide zum Jordan-Fluss, um für seinen Freund, den örtlichen Schmied, herauszubekommen, was mit den Menschen am Jordan passiert, wenn sie verflucht, sprich wenn sie über selbigen gejagt werden.
Im zweiten Teil geht es darum, wie gelangen die Menschen zum Jordan und wie kommen sie wieder zurück, ein besonderes Phänomen, ja ich möchte fast sagen Mysterium.
Lieber Leser, hier müssen sie ein wenig in die Welt, ich sage es nur ungern, der zerebralen Wunder eintauchen. Erklären kann man das nicht richtig, was dort stattfindet. Es hat mit Okkultismus, Esoterik und Telepathie zu tun, oder Telekinese? Na, wie auch immer, wahrscheinlich von allem ein wenig, oder man könnte auch sagen: mit der vierten Dimension, wenn sie so wollen.
Wenn zum Beispiel sich jemand über einen anderen ärgert, so maßlos, dass er denjenigen verflucht und ihn über den Jordan jagen will, dann findet in der Nacht eine merkwürdige Übereinkunft zwischen beiden Hirnen statt. Dem Hirn des Verfluchten wird ein scheinbarer Trip an den Jordan-Fluss vorgegaukelt. Aber Fakt ist, das hat jener Ritter dort am Fluss erlebt, dass zwar die materiellen Hüllen der verfluchten Personen sich vor der staubigen Ebene einfinden und alle Vorbereitungen über sich ergehen lassen müssen, um über den selbigen getrieben zu werden, aber deren Geist derweil sich noch meinetwegen im heimatlichen Schlafzimmer aufhält, Denken sie an die Säbel schwingenden Beduinen und an den Schwager des Ritters, der nicht erweckt werden konnte! Was nützt die Hülle ohne den Geist? Nichts!
Es täuscht also seinem Besitzer eine anstrengende Reise in einer realen Welt vor, hier an die Gestade des besagten Stromes; dabei findet sie im Nirwana statt.
Also, das Hirn denkt sich an den Jordan, während es in seinem Körper in der Heimat steckt. Es baut am Jordan seine angestammte Hülle nach, eben nur eine täuschend echte, aber leere Hülle. Denken sie an den Schwager des Ritters mit seinen starren Augen!

Erstes Buch – Nonsens- und Lügengeschichten aus Grünheide
Über den Jordan jagen (Teil II) – Hin und zurück

Mechanisch eilen die vom Hirn nachgestalteten Personen zum Fluss, mechanisch schwimmen sie über den Jordan.
Zurück geht es genauso:
Gleich wenn die hirnlosen Hüllen aus dem Wasser kommen, formieren sie sich wieder zu Dreierreihen und gehen weg vom Fluss, geradewegs um hinter der auch auf dieser Seite befindlichen dichten Nebelwand zu verschwinden; ihre materielle Gestalt löst sich hier ins Nichts auf!
Zuhause können sie sich dann allenthalben nur höchstens an einen intensiven Traum erinnern, und das auch nur, wenn ihnen ihre eigene Verfluchung nicht verborgen geblieben ist!
Soweit das Hirn!
Dem Schmied war das suspekt. Eine vage Kiste, dieser Weg zum Jordan-Fluss und zurück, dachte er Stirn runzelnd. Was soll das, wenn man hinterher nur sehr ungenau über das alles berichten kann. Der Schmied war eben ein praktischer Mensch!
Mit dem Ergebnis war der Schmied nicht zufrieden. Das mit dem Fluch kann ich ausprobieren, zum Jordan-Fluss reisen geht bei mir nicht.
Er wartete die nächste Schachpartie mit dem Ritter ab, um mit ihm eine Möglichkeit zu erörtern, wie sie gemeinsam den Zusammenhang von Fluch und Jordan-Reise ermitteln können.
„Hm", sagte der Ritter gedankenverloren. Dann gab er eine ganze Weile gar nichts von sich, so konzentrierte er sich auf das Problem, das den Schmied beschäftigte.
Nach einer ganzen Weile sagte der Ritter zum Schmied: „Er will also, dass er verflucht wird und dann erleben, was mit ihm passiert. Nun gut, Schmied, das kann ich verstehen".
Nach einer Weile der schmiedschen Problemprüfung sagte der Ritter zum Schmied: „An seiner Stelle würde ich zum Beispiel meinen Butler derart provozieren, dass dieser ihn verflucht. Verfluchen, das soll man ihn doch, nicht wahr, mein Freund? Als zweites stellen wir eine Liege in meinem Gemach auf, die soll ihm als nächtliche Schlafstelle dienen, und ich kann ihn dann des Nachts gut beobachten, was mit ihm so alles geschieht.
Ach ja, noch eins sollte er sich merken: sicherheitshalber dürfen meine Bediensteten nicht wissen, was wir vorhaben, um nicht den Erfolg der Aktion zu gefährden. Alles sollte so normal wie möglich ablaufen".
So machten sie es dann: Der Schmied ärgerte den Butler, bracht ihn schier zur Weißglut. Dazu brauchte er einige Zeit, denn der Butler hatte ein sehr duldsames Gemüt und ließ sich sehr schwer aus der Ruhe bringen; ein Diener eben. Lange Zeit sah es so aus, als könne nichts den Ritter-Bediensteten erschüttern. Doch

Erstes Buch – Nonsens- und Lügengeschichten aus Grünheide
Über den Jordan jagen (Teil II) – Hin und zurück

zum Schluss hatte er es erreicht: der Butler war schließlich so fuchsteufelswild, dass er den Schmied am liebsten über den Jordan gejagt hätte. Seine Contenance erlaubte es ihm nicht, lauthals den Fluch auszusprechen, nur eben leise, aber der Schmied hörte ihn dennoch.

Der Fluch ist perfekt, dachte der Schmied zufrieden. Der Diener tat ihm leid, aber morgen, so nahm er sich vor, wird er alles aufklären. Ihn plagte sein soziales Gewissen.

Es kam die Nacht. Der Schmied legte sich auf die bereitgestellte Liege, nur schlafen konnte er nicht. Dazu war er viel zu sehr aufgeregt. Es dauerte einige Zeit und er trank fast eine ganze Flasche Wein leer, bis er endlich in einen unruhigen Schlaf fiel.

Der Ritter setzte sich auf sein Bett und beobachtete den Schmied. Er war sich nicht sicher, kam die Unruhe des Schmieds von seinem nächtlichen Abenteuer oder von seinem übermäßigen Alkoholgenuss? Nun ja, sei's wie es sei: er entschloss sich, egal was die Unruhe hervorrief, den Schmied weiter zu beobachten. Dann plötzlich lag der Schmied erst ganz still im Bett, wenig später drehte der sich auf den Bauch und ruderte wie wild mit seinen Armen. Auf einmal hörte alles auf. Der Schmied lag ruhig auf dem Rücken und atmete ganz gleichmäßig.

Der Ritter hatte Mühe, den Schmied wachzurütteln. Doch schließlich starrte dieser den Ritter mit unverständlicher Miene an.

„Aufwachen", rief er den Schmied an. Dieser schlug nach einer geraumen Weile des Schüttelns und Rufens die Augen auf. Anfänglich blickte der fassungslos auf den Ritter. Er verstand die Welt nicht mehr. Warum machte der ihn wach? Er starrte ihn an wie ein Wesen aus einer anderen Welt. Dann schien es ihm zu dämmern, warum und weshalb er im Hause des Ritters lag.

„Na endlich", sagte der Ritter, „es wurde aber auch Zeit. Nun, wie war's", fragte er den langsam erwachenden Schmied.

„Tja, wie war's", wiederholte der immer noch dämmernde Schmied, dabei bekam er einen weiten Blick. Allmählich kehrte sein Bewusstsein zurück.

„Ich staune, dass ihr mich fragt, Herr Ritter!"

Der Ritter verstand die Reaktion des Schmieds nicht.

„Könnt ihr euch nicht denken warum, eben habt ihr noch neben mir gestanden!"

Nach dieser Aussage blickte der Ritter den Schmied fragend an.

„Wie hab' ich das zu verstehen, ... eben noch neben mir gestanden ...?"

„Tja, Herr Ritter, ihr müsst genauso wie ich verflucht worden sein, wir beide standen nämlich in einer Reihe nebeneinander und warteten auf die Überquerung des Jordan. Ich nehme mal an, ihr habt davon nichts gewusst".

Erstes Buch – Nonsens- und Lügengeschichten aus Grünheide
Der Strohmann

„Nein, wie sollte ich. Ich war die ganze Zeit wach und habe euch beobachtet".
„Merkwürdig! Na ja, wie dem auch sei, jedenfalls sind wir dann beide über den Jordan geschwommen. Eigenartigerweise sind wir nahezu trocken am anderen Ufer an Land gestiegen. Das Wasser des Jordan ist mit unserem Wasser nicht zu vergleichen, anscheinend ist es mehr so eine flüchtige Flüssigkeit.
Na ja, wie dem auch sei. Wir gingen dann bis hinter die Nebelwand, dort warteten wir gerade auf unsere Rückführung, als ihr mich wachgerüttelt habt. Und damit Ende dieses unleidlichen Themas…
Herr Ritter, nehm er's mir nicht übel, aber ich muss jetzt nach Hause". Man sah dem Schmied an, dass er genug hatte von der unsichtbaren Welt.
Er eilte dann schnell in seine Werkstatt, die war ihm gerade im Augenblick lieb und teuer. Er zündete sich und seinem Kater ein Schmiedefeuer an. Sein Schnurrer beobachtete mit Wohlwollen sein Hantieren. Die Flammen leuchteten rot auf dem Gesicht des Schmieds; ihr Flackern widerspiegelte gespenstische Bilder auf seinem Gesicht. Der Kater legte sich ganz dicht an die offenen Flammen, dass man Angst um sein Fell bekommen konnte. Er aber fühlte sich wohl; er aalte sich in der wohligen Nähe der Wärme.
Der Schmied war glücklich, dieses unleidliche Thema Fluch überstanden zu haben. Endlich nichts Vages mehr, das Feuer ist real, der Kater ist real, keine vierte Dimension mehr, nie mehr, nahm er sich fest vor.
Er fächelte Luft mit dem Blasebalg, trieb die Flammen in die Höhe, dass selbst dem Kater unheimlich wurde und er ein paar Zentimeter vom Feuer abrückte.
Es knisterte geräuschvoll. Der Schmied lachte in sich hinein…

Der Strohmann

Unter den der deutschen Sprache Ungeübten gibt es einen oft gebrauchten Ausspruch, der ihre Empfindungen beim Erlernen der selbigen deutlich widerspiegelt: ‚deutsche Sprache schwere Sprache'.
Ich will ihnen heute anhand einer kleinen Geschichte verdeutlichen, wie Recht sie haben, welche Gefahren in ihr lauern und wie man auf der Hut sein muss, wenn man sie benutzt, auch wenn man meint, sie zu beherrschen, weil man in diesem schönen Land! geboren wurde. Fazit vorab: seien sie also immer kritisch, meiden sie zum Beispiel Wörter, Wortgruppen oder Redewendungen, die ungeübt für sie sind. Hören sie also:
In einem Haus in Grünheide (warum nicht Grünheide, es hätte auch jeder andere

Erstes Buch – Nonsens- und Lügengeschichten aus Grünheide
Der Strohmann

Ort in Deutschland sein können), standen drei Männer um einen dilettantisch gezeichneten Gebäudegrundriss herum (komisch, es sind fast immer Männer, die häufig das Unglück förmlich anziehen) und blickten auf das Gekritzel. Sie hatten Mühe, sich darauf zu Recht zu finden. Der eine, wohl ihr Anführer, tippte mit einem desolaten Bleistift wichtig auf eine Grundrisspassage und erklärte den anderen irgendetwas Wichtiges, was sie sich einprägen sollten. Er war der einzige von ihnen, der eine Zigarette im Mund hatte. Die Kippe hing, ziemlich im Mundwinkel steckend, lässig herunter. Er kniff das Auge darüber, von dem aufsteigenden Rauch gereizt, zusammen. Das gab ihm ein verwegenes Aussehen. Das wusste er und war froh darüber, denn er wollte unkalkulierbar aussehen.

Es klingelte. Erstaunt schauten sie auf und dann fragend in die Augen ihres Anführers, als fänden sie hier die Antwort, wer das wohl sein möge. Wer kann das sein, sprachen ihre Blicke. Ihres Wissens nach fehlte niemand mehr in ihrer Runde, jedenfalls heute nicht, waren sie vollzählig versammelt. Oder doch nicht? Der ihnen den Hausanschlussraum öffnen soll? Der Strohmann? Kommt der heute zu uns? Der Anführer ging Stirn runzelnd zur Eingangstür und fragte nach draußen, wer dort sei.

Zögernd kam: „Hier ist der Strohmann", jedenfalls verstand der Anführer dessen Antwort so. Er hörte das, was er vernehmen wollte. Der Mann hinter der Eingangstür wählte aber den saloppen Ausdruck ‚Strommann', denn er war von dem größten Energieunternehmen der Region und wollte nichts Anderes als den Stromzählerstand ablesen.

Wie kann der, dachte der Anführer missgestimmt in Verkennung der Tatsache, das so laut und in aller Öffentlichkeit von sich geben! Strohmann! Er schüttelte den Kopf. Dann riss er übellaunig die Tür auf, schaute den Mann kurz strafend ob seines verbalen Ausrutschers in die Augen, packte ihn dann kräftig an die Schulter und blickte kurz über sie hinweg, ob auch kein zufälliger Passant dessen Antwort gehört hatte. Anscheinend nicht! Da haben wir noch einmal Glück gehabt, dachte der Anführer. Zufrieden drängte er den wartenden Mann schnell ins Haus und warf die Tür eilig hinter ihm ins Schloss

„Geh mal ins Wohnzimmer", sagte ihm die Person, die ihm geöffnet hatte, „die anderen sind schon da". Zu dem Zeitpunkt wusste der Zählerableser natürlich nicht, worum es den Männern in diesem Haus gehen würde. Außerdem ahnte er noch nicht, dass dieser Mann, der etwas ungehalten vor ihm stand, so etwas wie ein Anführer seiner Leute war. Er wunderte sich nur, dass er von ihm so vertraut mit ‚Du' empfangen wurde, obwohl er die Männer nicht kannte.

‚Strommann', phonetisch sehr missverständlich, zugegeben!

Erstes Buch – Nonsens- und Lügengeschichten aus Grünheide
Der Strohmann

Du bist also der Strohmann, empfing ihn einer der Versammelten, endlich bist du da. Er indes verstand nicht, warum sie so ungeduldig waren. Immerhin hatte er fast pünktlich zur angekündigten Zeit geklingelt.

Die Männer beugten sich wieder über den eigenartigen Grundriss und studierten die darauf naiv dargestellten baulichen Gegebenheiten.

Der Strommann beugte sich ebenfalls über das Blatt. „Wo finde ich den Zähler", fragte er die Männer mit dem Blick auf den Plan. So wie der aussieht, der Grundriss, knitterig und faltig, dachte er, den haben sie bestimmt meinetwegen herausgekramt und wollen mir darauf zeigen, wo ich ihn hier im Haus finde.

„Das ist der Hausanschlussraum", sagte einer von den Männern und tippte wie sein Anführer mit der Ruine von einem Bleistift auf die entsprechende Passage im Plan. Herrlich, dachte er! Was für ein Wonnegefühl! Einmal der Chef sein! Einmal so lässig mit dem Bleistift spielen! Wunderbar! Es ging ihm runter wie Öl.

„Und dort ist auch der Zähler", fragte der Mann von der Energieversorgung in die Runde, der für die Männer ihr Strohmann war?

„Mit Sicherheit, das ist immer so, gab man ihm Bescheid".

Wenig später kam ihr Anführer wieder zurück ins Zimmer. Der Energiemensch blickte immer noch auf den Plan. Er interessierte sich aber mehr für die Firmenbezeichnung, die drunter stand: ‚Lacke und Farben'. Das ist ja eigenartig!

„Ich sehe, ihr habt euch schon bekannt gemacht". Die Stimme des Anführers. „Trotzdem: darf ich vorstellen, der Strohmann". Damit deutete der Anführer auf den Neuankömmling. Bei diesen Worten verbeugte sich der Energiemann leicht. Er verstand wieder seinen selbst gewählten Begriff ‚Strommann', der andere meinte aber ‚Strohmann'. Der Anführer wandte sich an ihn: „Sehr gut, du hast dich schon mit der Örtlichkeit vertraut gemacht. Prima!"

Erneut das vertraute ‚Du', eigenartig, dachte der Zählerableser. Na gut, das ist eben so, dachte er und ging großzügig darüber hinweg.

„Ja, sagte der vermeintliche Strohmann, im Hausanschlussraum ist der Zähler, sagten mir die Leute hier".

„Genau", bestätigte der Anführer, „wenn du ins Haus kommst gleich rechts. Da kannst du deiner selbst gewählten Bezeichnung ‚Strohmann' alle Ehre machen".

Er hörte auch hier wieder ‚Strommann' und bezog dessen Aussage auf das Zählerablesen, wobei der Anführer das Öffnen des Hausanschlussraumes meinte, der nämlich im Allgemeinen verschlossen war. In dem Raum stand, das hatten sie ausgekundschaftet, auch der Tresor der Firma, den sie knacken wollten. Dazu brauchten sie den Strohmann, aber das ahnte der Zählerableser nicht.

„Der Grundriss ist gut, aber führ' mich lieber selbst an deinen Zähler".

Erstes Buch – Nonsens- und Lügengeschichten aus Grünheide
Der Strohmann

„An meinen Zähler willst du", fragte der Anführer? Er dachte, der Strohmann wolle in Vorbereitung seines Jobs das Ablesen üben und fand darin nichts Seltsames. Natürlich, es muss professionell aussehen, und das kann man üben. Auch das Zählerablesen will gelernt sein. Die anderen können sich vom Strohmann eine Scheibe abschneiden!
„Wann bist du dann in der Firma ‚Lacke und Farben'", fragte ihn der Anführer? Bei dieser Frage dachte sich der Strommann nichts Schlechtes. Wahrscheinlich einer, der dort arbeitet. Natürlich muss der wissen, wann ich komme, um deren Zähler abzulesen!
„Bis übermorgen, zehn Uhr", verabschiedete er sich bei dem Anführer, den er zu dem Zeitpunkt als solches natürlich noch nicht identifiziert hatte. Für ihn war er ein Bürger wie jeder andere.
Der Hauptbuchhalter der Firma ‚Lacke und Farben' öffnete dem Strommann den Hausanschlussraum, wo er den Zählerstand ablesen wollte. Aber danach musste er den Zähler demontieren und durch einen der neueren Generation ersetzen. Der Hauptbuchhalter schloss also den Raum auf und ließ den Energiemenschen allein zurück. Nach dem Ablesen machte er sich sofort an die Arbeit des Zähleraustausches. Plötzlich ging die Tür auf und herein kam der Anführer mit den Leuten, die er erst letztens kennen gelernt hatte.
„Ah, der Strohmann", begrüßten sie ihn freudig. „Dann los", sagte der Anführer, „wir dürfen keine Zeit verlieren". Routiniert schlossen sie ihren Schneidbrenner an die mitgebrachten Gasflaschen und begannen, ein Loch in den Tresor zu brennen; so selbstverständlich, als müsse das so sein. Die Funken flogen.
Die Erkenntnis kam ganz augenblicklich. Dem Energiemenschen fiel es wie Schuppen von den Augen. Natürlich! Mit einem Mal war ihm alles klar: die sprachlichen Verwechslungen, die eigenartigen Aussagen, der merkwürdige Grundriss, alles! Und er hat dafür gesorgt, dass die Tür offen war und sie den heutigen Termin wussten. Schuld an dem Einbruch war er selbst, haderte er mit sich. Er beschloss, es irgendwie wieder gut zu machen, jedenfalls versuchen musste er es, das war er der Firma schuldig.
„Wann seid ihr fertig", fragte er die Leute mit dem Schneidbrenner, fragte er wie selbstverständlich. „Wenn ich zu lange warte, schöpfen sie Verdacht", log er." Ich muss bald wieder raus und den Raum abschließen lassen".
„Warte noch fünfzehn Minuten, dann sind wir soweit".
„In Ordnung. Ich rufe schon im Chefzimmer an und sage bescheid".
Er nahm den Hörer und wählte nicht das Dienstzimmer, sondern die Nummer der örtlichen Kriminalpolizei, die er zufälligerweise auswendig wusste

Erstes Buch – Nonsens- und Lügengeschichten aus Grünheide
Der Strohmann

„Ja", antwortete der Mann vom Energieunternehmen, als sich am anderen Ende der Diensthabende meldete, „ich bin in fünfzehn Minuten fertig, dann können sie kommen und wieder abschließen. Was? Was heißt hier ‚wer ist da', der Mann, der ihren neuen Zähler installiert, hinten, in ihrem Hausanschlussraum, richtig. Er hoffte, dass sie seine Nummer zurückverfolgten; mehr konnte er nicht sagen, zu seiner eigenen Sicherheit nicht … also, in fünfzehn Minuten". Er legte auf.

Der Anführer schaute ihn sehr seltsam an. Irgendwas Betrügerisches von seinem Strohmann ahnte er, zumal es ihn irritierte, dass dieser tatsächlich fachmännisch den Zähler wechseln konnte.

Langsam ging der Anführer zum Telefon und drückte die Wahlwiederholung. Natürlich meldete sich die Kripo. Der Mann am anderen Ende merkte, dass es derselbe Anschluss von vorhin war, dachte sich nichts dabei und sagte einfältiger Weise: Geduld! Wir sind gleich bei ihnen.

Der Anführer sagte nichts. Niedergeschlagen legte er stumm den Hörer auf die Gabel und blickte seinen vermeintlichen Strohmann nur an. Ein Ausdruck unendlicher Trauer lag in seinen Augen!

„Beeilt euch", rief er den anderen zu, ohne den Überführten aus den Augen zu lassen, „wir müssen weg, die Bullen sind gleich da". Sie schauten ihn fragend an; das verstanden sie nicht. Aber um lange nachzudenken war keine Zeit. Sie begannen ein geschäftiges Treiben!

Ihr Anführer blickte sich derweil prüfend im Raum um. An einem Stück Kantholz verharrte er. Langsam ging er hin, wog es in der Hand und befand es für seine Zwecke gut geeignet. Mit dem Holz in der Hand ging er langsam zu seinem Strohmann. „Dreh' dich mal um", forderte er ihn leise auf. Der wusste nichts anders darauf zu erwidern als sich wirklich abzuwenden.

Bums! Er schlug mit dem Kantholz aus seinen Händen einmal hart und trocken auf dessen Hinterkopf. Augenblicklich verlor der seine Sinne, die Knie versagten ihren Dienst und er sackte zu Boden. Regungslos lag er auf dem Linoleum.

Oberflächlich gesehen könnte man auch sagen, die Missdeutung der deutschen Sprache hat schmerzlich zugeschlagen!

Schnell räumten seine Männer und der Anführer den Tresor aus, warfen eilig alles in einen mitgebrachten Sack, schnappten ihn sich und verschwanden schnell aus dem Zimmer. Doch nicht schnell genug! Draußen nahm sie die Kripo in Empfang.

Tja, so war es mit Strohmann oder Strommann – deutsche Sprache ist eben schwere Sprache!

Der Wüstenfuchs

Was ich ihnen jetzt berichte, werden sie kaum glauben. Ich gebe zu, man muss schon eine gehörige Portion Fantasie an den Tag legen, um der Erzählung folgen zu können, aber in und um den Ort Grünheide geht noch heute die Geschichte der merkwürdigen Füchse um. Hören sie selbst:
Es fing alles wie so oft im Leben harmlos an. Die Sektion Biologie einer deutschen Universität vergab einst ein Studienthema für zwei Studenten ihrer lernenden Zunft, eine Fuchsfamilie in den Wäldern um Grünheide zu erforschen. Plisch und Plum hießen die beiden Eleven mit Spitznamen, wohl ein Wilhelm-Busch-Freund, der sie ihnen gab. Ihre richtigen Namen seien mal dahingestellt, für die Geschichte sind sie ohne Belang.
Für ihre Arbeit in den Grünheider Wäldern konnten die beiden alle modernen Hilfsmittel nutzen, die zu diesem Zeitpunkt zur Verfügung standen.
Sie machten sich nun mit Eifer an dieses interessante Thema. Zuerst sprachen sie mit den Forstleuten des Ortes, um eine entsprechende, zu untersuchende Fuchsfamilie aufzustöbern, denn es waren sehr systematisch denkende junge Menschen. Die Jagdleute wussten auch von einer zu berichten und nannten ihnen ungefähr den Standort ihres Baues. Die beiden hatten auch Glück und brauchten nicht allzu lange nach den Füchsen zu suchen.
Als sie das erste Mal an den Fuchsbau kamen, waren die alten Füchse außer Haus, wahrscheinlich um Futter zu suchen, denn Nachwuchs, drei kleine Fuchsbabys, lagen im warmen Bau.
Sie nahmen alle möglichen Maße von den Jungen, und da merkten sie, ohne dass es sie damals schon in irgendeiner Weise verwundert hätte, ihren besonders kleinen Wuchs. Zum Schluss bekamen die Kleinen einen Senderchip in ihr Ohr, um sie später immer leicht aufspüren zu können. Dann legten sich die beiden auf die Lauer. Es dauerte eine geraume Zeit, bis die Alttiere kamen. Sie hatten ihrem Nachwuchs einige Beute mitgebracht. Die Alttiere gingen so schnell in ihre Höhle, da ist den jungen Leuten nichts Außergewöhnliches aufgefallen.
Das war's fürs erste.
Am nächsten Tag kamen sie mit einem Blaserohr im Gepäck, denn sie wollten die Alttiere betäuben, um deren Maße aufzunehmen.
Sie schossen ihre Betäubungspfeile ab. Die Füchsin und der Fuchs schliefen auch in der gewünschten Frist ein, und beim ersten Wiegen fielen den jungen Leuten der eigenartige Kleinwuchs der Füchsin und ihre großen Ohren auf. Das männliche Tier war hingegen normalmaßig. Eigenartig, dachten die beiden, ein komi-

Erstes Buch – Nonsens- und Lügengeschichten aus Grünheide
Der Wüstenfuchs

sches Fuchspaar! „Hast du so etwas schon gesehen? Was für ein eigenartiger Rotfuchs, die Dame?" Er lachte leise. „Wenn ich nicht genau wüsste, wo ich hier bin, bei der Dame würde ich auf Wüstenfuchs tippen".
„Rommel", lachte er zurück? „Was meinst du mit Rommel", fragte sein Mitstreiter. „Na Generalfeldmarschall Rommel, Hitlers Afrika-Experte. Der wurde doch auch als Wüstenfuchs bezeichnet, warum auch immer, vielleicht hat er seine Armee mal eingraben lassen. Die Wüstenfüchse sollen ja so etwas auch drauf haben. Rommels Pleite vor El Alamein kann es ja wohl nicht gewesen sein". Er sprach beiläufig, maß seinen Worten nicht allzu viel wert, während er vorsichtig an den Extremitäten der Fuchsdame herumbog. „Kannst du dir vorstellen, dass sich dieser kleine Körper eingräbt?"
Wüstenfuchs, hier bei uns in Mitteleuropa, seinem Mitstreiter beschäftigte noch immer die Aussage über die nicht eindeutig zu klärende Art der Fuchsdame.
„Tja, ich glaube es ja auch nicht, jedenfalls kann ich mir das nicht vorstellen. Aber was soll es sonst sein?" Der Student schüttelte den Kopf. Der andere betrachtete die immer noch schlafende Füchsin, breitete ihre Beine auseinander, um ihre Beweglichkeit zu testen, untersuchte ihre Extremitäten und alles andere ausführlich, fand trotzdem keine zufrieden stellende Erklärung. Er schüttelte wieder mit dem Kopf. Nach einer weile sagte er zögerlich, als schäme er sich seiner Worte: „Du weißt doch, ich war mal in Afrika zu einem Praktikum, du weißt, damals in Kenia. Halte mich bitte nicht für verrückt, aber wenn ich mir das Tier so ansehe, es kommt auch mir wirklich wie ein weiblicher Wüstenfuchs vor".
„Meinst du wirklich? Ein Wüstenfuchs? Hier bei uns?"
„Ich weiß! Das kann nicht sein, und doch …"
Er kramte sein Handy hervor und fotografierte die Fuchsdame von allen Seiten. „Ich werde den Prof. fragen, der wird uns bestimmt gleich sagen können, was das ist". Sie warteten das Zusichkommen der Alttiere ab, nachdem sie auch ihnen einen Senderchip in die Ohrmuschel geklebt hatten. Dann war ihre Mission für diesen Tag beendet.
Der Professor schaute sich interessiert die Fotos von der merkwürdigen Fuchsdame an und studierte immer wieder die aufgenommenen Maße seiner beiden Studenten. Nach langer Zeit war er sich klar, wurde er bestimmt:
„Ja. Alles klar. Jungs, es ist wirklich so, ihr habt einen Wüstenfuchs, einen so genannten Fennek, gefunden".
„Herr Professor, hier bei uns?"
„Wie auch immer er hergekommen sein mag, aber die Dame gehört zur Art vulpes zerda, zu den Wüstenfüchsen".

Erstes Buch – Nonsens- und Lügengeschichten aus Grünheide
Der Wüstenfuchs

„Sind sie sich ganz sicher?" Darauf gab er keine Antwort, sondern ging erhobenen Hauptes über die Infragestellung seiner Kompetenz hinweg.
Plisch und Plum waren dicke Freunde; alles machten sie gemeinsam. Fast alles! Und trotzdem kam es natürlich vor, dass sie, ein Militär würde sagen, getrennt marschierten. Auch an diesem Tag gingen sie getrennter Wege. Plum war in Familiendingen unterwegs, und Plisch langweilte sich. Was unternimmt ein Studierender in solchen Fällen? Er geht in den Studentenklub. Dort trifft man immer Leute, mitunter sehr interessante Spezies, die einem die Langeweile durchaus nehmen können. Plisch zum Beispiel unterhielt sich mit einem Journalistikstudenten, der derzeit ein Volontariat an einer großen Zeitung absolvierte und auf der Suche nach einer spektakulären Story war, denn der wollte die alteingesessenen Zeitungsschreiber verblüffen.
Plisch und er sprachen viel miteinander, und er klagte Plisch sein Dilemma, etwas ganz Außergewöhnliches aufspüren zu müssen.
Plisch hörte sich das Problem seines Gesprächspartners sehr aufmerksam an. Dabei wurde er immer stiller.
„Du sagst ja gar nichts mehr", beklagte sich sein Gegenüber.
Plisch schaute ihn ernst an. Er hatte klischierte Vorstellungen um das Entstehen einer neuen Tagesausgabe von Zeitungen. Irgendwie hatte sich in seinem Kopf festgesetzt, dass es für Informationen über außergewöhnliche Dinge, die es sich lohnt zu berichten, viel Geld gibt.
„Ich glaube, ich könnte dir helfen", bemerkte Plisch geheimnisvoll.
Was kann so einer schon wissen, dachte der Volontär skeptisch.
„Wie viel ist drin, wenn ich dir eine außergewöhnliche Geschichte biete?"
Die armen Füchse, dachte Plisch, aber er brauchte Geld, viel Geld, da durfte er nicht so zimperlich sein. Er wollte die günstige Gelegenheit mit dem angehenden Journalisten beim Schopfe packen und ihm die Sache mit dem Wüstenfuchs schmackhaft machen.
Das kommt ganz auf deren Inhalt an. Er nannte Plisch einer eigentlich lächerliche Summe, aber für einen Studenten viel Geld, umgerechnet auf neutestamentarische Währung: dreißig Silberlinge.
„Übermorgen bin ich wieder hier, dann bring das Geld mit und ich erzähl' dir etwas, darüber wirst du staunen!"
Plisch wurde zwar skeptisch beäugt, aber der Andere sagte nichts weiter, schließlich war er es, der etwas brauchte.
Am übernächsten Tag trafen sie sich um die gleiche Zeit an gleicher Stelle. Der Jour-

Der Wüstenfuchs

nalistikstudent überreichte Plisch einen Briefumschlag, in dem einige Geldscheine steckten. „Jetzt bin ich aber gespannt", sagte er dabei in freudiger Erwartung.
Plisch öffnete das Couvert und zählte ganz schnell die Scheine nach.
„Es ist zwar nicht so viel, wie ich dachte", sagte er, „aber ... nun gut, hör' zu".
Plisch erzählte ihm von der Wüstenfuchsdame, von dem Fuchsbau in den Wäldern bei Grünheide, von der merkwürdigen Fuchsfamilie und ihrem Nachwuchs, eben alles, was er selbst wusste und was ihm merkwürdig genug vorkam.
Der Journalistikstudent schüttelte nur mit dem Kopf. „Ein Wüstenfuchs hier bei uns in Europa, ist das schon ein erstes Anzeichen einer Klimakatastrophe?" „Keine Ahnung. Mach daraus, was du willst". Er hatte, was er wollte. Sorgfältig steckte er das Geld ein und ließ den Anderen allein zurück.
Diese Geschichte der außergewöhnlichen Fuchsfamilie war genau die richtige, die er jetzt brauchte. Mit ihrer Erzählung hatte ihm Plisch eine Landkarte übergeben, in der der Fuchsbau ganz genau eingezeichnet war. In der Redaktion schnappte sich der angehende Journalist verstohlen wie ein Dieb eine Fotokamera und fuhr heimlich nach Grünheide. Am Waldrand stellte er das Fahrzeug ab und suchte anhand der Karte den Fuchsbau auf. Er fand ihn auch problemlos. In einigem Abstand, gar nicht weit weg von der Fuchsbehausung, wuchs ein für seine Zwecke idealer Baum, den er erklomm. Da der leic hte Wind von vorn kam, verriet den Füchsen auch sein Geruch nicht. So positionierte er sich und konnte von oben auf den Eingang des Baues lauern. Er wartete darauf, dass sich der seltsame Fuchs zeigte. Mit dem Fotoapparat im Anschlag, immer bereit, das seltsame Tier bildlich festzuhalten, musste er eine geraume Zeit in angespannter Position ausharren.
Aber plötzlich raschelte es am Ausgang des Baues und ein merkwürdiger Kopf wurde sichtbar. Dieses großohrige Wesen soll ein Wüstenfuchs sein, fragte er sich, als es sich ihm ganz zeigte? Beinah hätte er das Auslösen seiner Kamera vergessen, so beeindruckt war er von dem Aussehen des Fuchses. Perplex schoss er ein Bild, passte nicht richtig auf und nervös fiel ihm der Apparat aus der Hand. Dieser landete mit lautem Rascheln in dem Strauch, der direkt unter ihm stand. Der Fuchs, irritiert von dem lauten Geräusch, verschwand augenblicklich wieder im Bau.
Ich glaube, das kann ich hier vorläufig vergessen, der wird sich sobald nicht wieder zeigen, dachte der Volontär und kletterte enttäuscht ob seiner Unvorsicht vom Baum. Dann legte er sich doch in der Nähe hinter einen wie er fand wunderbar getarnten Strauch, von wo er den Bau beobachten konnte.
Er konnte nicht wissen, dass die Füchse ihn ganz genau beobachteten. Für sie war das Leben in diesem Bau vorbei. Für die Alttiere stand fest, sie mussten eine neue

Erstes Buch – Nonsens- und Lügengeschichten aus Grünheide
Der Wüstenfuchs

Höhle für sich und ihre Kleinen finden. Mit weichem Biss in die Nacken schnappten sie sich jeder einen ihres Nachwuchses und eilten los. Vorher hatten sie beobachtet, dass von dem lauernden Menschen keine Gefahr ausging. Der Abstand zwischen ihrer Höhle und ihm schätzte der Fuchs als nicht lebensbedrohlich ein. So zogen die beiden mit einem Welpen im Maul davon. Der angehende Journalist beobachtete regungslos den Exodus der Fuchsfamilie.

Die Tiere mussten auf ihrer Flucht eine Straße überqueren. Die Fuchsdame kannte sich offensichtlich nicht ausreichend mit den Gepflogenheiten in Mitteleuropa aus. Ahnungslos wollte sie im lockeren Schritt über die Straße. Die Reifen quietschten. Als der Fahrer des LKW ihrer selbst und ihrer Fracht im Maul gewahr wurde, war es schon zu spät. Mit voller Wucht wurden Mutter nebst Kind in hohem Bogen in den Straßengraben gestoßen. Sie starben augenblicklich.

Der alte Fuchs beobachte das tragische Ende seiner Frau und seines von ihr getragenen Nachwuchses. Am Straßenrand ließ er vor Schreck seinen Welpen fallen und schrie gellend auf. Vom Warnruf bis zur Trauer! Sein kehliger Laut ging in ein Gurgeln über. Als der LKW außer Sichtweite war, ging er hinüber auf die andere Seite und beschnüffelte seine Familienangehörigen. Er merkte sofort, dass nichts mehr zu machen war. Er ging sofort zurück, packte seinen abgelegten Welpen und legte ihn auf die Straße.

Dann ging er wieder zur Höhle, holte den anderen Welpen und legte ihn neben den anderen auf die Fahrbahn. Ein letztes Mal schaute er zurück, als rechne er mit diesem Lebensabschnitt ab, Sehnsucht im Blick, und ging dann aber gemessenen Schrittes in den Wald davon.

Gendilemma

In der Nähe von Grünheide hatte er, der Wissenschaftler mit Vornamen Arthur, ein sehr großes Anwesen. So wie die Menschen nun einmal sind, vorurteilbehaftet im Allgemeinen, neidvoll auch mitunter, sagten ihm die Bewohner des Ortes nach, er sei verrückt. Aber verrückt war Arthur nun wahrlich nicht, ganz und gar nicht, im Gegenteil, er zeichnete sich eher durch eine besonders große Intelligenz aus. Intellektualität, gepaart mit Kreativität, eine seltene Mischung. Wenn man das als ‚Verrückt' bezeichnet, dann bitte! Aber ganz ehrlich, wer möchte dann nicht zumindest ein bisschen verrückt sein?

Erstes Buch – Nonsens- und Lügengeschichten aus Grünheide
Gendilemma

Jedenfalls besaß Arthur riesige Ländereien, von denen er die Hälfte verkaufte, um von dem Erlös unabhängig leben zu können. Als Professor für Biochemie, Fachmann rings um die Genetik, war Arthur an den verschiedenen Universitäten bekannt, vor allen Dingen als Gastprofessor begehrt, wenn man das so sagen will. Die Dekane hätten ihn liebend gern fest eingestellt, aber seine Freiheit ging Arthur über alles. Hie und da unterrichtete er auch, zwangsläufig, muss man sagen, für das Gehalt und für die Adresse der Arbeitsstelle, aber seine Leidenschaft galt nun einmal den genetischen Prozessen. Ihrer Untersuchung widmete er alles, was er hatte, quasi sein gesamtes Leben. Dazu baute er sich ein eigenes Versuchslabor auf und scherte sich kaum um politische Meinungen und Verbote. Durch sie fühlte Arthur sich nur eingeschränkt, und das konnte er nun gar nicht vertragen. Darum zog er sich lieber aus aller Öffentlichkeit, so weit er es konnte und es ihm gelang, mit Vehemenz zurück.

Von den Leuten des Ortes wurde er argwöhnisch beäugt; sie waren sich unsicher, was er in seinem Labor so trieb. Genversuche, das wussten sie, aber was das bedeutete, das wussten sie nicht so genau. Unsicherheit, gepaart mit Unverständnis, das bringt Witze hervor. So war es auch in seinem Fall. Die Leute wussten nicht, was sie von ihm halten sollten. Das machte sie unsicher. In solchen Fällen ist man froh, über ihn zumindest lachen zu können. Witze wurden über ihn und um ihn erzählt. Der Witz als Ventil! So zum Beispiel kursierte der schale Witz, bei ihm würden sogar die Bäume sprechen. Man erzählte sich, ein Mann ging einmal mit seinem Hund an Arthurs Haus vorüber. Freudig sei der Hund zum nächsten Baum gerannt, um sein Bein zu heben und sein kleines Geschäft zu erledigen. Plötzlich wurden beide von dem Baum angeferzt: „So eine Ferkelei! Könnt ihr nicht woanders hingehen?"

Oder es kursierte auch ein anderer Witz, hauptsächlich von den Jüngeren erzählt: eines Tages ging man an dem Baum vorbei. Er streifte gerade mit einem knorrigen Ast über seine runzlige Rinde. „Hej, Kumpel", sprach der Baum den Vorübergehenden an, „hast du mal eine Zigarette?"

Soweit der Volksmund, aber man ließ Arthur ansonsten in Ruhe. Private Labore galten sowieso, auch in der wissenschaftlichen Welt, als suspekt. Jemand, der sich keinem Institut anschloss, hat mit Sicherheit etwas zu verbergen. Dachten die Leute!

Und in der Tat, er wollte keine von irgendwelchen Instanzen oder anderen Kompetenzen festgelegte Thematik bearbeiten. Dazu war er sich und ihm seine Zeit einfach zu schade!

Eine Ausnahme bildete seine Korrespondenz mit ausländischen Wissenschaftlern.

Erstes Buch – Nonsens- und Lügengeschichten aus Grünheide
Gendilemma

Die war ihm besonders wichtig, ihr widmete er sehr gern sehr viel freie Zeit, denn so ganz allein kann man in der heutigen Zeit kaum bestehen, das wusste er.

Unter anderem schrieb sich Arthur regelmäßig mit einem russischen Paläontologen namens Dimitri. Der war es auch, der eines Tages in der weiten Taiga eine sensationelle Entdeckung machte.

Ein trauriger Anlass führte hauptsächlich russische Wissenschaftler verschiedener Wissensgebiete zusammen. Sie wollten nämlich untersuchen, in wieweit die Klimaveränderung in der heutigen Zeit Auswirkungen auf solche Bereiche, wie der dauerfrostigen Taiga, hat.

Dimitri, sein Bekannter, war auch zugegen. Warum er als Paläontologe zu dem Treffen geladen war, konnte er später seinem deutschen Freund nicht so genau sagen. Jedenfalls nahm auch er an diesem Treffen teil. Eines Tages trieb es ihn schon sehr früh am Morgen ins Gelände. Mit Bestürzung sah er, dass der Boden, auf dem er stand, eigentlich ein Dauerfrostboden, teilweise aufgetaut war. Plötzlich sah er ein schwarzbraunes Fell unweit am Boden glänzen. Erst wollte er es ignorieren; bestimmt ein verendetes Tier, dachte er anfänglich. Er ging dann doch näher heran und traute seinen Augen kaum: da lag kein verendetes Tier, zumindest kein neuzeitliches, sondern, sie werden es kaum glauben, ein Mammut. Mit dem Handy rief er sofort sein Institut an, die sollten den Kadaver sichern. Das taten sie dann auch. Man fror es wieder ein.

Dieses Ereignis schilderte er seinem deutschen Briefpartner. Der setzte sich sofort ins Flugzeug und flog in die ferne russische Stadt, um am Tierkadaver Gewebeproben zu entnehmen. Das tat er dann auch.

Mit den Gewebeproben im Gepäck wollte er dann schnell zurück, denn er brannte darauf, es zu untersuchen. Sein Spezialkoffer, den er für solche Zwecke von der Industrie nach seinen Angaben hatte anfertigen lassen, ganz wichtig mit einem stickstoffgekühlten Innenraum, war mit Mammutpräparaten gut gefüllt.

Zuhause mit den Substanzen angekommen, ließ er keine Zeit verstreichen, legte sie sofort unter sein Mikroskop und versuchte, die genetische Erbinformation des Mammuts zu extrahierten. Für diese Zwecke hatte er sich eine sehr spezielle Maschine fertigen lassen. Diese verband seinen äußerst leistungsfähigen Computer mit seinem Elektronenmikroskop. Es waren nur wenige Firmen dazu in der Lage und er hatte sie sehr sorgfältig ausgesucht. Aber letztendlich stellte ihm ein kleines, besonders flexibles Unternehmen dieses knifflige Aggregat nach seinen Angaben her. Das Gute war, nun konnte er die Genproblematik mit der Tastatur bearbeiten. Das tat er jetzt. Stunde um Stunde verging. Dann gelang es ihm schließlich.

Als er es endlich geschafft hatte, legte er sich entspannt auf seine alte Couch und

Erstes Buch – Nonsens- und Lügengeschichten aus Grünheide
Gendilemma

dachte darüber nach, was er am sinnvollsten mit dem Ergebnis anstellen sollte. Seine Gedanken schweiften ab und darob schlief er erschöpft ein. Er träumte von riesigen Mammutherden, die von der Eiszeit, eigentlich von lapidaren Schneelawinen, überrascht wurden. Ob ihrer Gefahr, die sie witterten, gaben sie ein schreckliches Gebrüll von sich. Letztendlich verloren sie dann doch den Kampf mit den Wetterunbilden und wurden von den Eismassen überrollt.

Eigenartigerweise war er, Arthur, der kleine Mensch, auch unter den Giganten, war er ein Teil des Ganzen. Schweißnass erwachte Arthur, als einer der Kolosse im Traum auf ihn drauf zu fallen drohte. In diesem Moment war ihm zufällig ganz plötzlich klar geworden, was er mit dem wissenschaftlichen Ergebnis zu tun gedachte.

Ein guter Bekannter von ihm, der in einem Zoo arbeitete, musste ihm eine Elefantenkuh beschaffen, eine, die noch trächtig werden konnte. Und Elefantensperma benötigte er für sein Vorhaben. Wenn das klappt mit dem käuflichen Erwerb, dachte Arthur, dann wird die Elefantendame ein Mammutbaby zur Welt bringen. Dafür wird er sorgen, das war für ihn beschlossene Sache.

Es dauerte auch gar nicht lange, und er bekam eine Zusage von seinem Bekannten.

Parallel zu der positiven Nachricht ließ er auf seinem Grundstück ein Elefantenhaus errichten. Außerdem zäunten Arbeiter sein Grundstück großzügig ein, und zwar sehr massiv, mit Betonpfosten, die in Hülsenfundamenten steckten. Als sehr sicheres Trennmaterial wurden ihm besonders festmaschige Streckmetallelemente geliefert.

Als das alles errichtet war, lieferten sie ihm die Elefantendame. Und auch das Elefantenejakulat kam. Aus den Spermien des Elefantenbullen entfernte er die Erbsubstanz und transportierte stattdessen die äquivalente des Mammuts hinein. Der Vorgang ist zwar schnell beschrieben, aber nur er hatte dazu ein Verfahren entwickelt, das ihm das alles reibungslos ermöglichte. Altes Erbgut löschen, neues einlesen.

Seinen besten Freund, einen Veterinärmediziner, zog er ins Vertrauen. Ihm erklärte er, was er vorhatte. Der hatte ethische Bedenken und argumentierte dagegen.

„Du hörst dich doch wirklich an wie ein katholischer Pfaffe", sagte Arthur ihm kopfschüttelnd. „Die mit ihrer Lobby in der Regierung. Das find' ich herrlich", er wurde sarkastisch, „auf einmal entwickeln diese ethische Bedenken. Bei denen kann ich es sogar verstehen, die können nicht anders. die sehen ihre göttliche Schöpfung in Gefahr. Außerdem haben die immer mit der Anerkennung wissenschaftlicher Neuerungen so ihre liebe Not, aber du doch nicht. Denk' doch bloß

Erstes Buch – Nonsens- und Lügengeschichten aus Grünheide
Gendilemma

mal daran, wie lange die Kirche brauchte, um zu akzeptieren, dass nicht die Erde im Mittelpunkt unseres Sonnensystems steht. Mit allen Mitteln haben sie den Fortschritt aufzuhalten versucht. Ich sage nur Giordano Bruno". Er schüttelte den Kopf. Damit war für ihn die Diskussion mit seinem Freund über die Genproblematik beendet. Ohnehin kam sie ihm verlogen vor.

Letztendlich sorgte der Veterinär doch für die künstliche Befruchtung der Elefantendame mit dem präparierten Spermium, und nach einer regulären Tragezeit entband sie ein kleines Mammut. Für sie war es ihr natürliches Kind, das sie sehr liebte, auch wenn es ein so gar nicht übliches seltsam dichtes Fell hatte. Aber das störte die Mutterelefantin nicht. Gedanken über eine unbefleckte Empfängnis kamen dem Tier selbstverständlich nicht. Einiges war aber von Anfang an zwischen Mammut und Elefantenmama seltsam: das Kleine wollte von ersten Nacht an draußen schlafen, nicht im Haus bei seiner Mutter; ihm genügte es, sie zum Einschlafen zu sehen. Dazu blickte es durch die große Frontscheibe in das Elefantenhaus, legte sich gleich hinter der Scheibe draußen auf die Seite und schlief auf einem extra für diese Zwecke eingerichteten Strohlager mit dem Blick auf seine Mutter beruhigt ein. Wind und Wetter interessierten den Mammutbaby nicht.

Das kleine schien stündlich zu wachsen. Bald hatte es seine Mutter an körperlicher Größe eingeholt; auch an Kraft. Mutter und Baby tollten am Tage auf der eingezäunten Freifläche herum. Abends dann wie gehabt dasselbe Spiel; Mutter schlief im Haus mit dem Blick nach draußen, das Mammut schlief hinter der Scheibe an der frischen Luft, einzig mit dem Blickkontakt zur Mutter.

Arthur schrieb seinem russischen Freund Dimitri einen interessanten Brief, indem er ihm die Sache mit dem Mammutbaby und dessen prächtige Entwicklung schilderte, ohne ihm wissenschaftlich genaue Einzelheiten mitzuteilen.

Eine Spezialtruppe des russischen Geheimdienstes öffnete heimlich alle Briefe, die die russischen Wissenschaftler vom Ausland erhielten; eine Art Spionage, denn alles, was sie an wissenschaftlich verwertbaren Spuren entdeckten, brauchten ihr wissenschaftliches Personal von Staatswegen nicht mehr erforschen. So entdeckten sie auch die besondere Schilderung über das Mammut. Immerhin, sagten sie sich, der Deutsche hat die Genprobe aus dem russischen Dauerfrostboden erhalten, also gehörten mindestens zur Hälfte die Folgeergebnisse uns. Sie glaubten wirklich an dem, was sie sich sagten, Zweifel, so sie entstanden, deckten sie bis zur Unkenntlichkeit ganz schnell mit Arbeit zu.

Von alldem ahnte Arthur, der deutsche Wissenschaftler, nichts, zumindest nicht zur damaligen Zeit.

Er dachte sich hingegen wieder etwas Neues aus. So etwas wie Jurassic Park, je-

Gendilemma

doch ohne Computeranimationen, sondern mit richtigen Tieren, wollte er erschaffen. „Das, was mit dem Mammut geklappt hat, warum soll das nicht auch bei Sauriern gelingen", sagte er sich! „Ich muss nur die richtigen Tiere finden, die die genmanipulierte Frucht dann austragen! Und natürlich brauche ich die entsprechenden Geninformationen!"

Zu dieser Zeit erreichte ihn ein Brief seines russischen Freundes Dimitri, dem Paläoanthologen, in dem er ihm in erschreckender Weise von dem dramatischen Auftauen von Teilen des Taigabodens berichtete und dass die Taiga dadurch auch sukzessive ihre Geheimnisse preisgab. In dem Zusammenhang erzählte er in seinem Brief von einem hügeligen Waldgebiet, das wie ein Saurierfriedhof massenhaft deren Gebeine freigelegt hatte. Er als Genexperte kann sich das mal ansehen.

Arthur ließ sich nicht zweimal bitten. Sofort flog er zu Dimitri und entnahm dem freigetauten Feld Saurierpräparate, um sie in seinem Labor zu untersuchen.

Doch bevor es dazu kam, wurde er am Flughafen von zwei Personen abgefangen und in ein separates Zimmer geführt. Der eine setzte sich ihm gegenüber, der andere hinter ihn. Merkwürdig, dachte Arthur beunruhigt, was die beiden wohl von mir wollen?

„Sie sind Arthur, deutscher Wissenschaftler", fragte ihn der vor ihm Placierte in gebrochenem deutsch? „Genspezialist?"

„Wenn sie so wollen? Ja!"

„Sie kennen Dimitri?"

„Ja! Was wollen die, fragte er sich im Stillen.

„Er nimmt aus russischer Erde wie sagt man fossile Substanzen mit nach Deutschland?"

Ach daher weht der Wind, dachte Arthur.

„Das sind wissenschaftliche Präparate, die gehören allen Nationen auf unserer Erde". Das wäre nicht schlecht, dachte Arthur nach seinem Satz bei sich.

„Nu, lassen wir das. Ich habe ihnen ein Angebot zu unterbreiten, Professor", sagte der gebrochen Deutsch sprechende Russe. „Was hält er davon, für unser Land zu forschen?"

Seine Anreden gerieten durcheinander.

„Wir zahlen ihnen viel Geld und richten ihm ein Labor ein. Denken sie daran, wie bequem das für sie wäre; sie brauchen dann nicht mehr so viel reisen, die Präparate liegen ihnen vor der Haustür. Und was das Beste ist, keine politischen Einschränkungen!"

„Nu, was sagt er?"

Arthur räusperte sich. Sei auf der Hut, dachte er nüchtern. Moderate Antwort.

Erstes Buch – Nonsens- und Lügengeschichten aus Grünheide
Gendilemma

„Ihr Angebot ehrt mich", sagte er dem Russen. „Aber so schnell kann ich das nicht entscheiden, das müssen sie verstehen. Ich brauche einige Bedenkzeit".
Nicht in Bausch und Bogen ablehnen, Zeit vergehen lassen, dachte Arthur taktisch.
„Das verstehe ich sehr gut", sagte der Russe. „Hier schreibe ich ihnen meine Telefonnummer auf. Rufen sie mich an, wenn er sich entschieden hat".
Die beiden Russen standen auf und Arthur konnte den Raum verlassen.
Dimitri wartete ungeduldig in der Empfangshalle. Arthur erzählte ihm von seiner Begegnung.
„Gib mal die Nummer, ich habe einen zuverlässigen Freund bei der Kriminalpolizei, der kann mal herausfinden, wem sie gehört".
Dann fuhren sie schnell zu dem Dinosaurierfeld, um die Präparate zu entnehmen.
Inzwischen hatte der Kriminalist herausbekommen, wem die Telefonnummer gehörte.
„Vorsicht", sagte Dimitri mit ernster Miene zu Arthur, „das waren Spione", mein Freund sagt, „die Truppe, die darunter zu erreichen ist, hat sich aus Teilen des sowjetischen Geheimdienstes gebildet. Die Leute haben sich auf Auslandsspionage spezialisiert, ein offenbar lukratives Geschäft. Regierungsstellen sollen auch mitmischen".
Arthur schüttelte stumm den Kopf. Korrupte Gesellschaft, dachte er! „Was für eine perfide Welt!" Enttäuschung und auch ein wenig Ekel klang aus Arthurs Worten. „Mensch, Dimitri, widerlich! Hoffentlich ist eure Welt bald in Ordnung!"
Er dachte nach.
„Mit den Leuten will ich nichts mehr zu tun haben. Dimitri, nimm's mir nicht übel, aber ich nehme einen Flug früher".
Ich verstehe dich, Arthur. Spione sind ein furchtbares Volk!
Mit den Saurierpräparaten im Gepäck flog er schon am nächsten Morgen heimwärts.
Irgendwann später rief er die Telefonnummer, die man ihm gegeben hatte, an.
Und sagte ab.
„Haben sie sich das richtig überlegt, Doktor?"
„Hoffentlich bereuen sie das nicht eines Tages!"
Die Stimme am russischen Ende wurde frostig.
Arthur kaufte sich einige Wildschweinsauen. Er manipulierte deren Erbanlagen, und mit den Geninformationen der Saurier präparierte er die Befruchtung der Eizellen. Nach ihrer regulären Tragezeit entbanden die Schweine alle einen unterschiedlichen Sauriernachwuchs.
Außerdem kaufte er sich zwei Straußen. Die größten Eier, die es gab, waren nun

Erstes Buch – Nonsens- und Lügengeschichten aus Grünheide
Gendilemma

einmal die Eier von Straußen. Darin musste die Brut der Flugsaurier Platz finden, denn auch die wollte er nachzüchten.

Ganz dringend musste er für die zukünftigen Saurier auf seinem Gelände bauliche Veränderungen an seiner eingezäunten Außenanlage vornehmen lassen. Selbstverständlich ließ Arthur auch für die Sauriernachzucht Einhausungen bauen. Die Flugsaurier erhielten eine hohe Umzäunung, in der sie auch mal in die Luft steigen konnten, damit ihre Flügel nicht verkümmerten.

Die Landechsen erhielten stabile Einzäunungen, natürlich getrennt nach dem, was sie fraßen, ob fleischliche oder pflanzliche Nahrung.

Die beiden fleischfressenden Saurier, der Ceratosaurus und der Saltriosaurus, Arthur nannte sie liebevoll Cera und Salti, auch wenn eine Mordlüsternheit in ihnen steckte, standen des Öfteren am Zaun, jeder an einem anderen Ende, belauerten sich mal nicht, sondern betrachteten mit einem gewissen Wohlwollen die Menschmassen im Mittelgang. Ihren gierigern Blick warfen sie ganz im Interesse ihrer Gaumenfreuden dorthin, denn Fressen, das war ihre Leidenschaft. Wenn kein Publikumsverkehr herrschte, gierten die beiden Saurier zu den Pflanzenfressern hinüber. Die saßen meistens auf den Bäumen ihrer sicheren Seite, friedlich, und knabberten zarte Rinde. Das sah fast unwirklich aus, die großen Tiere, die das zarte Grün maßnahmen.

Das Mammut hatte Arthur zu ihnen sperren lassen. Was für ein wunderbarer Fleischberg, werden Cera und Salti gedacht haben. Beide standen frustriert am Zaun und konnten nur sehnsüchtige Blicke hinüber werfen. Das gäbe ein Gemetzel, wenn ich nicht für deren sichere Separierung gesorgt hätte, dachte Arthur einmal, als er sie beobachtete, wie sie sich am Zaun herumdrückten und ihre begehrlichen Blicke hinüberwarfen. Junge, Junge, was muss es früher auf der Erde vor dem großen Knall oft für einen Blutrausch gegeben haben, dachte er bei diesen Bildern. Der große Knall, das war ein gewaltiger Meteoriteneinschlag aus dem Weltall auf der Erde, der damals für längere Zeit alles verdunkelt und sich das Dasein der Saurier erledigt hatte. Interessant! Irgendwie muss dieser Umstand tief in ihren Genen stecken, denn man merkt ihnen an, dass sie nach Sonnenlicht lechzen, beobachtete Arthur die Saurier.

Der eingezäunte Mittelgang war unbedingt notwendig, um zahlungskräftige Besucher in seinen Saurierpark zu locken. Deren Geld brauchte er dringend, nicht zuletzt für ausreichend Futtermittel. Er bedauerte es zwar, seine Großanlage öffnen zu müssen, aber es war unumgänglich. Wenn er manchmal an seine leeren Kassen erinnert wurde, dann bereute er kurzzeitig, dass er seinerzeit das russische Angebot abgelehnt hatte, aber wirklich nur kurzzeitig. Dachte er daran, wie die

Erstes Buch – Nonsens- und Lügengeschichten aus Grünheide
Gendilemma

russische Obrigkeit vor vielen Jahren mit ihren Wissenschaftlern umgegangen war, dachte er beruhigt an seine ablehnende Entscheidung.
Die Einkünfte aus dem Gästestrom brauchte er dringend. Es entwickelte sich auch sofort ein reger Besucherverkehr. Denn in einer voyeuristischen Welt, das wusste Arthur, sind die Menschen sehr erpicht darauf, außergewöhnliche Phänomene, wie zum Beispiel diese längst vergangene Welt der Dinos, zu besichtigen. Da kann nichts teuer genug sein. Im Gegenteil, die Menschen sagten sich, teuer ist, was gefällt.
Dann plötzlich war es zu Ende mit seiner kleinen Welt. Was auf seinem Anwesen geschah, konnte später nur andeutungsweise rekonstruiert werden. Restlos aufklären konnte man das nicht. Die Kripo konnte nie umfassend ermitteln, was es für Leute waren, die das Massaker verübt hatten. Waren es militante Tierschützer? Oder welche, die etwas gegen Genexperimente hatten? Wie auch immer, sie bekamen es nie umfassend heraus.
Jedenfalls drang irgendwer Paramilitärisches mit automatischen Waffen in diese genmanipulierte Oase ein. Schon allein die Tatsache, wie viele es waren, konnte nie genau ermittelt werden Jedenfalls war es organisiert zugegangen wie ein Kommandounternehmen. Diese Leute hatten aus russischen Maschinenpistolen auf alles geschossen, was sich bewegte.
Zuerst streckten sie das Mammut nieder. Um es zu töten, feuerten die Eindringlinge ein ganzes Magazin auf seinen Körper, das waren immerhin dreißig Schuss, bis das junge Mammut tot zusammenbrach. Als das Mammut die ersten Treffer abbekam und vor Schmerzen schrie, eilte der Elefant aus seinem Haus, um seinem Geborenen zu helfen, aber er wurde gleich von den Männern mit ihren Schnellfeuerwaffen dahingestreckt. Derweil standen der Ceratosaurus und der Saltriosaurus am Zaun und blickten interessiert auf die Schützen. Sie waren Fleischfresser und betrachteten als solche wohlwollend den entstandenen Mamutfleischberg, als hätten diese schießwütigen Männer extra für sie beide den dorthin gelegt. Aber zwei kurze Salven beendeten das freudige Erwarten.
Dann schossen sie die beiden Flugsaurier ab. Diese hatten sich in den äußersten Winkel ihres Käfigs geflüchtet. Doch die Geschosse kannten kein Erbarmen, besonders die Männer nicht, die die Waffen benutzten.
Die Schweine und Straußen streckten sie ganz nebenbei nieder, ebenso die Pflanzenfresser unter den Sauriern. Dann war alles still, aber nur kurzzeitig. Denn Arthur kam aus dem Haus gerannt, seine Arbeit zu schützen. Er wollte einem der Angreifer die Maschinenpistole entreißen, aber der kämpfte verbissen um seine Waffe, wollte sie sich nicht abnehmen lassen. Bei dem Gerangel löste sich ein

Gendilemma

Schuss, der traf ausgerechnet Arthur in den Kopf. Ein zufälliger Treffer, sehr platziert. Arthur war auf der Stelle tot. Das Gute an diesen Zufallsdingen ist – zynisch, aber wahr, ein sehr geringer Leidensweg.

Das war auch der letzte Knall auf dem Gelände des Wissenschaftlers. Eine gespenstische Ruhe trat augenblicklich ein. Die Männer sahen sich betreten an. Ihn sollten sie eigentlich nicht umbringen, sprach aus ihren Gesichtern.

Aber die Ruhe währte nicht lang. Ein anderer Krach eroberte die nächtliche Stille. Eine riesige Raupe bahnte sich ihren Weg. Nicht diese Vorstufe des Schmetterlings, sondern das gleichnamige Baufahrzeug mit einem riesigen Schiebeschild. Alte solide russische Technik! Der Mann, der das Gerät bediente, fing auch gleich an, den Boden zu schieben, oder sagen wir besser aufzuwühlen. Er hastete auf der Sitzbank hin und her wie einer, der eine solche Gerätschaft nicht oft betätigt. Zuerst schob er eine tiefe Senke. Darin expedierte er erst die Zaunelemente hinein, dann schob er alle Kadaver dazu. Als er damit fertig war, kam eine andere, von oben bis unten vermummte Gestalt. Was die trug, war ein Schutzanzug. Darüber hing ein flaschenförmiger Behälter auf seinem Rücken. In der Hand hielt die Person eine Spritze. Jetzt fing sie an, die toten Leiber mit Säure voll zu spritzen, bis sich ihre Organik nahezu aufgelöst hatte. Zufrieden, schob der Mann mit dem Baufahrzeug anschließend die Bauhülle des barackenähnlichen Laborgebäudes mitsamt dem Inhalt in Einzelstücken auf die Saurierreste. Zum Schluss schob die Person den vorher abgetragenen Mutterboden über alles.

Es dämmerte schon, als alle Spuren des Wissenschaftlers getilgt waren. Nur noch sein leeres Wohnhaus stand ohne Umzäunung am Rande des umgewühlten Geländes wie ein mahnendes Denkmal.

Frizzi, das Brauereipferd oder das große Rennen

Stumm saß der Mann auf dem Kutschbock. Sein Pferd lief, als ginge es gemütlich vor sich hin. Er blickte nur starr nach vorn, gedankenverloren, nur ab und zu auch auf das füllige Hinterteil des Kaltblütlers. Die starken Fesseln des Pferdes knallten schnörkellos die Hufe auf die Straße, sicheren Schrittes, mäßiges Tempo. Zwischendurch schweiften seine Gedanken ab, nur für Augenblicke, besann sich dann aber, Bewusstsein schoss durch seinen Kopf und er überprüfte den eingeschlagenen Weg des Pferdes. Aber es war ein wieder und wieder gefahrener Weg und Frizzi, so hieß das Pferd, wusste genau, wo es langgehen musste. Frizzi, das hatte er sich damals beim Kauf sagen lassen, kommt aus dem

Erstes Buch – Nonsens- und Lügengeschichten aus Grünheide
Frizzi, das Brauereipferd oder das große Rennen

Englischen; Frizzi wird wie mit zwei stimmhaften S in der Mitte gesprochen, also „Frissi". Derjenige, der dem Pferd damals diesen Namen gegeben hatte, war bestimmt ein leidenschaftlicher Bewunderer der englischen Sprache. Soweit zum Namen.

Kinder johlten dem Gefährt hinterher. Sie freuten sich, Frizzi und den alten Mann zu sehen, aber sagen würde es keiner von ihnen. Gefühle sind etwas für Erwachsene, nicht für sie. Stattdessen übertrumpften sie sich bei zotigen Bemerkungen über den dicken Gaul und den Alten. Aber - er gehörte nun einmal zum Ortsbild dazu.

Der Mann reagierte nicht auf ihr Gerufe. Stoisch blieb er auf seiner Strecke. Auch das Pferd ließ sich nicht anmerken, dass es über die Wiedersehensfreude der Kinder glücklich war.

Doch nach kurzer Zeit verebbte der Lärm, und bald erreichten beide auch ihren ersten Anfahrpunkt.

Vor einem übel riechenden Gemäuer machten sie halt. Es waren brusthoch gemauerte Wände auf einer betonierten Grundplatte, natürlich ohne eine Deckenkonstruktion, aber mit einem Vordereingang; das war einfach eine mannsbreite offene Stelle in der Wand. Die benutzten die Leute, gerade wenn das Geviert noch leer war, um ihren Müll hineinzubringen und ihre Abfallbehälter drinnen auszuschütten. War der Boden bedeckt, entleerten sie ihre Mülleimer einfach von oben hinein. Dabei mussten sie unbedingt auf die herrschenden Windverhältnisse achten. Denn taten sie das nicht, konnte es passieren, dass sie über und über mit herumfliegender Asche bestäubt wurden. Für all diejenigen, die das Beschriebene aus eigenem Erleben nicht kennen: tja, Freunde, so war früher die Müllentsorgung, gerade, als es noch Ofenheizung gab und wegen der schlechten Braunkohlequalität viel Asche anfiel.

Und diesen Unrat lud der alte Mann auf seinen Pferdewagen, sozusagen war er der Vorgänger einer modernen örtlichen Müllabfuhr.

Der alte Mann griff sich seine Schaufel und begann, den Unrat, der von den Anwohnern hinein geschüttet worden war, aufzuladen. Ihn störte der pestilenzartige Gestank nicht. So wie er auf dem Kutschbock gesessen hatte, mit Gelassenheit und stoischer Ruhe, mit dieser Gleichförmigkeit hob er ein ums andere Mal die gefüllte Schippe, um sie auf dem luftbereiften Holzwagen zu entleeren.

Das Pferd stand derweil etwas abseits und ließ es sich aus einem mitgebrachten Sack schmecken. Der alte Mann hatte Getreidekörner, Heu und Rüben für sein Pferd hineingetan. Er wusste, dieses Gemisch schmeckte Frizzi am besten, Kraftfutter für die Seele seines Geschäfts sozusagen.

Erstes Buch – Nonsens- und Lügengeschichten aus Grünheide

Frizzi, das Brauereipferd oder das große Rennen

Derweil es sich Frizzi schmecken ließ, lud der alte Mann seinen Wagen voll Abfall.
Er fegte den Rest auf der Betonfläche ordentlich zusammen (alte Schule) und lud ihn als letztes auf den Wagen.
Frizzi hatte aufgehört zu fressen, denn das Pferd wusste, jetzt wird wieder eingespannt und es geht es weiter. Der alte Mann verstaute Schaufel und Besen hinter sich in extra für das Werkzeug an der Sitzbank angebrachte Hülsen und setzte sich reisefertig nieder, indem er die Zügel von dem wieder angeschirrten Pferd griff. Frizzi und der alte Mann setzten ihre Reise fort. Frizzi wusste, jetzt ging es zur Deponie, den ganzen Unrat entsorgen. Darauf freuten sich Mann und Pferd gleichermaßen, nicht unbedingt auf die Entsorgung, als vielmehr auf den Weg dorthin, denn beide genossen die Fahrt über Feldwege, an dem ersten zarten Grün unterwegs vorbei, um auf der mittlerweile teilweise zugewachsenen Halde den geladenen Müll zu entsorgen. Den Gestank hinter sich ignorieren sie.
Auf der Deponie angekommen, musste der alte Mann wieder schippen, denn der Hänger hatte keine Kippvorrichtung.
Mit dem Entladen fertig, fegte er zum Schluss die Ladefläche leidlich sauber ab, denn feuchte Asche blieb auf dem Holz kleben.
Dann führte sie ihr Weg nach Hause.
Heute war wieder sein besonderer Tag. Einmal in der Woche ging er nämlich aus, in die nobelste Gaststätte des Ortes. Dann aß er zu Abend und trank ein Glas Bier dazu. Diesen Luxus leistete er sich, seit er allein lebte. Aber erst musste er sich salonfähig machen.
Er schleppte Wasser von seiner Pumpe ins Haus und befüllte eine große Zinkwanne, die er in die Küche gestellt hatte, denn so etwas wie ein Bad gab es damals noch nicht; zumindest nicht in seinem Haus. Auf seiner Kochmaschine brodelte ein großer Kessel mit siedendem Wasser. Mit zwei Topflappen hob er ihn vom Feuer und mischte den heißen Inhalt mit dem kalten Wasser in der Wanne. Seine Erfahrung sagte ihm, dass nun die Temperatur des Wanneninhaltes körperfreundlich war. Jetzt konnte er einsteigen. Aber für den Abschluss seines Vollbades trug er noch einen Eimer mit kaltem Pumpenwasser an die Wanne, um es sich nach seiner Reinigungsprozedur über seinen Körper zu schütten. Schockartige Abhärtung! Darauf bestand er, so beendete er immer seine wöchentliche Ritualreinigung. Dann bekleidete er sich mit seinem besten Anzug, der auch gleichzeitig sein einziger war.
In der Gaststätte erwartete man ihn schon.
„Alter Mann, komm her", rief ihn der Barmann aufgeräumt zu sich, als er das

Erstes Buch – Nonsens- und Lügengeschichten aus Grünheide
Frizzi, das Brauereipferd oder das große Rennen

Lokal betrat. Den Abend begann er nämlich immer mit einem klaren Schnaps, das wusste der Keeper Den trank er gleich vorn am Tresen, bevor er sich hinsetzte. Einige Tische waren leer. Er suchte sich einen für ihn angenehmen Platz aus, einen mit einer Wand in seiner Rückenlage, eine Marotte von ihm. Außerdem musste sein Blick ungehindert in die Tiefe des Schankraumes gehen können, dann fühlte er sich wohl. Mit dem Platz zufrieden, bestellte sich der Alte, wie fast jedes Mal, ein Bier und ein fleischloses Gericht, denn er war leidenschaftlicher Vegetarier.

Ein neuer Gast betrat die Kneipe, einer mit edlem Zwirn bekleideter Herr. Er winkte dem Ober hinter dem Tresen lässig zu und sah sich im Schankraum um. Dann steuerte zielgerichtet den Tisch des alten Mannes an. Dabei zog er sich seine fellkragenbesetzte Jacke aus und hängte sie im Vorbeigehen an einen Garderobenhaken. ‚Fellkragen' nannte ihn der alte Mann für sich im Stillen oder ‚Feiner Herr', ganz in alter Manier, denn schon seit seinen Kindheitstagen fand er für auserwählte Personen besondere Spitznamen.

„Ist hier noch frei", fragte ihn Fellkragen. Er wartete die Antwort des alten Mannes gar nicht erst ab, sondern setzte sich einfach auf einen freien Stuhl an seinem Tisch, wie selbstverständlich.

Schampus für alle, rief er dem Budiker mit wieder dieser lässigen Handbewegung zu. „Eines meiner Pferde hat nämlich ein Derby gewonnen", sagte er dem alten Mann nebenbei, als ob das ihn besonders interessieren würde. „Das müssen wir feiern", rief der feine Herr aus!

Was geht mich das an, dachte der alte Mann, der einfach nur sein Abendbrot hier in Ruhe essen wollte.

Das sprudelnde Getränk kam, doch der alte Mann ignorierte es einfach. Er griff zu seinem Bierglas und trank daraus einen Schluck. Der feine Herr war irritiert, dass der Alte seine Einladung offensichtlich ausschlug.

Er schaute dem Alten unruhig in die Augen, unter dem Motto: ‚was bist du denn für einer, dass du einfach meine Einladung ausschlägst, alter Greis'.

Die anderen Gäste hoben das Glas und prosteten ihm zu. Sie kannten ihn und hofften, so seine Gunst zu erlangen und das eine oder andere Glas mit irgendwelchen alkoholischen Getränken weiter zu ergattern.

„Mein Pferd hat gewonnen", wiederholte er dem Alten Mann gegenüber.

„So, so", meinte der Alte, „gewonnen. Was denn, an Erfahrung?"

„Sehr witzig, Alter".

Er schaute ihn sich genauer an. Da dämmerte es ihn: Natürlich, du bist doch der, der neulich meine Aschekute leer geräumt hatte. Er erinnerte sich, dass er dabei Pferd und Wagen bei ihm gesehen hatte.

Erstes Buch – Nonsens- und Lügengeschichten aus Grünheide

Frizzi, das Brauereipferd oder das große Rennen

„Du hast doch auch einen Klepper, wie geht es ihm? Das interessierte ihn nicht wirklich, wie soll es so einem Wald- und Wiesenpferd schon gehen?"
„Auch? Nicht schlechter als deinem Klepper, nehm' ich an", antwortete der Alte, das ‚Du' aufgreifend.
Der feine Herr war erzürnt, zum einen über das ‚Du', zum Anderen, dass er ausgerechnet sein Pferd, seinen edlen Hengst, das gerade ein international besetztes Rennen gewonnen hatte, als Klepper bezeichnet, sein Rennpferd, der Stolz seiner Zucht.
„Vielleicht darf deiner nicht so herumtollen wie meiner, aber sonst ...", betonte der Alte gegenüber dem neuen Gast. Er legte es scheinbar darauf an, den Mann mit dem abgelegten Fellkragen zu reizen.
„Du kannst doch unsere beiden Pferde nicht vergleichen", antwortete der feine Herr erzürnt. Er war wirklich erbost, dass es einer wagte, sein Edelblut mit dessen Mischlingskaltblut in einen Topf zu werfen.
„Was ist denn so besonderes an deinem Zuchthengst", provozierte ihn der Alte weiter, „na, na?"
Jetzt schäumte der Pelzkragen über vor Wut. Der alte Mann musste innerlich lachen. Was denkt er, wer er ist...? Jetzt musste er noch eins draufpacken. „Das, was dein Pferd kann", sagte er dem Pelzkragen lachend ins Gesicht, „kann meins allemal".
„Dein Klepper, meinst du das im Ernst?" Der feine Herr wollte es nicht glauben.
„Was ist das schon: ein Derby zu gewinnen? Na und, mein Pferd schafft deins noch immer". Der alte Mann wuchs über sich hinaus und lachte ihm höhnisch ins Gesicht. Das brachte den feinen Herrn nahezu in Raserei.
„Ist das dein ernst", der Pelzkragen glaubte sich verhört zu haben.
Und wenn der alte Mann in Ruhe über alles nachgedacht hätte, wäre er nicht so provokant aufgetreten. So aber hatte ihr Zwist eine eigene Dynamik, Er konnte nicht mehr zurück. Vor dem kuscht du niemals, sagte sich der alte Mann, so arrogant, wie der ist.
„Du meinst also, dein Pferd würde meines in einem Wettbewerb schlagen", fragte der feine Herr den alten Mann ungläubig?
„Selbstverständlich!" Da kam er nicht mehr raus.
„Na gut, das käme auf einen Versuch an!"
„Was für einen Versuch", fragte der Alte nach, doch etwas vorsichtiger geworden.
„Lass' uns eine Wettfahrt machen, dein Klepper gegen mein Hengst".
Dem alten Mann wurde mulmig bei dem Gedanken, dass seine Frizzi gegen dessen Zuchthengst laufen soll, und auch noch um die Wette.

Erstes Buch – Nonsens- und Lügengeschichten aus Grünheide
Frizzi, das Brauereipferd oder das große Rennen

„Hm. Du willst also unbedingt verlieren", sagte der Alte in dessen erstauntes Gesicht. „Na gut, wie du meinst. Ist dir die Schmach einer Niederlage egal? Wie wird dein Pferd es aufnehmen? Nicht das er einen psychischen Knacks davonträgt". Der Alte konnte es nicht lassen!
„Lass' das mal meine Sorge sein. Also, wann geht es los, welche Strecke?"
„Nicht so schnell. Morgen muss ich erst noch Müll beseitigen, die Woche ist auch schon verplant. Aber am Sonnabend, da können wir fahren".
„Ich würde sagen: dreißig Kilometer?"
„Nein: Das ist zu kurz, ich schlage fünfzig Kilometer vor".
„Vorsicht! Dreißig Kilometer! Die traben seine Pferde ja ganz nebenbei", dachte der alte Mann.
„Fünfzig Kilometer? Ganz schön. Aber bitte, einverstanden. Alles was du willst. Ich gebe dir sogar noch zwanzig Minuten Vorsprung".
„Ach ja, noch eins. Selbstverständlich muss ein Preis ausgelobt werden".
„Und welcher?"
Der Gewinner bekommt das Pferd des anderen.
Hinterher ist Frizzi sowieso fertig auf der Bereifung, oder sagen wir Boulette, dachte der Alte, erstaunt über sich selbst, dem Angebot seines Tischnachbarn zuzustimmen. Das ist ein Preis, junge, junge!
Natürlich! Der feine Herr fühlte sich sehr siegessicher. Kein Wunder, bei seinen durchtrainierten Pferden.
Sie trennten sich. Der alte Mann hatte gegessen und getrunken.
Die Woche war schnell rum, schneller als sonst, fand der Alte. Je näher der Termin der Wettfahrt kam, umso unbehaglicher wurde ihm. Mensch, Frizzi, da wirst du aber laufen müssen! Wie du noch nie gelaufen bist…, schloss er den Gedankengang ab. So ganz geheuer war ihm der Wettkampf natürlich nicht. Sonst landest du bei dem, Frizzi, der macht bestimmt kurzen Prozess mit dir.
In Vorbereitung dieser langen Strapaze gab er dem Tier in dieser Woche ausgesprochen energiereiche Nahrung. Abends hatte er versucht, Frizzi einen anderen Laufstil anzuüben, aber das Pferd hat seinen Herrn, mit dem er schon so manche Aschekute geleert hatte, nicht verstanden. Mit einem gewissen Gleichmut und Ignoranz hatte das Kaltblut, auch mit der ihm innewohnenden Ruhe und einer gewissen Portion Einfalt, die Laufstileskapaden des Alten ausgehalten.
Der Sonnabend kam und um neun Uhr fanden sich beide Gespanne am Start ein. Die Lokalzeitung hatte von dem Spektakel Wind bekommen und kam in persona des Chefredakteurs und eines Fotografen ebenfalls zum Startpunkt.
Auch Schaulustige fanden sich ein.

Erstes Buch – Nonsens- und Lügengeschichten aus Grünheide
Frizzi, das Brauereipferd oder das große Rennen

Der alte Mann hatte seinen Sitzplatz auf der Wagenbank mit einer Plane, die über ein Gestell gespannt war, etwas vor dem Wetter geschützt. Sein Enkelkind hatte Frizzi für seinen großen Wettlauf geschmückt, mit Bürstenpuschel und buntem Krepppapier.

Der feine Herr kam mit einem rückengeschützten überdachten Sulky. Große, bereifte Gummiräder, eine Spezialanfertigung für die Straßenbenutzung. Davor lief ein Traber, ein durchtrainiertes Pferd, dessen Muskeln gut definiert waren. Für Augenblicke standen beide Gespanne nebeneinander. Das Rennpferd tänzelte, als machte es sich warm, ganz so wie ein Leistungssportler.

Eine Schindmähre gegen einen Zuchthengst – so sprach es sich unter den Leuten herum. Natürlich wollten sie die Pferde sehen, die gegeneinander antraten; und die Männer, die diese Tiere lenken würden. Bei dem Anblick dieser ungleichen Pferde mussten sie schmunzeln, erst schmunzeln und dann mit dem Kopf schütteln. Der Alte muss total verrückt geworden sein, da waren sich alle Zuschauer einig, als sie beide Parteien gesehen hatten: den durchtrainierten Hengst und das Wald-und-Wiesenpferd, den alten Mann und im Gegensatz dazu den agilen Rennpferdbesitzer. Der alte Klepper ist zwar hübsch ausstaffiert, waren sie sich einig, aber dieser Gaul hat keine Chance. Schon allein die Wagen, Proletariat gegen Adel, dachten sie mit einem mitleidvollen Blick auf den alten Mann und sein Arbeitstier.

Es war Punkt neun Uhr und der alte Mann startete. Er beschrieb mit seiner Peitsche einen Luftwirbel. Es knallte und Frizzi zuckelte gemächlich los. Der Arbeitsanhänger setzte sich in Bewegung. Das Pferd schien es nicht sonderlich eilig zu haben. Auch wenn der Alte mit den Zügeln arbeitete und Frizzi zu einer schnelleren Gangart animieren wollte, allein das Pferd ließ sich nicht aus der Ruhe bringen. Das merkte der Mann und etwas resigniert lehnte er sich zurück. Er rutschte auf seiner Sitzbank ein klein wenig nach hinten; er entspannte und setzte sich etwas bequemer zurecht. Jetzt musste Frizzi alleine laufen. Das Pferd knallte seine Hufe auf das harte Straßenpflaster. Eine Weile hörte man das Gespann, dann waren sie verschwunden.

Nach zwanzig Minuten fuhr der feine Herr in seinem Sulky an den Start. Das Pferd wusste sofort, wie es zügig vorwärts kam, fiel sofort in die Gangart Trab, und beide fuhren los, ihrem fünfzig Kilometer entfernten Ziel entgegen. Irgendwo, dahin unterwegs, zuckelte der alte Mann mit seinem Boulettenaspirant, so dachte der feine Herr nicht gerade sehr sportlich.

Irgendwann, so in etwa nach zwei Stunden, das Rennpferd konnte immer noch den Trabgang einhalten, überholte das Gespann des feinen Herrn den Alten mit Frizzi. Es sah sehr leicht aus, wie das Rennpferd an dem bunten Arbeitspferd mit

Erstes Buch – Nonsens- und Lügengeschichten aus Grünheide
Frizzi, das Brauereipferd oder das große Rennen

dem Alten auf dem luftbereiften Wagen vorbei zog. Wütend und auch ein wenig machtlos starrte der alte Mann den beiden hinterher, wie sie bald ihren Blicken entschwanden.
Er nahm noch einmal die Peitsche in die Hand und versuchte, Frizzi zu beschleunigter Fahrt anzuregen, aber das Pferd lies sich nicht beirren. Stoisch lief es seinen täglichen Gang; immer die seit Jahren eingefleischte Geschwindigkeit.
Ärgerlich steckte der Alte die Peitsche in die Halterung. Dann kommst du eben in den Schlachthof, dachte er mit einem zornigen Blick auf das kräftige Hinterteil des Pferdes.
Er schaute auf seine Armbanduhr. Die sind längst über alle Berge, dann können wir auch eine längere Pause machen. Sein Adrenalinpegel war wieder auf ein gesundes Maß geschrumpft. Eine Wiese, ein See und ein Mischwald, eine tolle Landschaft hier, dachte er, und: was willst du mehr; ideal für ein Picknick, schaute er sich, nun wieder seinem Frizzi gegenüber gütig, um.
Er lenkte Frizzi von der Straße runter und spannte ihn auf einer Wiese aus. Befreit, lief das Pferd gleich zum See saufen. Dann kam es zurück und der Alte gab Frizzi sein Kraftfutter. Während das Pferd fraß, vertrat sich der Alte seine Beine im Wald. Wie ist das Leben schön, dachte der alte Mann. Herrlich, die Natur hier, dachte er im Umschauen. Frizzi soll seine restliche Zeit genießen, dachte er besänftigt, denn schließlich hat mich der Teufel geritten. Gegen einen Zuchthengst anzutreten, so ein Schwachsinn! Er schalt sich, aber das war nun zu spät. Bringen wir auch den Rest hinter uns, sagte er sich, denn so weit war er Sportsmann, er wusste zu verlieren.
Er spannte Frizzi wieder an, und in seinem gemächlichen Tempo ging das Pferd auf der Straße weiter. Die langsame Geschwindigkeit von Frizzi störte den alten Mann nicht mehr. Das Pferd kann gehen wie es will, es wird noch früh genug zu Fleisch verarbeitet, dachte der alte Mann sachlich an Frizzi, auch ein bisschen liebevoll.
Seine Gedanken schweiften ab und kreisten um sein Pferd. Dass dich die Kinder immer ‚Brauereipferd' gerufen haben, nun ja. Dabei stimmte das zufälligerweise, aber das wussten sie nicht. Für sie war es egal, sie wollten dich nur wegen deiner kräftigen Gestalt necken. Damals, als ich dich von der städtischen Brauerei abkaufte, hattest du noch die Gaststätten mit Bier und Brause beliefert. Da kam es weniger auf Aussehen an, als vielmehr auf Zugkraft. Später haben diesen Part dann abgasstinkende Lastkraftwagen übernommen, dachte er ärgerlich. Fortschritt! Ja, so war das.
Frizzi zog den gummibereiften Hänger auf der Straße immer weiter in Richtung Ziel. Es schloss sich eine gepflasterte Straße mit ziemlich breiten Fugen an. Was

Erstes Buch – Nonsens- und Lügengeschichten aus Grünheide
Frizzi, das Brauereipferd oder das große Rennen

haben die sich nur dabei gedacht, so dilettantisch zu pflastern, dachte der alte Mann kopfschüttelnd beim Betrachten des Fugenbildes. Aber sein luftbereifter Hänger hatte zum Glück damit kein Problem, auch Frizzi mit seinen Hufen nicht. Auf der rechten Seite ging es tief hinab. Eine abschüssige Böschung begrenzte dort den Straßenkörper.

Langsam zuckelte das Gespann über den schlecht befestigten Straßenbelag. Plötzlich hielt er Frizzi an. Er traute seinen Augen nicht: rechts die Böschung runter, auf dem angrenzenden Acker, lag ein Pferd auf der Seite und etwas weiter davor saß eine Person auf einem Feldstein und hielt seinen Kopf konsterniert in beiden Händen vergraben. Er ging oben auf der Straße näher heran, um Details zu erkennen. Jetzt erkannte er, wer dort unten saß und was dort lag: der feine Herr saß auf einem Granit. Hinter ihm lag sein durchtrainierter Hengst, als ruhte er sich in einer für Pferde ungewöhnlichen Pose aus, den Kopf irgendwie seitwärts vollkommen verrenkt. Etwas Abseits lag sein umgestürzter Sulky. Der Sitz zeigte in die Ackerkrume, die beiden Räder ragten in die Höhe. Das Ganze sah sehr jämmerlich aus, irgendwie unreal, dachte der Alte; fatal, das richtige Wort. Wenn er gemein wäre, hätte er etwas von Frikadellen runter gerufen, aber er war nicht gemein.

Vorsichtig, mit kleinen Schritten, turnte er die Böschung hinab. Unten blieb er stehen. Er wollte nachspüren, was hier geschehen war. Bestimmt waren die schmalen Räder des Sulky in eine der Fugen stecken geblieben. Um weiter zu fahren, ist das Pferd garantiert zu weit nach rechts abgedriftet, mitsamt seiner Zuglast dann ins Straucheln geraten und Den Abhang in die Tiefe gestürzt. Bei seinem Fall hat sch das Pferd gewiss den Hals gebrochen. Dem feinen Herrn ist offensichtlich nichts Wesentliches passiert. Er ist anscheinend mit einem mordsmäßigen Schock davon gekommen, wie er ihn so apathisch sitzen sah. Der Alte konnte dessen Schmerz über den Verlust seines Pferdes durchaus nachempfinden, den der feine Herr erdulden musste. Vorsichtig griff er den Mann an beiden Oberarmen, hob ihn behutsam von dem Feldstein auf und steuerte ihn hinauf. Dann setzte er ihn auf seine Ladefläche. Willenlos ließ der Mann alles mit sich geschehen.

Als er wieder auf seiner Sitzbank saß, schnalzte er mit der Zunge. Gemessenen Schrittes, so als würde er die Bedeutung des Augenblicks verstehen, setzte sich Frizzi in Bewegung.

Nach einer weiteren Stunde erreichten sie ihren Zielort.

Musiker standen am Ortseingang und blickten den Straßenhorizont ab. Sie warteten auf die Gespanne. In der Ferne erblickten sie den alten Mann mit seinem

Erstes Buch – Nonsens- und Lügengeschichten aus Grünheide
Frizzi, das Brauereipferd oder das große Rennen

Pferd. Sie wunderten sich zwar, dass er der Erste war, den sie kommen sahen, aber nur kurzzeitig. Ein Trompeter schmetterte ein kurzes Solo, gewissermaßen als Fanal für alle diejenigen, die zur Begrüßung des Siegers irgendeine Aufgabe übernommen hatten. Nach dem Trompetenstück begann der Spielmannszug sein Begrüßungsständchen.

‚Heißa heidee, der Fritz liegt auf dem Kanapee' intonierten sie. Zum Glück wurde nicht gesungen. Unpassender Text, aber die Marschmusik und Frizzis Schritte waren zusammen umso mehr passend. Frizzi schien sein Schrittmaß anzupassen; eigenartigerweise waren die Musik und die Schritte des Pferdes nahezu synchron. Zuschauer säumten den Straßenrand.

Bunte Girlanden und Fähnchen begrüßten das Gespann. Aufgeregte Spektakelbesucher rannten schnell an die Straße, als sie seiner ansichtig wurden. Man bildete Spalier. Beifall brandete auf, als er mit Frizzi die Ziellinie überfuhr.

Der feine Herr blieb versteinert auf der Ladefläche sitzen. Den Rummel um den alten Mann und sein Pferd ignorierte er, als ginge es ihn nichts an, so als hätte er mit sich und der Welt abgeschlossen.

Nun bin ich also am Ziel, dachte der alte Mann. Er stand bei seinem Pferd und tätschelte dessen Hals. Frizzi blähte vor Wonne die Nüstern.

Moral: in der Ruhe liegt die Kraft oder hab Vertrauen, auch wenn es schier aussichtslos erscheint!

Zweites Buch

Nonsens- und Lügengeschichten
aus Grünheide

Die Normannenmaske

Die beiden Kinder Lara und Sebastia n stapften lärmend durch den Speicherraum. Sie wussten, eigentlich konnte ihnen hier nichts passieren. Aber dennoch, so viele Winkel gab es hier oben, hinter denen das Grauen warten kann. Sie lärmten, um anwesend zu sein, um Krach zu machen, um das Böse, das hinter der nächsten Ecke auf sie lauern kann, zu vertreiben.
Alte Schränke und Truhen standen hier oben, ideal zum Schnöckern. Knarrend öffneten die Kinder die Türen der geheimnisvollen Behältnisse, kicherten über das, was sie darin vorfanden, alter Krempel allenthalben aus einer längst vergangenen Zeit. Probierten das eine oder andere, Sachen die merkwürdig rochen, bis plötzlich Sebastian verschwand. Lara, die sein Fehlen bemerkte, rief ängstlich und mit verhaltener Stimme nach ihm. Sie fühlte sich alleingelassen. Tränen stiegen in ihr hoch. Tapfer schluckte sie sie runter. Irgendwo hier oben muss er ja sein, machte sie sich Mut.
Abermals rief sie laut seinen Namen. Plötzlich kam hinter einem Schrank eine Maske hervor. Die Maske wimmerte und gab noch andere merkwürdige Geräusche von sich. Erst wollte Lara schon schreiend davon laufen, dann hörte sie die Stimme des Jungen heraus, verstellt zwar, jedoch eindeutig. Das beruhigte sie fast. Aber die unheimliche Maske? Eine schreckliche Fratze, dahinter soll Sebastian stecken? Zweifel nagten in ihr. Derjenige mit der Maske erschien ihr wie ein halsloser Gnom. Er ruderte mit seinen Armen und mit den Schreckenslauten hob die Gestalt drohend die krallenartigen Hände schulterbreit in die Höhe. „Huu, huu, huu" schrie die schreckliche Maskengestalt, „ich komme und fresse dich!" Sebastian, eindeutig, war sich Lara sicher.
„Basti, hör' auf". Lara ging auf ihn zu. Doch eh sie ihm die Maske vom Kopf reißen konnte, tat er das selbst. Darunter erschien das verschwitzte, aber verschmitzt lachende Gesicht ihres Freundes. Er betrachtete die abgesetzte Maske intensiv.
„Basti du bist gemein, mich so zu erschrecken". Lara war froh, dass sich ihr Freund wieder zurück verwandelt hatte. Er ging darüber hinweg.
„Was sagst du dazu", fragte er Lara und zeigte auf die Maske, nun wieder der freundliche Junge? „Ist die nicht toll? Probier mal auf!" Der Junge streifte dem Mädchen die Gesichtslarve über den Kopf, rückte etwas von ihr ab und betrachtete sie. „Nicht schlecht", fiel sein Urteil aus. Das künstliche Konterfei grinste ihn an, die Augen weit aufgerissen und die Spitze der blutroten Zunge ein klein wenig durch die feisten Lippen gesteckt.

Zweites Buch – Nonsens- und Lügengeschichten aus Grünheide
Die Normannenmaske

Das Mädchen streifte die Maske wieder ab. Froh war sie und schwitzend. Die Rückkehr ihres Freundes ließ sie wieder selbstsicher werden.

„Vorsichtig", ermahnte sie der Junge, er wollte sich die Maske unbedingt erhalten. Er nahm sie ihr ab, lehnte sie schräg gegen einen Schrank, nahm das Mädel bei der Schulter und trat mit ihr zwei Schritte zurück. Beide betrachteten nun in Ruhe ihren Anblick.

„Schrecklich!" Ihr Urteil fiel eindeutig aus.

„Findest du", antwortete ihr Sebastian.

„Du nicht?"

„Eher geheimnisvoll!"

„Geheimnisvoll? So, so, na ja, wenn du meinst?"

Er merkte, ihr Urteil war immer noch sehr getrübt von der Angst, die er ihr eingejagt hatte.

Es war wieder mal soweit! Einmal im Jahr veranstaltete die Schulklasse, in die beide gingen, eine Faschingsveranstaltung. Und die fand eine Woche darauf statt. Sebastian freute sich schon auf sie, er wollte nämlich seinen neuesten Fund, die Gesichtsmaske, aufsetzen. Damit wird er zum ersten Mal den Wettbewerb des besten Kostüms gewinnen.

Lara war kein Freund der Narretei. Sie zog sich ihre alte Jeans an und ein gestreiftes Tshirt, das musste reichen. Wenn jemand fragte, ging sie als Räuberbraut, fertig! Soviel Umstand, wie Sebastian mit der Maske betrieb, wollte sie für diesen nichtigen Anlass nicht betreiben.

Der Junge trug zu Anfang tapfer die Maske. Damit erregte er natürlich viel Aufsehen. Aber als ihm permanent schlecht zu werden drohte, setzte er sie endgültig ab und legte sie irgendwo ab, achtlos. Aufsehen hatte er mit ihr zur Genüge erregt. Das Fest wollte er sich nicht vermiesen lassen.

Sein Klassenlehrer, der sie im Schulfach Geschichte unterrichtete, nahm die beiden Kinder zur Seite und ließ sich die Maske von Sebastian reichen. Sie interessierte ihn. Er betrachtete sie lange. Sagenhaft! Er schüttelte gedankenvoll den Kopf.

„Wisst ihr eigentlich, was ihr da habt", fragte er die Kinder nachdenklich?

„Na irgendeine Maske, heute ist Fasching", antwortete Sebastian ungehalten, denn er wollte sich wieder ins Getümmel stürzen.

„Irgendeine Maske", wiederholte der Lehrer sarkastisch. „Das ist eine", er unterbrach sich und wendete sie in seinen Händen, „echte normannische Arbeit!"

Sebastian nahm sie ihm wieder ab. Nach dem bedeutsamen Ausdruck in den Worten seines Lehrers sah er sie sich mit anderen Augen an, so als sei er der Wissenschaftler.

„So", sagte er nur fragend, „normannische Arbeit, ist das wahr?"

Die Normannenmaske

„Tja", betonte der Lehrer, „ihr wisst doch, wir haben zwischdurch immer Lehrgänge. Erst neulich sind mittelalterliche Stämme behandelt worden, unter anderem die Normannen".
„Und?" Die Kinder blickten ihn erwartungsvoll an.
„Wisst ihr, die Schamanen, von denen habt ihr doch schon gehört", wollte er wissen?
„Ja, ja, was ist mit denen?"
„Die Schamanen setzten im Mittelalter solche Masken auf, um unter anderem ihre Rituale zu zelebrieren".
Jetzt nahm Lara die Maske in ihre Hände.
„Rituale?"
„Ja. Geht mal zu dem Chef des Museums. Ein ausgesprochener Kenner des Mittelalters. Von dem erfahrt ihr mehr".
„Und wo kommt die Maske her?"
„Fragt ihn, aus Nordfrankreich, Großbritannien oder Dänemark, was weiß ich, vielleicht auch aus Schweden, ich hab' keine Ahnung, sie kann aber auch aus noch höheren Regionen her sein".
Sie legte sie wieder zurück auf den Stuhl, jetzt mit einer Portion Ehrfurcht. Dann gingen die Kinder, nun aber ganz gedankenverloren, zurück ins Gewühl.
Den Mann, der mit einem grünen Kittel, Mundschutz und Haube bekleidet, oder in dem Fall verkleidet, ganz als Arzt kostümiert, beachtete in dem Trubel niemand weiter. So konnte er unbemerkt in den Aularaum gelangen. Zielgerichtet nahm er die unbeachtet auf einem Stuhl liegende Maske an sich. Er verschwand mit ihr, wieder so unbemerkt, wie er gekommen war.
Gegen Ende der Veranstaltung suchte Sebastian seine Maske, konnte sie aber nirgends finden.
Der Mann warf erst die Maske auf den Rücksitz, dann legte er schnell seine Verkleidung ab, platzierte alles flüchtig neben der Maske und fuhr los. Zuhause angekommen packte er alles aus und stürmte in seine Wohnung. Missbilligend wurde er erwartet.
„Das wird aber auch Zeit, wo kommst du denn jetzt erst her", fragte ihn der, kopfschüttelnd, der ihn schon ungeduldig erwartet hatte.
„Sieh mal", er streifte sich die Maske über und blickte sein Gegenüber an. „Jetzt können wir unser Ding starten, darunter wird mich niemand erkennen". Ihm war die Maske zu auffällig, sagte ihm das aber nicht. Soll er sie doch aufsetzen, dachte er bei sich, ich fahr' ja nur das Fluchtauto.
Am nächsten Tag drehten sie ihr Ding, wie sie sagten. Auch nach der netten Um-

schreibung blieb das ganze ein schnöder Überfall. Dazu hatten sie sich eine kleine Bankfiliale auf dem Land ausgesucht.

Der Mann streifte sich die gestohlene Gesichtsmaske über und drang stürmisch in den Kassenraum. Währenddessen wartete sein ungehaltener Freund in ihrem Auto bei laufendem Motor auf ihn und die Beute, denn er war der Fahrer ihres Fluchtautos.

Während er mit der Maske verkleidet in den Raum stürmte, schoss er unmissverständlich in die Luft. Alle Bankmitarbeiter und Kunden, die sich gerade in dem Raum befanden, erstarrten.

„Alles auf den Boden legen, mit dem Gesicht zum Fußboden, los, los, ein bisschen dalli", schrie er wild um sich, um trotz der Maske verstanden zu werden. Durch den Schreck merkten die Leute gar nicht, dass der Schuss keinen Projektileinschlag zur Folge hatte. Schreckschüsse machen nun mal nur Krach, nichts weiter. Krach machen, das wollte er. Dem Mann am Schalter reichte er hastig einen Beutel rüber.

„Los, mach hin, fünfzig Tausend in kleinen Scheinen, aber plötzlich".

„Fünfzig Tausend", sagte der Bankangestellte, „soviel hab ich gar nicht hier". Der Mann mit der Maske schaute ihn ungläubig an, als hätte er nicht richtig gehört. Dazu fiel ihm nicht viel ein. Aber auf die unverantwortlichen Worte des Angestellten musste er irgendwie antworten, das war ihm klar. Deshalb schoss er erneut in die Luft, um seinen Worten Nachdruck zu verleihen, sagte aber nichts mehr. Als Reaktion warf der Bankangestellte daraufhin schnell alles Geld ängstlich in den Beutel, das er gerade greifen konnte, ob Münzen oder Scheine.

Dann entstand eine merkwürdige Pause. Niemand tat etwas. So als wäre jede Bewegung eingefroren.

Die Leute hatten sich getreu seiner massiven Forderung auf den Boden gelegt und starrten jetzt fasziniert zu dem Maskenträger hinauf. Sie warteten brav auf neue Befehle, denn sie hatten Angst vor seiner Waffe. Sie wussten ja nicht, dass er sie damit nur schwerlich verletzen konnte.

Der Mann hinter der Maske aber machte eigenartigerweise gar nichts. Wie apathisch stand er erst am Schalter, dann hielt er sich krampfhaft am Schaltertresen fest und schien seinen Gegenüber nur unverständlich anzustarren. Zum Schluss verdrehte er unnatürlich seine Augen. Ganz langsam versagten ihm die Knie. Obwohl er dagegen ankämpfte, konnte er nicht verhindern, dass er ganz langsam auf seinen Rücken fiel und wie teilnahmslos liegen blieb. Die Pistole rutschte ihm aus der Hand und blieb unweit von ihr auf dem Fußboden liegen. Augenblicke passierte gar nichts. Der Angestellte beugte sich weit vor, als müsse er jede seiner

Die Normannenmaske

Bewegungen verfolgen und um zu erkunden, wohin der Räuber verschwunden war.
Da von dem Maskenträger nichts mehr kam, robbte der ihm nächstliegende Bankkunde zu ihm hin, nahm die Pistole mit angewidertem Gesichtsausdruck und reichte sie nach hinten, wo sie ihm mit ebensolchem Gesicht abgenommen wurde.
Dann streifte er dem Bankräuber die Maske vom Kopf. Merkwürdig, dachte er dabei, die Räuber im Fernsehen tragen doch immer Schweinskopfmasken oder lachende Clownsgesichter, nicht solche kunstgewerbliche Arbeit.
Aber zurück! „Jetzt können sie ihren Knopf drücken", sagte er dem Bankangestellten.
„Was für einen Knopf meinen sie?"
„Na haben sie für solche Fälle keinen Knopf, um einen Alarm auszulösen", fragte ihn der liegende Kunde.
Der Angestellte schüttelte verneinend den Kopf." Ich weiß, das sieht man immer so in den Krimis. Wir haben hier so etwas nicht".
„Na dann rufen sie eben ganz profan mit dem Telefon die Polizei an".
Der Bankkunde war inzwischen aufgestanden.
Der Angestellte tat, wie ihm geheißen. Eins Eins Null kam und wenig später verhaftete die Polizei den Bankräuber. Die Spurensicherung der Kripo nahm unter anderem auch die Maske mit.
Tage vergingen. Der Verhaftete wurde verurteilt. Seinen Mitstreiter, der Fahrer des Fluchtwagens, wurde nie gefasst. Der Räuber hatte ihn nie verraten.
Nach dem Prozess wurden die Untersuchungsakten und sämtliche Beweismittel, unter anderem auch die Maske, im Archiv der Polizei abgelegt. Da läge die Normannenmaske noch heute, hätte die Schulklasse von Lara und Sebastian nicht eines Tages eine Art Exkursion in das Polizeiarchiv unternommen. Wenn die Kinder ganz ehrlich waren, sie hatten längst nicht mehr an ihre Maske gedacht. Durch einen beiläufigen Blick in die Regale wollten sie ihren Augen nicht trauen, dort lag wirklich und wahrhaftig ihre verloren gegangene Maske. Natürlich, die wollten sie unbedingt wieder in ihren Besitz bringen. Dazu dachten sich die Kinder einen raffinierten Plan aus.
Sebastian schlich sich unbemerkt in den Warteraum der Dienststelle. Dann fing Lara draußen unter dem offenen Fenster des diensthabenden Polizisten laut zu wehklagen an. Das klang so schrecklich und gleichzeitig so echt, dass dieser sofort nachschauen musste, was dort passiert war. Er verließ also sein Dienstzimmer, um zu Lara vor die Tür zu treten. Genau das hatten die beiden eingeplant. Gerade als er vor die Tür trat, schlich sich Sebastian hinein und nahm den Schlüssel des

Zweites Buch – Nonsens- und Lügengeschichten aus Grünheide
Die Normannenmaske

Archivs an sich. Er wusste noch genau, wo er den Archivraum zu finden hatte. Blitzschnell schloss er ihn auf und verschwand darin. Zielsicher trat er sofort an das Regal, griff sich die Maske und verließ so schnell wie er gekommen war wieder den Raum, nicht ohne hinter sich abzuschließen. In der Zeit wurde der Polizist von Lara beschäftigt, so dass Sebastian den Schlüssel gleich wieder zurückhängen konnte. Er verbarg sich erneut im Aufenthaltsraum und wartete darauf, dass der Polizist in seinem Dienstzimmer verschwand. Dann schlich sich der Junge unter dem Schalterfenster durch, unbemerkt von dem Dienstbeamten, in die Freiheit. Lara und Sebastian waren wieder glücklich vereint.
Die Kinder waren froh, dass alles so gut geklappt hatte. Eilig liefen sie nach Hause.
Am Abend machten sie sich ein Freudenfeuer an. So nannten sie es zumindest. In einen großen Gusskessel schichteten sie ein paar Scheite Holz auf. Mit Spänen und Papier zündete Sebastian das Holz an. Bald knisterte es anheimelnd, und die Kinder legten noch eine Fuhre Brennmaterial nach. Sie füllten den gesamten Kessel voll; das brannte eine Weile. Dann verschwand der Junge im Haus. Er kehrte mit freiem Oberkörper, bekleidet mit einer zerrissenen kurzen Jeans und der Normannenmaske in der Hand, ans Feuer zurück. Am Feuer stülpte der Junge sie sich über. Im Gesicht des Mädchens flackerte das Feuer rot und gelb leuchtend auf. Sebastian tänzelte um den Kessel. Er hieb mit einem Ast auf einen Holzkloben. Das ergab einen stampfenden Rhythmus. Mittlerweile ekstatisch, sprang er mit leicht eingeknickten Knien um das Feuer herum und stieß dumpfe Laute aus. Lara blickte fasziniert, auch ein wenig angewidert, auf ihren sich ungewöhnlich ungehemmt bewegenden Freund. Das war sie wirklich nicht gewohnt von ihm. Plötzlich fiel er rückwärts um und blieb auf dem Rücken vor dem Feuer liegen. Das Mädchen hielt seine Reaktion anfangs als Teil seiner choreographischen Intuition. Aber als er liegen blieb und kein Zucken mehr von sich gab, wurde sie doch etwas unruhig. Ihre Unruhe steigerte sich sprunghaft, je länger er nichts mehr von sich gab. Dann sprang sie schnell zu ihm hin, riss ihm die Maske vom Kopf, denn sie merkte, dass er frei atmen musste. Die frische Luft belebte den ohnmächtigen Jungen. Er schlug die Augen auf und wusste anfangs nicht, wo er lag. Dann sah er die Maske neben sich liegen und so allmählich fielen ihm wieder Erinnerungsbruchstücke ein.
„Kannst du dich aufsetzen", fragte ihn Lara besorgt.
„Was war denn los", wollte Sebastian wissen. Sitzend blickte er sich verstört um. Sie merkte, dass er wieder voll bei Bewusstsein war und erzählte ihm von seinem ekstatischen Tanz ums Feuer.

Die Normannenmaske

„Davon weiß ich gar nichts mehr", sagte ihr der Junge und blickte verschämt, aber auch ein wenig hasserfüllt auf die Normannenmaske.
„Damit ist jetzt Schluss". Er wies mit der Hand auf das Normannenteil. „Komm', wir gehen ins Haus".
Am nächsten Tag führte sie ihr Weg mit der Maske in das Museum. Sie hatten sich vorher telefonisch angemeldet. Dem Direktor zeigten sie ihr Fundstück. Der war begeistert von der Folklorearbeit.
„Ja, euer Lehrer hatte Recht, eine echte Normannenmaske". Er wendete sie in seinen Händen. „Sehr schön gearbeitet". Er war begeistert.
Die Kinder hatten gleich Zutrauen zu ihm gefasst. Sie erzählten ihm, was sie am Vortag mit der Maske alles erlebt hatten.
Der Direktor ließ die Kinder ihre Erlebnisse mit der Maske erzählen. Er hörte aufmerksam zu. Dabei drehte er sie in seinen Händen und betrachtete sich gründlich ihre innere Oberfläche. Als die Kinder geendet hatten, schwieg er längere Zeit. Dann antwortete er mit introvertiertem Gesichtsausdruck: „Wisst ihr, was mir bei euren Worten einfällt? Die Schamanen haben mitunter, um ihre Trance zu verstärken, die Masken innen mit halluzinogenen Pflanzensäften eingearbeitet, um länger und entrückter tanzen zu können, also Säfte, die kurz gesagt Wahnvorstellungen erzeugen. Man könnte auch sagen, die die eigene Fantasie beflügeln. Bloß eigentlich kann nach so langer Zeit davon nun wahrlich keine Wirkung mehr ausgehen". Er besah sich erneut die innere Oberfläche, konnte jedoch, er wunderte sich darüber nicht, nichts Auffälliges erkennen.
Sebastian nahm sie wieder in seine Hände und betrachtete ebenfalls die Innenseite. Er schüttelte den Kopf: „Verrückt", war sein lakonischer Kommentar. „Und trotzdem geht von ihr so eine eigenartige Wirkung aus. Wissen sie was, Herr Direktor, mir reicht's, behalten sie sie".
„Sie bekommt einen Ehrenplatz hier", versprach der Direktor. Herrlich, dachte er, eine echte Normannenmaske! So etwas hat kaum ein Heimatmuseum. Er hängte sie an einen Nagel, der zufällig aus der Wand ragte. Seht einmal hierher zum Beispiel. Er beschrieb mit seinen Händen in der Luft darunter ein viereckiges Gebilde. „Unter die Maske bauen wir dann einen Schaukasten, der alles über die germanischen Stämme, besonders über die Normannen, nahe bringt".
Das war es mit der Maske, dachten die Kinder. Turbulent, turbulent!
Zum Abschied schaute Sebastian noch einmal mit einem flüchtigen Blick auf die an der Wand hängende Maske. Die schien ihn anzugrinsen und dabei die rote Zunge heraus zu strecken. Das feiste Gesicht schien ihm zu sagen: Na warte Freundchen, so schnell wirst du mich nicht los.

Der Sensenmann

Es gab in Grünheide eine Zeit, da war eine an das Haus gelehnte Sense das Symbol für das Sterben darin. Dabei hatte dieser Umstand der angelehnten Sense ganz lapidare Gründe, keine abstrakten. Lieber Leser, höre selbst:
Ein Landmann mit dem schönen Namen Paul war gerade auf dem Weg von der Arbeit auf seinem Acker nach Hause. Bei der Gelegenheit folgte er seiner Eingebung, seinen krank danieder liegenden Freund zu besuchen. Er hatte den liebenlangen Tag unter der glühendheißen Sonne geschuftet, hatte sein Getreidefeld gemäht und dann die Halme zu Puppen aufgerichtet. So verwundert es niemand, dass Paul, der Mann mit der geschulterten Sense, am Haus seines Freundes angelangt, das Werkzeug seiner landwirtschaftlichen Arbeit gerne aus seinen Händen legte. Legen ist in diesem Fall das falsche Wort, Stellen eher. Paul stellte also sein Werkzeug, weil gefährlich, aus Sicherheitsgründen für jedermann gut sichtbar an die Hauswand und ging dann erst in das Haus hinein. Nun passiert es mitunter, so auch in diesem Fall, dass es dem Freund dermaßen schlecht ging, dass dieser justament in diesem Augenblick des Paulschen Besuches starb.
Soweit die bedauerlichen Tatsachen!
Zufälligweise geschah das kurze Zeit später erneut. Paul kam von der schweißtreibenden Landarbeit, stellte seine geschulterte Sense gegen die Hauswand und besuchte einen kranken Menschen, der während des Paulschen Aufenthaltes bei ihm das Zeitliche segnete. Wenn man so will, ein biologischer Zufall und eine statistische Häufung! Nicht mehr und nicht weniger! Äußerst missverständlich für die Allgemeinheit! Durch die Missdeutung passiert es schnell, dass die Menschen eine an das Haus gelehnte Sense für den Tod verantwortlich machen. Und der Mann, der den Todgeweihten besucht und eine Sense trägt, wird schnell als Todesüberbringer angesehen. Gevatter Tod ist geboren.
Eine Zeit später, die Symbolträchtigkeit der Sense, die an der Hauswand lehnt, für den abstrakten Tod zu verantworten, hat sich gehalten, sah man Paul und sein geschärftes geschultertes Werkzeug im Straßenbild mit Missbehagen. In diesem fleißigen und unscheinbaren Mann sah man denjenigen, der den Tod brachte. Dieser Eindruck verstärkte sich noch, wenn Paul seine Sense trug.
Wie oft kam es da schon vor, dass beispielsweise die Ehefrau irgendeines Einwohners ihren Mann ans Fenster rief, Paul sei wieder vorbei gegangen.
„Hatte er eine Sense in der Hand", möchte da der Gatte wissen, unruhig ihre Antwort abwartend. Wenn ja, war wieder einmal ein Erdenbürger dem Tod geweiht, wenn nein, haben die Menschen noch einmal Glück gehabt.

Zweites Buch – Nonsens- und Lügengeschichten aus Grünheide
Der Sensenmann

Oder der Gatte ruft aus einem Versteck: „Ist er weg?" Denn er hatte Angst, von Paul aufgesucht zu werden, um in die ewigen Jagdgründe geschickt zu werden. Was ich nicht sehe, geht mich nichts an!
Oje, der Aberglaube!
Mann ging auch gern auf die andere Straßenseite, wenn einem Paul entgegen kam. Bloß keine Begegnung riskieren!
Aus dem friedlich-freundlichen Paul, eben einem normalen Erdenbürger, machten die Leute später ein fleischloses Skelett, das über seinem Schulterknochen eine Sense trug.
Aber soweit war es noch nicht.
Wenn Paul mal durch die Straßen gehen wollte, ungestört, ohne dass ihn die Leute mieden, dann konnte er das des Nachtens tun. Menschen, die ihm dabei begegneten, konnten dann wegen der Dunkelheit nicht so schnell reagierten, um ihm auszuweichen. Paul der normale Passant!
Aber das kam selten genug vor!
Im Allgemeinen blieb er aber viel lieber bei seiner Sense und dem Acker, ganz allein am Feldrain mit der Natur. Das Vogelgezwitscher beruhigte ihn.
Es kam schon mal vor, dass er dort einschlief und ihn die nächtliche Kälte erwachen ließ.
Dann entdeckte er, dass ihn der hochprozentige Alkohol, sein neuer Freund und ständiger Begleiter, über Vieles hinweghalf, besonders über seine soziale Leere.
Was war es doch früher herrlich, wenn die Menschen zu ihm kamen:
„… Paul, du weißt, mein Mann ist kürzlich gestorben. Kannst du nicht meinen Acker mithelfen abzumähen, baten in ihrer Not die Leute?"
Das tat er gern, helfen, wo er konnte. Die Bewegung ist alles, das Ziel ist nichts!
Aber heute?
Er trank noch einen Schluck und spürte, wie es heiß durch seinen Körper rann.
Nur das zählte!
Gegen das Vergessen. Oder für das Vergessen? Na egal.
Doch heute fehlte ihm etwas.
Er trank hintereinanderweg die Flasche leer und wartete auf den Klick. Nach einer Weile machte es sogar Klick, Klick, Klick. Wenig später beugte sich eine Knochengestalt über ihn.
„Ach, du bist's", säuselte er mit schwerer Zunge. „Du hast gut grinsen. Weißt du übrigens, dass die Leute uns beide verwechselt haben? Lehnst du eigentlich auch deine Sense immer gegen das Haus, wenn du einen kommen holst? Wo ist denn deine Sense heute? Was; die hast du auf den Boden gelegt? Warum denn das?"

Mühsam stellte er sich auf seine unsicheren Beine und stand dann wankend. Sein knochiger Gast griff sich seine Sense und schulterte sie. Dann schnappte er sich Pauls Handgelenk.

Er merkte nicht, dass sein Pendant, der Knochenmann mit der geschulterten Sense, ihn in die ewige Finsternis führte.

Emil Kawentz

Groß und breitschultrig – so stellt man sich Emil vor. Jedoch weit gefehlt. Zumindest am Anfang war es nicht so. Was war der Anfang?

Ein Anfang ist Ansichtssache. Sagen wir, der Anfang dieser Geschichte war die Geburt Emils, ein, das müssen sie zugeben, profunder Anfang.

Kluges Wort - profund!

Geburt ist immer gut. So fängt im Allgemeinen eine jede Biografie von uns Menschen an. Hier hat sie aber nur martialische Bedeutung.

Wieder so ein kluges Wort – martialisch!

Ebenso Vater und Mutter. Sie spielen für Emils weitere Entwicklung nicht die zentrale Rolle, eher schon sein älterer Bruder Daniel.

Daniel war vier Jahre vor Emil geboren. Groß und stark war er seit jeher, der Bruder. Ein guter Futterverwerter. Emil hingegen mickerte still vor sich hin. Ein Gleichnis sei gestattet an dieser Stelle. Sie waren beide wie ungleich kräftige Vögel. Der eine umschiffte mit großem Selbstbewusstsein die Klippen des Lebens, der geborene Gewinner, der kleine, Emil, war der geborene Verlierer. Groß und breit der eine, klein und schmächtig der andere. Grobe Gedankengänge der eine, feinsinnig der andere. Man kann Daniel nachsagen, was man wollte, doch eins war er, Emils Beschützer. Diese Rolle nahm er auch sehr ernst.

Besonders in seinen ersten Lebensjahren brauchte Emil viel Zuspruch von seinem Bruder. Wie oft hänselten die anderen Kinder den kleinen. Dann trat Daniel auf den Plan. Er zögerte nicht lange. Schnell gab es einen schmerzhaften Boxhieb oder eine schallende Ohrfeige. Seine außergewöhnliche Körperkraft ließ sie schnell überzeugt sein, das sie in eigenem Interesse lieber das Weite zu suchen hatten.

„Verschwindet", schrie der große Bruder der Meute hinterher, „und lasst meinen Bruder ein für allemal in Ruhe!"

So lavierte Emil sich durchs junge Leben. Aber wehe dem, Daniel war mal nicht in der Nähe. Dann endete es mitunter schlimm für Emil. Ein Fausthieb reichte, und er wälzte sich mit schmerzenden Gliedern im Schmutz.

Zweites Buch – Nonsens- und Lügengeschichten aus Grünheide
Emil Kawentz

Im Gegensatz zu seiner kränklichen Körperbeschaffenheit mochte Emil alles, was den Geist anstrengte. Auf geistigem Gebiet war er der Heros. Schon in sehr jungen Jahren fing er an, eigene Gedichte zu schreiben und sich mit philosophischen Fragen zu beschäftigen. Daniel verstand den Bruder nicht. Er schüttelte mit dem Kopf, wenn er Emil lesend antraf. Was ist denn mit dem Kleinen los? Wie kann einer freiwillig lesen, meinte er, wenn er mit Grauen an die Pflichtlektüre in der Schule dachte.

Doch dann änderten sich die Zeiten gewaltig. Die Pubertät kam mit aller Macht über Emil. Wie ein Schleier legte sie sich auf den Knaben. Ganz plötzlich, nahezu über Nacht, änderte sich seine Grundfrage; jetzt galt es zu beantworten: Wer Wen! Also ganz materialistisch, seine neue Welt.

Mittlerweile sah man Emil des Öfteren vor dem Spiegel stehen, um sich und seine Blässe in aller Ausführlichkeit skeptisch zu betrachten. Mit pubertären Augen, versteht sich! Auf einmal störten ihn seine Hängeschultern mächtig, die eingefallene Brust, die schlaffen Arme, den neuerdings kleinen Narzissten! Oft blickte er dann ein wenig neidvoll seinen Bruder hinterher, dessen physische Kompaktheit gefiel ihm. Er schielte auf dessen starke Oberarme und bestaunte diese. In jener vergleichenden Zeit reifte in ihm der man kann schon sagen für Emil seltsame Entschluss, Lyrik hin, Philosophie her, etwas für die eigene Körperformung zu tun. Er sezierte seine Motivation und gestand sich ein, natürlich nur im Stillen, dass er besonders den Mädchen gefallen wollte. Natürlich, er wollte sich auch wehrbereit zeigen, selbstverständlich, das auch. Aber in erster Linie war es das andere Geschlecht, das er gewinnen wollte. Er betrieb seine Übungen wissenschaftlich. Zuerst studierte Emil Sportbücher, soweit er aus ihnen etwas für seine körperliche Verbesserung der eigenen Physis entnehmen konnte. Aus allen bastelte er sich ein Trainingsplan zusammen, einen, der es in sich hatte.

Sein Bruder, der Grobmotoriker, hatte diesbezüglich natürlich volles Verständnis für seinen jüngeren Bruder, obwohl er dessen Sinneswandel mehr als merkwürdig fand. Aber sei's drum, wichtig war, dass er damit anfing.

Zu Beginn ließ Daniel seinen kleinen Bruder auch dabei nicht im Stich. Er meinte, um ihn zu motivieren, müsse er mittrainieren. Aber er merkte schnell, dass das nicht nötig war. Emil hielt zwar durch, aber da seine Leistungen so gering waren, verspürte Daniel bei Zeiten keine Lust mehr, auf ihn Rücksicht zu nehmen. So ließ er den Kleinen in Ruhe. Der Wunsch, so wie sein Bruder auszusehen, hielt sich in Emil ein paar Jahre wach. Jahr um Jahr übte er eisern.

Emil wuchs. Er wurde nicht nur größer, sonder dabei auch breiter. Mittlerweile betrachteten die Mädchen mit Wohlwollen Emils geschmeidigen Körper. Inzwi-

schen hüteten sich seine Klassenkameraden davor, Emil in irgendeiner Weise zu provozieren. Er genoss es, der früher geschundene, respektiert zu werden.
Er tat nicht nur etwas für seine körperliche Fitness, sondern auch für seine intellektuelle Weitenentwicklung, denn er merkte sehr schnell, dass die Mädchen beides mochten, am besten gleichzeitig.
Die ruhelose Zeit der Pubertät hatte Emil überstanden, trotzdem trainierte er weiter. Inzwischen war er groß und breit. Ein wenig größer und ein wenig breiter als sein Bruder Daniel. Niemand hänselte ihn noch, im Gegenteil, alle Welt bemühte sich, ihn als Freund zu gewinnen. So ändern sich die Zeiten, dachte er bitter.
Zu Zeiten seiner körperlichen Ausformung entwickelte sich ein geflügeltes Wort. Wenn irgendetwas, belebt oder unbelebt, sehr groß oder sehr kompakt war, oder beides, von der innewohnenden Kraft sehr zu schweigen, sagte man staunend oder anerkennend: oohh. sieh mal, was für ein Kawentzmann! Das hört sich fast an wie eine physikalische Größe, zugegeben, aber ganz so war es dann doch nicht. Es blieb ein volksmündlicher Vergleich für eine starke Natur!

Viesmann, der Allerweltskerl

In Grünheide wohnt sich's gut, das war die Meinung von Viesmanns Vater. Wunderbare Seen, wunderbarer Wald, die Gehwege und Straßen in Ordnung, was will man mehr.
Aber es geht hier nicht um seinen Vater, auch nicht um dessen Ansichten, sondern um Viesmann selbst. Viesmann war in einem Alter, in dem es im Allgemeinen egal ist, in welchem Zustand sich Straßen und Gehwege eines Ortes befinden. Auch die Wälder und Seen sind den Jugendlichen in dem Alter egal, aber vielleicht doch nicht ganz. Denn im Sommer trieb es zumindest Viesmann und seine Freunde oft an den See, auch Stromern im Wald stand ganz oben auf der Freizeitliste der Jungens in den Ferienmonaten.
Aber Ferien sind, so bedauerlich es sein mag, irgendwann zu Ende.
Viesmann ging gern zur Schule. Seine Intelligenz reichte aus, um überall gut bis sehr gut durchzukommen.
Natürlich wurde er auch gehänselt. Der Name ist nun einmal so, dass er sich sehr gut zum Foppen eignet. „Ist der fies, Mann", riefen die, die immer irgendwas rufen. Aber nicht lange. Bald merkten sie, dass er einer von ihnen war. Überhaupt nicht fies. Einer von ihnen heißt in diesem Fall, zwar sehr gut in der Schule, aber auch in Sport nicht zu schlagen und auch sonst für jeden Blödsinn zu haben.

Zweites Buch – Nonsens- und Lügengeschichten aus Grünheide
Viesmann, der Allerweltskerl

Nach der Schulzeit studierte Viesmann Ingenieurwesen. Das hört sich so eindeutig an, war es aber nicht. Wenn es nach der Mutter gegangen wäre, hätte der Junge ein Arztstudium aufgenommen, und nach dem Vater wäre er Physiker geworden. Aber das interessierte ihn alles nicht so sehr, oder nur am Rande. Denn Viesmann war ein Tüftler. Er wollte an praktischen Dingen experimentieren. Physik war ihm zu trocken, zu theoretisch, na und Arzt wollte er ganz bestimmt nicht werden. Ingenieure faszinierten ihn. Bei ihnen ging es im Allgemeinen um ganz praktische Dinge. Das gefiel ihm. Er hatte mal in einem Ingenieurbüro ein Praktikum absolviert, in seiner Schulzeit war das gewesen. Das hatte ihm so gut gefallen, dass sein Entschluss feststand, auch so etwas werden zu wollen. Für ihn war es unumstößlich, nur das und nichts Anderes wollte er studieren.

Nach dem Studium ging es erst einmal traurig für ihn weiter. Seine Eltern starben; ein Verkehrsunfall mit Fahrerflucht. Dabei brannte das Auto der Eltern völlig aus. Sie konnten sich nicht retten, die Türen waren hoffnungslos zugeklemmt. Die verkohlten Leichen mussten frei gebrannt werden.

Er musste sich daran gewöhnen, dass beide von heute auf morgen nicht mehr im Haus waren. Leer und verlassen kam es ihm vor, das Haus mit Seeblick, sein Erbstück. Er, der frischgebackene Ingenieur, saß nun in dem großen Haus allein, in dem goldenen Käfig, wie er bei sich dachte. Nun war er früh auf sich allein gestellt.

Eines Tages, er hatte gerade seine Eltern beerdigt, zog er sich zurück und dachte über alle seine neusten Lebensumstände nach. Das Nachdenken hatte er gelernt. So saß er nun still in seinem großen Haus und sinnierte. Erste Erkenntnis, die Umstände waren widrig. Zweite Erkenntnis, das Haus war ihm viel zu groß. Wollte er nicht vor Einsamkeit versauern, musste er hier raus. Das Grundstück ist ausreichend groß, überlegte er. Er teilte es und veräußerte das Haus mit einem Teil des Bodens. Auf der ihm verbliebenen Fläche baute er sich ein kleines ganz nach seinen Vorstellungen. Das Gute an der Einsamkeit, dachte Viesmann, man kann mit seinen Gedanken spielen, ohne jemanden auf den Geist zu gehen. Keiner ruft: ‚komm essen' oder andere Nichtigkeiten. Das redete er sich ein, aber, wenn er ehrlich zu sich war, fehlten ihm etwas die Gemeinplätze.

Aber so stürzte er sich in die Arbeit. Zuerst entwarf er sein neues Haus. Er zeichnete und rechnete, was das Zeug hielt. Statik und Festigkeitslehre, auch ein wenig Erdbau musste er berechnen. Das Haus blickte zum See, aber es schien im Wald zu verschwinden.

Vier Bohrpfähle ließ er setzen, denn die Gründung so dicht an einem See war ihm nicht geheuer.

Zweites Buch – Nonsens- und Lügengeschichten aus Grünheide
Viesmann, der Allerweltskerl

Er versuchte, alles allein zu bauen, denn er war sehr misstrauisch, was die Gründlichkeit der Handwerker betraf. Er wusste, die so genannten Fachleute benutzen dort, wo sie nur konnten, die Neuerfindung Bauschaum, denn mit dem ging es so schön schnell, getreu nach dem Motto ‚Zeit ist Geld'.

Ihm jedenfalls war der Bauschaum ein Gräuel, denn keiner konnte ihm sagen, wie lange der Schaum seine Festigkeit behält. Er wollte nicht, dass die eingeschäumten Teile irgendwann lose im Baukörper hingen. Nur die Spezialgewerke, wie zum Beispiel die Bohrpfähle, leisteten Unternehmen von außerhalb.

In seiner Ausbildung hatte er eine Vorlesung über Lufträume in einem Bauwerk gehört. Der Dozent hatte ihnen sehr überzeugend die Sache dargelegt. Luft dämmt und ist bauphysikalisch besonders günstig für den Baukörper. Das hatte ihn überzeugt. Also baute er die Außenwände seines Hauses zweischalig und ließ in dem Zwischenraum die Luft zirkulieren.

Die Wände bekamen außen einen gründlichen Sperranstrich. Zusätzlich klebte er Pappe, dann schüttete er Boden dagegen, gut verdichtet. Um die Erdstoffkräfte abzufangen, setzte er ein par Pfeiler in die Außenwand, Profilstähle, die brachten genügend statische Vorteile.

Die Dachkonstruktion baute er äußerst stabil aus. Zum einen ließ er eine Dachbegrünung auftragen. Da die Seitenwände total mit reichlich Erdstoff angefüllt waren und die Dachbegrünung im leichten seitlichen Gefälle auf den dortigen Boden bis zur Eingangshöhe hinunter geführt wurde, sah es aus, als würde das Haus wie eine Höhle in der Erde stecken. Nach der Bepflanzung stecke das Haus in einem Meer von Sukkulenten, vollkommen in blühende Farben gehüllt.

Nur den Eingangsbereich hatte er frei von der Verfüllung gelassen. Stand man in der Eingangstür und schaute in die vollkommen entgegengesetzte Richtung, blickte man fasziniert auf den See.

Er baute sein Haus so sicher, dass die heftiger werdenden Stürme und andere Wetterunbilden es weitestgehend verschonten. Es schien sich in die Erde zu krallen, um dem zausigen Wetter zu widerstehen.

Fußboden und Wände wurden innen mit hellem Kiefernholz ausgekleidet.

Als er im Groben fertig war, besuchten ihn Freunde.

„Viesmann", riefen sie, „bist du in deiner Höhle?" Stimmengewirr! Gelächter!

„Was denn, neu gebaut und nur einen Raum", fragten ihn seine Gäste verwundert, auch ein wenig enttäuscht, als er ihnen stolz seine neuste Errungenschaft präsentierte? Über ein Haus, das im Erdboden zu verschwinden schien, hatten sie nur Spott übrig. Für sie war völlig unklar, wie man so Klein – Klein bauen konnte.

Zweites Buch – Nonsens- und Lügengeschichten aus Grünheide
Viesmann, der Allerweltskerl

Die Luftzirkulationsrohre ragten wie Periskope über die Dachbegrünung.
„Viesmann, ich will dir ja nicht zu nahe treten, aber mit den Rohren, die übers Dach ragen, sieht dein Haus aus, als würde es wie ein U-Boot tauchen, aber nicht ins Wasser, sondern in die Erde". Wieder Gelächter. Es hörte sich an wie Stammtischfröhlichkeit.
„Viesmann, lass' dich nicht beirren", sagte ihm einer der Freunde, Verständnis heuchelnd, aber er konnte sich kaum das Lachen halten. „Viesmann, ich kann dich verstehen, wo wir doch kaum Berge hier haben. Ich denke da an den Winter. Wer kann schon von sich behaupten, er fährt mit dem Schlitten von seinem Dach bis zum See". Gelächter!
„Viesmann, wenn du eine Loipe geschickt vorbereitest, kannst du auch mit den Skiern bis zum See fahren".
Wieder Gejohle!
„Hoffentlich kommen die Biathleten nicht vorbei und schießen auf deine Luftrohre", setzte noch einer drauf.
Lautes Gekreische vor Freude!
„Wohlan, Viesmann", rief einer der Gäste spöttisch, „auf das es Winter werde, Ski und Rodel gut!"
Langsam beruhigten sie sich wieder. Sie gingen zum Seeufer und blickten zurück auf das Haus.
„Viesmann, von hier sieht es wenigstens annähernd aus wie ein richtiges Haus". Wieder eine Beleidigung!
Der Eingangsbereich verschwand nämlich nicht im Boden. Die Tür hatte ein Oberlicht und darüber war bis unter das Traufbrett eine Festverglasung eingebaut, denn Licht sollte so viel wie möglich einfallen. Die und die großen Fenster auf beiden Seiten der Eingangstür, natürlich auch das Oberlicht, waren nämlich die einzigen Stellen, die Tageslicht hineinwerfen ließen.
Seine Gäste schienen überhaupt nicht zu verstehen, warum er so und nicht anders gebaut hatte. Sie gaben sich auch nicht die Mühe, es zu begreifen. Ihr Desinteresse ließ ihn bald verstummen. Er gab es bald auf, ihnen das Warum und Weshalb zu erläutern.
„Mensch, Viesmann, bei deinen Fähigkeiten", schüttelten sie die Köpfe.
Aber auch diesen Besuch überstand er. Dann lieber ganz allein bleiben, sagte er sich. Auf Ignoranten konnte Viesmann verzichten.

Die ersten Herbststürme fegten über Grünheide. Sein Haus duckte sich. Die kräftigen Winde fanden keine Angriffspunkte und pfiffen drüber hinweg. Sie hinter-

Zweites Buch – Nonsens- und Lügengeschichten aus Grünheide
Viesmann, der Allerweltskerl

ließen kaum Spuren an seinem Neubau. Im Ort hatte der gnadenlose Wind ganz andere Möglichkeiten, sich auszutoben. Er wütete und zerstörte so manche stolz hoch aufragenden Träume.

Manchmal saß er abends am See und starrte auf dessen bewegte Oberfläche. Er genoss es, wenn ganz allmählich das Tageslicht verschwand. Erst bekam das Wasser ein metallisches Aussehen, dann später tauchte der See in ein bedrohliches Dunkel. Er konnte auch stundenlang auf die Wasseroberfläche starren, ohne etwas zu sehen. Dann stellte er irgendwelche Berechnungen im Kopf an, zum Beispiel über die Energie, die im Wasser steckte und Konstruktionen, wie man sie ausbeuten konnte. Auch Berechnungen über deren wirtschaftliche Nutzbarkeit. Elektrischen Strom aus dem See gewinnen, das wär's, dachte er bei sich. Sein Blick ging zu seiner Solaranlage, die fleißig Strom ins öffentliche Netz einspeiste.

So viele Seeanrainer, alle könnten sie das Energiepotential des Wassers ankratzen. Er spann den Faden weiter.

Eine Rohrleitung, eine kleine Turbine, die von dem fallenden Wasser angetrieben wird. Aber dann muss das Wasser wieder angehoben und dem See zurückgeführt werden. Er dachte weiter darüber nach. Eine Pumpe, die das Wasser anhebt und in den See zurückfördert, wäre zwar gut, aber fast wie ein Perpetuum mobile. Die Energie, die ich gewinne, wird gleich wieder verbraucht. Welche Sinnlosigkeit! Nein, es muss anders gehen. Aber wie? Wasser fließt nun mal nicht bergauf. Fließen bergauf geht nicht, Pumpen geht nicht. Jetzt hatten sich seine Gedanken verbissen. Wasser anheben ohne Energiezufuhr, davon hatte er noch nicht gehört. Stimmt das? Das Problem faszinierte ihn. „Wie heben wir das Wasser an", sprach er sich leise vor. „Die Kunst ist es, dafür keine Elektroenergie einzusetzen".

Ihm fiel ein, dass im Boden, je feiner seine Struktur ist, das Grundwasser kapillar steigt. Der Gedanke faszinierte ihn. Jawohl, das Wasser muss kapillar steigen, dachte Viesmann erneut.

Aber die Mengen! Um eine Turbine anzutreiben, brauche ich Wassermassen, und das Ganze aus einer Höhe, sonst bringt das nichts. Und die Wassermenge kapillar anheben? Er ärgerte sich, dass seine Gedanken ins Negative abglitten. Jetzt schon, schüttelte er den Kopf. „Nun denk doch erst mal richtig nach", ermahnte er sich. Dann kamen ihm wieder Ideen. Natürlich wird es schwer, das Wasser anzuheben. Dann müssen eben Kapillarbrocken her. Kapillarbrocken, was für ein Wort. Ganze Batterien von kapillaren Anlagen müssen das Wasser heben. Nur – die gibt es noch nicht. Dann wird es aber Zeit.

Gleich am nächsten Tag fuhr er in eine mittelständische Industriefirma, um mit

ihrer Forschungsabteilung die Kapillarproblematik zu besprechen. Er beschrieb den dortigen Ingenieuren, was er erreichen wollte.
Sie schüttelten skeptisch mit den Köpfen. „Soviel Wasser wollen sie kapillar anheben?"
„Alles andere wäre Energieverschwendung", gab er zu bedenken.
„Aber die Menge und die Höhe, wandten sie ein?"
„Was für ein defätistischer Haufen", ärgerte sich Viesmann. „Das will eine Forschungsabteilung sein?"
„Teile uns mit, was für eine Turbine du wirklich kriegen kannst, wie viel Wasser sie braucht, um deine Energie zu erzeugen. Dann bekommst du zu der Kapillarproblematik Bescheid". Ende der Woche soll er sich wieder bei ihnen melden, dann wüssten sie mehr.
Er bekam eine Turbine mit erstaunlichem Wirkungsgrad. Das es so etwas schon gab, hätte er nicht für möglich gehalten. Jetzt musste er zwei Schächte in die Tiefe bauen lassen. In den einen kam die Seeleitung, eingeflanscht mit der Turbine, In den anderen Schacht entwässerte diese Seeleitung. Dort hinein kamen auch die Kapillarbatterien, um das Seewasser wieder anzuheben und dem See zurückzuführen.
Die Herstellung der Batterien lief nur schleppend an, dafür funktionierten sie aber einwandfrei. Das Wasser wurde im Schacht gehoben, floss in eine Freispiegelleitung und dann dem See wieder zu.
Prinzipiell funktioniert es zwar, da kann ich zufrieden sein, aber sonst? Der Aufwand…Seine Anlage erzeugt zwar Strom, aber ehe es so weit war, was für Nebenkosten…, dachte Viesmann kritisch, kaufmännisch ist die Chose derzeit noch ein zu großer Unsinn. Zu einem späteren Zeitpunkt vielleicht! Ich denke, Fotovoltaiktafeln haben dagegen klare Vorteile. Zumindest in der heutigen Zeit. Einfacher zu händeln! Wenn ich genug Aufstellfläche habe zumindest; und die Intensität der Sonneneinstrahlung muss natürlich auch stimmen. Dann komme ich ökonomisch günstiger.
Er ließ seine Turbine arbeiten und speiste den erzeugten Strom ins öffentliche Netz ein.
Der nächste Verbraucher fragt nicht, wie er zustande kommt, sein Ökostrom, dachte Viesmann milde gestimmt.

Die Ratten verlassen das sinkende Schiff

Auf einer der Loyaltyinseln, in der malerischen Südsee gelegen, haben Biologen erst kürzlich etwas ganz Merkwürdiges entdeckt, nämlich in einer Höhle lagen diverse Skelette der Rattenart mit dem biologischen Namen Rattus norwegicus. Fand an diesem Ort etwa eine Art Genozid an der Wanderratte statt, hier, auf dieser Insel? Das ist doch beinah nicht möglich, dachten diese Biologen. Denn sie wussten, diese Rattenpopulation war hier, auf dem Eiland, lange Zeit gar nicht heimisch. Selbstverständlich, Ratten gab es auf der Insel schon eine ganze Weile, gar keine Frage, aber eben nicht diese Art. Nach Recherchen fanden die genannten Biologen heraus, dass sich die Wanderratte erst in der heutigen Zeit dort angesiedelt haben muss. Eine äußerst erstaunliche Ausnahme für diese Südseeregion! Doch wenige Zeit später dann, wie aus heiterem Himmel, war die Insel ganz in der Gewalt dieser Spezies, wenn man so will. Wie war die Wanderratte auf die Insel gelangt, fragten sich nun die Fachleute? Bei näherer Untersuchung fand man ihren ganz ungewöhnlichen Weg von Europa nach hierher heraus…

Was man nahezu Unglaubliches erfuhr, das will ich ihnen heute schildern:

Ein Süßwasserkapitän aus Grünheide, lange Jahre über den Werlsee und über den Peetzsee geschippert, spürte eines Tages Größeres in sich. Das kennen sie bestimmt auch, meine Damen und Herren, eine ständige Unterforderung sorgt erst für unglückliche Zustände, dann Griesgrämigkeit. So ging es auch unserem Kapitän. Der schipperte mit verdrossenem Gesicht lustlos über die genannten Seen. Bis er eines Tages genug hatte, in eine große Stadt an der Küste fuhr und auf die imposanten Riesenschiffe, die dort den Hafen ansteuerten, starrte. Da reifte endgültig in ihm der Entschluss, ein Hochseepatent zu erwerben

Er besuchte eine Schule, büffelte für die Prüfung und bestand sie mit Bravur. Von nun an konnte er sich Hochseekapitän nennen.

Doch dann begannen die widrigen Umstände in seiner Laufbahn. Er war zwar neuerdings als Schiffer hochseetauglich, aber auf seine neu erworbene Zulassung bekam er noch lange keine Anstellung. Wie überall suchte man auch in der Branche Leute mit Erfahrung. So ist es nun einmal, man muss jung und dynamisch sein und Erfahrungen mitbringen; die vom Peetzsee, auch die vom Werlsee reichten in seinem Fall offensichtlich nicht aus.

So war es mit ihm an der Küste. Wo er sich auch bewarb, er sprach immer gleich persönlich vor, doch auch das war nicht von Erfolg gekrönt, wurde er abgelehnt. Er bereiste all die großen Küstenstädte, wohnte in kleinen Pensionen, um Geld

Zweites Buch – Nonsens- und Lügengeschichten aus Grünheide
Die Ratten verlassen das sinkende Schiff

zu sparen, aber was er auch tat, er blieb, was er war, Binnenschiffer. Die Reedereibesitzer zeigten ihm auch jedes Mal sehr deutlich, was sie von ihm hielten. Er wurde zunehmend melancholischer. Abends, nach wieder so einem erfolglosen Tag, saß er stumm in der Kneipe und spülte seinen Kummer mit viel Rum hinunter. Er trank so viel, bis es Klick machte und ihm die Welt wieder erträglicher schien. Bei seinen Kneipenexzessen ging ihm sein ganzes Erspartes drauf.

Als er sich schon kein Zimmer mehr leisten konnte, in Strandkörben nächtigte oder wo auch immer er Platz fand, machte ihm ein kleiner Reedereibesitzer, einer der nun sagen wir vorsichtig nicht gerade marktführenden Reeder, der sofort seine desolate Situation durchschaute, ein mehr als bescheidenes Angebot. Der mittlerweile alkoholkranke Kapitän aus Grünheide konnte dieses vorsichtig ausgedrückt unmoralische Ansinnen nicht ablehnen. Der Reeder tat, als würde er ihm die Stelle seines Lebens versprechen.

„Im Hafen liegt mein großes Motorschiff", sagte er ihm geheimnisvoll, mit ausladenden Gesten. „Ich habe Getreide auf eine Pazifikinsel zu bringen und noch so allerlei".

Dem alkoholumnebelten Schiffer erschien das Angebot mehr als verlockend. Endlich, so dachte er erleichtert, wendet sich mein Blatt.

Der Reeder bestellte eine Lage Rum nach der anderen. Da freute sich der Grünheider Kapitän, denn er hätte sich keinen Schnaps mehr leisten können. Alkoholbetäubt waren sie sich schnell handelseinig. Er unterschrieb einen Kontrakt; in dem er sich verpflichtete, die Ware auf dem schnellsten Weg auf die Insel zu bringen. Am nächsten Tag sollte es bereits losgehen.

Als Besonderheit stand in dem Vertrag ebenfalls, dass der Reeder die Mannschaft selbst aussuchte. Das war ihm mehr als recht. Er verbuchte es als Pluspunkt für sich. Ha, ha, dachte er bei sich triumphierend, der Dussel, eine Mühe weniger!

Am nächsten Morgen wachte er erst spät auf, immer noch Restalkohol im Blut. Nach und nach fielen ihm die Vertragsverhandlungen vom Vortag ein. Schnell erhob er sich, so schnell es ihm eben noch möglich war. Dann eilte er flink in den Hafen. Dort lag sein Schiff, vertäut am Pier. Zwei Männer sprangen an Bord herum und waren dabei, es für die Fahrt vorzubereiten.

Wie das Schiff aussah, er wollte es kaum glauben. Ein Seelenverkäufer, die Rostlaube, dachte er und verfluchte bei dem Anblick seinen Schnapskonsum des Vortages. Ihm fiel sein frohlockendes Gefühl ein, als er seine Unterschrift unter das Papier gesetzt hatte. Junge, Junge, wie muss erst der Schiffseigner zufrieden gewesen sein. Sein Zwerchfell hat bestimmt Luftsprünge getan.

Tja, lamentieren gilt nicht; jetzt muss ich da durch.

Zweites Buch – Nonsens- und Lügengeschichten aus Grünheide
Die Ratten verlassen das sinkende Schiff

Er ging an Bord und machte sich mit den Leuten seiner Mannschaft bekannt, die bereits übers Deck wieselten. Babylonisches Stimmengewirr, dachte er, als er mit ihnen ein paar Sätze gewechselt hatte, natürlich, jeder aus einem anderen Land. Was hatte er anderes erwartet!

Als die Mannschaft vollzählig war, legten sie ab. Erst bunkerten sie Getreide, dann luden sie noch irgendwelche Seile, jeweils zu einem Knäuel gerollt. Auch die waren auf diese Südseeinsel zu bringen. Seil ist vielleicht nicht das richtige Wort, Tau widerspiegelt eher ihre wahre Stärke. Sie waren sehr exakt aufgewickelt, dass sie sich gut einstapeln ließen.

Die Hafenratten hatten das Getreidegebläse in den Schiffsinnenraum wohlwollend zur Kenntnis genommen. Ist das Leben nicht herrlich, dachten sie, so viel zu fressen! Die Nager gingen sehr konzertiert zu Werke, um an das Getreide heranzukommen. Bewundernswert! Eine von ihnen, offenbar ihr stattlichster Vertreter, lugte aus ihrem Versteck hervor und beobachtete das Beladen des Schiffes. Dann sah sie, wie zwei Männer sich am Befüllmodul zu schaffen machten und es demontierten. Dann trugen sie es zum nächsten Schiff, auch hier sollte Getreide eingelagert werden. Ein günstiger Augenblick für die Ratten. Ihr Anführer gab einen kaum hörbaren kurzen Pfeifton von sich, und einige der Nagetiere rannten los, zu allererst und vorneweg ihr Anführer, dieses kräftige Rattenexemplar. Schnell stürzten sie das Fallreep, eigentlich waren es mehr Laufbohlen, hinauf und ließen sich in Windeseile in die noch offen stehende Luke fallen, um auf das eben geladene Schüttgut im Speicherraum des Schiffes relativ sanft zu landen. Sie rappelten sich sofort auf und suchten sich auf der Stelle in der Dunkelheit seines Rumpfes passende Verstecke. Nachts konnte sie dann ungestört hervor kommen und das große Fressen beginnen.

Mein Gott, dachte der Kapitän, wie tief der Kahn im Wasser hängt, eine mehr als bedrohliche Tiefenlage, dachte er, nachdem das Getreide geladen war. Für den kleinen Kahn ist eindeutig zu viel drin, dachte er bei der kritischen Betrachtung der Eintauchsituation.

Aber sie legten trotzdem ab und fuhren mit ihrem rostigen Schiff los. Um ehrlich zu sich selbst zu sein, sie schämten sich, auf diesem desolaten Kahn angeheuert zu haben, aber sie brauchten das Geld. Außerdem waren ihnen die mitleidvollen Blicke, die sie im Hafen mitunter trafen, mehr als lästig.

Also fuhren sie los, der alkoholkranke Kapitän aus Grünheide und seine Vielvölkermannschaft.

Schon bald merkte er, dass er zufälliger Weise Glück mit den Seeleuten hatte. Sie bemühten sich sehr, ihr Schiff auf Fordermann zu bringen.

Die Ratten verlassen das sinkende Schiff

So fuhr man zum Mittelmeer, durch den Suezkanal und dann durch den indischen Ozean, um anschließend auf die langersehnte Südsee zu treffen.
Eines Tages rief der Maschinist den Kapitän in den Maschinenraum.
„Käpten", sagte dieser, „ich war gerade beim Schmieren der Pleuel. Ich will ja nicht schwarzsehen, aber ein Teil der Kolben wird wohl bald das Zeitliche segnen".
„Hören sie mal!" Damit schnappte er sich einen sehr großen Schraubenzieher und drückte ihn mit der metallenen Seite an ein Kurbelgehäuse des stampfenden Schiffsmotors. Er hielt sein Ohr an den Holzgriff und lauschte, als würde er mit einen Stethoskop ins Innere eines Menschen horchen. Offensichtlich verstand er es, die verschiedenen ausgesandten Schwingungswellen dieses Motorabschnittes mit dem Schraubenzieher an sein Ohr zu transportieren und zu werten.
Der Kapitän nahm ihm die Hörhilfe aus der Hand und versuchte, ebenso wie der Maschinist nach innen zu lauschen. Doch er merkte, diese Fähigkeit war ihm nicht gegeben.
„Was muss ich den hören", fragte er ihn mit konzentriertem Blick. Er war froh, sich mit ihm in seiner Landessprache verständigen zu können.
„Hören sie nicht, wie es kratzt und schleift?"
„Und? Was bedeutet das nach deiner Meinung?"
„Tja", er machte eine bedeutungsschwere Pause. „Es wird nicht mehr lange dauern, dann hat sich das mit dem Motor erledigt; da hilft nur noch beten!"
Eine Redensart, kein Glaubensbekenntnis, das sah der Kapitän dem Mann an.
„Na gut, dann eben nur noch halbe Kraft", reagierte er auf die Äußerung seines Maschinisten.
Von der Südsee wurden sie rau empfangen. Das Wetter zeigte sich gleich von der übelsten Seite. Es blies ein starker Wind, der innerhalb kurzer Zeit zum Taifun heranwuchs. Mehrere Taifune wechselten sich ab.
„Einen Wirbelsturm nennt man hier Willy-Willy", dozierte er über sein neu erworbenes Hochseewissen.
„Willy-Willy", fragte der Maschinist nach? „Ich kannte mal einen Willi, der war aber weit ruhiger als das Wetter hier". Damit zeigte er nach oben, wo der Wirbelsturm heulend über das Wasser peitschte. „Wenn ich den so höre, war er eher ein Schlafmittel".
Die See brach über das Deck. Riesige Wellen schlugen über das marode Schiff herein und schleuderten es hin und her. Es fuhr die brutalen Wellen hinauf, und wenn das Schiff es geschafft hatte, schnaufte es gleich wieder ins Wellental hinunter.
„Volle Kraft voraus", schrie er den Maschinist an. „Schau nicht so mitleidvoll,

Zweites Buch – Nonsens- und Lügengeschichten aus Grünheide
Die Ratten verlassen das sinkende Schiff

das ist jetzt unbedingt erforderlich, um bei dem Wetter manövrieren zu können".
„… und unsere Maschine ist desolat", jammerte der Kapitän im Stillen. „Verdammt, und das bei dem Seegang!"
Er setzte sich eine Flasche Rum an die Lippen und trank in tiefen Zügen. Es rann wie Öl die Kehle runter. Das war seine bewährte Methode, um psychische Spannungen abzubauen. Ich hier auf der Rostlaube, die Maschine kurz vor dem Exitus, hervorragend, dachte der Mann aus Grünheide verbittert. Er trank gleich noch etwas aus der Flasche.
Der Maschinist kam in geschlingerter Gangart, die aufgewühlte See ließ nichts Anderes zu. Er war froh, aufrecht vorwärts zu kommen
„Boss", rief er aus, „die Ratten verlassen das sinkende Schiff!"
Der Angeredete blickte übers Schiff. Ratten kamen aus dem Laderaum gestürzt und sprangen über die Planke unter der Reling hindurch in die brodelnde See.
Aber das Schiff sinkt doch noch gar nicht, bedeutete er dem Maschinist. Neben dem Ruder waren Halteeisen angebracht. An dem einen hing der Kapitän und versuchte, sich zu halten, aber der Alkohol und der schwere Wellengang erschwerten seine Bemühungen. An dem anderen Stahl versuchte sich der Maschinist zu halten.
„Alles eine Frage der Zeit", schrie der Maschinist zum Kapitän hinüber. „Boss, ist es nicht merkwürdig, dass die kleinen Tierchen schon wissen, was uns in der Zukunft blühen wird?" Er versuchte, den heulenden Sturm zu übertreffen.
„Sie scheinen vorab zu merken", rief er ihm so laut er konnte hinüber, „dass dem Schiff das Ende naht", schrie er hinüber." Ist das nicht gruselig?"
Dann tat der Motor einen letzten, lauten Seufzer und verstummte.
Sie warteten eine Weile, ob die Maschine noch einmal anspringen würde, gespannt, jeder an seinem Haltegriff, aber vergebens; sie blieb still.
„Siehst du, Boss?"
Was soll ich denn sehen, du Tölpel, dachte der betrunkene Kapitän.
Er blickte hinaus. Immer noch sprangen die Ratten todesmutig in das schäumende Wasser. Er staunte, wie viele es waren, die sich auf seinem Schiff gütlich getan hatten und nun um ihr Leben bangten.
„Jeder von euch nimmt ein Tau und schmeißt es den Ratten hinterher", befahl er dem Maschinisten, stellvertretend für die gesamte Mannschaft.
„Warum denn das, Boss?"
„Das sind auch nur Gottes Geschöpfe", schrie er dem Maschinist zu, „sie verdienen ebenso eine Überlebenschance wie wir; also, tut, was ich euch sage".
Der Gemeinte schüttelte den Kopf, man merkte ihm an, was er darüber dachte, er sagte aber nichts.

In die Tiefe

Die Mannschaft hatte Mühe, einen Teil der aufgerollten Taue über Bord zu werfen. Graue kleine Inseln!
Todesmutig schwammen die Ratten in der aufgewühlten See auf sie drauf zu und verkrallten sich in die etwas Halt gebenden kl.Kleinode
Der böige Wind trieb das manövrierunfähige Schiff vor sich her. Eine riesige Welle hob es in die Höhe und schleuderte es dann wie ein Kartenhaus achtlos weg. Dabei riss es den Kapitän von dem Haltegriff und dem Ruder fort.
Dann legte sich das Schiff auf die Seite.
„Zeit für das Rettungsboot", brabbelte der angetrunkene Kapitän vor sich hin. Indem er laut vor sich hin sprach, machte er sich selber Mut. Derweil hing ein Teil der Mannschaft an der Reling, krampfte sich mit einer Hand fest und nestelte am Beiboot. Mir letzter Kraft zogen sie sich hinein. Dann erfasste sie eine Welle, riss das Boot aus der Verankerung und trug es fort.
Das Unwetter wütete eine ganze Weile. Doch irgendwann legte es sich, und strahlender Sonnenschein beruhigte die See.
Die treibenden Tauinseln mit den darauf festgekrallten Ratten wurden irgendwann an Land gespült, an die besagte Loyaltyinsel, und die Ratten schleppte sich, mehr tot als lebendig, in die schon erwähnte Höhle.
Zwei besonders widerstandsfähige Exemplare aber wanderten ins Inselinnere, folgten ihren urwüchsigen Trieben und vermehrten sich dort. Sie gründeten die Loyalty-Wanderrattenpopulation, wenn sie so wollen. Gar nicht lange, und die einheimische Rattenart merkte, dass sie gegen die Fremdtiere körperlich keine Chance hatte. Sie tat das einzig Richtige, ihre Art Überlebensstrategie: sie verschmolz sich mit der über sie gekommenen Wanderratte zu einer besonders widerstandsfähigen eigenen Inselrattenart.
Das Rettungsboot des gesunkenen Schiffes aber trieb noch viele Tage durch die Südsee. Darin befand sich ein Teil der Mannschaft; Männer mit irrem Blick.
Hinterher, als man sie aus dem Ozean fischte, konnte keiner von ihnen glaubhaft erklären, wo der andere Mannschaftsteil geblieben war

In die Tiefe

Sie werden es kaum glauben, meine Damen und Herren, aber es gab mal eine Zeit, da waren der Peetzsee und auch der Werlsee in Grünheide verschwunden. Stellen sie sich das nicht so einfach vor: Seen, die einfach verschwinden. Sie glauben gar nicht, wie viele darunter litten, was für Komplikationen es gab. Denken

Zweites Buch – Nonsens- und Lügengeschichten aus Grünheide
In die Tiefe

sie exemplarisch nur mal an die Industrie. Unternehmen, die Landkarten herstellen zum Beispiel. Wie furchtbar es für diese ist, wenn plötzlich in ihren Plänen eingetragene Seen in natura nicht mehr auffindbar sind. Überlegen sie doch nur, wie viele Protestbriefe es dann hagelt. Zu Recht, werden die Wanderfreunde unter ihnen sagen. Jeder denkt doch sofort an mutwillige Manipulationen. Stellen sie sich doch bloß mal vor, man kommt aus dem Wald, ahnungslos, und erwartet, dass Wasser vor einem zu finden ist. Was das für einen Naturfreund bedeutet, plötzlich gähnende Leere vorfinden zu müssen, ist nur schwer nachvollziehbar.

Das war seinerzeit ein Ding, als die Seen nicht mehr auffindbar waren, oder sagen wir besser, das Wasser war fort, die Geländemulden selbst nämlich waren noch an alter Stelle. Seltsam, seltsam!

An dem Tag hörten die Anrainer in ihrem See, dem Peetzsee, so ein seltsames Geräusch, wie ein überlautes Gurgeln. Ja, so könnte man es beschreiben. Damals ahnten sie zu dem Zeitpunkt noch nichts Schlimmes. Aber das Geräusch kannten sie nicht, konnten es nicht einordnen. Aber weil es so laut war, so beherrschend, ging der eine und andere verwundert vor die Tür, um nach der Ursache dieses eigenartigen Lärmes zu sehen. Wie beschreibe ich ihnen, was sie erblickten. Am besten so: mitten im See sahen sie plötzlich einen gewaltigen Strudel, einen Wassertrichter von mindestens zehn Metern in der Breite. So schätzten zumindest diejenigen, die am dichtesten an ihm dranstanden. Das Wasser des Sees wurde in die Runde geschleudert. Und mit ihm sein Schwimmgut. Nach ein paar Runden wurde es in schmatzendem Ton in die Tiefe gezogen.

Aufmerksame Anwohner merkten bestürzt das Absinken des Wasserstandes. Gleichzeitig versuchten beide Seen, aus ihren Zuflüssen und sonstigen Wasserläufen, die irgendwie in Verbindung mit beiden Seen standen, sei es oberirdisch oder unterirdisch die fehlende Wassermenge nachzuziehen, getreu nach dem physikalischen Prinzip der verbundenen Gefäße.

Jedenfalls strömte viel Wasser nach, das aber zeitverzögert in dem Strudel wieder zu verschwinden schien.

Ganz schlimm, das Gefälleverhalten drehte sich um. Was vorher aus den Seen Wasser erhalten hatte, floss nun auf einmal bis zum Strudel zurück. Wasserexperten beobachteten mit einem unguten Gefühl in der Magengegend dieses Naturschauspiel.

Einer von ihnen, zufälligerweise auch ein Bewohner von Grünheide, beobachtete voller Unbehagen dieses Naturschauspiel. Ein Strudel auf dem See, fragte er sich? Das ist doch keine Badewanne, wo man einen Stöpsel gezogen hat, dachte er rational. Aber kein Traum; der Wasserspiegel sank immer mehr.

Zweites Buch – Nonsens- und Lügengeschichten aus Grünheide
In die Tiefe

Rationalität hin, Irrationalität her, er konnte sich die Zusammenhänge nicht erklären. Das muss mit dem Strudel zusammenhängen, befürchtete er. Aber wo kam der her? Er wäre nicht Wissenschaftler, wollte er dem nicht auf den Grund gehen. Schnell kramte er sein Schlauchboot hervor und paddelte mit ihm in Richtung Strudel. Je näher er kam, umso lauter und bedrohlicher wurde sein Geräusch. Das Gurgeln verstärkte sich. Es schwoll, je dichter er kam, zu einem ohrenbetäubenden Krach an. Einige Längen davor versuchte er, anzuhalten, um hineinzulinsen, was sich dort, in diesem mehr als eigenartigen Wasserkrater, tat. Da sah er das Zentrum der Wirbelung und ihn ergriff eine ungekannte Angst. Wie bei einem Auge eines Tornados, nur kleiner, aber ebenso schrecklich, schoss alles in der Nähe Befindliche darum. Er hatte zwar aufgehört zu paddeln, aber die Wasserwirbelung zog ihn mit immer größer werdender Kraft mit samt seinem Boot an. Dann wurde er von der Wassergeschwindigkeit ergriffen und herumgeschleudert. Im äußersten Wasserring fing er an. Die Drehgeschwindigkeit war immens. Es fiel ihm zunehmend schwerer, sich im Schlauchboot zu halten. Er versuchte,

In die Tiefe

gegen den Sog zu paddeln, aber deren Kraft war ungeheuerlich. Mit aller ihm zur Verfügung stehender Motorik wehrte sich sein ganzer Körper, aber gegen diesen ungeheuren Unterdruck kam er nicht an. Runde um Runde schoss er um das Zentrum, alles mit zunehmender Geschwindigkeit. Immer zügiger wurde er in die Mitte gezogen. Scheel blickte er auf das Auge, um das sich alles bewegte. Da darf ich niemals hineingeraten, dachte er mit Grauen.

Er merkte, dass all seine Bemühungen zu nichts führten. Ich muss hier raus, dachte er. Derweil wurde sein Boot immer schneller. Er warf das Paddel ins Boot, dann spannte er alle Muskeln an. Die Sehnen und Bänder in seinen Knien arbeiteten zum Zerreißen. Die Schleuderkraft der unheimlichen Wasserdrehung nutzend, drückte er sich vom Bootboden ab. Er schoss aus dem Schlauchboot. Gut zehn Meter flog er durch die Luft. Kopfüber tauchte er in ruhiges Wasser. Als er wieder atmen konnte sah er, wie das drehende Wasser sein Schlauchboot in die Mitte zog und für immer verschlang. Er hörte nur noch einen dumpfen Knall. Offensichtlich entwich aus ihm die Luft, bevor es endgültig verschwunden war.

Zügig schwamm er an das Ufer des Peetzsees. Der Wasserstand hatte schon bedrohlich abgenommen. Weite Uferzonen waren schon frei gelegt. Die Wasserpflanzen ließen kraftlos ihre Blätter hängen.

So schnell wie möglich stapfte er durch den schlammigen Grund ans Ufer. Seine Baumwollkleidung hatte viel Wasser gezogen und hing schwer und schlapprig am Körper. Sowie er festen Untergrund spürte, rannte er los. Er wusste, hinten im Kanal arbeitete eine Firma, die musste unbedingt Spundwände quer zum Kanal einschlagen. Das Wasser durfte nicht weiter zum eigenartigen Strudel fließen, sonst steht die Hauptstadt bald ohne das Nass da. Das wäre eine Tragödie! Eine Hauptstadt ohne Wasser, nicht auszudenken!

Mittlerweile rannte er am Ufer des Werlsees entlang. Kleine Motorboote waren dort verzurrt und schienen auf ihre fahrbereiten Besitzer zu lauern. Er sprang in eines hinein. Noch war es genügend schwimmfähig. Soweit war der Wasserstand noch nicht abgesunken,

An den eingerammten Holzpfählen zum Vertäuen der Boote hatte die ständige Einwirkung des Wassers auf das Holz Farbmarkierungen hinterlassen. Daran erkannte er unschwer, dass sein Stand bedrohlich weit gefallen war.

Hastig sprang er in eines der Boote und riss am Schwungseil des Starters.

Er hatte Glück. Der kräftige Motor sprang sofort an. Er gab Gas und der Motor dröhnte laut auf. So schnell es möglich war, mit voll aufgedrehtem Gas schoss das Boot über die Wasseroberfläche.

Im Kanal, der ausgebauten Verbindung der beiden Seen mit den Wasserstraßen

In die Tiefe

der Hauptstadt, wusste er, dass eine vom Wasser aus operierende Spezialfirma dabei war, Pfähle einzurammen. Mit Vollgas fuhr er sie an. Er drosselte den Motor und sprang auf einen Steg. Die Männer waren gerade bei der Arbeit und schauten ihn verwundert an. Er rannte zu ihnen.
„Wo ist euer Bauleiter", schrie er sie an. Er wäre am liebsten sofort an ihnen vorbei geeilt.
„Wer will denn das wissen", antwortete ihr Sprecher betont ruhig.
Er nestelte an seiner Gesäßtasche herum. „Ich bin vom Ministerium für Wasserwirtschaft", rief er aus. Noch hatte er seinen nassen Ausweis nicht ziehen können.
„So, so", sagte der Arbeiter, immer noch ruhig. „Und um was geht es?"
„Euren Bauleiter", drängte er, „wo ist der?"
„Was wollen sie denn von dem?"
Er merkte, so einfach kam er an ihnen nicht vorbei.
Jetzt endlich konnte er seinen Ausweis hervorkramen. Er zeigte dem Arbeiter seine hochrangige Legitimation.
Dieser starrte die ihm vorgehaltene Identitätskarte an.
Das war für ihn noch lange kein Grund, ihn nach vorn zum Bauwagen zu schicken. Stattdessen fragte er den Mann vom Ministerium: „Was gibt's denn so Dringendes?"
Verdammt! Was bildet sich der Schnösel ein, dachte er erzürnt. Aber er hatte keine Zeit, über gutes Benehmen und Kompetenz mit ihm zu streiten.
„Ich hab' keine Zeit", sagte er ungeduldig. „Also gut. Kurzprosa", sagte er in das Unverständnis ausdrückende Gesicht. „Das Wasser sinkt bedrohlich. Ihr müsst unbedingt sofort ein paar Spundwände einrammen, sonst steht die Hauptstadt bald ohne Wasser da", rief er ihm zu. Natürlich, der Arbeiter begriff nichts.
Dann sah er den Bauwagen, ließ den Arbeiter einfach stehen, rannte los und steuerte das Aufenthaltsgeviert an.
Eilig versuchte er dem ungläubig dreinblickenden Bauverantwortlichen die ohnehin kaum zu glaubenden Fakten im Schnelldurchlauf zu erläutern. Er sah auf dem Tisch einen Plan über die beiden Seen und andere örtliche Details. Er griff sich den und erklärte seinem Gegenüber den Sachverhalt. Er erzählte ihm etwas von Sog und verschwindendem Wasser und tippte flüchtig auf die beiden Punkte, wo Wassersperren einzubauen waren.
Wir müssen das schnellstmöglich tun, um unsere Hauptstadt zu retten.
Der Bauleiter blickte ihn ungläubig an. „Ich fass' mal kurz zusammen: sie erzählen mir, dass das Wasser der beiden Seen verschwindet, dass die Gegend leer gesaugt wird und die Hauptstadt bald im Trockenen sitzt. Wer sind sie denn eigentlich und was ist das für ein eigenartiger Sog?"

In die Tiefe

"Oh, entschuldigen sie". Er nestelte seinen Ausweis hervor. Jetzt verstand der Bauleiter, dass er es mit einem Beamten der Wasserwirtschaft zu tun hatte. Bei ihm wirkte die Legitimation ganz anders. Eine kleine Spur von Ehrfurcht zog in ihm ein.
"Hören sie", sagte der Mann aus dem Ministerium, "wir haben leider keine Zeit. Sie müssen mir einfach glauben, was ich ihnen sage. Hinten im Peetzsee verschwindet mit einem gewaltigen Sog das Wasser im Untergrund, warum und weshalb, das weiß ich nicht. Wir müssen unbedingt die beiden Seen abschotten, sonst hat die Hauptstadt bald kein Wasser mehr". Er deutete im Plan auf die Stellen.
"Und eine Hauptstadt ohne Wasser" ... Er ließ offen, was das wäre.
"Warten sie, ich muss mal eben telefonieren". Er sprach offenbar mit seinem Chef. Noch einer, dachte er resigniert, dem ich alles erklären muss. Und wir haben keine Zeit.
"Passen sie auf", versuchte er es noch einmal mit dem Bauleiter, "wenn wir Zeit hätten, würde ich ihnen den Strudel zeigen".
Er legte auf. "Wer bezahlt mir meinen Aufwand", fragte er, offensichtlich fast eingelenkt.
"Natürlich kommt das Ministerium für ihre Bemühungen auf. Zu marktüblichen Preisen, versteht sich".
"Und meinen Ausfall?" Klar, so muss heutzutage ein Bauleiter sein.
"Auch den tragen wir, mein Wort. Es gelten auch hier die marktüblichen Preise".
"In Ordnung, was sollen wir tun?"
Sehen sie mal hier. Er zeigte auf die Stelle, wo der Kanal in den Werlsee mündete,
Hier stelle ich mir vor, dass sie Spundwände einrammen, nur, es muss schnell gehen, warum, das habe ich ihnen versucht zu er klären.
Okay, gehen wir wirklich davon aus, dass Tempo geboten ist. Er rannte raus zu seinen Leuten. Er wies ihnen kurz etwas an. Ganz wohl war ihm nicht dabei.
Im Laufschritt packten sie ihre Sachen ein und fuhren mit ihrer Anlage an die schmalste Stelle des Kanals. Wenig später hörte man die Rammschläge.
Nach zwei Stunden konnte zumindest kein Wasser mehr aus den Hauptstadtgewässern zum ominösen Sog abfließen.
"Was machen wir mit der Stelle am Peetzsee", fragte der Mann aus dem Ministerium den Bauleiter? "Wenn sein Pegel sinkt, fließt ihm das Wasser des nächsten Sees zu". Er zeigte ihm die Situation auf der Karte.
"Tja", sagte er bedauerlich, "dort habe ich leider keine Rammkapazität in der Nähe Mist", stieß der Beamte fluchend aus. Es war eigentlich nicht seine Art zu fluchen, aber heute war ein etwas anderer Tag.

In die Tiefe

Die Entgleisung war nur kurzzeitig, dann dachte er wieder still und rational darüber nach, was zu tun ist.

„Flussbausteine", rief er nach einer Weile dem Bauleiter zu, „die habt ihr doch bestimmt irgendwo zu liegen!"

„Na klar, damit geht's, warum bin ich denn selbst nicht darauf gekommen. Von beiden Seiten reingeschüttet, dann eine Folie in die Mitte, die macht's absolut dicht, und noch einmal Steine von beiden Seiten dagegen, und kein Wasser fließt mehr in den Peetzsee!" Er griff gleich zu seinem Telefonhörer und veranlasste, dass es sofort umgesetzt wird.

„Es ist alles veranlasst, mehr können wir erst einmal nicht tun", sagte der Mann vom Ministerium beruhigt.

„Wissen sie was? Jetzt ist etwas Zeit, um sich das eigenartige Phänomen anzuschauen, damit sie wissen, was eigentlich los ist".

„Gute Idee. Kommen sie, wir nehmen mein Auto und fahren mal kurz rüber zum Peetzsee".

Nach rasanter Fahrt stiegen sie aus. Da hörten sie schon das eigenartige Sauggeräusch. Der Wasserstand war schon um etwa einen Meter gefallen. Der Bauleiter schüttelte nur mit dem Kopf, eine Erklärung fand er erst einmal auch nicht.

„Da möchte ich mal hineinsehen", sagte er und deutete zu dem Strudel hinüber.

„Kommen sie, von meinem Garten kommen wir auf einen Steg, dann sind wir dichter dran".

Sie gingen zügigen Schrittes die Straße entlang, um auf das Grundstück des Beamten zu gelangen. Sein Nachbar war gerade in dessen Garten und stand unsicher auf seinem Rasen. Als er die beiden Männer sah, kam er an den Zaun: „Schön das ich sie sehe, Nachbar", rief er mühsam aus und stand dabei schwankenden Schrittes. Er zeigte zum See. „Haben sie gesehen? Sie sind doch von der Wasserwirtschaft. Was passiert denn hier?" Er wartete auf keine Antwort. Man hörte es rauschen und gurgeln.

„Das ist die Apokalypse", schrie er die Männer an. „Weltuntergang", stammelte er. „Erst Ist es das Wasser; das verschwindet, dann die Bäume, die Vögel, und zum Schluss ist es die Luft. Ja, ja, ich hab's immer gesagt!" Nach einer kurzen Weile: „Verpestet ist sie ja schon". Damit ließ er die Männer stehen und schlurfte kopfschüttelnd und brabbelnd in sein Haus.

Die Männer schauten sich stumm an und taten das, was sie vorhatten, sie gingen weiter durch den Garten auf den Steg. Er ragte ein ordentliches Stück in den See hinein. Die Markierungen an der Unterkonstruktion zeigten den beiden Männern, dass der Wasserstand schon dramatisch gefallen war.

In die Tiefe

Der Bauleiter zog sich schnell bis auf seine Sporthose aus. „Ich muss dichter ran", sagte er dem Beamten.
Der zog kritisch seine Stirn kraus. „Aber passen sie auf den Sog auf. Sie dürfen nicht zu dicht heran, sonst zieht es ihre Beine unweigerlich weg. Vorsicht! Die Kraft der Unterströmung ist enorm hoch".
Inzwischen hatte er sich entkleidet und sprang ins Wasser. An der tiefsten Stelle reichte es ihm nur knapp bis zur Brust. Er schwamm Unterwasser in Richtung Sog. Er tauchte mehrmals auf, holte tief Luft und mit kräftigen Armbewegungen wühlte er sich vorwärts bis er spürte, wie ihn irgendeine magische Kraft anziehen wollte. Er richtete sich auf und stellte sich hin. Fasziniert blickte er auf den eigenartigen Strudel. Was ist das, dachte er wissenschaftlich, oder fragen wir uns genauer: was kann das sein? In Gedanken ahmte er den Tonfall seines Dozenten von der Hochschule nach. Denn der hat öfter solche spekulativen Fragen gestellt. Ihm fiel aber eine Antwort nicht ein. Irgendeine geologische Besonderheit, soviel war er sich sicher.
Er ging wieder zurück zum Steg. „Haben sie mal eine Latte für mich oder ein Kantholz, etwas in der Art, das sie entbehren können", fragte er den Wasserwirtschaftler? Der brachte ihm das Gewünschte.
Mit dem Holz stapfte er erneut zu dem Sog. Er führte es mit sich, indem er es an seiner Seite durch das Wasser zog. Kurz vor seinem Zielpunkt spürte er wieder, wie die Strömung ihn erfassen wollte.
In den Strudel darf ich mich nicht hineinziehen lassen. Er richtete sich außerhalb der Wasserbewegung sicher auf, nahm das Holz und warf es in hohem Bogen sozusagen in das Auge des Strudels. Das Kantholz drehte sich äußerst schnell in dem Strudelwasser. Dann tauchte es unter. Der Bauleiter stierte in das buckelnde Wasser, er wollte das Holz entdecken. Aber es blieb untergetaucht, seinen Blicken verschwunden. Plötzlich schnellte es in die Höhe. Irgendwie muss es gespannt worden sein, denn er hörte es in der Luft flirren und in der Luft flattern. Dann landete es. Dabei schlug es patschend auf, wieder genau in der Mitte. Es drehte sich rasend schnell, dann tauchte es erneut unter. Der Bauleiter hörte das Holz splittern. Die gebrochene Latte kam in zwei Teilen noch einmal zum Vorschein, bevor sie für immer im drehenden Nirwana verschwand. Endgültig.
Er schaute sich noch eine zeitlang das Naturschauspiel an, um sich dann umzudrehen und zurück zum Steg zu gehen.
„Und, was sagen sie", erwartete der Wasserwirtschaftler den Bauleiter ungeduldig?
Er zuckte mit den Achseln. „Keine Ahnung, was es ist, irgendwie strömt das Was-

In die Tiefe

ser in die Tiefe, aber warum und weshalb", wieder zuckte er nur mit den Schultern. „Wenn ich's nicht anders wüsste, würde ich an eine Vulkanspalte denken. Aber hier, bei uns?" Er schüttelte den Kopf. „Junge, Junge, hat das Wasser einen Wahnsinnsunterdruck... Jedenfalls wird morgen spätestens das Wasser verschwunden sein, nehme ich an".

Da hatte er Recht behalten. Am nächsten Abend war das Wasser bis auf Restpfützen in der Tat verschwunden. Beide Seen waren nicht mehr da, irgendwo hin, keiner konnte sagen wohin. In die Tiefe verschwunden, wie der Bauleiter sagte. Nur ihre leeren Erdmulden gähnten noch Feuchte.

Anglerfreunde unter den Anwohnern hatten den dramatischen Rückgang des Wassers beobachtet. Zurück blieben all die großen und kleinen Fische des Sees. Sie litten fast mit, wenn die Schwanzflossen ihrer Lieblinge vor Wassermangel zuckten. Am Abend gingen sie eimerbewaffnet über den Grund und sammelten groß und klein hinein, um sie, beim Peetzsee hinter die dichte Steinbarriere, beim Werlsee hinter die Spundwand zu schütten. Die meisten Fische erholten sich wieder und schwammen einem neuen Domizil entgegen. Abends gab es auf nicht wenigen Tellern gebratenen Fisch zu essen. Und so mancher Aal hing an diesem Abend im Rauch, um ihn an den nächsten Tagen genüsslich zu verspeisen.

Die ganz Verwegenen pilgerten zu dem Erdloch. Anderthalb Meter im Durchmesser. Vorsichtig traten sie heran und stierten hinunter. Aber es war nichts Besonderes zu erkennen. Eine ganz gewöhnliche Erdröhre eben, die irgendwo im Dunkel endete.

Den Wasserwirtschaftler zog es am Abend ebenfalls dorthin. Er stand mit vielen um das Erdloch, aber soviel sie auch herum standen und hineinlugten, Besonderes war nicht zu erkennen. Er hörte sich ihre Spekulationen an, verkniff sich aber irgendwelche Kommentare.

Am nächsten Morgen ging er zu dem Bürgermeister. Aus Gefahrgründen veranlasste er, dass das Erdloch gesichert werden sollte.

Ich würde massive Spundwände darum einrammen lassen, mannshoch am besten, dann kann wirklich nichts passieren. So kam es dann auch. Von weitem sah es aus, als würde das Erdloch in einer Schachtel verschwinden.

Ein besonders geschäftstüchtiger Anwohner entdeckte die außerordentliche Fruchtbarkeit des Seegrundes. Mit Abraumtechnik ließ er die obere Schicht des Peetzseegrundes abtragen, aufladen und das Substrat zum Verkauf auf Halde bringen.

Auch der Tourismusdezernent des Ortes witterte viel Geld für die Grünheider Gemeindekasse. Das Erdloch, so dachte er praktisch, gilt es zu vermarkten. Wenn

Zweites Buch – Nonsens- und Lügengeschichten aus Grünheide
In die Tiefe

schon die Seen verschwunden sind, unsere wenn man so will Kapitalanlage, müssen wir eben dieses Phänomen als besondere Attraktion verkaufen. Er ließ einen Laufsteg über das Spundwandgeviert schlossern und den Weg dorthin über den Seeboden mit Betonplatten befestigen. Die Leute kamen zu Hauf, zahlten brav ihren nicht unerheblichen Eintritt und bestaunten das Erdloch.
Für die Grundfläche des Werlsees aber interessierte sich ein Kleingartenverein. Er pachtete die Fläche, maß und kartierte sie und schrieb die Parzellen zur Unterpacht aus. Der Andrang war riesengroß, denn sie wussten um die Fruchtbarkeit des Bodens. Es dauerte gar nicht lange, und die gesamte Seefläche war vergeben. Fast alle Anwohner beider Seen legten bis knapp vor dem Grund süßliche Vorgärten an, aus denen Gartenzwerge mit ihrem wulstigen Grinsen hervorlugten.
Das Anrainerlokal an der Straße dehnte seinen Gartenbereich aus. Tische und Stühle, Rustikalimitate aus Kunststoff, nicht gerade für den gehobenen Geschmack, wurden die Uferböschung hinunter bis zum Seegrund aufgestellt. Ein Scherzkeks hatte ein Werbeschild gemalt: Überschrift: 'Lokal mit ehemaligen Seeblick', Schriftzug: Mit Gartenzwergen auf Du und Du.
Nach wie vor konnte man das Verschwinden der Seen nicht erklären. In den Fachkreisen wurden über alle möglichen Absonderlichkeiten diskutiert. Gerade über das Grünheider Phänomen wurden die wildesten Theorien aufgestellt und auch wieder verworfen. Man spekulierte, Halbwahrheiten machten die Runde, ja selbst Okkultisten fühlten sich bemüßigt, ihre unsachgemäße Meinung von sich zu geben, die Ursache des Verschwindens in der nun sagen wir fünften Dimension zu suchen.
Es ist doch wirklich eigenartig: für alles, was der Mensch sich nicht erklären kann, muss eine Phantasiespekulation her. Und wenn sich nun gar nichts erklären lässt, muss der Glauben herhalten. Ach ja, beinah hätte ich die Außerirdischen vergessen. Auch hier wurde ihre Wirksamkeit herangezogen, nahezu beschworen. Unter dem Motto: Angriff aus dem Weltall! Ist unsere Zivilisation in Gefahr? Natürlich, darüber ärgerten sich die Wissenschaftler. Es waren eigenartigerweise die Anthropologen, die die Untersuchung der Erdröhre mit einem Roboter anschoben. Sie hatten gerade mysteriöse Erdgänge untersuchen lassen. Sie sagten sich, das, was horizontal funktioniert, muss doch auch senkrecht funktionieren. Ihre Computerspezialisten funktionierten ihn auf die besondere Situation in Grünheide um. Mit dem Wasserwirtschaftler aus dem Ministerium, der die Anfänge miterlebt hatte, brachten sie ihre gesamte Roboteruntersuchungstechnik vor Ort. Der Roboter war wie eine fahrende Kamera. Das Bild, das er bei seiner Vertikalfahrt aufzeigte, wurde gleich auf einen Laptop übertragen und von ihm aufgezeichnet.

Zweites Buch – Nonsens- und Lügengeschichten aus Grünheide
In die Tiefe

Ohne anfangs etwas Spektakuläres zu entdecken, fuhr der Roboter in die Erde ein. Erst nach etwa fünf Kilometern senkrechter Fahrt bemerkte die Kamera etwas Besonderes: einen orthogonalen Abzweig der Erdröhre gleicher Dimension. Der Roboter untersuchte dann den neu entdeckten waagerechten Erdgang, aber nach weiteren fünf Kilometern, in denen nichts passierte, brachen die Wissenschaftler das Experiment ab. Ihr Fazit: das Verschwinden der Seen hat eine tektonische Ursache. Kein Vulkan, also keine Explosion Erdinneres nach außen, sondern mehr so eine Art Implosion. Welche Rolle dabei die Erdgänge spielten, konnten gerade die Geologen nicht ganz aufklären. Aber, so sagten sie sich, irgendwo musste ja das Wasser entlang fließen. Punkt.

Doch dann geschah das Unfassbare: die Seen kehrten zurück.

Der Peetzseegrund war inzwischen durch eine Infrastruktur nicht mehr wieder zu erkennen. Befestigte Fußwege und Straßen kreuzten sich auf ihm. Die Menschen fuhren und liefen mittlerweile durch den Seegrund, um Zeit zu sparen.

Nach wie vor erfreute sich das Erdloch großer Beliebtheit bei Nah und Fern. Inzwischen war es mit einer leichten Brückenkonstruktion erschlossen, so dass die Touristen es bequem vom Waldrand aus erreichen konnten und nicht den Verkehr störten. Die Leute, die sich gerade im Seegrund aufhielten, verharrten ganz plötzlich an dem Ort, wo sie gerade waren. Zuerst hörten sie ein Dröhnen und ein drohendes tiefes Pfeifen, Geräusche, die sie nun gar nicht einordnen konnten. Unter ihnen begann der Boden leicht zu vibrieren. Sie standen ganz gebannt, lauschten und spürten nach. Eine Weile passierte gar nichts weiter. Hunde und Katzen, die sich justament gerade im Seegrund aufhielten, jaulten ganz plötzlich und sprangen irritiert in den Wald. Die Vögel suchten sich schnell einen Baum im Wald, auf dem sie alles Folgende aus sicherer Entfernung
beobachten konnten.

Dann schoss plötzlich wie aus heiterem Himmel aus dem Erdloch eine Wasserfontäne in die Höhe, so dick wie das Loch und an die einhundert Meter hoch. Wegrennen konnten die Menschen nicht, stattdessen schauten sie wie gebannt auf das Wasserschauspiel. Dann plötzlich, als sie merkten, wie sich allmählich die Mulde wieder mit Wasser füllte, sprangen sie beherzt an das sichere Ufer.

Ganz langsam stieg der Wasserspiegel. Die unteren Tische und Stühle des Gartenlokals schwammen willenlos an der Wasseroberfläche. Die Vorgärten, die zu weit in den Grund hinunter angelegt waren, wurden einfach überspült.

Mann hörte nicht nur das Aufeinanderklatschen des Wassers, wenn es aus atemberaubender Höhe herunter fiel, sondern auch von irgendwo her die leise Melodie: ‚Die Wacht am Rhein'; meinen sie? Wohl eher ‚Die Wacht am Pee tzsee'!

Einer der Gartenzwerge stand bereits bis zum Hals im Wasser. Und es stieg immer noch. Seine rote Zipfelmütze leuchtete. Stumm grinste er, der Wichtelmann aus gebrannter Erde. Die eine Hand hatte er zu einer Grußgeste erhoben. Zum Abschied schien er zu winken...

Der Baum des Wissens

In Grünheide hinter der Kreuzung auf der linken Seite steht ein unscheinbares Haus, dahinter ein Grundstück mit einem ebenso unscheinbaren Garten. Er wäre gar nicht erwähnenswert, wenn nicht ein merkwürdiger Baum, ein Apfelbaum, in ihm stehen würde. Was ist das schon, ein Apfelbaum, werden sie sagen. Prinzipiell haben sie Recht, den kann schließlich jeder zu stehen haben. Aber nicht einen solchen ...
Aber der Reihe nach.
In diesem Haus in Grünheide wohnte die Familie Pubheinrich. Was für ein Name, werden sie sagen. Nun, dann muss ich dagegen halten, es kann nicht jeder ‚Schmidt' heißen, oder ‚Krause'.
Die Linie der Pubheinrichs reicht bis ins 14. Jahrhundert zurück. Seinerzeit nahmen die Herrschaften häufig den Degen in die Hand und stritten mit wechselndem Erfolg für ihren König. Anerkanntermaßen! Damals war das so üblich.
Bei den Pubheinrichs handelte es sich also um eine alteingesessene und treue Familie. Um Missverständnissen gleich vorzubeugen, dieser Name wurde Pu-bheinrich ausgesprochen. Dreisilbig. Der Mann des Hauses ermüdete auch nicht, Ungeübten die besondere Silbenbetonung seines Nachnamens näher zu bringen. Grünheides alteingesessenen Familien war die Sprechweise dieses Namens von Jahrhundert zu Jahrhundert überliefert worden, nun mittlerweile geläufig. Einzig die Zugezogenen, ungeübt in der Sprechweise dieses außergewöhnlichen Namens, mussten beim Lesen des Namenszuges lachen und sprachen ihn zweisilbig aus, eben ‚Pub', und dann ließen sie ‚heinrich' folgen. Nahe liegend, werden sie sagen, jedoch falsch.
Sei's drum!
Zu dieser Familie Pubheinrich gehörte ein Junge, der Heiner. Der Knabe nun wuchs mit seinem seltsamen Nachnamen auf und, ganz normal, er war stolz auf ihn! Dafür sorgte schon sein Vater. So muss es auch sein, werden sie denken.
Aber in der Schule hatte er häufig mit dem Problem der falschen Sprechweise

Der Baum des Wissens

seines Nachnamens zu kämpfen. Er ärgerte sich jedes Mal, wenn wieder einmal jemand die Silben falsch betonte. Das war besonders dann der Fall, wenn ein neuer Lehrer irgendein Unterrichtsfach übernahm und sich mit den Namen seiner Schüler vertraut machte. Anfangs fiel es ihm schwer, zugegeben, aber später hatte er es gelernt, in stoischem Gleichmut den Betonungsfehler auszuhalten und die Korrektur vorzunehmen.

Die Pubheinrichs hatten nun, wie gesagt, einen Apfelbaum in ihrem Garten zu stehen. Irgendein Vorfahre hatte nämlich die glänzende Idee gehabt, einen Apfelbaum zu pflanzen, eine seinerzeit gängige Sorte, die es heute gar nicht mehr gibt.

Das ist nicht nur die einzige Besonderheit. Die wenn man so will ausgestorbene Sorte ist das eine, das andere ist viel bemerkenswerter. Der Baum trug zwar nach wie vor Früchte, aber keine Blätter; das war die nächste Besonderheit. Natürlich, man schob es auf das enorme Alter des Baumes. Der Baum hat keine Kraft mehr für eine Belaubung, sagten die Leute. Nach Gerüchten desselben Personenkreises sind Analogien aus der Menschheitsgeschichte bekannt, sagte er. Ob er es Ernst damit meinte, wer weiß das schon! Die Jungfrau von Orleans, so meinte er, soll ja nie menstruiert haben, weil die Dame ihre ganze Kraft für die Errettung Frankreichs brauchte. Wenn man mal von dem bedeutenden biologischen Unterschied zwischen Menstruation und Belaubung absieht, so scheint auch Pubheinrichs Baum Kraft sparen zu müssen, Kraft, um Früchte tragen zu können.

So weit, so gut. Dieser alte Baum ohne Blätter hing nun im Herbst voll von den wundervollsten Äpfeln. Aber Heiner mochte sie anfangs nicht sonderlich. Die Äpfel verkörperten alles, was er nicht mochte: sie waren ihm nicht knackig genug, außerdem waren sie ihm zu süß. Erst später lernte er seine Vorzüge kennen und zu schätzen, aber noch wunderte er sich, dass sein Vater dieses altersschwache Monstrum nicht fällte.

Dieser Mann erntete nun jedes Jahr alle seine Früchte und verarbeitete sie auf die eine oder andere Weise. Die besten Exemplare lagerte er ein oder wurden frisch gegessen. Aus den Übriggebliebenen machte er Apfelmus, den er einweckte, oder Apfelsaft für den Winter. Es lohnte sich, denn der Baum trug viele Früchte.

Wieso Apfelbaum des Wissens?

Bleiben sie ganz ruhig, meine Damen und Herren, keine Aufregung, dazu komme ich noch. Erst einmal war es ein ganz normaler Baum, nackt zwar an den Ästen und Zweigen, aber dafür mit vielen Früchten gesegnet. Und Heiner, um den es in

Zweites Buch – Nonsens- und Lügengeschichten aus Grünheide
Der Baum des Wissens

dieser Geschichte in erster Linie geht, hatte die seltsamen Eigenschaften des Baumes und seiner Früchte noch gar nicht registriert.
Dann kam die Zeit von Heiners Pubertät. Wie sie wissen, ist das die Zeit, in der sich die Jungs auf ihr Mannsein vorbereiten. So selbstverständlich auch Heiner. Seine Hormone, und nicht nur die, gerieten durcheinander. Seine gesamten inneren Funktionen stellten sich neu auf. Kam er mit guten bis sehr guten Noten durch die Grundschule, hatte er in der Phase seiner funktionalen Neuformatierung ganz plötzlich zerebrale Aussetzer. Aber diese eben nur manchmal.
Einmal stand wieder ein Testat in der Schule an. Viel lernen kannte er nicht. Er stand auf dem Standpunkt, natürlich, alles noch einmal durchlesen, aber dann muss es sitzen. Er war der Meinung, längeres Büffeln bringt es auch nicht, seine Worte. Vor seiner Klausur aß er zufälligerweise sehr viele Äpfel, die ihm sein Vater für die Pausenversorgung zurechtgelegt hatte.
Er aß nun also in der Pause sein frugales Mitbringsel, und in der Schulstunde darauf schrieb er seine Klausur. Er staunte über sich, wie ihm alles einfiel. Keine Aussetzer, nichts!
Bei der nächsten schriftlichen Leistungskontrolle war es zufälligerweise ebenso. Wieder aß er einige der Äpfel, wieder schrieb er sein Testat und wieder fielen ihm alle Antworten ein. Da wunderte er sich doch sehr. „Warum war das so, fragte er sich?"
Er ließ noch einmal beide außergewöhnlich gelungenen Tage Revue passieren. Dass es in der verrückten Zeit kein klares ‚Ja' und ‚Nein', sondern nur ein ‚Jein' gibt, war ihm nicht geläufig, beziehungsweise pubertäre Jugendliche denken nicht in solchen Kategorien. Am besten ist, etwas Außergewöhnliches muss herhalten, etwas Unglaubliches. Der Junge überlegte hin und her, dann kam er auf die Äpfel. Natürlich, dachte er, die müssen es gewesen sein. Der Baum erschien vor seinem geistigen Auge. Natürlich, so wie der aussieht, so ohne Laub, nur mit Früchten, muss das einfach ein Wunderbaum sein!
Sein Vater freute sich, dass Heiner den Früchten des Baumes auf einmal so intensiv zusprach. Natürlich sagte ihm der Junge nichts von seiner Vermutung, aber für ihn stand fest, der Baum hatte wundersame Kräfte.
Immer, wenn eine Leistungskontrolle bevor stand, sei es in der Schule oder später im Studium, das gleiche Spiel: Heiner aß einige Äpfel, wenn nicht die Jahreszeit war eben Apfelmus oder er trank Apfelsaft. Er glaubte auch später noch an die besonderen Kräfte, die von dem Baum ausgingen. Er meinte ganz überzeugt, in den Milliarden seiner zerebralen Nervenzellen schlummerten Erkenntnisse, die erst durch die Besonderheit der chemischen Zusammensetzung der Baumprodukte wieder hervor geholt würden. Und in der Tat, was mag alles an Besonder-

Der Baum des Wissens

heiten im Hirn im Verborgenen liegen, was mitunter nie mehr wach gekitzelt würde, irgendwo in den nervalen Verästelungen verschwunden.

Dann kam seine Zeit bei der Armee. Er wurde zu einem exzellenten Aufklärer ausgebildet.

Man überredete Heiner zu einem Auslandseinsatz. „Pubheinrich stillgestanden", erscholl es dann mitunter über den Exzerzierplatz, denn die Offiziere freuten sich im Allgemeinen über den kuriosen Namen. Der ließ sich so herrlich schreien, und die Lacher hatte man mit Sicherheit auch auf seiner Seite.

Der Junge reagierte darauf mit Gelassenheit. Sollen sie sich über ihn lustig machen, seine Zeit würde kommen. Nur Geduld! Wie Recht er behielt!

Schon kurze Zeit später sollte seine Einheit den Gegner ausfindig machen und ihn aufklären. Er fand ihn bald, denn in seinem Job machte ihm so bald keiner etwas vor. Gut beobachten und ausspähen, das konnte er:

An diesem Tag hatte er sein Mitbringsel von Zuhause geköpft und seinen Kameraden abgegeben. Es handelte sich, wie konnte es in seinem Fall etwas anderes sein, natürlich, um ein Apfelprodukt, Einige Flaschen seines selbst hergestellten Apfelweins!

Alkohol in seiner Dienstzeit, keine gewöhnliche Sache für Heiner, der nun partout keinen Alkohol vertrug, gerade in dem fremden Land nicht, in dem die Sonne unerbittlich schien! So war es dann auch sehr seltsam mit ihm. Er lachte ständig, alles schien ihn zu erheitern. Selbst als sie ausrückten und der Befehl galt.

An einem Feld machten sie halt. Ganz plötzlich wurde er ernst. Heiner ging etwas in die Hockstellung. Seine Bänder und Sehnen spannten sich. Hinter ihm langweilten sich seine Soldaten. Er hörte sie Unsinn reden. Mit kleinen Augen, Sehschlitzen gleich, schien Heiner auf den vor ihnen liegenden Weg zu blinzeln. Lange betrachtete er den Weg, über den sie nach ihrer Karte gehen müssten. Nach einer Weile lockerte er sich wieder. Der Aufklärer in ihm hatte entdeckt, dass das folgende Ende des Weges explosive Überraschungen parat hielt, vermint war.

Er befahl seinen Soldaten eine Marschpause, um sie an einem Durchgang zu hindern. Wieder mental locker, alberte er herum, um seine Spannungen und die seiner Leute etwas abzubauen. Er machte seine Späße über die versteckten Gefährlichkeiten.

„Franz", rief er nach hinten, vor dem verminten Wegstück hockend, ohne sich umzublicken, „komm' mal vorsichtig her", bedeutete er ihm.

Der Gerufene kam und ging neben Heiner in gleiche Stellung. „Franz", sprach der ihn an, „du wolltest doch von mir den Kapitalismus erklärt bekommen. Also

Zweites Buch – Nonsens- und Lügengeschichten aus Grünheide
Der Baum des Wissens

gut, pass' auf: was ist das hier", fragte er ihn und zeigte auf einen freigelegten Sprengsatz. „Eine Mine, was denn sonst", antwortete der. „Richtig, Franz, aber kannst du auch das Fabrikat erkennen? Nein? Tja, Franz, genauer gesagt ist es eine deutsche Mine. Wenn du so willst eine Präzisionsarbeit, Made in Germany. Und du, ein deutscher Soldat, wärst um ein Haar darauf getreten. Beinah wäre es eine deutsche Himmelfahrt geworden. So weit, so gut oder nicht gut. Und du, Franz, warum bist du hier", fragte Heiner weiter? „Ich will es dir sagen, Franz, du, ein deutscher Soldat, bist hier, in diesem schönen Land, um unser höchstes Gut, unsere deutsche Freiheit, zu verteidigen. Denn wenn du das nicht tun würdest, Franz, könnten wir gar nicht solche schönen Präzisionsarbeiten herstellen, um die Welt damit zu beglücken. Das ermöglicht dir nur der Kapitalismus. Hast du das endlich verstanden?"

Danach brabbelte Heiner etwas von deutschem Wesen, daran die Welt genesen würde.

Was ist denn mit dem los, dachte Franz. Er schaute ihn merkwürdig an. Aber Heiners Gesicht war schon wieder schelmisch versiegelt. Er nahm noch einen Schluck aus seiner Feldflasche. Dann wandte er sich wieder den Minen zu.

Na ihr kleinen Mistkerle, sprach er sie lachend an, das dachtet ihr nicht, dass Onkel Pubheinrich euch entdeckt. Diesmal nannte er sich selbst Pubheirich und amüsierte sich schelmisch über seine Wortwahl. Dann richtete er sich auf und fing doch tatsächlich zu tanzen an. Vor dem nächsten Sprengsatz! Er schnipste dabei mit seinen Fingern. Irgendeinen Stepptanz legte er hin. Sein Körper war dabei bis zu den Knien steif und zuckte rhythmisch, darunter drehten seine Beine sich in kleinen Schritten. Er stampfte auf den Boden. Aber nur ein paar mal, dann ließ er es lieber sein. Er fürchtete, die Zünder könnten auf Erschütterung reagieren. Das Risiko war ihm bei aller Euphorie dann doch zu groß. Indessen wunderten sich seine Soldaten über gar nichts mehr. Ihr Kommandeur...

Doch dann wurde er wieder ernst. Heiner bedeutete seiner Truppe, seinen Pause machenden Jungs, sicherheitshalber lieber auf dem Weg zu bleiben. „Es sei denn, ihr wollt mal so richtig wie die Englein fliegen?"

Lachend befreite er die mit losem Sand abgedeckten Sprengminen, dass seine Leute den Ernst der Lage erkennen konnten.

„So geht es weiter", wieherte er, auf die Gefährlichkeiten deutend. „Wo denn", fragte ihn sein Stellvertreter. „Na dort, da und dahinten, und immer so weiter, siehst du das denn nicht?"

Der sah nichts. Er schüttelte mit dem Kopf. Meine Güte, wenn wir Heiner nicht

Zweites Buch – Nonsens- und Lügengeschichten aus Grünheide
Der Baum des Wissens

hätten, dachte er, und die anderen aus seiner Truppe dachten das auch. „Wenn du nicht gewesen wärst, Heiner, wir wären jetzt alle tot."
„Papperlapapp".
„Haut euch hin und raucht noch eine", forderte er sie lachend auf. „Ich gehe mal weiter und werde sehen, wie viele Minen noch versteckt sind".
„So, noch einen kleinen Schluck aus der Flasche!" Er nahm mehrere tiefe Züge seines umgefüllten Apfelweins. Danach fühlte er sich noch besser in der Lage, nichts zu übersehen. Laut keckernd überschritt er lässig die ersten Sprengsätze, trat an den nächsten heran, baute sich schwankend auf und sprang in einem albernen Satz über ihn hinweg. Ähnlich wie ein Skifahrer schaute er danach im Schulterblick zurück auf das übersprungene Sprengstück, als prüfe er, ob es auch gut liegen geblieben war. „Du hast wohl gedacht, du kannst mich in Stücke zerreißen, du kleiner Scheißer", sprach er lachend mit dem versteckten Zünder. Er markierte sich die Stelle. Dann ging er weiter. Dabei sang er in verhaltenlauter nicht den richtigen Ton treffender Lautstärke irgendeine Soldatenzote. Seine Leute beobachten ihn argwöhnisch, auch ein wenig skeptisch, wie er sich in traumwandlerischer Sicherheit zwischen den Sprengladungen lavierte und Stellen markierte. Er bemerkte die Zünder alle und bewegte sich geschickt durch die Sprengzone. Dann kehrte er zurück und ließ seine Truppe antreten.
„Männer, der Gegner hat uns eine nette Überraschung in den Weg gesteckt. Doch leider verstehen wir Deutschen diese Art Humor nicht. Ich habe euch den Weg durch die Sprengfallen markiert. Da gehen wir jetzt hintereinander durch. Bleibt ruhig, dann kann uns nichts passieren. Entsichert eure Maschinenpistolen".
Er schleuste sie durch den Gefahrenparcours. Der Gegner hatte natürlich nicht mit ihnen gerechnet. Er war derart überrascht, als die deutschen Soldaten plötzlich in ihrem Rückraum auftauchten. Es fiel kein Schuss. Sie ergaben sich kampflos und ließen sich in ihr waffenfreies Schicksal führen.
„Ihr bärtigen Bastarde, nun gar nicht mehr alkoholinduziert frohgelaunt, eher etwas indigniert, ihr habt nicht mit Pubheinrichs Apfelwein gerechnet".
Aber irgendwann war auch dieser Auslandseinsatz beendet. Hochdekoriert kehrte Heiner als Offizier nach Deutschland zurück. Er fuhr mit dem Taxi von dem Bahnhof nach Hause. Er erkannte es kaum wieder. Das Markenzeichen, der Apfelbaum ohne Laub, sonst immer im Garten der Pubheinrichs weithin leuchtend zu sehen, war verschwunden. Stattdessen grüßte ein unscheinbarer kleiner Apfelhalbstamm an seiner Stelle in die Gegend.
Heiner konnte kaum verheimlichen, dass er irritiert war. Er stieg eine Querstraße vorher aus, näherte sich verhaltenen Schrittes dem Elternhaus und spähte, am

Zaun stehend, lange Zeit in den Garten, als suche er irgendwelche anderen Indizien für das richtig Gefundene.

Seine Mutter entdeckte ihn und zog ihn ins Haus. Da erfuhr Heiner so ganz nebenbei, dass sein Vater den alten Baum schon seit Jahren durch den Neuwuchs ersetzt hatte.

„Und die Äpfel, den Saft und den Wein, die Sachen, die ihr mir geschickt habt", fragte Heiner sie? „Von dem kleinen dort", zeigte Mutter in den Garten.

Die Kommission

Die Kommission ist in unserem Fall so eine Art Sondertribunal. Sie hat aber nichts mit Rom zu tun. Und vom Volk ist sie schon gar nicht gewählt; auch nicht eingesetzt. Sie ist eher ein merkwürdiges Gremium. Irgendwie unreal, nicht von dieser Welt, dem Anschein nach. Aber ihre Wirkung ist hiesig, sogar sehr hiesig.

Ihr Personenkreis besteht aus Menschen, die auf dem Weg zur ewigen Verdammnis, ein anderes Wort für Hölle, Zwischenstopp einlegten.

Wir kennen doch alle irgendwelche Zeitfenster, zumindest vom Namen nach, eigenartige, von unserem Raumverständnis losgelöste Umstände, unerklärliche Phänomene, die wir gerne dorthin delegieren, solange wir sie uns noch nicht besser erklären können. Wir ertappen uns dabei, wie wir über Unerklärlichkeiten spekulieren, bis uns die Wissenschaftler eines Besseren belehren.

Soweit die graue Theorie.

Stellen sie sich einfach vor, die Kommission ist, losgelöst von Raum und Zeit, zwar irgendwo im Nirwana aktiv, deren Auswirkungen sind aber im Heute, in unserer Mitte zu spüren.

Sie setzt sich aus elf Akteuren zusammen. Natürlich gibt es auch, wie könnte es anders sein, einen Chefkommissionär, der in etwa die gleichen Allüren hat, wie so mancher der Chefs in unserer Welt: er kommt beständig etwas zu spät. Auch meint er, er wisse über alles Bescheid und stünde über den Dingen. Sein arroganter Blick auf alles, was um ihn herum geschieht, ist sprichwörtlich.

Wo kommt die Kommission zusammen? Wo erfolgen ihre perfiden Festlegungen? Nun, irgendwo gibt es einen Raum, kalt und steril mit Marmor ausgekleidet. Rechts und links von der ebenfalls marmornen Mitteltreppe sitzen sie, die Kommissionsmitglieder, auf ihren kalten Marmorbänken. Vor ihnen stehen Marmortische. Die haben wirklich nur die Aufgabe, beim miteinander Palavern ihre Arme zum Abstützen aufzunehmen.

Die Kommission

Nur wenn man berücksichtigt, dass sie die ganze Zeit auf hämorridenfreundlichen kalten Unterlagen sitzen müssen, werden ihre eigenartig perversen Überlegungen erklärbar.

Der Raum, in dem sie sich befinden und ihre eigenartigen Festlegungen treffen, ist zwar hell, aber nicht freundlich, so ähnlich anheimelnd wie bei der Schneekönigin ihr Eispalast. Ich glaube, sie können sich das merkwürdige Ambiente einigermaßen vorstellen.

Also, die elf Jünger sitzen auf ihren kalten Bänken, sozusagen die geballte Niederträchtigkeit, bekleidet mit so einer Art sackförmigen Toga. Gemeinsam warten sie auf ihren Chef.

Der lässt auf sich warten, kommt aber nach einer Weile doch zu ihnen. Seine Halbglatze schimmert im Licht. Irgendwie sieht er erregt aus, oder erzürnt, was auch immer. Eine alte Kopfverletzung pulsiert rot an seinem prähistorisch anmutenden groben Schädel. Er trägt auch eine Toga, auch aus sackförmigem Stoff, aber nicht von dunkelbrauner Farbe, sondern beigefarben. Man muss sich ja von der grauen Masse abheben; und wenn es nicht anders geht, dann eben optisch. Besonders kontrastreich wirkt seine Kleidung zu dem unpolierten stumpfen Marmor.

Er betritt, gespreizten Schrittes wie ein Pascha, den Raum. Einer seiner Kommissionäre, offensichtlich sein Stellvertreter, springt gleich auf und eilt zu ihm hin, so eine Art Empfang. Beide gehen dann ein paar Stufen der Treppe hinunter. In einem Stimmengleichklang wird er von allen begrüßt. Antworten braucht er nicht. Er zieht nur die halbe Oberlippe in die Höhe und lässt dabei ein paar Zähne im Oberkiefer erkennen. Das sieht arrogant genug aus und passt zu seiner gehobenen Stellung.

„Was ist heute dran", fragte er, statt eine Grußformel in den Raum zu schicken, seine Jünger.

„Gebieter, wir haben einen Mann ausgekundschaftet, der ständig läuft oder rennt. Dem müssen wir einen Denkzettel verpassen. Was meinst du dazu?"

Mit diesen Worten eilt er beflissen in den hinteren Teil des Raumes, um die Glaskugel zu holen, mit deren Hilfe er dem Chef den ausgesuchten Mann zeigen will.

„Gebieter, sieh mal hier". Er reichte ihm die Kugel. Der sah darin einen Mann, der irgendeiner Beschäftigung nachging.

„Ein treuer Familienvater, meine Sonne", keckerte er, „ideal für unsere Zwecke", erklärte er die von ihnen getroffene Auswahl.

Der Chef winkte gereizt ab und stierte in die Kugel.

Er beobachtete ihn eine ganze Weile. „Ein braver Mann, so scheint es", stellte er sarkastisch fest. „Und? Wie fangen wir an", fragte er in den Raum?

Lange starrte er hinein und beobachtete den Mann.

Die Kommission

„Das wissen wir eben noch nicht. Ich glaube, es ist besser, du legst fest, wie wir verfahren".
Der Chef vertiefte sich wieder in die Bilder der Glaskugel. Er fühlte sich von seinen Adlatus geschmeichelt.
Dann ging ein Ruck durch seinen Körper. Er lachte diabolisch auf. Sein Gesichtsausdruck nahm fiese Züge an.
„Ich hab's", meinte er breit, immer noch lachend.
„Wisst ihr, was mir da einfällt? Eine besonders passende Krankheit, wie geschaffen für ihn! Das ist ein herrlicher Fall für die Multiple Sklerose".
„Multiple Sklerose, was ist das?" Auch die anderen auf ihren kalten Marmorbänken machten einen nicht verstehenden Gesichtsausdruck.
„Ich sage euch, sehr gute Krankheit".
Er klatschte in die Hand, rieb die Handflächen gegeneinander und freute sich diebisch.
„Hervorragend", meinte er von sich überzeugt, äußerst zufrieden über seinen Einfall.
„Das ist doch mal eine Krankheit ganz nach meinem Geschmack", rief er freudig aus. „Und so geeignet für unseren Läufer".
Er tänzelte ein paar Stufen die Mitteltreppe hinauf und hinunter. Dann erklärte er in groben Zügen ihre Merkmale.
„Wenn du meinst, Gebieter, dass sie passend ist?"
Wieder legte der Chef die Stirn in kleine Fältchen.
„Dann würde ich sagen, meine Sonne, Politik der kleinen Nadelstiche".
„Wie meinst du das", fragte er ungehalten, weil er nicht gleich verstand, was er damit sagen wollte. Außerdem konnte er Dazwischengerede nicht leiden.
„Schau mal, meine Sonne, der Mann rennt sehr gerne durch den Wald. Offenbar hat er Freude an Bewegung. Damit fangen wir an. Hier und da ein kleiner Schwindel, den er sich nicht erklären kann. Dann nach einer bestimmten Zeit kommt ihm der Vorderfuß nicht mehr hoch, sagen wir von dem linken Bein".
„Welches ist sein starkes Bein", fragte der Chef?
„Links! Dann müssen wir das rechte nehmen!"
„Wieso das?"
„Na überleg doch mal".
„Das kapier ich nicht".
„Na ist doch ganz einfach, er wird sehr lange versuchen zu kompensieren, solange es eben geht. Währenddessen wird die schlechte Seite immer schlechter. Und langsam, aber stetig, wird alles schlechter". Er lachte über seinen wie er fand genialen Einfall. Sein Adlatus schaute ihn begeistert an.

Die Kommission

„Soll er erst einmal mit dem Schwindel und mit dem hängenden Fuß klar kommen", schloss der Chef schmunzelnd das Gespräch ab. „In acht Wochen geht es mit ihm weiter".
Mittlerweile lief der Mann nicht mehr regelmäßig durch den Wald. Wegen des hängenden Fußes fiel für ihn inzwischen auch das Wandern aus. Aber noch konnte er die Symptomatik aus seiner Gedankenwelt verbannen.
Dann ging er ins Krankenhaus und kam mit der Krankheitsdiagnose zurück.
Nach acht Wochen kam die Kommission wieder zusammen, um über den weiteren Krankheitsausfall bei dem Mann zu beraten.
Der Chef sammelte sich.
„Wir hatten gesagt, seine rechte Seite ist vordergründig betroffen. Hol mal die Glaskugel und zeige mir, wie er mit den Ausfällen klarkommt".
Der Stellvertreter eilte in den hinteren Teil des Raumes und griff sich das Gewünschte.
Der Chef schaute auf die ungelenkgen Bewegungen ihres Protagonisten und freute sich.
„Das sieht herrlich unbeholfen aus", rief er mit schmunzelndem Gesicht.
„Also, die Motorik rechts, ob Arm oder Bein, machen wir peu à peu schlechter. Das reicht fürs erste".
Er gab ihm die Glaskugel zurück und zeigte ihm mit einer knappen Kopfbewegung, wo er mit ihr hin kann.
Nach acht Wochen kamen sie wieder zusammen, um über den weiteren Krankheitsverlauf zu beraten. Wieder holte er die Glaskugel für den Chef.
„Zeig her, wie geht es unserem Patienten", sagte er freudig erregt.
Der Chef sah, wie unbeholfen er mittlerweile sich vorwärts bewegte und er ungeschickt Dinge mit der rechten Hand griff.
„Wunderbar", rief er spontan aus, über das ganze Gesicht breit grinsend. „Aber ich denke, wir sollten die Schwächung noch etwas, ein klein wenig mehr, forcieren. Sagen wir, das Bein kommt noch weniger hoch, er stolpert über die eigenen Extremitäten und fällt, sagen wir, durch die Türscheibe. Das gibt einen genügend großen Schreck. Eine der Glasscherben steckt dann im Rücken. Viel Blut soll fließen", klatschte er, begeistert über seinen Einfall, in die Hände. Vorfreude ist doch die größte Freude. Aber am besten ist die Schadenfreude.
„In acht Wochen geht es wieder um den Mann. Dann seid ihr dran. Ich will von euch wissen, wie es mit ihm weitergehen soll".
Nach der vereinbarten Zeit saß die Kommission wieder zusammen.
„Berichte, wie ist es ihm ergangen", fragte der Chef seinen Stellvertreter.

Zweites Buch – Nonsens- und Lügengeschichten aus Grünheide
Die Kommission

Der reichte ihm die Glaskugel. Er zeigte ihm den Mann, wie er durch die Scheibe flog. Mehrere Blutlachen waren zu erkennen. Dann wechselte das Bild. Er lag unter den Handhabungen eines Operateurs. Ein ziemlich großer Glassplitter wurde entfernt und die Blutung gestillt. Die Niere hatte Glück gehabt.
Diejenigen, die es sahen, mussten grinsen. „Sehr gut", sagte der Chef begeistert. „Hervorragend! Was meint ihr?"
Die Glaskugel wurde weitergereicht, jeder sollte sich die Bilder ansehen.
Der Chef suchte sich einen aus seiner Kommission aus und sprach ihn an: „Was meinst du, was soll weiter geschehen?"
„Ehrlich gesagt", antwortete dieser, „ich bin der Meinung, wir sollten das Tempo rausnehmen. Ihn in den Rollstuhl setzen, einverstanden, aber sonst weiter gar nichts. Noch ein paar Schritte laufen, einverstanden, aber sonst? Soll er sich erst einmal an ihn gewöhnen. Rechter Arm und rechtes Bein, dadurch, dass beide immer weniger eingesetzt werden, hat sich sowieso bald erübrigt. Die rechte Körperhälfte insgesamt wird immer toter. Ansonsten würde ich eine längere Pause machen. Soll er doch denken, die Krankheit sei zum Stehen gekommen. Uns jagt doch keiner".
Der Chef dachte über dessen Worte lange nach. Dann grinste er. „Du bist mir zwar zu vernünftig, aber du hast Recht. Wir sollten wirklich ein, zwei Jahre eine Pause einlegen". Den muss ich irgendwie aus der Kommission werfen, dachte der Chef, der hat mir zu viel Verstand. Das ist zu gefährlich.
Nach zwei Jahren, als die Kommission wieder über den Mann mit der Multiplen Sklerose zusammenkam, war der beim letzten Mal Angesprochene nicht mehr dabei. So viel Bedenken duldete der Chef neben sich nicht. Wo derjenige abgeblieben war und wie die neue Person hinzukam, kann ich ihnen leider nicht sagen. Jedenfalls war die Kommission vollzählig und die für den Chef gefährliche Person irgendwo.
„Was macht unser Mann", fragte der Chef seinen Stellvertreter, „bring mir mal die Kugel". Er brachte ihm das Gewünschte. Beide schauten sich den Zustand ihres Protagonisten an. Der quälte sich in seinem Rollstuhl. Mit einer einseitigen Lähmung kam er sehr schlecht vorwärts. Aber für kurze Wege ging es.
Ihre Gesichter wurden breiter. Als sie sahen, wie er sich abmühte, freuten sie sich. Aber sie bemerkten auch, dass sich der Mann mit seinem desolaten Zustand abgefunden hatte.
Der Chef betrachtete dessen Arrangement mit der Krankheit. Er runzelte die Stirn. „Hast du den Mann richtig ausgewählt", fragte er seinen Stellvertreter missmutig, „der ist mir noch zu forsch mit der Krankheit dabei".

Zweites Buch – Nonsens- und Lügengeschichten aus Grünheide
Die Kommission

Der Stellvertreter fühlte sich in seiner Kompetenz infrage gestellt. Angriff ist die beste Verteidigung, das wusste er, auch in dieser Welt.
„Der ist schon der Richtige, aber wir müssen wieder mal den Druck bei ihm erhöhen. Er konnte sich zu lange auf den Krankheitszustand einstellen".
„Hm, was sollten wir deiner Meinung nach tun?"
„Nächste Stufe, die vorletzte sozusagen".
„Die vorletzte, was meinst du damit?"
„Bisher konnte er sich immer noch an einem Griff in den Stand hochziehen und kurzzeitig frei stehen. Damit ist jetzt Schluss. Seine Muskeln geben das nicht mehr her". Er lachte!
„Im Rumpf ist er zu labil. Auch durch intensives Training ist kein Aufbau mehr möglich. Wir lassen ihn ein paar Mal straucheln".
Erneutes hämisches Lachen.
„Er muss ein paar Mal unter dem Griff zum Liegen komm", sagte er mit breitem Gesicht.
„Hervorragend", der Chef war begeistert.
„Dann begreift er so ganz allmählich, dass das Stehen nicht mehr geht".
Nach weiteren zwei Jahren nahm sich die Kommission erneut den Multiple-Sklerose-Fall vor. Der Stellvertreter brachte wieder die Glaskugel zum Chef. Beide sahen den Mann im Rollstuhl sitzen, wie er sich abmühte, um ein paar Meter vorwärts zu kommen. „Na, mein Junge, klappt nicht mehr so recht", sprach er zynisch in die Glaskugel.
„Weißt du, mir klingen immer noch deine Worte im Ohr, … seine vorletzte Stufe…'. Wieso die vorletzte, mir ist noch eine eingefallen, eine wirklich vorletzte Stufe. Da setzen wir sozusagen seine linke Seite außer Betrieb. Dann hilft nichts mehr. Dann bleibt ihm nur noch das Liegen".
„Das stimmt", gestehte der Stellvertreter ihm ein. „Ganz prima, Boss. Aber das müssen wir ganz allmählich machen, ich möchte nämlich nicht, dass er den Freitod wählt".
„Ja, das machen wir auch so langsam wie bei der rechten Seite".
Doch da irrten sie sich. Als der Mann immer öfter Ausfälle der linken Seite bemerkte, setzte er sich in seinen Elektrorollstuhl, fuhr damit weit in den Wald hinein und öffnete sich die Pulsader des rechten Arms. Das Blut floss in Strömen.

Die Geschichte vom guten Lindwurm – Eine Tragik

Sie kennen doch bestimmt noch, meine Damen und Herren, die spannenden Bücher aus ihrer Jugendzeit mit harschen Kämpfen von Rittern gegen Feuer speiende Drachen, den so genannten Lindwürmern. Als Beispiel sei an dieser Stelle Dietrich von Bern genannt, ein tapferer Vertreter seiner Zunft. Damals endete so ein Kampf besonders martialisch erst, wenn der edle Ritter den abgeschlagenen Kopf des Furcht einflößenden Feuerspuckers in den Händen hielt.

Heute will ich ihnen eine besonders tragische Geschichte über einen Lindwurm erzählen, der nicht nach dem Blut der Edelleute schmachtete, sondern ein ganz anderer, ungewöhnlicher Vertreter seiner Spezies war. Also hören oder lesen sie selbst:

Natürlich, wie konnte es anders sein, vor langer Zeit gab es in Grünheide, etwas Abseits im Wald gelegen, eine prächtig gewachsene Linde. Wie kam die dorthin, werden sie fragen. Eigentlich ganz einfach: in grauer Vorzeit, ein evolutionierter Vorgänger der Vogelgattung Specht hatte dafür gesorgt, setzte sich dieser Flügger auf eine freie Stelle im geschützten Wald, um genüsslich Pflanzenkost zu sich zu nehmen. Er fraß so gierig, dass er einen Lindenkeimling aus seinem Schnabel verlor. Als der Vogel seinen Hunger gestillt hatte und es ihn an einen anderen Ort zog, es sowieso an diesem nichts weiter zutun gab, flog er mir nichts dir nichts davon. Die Zeit und die Wetterkapriolen brachten den Sämling in die Erde, wo er sich zu einem anfänglich zartes Pflänzling, später zu diesem kräftigen Baum entwickelte.

Mit dieser Linde war nun etwas Besonderes: in ihm wohnte ein Bienenstaat, der mit viel Fleiß in der Umgebung die typische Pflanzenpollen suchte. Daraus stellten die nützlichen Insekten einen wohlschmeckenden Honig her. Aber nicht nur das. Eine der Immen kümmerte sich, offensichtlich mit mehr Wissen um die Arbeit von Bakterien ausgestattet, in einem verlassenen Vogelloch um die Entstehung von einem äußerst nahrhaften Honigextrakt. Sie ließ also die Bakterien für sich und ihren Staat arbeiten, denn sie wusste, dass ihre Königin für ihre Führungsarbeit viel Kraft brauchte.

Nun begab es sich, dass die Biene einmal, von einem sehr weiten Flug zurück kehrend, auf der wulstigen Haut des Baumes sich erholte. Wie sie so dasaß und Luft in sich hinein pumpte, erblickte sie einen kleinen Wurm, der sich an dem Holz des Baumes zu schaffen machen wollte. Der Wurm sah sehr traurig aus, er

Zweites Buch – Nonsens- und Lügengeschichten aus Grünheide
Die Geschichte vom guten Lindwurm – Eine Tragik

dauerte das kleine Insekt. Sie kamen ins Gespräch und da erfuhr die Biene, dass der Wurm beide Eltern verloren hatte, bevor diese ihm zeigen konnten, mit welchen Nahrungsmitteln ihre Art ihren Tag versüßte. Die kleine Imme hatte Mitleid mit dem kleinen und sehr dünnen Kriecher. Die Biene reichte ihm zum körperlichen Aufpäppeln etwas von dem bakteriell hergestellten Superextrakt aus Honig. Das ganze heimlich, versteht sich! Die Königin durfte davon nichts wissen. Der Wurm fraß das Zeug und es schmeckte ihm ausnehmend gut. Die Königin wuchs, aber auch der Wurm schien bei der guten Ernährung stündlich zuzulegen.

Die Biene schwirrte hin und her, um den kleinen Körper zu versorgen, mittlerweile hatte sie mit seiner Versorgung stramm zu tun. Sie holte insgeheim Portion um Portion für ihren kleinen Freund herbei, immer der royalen Entdeckung gewärtig.

Der von den Bakterien unter der Oberaufsicht der Imme hergestellte Honigextrakt wirkte sich besonders förderlich auf die körperliche Entwicklung des kleinen Wurms aus. Schon nach wenigen Wochen war der Wurm nicht mehr wieder zu erkennen. Breit und bräsig kroch er auf der rauen Baumborke hoch und runter, um nichts zu tun, einzig nur, um die von der Biene heran schaffte Nahrung aufzunehmen.

Binnen Wochen hatte er sich physisch vervierfacht. Er war zwar noch ein kleiner Lindenwurm, aber mit der Tendenz zu einem großen Lindwurm.

Mittlerweile brauchte er auch keine Angst vor den Vögeln zu haben, denn bei seinem Gewicht bestand kaum Gefahr, dass so ein dicker Wurm von der ornithologischen Welt gefressen wurde. Zumindest nicht von der fliegenden Zunft; kannibalische Tiere am Boden gab es zur Genüge, vor denen musste er sich in Acht nehmen.

Inzwischen hatte die Biene in einer verlassenen Spechthöhle einzig für ihren inzwischen voluminösen Freund Bakterien angesiedelt, die dort nur für ihn besonders aufbauende Nahrung aus Honig herzustellen hatten. Nektar um Nektar flog sie ein. Inzwischen war er kein Würmchen mehr, gewissermaßen kein Lindenwurm, sondern ein besonders dicker fetter Wurm. Man würde sagen, der Lindenwurm hat sich zum Lindwurm gemausert.

Inzwischen zur geschlechtlichen Reife entwickelt, folgte er seinem natürlichen Instinkt und vervielfältigte sich. Die Nachwuchswürmer ernährte er aus der stillgelegten Spechthöhle. Auch ihnen bekam der Extrakt sehr gut und sie mauserten sich prächtig.

Aber bald war die Linde zu klein für die gesamte Wurmfamilie, so zu sagen Wurm

Zweites Buch – Nonsens- und Lügengeschichten aus Grünheide
Die Geschichte vom guten Lindwurm – Eine Tragik

ohne Lebensraum. Da blieb ihm nichts weiter übrig: um Platz zu schaffen wanderte der Nachwuchs eines Tages aus. Die beiden jungen Würmer krochen eines Tages hinaus und ließen den Elternwurm allein zurück. Ihre Ernährung war anfangs nicht so einfach. An diesen besonders wachstumsfördernden Honigextrakt gewöhnt, mussten sich die beiden Würmer eine andere Nahrungsquelle erschließen. Sie entdeckten ihre Vorliebe für Holz. Wegen ihrer enormen Größe versuchten sie sich, mit einem halben Baum zu bescheiden. Ihre Kauwerkzeuge mahlten ihn weg. Im Zuge ihrer Wanderschaft, was für ein Wort für Würmer, auch wenn sie körperlich so groß waren. Ihre Fortbewegung war eher ein ständiges Arbeiten ihrer äußeren muskulären Hautschicht. Mit Wanderschaft war hier wohl mehr die grundsächliche Ortsveränderung gemeint. Dabei verputzten sie jedoch tagtäglich statt eines halben einen ganzen Baum. Zum Glück gab es damals, als dies geschah, genügend Baumbestand, da konnten die Würmer so zusagen aus dem Vollen schöpfen. Sie merkten, ihre Verdauung stellte sich um. Nach dem Verzehr des Baumes rumorte es in ihren Verdauungsorganen. Bei dem kleineren der beiden bemerkten sie es zuerst: wenn der aufstieß, entließ er aus seinem Inneren eine Stichflamme. Es dauerte nicht lange, da war es bei dem größeren der beiden Würmer gleichermaßen. Man konnte sagen, ihre Zeit des Honigextraktes war damit endgültig vorbei.

Irgendwann erreichten sie ihr Ziel: das Schweizer Alpengebiet. Davon hatten sie mal gehört und hier wollten sie hin; nicht zuletzt wegen der Höhlen, die es hier geben sollte. Sie suchten sich dann im Gestein ein sehr geräumiges Exemplar, ihr neues Zuhause.

Das Dasein der Lindwürmer sprach sich schnell herum. Es war damals so üblich, man kann auch sagen, es musste sein: viele der dortigen Ritter maßen mit ihnen ihre Kräfte, das verlangte von ihnen schon ihr Ehrenkodex. Aber, was wunder, halbe Kinder, die sie waren, hatten sie keine Chance gegen diese exorbitante Macht, verloren sie nur ihr Leben.

Dem Elternwurm, der an der Linde geblieben war, war natürlich irgendwann der Baum ebenfalls zu klein. Da blieb nur Biwak! Er grub sich im Wald eine offene Stelle und deckte sich nachts mit Zweigen zu.

Was seine Nahrung betraf, dem schmeckte Holz überhaupt nicht. An Nahrungsumstellung, von dem Gelee royal weg, wie bei seinem Nachwuchs, war in seinem Fall überhaupt nicht zu denken. Die kleine Biene flog unermüdlich und versorgte inzwischen nur noch die Spechthöhle mit Pollen. Die Bakterien taten ein Übriges. Der wuchtige Wurm schleckerte abends dann den Honigextrakt und wurde dabei immer größer und kraftvoller.

Zweites Buch – Nonsens- und Lügengeschichten aus Grünheide
Die Geschichte vom guten Lindwurm – Eine Tragik

In jener Zeit verdingte sich der vom Lindenwurm mutiere Lindwurm bei den Bauern und manchmal auch bei den Fischern.
Anfangs lungerte der Wurm in der Nähe der Felder umher. Der Lindwurm sah Furcht einflößend aus, deshalb trauten sich die Bauern nicht, ihn in irgendeine Weise anzusprechen. Da sammelte sich der Wurm, fasste Mut, griff sich deren Pflüge und zog zehn Stück gleichzeitig durch die Ackerkrume, denn er wusste nicht wohin mit seiner Kraft. Das wiederholte er. Sehr zur Freude der Bauern. Anfänglich waren sie des Lobes voll über diese enorme Hilfe. Innerhalb kurzer Zeit waren alle Felder in der Umgebung umgepflügt und für die neue Saat vorbereitet. Die Bauern merkten allmählich, dass der Lindwurm anders war, als es ihre Vorfahren ihnen geschildert hatten, wenn sie Rittergeschichten zum Besten gaben. Irgendwie versteht er einiges von unserer Arbeit, meinten sie anerkennend. Ganz allmählich wuchs ihr Zutrauen zu ihm. Er rackerte, pflügte für sie, und wenn er noch Zeit hatte, zog er den Fischern die vollen Netze ein. Er arbeitete von früh bis spät bei ihnen. Er hatte nur ein Bedingung: in ewiger Dankbarkeit für seine Biene mussten die Bauern ihre Felder mit farbigen Blumen umgeben. Diesen Gefallen taten sie ihm gern, denn immerhin lockten die farbigen Blumen alle Arten von Bestäubern an, die genauso wichtig für ihre Feldfrüchte waren. Die Pollensammler tummelten sich erst in den Rabatten, um anschließend auf die Felder auszuschwirren und dort zu bestäuben.
Von dem Hufschmied des Dorfes ließ er sich eine Spezialsense bauen, eine, die seinen ganzen kräftigen Schwanz einnahm. Wenn sie angelegt war, fiel ein großer Schwall von dem Getreide, was gerade zu ernten war. Die Bauern staunten nicht schlecht, wenn eine Riesengarbe nach der anderen fiel. Bei dieser Größenordnung kann man in etwa ahnen, wie schnell die Felder der Umgebung abgeerntet waren. Dem gutmütigen Lindwurm war es eine Freude, sich körperlich auf den Schlägen der Bauern auszuarbeiten.
In der Zeit hatten die Bauern ungewöhnlich viel Freiheit. Sie mussten lernen, damit umzugehen. Sie wussten, dass sie diese ihrem neuen faunistischen Freund verdankten. Ja, damals verspürten sie für ihre plötzlich in so einer Größenordnung auftretende Freizeit dem Wurm gegenüber noch ewige Dankbarkeit. Sie schlossen sich zusammen und zimmerten ihm eine Wohnstätte. Lang und flach fiel sie aus. Genau richtig, wie er sie brauchte. Es schloss sich auch ein Vorratsraum an, in den sie ihm für seine vegetarische Ernährung diverse pflanzliche Stoffe einlagerten. Ganz viele Rüben fand er dort und andere Spezialitäten, die ihm mundeten. Er war sehr glücklich, so ein anheimelndes Zuhause zu haben.
Der Lindwurm arbeitete auf den Feldern, und die Bauern hatten Langeweile. Denn

Zweites Buch – Nonsens- und Lügengeschichten aus Grünheide
Die Geschichte vom guten Lindwurm – Eine Tragik

es ist ein soziologisches Problem, irgendwann zuviel Freizeit zu haben. Zumindest, wenn man nicht gelernt hat, damit umzugehen. Und, was hatten die Bauern außer dem Führen ihrer Landwirtschaft schon gelernt. Den Rücken krumm machen und knechten auf ihren Feldern, mehr nicht. Eine Schule hatten sie und ihre Kinder nie von innen gesehen.

Irgendwann ist auch die letzte schadhafte Stelle an ihren Häusern repariert und auch sonst alles überholt, was es zu überarbeiten galt. Däumchen drehen konnten sie nicht oder einfach so mir nichts dir nichts ausfahren, um sich zum Beispiel an der Natur zu erfreuen oder dergleichen.

Mitunter schlichen sie sich in die Nähe ihrer Felder und beobachteten kritisch den Lindwurm. Sie wollten ihn bei der Arbeit sehen. Sie wollten sehen, wie er sich, egal, was es war, nach vorn bewegte. So viel sie auch zweifeln wollten, das Haar in der Suppe suchten, alles war auf das Beste bestellt. Der Lindwurm war ein sehr gründlicher Arbeiter. Sie konnten ihm nichts Schlechtes nachsagen.

Na ja, irgendetwas fanden sie. Nun sieh doch, sagten sie mit Zornesröte im Gesicht, wie er mit seinem massigen Körper den Boden verdichtet. Dabei schüttelten sie mit ihren Köpfen.

Ein weiteres Jahr sahen sie sich das an, dann konnten sie nicht mehr. Still und heimlich bestellten sie alle Bauern zu einer Versammlung ein. Lange diskutierten sie über ihren unglücklichen Zustand. Eigenartigerweise empfand es fast jeder von ihnen so. Wenige von ihnen dagegen hörten sich die Probleme der anderen an und mussten darüber mit ihren Köpfen schütteln. Sie sind enttäuscht, dass ihnen der Lindwurm ihre Arbeit erledigt. Nicht zu fassen!

Einige von den Bauern wiederum wünschten sich einen ganz normal Lindwurm her, einen, der nicht unbedingt Vegetarier ist und der Feuer speien kann; einen wie sie sagten ganz normalen Drachen eben, den sie ganz einfach als ihren Feind ansehen können. Eben so einen, wie es anscheinend zwei Exemplare im Berner Land geben sollte. Jedenfalls war das an ihr diesbezüglich geschärftes Ohr gedrungen. Natürlich wussten sie nicht, dass es sich in den Schweizer Bergen um Nachwuchswürmer ihres Lindwurms handelte. Eigentlich war es auch unerheblich, dass sie es nicht wussten.

So sind die Menschen, sie sehnten sich nach dem, das sie nicht hatten; hier nach einem grausamen Lindwurm. So schnell kann es gehen, dass Hilfe als Geisel empfunden wird.

Von alldem ahnte unser überdimensionierter Lindenwurm nichts. Er arbeitete von Sonnenaufgang bis Sonnenuntergang auf den Feldern der Bauern und meinte, es ihnen gut zu tun.

Weil sich keiner zutraute, ihr empfundenes Übel radikal zu beseitigen, in dem Fall betonten sie, dass sie nur Bauern sind, sammelten sie Geld und wählten aus ihrer Mitte drei verwegene Männer aus. Diese hatten die Aufgabe bekommen, mit ihrem Problem ihren Ritter anzusprechen. Der sollte dann das Problem auf typische Ritterart lösen.

Der Ritter hörte sich alles an, ihr Gejammer, wie er still dachte, mit Verachtung für seine Bauernschaft.

Er werde sich um das fürchterliche Problem kümmern, versprach er ihnen und schickte sie schnell nach Hause, denn er konnte ihre wie er fand leidvolle Mienen nicht lange ertragen.

Eine ganze Weile saß der Ritter dann einfach da, stumm und mit weitem Blick auf seine Ländereien, ohne etwas Bestimmtes wahrzunehmen, nur mit dem Kopf schüttelte er von Zeit zu Zeit. Dann ging ein Ruck durch seinen Körper. Er hatte einen Entschluss gefasst. Schnell ließ er nach seinem Knappen rufen. Als der kam, ließ er sich durch ihn mit seinem schweren Kampfanzug bekleiden und anschließend ritten beide in das Grünheider Land, wo sich der Lindwurm auf den Feldern der Bauern abmühte. Beide ritten an einen blühenden Feldrain, ließen ihre Pferde grasen und riefen den gutmütigen Wurm heran. Nichtsahnend kroch der friedlich und auch etwas neugierig zum Ritter. Dieser zog, eingeübte Motorik, ganz schnell sein kampferprobtes, extra gehärtetes Schwert aus der Scheide. Der Wurm beobachtete das alles. Unverständlich kam es ihm vor. Er hatte noch einen erstaunten Gesichtsausdruck, als ihn der Schwerthieb des Ritters traf. Mit einem Schlag war der Wurmkopf ab. Der Knappe zuckte zusammen, denn damit hatte er nicht gerechnet.

„Diese Bauern", murmelte der Ritter bei seinem blutigen Dienst und schüttelte den Kopf. Er hatte zwar getan, um was sie ihn gebeten hatten, aber er verstand das alles nicht.

Den Kopf des Wurms stülpte er in einen extra dafür mitgebrachten Korb, den Körper ließ er einfach dort liegen, wo er eben noch gearbeitet hatte.

Im Himmel ist Jahrmarkt

Heute will ich ihnen, liebe Leser, eine Geschichte erzählen mit einer Überschrift, die sie wahrscheinlich schon einmal benutzt haben, wenn sie meinten, ihr Gegenüber flunkere ihnen etwas vor. Unter dem Motto: ich lasse mich nicht für dumm verkaufen, haben sie ihn womöglich stürmisch angeblickt und dabei gesagt: ‚… und im Himmel ist Jahrmarkt', um ihm klar zu machen, ihn durchschaut zu haben,

Zweites Buch – Nonsens- und Lügengeschichten aus Grünheide
Im Himmel ist Jahrmarkt

ihn und seine Lügereien. Bitte entschuldigen sie meine Rechthaberei, aber, mit Verlaub, so ganz falsch ist der wörtliche Inhalt dieses Ausspruchs nicht. Mir hat nämlich einer, ein sehr zuverlässiger Zeitgenosse, eine nun sagen wir unglaubliche Geschichte erzählt, die ich ihnen nicht vorenthalten will, eine zufällige Sache, die ihm da passierte. Also, meine Damen und Herren, skeptisch, wie ich im Allgemeinen bin, würde ich ihnen trotzdem sagen, da kann man denken was man will, im Himmel ist mitunter wirklich Jahrmarkt. Aber bilden sie sich selbst ein Urteil, hören oder lesen sie selbst:

Angefangen hat die Sache in Grünheide. Der Bewegungsdrang hatte ihn, nennen wir ihn Hans, wieder einmal gepackt. Also wanderte Hans an unserem Flüsschen entlang, um dann bei passender Gelegenheit in den Tiefen des Waldes, der unseren Ort so reichlich umgibt, zu verschwinden. Wie so oft geschehen, ein bewehrter Beginn eines langen Wandertages für Hans.

„Weißt du", begann er mir zu schildern, „meine Wanderung ging an dem Flüsschen los, dessen Wasser phasenweise in seinem flachen Bett dahin schießt. Wunderbares frisches Wasser, sauerstoffreich und schnell fließend, damit auch ideal für Forellen. Gurgelnd, sich an Wurzeln und natürlichen Hindernissen brechend, stürmte es vorwärts. Ich kümmerte mich aber nicht um die Flussfische, ich wollte nur wandernden Schrittes sich zügig vorwärts bewegen.

Ich erinnere mich noch ganz genau, wie mich damals die Gedanken einholten und sich meiner bemächtigten. Nach innen gekehrt ging ich mechanisch weiter. Die Waldluft betörte mich förmlich. So merkte ich gar nicht, wie ich beständig bergan ging. Irritiert blieb ich plötzlich stehen. Der Fluss, mich eben noch an meiner Seite mit typischen Geräuschen begleitet, war verschwunden. Wie aus tiefem Schlaf erwacht, nach einem sehr lebendigen Traum, stand ich plötzlich ganz still. Erstaunt schaute ich mich um, als könnte ich es nicht begreifen, was mit mir geschah. Der Fluss mit seinem schmatzenden Geräusch war verschwunden und der Weg ging streng, aber beständig aufwärts. Eigenartigerweise sah ich auch nichts mehr von dem Wald. Worauf ich Schritt für Schritt meine Füße setzte, war anfangs eine Art Feldweg, der plötzlich eine Nebelwand durchbrach. Dahinter blieb ich wie angewurzelt sten. Der Weg wurde nämlich ganz plötzlich zu einer breiten Straße. Die war mit einem alten Granitpflaster befestigt. Ein unglaubliches Menschengewimmel bewegte sich vor mir. Wo kamen sie alle her, die vielen Menschen, fragte ich mich verwundert. Sie promenierten auf der Straße gemessenen Schrittes dahin, neugierig nach links und rechts blickend. Schnell wurde auch ich von dem eigenartigen Fluidum ergriffen. Langsam ging ich weiter, ebenfalls interessiert nach beiden Seiten schauend. Die Geräuschku-

Im Himmel ist Jahrmarkt

lisse war mächtig, fasst ohrenbetäubend. Je dichter ich an das Treiben kam, umso lauter wurde es.
Viele kleine Büdchen waren aufgebaut, die viel Lärm und die verschiedensten Gerüche preisgaben. An beiden Seiten säumten sie die Straße. Davor bildeten die Menschen Trauben. Zu viele wollten gleichzeitig das Angebot sehen. Das Merkwürdige war, ich sah keinen etwas kaufen. Geld floss jedenfalls nicht hin und her, aber die Leute verstauten hie und da Ware in ihren Behältnissen. Das sah ich ganz deutlich und es kam mir äußerst eigenartig vor; wie ein Anachronismus, wie aus einer längst vergangenen Zeit: ein Kauf so ganz ohne Zahlungsmittel!
Ich schaute an den Buden vorbei und wollte wissen, was dahinter bis zum Horizont zu erkennen war, aber eine weiße Wand gab keinen Blick preis. Ich betrachtete genauer das weiße Etwas, bis es mir klar wurde: es waren Wolken, die an den Rückwänden der Büdchen kondensiert klebten. Buden, dahinter Wolken, dachte ich, eigenartig!
Ich schaute die Straße rauf und runter, sah die Einkaufsmeile, ich entschloss mich, da ja kein Geld floss, nicht Einkaufsmeile, sondern neutral Erwerbsmeile zu denken, sah das viele Gedränge, nahm die unterschiedlichsten Geräusche wahr und auch die Gerüche, sah die Wolken hinter den Buden und musste mit dem Kopf schütteln. Wolken wie Zuckerwatte, dachte ich, nüchtern feststellend. Wo bin ich hier? Etwas schwindelig machte mich diese Ungewissheit schon. Das ist doch hier ein Markt, ein Jahrmarkt, wenn es mich nicht täuscht. So ähnlich gibt es ihn auch jedes Jahr in Grünheide, dachte ich. Aber die Warenanbieter hier, an der Wolkenstraße, Verkäufer stimmt ja wohl nicht, hatte ich noch nie gesehen.
Nicht nur, nun ich sage mal, Waren im weitesten Sinne gab es, auch Karussells. Da stand sogar eines, in der Art kannte ich es noch aus meiner Kindheit. Und zwar war ein Kahn, ein schnöder Holzkahn, an Stangen befestigt. Der Schaukelnde musste darin stehen, seine Füße wurden arretiert, er holte aus den Knien heraus Schwung und, welcher Gaudi, er schleuderte den Kahn um 360 Grad im Überschlag, die Fliehkräfte hielten ihn fest. Neben dem Schwung holenden jungen Mann saß das von ihm begehrte und zu bezirzende Mädchen und juchzte vor kribbelndem Behagen. Damals, in meiner Kindheit, habe ich junge Männer beobachtet, die ihrer Freundin, typisch für das Männertum, ein wenig das Gruseln lehren wollten. Ihre Mädchen setzten sie in den Kahn und schleuderten sie dann sehr gern durch die Luft. Deren extra weite Röcke blähten sich auf. Natürlich, das war der tiefere Sinn der nun wiederum typischen Weiblichkeit – ihre weiblich aufreizende Anzugsordnung. Alles Bewegliche schleuderte, aber die Fliehkräfte hielten es im Kahn fest. Bei den Mädchen arbeitete im Allgemeinen in der Magengegend

Zweites Buch – Nonsens- und Lügengeschichten aus Grünheide
Im Himmel ist Jahrmarkt

die Angst. Die jungen Männer hingegen bekämpften geschickt ihre aufkommende Unruhe. Ihrem weiblichen Geschlecht gegenüber wollten sie männliche Stärke beweisen, sich natürlich als mutige Partner zeigen, die eine ganz enorme Portion Angst vertrugen. Später, kann ich mich erinnern, wurden die die physikalischen Gesetze ausnutzenden Karussellvarianten verboten; es waren wohl zu viele Unfälle passiert. Hier jedenfalls, auf diesem Jahrmarkt, wie wunder, stand so etwas noch und wurde reichlich benutzt, sehr zur Freude des Jungvolkes.

Aber es gab auch Karussells für die Jüngsten, gesicherte Sitze mit Märchenfiguren in der Mitte, alles auf eine gemeinsame Grundplatte montiert. Es drehte sich, aber nicht zu schnell, die kleinen Buben und Mädels sollten Bewegungslust empfinden, keine Angst.

Es standen auch Stände an der Straße, Buden, dort konnte man Zuckerwatte bekommen, die so ähnlich wie die Wolken im Hintergrund aussahen. Aber nicht nur das, auch gebratenes Allerlei gab es an ihnen.

Ein Stand präsentierte Backerzeugnisse. Wunderbare runde Brotlaiber waren geschmackvoll ausgelegt. Sehr appetitlich! Auch süße Zuckereien gab es dort. Ebenfalls sehr lecker zubereitet!

Am Ende der Anbieterbüdchen stand ein grellbuntes Zelt, davor ein verkleideter Mann, der sich zu einer stehenden und zum Eintreten auffordernden Mumie verwandelt hatte. Das Ganze sollte schrecklich aussehen, denn immerhin lockte er die Besucher in seine Gespensterbahn".

Bei Hans' Aufzählung der verschiedenen Büdchen ist für sie gut vorstellbar, meine Damen und Herren, wie die unterschiedlichsten Gerüche durch die Straße waberten, wie sie gegeneinander kämpften und sich vermischten. Dazu kamen die verschiedenen Geräusche. Jede Bude schickte, wie Hans mir sagte, eine andere Musik heraus. Der leichte Wind zerhackte den Geräuschpegel. So ist das nun einmal auf einem Jahrmarkt, sagte mir Hans.

Irgendwo, erzählte mir Hans weiter, etwa in der Mitte des Marktes, war der Budenbesitzer hinter einer Clownsmaske verschwunden. Periodisch blies er in eine Tute und machte so auf das aufmerksam, was es bei ihm zu händeln gab. Bei ihm konnte man nämlich mit leichten Bällen Hindernisse umwerfen. Und wenn man das schaffte, erhielt man bei Erreichen einer bestimmten Punktzahl einen Preis. Hauptpreis war seine Clownsmaske. Sein Stand war dicht umlagert. Immer wieder ertönte seine Tute, immer wieder quäkte sie, blies er sie voller Inbrunst.

„Schnell ging ich weiter", bemerkte Hans mir gegenüber mit gequältem Gesichtsausdruck, denn das Geräusch der Tute tat regelrecht seinen Ohren weh, wie er meinte. Ein paar Schritte neben der Clownsmaskenbude war ein Stand mit Krück-

Zweites Buch – Nonsens- und Lügengeschichten aus Grünheide
Im Himmel ist Jahrmarkt

stöcken. Die hatten so kleine gebogene Bildchen an ihren geraden Abschnitten.
„Ihre Motive konnte ich aber leider nicht erkennen", sagte Hans, „dazu war mein Abstand dorthin einfach zu groß".
Dann kam ein Stand, der das Drehen eines bunten Glücksrades Pfeil bot. Solange es in Drehbewegung war, erscholl ein alternierend mal abschwellender, mal lauter werdender Pfeifton. Nachdem dann seine Drehkraft erlahmte, umfasste das Rad eine Zahl, natürlich eine Glückszahl. Fast jede gewann etwas.
„Immer wieder musste ich mich nach dem leckeren Bäckerangebot umsehen", sagte Hans mir. „Ich muss zugeben, mir lief das Wasser im Mund zusammen, wenn ich die appetitliche Auslage betrachtete.
Ich ging zurück und stellte mich an. Es ging in der Menschenschlange sehr diszipliniert zu, wie ich fand. Die Leute nahmen sich vor ihrer Wunschäußerung eine papierne Tüte. Ich tat es ebenso. Die reichten sie dann über den Tresen, und darin wurden die Leckereien gesteckt, die derjenige ansagte.
Nach einer Weile schien ich an der Reihe zu sein. Eine Dame jenseits der Theke lachte mich an. Sie ließ mich aussprechen, meinen Wunsch sagen, immer noch lachend hörte sie mich an, aber weiter nichts, dann blickte sie freudestrahlend den neben mir Stehenden an und hörte sich seine Wünsche an.
Du wirst verstehen, dass mir damals in den Sinn kam, dass Freundlichkeit vieles ist, aber nicht alles. Ich war drauf und dran, aufzubrausen und mich lauthals zu beschweren, dann sah ich bestürzt, dass sie mich zwar alle äußerst freundlich ansahen, aber irgendwie schien ihr Blick durch mich hindurch zu gehen, offensichtlich war sehen das eine, verstehen aber etwas gänzlich anderes.
Gespenstische, hohle Blicke., die mir wahre Kälteschauer über den Rücken jagten". Hans schauderte es nachträglich.
„Diese Erkenntnis traf mich schlagartig. Ich musste mich mächtig zusammen nehmen, sonst wäre ich in den Kniekehlen weggesackt. Verstört trat ich aus der Reihe. Aufmerksam beobachtete ich die Leute vor und in der Bude. Sie sahen mich schon, nur verstanden sie mich anscheinend nicht. Diesem Mysterium wollte ich unbedingt auf den Grund kommen.
Ich packte einen, der gerade des Weges kam, an den Schultern und schüttelte ihn. Er ließ meine raue Gangart mit sich geschehen.
Was ist los mit euch, schrie ich ihn an, warum hört mich niemand?
Er aber, natürlich, was sonst, lachte mich nur an. Seelenruhig befreite er sich dann aus meiner Umklammerung und ging einfach weiter.
Merkwürdig, dachte ich. Einfach merkwürdig, dieses Treiben hier.
Ehrlich gesagt, du kannst mir glauben, ich hatte genug von diesem Jahrmarkt zwi-

schen den Wolken. Ich schüttelte mich und ging dann einfach auf der Straße weiter. Das Treiben ließ ich hinter mir zurück.
Irgendwie lief ich wie im Traum. So narkotisiert. Gefangen in eine Trance. Trotzdem gelang es mir, einen Fuß vor den nächsten zu setzen. Ich kam auch voran. Bald war ich allein. Und bald hörte ich auch wieder den Fluss glucksen.
Ich muss dir gestehen, irgendwie war ich wirklich froh, alles hinter mir gelassen zu haben – den Jahrmarkt mit seinen Geheimnissen.
Vertrautheit!
Ich war wieder von Wald umgeben".

Die Luft brennt

Es knallte dumpf. Dann splitterte das Glas der Fensterscheiben. Aus jeder seiner Öffnung schoss kurzzeitig eine Stichflamme, als würde das Haus mehrere rote Zungen haben und sie trotzig rausstrecken. Dann war wieder alles ruhig. Es dauerte eine Weile, ein junger Mann kam vor die Tür gewankt in etwas wirrer Anzugsordnung. Sein Haar hatte ein merkwürdig stumpfes Aussehen. Augenbrauen und Wimpern konnte man nur noch erahnen. Aber darum kümmerte er sich nicht. Es war ihm egal. Stattdessen eilte er so schnell es ihm möglich war um das Haus und blickte sich die Schäden an, die die Explosion verursacht hatte. Trotz der zerstörerischen Wirkung des Sprengsatzes wirkte er nicht unzufrieden. Er setzte sich nach dem Checkup auf seine Bank vor dem malträtierten Haus und dachte über sein Experiment nach.
Der junge Mann war Diether Knoll, seines Zeichens angehender Chemielaborant. Und das Haus, vor dem er saß, war sein privates Labor. Nun freilich etwas nackt, ohne Fensterscheiben.
Hervorragend, dachte Diether, was für ein solider Knall, und die Luft im Raum, die brannte regelrecht. Die hat sich dermaßen ausgedehnt, dass die Scheiben rausgedrückt wurden. Vielleicht etwas zu sehr, dachte er kritisch. Er meinte die explosive Wirkung seines Experiments. Etwas weniger reicht aus, dachte er. Etwas weniger, und die Zimmertür nebst den Glasscheiben wären drin geblieben. Aber innen, alles heil. Das wollte er so. Etwas weniger Explosion, sonst die gleiche Wirkung, das wär es, dachte er nüchtern. Er ging wieder hinein, um Ordnung zu schaffen.
Mit Diethers Experimentierfreudigkeit hatte es schon in der Schulzeit angefangen. Seine Eltern bemerkten schon früh seine außerordentliche Begabung in chemi-

Die Luft brennt

schen Dingen und förderten sie mit allen ihnen zur Verfügung stehenden Kräften und Mitteln. Als kleiner Schulbub bekam er zum Beispiel einen Experimentierkoffer von ihnen geschenkt. Außerdem richteten sie ihm, man höre und staune, ein Labor ein, in einem separaten Gebäude, in dem er nach Herzenslust chemische Stoffe vermischen konnte.

Seine Leistungen in der Schule waren im Allgemeinen mittelmäßig, nur in Chemie waren sie gut und besser. Diethers Schulkameraden freuten sich immer schon auf die Zeit kurz vor dem Chemieunterricht, wenn ihr Chemieass Stoffe zusammenfügte und er es knallen ließ. Diether hieß zwar Knoll, aber sie nannten ihn Knall, nicht zuletzt weil es in seiner Nähe sehr oft puffte oder gar rumste.

So kam Diether mit th knallend und chemische Stinkwolken hinterlassend durch die Schulzeit.

Und dann war seine Zeit der Ausbildung zum Laboranten an der Reihe. Es ist erstaunlich, wie Diether die Chemiefächer in sich aufnahm. Periphere Ausbildungsfächer interessierten ihn nicht sonderlich, die belegte er auch gerade so. Aber in den Chemiefächern, da glänzte er. Schnell freundete er sich mit einem seiner Klassenkameraden namens Karl an. Beide wurden unzertrennlich. Karl war zwar kein Überflieger in Chemie, aber dafür belegte er alle anderen Fächer im Gegensatz zu Diether mit Bravour.

Neben seiner Fachausbildung führte Diether seine Experimente aus der Schulzeit weiter. Neue Erkenntnisse flossen natürlich gleich in seine Heimforschung. Experimentieren, das war seine große Leidenschaft. Karl war dabei sein gedanklicher Begleiter. Dieser staunte nicht schlecht über dessen Möglichkeiten eines eigenen Labors. Uneigennützig, wie Diether war, wies er Karl in seine Untersuchungen ein. Ja, sie waren eben richtige Freunde!

„Karl", fing Diether eines Tages an, über sein Vorhaben seinem Freund zu berichten, „ich will eine Handgranate entwickeln, die nicht tötet, sondern nur außer Kraft setzt". Er erklärte ihm, dass ihn das Thema damals schon, in seiner Schulzeit, beschäftigt hat. Diether beschrieb Karl, wie weit er damit war.

„Sagenhaft", staunte Karl, „dass du dich damit beschäftigst. Wie bist du denn darauf gekommen?"

Wie er darauf gekommen war, damals, sich gerade an militärischen Produkten zu versuchen, war ihm heute nicht mehr so eindeutig klar. Bestimmt war ein Fernsehbericht Schuld, „Karl, du weißt, einer, der einem den Atem stocken lässt".

„Stell' dir mal vor, so etwas würde es wirklich geben, eine Granate, die niemanden umbringt", schwärmte ihm Karl vor.

„Das brauch' ich mir nicht vorstellen, mein Experimentierstand gibt es fasst schon

Die Luft brennt

her, noch nicht ganz, aber bald bin ich soweit", antwortete Diether ihm trotzig. Wie konnte er, sein Freund, daran zweifeln, dass er einen solchen Sprengsatz eines Tages entwickeln würde?
Karl merkte, dass sein Freund empfindlich reagierte.
„Na", sagte er besänftigend, „du wirst es schon machen".
Am nächsten Tag war die Spur der Zwistigkeit zwischen den beiden Freunden vom Vortag vergessen.
Ein paar Wochen später nahm Diether Karl beiseite. „Ich bin soweit", säuselte er ihm ins Ohr. „Jetzt können wir einen Versuch wagen", raunte er ihm verschwörerisch zu. „Das ist ja großartig!" Karl war begeistert. „Pst, leise", mahnte Diether seinen Freund an, „es braucht ja niemand erfahren".
„Aber weißt du, es gibt nur ein Problem, ich brauche einen Raum, der nicht mehr genutzt wird, irgendetwas Derartiges. Wo eine Handgranate auch explodieren kann. Damals, in der Schulzzeit, hab ich sie versuchsweise bei mir im Labor gezündet. Da sind meine Fensterscheiben zu Bruch gegangen und die Eingangstür flog raus. Ehrlich gesagt, das will ich nicht mehr riskieren".
„Glaub ich dir", sagte Karl. Dafür hatte er Verständnis.
Ein paar Tage später hatte Karl die Lösung.
„Ich habe etwas gefunden, ideal für deine Zwecke". Mehr verriet Karl nicht.
„Mach's nicht so spannend, was ist es?"
„Na gut, also", begann Karl geheimnisvoll, „da muss ich etwas ausholen". Karl liebte doch wirklich die großen Auftritte, dachte Diether amüsiert.
„Gestern", begann Karl, „bin ich durch den Wald gegangen, dort, wo der alte Geheimdienst sein Versorgungsdepot hatte; du weißt, den es nicht mehr gibt".
„Aha!" Mehr sagte Diether nicht.
„Dort, im Wald, du kannst dich vielleicht erinnern, wo noch der alte Wachturm steht".
„Ja. Der sagt mir was. Dort bin ich auch schon einmal gewesen". Das musste an Verständnis reichen, dachte Diether.
„An der Stelle habe ich ein stück Haus gefunden. Wirklich, nur ein Stück. Ideal für deinen Test. Dort müssen sie früher Häuserkampf geübt haben. Nur noch das Fensterkreuz ist drin, keine Glasscheiben und keine Türen".
„Nicht schlecht, Karl".
„Da kannst du deine Handgranaten zünden".
„Das stimmt".
Beide Jungen gingen dorthin. Karl zeigte Diether, was er gefunden hatte. Sie lugten in die Ruine hinein.

Zweites Buch – Nonsens- und Lügengeschichten aus Grünheide
Die Luft brennt

„Dass sie das Ding nicht abgerissen haben, da staune ich", sagte Diether, als er sie für seine Zwecke ganz genau inspizierte.
„Nun? Was sagst du?" Karl war auf Diethers Urteil gespannt.
Diether war in seinem Element. Er zeigte auf die Raumöffnungen. „Die werde ich abkleben, Karl", sagte Diether feststellend, „ansonsten nicht schlecht".
Am nächsten Tag gingen beide Freunde wieder hin. Diether hatte seine Handgranate dabei, außerdem genügend Ölpapier zum Abdichten der Öffnungen.
„Warum ist es wichtig, ob die Öffnungen dicht sind", wollte Karl wissen?
„Ich will wissen, wie sich eine Druckwelle aufbaut". Mehr sagte Diether nicht, dazu war er viel zu aufgeregt.
„Du legst dich hinter einen Baum, Karl, sicher ist sicher. Und den setzt du auf".
Diether reichte Karl einen Stahlhelm aus längst vergangener Zeit.
„Wo hast du denn den her", staunte Karl.
„Frag nicht, aufsetzen und hinlegen", sagte Diether bestimmt. „Ich geh rein, und du ab hinter den Baum!"
Karl wusste, protestieren ist zwecklos, da verstand Diether keinen Spaß.
Während Karl mit dem aufgesetzten Stahlhelm hinter einem Baum lag und sich in höchstem Maße albern vorkam, dichtete Diether den Raum ab.
In seiner geschützten Stellung vernahm Karl lange Zeit gar nichts, dann einen dumpfen Knall. Nach einer halben Minute, die ihm wie eine Ewigkeit vorkam, erwartete er seinen Freund, aber der kam nicht. Langsam wurde Karl unruhig, denn Minute um Minute verstrich, ohne dass Diether sich blicken ließ. Seine Unruhe steigerte sich. Nach weiteren fünf Minuten entschloss er sich, hineinzugehen und nach seinem Freund zu schauen.
Erst warf er den Stahlhelm ab. Dann überlegte er sich das und setzte ihn wieder auf. Man weiß nicht, was mich da drinnen erwartet, dachte Karl und schnallte ihn sich wieder sorgfältig auf seinen Kopf. Mittlerweile stand er und ging dann zügig in das Hausrudiment.
Er durchschlug das Ölpapier der abgeklebten Türöffnung und schaute sich hastig im Raum um. Diether stand an der Wand. Er hatte offene Augen, aber sein Blick war nicht von dieser Welt. Er wirkte irgendwie abwesend.
„Diether", rief ihn Karl an. Keine Reaktion. Er versuchte es erneut. Wieder nichts.
Er merkte, dass sein starrer Blick sich nicht auflöste; er blieb abwesend. In kurzem Hinschauen sah sich Karl im Raum schnell um. Keine sonstigen Veränderungen durch den Sprengsatz. Das Ölpapier der abgeklebten Fenster war durch die Druckwelle nicht zerstört worden. Überhaupt, nichts deutet auf eine gezündete Granate hin, lediglich Diether steht wie angewurzelt gegen die Wand gelehnt. Er legte sich

Zweites Buch – Nonsens- und Lügengeschichten aus Grünheide
Die Luft brennt

seinen steif wie Holz dastehenden Freund über seine Schulter. Merkwürdig, dachte Karl, als er sich seinen Freund schnappte. Wie ein Brett, fiel ihm dabei ein. Karl hatte Mühe, dieses motorische Nichts an die frische Luft zu schleppen. Schließlich gelang es ihm. Er legte Diether vorsichtig ins Gras. Dann gab er ihm zwei belebende Klapse ins Gesicht, um sein Bewusstsein zurück zu holen. Ganz langsam löste sich dessen Starrheit aus seinem Körper. Diethers Blick wurde wieder beweglich, sein Mienenspiel begann zu arbeiten – kurzum, er erholte sich merklich. Schließlich fand er auch seine Stimme wieder.

„Karl", freudig erkannte Diether seinen Freund. „Wo bin ich hier?"

„Diether", rief ihn Karl an, „du liegst vor der Hausruine im Wald. Erinnerst du dich? Du hast eine Handgranate gezündet. Du wolltest sie ausprobieren".

Allmählich dämmerte dem Hobbywissenschaftler, was geschehen war. Er nickte mit dem Kopf.

„Karl", sprudelte es nun aus ihm heraus, „ich erinnere mich, kurzzeitig brannte die Luft da drinnen. Die Druckwelle drückte mich gegen die Wand. Ab da weiß ich nichts mehr".

„Ich habe dich an die Wand gelehnt gefunden, Diether. Du hattest zwar die Augen offen, aber du reagiertest nicht. Du warst steif wie ein Stück Holz, ich hatte Mühe, dich hierher zu tragen".

„Großartig. Man kann also sagen, ein voller Erfolg. Der Sprengsatz zerstört nicht, er setzt nur außer Kraft. Das, was wir erreichen wollten. Prima!"

„Und? Was passiert nun damit?"

Diether zuckte mit den Schultern. „Keine Ahnung, Karl".

„Lassen wir das einstweilen. Was entwickeln wir als nächstes", fragte Karl nach.

„Du meinst, ich entwickle", dachte Diether, sagte aber nichts.

Am nächsten Tag nahm er sich Karl beiseite. „Karl, hast du gestern den Filmbericht gesehen? Den mit den Kriegen in Afrika? Schrecklich, was? Unvorstellbar, der Waffenexport? Da ist mir eine Idee gekommen. Was hältst du davon, wenn wir so eine Art Anti-Personen-Mine entwickeln, eine, die nicht tötet und verstümmelt, sondern nur außer Kraft setzt?"

„Du meinst, so ähnlich wie unsere Handgranate, Diether?"

„Na ja, vom Prinzip schon, da hast du Recht, nur nach anderen Gesetzen. So ähnlich ihr Wirkmechanismus wie eine Elektroimpulswaffe. Du musst dir das so vorstellen wie ein Elektroschocker in Form einer Mine; kein chemischer Wirkmechanismus, sondern eine elektrische Stromeinwirkung. Du kennst doch diese Elektrobetäuber für unsere Damen, der Stromstoß für die zudringliche Herrenwelt?"

„Ja, ich glaube, ich weiß, was du meinst".

Die Luft brennt

„Karl, du weißt doch, alle nervalen Vorgänge im Körper sind Vorgänge von Ladungsträgern. Hier setze ich an. Durcheinander bringen, schocken, lähmen".
Lähmen?
„Na besser als töten".
„Da hast du Recht".
„Mann, mich hat die Zahl umgehauen, die sie genannt haben, Millionen von Minen sind vergraben. Die vielen Verstümmelungen, die vielen Toten. Verbieten kann man die Waffe offensichtlich nicht, da muss eine völlig andere Mine her, das ganze Prinzip muss radikal geändert werden. Nicht der Tod ist interessant, sondern die Außerkraftsetzung".
„Diether, da hast du dir ja einiges vorgenommen".
Als Gasthörer nahm Diether an einigen Vorlesungen über Elektrophänomene teil. Er schätzte sich selber kritisch ein: über Strom kannte er sich einfach zu wenig aus; nur sein Schulwissen. Da hatte er noch viel zu lernen. Er hatte zwar ziemlich genaue Vorstellungen, wie er die Mine konstruieren wollte, aber ihm fehlte noch zu viel Fachwissen. Die Vorlesungen waren diesbezüglich sehr interessant, und wenn man so will lernte er begierig alles um die Elektrosteckdose.
Mit seinem neuen Wissen musste er sich korrigieren, was die Konstruktion der Mine betraf. Das Ding erhielt nämlich nun eine chemische Basis. Eine chemische Wolke wurde durch einen Zündmechanismus freigesetzt. Die wurde mit einer Ladungsfracht derart angereichert, dass diejenigen, die mit ihr in Berührung kamen, einen fürchterlichen Stromstoß erhielten. Nicht tödlich, aber für längere Zeit außer Kraft setzend.
Soweit in Kürze Diethers wochenlange Arbeit an seiner Mine.
Während sich Diether durch ein chemisches und physikalisches Neuland kämpfte, gab Karl einer lokalen Zeitung ein wie sich später herausstellte fatales Interview, in dem er andeutete, ohne konkrete Namen zu nennen, wie er seinem Freund augenzwinkernd stolz verkündete, dass jener an der Entwicklung von so genannten humanen Sprengsätzen arbeiten würde.
Sehr interessant, hofierte ihn der Journalist.
Eine Handgranate wäre schon fertig, jetzt ginge er an eine Mine gegen Personen. Mehr würde er heute nicht verraten.
Diether hingegen wusste natürlich nicht, dass Karl das Plaudern nicht lassen konnte Tja so sind die Menschen, wenn sie sich wichtig machen können. Auch Karl litt offensichtlich unter dieser menschlichen Schwäche. Woher sollte Diether auch von dem Interview wissen? Karl empfand es nicht als so wichtig, seinem Freund davon zu erzählen.

Die Luft brennt

Wochen vergingen. Die Veröffentlichung in der lokalen Presse lag schon lange hinter ihnen, als Diether von einem unscheinbar aussehenden Landsmann aufgesucht wurde. Dieser fragte ihn, ob er der Freund von Karl sei und an den Sprengsätzen forsche, von denen sein Freund erzählt habe. Er hätte so etwas in der Zeitung gelesen. Diether glaubte nicht, was der ihm erzählte.
„Was? Das hat Karl erzählt? Das stand in der Zeitung?" Er wollte es nicht wahr haben. „Entschuldigen sie", er blickte auf seine Uhr, als könne er den Zeigerstand schwer identifizieren, „wir müssen unser Gespräch unterbrechen, ich habe einen Termin".
„Verstehe ich. Morgen um die gleiche Zeit?"
Diether nickte mit dem Kopf und verschwand eilig.
Erzürnt stellte er seinen Freund zur Rede.
„Immer noch wütend", bemerkte Diether nur zu Karl: „Das hättest du nicht tun sollen". Weiter nichts.
Am nächsten Tag kam der unscheinbare Mann wieder zu Diether. Er fragte ihn allerlei über den Stand seiner Forschungsergebnisse aus.
„Ich vertrete ein afrikanisches Land". Er sagte Diether, welches er vertrat. Diether wusste sofort, dass es totalitäre Strukturen hatte, Oppositionelle bekämpfte, sie folterte und umbrachte.
„So eine Forschungsarbeit kostet viel Geld, nicht wahr?"
Der unscheinbare Mann wurde eindeutig.
„Wir sind an deine Forschungsergebnisse interessiert. Ich bin bevollmächtigt, dir viel Geld dafür anzubieten". Er nannte Diether eine Summe. Diether tat, als müsste er über die Höhe der Geldsumme überlegen. Dann sagte er zu dem Mann: „Sie werden verstehen, dass ich darüber erst mit meinem Freund reden muss". Zeit gewinnen!
Er rannte schnell nach Hause und präparierte seinen Eingangsbereich mit einem Exemplar der neu entwickelten Mine. Dem war alles zuzutrauen, dachte Diether. Es wäre schlimm, wenn ausgerechnet dieses Land seine Ergebnisse irgendwie erhalten würde. Seit dem Filmbericht wusste er, dass der König dieses Landes seine Oppositionellen in der Luft foltern ließ und dann einfach aus dem Flugzeug warf. Und ausgerechnet dieses Land sollte er mit seinen Sprengsätzen unterstützen? Nie und Nimmer, schwor er sich.
Am nächsten Tag suchte der unscheinbar aussehende Mann Diether in seinem Labor auf. Der gab an, seinen Freund nicht angetroffen zu haben und ihm erst am nächsten Tag Bescheid zu geben.
Der nickte sehr intensiv als verstünde er Diether. Dabei holte er eine Pistole he-

Die Luft brennt

raus, erzählte dem Jungen irgendetwas Belangloses und zerlegte seine Handfeuerwaffe. Dann nahm er aus seiner Tasche einen Lappen, auch ein Ölfläschchen und putzte umständlich alle Einzelteile.
Ich brauche an dieser Stelle nicht sonderlich betonen, wie die Angst von ihm Besitz ergriff. Diether verfolgte mit Entsetzen im Blick die Bewegungen des Mannes. Als er ihn endlich allein gelassen hatte, blieb der Junge noch lange auf seinem Stuhl sitzen und dachte nach, besonders über das kürzlich Erlebte. Dann hatte er einen Entschluss gefasst. Er nahm alle seine neu entwickelten fertigen Minen, präparierte damit seinen gesamten Eingangsbereich, nicht nur eine Diele. Denn er wusste, der Mann holt sich das, was andere von ihm erwarteten. Ohne viel Federlesens!
Nachts, als alles schlief, kam der unscheinbar aussehende Mann und wollte mit einem Dietrich die Labortür öffnen. Gerade hatte er die Absicht, sein Einbruchswerkzeug hervor holen, als er unter der Dielung eine von Diethers Tretminen unbewusst zündete. Eigenartiges Geräusch, dachte er noch. Ihm blieb wenig Zeit sich zu wundern, mehr nicht. Erst stieg eine chemische Wolke auf, dann erhielt der Mann einen fürchterlichen Elektroschlag. Erst verkrampften seine Muskeln, dann wedelte es ihn gleich um. Mit offenen Augen lag er auf dem Fußboden, war aber nicht in der Lage, sich zu bewegen. Er konnte zwar alles bewusst sehen, war aber motorisch völlig eingeschränkt.
Dieser Zustand dauerte etwa zwei Stunden an. Plötzlich kehrte seine Beweglichkeit wieder zurück. Endlich gelang es ihm, sich aufrichten. Reste einer Versehrtheit blieben. Er stand auf, wankte noch leicht, als sollte er seinen hilflosen Zustand nie vergessen. Eine zeitlang stand er unschlüssig vor der Labortür. Er überlegte, ob er es noch einmal versuchen sollte. Die rechte Überzeugung fehlte ihm. Aber seine Auftraggeber wollten Ergebnisse sehen. Gut, dachte er, versuche ich es erneut. Wieder nestelte er an seiner Innentasche herum, um den Dietrich hervor zu kramen. Diesmal schaffte er es, die Tür zu öffnen. Er lachte lautlos ein Triumphlachen. Nicht mit mir! Hämisches Grinsen. Du kleiner Scheißer! Du hältst mich noch lange nicht ab! Mit dem Werkzeug öffnete er die Tür. Gerade wollte er im nächsten Schritt die Tür durchqueren, als er auf der Schwelle den nächsten Sprengsatz auslöste. Der Geruch der chemischen Wolke stieg ihm als erstes in die Nase und verursachte ihm Übelkeit, denn den kannte er schon, der hatte sich tief in seine Wahrnehmung eingebrannt. Ein leichtes Zittern, ähnlich einem Beben, ging durch seinen Körper. Sein Nervenzentrum ahnte, was nun folgte. Wieder dieser enorme Elektroschlag! Darauf hätte er gern verzichtet. Aber durch dieses Jammertal musste sein Körper. Unausweichlich!
Motorisch wieder gelähmt, fiel er diesmal mit offenen Augen ins Labor. Er konnte

Zweites Buch – Nonsens- und Lügengeschichten aus Grünheide
Die Luft brennt

zwar alles wahrnehmen, was um ihn herum zu sehen war, aber irgendwie teilnahmslos, als wäre ihm alles egal.
Stunde um Stunde lag er bewegungslos in diesem Raum. Immerhin hatte ja sein Körper den mittlerweile zweiten Stromstoß innerhalb kurzer Zeit zu verkraften. Aber nach ein paar Stunden hatte er seine Bewegungslosigkeit überstanden. Nach und nach kehrte wieder Leben in seine Körperzellen ein. Immer noch ziemlich unsicher, stand er auf. Er musste sich am Tisch festhalten, um nicht zu stürzen. Schwankend durchwühlte er auf Verdacht einen Stoß von Diethers Papieren. Aber dort fand er nicht das, was er suchte.
Plötzlich stand Diether in der Tür. Der harmlos aussehende Mann hatte ihn gar nicht bemerkt.
„Im Stapel daneben, gleich obenauf", sagte der Junge beiläufig, als wollte er dem hilflos wirkenden Mann nur etwas helfen.
Der hätte sich beinah, perplex, wie er war, bei dem Jungen bedankt, denn er fand gleich das, was er suchte. Er zog den Zettel mit den entscheidenden Formeln für die von Diether entwickelten Sprengsätze hervor. Mit Überschrift fein säuberlich aufgeschrieben. Mit dem Papier in der Hand, blickte er zur Tür, wo Diether stand und auf ihn schaute.
„Auf dem Zettel steht nur die Formel von der Tretmine", sagte Diether.
Bei dem Wort ‚Tretmine' verdüsterte sich der Blick des Mannes und eine leichte Frostattacke schüttelte ihn unmerklich.
„Ach", sagte Dieter, „ich will ihnen meine Handgranate nicht vorenthalten. Nachher beschweren sie sich noch bei mir, und das will ich nicht". Er drehte sich schon ab.
„Noch etwas, der Zettel, den sie in den Händen halten, geht gleich in Flammen auf". Der Mann schaute unschlüssig auf das, was er in seiner Hand hielt.
Er verstand nicht.
„Und noch etwas, gleich wird es warm, sehr warm, aber machen sie sich nichts draus, ebenso schnell, wie es kommt, geht es auch wieder. Gehen sie einen Schritt nach links, dann ist es für sie günstiger. Machen sie's hübsch".
Und in der Tat: Diether winkte zum Abschied. Warum er das tat, war ihm nicht klar. Er wollte irgendwie gemein sein.
Mit seiner letzten Bemerkung zog Diether den Sicherheitsring der Handgranate ab und warf sie lässig in den Raum. Der Mann konnte zwar alles verfolgen, nur: Reagieren konnte er nicht darauf, dazu ging es ihm alles viel zu schnell.
Fassungslos musste der unscheinbar aussehende Mann es mit sich geschehen lassen. Er starrte auf den zischenden Sprengsatz.
Kaum war die Handgranate hineingeworfen, schloss der Junge blitzschnell die

Tür hinter sich. Augenblicke später hörte er einen dumpfen Knall, und kurz danach, das erinnerte Diether, brannte die Luft im Raum. Der Zettel, den der Mann noch festhielt, das wusste der Junge zu gut, ging in Flammen auf. Schnell ließ der Mann ihn los. Brennend fiel der zu Boden. Ein Stück unscheinbarer und gekrümmter Asche blieb auf dem Fußboden zurück.

Der Mann wurde durch die sich ausdehnende Luft erst gegen die Wand geschleudert, dann gedrückt. Bewegungslos, aber mit offenen Augen, jedoch total eingeschränkter Muskelaktivität, stand er wie angewurzelt da.

Diether rief telefonisch die Kriminalpolizei an. Er sprach mit einem Hauptkommissar. Dem schilderte er in Kürze alles um den unscheinbar aussehenden Mann. „Wenn ich deine Beschreibung des Mannes richtig deute, suchen wir den schon lange. Unscheinbar sieht er aus, sagst du? Und Waffen? Den muss ich mir anschauen. Warte, wir sind gleich bei dir".

Mit Blaulicht und Martinshorn kamen er und seine Kollegen angesaust, um den Einbrecher festzunehmen.

„Da drin steht er, quasi zur Abholung bereit", bemerkte Diether lapidar, als sie schon kurze Zeit später bei ihm waren.

Der Kommissar öffnete die Labortür und sah den Mann an der Wand gelehnt warten, auf was auch immer, auch auf die Festnahme. Nickend ließ er die Tür offen. Er wunderte sich nur, dass der Mann so friedlich blieb, keine Anstalten erkennen ließ, fliehen zu wollen.

„Tja, wissen sie Herr Kommissar, nach einer Handgranate verspüren sie wenig Lust herumzulaufen".

Der Kriminalpolizist verstand ihn nicht. Handgranate? Wovon redet der Junge? Schnell blickte er sich im Labor um. Alles war in einigermaßener Ordnung. Eine Handgranate hätte aus der Inneneinrichtung Kleinholz gemacht. Wahrscheinlich waren die letzten Stunden für den Jungen zu anstrengend gewesen. Kopfschüttelnd wurde der unscheinbar aussehende Mann ins Auto verfrachtet. Mit Sirenengeheul fuhren sie los.

Der seltsame Punkt

Heute will ich ihnen eine Geschichte erzählen, die wird ihnen unglaublich vorkommen. Und in der Tat, so etwas haben die Grünheider Bürger und darüber hinaus, ja, ich bin gewillt, die ganze Welt zu sagen, noch nicht gehört.

Vor nicht allzu langer Zeit stellte nämlich der Geologe und Hobbyastronom mit

Zweites Buch – Nonsens- und Lügengeschichten aus Grünheide
Der seltsame Punkt

dem lyrischen Namen Fritz Siebenhügel, seines Zeichens Grünheider Bürger, ein merkwürdiges Phänomen, um nicht von einer metaphysisch anmutenden Erscheinung zu sprechen, am Nachthimmel fest. Der Mann hatte ein nun sagen wir vorsintflutliches Fernrohr in seiner Gartenlaube zu stehen, durch das er interstellare Blicke warf. Dabei war ihm ein von ihm nicht näher erklärbares Bild aufgefallen, und zwar ein Lichtstrahl, welcher durch das Universum schoss und irgendwo auf der Südhalbkugel auf unseren Planeten treffen musste. Wie ein sehr schnell fliegender Militärjet, der seine Abgase in einem feinen Strahl hinter sich herzog, dachte Fritz bei dem Anblick. Er rieb sich die Augen und befürchtete, dass entweder seine Sinne ihn verulkten oder sein schwaches Teleskop ihm ein Streich spielte. Er kniff seine Augen mehrmals ganz fest zusammen und schaute auf die Wände des Gartenhauses, um seinen wie er annahm überforderten Sehzellen eine Abwechslung, gleichsam eine Entspannung, anzubieten. Aber von seiner Neugier getrieben, blickte er bald wieder durch das Okular seiner zugegeben nicht mehr ganz dem Stand der Technik entsprechenden Sternwarte. Er bedauerte es, gerade jetzt kein besseres Teleskop zur Verfügung zu haben. Aber wie fast alles war auch das eine Geldfrage, und ein besseres Fernrohr konnte er sich momentan nicht leisten.

Er stand also in seinem Gartenhaus und blickte durch selbiges, um wieder fasziniert auf diesen Lichtstrahl zu schauen.

Unerklärlich, dachte er beim Anblick dieses Lichtstrahls. Er versuchte es zu verfolgen, aber der Krümmung des Raumes konnte er nicht folgen. Dann setzte er sich an seinen Tisch, nahm seinen Rechner und ermittelte überschläglich die Koordinaten, wo auf der Südhalbkugel der Erde der Strahl auftreffen musste. Er rechnete hin und her und kam am Ende zu dem Schluss, dass er auf afrikanischem Boden stoßen musste. Aber wirklich, es war nur eine überschlägliche Rechnung, für genauere Berechnungen fehlten ihm einige Voraussetzungen.

Er schaute wieder durch sein Fernrohr, aber der Lichtstrahl veränderte seine Position nicht.

Interessant! Eigentlich nicht nur interessant, sondern faszinierend. Wie ein Laserblitz! Aber wie imposant muss erst der Blick aus dem Weltall darauf sein, dachte Fritz! Aber was noch viel wichtiger ist, was verbirgt sich dahinter? Er schaute mit überforderten Augen, inzwischen Tränen verschwommen, weil er die Schwäche seines Fernrohrs mit seinen Augenlinsen kompensieren wollte, in die Ferne. Wo kommt der Lichtstrahl her? Wer sendet ihn aus? Waren es die lang schon gesuchten vernunftbegabten Wesen? Fragen über Fragen. Schade, bedauerte er, dass ich nicht in größere Entfernungen sehen kann, dachte Fritz. Er ärgerte

Der seltsame Punkt

sich umso mehr, gerade jetzt kein stärkeres Teleskop zur Verfügung zu haben, um der Sache näher auf den Grund zu gehen.
Fritz Siebenhügel war als wissenschaftlich arbeitender Geologe anerkannt. Als Hobbyastronom, obzwar es seinerseits den Versuch einer auch in dem Fachgebiet wissenschaftlichen Arbeit gab, schaffte er es weniger. Das lag vor allem an seine mangelhaften materiellen Voraussetzungen, die er sehr bedauerte, worunter er, das musste er sich eingestehen, fast körperlich litt. Er würde auch liebend gern als Astronom anerkannte wissenschaftliche Arbeit leisten, aber dafür fehlten ihm einfach die technischen Voraussetzungen, das musste er zugeben. Aber stattdessen, das erfüllte ihn mit einigem Stolz, hatte er seine Aufnahme in die weltweit agierende Sozietät von Wissenschaftlern und Hobbyastronomen geschafft. Seine Zugehörigkeit zu dieser Interessengemeinschaft nutzte er weitestgehend als korrespondierendes Mitglied.
Das Lichtphänomen haben sie bestimmt auch entdeckt, dachte Fritz an seine Sozietätskollegen. Er rief seinen deutschen Freund in dieser Vereinigung an, von dem er wusste, dass dieser ein etwas stärkeres Teleskop als er selbst sein eigen nannte. Die Zeit war zwar vorgerückt, gewissermaßen war es zu später Stunde, aber er wusste, dass Wissenschaftler es mit der Uhrzeit nicht so genau nahmen. Der, den Fritz am anderen Ende der Telefonleitung erreichen wollte, war auch überraschend zügig zu sprechen.
„Ist dir am Nachthimmel etwas aufgefallen, heute am späten Abend", kam er nach einem unbedeutenden Smalltalk schnell auf den Grund seines Anrufs?
„Meinst du dieses eigenartige Licht?"
„Was sonst". Auch er konnte es sich nicht erklären.
„Hast du auch beobachtet, wie der Lichtstrahl sich um Hindernisse bog", fragte ihn Fritz mit purer Begeisterung in der Stimme? „So etwas Derartiges habe ich noch nie gesehen. Ein Lichtstrahl, Licht, das um die Ecke fließen kann! Konntest du erkennen, wo es herkam", wollte Fritz wissen?
„Nein", war die Antwort. „So stark ist mein Teleskop auch wieder nicht", bedauerte sein Gesprächspartner, „von irgendwo kam es her, vielleicht vom Rand der Milchstraße, woher genau, das weiß ich auch nicht, kann ich dir nicht sagen".
Vage, sehr vage, dachte Fritz, und: spekulieren kann ich alleine.
„Jedenfalls aus der Tiefe des Raumes. Immer, wenn der Strahl auf einen Planeten stieß, wurde er abgelenkt, floss um den Himmelskörper herum und setzte exakt seinen axialen Weg fort".
Begeisterung in der Stimme.
„Interessant", meinte Fritz zu ihm. „Das habe ich leider nur undeutlich erkennen kön-

Zweites Buch – Nonsens- und Lügengeschichten aus Grünheide
Der seltsame Punkt

nen". Er wurde neidisch auf seinen Gesprächspartner. Was der alles gesehen hatte!
„Hm, unsere schwachen Fernrohre", sagte Fritz nur kurz.
Sie redeten noch ein wenig über die Lichterscheinung. Zum Schluss verblieben sie, da Fritz das bessere Englisch von beiden sprach, dass der mit den Leuten im Hauptsitz der Sozietät darüber polemisieren sollte.
Er setzte sich auch gleich an seinen Computer, um mit ihnen zu chatten. Natürlich war auch ihnen das merkwürdige Licht am Nachthimmel aufgefallen. Natürlich, auch sie konnten es sich nicht erklären. Auch sie konnten leider nicht bis zum Ursprung blicken; selbst die Stärke ihres Teleskops reichte nicht aus.
Er war enttäuscht. Das waren nun die so genannten Fachleute, dachte er kopfschüttelnd. Das hätte er nicht vermutet. Aber eine andere Tatsache erhellte ihn, nämlich er erfuhr von ihrer Absicht, da sowieso ein Raumschiff ins All fliegen sollte, einen ihrer Leute auf die internationale Weltraumstation zu schicken. Dort war das beste Teleskop, was die Erde derzeit zu bieten hatte, ausgerüstet mit der ebenfalls besten Software, installiert. Hier erhofften sie, Näheres über das gebündelte Lichtphänomen zu erfahren.
Nach ein paar Tagen kehrte ihr Wissenschaftler nach seinem Weltallausflug auf die Erde zurück. Er machte sein Versprechen wahr, sich sogleich mit Fritz in Verbindung zu setzen.
„Stell' dir mal vor, Fritz", sagte er in sehr gutem Deutsch, „der Lichtstrahl war auf dem Tschad gelandet. Und dort, als er auf den afrikanischen Boden traf, entstand optisch so ein ziemlich großer Punkt von etwa einhundert Quadratkilometern, habe ich mir gleich ausgerechnet. Von der Station sah man wirklich nur diesen Punkt auf Afrika. Anschließend passierte eine geraume Weile gar nichts, der Lichtstrahl blieb mit seinem Punkt auf diesem afrikanischen Land stehen. Dann plötzlich wanderte er weiter. Er blieb zwar auf afrikanischem Boden, zog aber zum Kongo rüber Auch dort wieder mit diesem etwa einhundert Quadratkilometer großen Punkt. Danach blieb er noch längere Zeit auf dem Territorium Simbabwes stehen, um anschließend eine zeitlang auf Südafrika zu landen. Plötzlich, wie aus heiterem Himmel, als hätte jemand eine Lampe ausgeknipst, war alles aus; kein Lichtstrahl, kein Punkt, nichts mehr. Fritz, ich habe mir anschließend die Koordinaten ausgerechnet, wo der Punkt jeweils für längere Zeit verweilte. Ich gebe sie dir durch".
Er sagte ihm die entsprechenden Längen- und Breitenmaße an.
„Kannst du damit etwas anfangen, ich meine jetzt dich als Geologen? Für uns Astronomen sagt das nämlich gar nichts?"
„Auf die Schnelle sagt es mir auch nicht all zuviel, meinte Fritz zu ihm. Vielleicht Bodenschätze? Aber lass' mir ein wenig Zeit, ich muss mal meine Karten zurate ziehen".

Der seltsame Punkt

„Ansonsten", berichtete er Fritz weiter, „haben wir einen kleinen Planeten ausfindig gemacht, wo der Lichtstrahl seinen Anfang nahm. Ein Ding, was, Fritz?" Er sagte ihm seinen alphanumerischen Namen. „Sehr weit entfernt übrigens, der kleine. Sieht irgendwie erdähnlich aus, hat auch eine Atmosphäre".
„Ist das endlich das intelligente Leben, wonach die Wissenschaftler im All schon lange suchen?"
„Ich weiß nicht, kann durchaus sein. Von der Raumkrümmung weißt du ja schon. Interessant, was? Eine Intelligenz, die Licht krümmen kann. Mein lieber Mann, die müssen ganz schön weit sein".
Sie fachsimpelten noch etwas, spekulierten auch, mit diesem oder jenem phantastischen Ergebnis, warum und weshalb. Dann trennten sie ihre Telefonverbindung. Sie verblieben, Fritz würde sich wieder bei ihm melden.
Fritz machte sich sogleich daran, die ihm soeben durchgegebenen Koordinaten der Verweilpunkte auf Afrika zu überprüfen. Er wollte unbedingt in Erfahrung bringen, was die fremde Kraft des unbekannten Planeten wohl veranlasst haben muss, mit ihrem Lichtpunkt längere Zeit die für sie sehr entfernten Länder unserer Erde aufzusuchen.
Zuerst rechnete er sich die genaue Lage des Punktes auf dem Tschad aus. Er markierte sein Ergebnis auf einer Afrikakarte. Lange betrachtete er dann das Gezeichnete. Aber ihm kam kein zündender Gedanke, was die fremde Kraft gerade dort wohl gesucht haben mag.
Er kramte seine thematischen Karten von Afrika aus seiner Studienzeit hervor und überprüfte sie erneut. Aber ihm wurde es nicht deutlicher, was die fremde Intelligenz wohl dort vermutet haben möge. Er erinnerte sich seines Kommilitonen, der, so weit er zurück dachte, im Tschad zuhause war. Ihm fiel sogar noch sein Name ein: er hörte auf den wohlklingenden Namen Ademola Karuri. Von dem hatte er sogar eine Telefonnummer. Na, dachte er, das liegt jetzt solange zurück, die ist bestimmt nicht mehr gültig. Der hatte eigentlich die deutsche Sprache ganz gut beherrscht, mal sehen, ob das noch klappt. Wenn nicht, versuche ich es auf Englisch, dachte Fritz.
Er wählte die Nummer. Lange Zeit passierte nichts. Der Ruf ging zwar raus, aber es nahm niemand ab. Er wollte sein Vorhaben schon unverrichteter Dinge beenden, da meldete sich am anderen Ende eine Stimme in einer für ihn unverständlichen Sprache. Er entschuldigte sich auf Englisch für seine Störung und bat, Ademola sprechen zu dürfen. Die Verbindung wurde unterbrochen und plötzlich hörte er gebrochen deutsche Laute.
„Ademola, hörst du mich?"

Zweites Buch – Nonsens- und Lügengeschichten aus Grünheide
Der seltsame Punkt

„Fritz, bist du es?" Beide freuten sich auf ihr Wiederhören. Fritz fiel sofort in seine damalige Vertrautheit. „Häuptling, was für eine Freude, dich zu hören".
Seinerzeit hieß Ademola bei ihnen nur der Häuptling, Fritz glaubte sich zu erinnern, dass er von blaublütiger Abstammung war, das hatte ihm Ademola jedenfalls gesagt, freilich ohne daraus irgendeine Anerkenntnis gewinnen zu wollen oder es besonders zu betonen. Sein Vater war irgendein Stammesführer, das wusste Fritz noch. Erstaunlich, damals hatte es Ademola die deutsche Demokratie angetan. Von der war er begeistert, wie sich Fritz erinnerte.
Nachdem er mit Ademola über ihre Zeit nach dem Studium so zusagenverbal schwadroniert hatte, kam er zur Sache.
„Häuptling, du kannst dich bestimmt dunkel erinnern, dass ich mich schon damals in meiner freien Zeit mit Astronomie beschäftige. Das ist heute nicht anders".
Ademola dachte zurück. „Ja, richtig, Astronomie".
„Dabei habe ich folgendes bemerkt, Häuptling, von einem fernen Planeten, einem sehr fernen Planeten, stell' dir das mal vor, Häuptling, ist euer Kontinent mit einem Lichtstrahl aufgesucht worden. Ja, du hast richtig gehört, mit einem Lichtstrahl. Warum und weshalb, das weiß ich noch nich"t.
„Mit Licht", fragte Ademola ungläubig nach, so als versicherte er sich, richtig verstanden zu haben? „Richtig. Ein Lichtstrahl. Nicht von einer Laserkanone, nicht so aggressiv, aber so ähnlich gebündelt, musst du dir vorstellen".
„Und damit haben sie unser Land beschossen, sagst du", fragte Ademola nach?
„Nicht beschossen, das nicht gerade, aber mit einem Lichtpunkt haben sie euch aufgesucht. Zwei Stunden blieb der etwa Einhundert Quadratkilometer große Punkt auf ein und demselben Fleck liegen, bevor er weiter zu eurem Nachbarland Kongo wanderte. Häuptling, kannst du dir denken, was die wollten", fragte Fritz nach? „Was die gerade bei euch gesucht haben?"
„Hm. Keine Ahnung". Wo genau war das, wollte Ademola aber doch wissen?
Fritz gab ihm die Koordinaten durch.
„Warte mal einen Moment, Fritz, ich hol mal eben eine Karte".
Das Telefon blieb eine zeitlang leise. Was für ein gestelzter Ausdruck, ‚...mal eben die Karte...' musste Fritz denken, so wie früher, erinnerte er sich.
„Ich habe hier eine geologische Karte über unser Land. Wenn ich den Ort beschreiben müsste, Fritz", es raschelte laut im Telefon, „würde ich sagen, dort könnte unsere Wasserreserve liegen!"
„Wasser", fragte Fritz nach, „mehr nicht? Bist du dir sicher? Und andere Bodenschätze vielleicht? Oder Militär?"
„Wer kann sich schon sicher sein! Eine fast philosophische Antwort".

Der seltsame Punkt

„Tja, Militär weiß ich nicht, Fritz, kann ich mir aber nicht vorstellen, und die Karte ist schon ziemlich alt. Bodenschätze? Ist mir nicht bekannt. Dort liegt nichts weiter, glaube ich zumindest".

Sie sprachen noch über dieses und jenes, denn sie hatten ja so lange gegenseitig nichts von sich hören lassen. Fritz beschrieb ihm das Lichtphänomen. Aber irgendwann trennten sie sich, nicht ohne sich zu versprechen, wieder anzurufen.

Fritz war ganz in Gedanken. Wasser, dachte er nüchtern, …Wasserreserve, hatte der Häuptling gesagt. Sollten die Außerirdischen wirklich nur Wasser gesucht haben? Ihm war es nahezu unheimlich, ‚Außerirdische' zu denken, aber es traf wohl auf den Punkt.

Am nächsten Tag ging er in die Universitätsbibliothek und ließ sich hydrogeologische Karten von den Gebieten bringen, die der Lichtstrahlpunkt aufgesucht hatte.

Gehen wir einmal wirklich davon aus, sie haben Wasser gesucht, dachte Fritz. Warum denn nicht, immerhin suchen wir Erdenbürger ja auch außerhalb unseres Planeten nach Wasser. Erst kürzlich auf dem Mars. Vielleicht leiden sie auch unter Überbevölkerung?

Er studierte ausführlich das ihm gebrachte Kartenmaterial. Und wirklich, in dem Gebiet lagen anscheinend tatsächlich die Süßwasserreserven der afrikanischen Länder! In sehr großer Tiefe zwar, aber sie könnten ohne weiteres gehoben werden.

Was ist, wenn die Außerirdischen uns tatsächlich darauf aufmerksam machen wollten, dass es dort genügend Trinkwasser gab, um die Region zu versorgen. Offensichtlich haben wir es mit keiner aggressiven Lebewesenspezies auf diesem Planeten zu tun. Aber so, wie ihr Lichtstrahl funktioniert, müssen sie etwas weiter entwickelt sein als wir.

Er schüttelte mit dem Kopf, wenn er an das dort in Afrika liegende Trinkwasser dachte. Das Reservoir müsste nur angezapft werden, dann brauchten die Frauen und Kinder in der Region nicht halbe Tage unterwegs sein, um ihre Familien mit frischem Wasser zu versorgen. Mit den gefüllten Behältnissen auf dem Kopf gehen sie Kilometer um Kilometer durch ihr Land. Unglaublich!

Ein Entschluss reifte in ihm.

Er rief wieder seinen ehemaligen Kommilitonen an.

„Häuptling, ich bin es wieder. Sag einmal, gibt es bei euch Brunnenbaukapazitäten?"

„Tja, Fritz, das ist so eine Sache, die gibt es schon, aber deren Technik ist hoffnungslos veraltet. Laufend kaputt, keine Ersatzteile, die Menschen daran kannst

Der seltsame Punkt

du vergessen, das ganze Programm eben. Mit deutschen Leuten nicht zu vergleichen. Warum fragst du?"

„Mir ist da eine Idee gekommen. Was ist, wenn die Fremdlinge uns Menschen auf das Wasser aufmerksam machen wollten?"

„Ein bisschen weit hergeholt, findest du nicht auch, Fritz?"

„Zugegeben, aber es könnte doch sein?"

„Na ja, meinetwegen, gehen wir mal davon aus, dass es so wäre. Was willst du nun tun?"

Fritz staunte, dass dessen Deutsch schon wieder so bewundernswert gut war; er gurgelt die Laute zwar regelrecht heraus, aber immerhin…. Der Häuptling, wie zu seinen besten Zeiten, dachte er anerkennend.

„Häuptling, ich muss jetzt Schluss machen. Bis in einigen Tagen". Er drückte auf die Hörergabel und beendete eilig das Gespräch, ohne ihm berichtet zu haben, was ihm vorschwebte.

Fritz Siebenhügel wollte helfen. Es kann doch nicht sein, dass uns sogar die Außerirdischen Hinweise geben, was wir für unsere Menschheit tun können, dass es ihnen gut geht. Und wir legen die Hände in den Schoß, dachte Fritz kritisch!

Ruhelos wanderte er um den Dorfsee und dachte über alles nach: .über den Lichtstrahl, über das Wasser in Afrika und über so vieles mehr. Seine Gedanken überschlugen sich. Er fand keinen Anfang. Dann fiel ihm der Tschad ein, die erste Station des außerirdischen Lichts. Dieses große Land…Aber ein Zustand dort wie in Mitteleuropa vor der bürgerlichen Revolution. Keine ausreichende Infrastruktur! Es fehlt hinten und vorn an fast allem, annähernd fast überall in Afrika. Sehr viel Geld brauchte man für den Anfang.

Je mehr er über den dortigen Zustand nachdachte, desto resignierter wurde er. Kindergärten, Schulen, Universitäten, an allem fehlt es. Aber die große Hilfe kann nicht von Außen kommen, sie selbst müssen sich helfen. Was das Trinkwasser betrifft, sie brauchen auch Rohrsysteme, die in den Regionen das kühle Nass verteilen. Dazu ist eine Industrie erforderlich, die die Rohre herstellt. Und natürlich Bagger, die die Rohre in die Erde bringen.

Seine Gedanken verwirrten ihn. Was so ein Lichtpunkt von weither alles auslöst, dachte er.

Er merkte, dass er vom Hundertsten ins Tausendste kam. So geht es nicht, stellte er selbstkritisch fest. Was über Jahrzehnte nicht richtig gelaufen ist, kann nicht von heute auf morgen korrigiert werden. Fangen wir bescheiden an, mit einer Zapfstelle für Trinkwasser, dachte er nüchtern, und …Wasser ist das halbe Leben. Das sind Sprüche!

Zweites Buch – Nonsens- und Lügengeschichten aus Grünheide
Der seltsame Punkt

Er setzte sich in Bewegung. Erst sprach er einen guten Bekannten an, einen Brunnenbaumeister. Den gewann er mitsamt seiner Mannschaft, im Tschad beginnend, nach Trinkwasser zu bohren. Nachdem er ihm von dem Weltalllicht erzählt hatte, war der Feuer und Flamme, in der Region nach Wasser zu suchen.
„Das machen wir, Fritz", sagte er begeistert.
Er klärte mit ihm, was er dafür brauchte, um in dem großen Land weitestgehend unabhängig zu wirken. Er setzte sich mit ihm in ein Cafè und ermittelte mit ihm, was er alles benötigte, und die Kosten dafür.
Anschließend sprach er mit der Regierung über sein Vorhaben, denn er musste Geldgeber finden, die das alles finanzierten. Er fing wieder mit dem Weltalllicht an. Sie wollten es kaum glauben, was er ihnen berichtete. Ein Hinweis von einem fernen Planeten? So. er ist sich nicht ganz sicher, na ja…
Sie wollten die Industrie einbinden, Industriebosse einladen, aber Fritz versuchte ihnen klar zu machen, dass es sich auch ohne sie umsetzen ließe.
Das fehlte mir noch, dachte er. Er musste vorsichtig ihnen gegenüber argumentieren. denn bei ihrer Lobbyarbeit für ihre Klientel verstanden sie seine liberalen Ansätze nicht. Dass es denen nur um Profit geht, und nicht um Afrika, der Meinung war er, aber das verschwieg er lieber. Von Ausbeutung sagte er ihnen schon gar nichts, diese Wortwahl mochte sie erst recht nicht.
Abends rief er wieder Ademola Kanuri an, und teilte ihm mit, dass er am nächsten Tag mit einer Militärmaschine bei ihnen landen würde.
„… wir werden euch Wasser bringen", mehr sagte Fritz nicht.
„Es wär schön, wenn du auch dort sein könntest". Ademola versprach ihm das.
So kam es dann auch. Die Militärmaschine landete pünktlich. Ademola stand schon auf der Landebahn als quasi Empfangskommando.
„Häuptling!" Das Wiedersehen zwischen beiden ehemaligen Studenten fiel besonders herzlich aus, denn sie hatten sich lange nicht gesehen.
Fritz stellte den Brunnenbauern seinen Bekannten vor.
„Das ist der Häuptling, mit dem ich damals studiert habe".
„Fritz, ich bleibe erst einmal bei euch, dolmetschen, was auch immer".
„Das passt gut, zwei Tage bin ich auch hier", meinte Fritz, „dann holt mich eine Militärmaschine wieder ab. Ich muss dringend zurück".
Das war für alle, ansonsten zogen sich die ehemaligen Kommilitonen etwas zurück, denn sie hatten sich viel zu erzählen. Zum Schluss beschrieb Fritz seinem Freund aus dem Tschad das Weltraumlicht.
Der Brunnenbaumeister und seine Crew nahmen derweil ihre technischen Gerätschaften in Empfang, darunter zwei Container, einen als Wohnstelle und einen,

Zweites Buch – Nonsens- und Lügengeschichten aus Grünheide
Der seltsame Punkt

der war voll gepackt mit Material. Gleichzeitig hatte er eine kleine Werkstatt in sich.
…für ein weitestgehend autarkes Leben…, hatten beide, Fritz und er, seinerzeit vereinbart.
Die beiden Container brauchen wir, sagte der Brunnbaumeister allen, die es wissen wollten. Er war ein vorsichtiger Mann, der für alle Eventualitäten, für ein unabhängiges Leben, weitestgehend gerüstet sein wollte.
Da die Militärmaschine geräumig genug war, konnten sie ihren eigenen Kran mitführen. Und natürlich Diesel! Fässerweise hatten sie sich mit Reserven abgesichert. Wer weiß, wie die Spritsituation ist, war ihre skeptische Überlegung! Und zu Recht, wie sich später herausstellte.
Mit ihrem Kran waren sie unabhängig und bewegten damit auch ihre gesamte Technik, angefangen mit den Containern bis hin zu der Steigeleitung der Pumpe. Nur eine Transportmaschine nebst Fahrer stellte das Land.
„Jetzt müssen wir ungefähr dreihundert Kilometer ins Landesinnere fahren, Leute, dann sind wir im Zentrum des Lichtpunktes von den Außerirdischen". Fritz und Ademola bestiegen einen Jeep und fuhren voraus. Sie brausten durch das staubige Land. Hinter ihnen fuhr der Brunnenbautross.
Als sie nach stundenlanger Fahrt endlich ankamen, ihre Satellitennavigation zeigte ihnen die genaue Stelle an, wartete schon ein kleiner Militärtrupp auf sie, nur zu ihrer Sicherheit, wie ihr Kommandeur sagte. Mit Hilfe der Soldaten bauten Sie schnellstmöglich ihr Camp auf, denn am nächsten Tag wollten sie gleich mit der ersten Bohrung beginnen.
Das taten sie auch, denn die Hitze wurde Stunde um Stunde immer unerträglicher.
„Wie gesagt, für die Bohrung des ersten Brunnens bleibe ich hier", sagte ihnen Ademola. Dann ging er etwas abseits und baute sich geschickt eine kleine Hütte.
Die erbohrten Bodenabschnitte kartierten sie gewissenhaft. Sie wussten, wie wichtig für nachfolgende Arbeiten im und am Erdkörper dieser Nachweis war. Erst in achtzig Metern Tiefe stießen sie auf durchfeuchtete Bodenhorizonte. Der Brunnenbaumeister erkannte an den emporgehobenen Bodenproben sofort, dass sie eine ausreichende Nässeergiebigkeit erreicht hatten. Sie bohrten noch ein paar Meter tiefer, dann bauten sie den Brunnen aus. Anschließend wurden die Steigleitung und daran die Unterwassermotorpumpe installiert. Die Stromversorgung der Pumpe erfolgte, wie konnte es in dem sonnenscheinintensiven Gebiet anders sein, über ein Photovoltaikmodul. Einer in der Brunnenbautruppe hatte extra einen diesbezüglichen Lehrgang besucht. Anschließend wurde ein Abpumpversuch ge-

Der seltsame Punkt

startet, um die Ergiebigkeit der neu errichteten Anlage zu testen. Es war zufrieden stellend. Zum Schluss montierten sie noch eine kleine Druckkesselanlage, um die Schalthäufigkeit der Pumpe zu optimieren, denn, um so häufiger die Pumpe in kurzer Zeit schaltete, umso schneller verschliss sie, und sie sollte ja so lange wie möglich halten.

Für die Wasserentnahme hatten sie ein so genanntes Schnellschlussventil installiert, besonders verbraucherfreundlich, denn hauptsächlich werden Frauen und Kinder Wasser entnehmen, das wussten sie, jedenfalls dachten sie, dass sie es wüssten. Doch es kam ganz anders.

Dort, wo der Brunnen gebaut worden war, lebte der abgesplitterte Teil des Eingeborenenstammes der Orlam. Deren Krieger beobachteten ganz genau von weitem das Hantieren der Brunnenbaufirma. Natürlich wussten sie nicht, was dort geschah. Aber sie sahen auch mit Missbehagen die automatischen Waffen der Soldaten. Die konnten sie sehr wohl als sehr gefährlich einschätzen.

Am Abend, als der Brunnen fertig war, alles war ausgebaut und funktionierte technisch einwandfrei, gab es für alle Beteiligten ein Wasserfest, wahrscheinlich in alter, um nicht zu sagen heidnischer Tradition. Aber es war gang und gäbe.

An einem Feuer saß man lange zusammen und aß viel, trank etwas, erzählte Einiges und sang gemeinsam, zu fortgeschrittener Stunde auch so manches zotige Studentenlied. Als sich die Mannschaft ein letztes Mal an diesem Ort schlafen gelegt hatte, Ademola ließen sie zur Feier des Tages im Container campieren, schlichen sich einheimische Krieger an die Brunnenstelle. Mit ihren Speeren und Macheten brachten sie die afrikanische Schutztruppe einfach um. Das ging so schnell und auch so geräuschlos, dass nicht ein Schuss fiel. Dann bildeten die einheimischen Krieger einen Kreis um den Brunnen und verharrten dort in seltsam konvulsivischen Zuckungen. Gleichzeitig begann irgendwo in der Ferne jemand eine Trommel mit dumpfem Klang einen getragenen Rhythmus zu schlagen. Die Brunnenbauer und mit ihnen Ademola im Schlafcontainer scharrten sich um das Fenster und blickten fasziniert auf das nächtliche Schauspiel um ihre Arbeitsstelle.

„Das ist Afrika", flüsterte einer von ihnen, ganz ergriffen von dem, was er draußen sah. Müssen es ausgerechnet die Orlam sein, dachte Ademola beim Anblick der Bemalung der Krieger, sagte aber nichts, denn er wollte seine neuen Freunde nicht beunruhigen.

Dann sahen sie, dass einer von den Eingeborenen kam, ein besonders Angemalter und Ausstaffierter.

„Bestimmt ihr Anführer", raunte einer der Maschinisten.

Zweites Buch – Nonsens- und Lügengeschichten aus Grünheide
Der seltsame Punkt

Der so Beschriebene schritt in ihren Kreis und nahm die technischen Gerätschaften in Augenschein, wie beiläufig, als wenn er alles schon längst kennen würde. Er tat so, als wüsste er Bescheid. Er drehte den Hebel des Auslaufventils mehrmals auf und zu. Jedes mal schoss ein Wasserstrahl heraus, begleitet von einem begeisterten Gejohle und Getanze seiner umstehenden Krieger.
Der Anführer sang und seine Krieger tanzten dazu. Dann ganz plötzlich schwieg die Trommel. Die tanzenden und singenden Eingeborenen verharrten im Schweigen.
Auf einmal bewegten sie sich wieder, als wich ein Zauber von ihnen.
Sie umstellten den Container. Langsam beschlich die Brunnenbauer ein Angstgefühl. Der Anführer klopfte an die Tür. Die Leute darin waren vor Entsetzen nicht in der Lage, zu öffnen. Ihr letztes Stündlein schien geschlagen zu haben, jedenfalls empfanden sie es so. Nur Ademola blieb ruhig und ermahnte sie ebenfalls zur Ruhe. Trotzdem, auch ihn beschlich ein ungutes Gefühl.
Der Anführer trat von der Tür weg. Kaum hatte er das getan, ging einer der Krieger an sie heran und öffnete sie weit. Die Gruppe der Krieger und die Gruppe der Brunnenbauer standen nun sich gegenüber. Zugegeben, der Blick der Brunnenbauer wirkte etwas ratloser.
Ademola hatte sich ein wenig abseits aufgebaut. Als sie ihn sahen, stürmten zwei der Krieger hinein. Kaum waren sie drin, zogen sie mit flinken Bewegungen ihre Macheten und wäre nicht sofort ihr Meister eingeschritten und hätte er sich nicht vor Ademola gestellt, ihm wäre wohl kurzerhand der Kopf abgeschlagen worden. Aber so entstand zwischen den Kriegern und Ademola nur ein merkwürdiger Schwebezustand, eher so eine Art Pattsituation, in der keiner den anderen herausfordern wollte, mit welcher Geste auch immer. Man belauerte sich nur.
Der erste, der das merkwürdige Schweigen brach, war ihr Anführer.
Die beiden Krieger, die Ademola umbringen wollten, sprangen wieder zu den andern. In knappen Sätzen befahl er ihnen etwas. Sofort drängte sich eine ganze Anzahl von ihnen in den Container, schnappte sich die Brunnenbauer und hob sie vor der Tür auf ihre Schultern. Ademola umringten sie und blickten ihn feindselig aus blitzenden Augen an. Aber sie ließen ihn in Frieden, denn immerhin hatte sich ein Brunnenbauer für ihn eingesetzt. Mit Geheul und Gejohle trugen die Krieger sie auf einen größeren freien Platz, wo schon die Dorfbevölkerung auf sie wartete. Den Häuptling drängten sie ebenfalls dorthin. Selbst der Trommelspieler war unter den Bewohnern und schlug einen dazu passenden Takt.
Man saß in einem großen Oval um den Brunnen und hatte in der Mitte reichlich

Zweites Buch – Nonsens- und Lügengeschichten aus Grünheide
Der seltsame Punkt

Platz gelassen, um die Krieger mit den Brunnenbauern und ihrem Ältesten aufnehmen zu können, so eine Art Arena. Ehrfurchtsvoll schauten sie zwischendurch immer mal wieder auf die oberirdische Brunnentechnik.

Der Dorfälteste kam, und sofort verstummte die Trommel. Er schaute ganz intensiv auf die Brunnenbauer, dann auf den Brunnen. Sein stechender Blick erfasste auch den etwas abseits stehenden Ademola. Der Brunnenbaumeister trat an die Respektsperson heran. Vorher hatte er mit einer Hand den Häuptling umarmt, ihn an der Schulter gegriffen und ihn mit sich zum Dorfältesten gedrängt. Dabei flüsterte er ihm etwas ins Ohr. Dann standen beide vor ihm. Der Brunnenbaumeister sprach zu dem alten Mann: „Wir wünschen euch alles Gute mit dem Wasser. Möge es euch Glück bringen". Dabei wies er auf seine Leute. Dann zeigte er auf Ademola. „Er ist unser Freund und Dolmetscher. Er gehört zu uns. Wer ihn angreift, der greift uns an". Ademola übersetzte die Worte, mehr schlecht als recht, denn die Sprache der Orlam beherrschte er nicht zur Gänze. Die Worte kamen ihm nur sehr holprig über die Lippen, aber immerhin, der Alte verstand ihn. Man merkte, er hatte ganz gewaltig an den Worten zu knappsen, aber er akzeptierte die Worte des Brunnenbaumeisters, schweren Herzens, denn der Stamm des Häuptlings und die Orlam waren seit längst vergangener Zeit miteinander verfeindet.

Er gab ein unmerkliches Zeichen und plötzlich kam eine sehr alte Frau mit einer Art Eimer, stellte ihn unter das Auslaufventil und drehte den Hebel auf. Zügig füllte sich das Behältnis mit Wasser. Ein stürmischer Beifall der Bewohner brandete auf. Plötzlich legte der Trommler einen ekstatischen Wirbel auf seinem Instrument hin, gleichzeitig begann zuerst der Dorfälteste, dann auch andere Bewohner wie wild zu tanzen. Ebenso plötzlich, wie der Älteste entrückt mit dem Tanzen begonnen hatte, erstarrten seine Bewegungen. Die anderen Köper zuckten weiter. Einer der Entrückten öffnete im Rhythmus der Trommel das Schnellschlussventil, ließ das Wasser auf den Boden spritzen und schloss es wieder. Er tat dies mehrmals hintereinander. Das war zuviel für den Dorfältesten. Er machte mehrere eilige Schritte auf ihn zu und beendete mit einer knappen Geste das Getrommel. Dann, als es still im weiten Rund war und die entrückten Tänzer in ihren Bewegungen erstarrten, schnauzte er förmlich den eben noch wie wild Zuckenden an. Der blickte wie ertappt ganz betreten auf den Boden, ganz der Ehrfürchtige. Ademola, irgendwie erleichtert, übersetzte ihnen die Szene.

„Das machst du nie wieder", zu seinem Bewohner, „Wasser ist viel zu kostbar". Die Brunnenbauer staunten über die Konsequenz des Alten. Sie fanden, auch sie als Europäer können sich von dieser Einstellung eine Scheibe abschneiden.

Der seltsame Punkt

Dann gab es noch einige Tänze, und die Dorfbewohner luden zum Schluss die Brunnenbauer zu einem mitternächtlichen Essen ein. Auch der Häuptling wurde von ihnen eingeladen. Notgedrungen zwar, aber immerhin!
Anschließend sprach der Brunnenbaumeister lange mit dem Dorfältesten, Ademola übersetzte. Mitunter blitzten die Augen hasserfüllt auf Ademola, aber der status quo zwischen den beiden hielt. Der Alte wurde überzeugt, dass ein Ausgewählter seines Dorfes sich ein wenig um die technischen Einrichtungen ihrer neuen Wasserversorgung kümmert. Sie vereinbarten, dass sie noch einen Tag bleiben würden und denjenigen, der sich ein wenig um die Anlage kümmern soll, am nächsten Tag von den Brunnenbauern in die Anlage eingewiesen werden würde.
„Damit ihr lange etwas davon habt", bedeutete der Meister mit ernster Miene.
Am nächsten Tag erklärten sie einem der Krieger, der von dem Dorfältesten für diese technische Aufgabe ausgesucht worden war, alles um die Anlage. Wider Erwarten nahm er erstaunlicherweise alles schnell in sich auf. Zum Schluss schenkten ihm die Brunnenbauer ein Grundsortiment an Werkzeugen, um kleine Reparaturen, die notwendig würden, selbst ausführen zu können.
Am nächsten Tag fuhren sie wieder zurück zum Flugplatz, wo die Militärmaschine auf sie wartete, um sie nach Kongo, ihrem nächsten Einsatzort, zu bringen.
Das Ende der Geschichte ist schnell erzählt. Im Kongo waren sie nach dem Bohren noch gar nicht mit dem Brunnenausbau fertig, da kam des Nachts eine kriegerische einheimische Truppe und jagte die Bohrtruppe, zum Glück nur mit Stöcken bewaffnet, davon. Die Leute schlugen sich bis zum Flugplatz durch. Nur einer von ihnen, der Solarexperte von ihnen, gilt seit dieser Zeit als verschollen.
Wieder in Deutschland angekommen, erfuhren sie, dass selbst der Brunnen im Tschad dem Erdboden gleichgemacht worden war. Als er das erfuhr, schüttelte der Brunnenbaumeister nur mit dem Kopf. Soweit das Abenteuer Afrika…,von wegen Wasser für alle, dachte er resigniert.
Von der Weltraumstation sahen die Astronomen wieder dieses Lichtphänomen. Der Fleck lag wie seinerzeit erst auf dem Tschad, und wieder ging es später zum Kongo. Von dort aus wanderte der Lichtstrahl aber diesmal zur Sahara, bevor er für immer verlosch.
…Wasser, ja fast …, Wasser, ja fast …, ewige Dürre, schien des merkwürdige Licht aussagen zu wollen!

Das schlechte Gewissen oder Nächtlicher Alptraum

Der Kopf kam immer näher. An seiner Unterlippe hing ein Speichelfaden. Alles an ihm war sehr wulstig und wirkte irgendwie prähistorisch. Aber im Traum war er alles Andere als altertümlich, sondern sehr gegenwärtig. Egal, wie der Kopf auf mich wirkte, die Augen jedenfalls strahlten eine seltsame Güte aus; warmer Blick. Trotzdem, diesen großen Kopf musste ich nicht so nahe haben. Ich versuchte, rückwärts Abstand zwischen mir und dem Kopf herzustellen, aber es gelang mir nicht, denn ich steckte wadentief im Sand fest und kam nicht so ohne weiteres frei.

Dann war endlich der Kopf weg. Als ich mich noch freute, diesem dichten Anblick entronnen zu sein, denn ich wusste ja nicht, wozu er fähig war, zog unweit von mir eine Karawane vorüber. Eigenartig, ich weiß noch genau, wie ich mich selbst im Traum wunderte, hier, in Mitteleuropa, einer solchen zu begegnen. Wie aus tausend und einer Nacht! Die Männer waren mit langärmligen weißen Überwürfen bekleidet, von wegen der Sonnenstrahlenreflexion. Der aggressiven ultravioletten Lichteinwirkung musste irgendwie begegnet werden. Gerade auch deshalb trugen sie auf den Köpfen breitkrämpige Hüte, aus diesen rein pragmatischen Gründen, denn bei den vorherrschenden klimatischen Verhältnissen brauchten sie unbedingt den weitflächigen Schutz des werfenden Schattens. Der Zeitgeist spielte dabei nur eine untergeordnete Rolle.

Dann sah ich etwas höchst Seltsames: diese schier endlose Aneinanderreihung von Kamelen und Dromedaren war in einem Flussbett unterwegs. Ja, wirklich, meine Damen und Herren, es war der größte Fluss, beziehungsweise die Bodenrinne des eigentlich nahe unserer Gemeinde fließenden größten Stromes. Aber das Wundersamste war, er führte kein Wasser; vollkommen ausgetrocknet. Dass er es sein musste, erkannte ich hauptsächlich an seiner Trassenführung. Die Sohle des Flusses bestand aus ganz lockerem Sand, in dem ich feststeckte und die Karawane beobachtete. Wie gesagt, Wasser gab es nicht, zumindest nicht in diesem Strombett.

Stumm trotteten die Tiere dahin.

Mir fiel auf, daran erinnere ich mich genau, dass ich mich wunderte, wie flach und zertrampelt die seitlichen Böschungen auf mich wirkten. Aber da sie keine fließende Welle mehr in ein Bett zwingen mussten, war mir das egal.

Soweit der ehemalige Fluss. Ich schwang mich dann auf ein Dromedar, das an-

Zweites Buch – Nonsens- und Lügengeschichten aus Grünheide
Das schlechte Gewissen oder Nächtlicher Alptraum

scheinend für mich bereit stand, wahrscheinlich das Tier mit dem eingangs beschriebenen Kopf, und schloss mich der Karawane an. Die Tiere trotteten im Gleichmut durch das lockere Substrat, bei jedem Schritt eine kleine Staubwolke hinter sich herziehend.

Ich weiß noch, wie erstaunt ich war, dass selbst die einmündenden Flüsschen trocken waren.

Die Karawane staubte achtlos an ihnen vorbei. Wehre und Schleusen, ganz normale Bauwerke einer funktionierenden Flusslandschaft, waren aus der Trasse verschwunden. Selbst im Traum wunderte ich mich darüber zutiefst.

Wir gingen also in die Hauptstadt. Unterwegs begegneten uns einige Einwohner, die uns in dem trockenen Flussbett entgegen kamen. Auch sie ritten auf irgendwelchen exotischen Tieren. Sogar einer auf einem Strauß, oder auf einem Emu? kam vorbei. Er war eindeutig am schnellsten von uns allen unterwegs. Wenn man aufmerksam beobachte, sah man, dass es vor allem die Beamten waren, die sich schnell von Ort zu Ort bewegen mussten und deshalb in erster Linie die flinken Strauße als Reittiere benutzten.

Straßenverkehr, wie wir ihn kennen, gab es nicht mehr. Anscheinend war die Kraftstoffproduktion zusammengebrochen. Jedenfalls sah man nirgendwo im Straßenbild die üblichen Tankstellen mit ihren Zapfsäulen. Was heißt hier Straßenbild. Es gab keine kraftstoffgetriebenen Vehikel, also gab es auch keine üblichen Straßen mehr. Dort, wo einst die Straßen existierten, hatte man großzügige Fußgängerwege geschaffen. Aber dafür gab es ein prima ausgebautes Fahrradwegenetz. Man sah unterwegs ganz viele von den nahezu lautlosen Transportmitteln.

Nachdem ich mit meinem Dromedar in der Hauptstadt war, die von alther gemauerten Kanalabschnitte absolviert hatte, war ich wieder in Richtung Grünheide unterwegs. Der sehr von Wald umgebene Ort, eine regelrechte Oase, was den Baumbestand betraf, aber auch Seen und Flüsse wechselten sich in der Landschaft beständig ab, war zu einer Steppe geworden. In meinem Traum sah man nur trockenes Land. Alles Grüne war verschwunden. Dort, wo einst kräftige Bäume wuchsen, gab es nahezu keine Vegetation mehr. Das Dromedar schleppte sich und mich durch eine trostlose sandige Gegend. Wenn zwischenzeitlich einmal der Wind auffrischte, wurden durch ihn feine Bodenpartikel in die Gegend geschleudert.

Endmoränengebiete, sonst ein Highlight in der bewegten Landschaft, glichen abgedeckten Mülldhalden.

Da so gut wie keine Bäume wuchsen, nicht nur keine Bäume, auch sonst gab es fast keine Vegetation, lärmten auch kaum Vögel. Das bedeutete, es war gespens-

Zweites Buch – Nonsens- und Lügengeschichten aus Grünheide
Das schlechte Gewissen oder Nächtlicher Alptraum

tisch still überall, kein Straßenlärm, nichts. Wo einst die Farbe Grün das Bild dominierte, war Grau vorherrschend, mit allen Schattierungen, die es dazu gibt.
Mein alter Freund Paul kam mir, eine Staubfahne hinter sich herziehend, auf seinem Kamel entgegen. Als wir annähernd nebeneinander standen, sprangen wir von unseren Reittieren ab, Paul geschickt, ich sehr ungeschickt. Ich hatte Mühe, stehen zu bleiben. Ich hielt mich mehr an den Zügeln fest; damit schaffte ich es letztendlich dann doch.
„Ich komme gerade aus dem Spreewald", sagte mir Paul.
„Spreewald", wiederholte ich fragend? „Hast wohl eine Kahnpartie gemacht?"
„Kahnpartie ist gut", echote er.
„Wieso?"
„Staubige Füße habe ich mir dort wohl eher geholt".
„Was denn, kein Wasser in den vielen Kanälen, verstehe ich dich richtig", wollte ich wissen?
„Tja, mein Lieber, damit ist wohl Schluss!"
„Meinst du wirklich?"
„Schon längst. An die Kanäle wirst du dich bestimmt erinnern, die gibt es zwar noch, aber das sind nur noch sandige Reitpfade. Übrigens - die Einheimischen bevorzugen kleinwüchsige Reitpferde. Und Wasser, zwar nur eine Pfütze voll, das haben dort nur die stillgelegten und seinerzeit gefluteten Tagebaue zu bieten., in irgendwelchen Restlöchern".
Eine Weile sagten wir nichts, jeder mit seinen Gedanken beschäftigt.
„Weißt du, woran ich gerade denken muss, Paul", fragte ich ihn?
„Du kennst doch meine Photovoltaikanlage. Gestern habe ich sie wieder in Betrieb gehabt. Dann kann ich immer Radio hören. Neuerdings geben sie die Grundwasserstände durch. Die waren so weit unten, wie noch nie. Eigenartigerweise fiel mir dabei ein, wie billig man heutzutage bauen kann. Es ist keine Grundwasserabsenkung mehr nötig, keine besondere Fugendichtung mehr und die Keller kommen ohne wasserabweisende Betonzusatzmittel aus".
„Makaber", war Pauls lakonische Antwort, weiter sagte er dazu nichts. „Aber dafür müssen die Häuser heutzutage besonders geschützt werden, vor der Sonneneinstrahlung, vor den Wetterkapriolen, was auch immer".
Recht hatte er, dachte ich selbstkritisch. „Das kommt bestimmt auf das Gleiche raus, bestätigte ich Pauls Annahme. Als wenn wir Menschen keine anderen Sorgen hätten, als das Geld für Bauunternehmungen".
Es kam wieder ein leichter Wind auf und trieb feinsandige Körnung durch die Gegend. Fast gleichzeitig in nahezu synchronen Bewegungen verschlossen wir

Zweites Buch – Nonsens- und Lügengeschichten aus Grünheide
Das schlechte Gewissen oder Nächtlicher Alptraum

schnell Mund und Nase mit einem Tuch, denn es sollte uns nichts hineinwehen. Schließlich waren es unsere Atemöffnungen. Außerdem hatten wir darin mittlerweile einige Routine.
„Die Kähne liegen auf den Grundstücken und verrotten allmählich", sagte Paul, immer noch beeindruckt vom trockenen Spreewald. „Kähne", sagte Paul, aber mehr zu sich selbst, „die werden wir wohl nicht mehr brauchen".
Der Wind nahm zu und transportierte eine etwas größere Ladung Sand durch die Luft. Wir verschlossen die Augen und warteten einen größeren Moment ab, bis er sich etwas legte. Ein klein wenig abseits von unserem Standort standen wie nicht aus dieser Welt Kulturpflanzen auf Äckern, die sahen so gesund aus, sie passten irgendwie nicht in unserer krankes Leben. Paul sah meinen erstaunten, mehr fragenden Blick, als ich sie sah.
„Wundere dich nicht, Genpflanzen", sagte er mir.
„Genpflanzen", wiederholte ich? „Denkst du dabei wirklich an genmanipulierte Pflanzen?"
„Was glaubst denn du, meinst du, normale Pflanzen würden bei der Trockenheit wachsen", fragte mich Paul? „Das kannst du dir selbst beantworten. Jetzt können wir doch wirklich froh sein, dass unsere Wissenschaftler so etwas haben, sonst würden wir elendig zugrunde gehen", schickte er hinterher.
„Elendig gehen wir auch so zugrunde", murmelte ich, „wenn ich das hier alles so sehe".
„Tja, Paul", sagte ich laut zu ihm, „wenn schon ein Kuhfurz als klimatisch bedenklich eingestuft wird, da stimmt doch irgendetwas nicht".
„Irgendetwas stimmt nicht", erwiderte Paul verbittert.
„Weißt du woran ich denken muss", sprach ich ihn an. „Na, woran?"
„Wie wir Menschen immer umsere Rasenflächen bewässert haben, damit sie schön grün blieben".
„Tja, damit ist es jetzt vorbei, Sandflächen allenthalben".
Mein Dromedar schien mich zu mögen. Es kam wieder mit seinem Kopf ganz nah, so als wäre es sehr kurzsichtig und müsse Details erkennen, Einzelheiten, um mich besser identifizieren zu können. Ich tätschelte seinen Hals. Es gab mehrere zufrieden klingende kleine Laute von sich und war erst dann bereit, mich wieder zu tragen, denn ich bestieg es erneut, ohne Paul zu sagen, was ich von dieser Rasenbewässerung, der Verschwendung von Ressourcen, halte, denn etwas anderes war es nicht in meinen Augen.
Während ich auf meinem Dromedar wieder meinen Platz einnahm, bestieg auch Paul sein Kamel. Wir verabschiedeten uns. Paul ritt die Spreetrasse weiter in Richtung Hauptstadt, mein Weg führte mich in die Provinz.

Zweites Buch – Nonsens- und Lügengeschichten aus Grünheide
Das schlechte Gewissen oder Nächtlicher Alptraum

Dazu ging ich erst ein Stück Spreetrasse entlang, dann durch unseren ortstypischen kleinen Fluss, der sich früher durch den Wald schlängelte und jetzt nackt und ungeschützt dalag, im devastierten Grund.
Ich wickelte mich fester in mein Gewand, um dem immer wieder mal aufwirbelnden feinsandschwangeren Wind besser zu begegnen.
Es gab fast keine Elektroenergie mehr, zumindest für uns schnöde Allgemeinheit nicht. Das bisschen, das erzeugt wurde, reichte gerade für die Beleuchtung in öffentlichen Gebäuden. Aber ich hatte die schon erwähnten Photovoltaikplatten, die ich manchmal an meinem Haus heimlich installierte. Dann war ich in der Lage, Nachrichten mit meinem Radioapparat zu empfangen. So auch heute. Deshalb erfuhr ich, dass sie wieder ein Kohlekraftwerk in Betrieb nehmen wollten. Wie kann man Kohle verstromen! Besonders schlimm, die uneffektive Braunkohle. Neuerdings versuchte man, das Kohlendioxid, dass dabei freigesetzt wurde, tief in die Erde zu blasen. Aber diese Technologie war scheinbar noch nicht ausgereift, denn es kam diesmal wieder hervor und entwich ihnen in die Atmosphäre. Gerade dieser Ozonschichtkiller! Ja, so ist das mit dem Fortschritt. Mal funktioniert es, mal nicht, heute hat es eben nicht funktioniert. Was heißt hier Fortschritt, ist das überhaupt welcher?
Meinem Dromedar warf ich etwas von dem mühsam erworbenen Gengras vor. Es knurrte zwar, aber der Hunger ließ es fressen. Ich merkte, es hatte außerdem Durst. Zum Glück hatte ich noch etwas Regenwasser. Ich stellte dem Tier einen Eimer davon hin. Kaum stand es in seiner Reichweite, ließ er das Gras fahren und füllte lieber seine Wasserspeicher im Körper auf.
Abends kam mein Nachbar aufgeregt zu mir. „Morgen früh, das hat mir meine sichere Quelle zugeflüstert, soll es Wasser geben, für Jeden maximal zwei Kanister", vertraute er mir an, unter dem Deckel der Verschwiegenheit.
„Zwei Kanister? Mehr nicht?"
„Na besser als gar nichts".
Am nächsten Morgen holte ich mir die beiden Kanister Wasser von den Behörden. Ich ritt durch die trockenen Seemulden, erst durch die des Peetzsees, dann durch die des Werlsees. Hier verkauften die Behörden das Wasser. Paul traf ich auch zufällig, der sich wie ich gerade mit seinem Deputatwasser versorgte. Ich band meine beiden Kanister zusammen und hängte sie über das Dromedar. Ich freute mich, zur Feier des Tages wollte ich mir mal wieder nach langer Zeit ein Vollbad genehmigen. Ich wusste, ich würde noch ein wenig Regenwasser, das ich für solche Fälle in einem Auffangbehälter übrig gelassen hatte, dazu mischen. Als ich das Regenwasser schöpfte, sah ich, dass es schon sehr lange nicht

mehr geregnet hatte. Meine Auffangzisterne ist fast leer, dachte ich mit sorgenvollem Blick.
Mit meiner Photovoltaikanlage, die ich extra für den Tauchsieder installierte, erhitzte ich das Frischwasser, schüttete es in einen Zuber und zum Schluss gab ich das kalte Regenwasser darauf. Das Frischwasser aus den Kanistern stank. Das bemerkte ich besonders beim Umschütten. Eigenartiges Frischwasser, dachte ich angeekelt. Das soll nun Trinkwasser sein, zweifelte ich.
Der Badezusatz schäumte auf. Wenn ich mich geschickt legte, war mein Körper zur Hälfte mit Wasser bedeckt. Was für ein Luxus, dachte ich und schnurrte wohlig. Ich blieb lange in der Wanne liegen und genoss die ungewohnt angenehme Wärme, die von dem Wasser ausströmte. Dann entschloss ich mich doch, aus dem Zuber zu steigen. Ich zog an dem Stöpsel. Das Wasser rann in ein Kanalsystem, in ihm direkt in ein Beet meiner Pflanzenkläranlage. Morgen, spätestens übermorgen, das wusste ich, hatte ich es gereinigt wieder.
Der Wind war mit körnigem Material angereichert. Alles um mir war grau und trostlos; der mit Regenwolken bedeckte Himmel und der Sandboden. Die Fassaden der Häuser hätten im Gegensatz dazu Farbtupfer sein können, aber selbst die waren stumpfsinnig grau wirkend.
Ich wachte auf und musste mich angeekelt schütteln. Was für ein Traum, dachte ich. Dann stand ich lieber auf, denn so etwas wollte ich wirklich nicht noch einmal erleben, nicht mal im Schlaf.
Ich ging in mein freundliches Bad, öffnete den Wasserhahn und ließ mir kühles Wasser über meine Handgelenke sprudeln. Gedankenverloren beobachtete ich, wie es in den Abfluss ran. Dann drehte ich abrupt das Ventil wieder zu.

Hans, der Luftraumüberwacher

Die Familie Kötterich wohnte in Grünheide. Kötterichs hatten einen Sohn, den Hans. Wenn man Hans Kötterich in seiner Zeit als Schuljunge fragte, was er später einmal werden möchte, dann antwortete er jedes Mal selbstbewusst: „Luftraumüberwacher". Was für ein Wort! Die wenigsten Leute konnten sich bei diesem Wunsch etwas Konkretes vorstellen. Luftraumüberwacher! Was ist das? Sie entwickelten ihr eigenes Berufsbild. Und auch für Hans war das nur ein nun sagen wir undifferenzierter Begriff. Er hätte auch Pilot sagen können, oder auch genauer Kampfpilot, wie viele andere Jungen seines Alters auch. Aber das traf es nicht ganz und für Hans war diese Aussage zu unspektakulär. Zugegeben, er wollte ei-

Zweites Buch – Nonsens- und Lügengeschichten aus Grünheide
Hans, der Luftraumüberwacher

gentlich nur diese schnellen Militärjets fliegen. Aber damals hatte er einen Filmbericht über die so genannte Luftraumüberwachung gesehen. Luftraumüberwachung, das gefiel ihm. Darum hatte er sich angewöhnt zu antworten, er werde Luftraumüberwacher. Unbekanntes ruft immer bei den Menschen Staunen hervor. So auch bei den Fragenden. Der Junge! Weiß genau, was er will! Nimm dir ein Beispiel an ihn, meinten sie ihren trotzig dreinblickenden Kindern gegenüber. Auch wenn sie nicht wussten, was das war, Luftraumüberwacher. Aber dass es bei Hans wie aus der Pistole geschossen kam, imponierte sie. Zumindest dachten sie, dass es gut sei, aus seiner Sicht so feste Vorstellungen von seiner Zukunft zu haben. Bei Luftraumüberwacher hatten sie mehr Radar und Bildschirme im Auge, daran der Junge sitzend. Winzige Punkte rasten in Gedanken bei ihnen über die Mattscheibe, die es von dem Jungen einzufangen galt. Aber das meinte Hans nicht. Er dachte mehr an schnellfliegende Jets am Himmel, die es zielsicher zu steuern galt.

Und so kam es dann auch. Hans war sehr gut in der Schule, die beste Voraussetzung, den Pilotenweg einzuschlagen. Er wählte die militärische Laufbahn. Alle seine Freizeitunternehmungen waren auf seinen Berufswunsch abgestimmt. Die nahm er besonders ernst. Zum Beispiel war er im Laufe der Zeit ein hoch dekoriertes Mitglied in einem Judokaverein, denn Reaktionsschnelligkeit und motorische Fähigkeiten wollen geübt werden. Er trainierte auch sehr fleißig.

Als bester Flieger seines Jahrgangs teilte man ihn zu guter Letzt zur Luftraumüberwachung ein. Sein Jugendtraum war also in Erfüllung gegangen.

Anfangs, wenn er auf seinem Fliegerhorst Dienst tat, bestieg er freudig-erregt sein Kampfflugzeug und meldete sich bei seinem Navigator an. Schnell führte der ihn in die Regionen hinauf, in der Höhe keine Transportflugzeuge und auch keine zivilen Personenflüge auftauchen würden. Da oben, wo er flog, würde ihm keiner begegnen, das wusste Hans. Hier konnte er nach Herzenslust beschleunigen, seinem Jet alles abverlangen. Wenn er dann so dahin schoss, sein Körper auf die höchste Geschwindigkeit reagierte, in seinen Sitz gedrückt wurde, dann fühlte er sich unendlich frei.

So weit so gut. Aber was dann folgte, war nach einer gewissen Zeit allen Tätigkeiten immanent, nämlich langweilige Routine. Was Hans betraf, er flog mit seiner Militärmaschine jeden Tag die immer selben Räume ab. Außergewöhnliches tat sich nicht. Die einzige Abwechslung bot das Wetter. Auch wenn es bedeckt und regnerisch war, schoss Hans am Himmel dahin.

Und dann kam der Tag, an dem alles anders war. Der Tagesanfang war wie immer und deutete ihm keine Besonderheit an. Wie jeden Tag stieg Hans routiniert auf

Hans, der Luftraumüberwacher

und flog seinen zu beobachtenden Luftraum ab. Dann stieg er noch höher und flog ein Looping, wie jeden Tag, denn er wollte sein Manövrierkönnen nicht untergehen lassen. Es sollte ihm beweisen, dass er es noch immer beherrschen würde, die wenigen Extravaganzen von seiner Ausbildung. Selbst sein Navigator war an diesem Tag seltsam einsilbig, nicht zum Ulken aufgelegt. Der Scherz 'atme nicht so tief, sonst ist dein Luftraum nachher weg, Major', blieb heute ungesagt. Nach dem Probieren seiner Flugkünste flog Hans die ihm zugewiesenen Strecken ab. Heute freute er sich, bald wieder bei seinen Kameraden zu sein.

Doch dann glaubte er, zu halluzinieren. Das kann doch gar nicht sein, sagte er sich. In sehr weiter Ferne war ihm, als blinke etwas in der Sonne. Jetzt ist es soweit, war seine nüchterne Selbsteinschätzung, die Nerven spielen mir einen Streich; ich sehe Dinge, die gar nicht da sind. Das ist wohl das Ende meiner Fliegerei. Hier oben, wo nur er sich allein mit seiner schnellen Maschine wähnte, war es nahezu unmöglich, dass sich etwas in der Ferne aufhielt, in seiner Höhenregion, das in der Sonne glitzerte, zumindest mit freundlich gesinnter Einstellung nicht. Alle wissen doch, dass man sich anmelden muss, wenn man den Luftraum benutzen will, dachte Hans.

Überprüfung folgender Koordinaten, sprach er in sein Mikrophon, an deren Ende er seinen Navigator wusste. Dann gab er ihm die Punkte durch.

Schnelle Antwort kam: keine besondere Zielerfassung.

Er bezweifelte das, was er hörte. Insgeheim hoffte er nämlich, dass sich seine Sinne nicht täuschten, dass da wirklich etwas war. Vielleicht etwas Harmloses, ein Wetterballon vielleicht?

„Tupo, bist du dir ganz sicher, dass dort nichts ist". Er war aufgeregt und hatte ganz die förmliche Sprechweise ihrer Mikrophonkommunikation außer Acht gelassen. Tupo, so nannten sie ihren Navigator, der heute Dienst tat.

„Was siehst du denn dort", fragte der mit Tupo Angeredete.

„Dort hinten blinkt etwas in der Sonne".

Nach einer kurzen Weile der nochmaligen Überprüfung sagte ihm Tupo: „Da ist nichts, ein ganz jungfräuliches Radarbild, du musst dich irren".

„Hm", meinte Hans lapidar und vollkommen unprofessionell. Auf das Irren ging er nicht ein. Nach einem weiteren Augenblick hatte er sich entschieden!

„Ich fliege trotzdem mal hin", sagte er ins Mikrophon, „ich werde lieber mal nachsehen, was da so blinkt".

„In Ordnung", sagte der Navigator. Sicher ist sicher, dachten beide.

Er flog hinüber zum blinkenden Wasauchimmer. Sein Triebwerk brachte ihn schnell hin. Er erschrak etwas, als er das erblickte, was ihn irritiert hatte. Er hielt

Hans, der Luftraumüberwacher

weitstgehenden Abstand zu dem in der Sonne reflektierenden Etwas, besonders als er dieses merkwürdige Objekt nicht eindeutig identifizieren konnte: Seltsam! Ein ovales Flugobjekt, das da einfach in der Luft stand. Bei seinem Anblick dachte Hans gleich an UFO's, undefinierbaren Flugobjekten, an die Hans eigentlich noch nie geglaubt hatte. Aber er musste sich eingestehen, dass er gerade jetzt eben an so einem vorbei flog. Undefinierbar, na ich weiß nicht, dachte er, der naturwissenschaftlich Ausgebildete. Er machte ein Looping und flog mit seiner Maschine zurück. Das seltsame Objekt stand immer noch am selben Fleck und verschwand nicht. Er meldete sich bei seinem Navigator und beschrieb ihm das Objekt.
„Tupo, das musst du doch auf deinem Radar haben, überprüfe es noch mal, bitte". Doch der Navigator hatte nichts auf seinem Schirm.
„Was soll ich tun", fragte Hans nach?
Nach einer Weile kam die Antwort.
„Nimm Funkkontakt auf. Bring ihn dazu, sich zu erklären, wenn das nicht geht Bekämpfen! Er ist nun mal in deinen Luftraum eingedrungen", sagte der Navigator, als brauchte er selbst eine Erklärung.
Hans versuchte, dessen Funkfrequenz zu orten. Aber sein automatisches Suchprogramm fand den Eindringling nicht.
„Na gut, mehr kann ich nicht tun, du hast es so gewollt", sprach er sich laut vor, als müsste er sich Mut zu diesem Entschluss machen. Er lud eine erste Rakete. Er konnte sich nicht erinnern, jemals in seinem Dienst scharfe Munition abgefeuert zu haben.
Er flog wieder ein Looping, zielte unmittelbar vor das Objekt und drückte ab. Die Rakete explodierte direkt vor dem merkwürdigen Gebilde in der Luft.
Guter Warnschuss, dachte Hans zufrieden. Das müssten sie verstanden haben, denn der Warnschuss war gut gesetzt, war Hans der Meinung. Aber keine unmittelbare Reaktion. Er prüfte die Funksender durch, aber er fand wieder keinen, den das Objekt benutzte. Hans flog diesmal kein Looping, sondern eine weite Kurve. Dann nahm er dieses ovale Wasauchimmer ins Visier. Die zweite Rakete wird dich treffen, machte sich Hans Mut; hier in meinem Luftraum hast du nichts zu suchen. Außerdem führe ich nur Befehle aus.
„Tupo, keine Reaktion. Die nächste Rakete ist seine".
Er zielte und feuerte die scharfgemachte zweite Rakete ab. Sie flog in Richtung Flugobjekt. Doch eh sie ihre zerstörerische Gewalt landen konnte, flog der anvisierte Eindringling kurz aus der Raketenflugbahn, und sie schoss ins Nichts und explodierte dort.
„Tupo", meldete sich der perplexe Hans. „Du glaubst nicht, was eben hier los

Hans, der Luftraumüberwacher

war". Doch ehe Hans weitersprechen konnte, traf ihn eine seltsame Ladung. Sie zerstörte nichts, weder den Kampfjet noch Hans, sie lähmte ihn nur und setzte sein Nervensystem außer Kraft. Willenlos saß Hans in seinem Cockpit, sah alles. Aber was er auch unternehmen wollte, es gelang ihm nicht.

„Hans", schrie der Navigator ins Mikrophon, denn er sah, wie dessen Maschine vom Radarbild verschwand, „melde dich", doch sein Empfangsgerät schwieg.

Das ovale Flugobjekt änderte ganz gemütlich seine Position, setzte sich genau unter Hans Flugzeug. Mit einer ungeheuren Anziehungskraft klebte es dann am ovalen Etwas. Hans sah wohl alles, aber sein wachkomatöser Zustand hielt nach wie vor an; seine Nervenlähmung war offensichtlich zu stark. Er, der hochausgebildete Offizier, einer, der gelernt hatte, seine Nerven zu manipulieren, konnte es in diesem Fall nicht tun. Deshalb war es ihm nicht gegönnt, eingreifen zu können. Tatenlos musste er alles mit sich geschehen lassen.

Was für ein Alptraum, dachte Hans in seiner Kanzel.

Das Flugobjekt, das mit einem einfachen Manöver der Rakete ausgewichen war und sich jetzt genau unter Hans mit seiner Maschine befand, nahm plötzlich Fahrt auf. Hans sah alles, den Rest dachte er sich. Was ist das für eine Wahnsinnsgeschwindigkeit, spürte Hans in seinem Kampfflugzeug mit einigem Unbehagen. Er fühlte ungeheure Beschleunigungskräfte auf sich wirken, dass ihm seine Sinne erneut zu schwinden drohten. Es ging alles sehr schnell. Das Objekt schoss dahin, und mit ihm Hans in seinem Jet. Wie ganz selbstverständlich verließen sie die Atmosphäre. Es wurde dunkel. Jetzt müssten wir eigentlich schwerelos sein, wusste Hans. Seine Augen schlackerten ihm, aber er zwang sich, bei Bewusstsein zu bleiben.

Ziel war anscheinend ein äußerst großer Raumkörper, den sie bald erreicht hatten. Das Flugobjekt und mit ihm Hans in seinem Kampfflugzeug setzte sich auf dieses überdimensionale Raumschiff. Anscheinend hatte es darauf einen Landeplatz. Kaum standen sie, kamen zwei kleine Flugzeuge, genauso oval, wie das größere Flugobjekt, an dem er mit seinem Kampfflugzeug haftete. Mit sanften Greifarmen packten sie sicher Hans Jet mit ihm darin. Er konnte nach wie vor alles, was sich in seinem Blickwinkel befand, beobachten.

Die kleinen Flugzeuge brachten alles ins Innere und stellten es auf eine bestimmte Stelle ab. Dann flogen sie davon. Anscheinend hatten sie ihre Aufgabe erfüllt. Kurzzeitig passierte nichts. Hans wartete auf die Dinge, die da kommen mögen. Plötzlich öffnete sich ganz in seiner Nähe eine Luke und er wurde mitsamt seinem Flugzeug ins Innere verfrachtet. Mit Luftsog oder Magnetismus, vermutete Hans, wurde sein Jet bewegt. Dann stand er wieder. Man holte ihn aus dem Flugzeug,

Hans, der Luftraumüberwacher

keine Lebewesen, sondern irgendwie wieder durch dosierte Luftströmungen. Eine technische Meisterleistung, dachte Hans voller Bewunderung.
Er wurde ins Innere geholt und auf einem Sessel platziert. Auf einem überdimensionalen Bildschirm erkannte er sein Kampfflugzeug, aber es war so eigenartig geröntgt. Es musste irgendeine andere Technik sein, so etwas vielleicht wie eine Magnetresonanztomographie, dachte Hans fasziniert, zumindest so etwas Ähnliches.
Sein Flugzeug wurde genauestens untersucht. Irgendwo im Verborgenen, aber für Hans gut vernehmbar, hörte er so ein intensives Schnaufen. Nach einer Weile schnauften viele Kehlen.
Hans ärgerte sich. Er vermutete, es war ihre Art von Lachen. Sie machten sich über sein Flugzeug lustig. Er war so stolz darauf; eine technische Meisterleistung, wie er fand. Nach einer Weile hatte er sich wieder beruhigt: na ja, die sind halt hier etwas weiter.
Dann holten sie seine Raketen hervor. Es dauerte nicht lange, und wieder vernahm er dieses Schnaufen. Eine Rakete verschwand. Kurze Zeit später hatte er wieder seine vollständige Bordbewaffnung.
Hans, immer noch gehorchte ihm sein Körper nicht, wurde wieder zurück ins Flugzeug gesetzt. Die beiden kleinen Flugmaschinen mit ihren sensiblen Greiforganen kamen und transportierten Hans mit seinem Jet wieder auf den ovalen Flugkörper. Dann setzte sich die Maschine, auf der sich obendrauf Hans' Kampfflugzeug befand, wie auf dem Hinflug in die schwindelerregende rasante Bewegung.
Irgendwann kehrte seine komplette Körperfuntionalität zurück. Da befand er sich schon auf dem Rückflug. Ihm war gar nicht klar, wie er von dem eigenartigen Flugkörper weggekommen war, wie sein Jet gestartet wurde und wie er seinen Einsatz im Flug fortgesetzt hatte. Er konnte sich nur sehr dunkel an seine mysteriösen Erlebnisse mit dem ovalen Flugkörper und im seltsamen Raumschiff erinnern. Plötzlich ertönte die Stimme seines Navigators aus dem Lautsprecher.
„Hans, bitte melde dich!"
„Bin jetzt auf dem Rückflug!"
„Na endlich. Alles klar bei dir?"
„Fünf Minuten, dann können wir uns sprechen. Bei mir ist alles klar".
Als sie sich gegenüber standen, beäugte der Navigator misstrauisch Hans.
„Was war denn das mit dem seltsamen Flugobjekt?"
„Ich weiß gar nicht, was du meinst. Was für ein Flugobjekt?"
Wieder dieser misstrauische Blick. „Erinnere dich Hans, erst hat es geblinkt, dann

wolltest du hinfliegen. Dann hast du mir einen seltsamen Eindringling beschrieben. Ich hab dir doch dann befohlen, den zu bekämpfen".
„So? Keine Ahnung. Bekämpfen brauchte ich nichts".
„Na du hast doch schießen müssen. Weißt du nicht mehr?"
„Was? Das träumst du, ich brauchte doch nicht schießen".
Der Navigator beäugte äußerst misstrauisch seinen Piloten.
„Was ist denn mit dir los, Hans? Du hast mich doch per Funk informiert. Das seltsame Flugobjekt", er sprach nicht weiter. Nach einer Weile: „Na das lässt sich ja leicht feststellen".
Er nötigte Hans, ihm zu folgen. Sie gingen eilig zum Hangar, wo gerade Hans' Jet technisch überprüft wurde.
„Habt ihr schon ausmunitioniert", fragte der Navigator sie mit dringlichem Gesicht?
„Selbstverständlich!"
„Irgendetwas Besonderes? Alle Stückzahlen stimmen?"
„Natürlich keine Besonderheiten! Alles i.O."
„Auch die Stückzahlen in der Raketenbewaffnung?"
Was hat der denn mit den Stückzahlen heute, dachten die Wartungsoffiziere?
„Es stimmt alles!"
Der Navigator und sein Kampfpilot trennten sich. Gerade wollte sich Hans umziehen, da klingelte sein Telefon. Es war einer der Wartungsoffiziere.
„Hans, hier ist etwas merkwürdig, zwei deiner Raketen tragen so seltsame kleine Schildchen, die Schrift darauf können wir nicht entziffern, sagt dir das was?"

Tod einer Fliege

Sie lag auf ihren Flügeln in der Rückstellung. Ihre Beine waren weit in die Luft gestreckt. Ab und zu zog sie diese ruckartig an, um sie danach wieder auszustrecken.
Oh, geht es mir schlecht, jammerte sie, hätte ich bloß nicht soviel von dem Pilz gefressen. Der mit dem krümeligen roten Schirm! Aber der war einfach zu lecker, erinnerte sie sich. Trotzdem, stöhnte sie, ich hätte mich zusammenreißen müssen. Dieses gierige Schlingen! Mittlerweile dachte sie mit Grauen an ihre Völlerei.
Sie wusste genau, was sie falsch gemacht hatte. Geschluckt habe ich, furchtbar, ohne zu kauen, als ginge es ums Leben, so, als wäre der Leibhaftige hinter mir her. Eine wahre Fressorgie!
Sie hatte zwar nur verschwommene Vorstellungen von Luzifer, aber irgendwie,

Zweites Buch – Nonsens- und Lügengeschichten aus Grünheide
Tod einer Fliege

dachte sie, muss der Teufel am ganzen Körper Federn tragen, so etwa wie ein Specht oder ein anderer Vogel. Egal, welcher von ihnen, alle haben eine Ähnlichkeit mit dem Bösen.

Na ja, bevor die Schmerzen kamen, das muss ich eingestehen, war meine Stimmung umso besser. Darin war der Pilz wirklich gut. Eine herrlich euphorische Laune. Alles erschien mir so leicht. Selbst meine neue Heimat war erträglich. Ich flog von Baum zu Baum und konnte nach Herzenslust mein Lieblingslied hinaus brummen. Keiner achtete auf die falschen Töne.

Tod einer Fliege

Ach ja, Heimat! Sie hob ein wenig ihren Kopf an, um etwas die Körperspannung zu verringern. Sie merkte nämlich, wenn sie so gestreckt dalag, drückte es ihren Leib zu sehr nach innen und dann erhöhten sich die Schmerzen.
Eigenartig, fand sie! Kurze Zeit nach dem Fressen war noch alles in bester Ordnung. Meine Stimmung war nun sagen wir ungewöhnlich aufgekratzt. Selbst mein neues Zuhause, im Vergleich zu früher eine doch ziemlich karge Umgebung, war mir schön. Zum ersten Mal dachte Ich kaum noch an meine Vergangenheit, wie ich seinerzeit desöfteren um die Häuser zog, damals, in meinem alten Revier, und mich hie und da auf einen verwesenden Leckerbissen gesetzt hatte. Wenn alle Stränge rissen, keine angenehm stinkenden Verwesungsstoffe zu finden waren, dachte die Fliege an früher, auf denen man erst einmal zur Ruhe kommen konnte, flog ich eben zu dem Fleischer von nebenan. Der hatte immer so herrliche Knochen auf seinem Hof liegen, die besonders im Sommer in der knalligen Sonne in allen Farben schillerten. Ja, zugegeben, da traf man alle aus der Sippschaft, denn dass es dort angenehm war, hatte sich schnell unter unseresgleichen herumgesprochen. Aber, wie ich fand, reichte das Angebot dort für uns alle.
Und dann kam der trübe Tag, an dem wir zwangsumgesiedelt wurden. In ein ödes Waldstück. Was soll ich sagen, hier ist es dagegen mehr als trist. Ganz selten mal irgendetwas Besonderes. Noch nicht mal Scheiße, nichts. Selten verirren sich die Tiere der Menschen hierher. Ja gut, ab und an mal ein Hund, der sein Geschäft macht. Auch Katzen kommen mitunter, aber die verbuddeln gleich nach ihrer Erleichterung ihren Abgang, noch bevor wir zum Zuge kommen, das zählt also nicht. Mitunter eine Schleimspur oder ein verwesender Käfer, mehr im Allgemeinen nicht. Aber da musste ich schon besonders schnell dabei sein, sonst schnappten ihn mir die Ameisen weg. Wenn es gar nichts gab, musste ich erst weite Strecken zurücklegen, um als Beispiel Hasenkäckel zu finden. Aber da saßen dann schon so viele meiner Artgenossen zusammen und sahen mich jedes Mal mindestens missmutig an, wenn nicht gar feindselig. Man merkte gleich, das wenige, das der Wald hergab, reichte nicht für alle.
Die Fliege stöhnte und verdrehte die Augen. Nach wie vor lag sie rücklings. Sie merkte, immer dann, wenn sie ihre Beine in die Luft hob, wurde ihr Leib entlastet. Aber irgendwann fielen sie wieder auf den Waldboden herab, und dann gab es einen schmerzhaften Ruck im Rumpf. Schnell hob sie dann ihre Beine wieder an. Beim nächsten Mal, die Anstrengung war wohl zu groß, schoss ein Teil ihres Darmes hinterher. Er lag im Gras. Glitschige Innerei! Sie wusste, das war das Ende. Ihr frei gelegtes Verdauungsorgan war in Schleim gebettet, schlüpfrige Flüssigkeit

Tod einer Fliege

an dem Organ. Alles Trockene blieb haften, Tannennadeln, trockene Blätter und andere Lockerheiten, die der Waldboden so hergab.
Wenn ich an die Zeit bei den Menschen zurückdenke! Was haben die mir nicht alles geboten. Mit Wehmut dachte die Fliege an die Zeit zurück.
Sie ahnte, dass sie bald sterben würde. Ich hätte nie gedacht, dass es stimmt, was andere sagten, dachte die kranke Fliege; dass das Leben kurz vor dem Ableben (was für ein Wort – Ableben) noch einmal an einem vorbei ziehen würde.
Jetzt zum Ende, so als krönender Abschluss meines Lebens, noch einmal zum Fleischer auf den Hof fliegen können! Ein Stück vergammeltes Fleisch, darauf setzen und sterben, das wär's. Oder wenigstens ein Stück Scheiße finden; vielleicht einen noch dampfenden Kuhfladen, wie damals am Rande der Stadt, auf den Weiden! Aber hier, nix los, lockere Fliegengedanken.
Ein erneuter Schub Gedärm brachte weiteres Fliegeninnenleben auf den Waldboden. Sie ahnte, nun würde es nicht mehr lange dauern. Den Darm muss ich irgendwie abreißen. Ich muss es irgendwie schaffen, nur noch einmal mich aufzurichten.
Sie schob sich so, wie sie lag, rücklings Zentimeter um Zentimeter weg, zumindest ein Stück, ausreichend, um sich des Stück Darmes, das auf dem rauen Waldboden außerhalb ihres Körpers zum Liegen gekommen war, zu entledigen. Da ging zwar in dem Augenblick ein fürchterlicher Ruck durch ihren Körper, aber dann schien es mit den größten peinigenden Empfindungen vorbei zu sein. Endlich, dachte sie. Die Fliege lauschte in sich hinein. Nur noch ein dumpfer Schmerz machte sich in ihrem Körper breit. Sie entschied, dass sie den aushielt.
Mit einem kraftangestrengten Ruck warf sie ihren Körper zurück auf die Beine. Einmal noch in die Luft aufsteigen, dachte sie. Sie sammelte sich. Dann drückte sie sich mit letzter Willensanstrengung vom Boden ab. Der Flügelschlag gehorchte ihr kaum. In der Luft schwankte sie hin und her.
Ein Specht, der gerade Futter für seinen Nachwuchs suchte, sah von oben die taumeligen Flugversuche der Fliege. So eine Quälerei, das kann man ja kaum mitanschauen, dachte der Vogel. Der Teufel kommt, mich abzuholen, dachte die Fliege noch, als sie ihn anfliegen sah.
Der Specht schoss derweil im Sturzflug hinunter und fing sie. Lecker, dachte er, da werden sich die Kinder freuen. Den Darm ließ er achtlos liegen.

Die wundersamen Handschuhe

Erst wollte ich ihnen die Geschichte gar nicht erzählen, so aberwitzig erschien sie mir. Ich wollte einfach nicht als Lügenbold in ihren Augen dastehen. Aber dann dachte ich mir, sollen doch die Hörer selbst entscheiden, ob sie es glauben oder nicht, immerhin sind sie mündig.

Jedenfalls traf ich eines Tages Harald auf der Straße. Grünheide hatte sich gerade herausgeputzt, überall waren Bänke aufgestellt, die zum Sitzen einluden. Da wir uns lange nicht gesehen hatten, nahmen wir auf einer derselben Platz und hatten uns viel zu erzählen. Unter anderem brachte er mir dabei die besagte und äußerst dubiose Geschichte zu Gehör, die ich ihnen nicht vorenthalten will.

„Du kennst doch Reiner, der damals in unsere Schule ging". So fing seine Erzählung an.

„Reiner", fragte ich? „Momentan habe ich kein Bild vor mir. Du musst mir auf die Sprünge helfen".

„Der kleine schmächtige mit den Hängeschultern".

„Ach ja, ich glaube, ich weiß, wen du meinst. Ich erinnerte mich an einen, der damals nicht gerade eine Sportskanone war".

„Hast du da diesen dünnen Hänfling im Auge, der immer so käseweiß aussah", fragte ich ihn weiter?

„Ich merke an deinen Worten immer noch den damaligen Sprachgebrauch", sagte mir Harald, „weißt du, was aus dem geworden ist?"

„Nein". Hatte ich wirklich im kindlichen Jargon geantwortet? „Du wirst es mir bestimmt gleich sagen". Ich war etwas pikiert.

„Seine Eltern sind damals mit ihm in die USA ausgewandert. Hat sich gemausert, der Kleine, sozusagen, ein ganz großer Physiker ist er geworden, sogar für den Physiknobelpreis hat man ihn vorgeschlagen".

„Aha, und was ist mit dem?" Ich war immer noch ein klein wenig beleidigt.

„Du hast ja damals zu der Zeit die Schule gewechselt, darum kannst du das alles nicht wissen. Aber du weißt doch bestimmt noch, wie wir immer unsere Fußballmannschaften gewählt haben. Die schlechtesten sind immer ins Tor gestellt worden".

„Worauf willst du hinaus?"

„Lange Rede, kurzer Sinn; um es ein wenig abzukürzen, Reiner wurde bei uns ins Tor gestellt. Der arme Junge", meinte Harald mitfühlend, „so klein, wie er damals war, und das große Tor. Es kam, wie es kommen musste, natürlich verloren wir. Reiner wurde dafür verantwortlich gemacht. Niederlagen, das ertrugen Einige nicht. Kannst du dich eigentlich noch an den langen Wicht erinnern?"

Zweites Buch – Nonsens- und Lügengeschichten aus Grünheide
Die wundersamen Handschuhe

„Lang und Wicht", lachte ich, „äußerst seltsam". Harald blieb ernst. „Ich merke schon", sagte er, „du kannst dich nicht mehr an ihn erinnern. Wicht, so hieß doch ein Klassenkamerad von uns. Damals schon einen Kopf größer als wir, mit tiefer Stimme und doppelt so breit wie Reiner".
„Ach der, jetzt dämmerte es mir, was war mit ihm?"
Harald daraufhin, „das war so einer, der konnte zum Beispiel nicht verlieren. Nachdem das verloren gegangene Spiel abgepfiffen war, ist er zu Reiner hin und hat ihn mächtig verprügelt. Wir alle in der Mannschaft haben zugesehen und fanden das gerecht, denn immerhin hatte er die ganzen Tore zugelassen. Dass er sich redlich bemüht hatte zu halten, interessierte uns nicht. Der kleine, spindeldürre Reiner", sagte Harald gedankenverloren. Was für eine grausame Zeit!
Und dann ging es los.
Ein paar Wochen später kam Reiner wieder auf den Platz und bat den langen Wicht, erneut ins Tor zu gehen. Der war so perplex, dass er seine Zustimmung gab. „Du willst also wieder was auf die Schnauze haben", drohte Wicht. „Ich sage dir, wenn du nicht ordentlich hältst!" Er bekräftigte seine Worte mit der geballten Faust. Bei der Geste allein hätte einem schon das Herz in die Hose rutschen können.
Dann ging das Spiel los und, oh wunder, Reiner hielt exzellent. So eine technische Meisterleistung hatten wir auf unserem Bolzplatz weder bei ihm, noch bei anderen von uns, gesehen. Er flog durch die Luft und hielt sogar Dreiangelschüsse. Na jedenfalls gewannen wir. Nach dem Spiel betrachteten wir, als wir zur Mitte liefen, um uns vom Gegner zu verabschieden, den schmächtigen Knirps, zugegeben etwas argwöhnisch. Denn, irgendwie kam uns seine außergewöhnliche Leistung suspekt vor. Aber wir sahen an ihm nichts Besonderes. Na gut, besonders fanden wir eigentlich nur die Handschuhe, die er trug. Außergewöhnlich waren sie. Dass er sie überhaupt anhatte, zum ersten Mal, verwunderte uns schon. Handschuhe waren damals unter uns nicht unbedingt üblich, auch für einen im Tor kickenden Jungen nicht. Wenn ich an die Zeit zurückdenke, fällt mir ein, dass sie so seltsam aussahen, mit Gumminoppen, irgendwie nicht wie Torwarthandschuhe, eher wie ein Tischtennisschläger. Drunter trug er noch ein Paar, aber aus Leder. Alle wollten seine Spezialhandschuhe mal anziehen. Damals fiel mir auf, dass Reiner sie partout nicht aus den Händen gab.
Egal. Auch die nächsten Spiele mit Reiner im Tor gewannen wir. Er flog hin und her und hielt die unglaublichsten Bälle. Und dann zog Reiner weg aus unserer Stadt und wir verloren wieder.
So seltsam das klingen mag, irgendwann sahen wir dann die Handschuhe bei dem

Zweites Buch – Nonsens- und Lügengeschichten aus Grünheide
Die wundersamen Handschuhe

Torwart unserer Gegnermannschaft wieder. Wir dachten gleich an Reiner, aber es müssen nur Gleichaussehende gewesen sein.

Spielerisch waren wir damals eindeutig die bessere Mannschaft, aber auch jener andere Torwart hatte so manchen Torschuss von uns gehalten. Er flog im Gehäuse wie Reiner seinerzeit hin und her und machte mitunter so manche hundertprozentige Chance zunichte.

Dann sehr viel später sah jemand von uns einen Filmbericht, wie Reiner, nun ein junger Mann, physikalische Experimente demonstrierte. Das Seltsame war, Reiner trug zu klein gewordene Handschuhe dabei, Handschuhe, so glaubte er sich zu erinnern, die Reiner damals als Kind im Tor unter seinen Spezialnoppenhandschuhen trug. Es sah zwar fast unbeholfen aus, aber Reiner konnte mit ihnen bekleidet sehr geschickt umgehen. Die Nähte waren zwar teilweise aufgeplatzt und die obersten Fingerglieder der Hand ragten aus ihnen raus, aber sonst erfüllten sie anscheinend ihre Schutzfunktion.

Und dann, ich hatte mich sehr gewundert, da wir eigentlich die ganze Zeit über gar keinen Kontakt mehr zu einander hatten, kam überraschenderweise ein Brief von Reiner aus Amerika, dass er auf der Durchreise nach Schweden gerne seine alte Heimat besuchen würde. Ihm wäre mein Name eingefallen, quasi als Anlaufpunkt. Dann kam er, gar nicht mehr klein und schmächtig, und wir hatten uns viel zu erzählen. Du weißt schon, die alter Zeiten und so weiter. Eigenartigerweise sah ich die kleinen Handschuhe von einst bei ihm. Natürlich, dachte ich damals, Wunderhandschuhe! Er legte sie auf meine Garderobe und ich vergaß sie bald. Eigentlich wollte ich ihn fragen, was es mit ihnen auf sich hatte.

Als er schon lange wieder fort war, kam ich zufällig an meiner Garderobe im Flur vorbei, und da sah ich sie liegen. Er wird sie vermissen, kombinierte ich, wenn einer seine Kinderhandschuhe mitführt … Schnell stopfte ich sie in meinen Mantel und rannte zur Schnellbahn, um sie ihm ins Hotel zu bringen. Wer weiß, dachte ich, Wunderhandschuhe kann man immer mal wieder gebrauchen. Doch er hatte schon ausgecheckt, bedauerlicherweise, und befand sich anscheinend bereits auf den Weg nach Skandinavien. Gut, dachte ich, dann werde ich sie ihm eben nach Hause schicken.

Im Schlenderschritt ging ich zum Bahnhof und kaufte mir eine Fahrkarte. Jetzt war keine Eile mehr nötig.

In meinem Abteil war nicht viel los. Nur mit drei jungen Männern teilte ich es. Anfänglich beachtete ich sie nicht. Ich kramte vielmehr Reiners Handschuhe hervor und betrachtete sie ausführlich. Ich drehte sie hin und her und probierte sie an. Nichts Besonderes, dachte ich. Wie sehen Wunderkräfte aus oder wie fühlen sie sich an? Um sie überhaupt tragen zu können, hatte Reiner die Fingerhüllen

Die wundersamen Handschuhe

geöffnet. Freiheit für die Fingerkuppen, dachte ich, und ... so sind sie, unsere Amerikaner, Freiheit geht ihnen über alles, dachte ich unsinnigerweise. Und das in Beziehung zu Handschuhen ...

Doch dann erregten die jungen Leute mein Interesse. Zwei bedrängten den Dritten mit fürchterlichen Verbalattacken. Zumindest anfänglich ging es nur mit Worten zur Sache. Die jungen Leute schienen nicht zusammen zu gehören. Nach dem unflätigen Wortangriff wurden zwei zu dem dritten Jugendlichen körperlich zudringlich. Sie verlangten die Herausgabe irgendeines Kleidungsstückes. Er war kleiner und schmächtiger als die Angreifer und hatte demzufolge keine Chance, gegen sie zu bestehen. Mittlerweile schlugen und traten sie ihn, der sich gegen ihre Übermacht nicht entscheidend wehren konnte.

Er tat mir leid, besonders als er zu merken schien, dass es ernst wurde und er sich gegen ihre Übermacht kaum entscheidend zur Wehr setzen konnte. Zu allem Unglück fing er zu weinen an, was sie noch mehr anstachelte.

Er tat mir unsäglich leid. Ich stand auf, trat zu ihnen hin und bat sie höflich, den jungen Mann in Ruhe zu lassen.

Sie ließen ab und drehten sich langsam zu mir um. Sie taxierten mich. Anscheinend wurde ich nicht als besonders gefährlich eingestuft.

„Was willst du denn", fragte mich der kräftigste von ihnen, ohne wirklich eine Antwort zu erwarten. „Willst du wirklich eine in die Fresse", Frage ohne Antwort. Du, er nickte seitwärts zu mir, sprach aber zu seinem Partner, ich glaube, er schreit danach, eine aufs Maul zu kriegen. Er, der starke, schien sich wieder mit dem jungen Mann beschäftigen zu wollen. Aber es hatte nur den Anschein. Da hatte ich die Situation total falsch eingeschätzt, denn er stürzte sich nicht auf ihn, sondern er nahm nur Anlauf und gab mir dann einen solchen Boxhieb auf mein Brustbein, dass ich ohne Chance blieb, das Gleichgewicht verlor und zurück fiel. Ich krachte gegen eine Rückwand, stand aber noch.

Die Bahn hielt gerade, die Automatiktür öffnete sich. Mit der frischen Luft, die einströmte, wanderten unsere Blicke auf den Bahnsteig. Der Zug kam genau auf unserer Höhe vor einem Häuschen zum Stehen. Der stärkere von beiden packte mich am Kragen und zerrte mich hinaus, gleich mit dem Rücken gegen die Wand. Er drückte mich mit seiner derben Hand, dort wo sein Schlag gegen mich hingekracht war, äußerst schmerzhaft in Höhe meines Brustbeines gegen selbige. Um den anderen Jungen kümmerten sie sich gar nicht mehr, das hatte ich zumindest erreicht. Wir waren draußen, und der vorher Verprügelte nutzte die Gelegenheit, blieb drinnen einfach stehen. Die Bahn fuhr an und er mit ihr zur nächsten Station und damit fort aus unserer Geschichte. Die beiden, die mich rausgezerrt hatten, schienen sich

Zweites Buch – Nonsens- und Lügengeschichten aus Grünheide
Die wundersamen Handschuhe

nur noch auf mich zu konzentrieren. Ich stand mit dem Rücken an die Wand gepresst und sie begannen, auf mich einzuprügeln. Dabei rutschte ich unauffällig langsam in eine Hockstellung. Mit meinen Schienbeinen, in Verbindung mit meinen Armen, baute ich mir einen Schutzschild auf, um weitesthegend ihren Schlägen gewappnet zu sein. Das gelang mir auch ganz gut. Ernsthafte Verletzungen brachten sie mir nicht bei. Es ging fast alles in meine Deckung. Sie prügelten zwar mit allem, was sie zur Verfügung hatten, aber zum Glück ohne irgendwelche Hilfsmittel. Schlagringe, Latten, Eisenstangen, so etwas in der Art nahmen sie nicht. Auch so waren ihre Fußtritte recht schmerzhaft, aber mehr auch nicht.

Plötzlich hörten ihre Schläge auf. Ich linste durch meine Deckung. Natürlich, sie waren außer Atem gekommen und brauchten eine kleine Verschnaufpause. Hervorragend, dachte ich, zufälligerweise beide gleichzeitig. Jetzt hatte ich wieder die Gelegenheit, andere Eindrücke wahrzunehmen. So bemerkte ich voller Freude, dass ich die Wunderhandschuhe von Reiner, die ich in der Bahn anprobiert hatte, noch immer trug. Besseres konnte mir gar nicht passieren. Langsam spannte ich alle Sehnen und Muskeln an und schob mich, mit dem Rücken nach wie vor an der Wand gelehnt, langsam in eine aufrechte Position.

Sie kamen wieder einen Schritt näher, um ihr schändliches Spiel fort zu führen. Mit dem Bewusstsein, außergewöhnliche Handschuhe zu tragen, ballte ich eine Faust. Als der Stärkere von beiden wieder nahe genug in meiner Reichweite war, schnellte meine Faust vor. Boxer würden sagen, ich schlug eine Gerade. Mit Hilfe der wundersamen Handschuhe, so dachte ich damals, klappte es auch ausgesprochen gut. Alle meine zur Verfügung stehende Kraft legte ich in diesen Schlag hinein, denn es sollte ein Fanal für sie sein, dass ich mir von ihnen nichts gefallen lassen würde.

So kam es dann auch. Meine Faust schnellte mit aller mir zur Verfügung stehenden Kraft nach vorn, genau auf die Nase des Angreifers. Ich hatte wirklich sehr viel Wucht hineingelegt.

Knochen knirschten. Der Angreifer dachte sofort nicht mehr daran, mit seiner Prügelei fortzuführen. Blut schoss aus seiner Nase, gleichzeitig heulte er auf. Er greinte wie ein kleines Kind. Auch sein Kumpel hielt in seiner Bewegung inne und schaute mit entsetztem Blick auf seinen heulenden und blutenden Freund. Intuitiv merkte er, der Abend war für sie zu Ende. Er legte dann tröstend seinen Arm um die Schulter des anderen und lenkte ihn behutsam, aber bestimmt in die Schnellbahn, die gerade eingefahren war und deren Tür automatisch den Weg freigegeben hatte.

Die Bahn fuhr ab und ich war gerettet. Die nächste Bahn wartete ich noch ab, dann fuhr ich nach Hause.

Ich schickte Reiner ein Päckchen mit seinen Handschuhen. Ich legte einen Brief mit hinein, indem ich ihm meine Erlebnisse mit ihnen schilderte und ihm von der helfenden Rolle seiner Wunderhandschuhe berichtete.
So weit, so gut. Irgendwann später kam ein Antwortbrief von Reiner, indem er mir sagte, dass er froh war, seine Kinderhandschuhe irgendwo losgeworden zu sein und dass nichts Außergewöhnliches an ihnen dran sei.
Es hätte mir sehr gefallen, wären sie für immer verschwunden gewesen. Harald, schrieb er mir weiter, das Wundersame musst du dir einbilden. Da ist nichts dran, glaub mir.
Damals, als mich der lange Wicht verprügelt hatte, an dem Tag, das weiß ich noch genau, habe ich einen Torwart aus der zweithöchsten Liga kennen gelernt. Der hatte dann mit mir ein Spezialtraining absolviert, in deren Folge ich so gut im Tor wurde. Nach unseren Trainingseinheiten schenkte er mir die bewussten Handschuhe. Ich weiß noch genau, wie stolz ich seinerzeit auf sie gewesen war, deshalb wollte ich sie auch nie aus den Händen geben. Darunter trug ich damals immer noch ein Paar normale Fingerhandschuhe als zusätzlichen Schutz, weil eure scharfen Schüsse in der Handfläche immer so zwiebelten.
Was ich sagen will, nicht die Handschuhe waren damals ausschlaggebend, sondern mein Üben mit dem Mann aus dem Oberhaus. Also – keine Wunderdinge!

... als Nächstes werden die Katzen losziehen ...

„Stell' dir mal vor, mein Assistent hat beobachtet, dass sich die Mäuse zusammenrotten; tausende und abertausende Exemplare".
„Wo denn?"
„Hinten auf den freien Äckern".
„Dann müssten wir mal den Kammerjäger hinjagen, oder eine Streitmacht Katzen". Er lachte hohl.
„Witzbold, dazu sind es doch wohl zu viele. Nein. Es macht mir angst, weil ich nicht weiß, warum und weshalb sie sich dort einfinden. Was kann das bedeuten, meinst du?"
„Keine Ahnung. Ihm war es auch egal".
Der Assistent stand gewissermaßen auf Beobachtungsposten. Er hatte die Aufgabe von seinem Chef, herauszubekommen, warum sich diese Massen an Mäusen dort zusammenrotteten und was sie taten.
Auf ihrem Treffpunktacker wimmelte es. Und es kamen immer mehr hinzu. Dicht

Zweites Buch – Nonsens- und Lügengeschichten aus Grünheide
… als Nächstes werden die Katzen losziehen …

gedrängt, Rücken an Rücken, standen sie. Die glänzenden Fälle bewegten sich wie die Oberfläche eines Meeres, auf dem der Wind spielte und dabei für Wellen sorgte. Je länger er sie betrachtete, umso unheimlicher wurde ihm. Diese wogende Menge, dachte er bestürzt in seinem Versteck, aber auch irgendwie fasziniert. Ein Sammelsurium von Nagern. Er zwang sich zur Nüchternheit. Ein Meer von Pelztieren, dachte er sachlich. So viele Mäuse hatte er noch nie auf einem Haufen gesehen. Die Nager sind gut organisiert, dachte er anerkennend. Denn eine Mäusetruppe, besonders kräftige Exemplare, schleppte so wie er erkannte versehrte Exemplare ihrer Art auf eine besonders freie Stelle des landwirtschaftlichen Bodens. Als er genauer hinsah, bemerkte er, dass es nicht eine, sondern einige Mäusetrupps waren, die anscheinend die Aufgabe hatten, ihre kranken Tiere zu dem Treffpunkt heranzuschleppen.

Der Standort ihres Treffens war gut gewählt: ein abgeerntetes Weizenfeld. Diejenigen, die Nahrung wollten, fanden auf dem Acker immer noch genügend Ernteverluste für sich.

Er betrachtete genauer, was die Quasi-Sanitäter an versehrten Mäusen heranbrachten: aufgeblähte Leiber, Mäuse, die doppelt so groß wirkten, wie ihre Artgenossen, sehr viele Mäuse mit Missbildungen, Mäuse mit sehr vielen offenen Stellen im Fell ihrer Körper.

Der Chef der Abteilung im Gesundheitsministerium, das außergewöhnliche Gesundheitsphänomene zu untersuchen hatte, kam vorsichtig näher. Er wollte die Tiere nicht erschrecken.

Ganz leise kauerte er sich neben seinen Assistenten und blickte auf die vielen glänzenden Fälle vor ihm.

„Was gibt es Neues", raunte er aus dem Mundwinkel, leise flüsternd.

Erschrocken blickte der Assistent zur Seite. Er hatte ihn gar nicht kommen hören, so gebannt hatte er auf das Geschehen vor ihm gestarrt. Mit seinem Nachtsichtgerät schaute er auf das Treiben.

„Was ist denn da vorn los?" Er meinte einen Platz inmitten der Kreaturen, den die kräftigen Mäuse mit ihren Versehrten füllten.

Der Assistent reichte seinem Chef seine Sehhilfe. „Kranke Mäuse", raunte er dabei. „Sieh mal, wie gut sie organisiert sind".

Der Platz füllte sich immer mehr.

„Was haben die denn?" Der Chef drehte am Okular, um das Gerät noch deutlicher zu stellen.

„Hast du gesehen, unter was die alles leiden". Er sprach ganz nebenbei zu seinem Mitarbeiter, dabei blickte er fasziniert auf das Gewimmel.

… als Nächstes werden die Katzen losziehen …

„Ja", sagte der Assistent, „unvorstellbar, aber sie scheinen sich um ihre Kranken rührend zu kümmern".
„Das scheint so zu sein", nickte der Chef zustimmend. Er schien mit dem Fernglas zu sprechen. Dann legte er den Feldstecher beiseite und wandte sich an seinen Mitarbeiter.
„Hast du gesehen?" Natürlich hatte er gesehen. Deshalb war er ja schließlich hier. Ehrlich gesagt sind es mir zu viele kranke Mäuse, sagte der Chef zu seinem Assistenten besorgt. „Das müssen wir untersuchen. Ich will nicht von einer Epidemie sprechen, dazu ist es zu früh".
Typisch Chef, dachte der Assistent. Panikmache.
Kraft seiner Dienststellung griff er dann nach seinem Handy und rief seine Abteilung an.
„Hör' mir genau zu", forderte er seinen Mitarbeiter am Telefon auf, „du schnappst dir jetzt soviel Transportkisten, wie du tragen kannst und kommst damit hierher. Wir müssen einige kranke Mäuse einsammeln und sie untersuchen lassen. Informiere schon das Labor, sie sollen sich darauf vorbereiten. Das hat absoluten Vorrang, sag es ihnen". Er beschrieb ihm den Weg und ermahnte ihn zum lautlosen Anpirschen.
Der Mitarbeiter hatte sich sehr beeilt. Als er mit den Kisten kam, war auch sein Blick schnell gefesselt von dem, was vor ihm los war. Er stierte nach vorn.
„Och", stöhnte dieser, „so etwas hab ich ja noch nie gesehen, Fell an Fell".
Sein Chef kramte derweil an den Kisten herum.
„Sehr gut", lobte er ihn.
Dann sprach er ganz ernst zu seinen beiden Mitarbeitern, die ihm gedanklich aufmerksam folgten: „Eine konzertierte Aktion! Passt auf, ich hab' mir folgendes überlegt. Jeder von uns nimmt sich ein paar Kisten. Wir stehen auf und rennen zu ihnen nach vorn. Wichtig ist, alle gleichzeitig. Die gesunden Mäuse werden dann ganz schnell das Weite suchen, sich schnellstmöglich verkriechen. Wir müssen uns beeilen, zügig bei den Kranken zu sein. Sie dürfen es nicht schaffen, ihre Kranken wegzutragen. Wir sammeln sie dann ein und verschwinden so schnell wie möglich mit ihnen in den Kisten wieder hinter unserer Deckung".
So machten sie es. Sie ließen erst die Gesunden verschwinden und sammelten dann die kranken Mäuse ein.
Mit ihrer Versehrtenfracht fuhren sie dann ins Ministerium, um die Mäuse untersuchen zu lassen. Derweil blieb der Assistent im Versteck am Acker und beobachtete weiter das pelzige Geschehen.
Kaum war wieder Ruhe auf dem Acker, kehrten die Mäusemassen aus ihren Verstecken zurück, jetzt ohne einen Großteil ihrer kranken Bestände.

Zweites Buch – Nonsens- und Lügengeschichten aus Grünheide
… als Nächstes werden die Katzen losziehen …

Bericht des Laborleiters an das Gesundheitsministerium, teilweise interpretiert vom Auftraggeber: „Untersuchung der von ihnen an uns übergebenen Mäuse: wir haben aufgeblähte Mäuse untersucht, einige, die mindestens einen doppelten Umfang hatten wie ihre Artgenossen. Das war die Hauptmenge.
Dann gab es erstaunlicherweise viele Mäuse mit Missbildungen: sechs Finger an einer Hand sehr viele; Mäuse mit zusätzlichen, aber verstümmelten Extremitäten; Mäuse mit offenen Stellen im Fellbesatz am Körper, sehr viele mit diesem Defekt übrigens. Und dann gab es viele weibliche Mäuse mit einer Scheinschwangerschaft. Alle Symptome wiesen auf Nachwuchs hin, doch in ihnen war nichts drin. Das haben wir sehr häufig festgestellt. Dann gab es sehr viele Mäuse mit einer Kiefernspalte; eine scheinbar von Geburt an offene Stelle, die nicht zugewachsen ist. Aber am schlimmsten schätzen wir die Scheinschwangerschaft ein. Was das für die Arterhaltung bedeutet! Er ließ es offen. Dann haben wir natürlich nach den Ursachen für die Merkwürdigkeiten gesucht, denn was den Mäusen passiert, kann die Menschen auch treffen. Eine ganze Weile fanden wir nichts, bis wir durch Zufall dahinter kamen: unsere Lebensmittel sind es!"
An der Stelle schaltete sich erstmals der Chef aus dem Ministerium ein.
„Lebensmittel? Wie hab ich das zu verstehen?"
„Erst wollten wir das auch nicht glauben. Aber stellen sie sich folgendes vor, das können sie bestimmt nachvollziehen: sie nehmen ständig na sagen wir Strychnin zu sich. Kleine Dosismengen. Irgendwann hat sich ihr Körper an das Gift gewöhnt, es macht ihnen nichts mehr aus, ihr Körper hat eine Strychninverträglichkeit aufgebaut, sich gewissermaßen an die ständige Menge gewöhnt. Oder auch nicht. Dann sterben sie einen qualvollen Tod. Das ist kein evolutionärer Prozess. Dazu ist die Wirkzeit auf sie und ihren Körper einfach zu gering".
„Gut, das mit dem Strychnin habe ich verstanden. Und was hat das mit den Lebensmitteln zu tun?"
„Ja. Folgendes: diese Krankheiten bei den Mäusen hat uns sehr beunruhigt, ehrlich gesagt. Deshalb sagten wir uns, der Sache müssen wir auf den Grund gehen. Wir haben hin und her untersucht, bis wir dahinter gekommen sind, was vermutlich diese Krankheiten verursacht".
„Und was, fragte der Chef", jetzt war er neugierig geworden?
„Wie soll ich beginnen?" Der Laborleiter dachte nach. „Unsere Lebensmittel", hob er an, welch ein sarkastisches Wort in diesem Zusammenhang, sagte er mehr zu sich, „sind chemische Mixturen".
„Chemische Mixturen", wiederholte er?
„Ja. Es sind immer weniger Naturstoffe enthalten. Dafür aber Farbstoffe, Kon-

Zweites Buch – Nonsens- und Lügengeschichten aus Grünheide
… als Nächstes werden die Katzen losziehen …

servierungsstoffe, Verdickungsmittel, Verdünnungsmittel, Geschmacksverstärker, künstliche Aromen, Antioxidationsmittel, Backtriebmittel, Emulgatoren, Mehlbehandlungsmittel, Stabilisatoren, Schaumverhüter, Süßstoffe, Trennmittel, künstliche Vitamine, künstliche Mineralstoffe, um nur einige zu nennen; Spitzenprodukte unserer chemischen Industrie. Brauchen sie noch mehr Beispiele? Ich glaube nicht, gab er sich selbst die Antwort. Und diese künstlichen Stoffe, fuhr er fort, wirken tagtäglich auf unsere Körper. Wenn man bedenkt, wie idiotisch es ist, zum Beispiel Joghurt hunderte von Kilometern durch unser Land zu karren, um ihn zum weit entfernt wohnenden Verbraucher zu bringen, dann wird uns klar, dass wir die chemischen Inhaltsstoffe brauchen, um ihn, den von weither kommenden Joghurt, unseren manipulierbaren Sinnen als besonders lecker und frisch zu präsentieren. Und die Tierwelt, hier die Mäuse, hält damit, mit unseren Resten, einen vermeintlichen Festschmaus".
„Das hört sich irgendwie verbittert an", meinte der Chef.
„Ist aber die reine Wahrheit. So, diese Stoffe wirken nun ständig auf unsere Körper. Auch bei den Mäusen ist das so. Manche vertragen es, andere nicht".
„Und was passiert?"
„Tja, was passiert? Ein Teil wird krank, der andere nich"t.
„Das ist Evolution!"
Der Laborchef schüttelte unmerklich den Kopf, sagte aber darauf nichts. Das ist Unverstand, dachte er nur.
Der Assistent beobachtete durch sein Nachtsichtgerät, wie sich die Mäuse wieder auf dem Acker sammelten. Er meldete sich bei seinem Chef und gab ihm das durch. Beobachte weiter! Er gab ihm ganz kurz wieder, was ihm der Laborleiter über die Krankheiten der Mäuse gesagt hatte und wie sie nach seiner Meinung entstanden waren.
„Äußerst fatal! Zeitzünderbombe! Habe ich dich richtig verstanden, in uns könnte auch irgendeine schlimme Krankheit stecken, schlummern, bis sie zum Ausbruch kommt?"
„So gesehen hast du Recht", sagte der Chef. Verdammt, das stimmt ja, dachte er mit Entsetzen. In der Deutlichkeit habe ich das ja noch gar nicht betrachtet. Aber er ging am Telefon nicht weiter darauf ein.
Plötzlich ging ein Ruck durch die Mäuse und sie setzten sich in Bewegung.
„Chef, hier passiert was, sie gehen los".
„So? Na dann, abwarten und beobachten". Aber er besann sich. „Besser ist, du folgst ihnen und gibst mir bald wieder Bericht". Dann brach das Gespräch zusammen.
„Was haben die Mäuse vor?" Er hatte keine Ahnung.

Zweites Buch – Nonsens- und Lügengeschichten aus Grünheide
… als Nächstes werden die Katzen losziehen …

Von Nacht zu Nacht folgte er ihnen und informierte am Morgen des jeweiligen Tages seinem Chef telefonisch über die nächtlichen Erlebnisse mit den Mäusen. Am dritten Tag fuhr der Chef morgens zu seinem Assistenten. Er lud ihn ein und fuhr ihn zu seiner Wohnung, dort sollte er sich frisch machen und ausruhen.
„Mich hat ein Landwirt angesprochen", sagte der Assistent zu seinem Chef während der Fahrt. „Die vielen Mäuse fallen über nicht nur seine Felder her und verwüsten die. Hauptsächlich Getreidefelder. Sie fressen die Körner. Hinterher ist der jeweilige Schlag nicht mehr wieder zu erkennen. Ich hab ihm gesagt, er soll sich mit seinen Verlusten an dich wenden".
„Aber weiter im Text. Was meinst du denn, wie zügig die mit ihren kleinen Beinchen unterwegs sind. Wirklich erstaunlich! Ich habe regelrecht Mühe, ihnen zu folgen. Am großen Strom, da haben sie sich geteilt. Der eine Teil ist über eine Brücke gehuscht, der andere ist geschwommen. Eilig bin Ich über die Brücke hinterher, denn ich wollte sie nicht verlieren. Zum Glück ist ja der Grenzübertritt mittlerweile sehr praktisch. Um unser Land verlassen zu können und den Mäusen zu folgen, brauchte ich nur meinen Ausweis zu zeigen.
Drüben hat sich dann Nacht für Nacht ihre Anzahl verkleinert. Je weiter sie ziehen, umso weniger werden sie. Dort wo sie ausreichend Lebensraum vermuten, bleiben sie in ihrer Versenkung. Wenn sich dann abends auf einem Acker die Übriggebliebenen wieder treffen, um weiter zu ziehen, weißt du, wie das aussieht, was ich dann für Gedanken habe? Lach jetzt nicht, das mutet an wie ein nun sagen wir Mäuse-Thing. So stell ich mir immer die Treffen der Altvorderen vor. Ich muss sowieso oft an eine Völkerwanderung denken, wenn ich die Mäuse so dahin ziehen sehe".
Völkerwanderung, dachte der Chef. Germanen mit Mäusen zu vergleichen, sehr weit hergeholt. Ist das schon Ausdruck eines chemisch bedingten zerebralen Verfalls?
„Weißt du, was mir da oft einfällt?"
„Du wirst es mir gleich sagen".
„Ein Germanenstamm, genannt die Kimbern".
„Die Kimbern", wiederholte der Chef? Dann nickte er heftig, als würde er ihn verstehen.
„Ja, die Kimbern, die in Norddänemark lebten. So, so". Immer nicken und Recht geben, dachte er.
„Die sind eines Tages auch los, um irgendwo eine neue Bleibe zu finden".
„Und?"
„Die haben damals auch ein neues Land gesucht, wie unsere Mäuse. Sie hofften,

vielleicht ein Land zu finden, indem Honig und Milch flossen. Wenn es einem sehr schlecht geht, kann man durchaus solche unrealistischen Wünsche entwickeln.

Sie hatten jedenfalls Pech gehabt. In der Nähe von Norditalien soll es gewesen sein, dort wurden sie aufgerieben, um mal militärisch zu werden. Die Römer haben sie umgebracht. Germanen waren ihnen sowieso zu sehr suspekt, zu wild und zu wenig Kultur. Die Kimbern, die von der Streitmacht der Römer nicht gemeuchelt wurden, sollen sich damals selbst gerichtet haben. Freiheit oder Tod! Weißt du, dass fiel mir ein, als der Bauer etwas von einem Flammenwerfer erzählte, mit deren Hilfe er die Mäuse bekämpfen würde. Überlege mal, Flammenwerfer!"

„Wenn ich dich richtig verstehe, suchen also die Mäuse ein neues Zuhause", fragte der Chef interessiert.

„Ja. Meinst du nicht? Das kann nur so sein. Ich denke an ein weniger chemisches Dasein. Wo sie wieder einen gesunden Nachwuchs großziehen können".

Darauf sagte der Chef lange Zeit gar nichts mehr.

Gedanken versunken nuschelte er: „Du hast gewiss Recht ... als Nächstes werden die Katzen losziehen ..."

Kein leichtes Leben

Ich fange meine Geschichte heute mit meinem Haus in Grünheide an und mit meiner zu Bruch gegangenen Beziehung zu meiner Freundin.

Mein Haus findet man am Waldrand. Es steht dort, wo die Waldbäume schon etwas schütterer wachsen, um in der Ortslage gänzlich verschwunden zu sein.

Meine Freundin findet man im Wald nicht mehr und auch nicht mehr in der Ortslage. Man findet sie überhaupt nicht mehr in der Nähe von Grünheide. Das hört sich äußerst dramatisch an. Dabei war es anfangs wirklich gut mit ihr. Bis ich ihr mein Haus von innen zeigte. Sie sagte, da hätte sie mich erst richtig kennen gelernt. Was sie damit wohl meinte?

Das war so: damals führte ich sie besonnen hinein. Dazu hatte Ich nur einzig den Grund – meine Spinne. Da ich meine Freundin nur zögerlich das Haus betreten ließ, waren ihre Erwartungen offensichtlich besonders hoch. Ein Haus, das man nur so bedächtig betreten durfte, war gewiss ein besonderes Haus, wird sie gedacht haben. Was, so waren ihre Sinne erwartungsfroh auf viel Freude programmiert, werde ich in ihm finden?

Es war aber nichts Außergewöhnliches mit ihm. Selbst warum es nur diesen ein-

Zweites Buch – Nonsens- und Lügengeschichten aus Grünheide
Kein leichtes Leben

zigen tierischen Webkünstler, den ich beherbergte, in mein Haus verschlagen hatte, wurde mir erst später richtig klar. Doch noch zeigte ich voller Stolz meiner Freundin damals die Spinnennetze, die mein Hausgast kunstvoll gewebt hatte und bat sie um vorsichtiges Bewegen in meinen vier Wänden.
Sie schüttelte zwar, Unverständnis damit ausdrückend, leicht angewidert mit dem Kopf, versuchte aber, meine Worte zu beherzigen. Dem ersten Netz wich sie auch noch durch rechtzeitiges Bücken geschickt aus, das zweite aber nahm sie mit ihrem Gesicht voll mit. Sie sah daraufhin mein missbilligendes Gesicht. Selber war ihr mittlerweile hochgradig unbehaglich zumute. Sie muss auch sehr enttäuscht von mir gewesen sein, nicht zuletzt weil ich sie nicht bedauerte. Die Begegnung mit den Spinnennetzen in meinem Haus, ihre maßlose Enttäuschung, Derartiges vorzufinden, all das riefen Ekelschauer bei ihr hervor, die ihren Rücken buckeln ließen. Sie stand da und zitterte. Die anfänglich freudige Überraschung war längst aus dem Gesicht meiner Freundin gewichen. Mittlerweile schaute sie ziemlich betrübt drein, den Raum in Augenschein nehmend. Aber nur anfänglich. Dann kamen noch andere Reaktionen von ihr. Vorsichtig ausgedrückt, es sollte noch ärger kommen. Sie bemerkte die Vielzahl von Spinnennetzen, die hauptsächlich in den Raumecken herunter hingen. Dann schaute sie abwechselnd auf mich und wieder auf die Netze. Allmählich begriff sie, dass diese eine besondere Bedeutung für mich hatten. Erst erschienen auf ihrem Gesicht ratlose, wenig später wurden sie durch Zornesfalten abgelöst. Für sie gab es hier nur eine Konsequenz, sie drehte sich abrupt auf der Stelle um und verließ Tür schlagend mein Etablissement. Das war es, konnte ich mir schon in jenen Augenblick, als es erst einen enormen Luftzug gab und wenig später knallte, denken. Ich bedauerte es, aber ich konnte es nicht ändern. Oder sagen wir, nach ihrem Auftritt wollte ich das auch gar nicht, erst recht nicht. Tja, lieber Leser, so enden, mit Türenschlagen, oftmals viele Beziehungen zwischen Mann und Frau, noch ehe sie richtig begonnen hatten.
So weit, so gut. Das soll es gewesen sein. Zurück zu meiner Spinne. Die hatte also ihre Konfliktnetze in den Raum hängen lassen. So ganz ohne Absicht war das gewiss nicht geschehen. Einsam hatte sie diese an nach ihrer Meinung strategischen Orten in meinem Haus gewebt. Egal wo sie hingen, meiner Freundin haben sie nirgendwo gefallen. Dort, wo sie sie aufgespannt hatte, vermutete sie offensichtlich, fette Beute machen zu können.
Damals wusste ich noch nicht, dass ihre Artverwandten mein Haus aus gutem Grund mieden. Aber an dem Tage wurde es mir klar. Die Größe des Zimmers reichte nur für sie.
Ach ja, ich vergaß zu erwähnen, es war eine Kreuzspinne, die bei mir, recht toll-

Kein leichtes Leben

patschig, wie mir immer bewusster wurde, irgendeine kulinarische Besonderheit vermutete. Schön gezeichnet war sie; helle Flecke waren auf ihrem Rücken zu einem gut erkennbaren Kreuz zusammengefügt.
Eigenartig, jetzt kam die Besonderheit ins Spiel, in Form einer lauthals tönenden übergroßen Fliege, der Brumme. Sie flog tief schnarrend durch den Raum und schien alles zu inspizieren. Den Spinnennetzen, die im Raum verteilt hingen, wich sie geschickt aus.
Ich lag auf meinem Bett, die Arme hinter dem Kopf verschränkt und beobachtete meine Spinne, die sich gerade in der von mir gut einsehbaren Ecke zu schaffen machte. Das Kreuz auf ihrem Rücken leuchtete gut sichtbar.
Sie war in der Ecke sehr betriebsam. Die Brumme kam ein paar Mal haarscharf an ihr vorbei geflogen, als beobachtete sie, was die Spinne dort Interessantes trieb. Diese ließ sich jedoch von ihr nicht stören, ja sie tat so, als würde sie sie gar nicht zur Kenntnis nehmen. Ignoranz ist ein probates Mittel, und nicht nur im Tierreich.
Dann erkannte ich, was sie trieb: sie webte ein gut sichtbares Netz.
Das ist ja nun wirklich nichts Außergewöhnliches, werden sie sagen, Spinnen weben nun einmal gern Netze. Sie haben Recht, aber trotzdem, warten sie ab, wie sich die Situation weiter entwickelt.
Die Spinne war nach längerer Arbeitszeit mit dem Netz fertig. Dann setzte sie sich in die Ecke und wartete. Ihr Kreuz leuchtete weithin gut sichtbar. Das schien auch die Brumme mit ihrem Facettenblick bemerkt zu haben. Die werde ich mal ärgern, wird sie gedacht haben. Mehrmals flog sie sie an, brummte aufreizend laut und demonstrierte so ihre ordinäre Präsens im Raum.
Meine Kreuzspinne schien das nicht zu stören. Sie saß oberbräsig in ihrer Ecke und schien nur ihr Netz zu beobachten.
Dann passierte es. Die Brumme flog wohl etwas zu nah an das kürzlich gewebte Netz heran. Sie merken, auch Brummen können sich mal irren, Abstände falsch einschätzen. Jedenfalls verfing sie sich in den für sie starken Seilen.
Ich lag immer noch auf meiner Couch, sah und hörte dieses Naturschauspiel.
Jedenfalls strampelte die Brumme mit all ihrer bewegbaren Anatomie, um sich aus den Klauen der Spinnenwebkunst zu befreien.
Die Spinne hatte offensichtlich die grobschlächtige Fliege falsch eingeschätzt. Deren Bewegungsenergie war so groß, dass plötzlich die Seile, die das Netz mit Inhalt in der Luft halten sollten, rissen und die Brumme mitsamt dem Netz auf den Fußboden fiel. Für mich sah es sehr zeitlupenhaft aus, ohne Zweifel, für die Brumme hingegen war die Landung gewiss sehr schmerzhaft, kann ich mir vorstellen.

Zweites Buch – Nonsens- und Lügengeschichten aus Grünheide
Kein leichtes Leben

Die Spinne konnte nur hinterher sehen, wie es für die Brumme, die wie in einen Kokon gefangen, im freien Fall abwärts ging. Jedenfalls war das Fluginsekt derart schockiert, von der eigenen Unzulänglichkeit, wovon auch immer, dass sie erst einmal keine Geräusche von sich gab.

Unten am Boden rackerte sie dann aber wieder solange, zerfetzte ihre Fessel, dass sie, endlich wieder frei, erst einmal brummend von dem unseligen Ort flog, mit dem Schrecken davon gekommen.

Sie konnte es nicht lassen. Schon wenig später setzte sie sich in eine Ecke, meiner Spinne gegenüber, ganz provokativ, und putzte sich erst einmal ausgiebig, natürlich langsam und betont gründlich.

Die Spinne schien abwechselnd hinunter auf den Netzrest und auf die Brumme zu starren, als fasse sie es nicht, mit welcher Kraft sich soeben das Insekt befreit hatte. Ein Stärkemonster, wird sie gedacht haben.

Ganz so laienhaft war die Spinne dann doch nicht, bei allen Unzulänglichkeiten, die sie mitunter an den Tag legte, was Seilstärkenberechnungen und ähnliches betraf. Auch wenn ein Netz zerstört war, die Brumme hatte sie noch längst nicht aufgegeben, denn immerhin war sie Nahrung für eine lange Zeit! Um das Netz war es schade, aber der Verlust war nicht zu ändern. Sei's drum, wird sie gedacht haben.

Die Spinne hingegen schien sich wieder in der Ecke, wo sie ein Netz verloren hatte, zu schaffen machen. Was machte sie dort; ich konnte es nicht erkennen. Sie rackerte minutenlang. Es ließ mir keine Ruhe. Was trieb sie da? Ich erhob mich von meiner Couch und trat an die Ecke heran. Aber ich erkannte nicht, was sie dort machte.

Nach einer weiteren halben Stunde war sie anscheinend fertig. Sie setzte sich an die Wand. Das Kreuz leuchtete.

Die Brumme hatte sich anscheinend genug gereinigt. Jetzt war sie wieder voller Tatendrang. Sie schaute zur Spinne, warf ihren Turbo an und flog in Richtung ihrer Ecke, unter dem Motto: na, Spinne, ein Netz hab ich dir schon entschärft; mir bist du sowieso nicht gewachsen.

Die Spinne hatte es sich, scheinbar gelangweilt, in ihrer Ecke gemütlich gemacht. So sah es zumindest aus. Für mich als Nichtfachmann für Spinnen schien es, als läge meine Spinne rücklings an der Wand, zwei ihrer acht Extremitäten hinter dem Kopf verschränkt, die anderen sechs weit von sich gestreckt. Irgendwie sah es sehr menschlich entspannend aus.

Die Brumme flog über sie hinweg. Dabei schien es, als würde die Spinne justament in dem Augenblick mit ihrem Körper wippen, unter dem Motto: na mein dicker Wonneproppen, fliege noch ein bisserl, solange du es noch kannst, nächste Runde dann, tschö.

Zweites Buch – Nonsens- und Lügengeschichten aus Grünheide
Kein leichtes Leben

Die Brumme fühlte sich vollkommen sicher und flog provokativ über die Spinne hinweg, sehr dicht und sehr anmaßend. Zu dem Zeitpunkt hatte sie noch keinen blassen Schimmer, was ich irgendwie ahnte.

Noch aber wippte die Spinne; sie tat mächtig gelangweilt, als wenn sie alles nicht wirklich etwas anginge. Überdrüssig wirken konnte sie meisterhaft. Dann wurde ihr das Brummen immer deutlicher, das heißt, die Spinne spürte mit all ihren Sinnesorganen ihr Näher kommen, ein Ohr in dem Sinne hat sie ja nicht.

Sonst machte sie ein eher trotteligen Eindruck. Aber heute glaube ich, es gehörte zu ihrer Überlebensstrategie, für etwas einfältig zu gelten.

Die Spinne also, mit dem Rücken an der Wand liegend, spürte nun, wie die Brumme näher kam. Ich, da ich beide, die Brumme und die Spinne, interessiert beobachtete, fragte mich neugierig, was jetzt weiter würde.

Justament, da der fliegende Provokateur in Höhe der Spinne war, löste diese ganz plötzlich ein Halteseil. Das hatte ich gar nicht bemerkt und auch das Netz nicht, das nun eine schleudernde Rolle spielte. Während sie scheinbar gelangweilt sich in dieser Ecke zu schaffen machte, hatte sie anscheinend dieses für mich nahezu unsichtbare Netz gewebt und es mit Hilfe eines Halteseils auf Spannung gebracht. Das Halteseil hatte sie geschickt um einen Holzsplitter gewebt, der aus der Wandtäfelung etwas heraus ragte.

Prachtspinne, dachte ich voller Anerkennung. Aber die nächste Aktion zerstörte meinen erstaunten Blick auf sie wieder. Aber zu dem Zeitpunkt bewunderte ich noch ihre Cleverness. Wie gesagt, die Spinne löste das Halteseil und das frei gegebene und vorher auf Spannung gebrachte Netz schoss nach vorn. Es erwischte die Brumme und schleuderte sie gegen die gegenüber liegende Wand. Sagenhaft, dachte ich anerkennend.

Aber auch die Spinne, ob sie sich nun zu spät von dem gespannten Seil löste oder was auch immer Schuld war, jedenfalls flog erst die Brumme durch die Gegend, dann schoss die Spinne hinterher. Wer nur die Luftphasen beobachtet hätte, würde kopfschüttelnd denken, die Spinne würde versuchen, die Brumme in der Luft zu fangen.

Die Brumme flog gegen die Wand, maßlos beschleunigt durch das spannungsgeladene Spinnennetz. Sie konnte nicht so schnell, wie das passierte, gegen diese äußerste Beschleunigung steuern und blieb, die Sinne getrübt, auf dem Fußboden liegen.

Bei der Spinne sah die Flugphase etwas eleganter aus. Sie landete bei klarem Verstand auf dem Fußboden, hatte deshalb auch keine Probleme, gleich schützend im Ixel zu verschwinden. Sie dachte bestimmt, sicher ist sicher.

Zweites Buch – Nonsens- und Lügengeschichten aus Grünheide
Kein leichtes Leben

Ich gebe es zu, sie tat mir leid. Mal waren die Seile zu schwach bemessen, mal segelte sie durch die Gegend, das Los eines Dösbattels.

Ich erhob mich von meinem Kanapee, nahm mir eine Tageszeitung, faltete sie eng auf und schlug auf die Brumme, die immer noch benommen am Boden lag. Dann nahm ich sie in meine aktivere Hand, trat an die Spinnennetzecke und schleuderte den Brummenkadaver in ein extra für sie gewebtes Spinnenprodukt. Die Fliegenbeine verhakten sich auch gleich darin und hielten den leblosen Flugkörper fest. Ich war mit meinem Resultat sehr zufrieden, legte mich wieder hin und beobachtete mit nicht nachlassendem Interesse, wie es um die Brumme weiter ging. Diese erholte sich rasch von meinem Betäubungsschlag, aber da sich ihre Beine im Netz verhakt hatten, kam sie nicht davon los. Sie konnte aber wieder brummen und mit ihren Flügeln das Netz zum Schwingen bringen. Sie wusste, wenn sie das lange genug trieb, würde sie sich bald wieder, entweder in Freiheit oder, mitsamt dem Gewebten, hinab zum Fußboden bewegen. Und wer weiß, wenn sie erst unten lag, vielleicht käme sie dann wieder frei. Sie merkte intuitiv, mehr Möglichkeiten gab es nicht mehr für sie.

Aus ihrem Versteck hatte die Spinne alles beobachtet. Sie merkte, dass die Brumme sich wieder regte, wie eh und je in tiefen Tönen zu brummen schien und mit den Flügeln zu schlagen begann.

Halt! Die Sinneseinrichtungen am Körper signalisierten der Spinne Alarm. Jetzt war Eile geboten, dachte sie sich. Schnell kroch sie an der Wand empor. Dann balancierte sie die Seilabschnitte zum Mittelpunkt des Netzes hinauf und blickte die Brumme in ihre Facettenaugen. Die hielt dem Blick kaum stand. Erst rackerte sie, dann wurde sie, ohnmächtig vor Wut, ganz stumm. In diesem Augenblick merkte die Brumme in aller Deutlichkeit, alle wenn auch gefesselte Bewegungen ihrerseits waren hier zwecklos. Sie fügte sich in ihr Schicksal.

Die Spinne merkte den immer lahmer werdenden Widerstand der Brumme. Im Tierreich ist es dann so, der Stärkere beginnt den Unterlegenen zu verspeisen. So auch hier. Die Spinne begann, ihre Verdauungssäfte in das Fluginsekt zu pumpen. Irgendwann trug dann ein Luftzug die leere Körperhülle fort.

Fliegende Fische

Die Seen in Grünheide kennen sie ja inzwischen, den Werlsee und den Peetzsee gleichermaßen. Aber wissen sie auch, dass es hier eine Zeit gegeben hat, in der es in beiden Wassern fliegende Fische gab? Das ist neu für sie, stimmt's? Sie währte auch nicht lange, deshalb werden sich die meisten gar nicht dran erinnern. Aber es gab sie trotzdem. Wenn ihnen das nichts mehr sagt, muss ich wohl etwas Ausführlicher werden. Also: besonders in den Morgenstunden der damaligen Zeit hat man mit Verwunderung beobachtet, das Fische, sowohl große, als auch kleine, aus dem Seewasser sprangen, über die Wasseroberfläche flogen, mit ihren kleinen Flügeln schlugen, Mücken und Fliegen frühstückten, um dann wieder geräuschvoll eintauchten. Anfänglich erschreckte man sich, besonders die Frühaufsteher oder auch Angler, die still in ihren Kähnen saßen, ihre eingetauchten Sehnen, daran Posen in der Wellenbewegung lustig schwammen, beobachteten. Fische mit Flügeln! Wenn dann direkt neben ihnen so ein Pegasus unter den Fischen geräuschvoll auftauchte, um Kleintiere zu jagen und wieder im See zu verschwinden, brauchte man eine kleine Schreckweile, aber bald hatten sich die Leute an dieses Phänomen gewöhnt.

Fliegende Fische, selbst dass es sie in diesen Seen gab, und zwar anfänglich sehr reichlich, war schon allein ein bemerkenswerter Fakt. Aber erwähnenswert war vor allem der Umstand, dass der Verzehr dieser Fische aphrodisisch wirkten sollte. Das behaupteten zumindest findige Zeitgenossen, und, behaupten kann man ja vieles! Besonders der Teil unterhalb der Flügel, geräuchert oder gebraten, so diese Leute, sollte nach dem Verzehr äußerst wirksam sein, was die sexuelle Kraft betraf. Ja, sie haben richtig gelesen, lieber Leser, ein Fisch, der die geschlechtliche Aktivität steigerte. Keine spanische Fliege mehr (eine Fliege, die das Sexualleben beeinflussen soll – einfach lachhaft!), keine sonstigen teuren Accessoires mehr notwendig und andere Beschleunigungsmittel. Lack und Leder fast perdu. Nur noch diesen Fisch essen, und das Geschlechtliche läuft wie von selbst.

Dieses Gerücht kam auf und der Handel mit den Hörnern des Nashorns, auch ein so genanntes Aphrodisiakum, besonders die Japaner glaubten daran, nahm spürbar ab. Die Wilderer unter den Afrikanern, denn eigentlich stand das Nashorn unter Naturschutz, merkten als erstes, dass sich irgendetwas verändert hatte. Der Abkauf ihres schwer ergaunerten Tierprodukts brach nahezu ein. Zum Glück für das Nashorn. Dass ein Fisch aus Deutschland dafür die Ursache gesetzt hatte, kriegten die Wilderer erst richtig mit, als es die fliegenden Fische in Grünheide schon eigentlich nicht mehr gab.

Zweites Buch – Nonsens- und Lügengeschichten aus Grünheide
Fliegende Fische

Jedenfalls, anfänglich erfreuten sich die Fische ihres Lebens, schwammen und flogen ausgelassen im und über den See. Aber dann, als nahezu jeder ihnen die wundersamen Kräfte nachsagte, war es aus mit ihrer Ruhe. Entscheidend war, die Menschheit glaubte an deren Wunderkraft. Und bekanntlich versetzt ja allein der Glaube Berge.

Zwei junge Männer, gerade aus dem Gefängnis entlassen, eines Einbruches wegen verurteilt, waren auf der Suche nach einem neuen Betätigungsfeld. In Grünheide erfuhren sie von den nachgesagten Wunderkräften der fliegenden Fische. Besonders der eine von ihnen, ein findiges Kerlchen, wusste die Fischehysterie in eine Geschäftsidee umzusetzen. Er kaufte einen Stellplatz für einen Verkaufswagen an den Seen. Darauf stand in schreiender Leuchtschrift weithin sichtbar: Die fliegende Fischboulette. Darunter las man in Klammern der Nachsatz: was du ihr heute kannst besorgen, das verschiebe nicht auf morgen. Ein Schelm, der dahinter Anrüchiges vermutet. Der etwas jüngere von beiden hatte die zündende Idee zu dem Verkaufswagen. Was der andere, etwas Einfältigere von beiden, zu tun hatte, das können sie sich vielleicht denken. Jawohl, der musste für den Fisch sorgen. Keine leichte Aufgabe. Das hört sich nur so einfach an, aber fangen sie mal soviel Fische, zumal fliegende, das es für ausreichend viele Fischbouletten reicht. Immerhin musste der Verkauf beide Personen ernähren. Gar nicht so einfach. Früh um vier saß er schon in seinem Kahn, missgelaunt. Anfänglich ließ er nur die geflügelten Exemplare gelten. Aber so viele, wie der von seinem Geschäftspartner betriebene Stand benötigte, gingen ihm nur schwerlich an die Angel. Hatte er anfänglich Barsche, Plötzen, Hechte und was er so alles fing, wieder in den See zurück geworfen, so merkte er bald, dass er sich das nicht leisten konnte. Er stellte nämlich zum Glück fest, dass die Leute den Geschmack der letztgenannten Fische von diesem der fliegenden Exemplare nicht unterscheiden konnten. Ganz zu Recht, denn der Unterschied war höchstens marginal.

Anfangs waren beide Feuer und Flamme, doch mit der Zeit war besonders dem notwendigerweise Frühaufstehenden gelinde gesagt dieses nicht besonders angenehm.

„Der Aufwand ist zu groß, die Erlöse zu klein", beklagte sich der Angler bei dem Verkäufer. „Lass' dir was anderes einfallen".

Nach zwei Tagen der Einkehr kam dieser mit einer neuen Idee.

„Du weißt doch bestimmt, dass viele, bis hin aus dem fernen Japan, an den See kommen, um fliegende Fische zu fangen".

Der Freund nickte mit dem Kopf. „Ja, sagte er bestätigend, „sie brauchen alle den Sexualbeschleuniger".

Zweites Buch – Nonsens- und Lügengeschichten aus Grünheide
Fliegende Fische

Er ging auf den Ausspruch seines Partners nicht weiter ein. „Was hältst du davon, eine Ausleihe von Angelzubehör anzubieten?"
Er war sofort einverstanden.
„Zu Anfang brauchen wir natürlich Startkapital, um das Angelzeug zu kaufen, und nicht zu knapp", meinte sein Freund.
Hauptsache, dachte der andere, der, der den Fisch für die Bouletten fangen musste, ich brauche nicht mehr so früh aufstehen.
So machten sie es. Sie kratzten alle ihre Ersparnisse zusammen und kauften ein Grundsortiment an Angelzubehör: Ruten aller Größe, Posen, Angelsehnen, Kescher, Haken und noch so Allerlei rund um den Fischfang. Dann beschafften sie sich ein kleines Büdchen, das sie unmittelbar am Werlsee aufstellen durften; die Ausleihstation war geboren.
In der Zeit ging es an beiden Seen sehr international zu. Egal welcher Nationalität, alle Angler wollten den fliegenden Fisch fangen. Anfangs klappte es auch pro-

Fliegende Fische

blemlos. Ein um das andere geflügelte Exemplar endete erst im Kescher, dann oftmals in der Pfanne oder im Räucherofen, denn alle männlichen Angelfreunde nahmen gern einmal etwas Aphrodisisches in Anspruch.

Aber später wurden die fliegenden Fische rarer und deren Fang schwerer. Der fliegende Fisch hatte dazu gelernt. Bevor er biss, stieg er aus dem Wasser, flügelschlagend, und schaute nach, ob der Wurm oder was auch immer an einer Angel hing.

Doch auch der Angler lernte dazu. Wenn derjenige seine für den Fisch vorgesehene Bissgrundlage am Haken befestigt und gewässert hatte, musste er den Kescher so über die Pose halten, schweben lassen, dass der eventuell aufsteigende Fisch gleich in denselben hinein stieg. Das war ein sehr Kräfte zehrendes Unterfangen.

Die beiden Freunde, Geschäftspartner, Gefängniszellengenossen, was auch immer sie wollen, lebten anfangs sehr gut von dem internationalen Angelboom in Grünheide. Jung und Alt lieh sich von ihnen ein Fischfanggerät aus, aber mittlerweile ließ sich das Objekt ihrer Begierde, der fliegende Fisch, ziemlich selten blicken. Doch bevor das passierte, ging es allen, die an dem Wohlstand teilhatten, wirklich gut. Die Angelfreunde füllten alle begehbaren Lücken um beide Seen aus. Geduldig saßen sie da. Man fing den fliegenden Fisch, um die aphrodisische Wirkung, die in ihm stecken sollte, zu spüren. Diesbezüglich scheute man keine Kosten. Natürlich, wer spanische Fliegen schluckt, kann auch Fisch essen.

Unseren beiden Geschäftspartnern ging es in der Fliegende-Fische-Glanzzeit ausgesprochen prima, das muss man wirklich sagen. Mit ihren Geschäftsideen scheffelten sie viel Geld. Derjenige von beiden Jünglingen, der die Ideen hatte, hielt sich in der Zeit im Geldausgeben zurück. Der andere gab es dagegen in vollen Zügen aus. Er hatte sich auch äußerlich sehr verändert. Wer ihn sah, hielt ihn für einen Zuhälter. Immer mit einer Schar junger Frauen umgeben, hatte er Mühe, sein neues Image aufrecht zu halten, so wie er es verstand. An seiner rechten Hand trug er zum Beispiel neuerdings einen schwarzbesteinten, das Gestell golden glänzenden Siegelring. Die Oberhemden, die er trug, waren nahezu fast bis zum Bauch aufgeknöpft. In seiner blonden Behaarung erkannte man eine goldene Kette, die er um den Hals trug. Für die Damenwelt gab er sinnlos viel Geld aus. Na ja, dafür mussten sie sich das eine und andere Mal für ihn nackt ausziehen. Den Gefallen taten sie ihm gern, denn mehr mussten sie nicht tun, dafür wurden sie in der übrigen Zeit von ihm finanziell freigehalten.

Sein Freund sah es nicht gern, wie er nach seiner Meinung das Geld zum Fenster

Fliegende Fische

hinauswarf. „Eine Dumpfbacke", sagte er sich leise, wenn er über ihn sprach, aber er ließ ihn gewähren. Denn er war ihm für immer verpflichtet. Im Gefängnis hatte dieser ihm nämlich mal das Leben gerettet. So etwas verpflichtet!
Er griff also öfter in die Kasse, denn sein Leben war sehr kostspielig. Für Steuern blieb dabei kein Geld übrig. Der andere, derjenige, der nüchtern nachdenken konnte, merkte, dass ihre Bezüge nicht reichten. Eine Angelzeugausleihstation wirft nun einmal nicht allzu viel ab! Er setzte sich still an den Peetzsee und dachte darüber nach, wie man noch zu mehr Geld kommen könnte. Dass sich sein Freund im Geld ausgeben einschränken würde, daran glaubte er nicht.
Eine Fischzucht, fiel ihm spontan ein. Irgendwann ist es vorbei mit dem fliegenden Fisch, dann kommt meine Zucht ins Spiel. Er dachte weiter darüber nach und hatte ganz konkrete Vorstellungen, wie er seine Überlegungen umsetzen würde. Noch eine andere Idee kam ihm in den Sinn.
Ich muss diesen aphrodisischen Wahnsinn ausnutzen, dachte er praktisch. Ich hab doch noch irgendwo von der Fischboulette damals den Fleischwolf. Den Fisch damit pürieren, dann kleine Mengen abnehmen, Reagenzglasmengen in extra dafür hergestellte Behälter füllen, ein Etikett daran mit dem Werbezug: Fliegender-Fisch-Extrakt, Aphrodisiakum für jung und alt, oder so ähnlich, dachte er, dann überallhin verschicken, in der Übergangszeit ganz nützlich.
Doch dazu kam es nicht mehr. Die Steuerfahndung verhaftete beide. Über Jahre keine Steuern gezahlt. Man machte ihnen den Prozess. Zeitgleich mit ihrer Verhaftung vergaßen die Leute den fliegenden Fisch.
Lange Zeit war vergangen. Kein Mensch sprach mehr von den fliegenden Fischen. Ein Pflegeheim wurde an einem der Seen gebaut. Die alten Menschen, die dort einzogen, sollten sich in der waldreichen Umgebung Grünheides und natürlich am Wasser erholen.
Eine ältere Dame, die mit wachsender Begeisterung dem Treiben der Tiere auf der Wasseroberfläche zuschauen konnte, sah, wie plötzlich mit viel Lärm ein mittelgroßer Fisch auftauchte, mit kleinen Flügeln zu schlagen begann und ein gehöriges Stück über die Wasseroberfläche flog, um dann wieder einzutauchen. Das fand sie so bemerkenswert, dass sie es dem Pflegepersonal erzählte. Der Pfleger fand das, was sie ihm berichtete, für den hiesigen Landstrich so abartig, dass er davon seine Vorgesetzten in Kenntnis setzte. Es dauerte gar nicht lange, da kam eine Ambulanz und brachte die Dame in eine geschlossene Anstalt. Im Pflegeheim hat man sie seitdem nie wieder gesehen.

Die Alge

Die Menschen dachten anfangs, als die Sache mit der Klimaerwärmung immer deutlicher Tatsache war und mittlerweile auf der ganzen Welt diskutiert wurde, dass sie umhin kamen, sich radikal zu ändern, ihren Lebensstil auf dieses Klimaphänomen einzustellen, sozusagen ihre gesamte Einstellung zur Natur immer wieder zu hinterfragen. Die Menschen merkten also den Wandel, der sich gerade in ihnen vollzog und gleichermaßen in der Natur. Was das Klima betraf, diesen allmählichen Wandel, war es auch höchste Zeit, fünf vor zwölf, wenn man so will, dass die Menschen ihn erkannten und darauf durch geändertes Verhalten reagierten.
In diese Zeit fällt die Geschichte, die ich ihnen heute erzählen will, vorrangig eine Klimageschichte.
Aber alles fing so lapidar an, wie so oft im Leben. Seine Urlaubszeit stand an, und seine Bekannten reagierten bezüglich seines Bedürfnisses auf Abwechslung in seinen Eindrücken vorsichtig ausgedrückt hysterisch.
Gerade bei euch Grünheider verstehen wir immer nicht, sagten sie ihm kopfschüttelnd, dass ihr im Urlaub wegfahren müsst.
Hoffentlich kein Pluralis majestatis, dachte er. Er konnte dem Schwachsinn, wie er es in Gedanken nannte, nicht anders begegnen als mit Ironie. Zugegeben, dachte er dann auch immer, wenn ihm dieses Argument entgegen gebracht wurde, in Grünheide und Umgebung lässt es sich wirklich sehr angenehm leben. Viel Wald und viele Seen in der Umgebung. Aber der das immer hat, möchte gern mal etwas anderes sehen. Nur Binnenseen oder Endmoränenberge, da möchte man wirklich mal gern an die Hochsee oder ins Gebirge. Man möge mir derartige primitive Gelüste verzeihen. dachte er. Jedenfalls, in diesem Jahr er fuhr er an die Ostsee. Zugegeben, Hochsee ist etwas anderes, aber ihm reichte es fürs erste.
Er merkte sofort, als er sich in diesem maritimen Klima befand, die salzige Luft tat ihm gut. Um Wasser, Wellen und Luft noch intensiver zu spüren, schiffte er sich sozusagen für einen weiten Ausflug auf einem kleinen Motorschiff ein. Erstaunlich, dachte er, dass es so eine alte Antriebsart noch gab. Ein Dieselmotor aus vorsintflutlicher Zeit, dachte er, was es nicht so alles noch gibt. Vor allen Dingen, wo hatte der Kapitän den Kraftstoff für dieses Motor her, so etwas gab es doch gar nicht mehr. Doch er erfuhr, dass es für die alten Motorbestände auch immer noch alte Kraftstoffbestände gab.
Der Motorkahn mit ihm an Bord fuhr hinaus, und bald gab es nur noch Wellen und Wind für ihn. Er stand an der Reling und starrte voller Verzücken auf die spritzende See.

Die Alge

Die Maschine stampfte. Plötzlich sah er etwas Grünes an der Bordwand entlang schwimmen. Der Kapitän, der gerade neben ihm stand, sah seinen fragenden Blick auf das grüne Schwimmgut. „Ist das Seetang", fragte er ihn, die Frage eines Technikers.
Der Kapitän überlegte, wie er ihm das am besten erklären konnte, was da schwamm.
„Atmen sie mal", sagte er, statt einer Antwort.
Irgendwie fiel ihm das Luftholen schwer, stellte er fest, indem er bewusst seine Bronchien aktivierte.
„Sehen sie, dafür ist die grüne Alge verantwortlich, die sie im Wasser entdeckt haben".
„Ach, eine Alge ist das", meinte er.
„Ja, das hat mir mal ein Biologe erklärt; die kann Kohlendioxid aus der Luft saugen. Die saugt soviel an, da ist die Konzentration in ihrer unmittelbaren Nähe sehr hoch. Warten sie, sie werden sie noch besser erkennen können".
Wenig später fuhren sie durch einen wabernden Grünzeugteppich. Das Motorschiff kämpfte sich durch eine große Ansammlung von Algen, und er merkte, wie ihm das Atmen schwer wurde.
„Kapitän", sagte er, „denn Luftholen muss der Mensch, können wir nicht außen rum fahren?"
Der tat ihm den Gefallen und änderte den Kurs. Bald hatten sie wieder die Gischt schäumende Wellenbewegung um sich. Die Algenansammlung hatten sie hinter sich gelassen und mit ihr die Luftknappheit.
Aber der Umstand ließ ihn nicht mehr los. Eine Alge, die sich Kohlendioxid aus der Luft holte, dachte er begeistert! Die könnte doch ein Retter unseres Klimas sein, dachte er auch. Der Urlaub war gelaufen, das wusste er. Die Alge fraß sich in seine grauen Zellen, er beschäftigte sich nur noch mit ihr. Für ihn dominierte die Frage, wie kann sie uns Menschen nützen?
Zufälligerweise lernte er in dem Urlaub einen Mann vom Umweltministerium kennen. Auch so ein Enthusiast, stellte er wohlwollend fest.
Sie verstanden sich gleich prima. Ihre gedankliche Thematik glich sich.
Er fuhr mit ihm mit dem Motorschiff noch einmal dieselbe Strecke hinaus und zeigte ihm die Wunderalge. Dieser angelte sich ein Exemplar und untersuchte sie.
In der Tat, sagte er ihm bei seiner Untersuchung mit gesenktem Blick auf die Pflanze, aufgeregtes Timbre in der Stimme, die nimmt Kohlendioxid, um leben zu können.
Wieder an Land, setzten sie sich in ein Cafè und spintisierten ein wenig. Es machte beiden Spaß, zu phantasieren; mit ihm konnte er das.

Die Alge

Zuhause nahm er gleich die Umsetzung des Algenphänomens in Angriff. Zum Glück war die Zeit, dass die oberen Politikchargen über die Herkunft des Geldes für Umweltprojekte heiß diskutierten, vorbei. Damals, als es noch die unterschiedlichsten Parteien gab, war das gang und gäbe. Investitionen und Gewinne beherrschten die Wirtschaft. Eigenartige Motorik damals! Kapitalismus, eben! Zugegeben, sie redeten auch heute über Sinn und Unsinn eines jeden Vorhabens, aber es wird in erster Linie unter dem Blickwinkel des Uweltschutzes geprüft. Was gebaut werden muss, wird gebaut! Heute fragt man hauptsächlich, im Gegensatz zu früher, ob das, was in die Tat umgesetzt werden soll, der Gesellschaft dient. Parteiengerangel gab es zum Glück nicht mehr. Diese Vernichtung von gesellschaftlichen Ressourcen hat sich glücklicherweise überlebt. Doch die Zeit sinnloser, weil schier endloser Diskussionen kannte er noch.

Aber zurück zur Alge. Auf ihr phänomenales Können war man schon längere Zeit aufmerksam geworden. Die Erörterungsphase hatte sie schon hinter sich gelassen. Man entschloss sich, ein gigantisches Tiefbauprogramm aufzulegen. Dazu gehörte zuerst der Bau einer Salzwasserpipeline, von der Ostsee bis fast zum Erzgebirge, denn die Alge brauchte zum guten Gedeihen Salzwasser. Später erhielt der Bereich von der Nordsee bis fast an die Alpen heran dasselbe. Eine zweitausend Millimeter dicke Stahlrohrleitung wurde verschweißt, der Boden aufgebaggert und sie dann in die Erde gelegt. Eine besonders leistungsstarke Pumpstation sorgte jeweils für die Entnahme des Wassers aus der Ostsee und der Nordsee für ausreichendes Eindrücken in die Rohrleitung. Unterwegs sorgten Druckerhöhungsstationen dafür, dass der Reibungswiderstand in der Rohrleitung überwunden wurde und das Wasser überhaupt weiter transportiert wurde; was nutzt sonst die beste Rohrleitung. Eine Geologenexpertengruppe legte vorher die Trassierung der Pipelines fest. Gleichzeitig musste sie neu anzulegende Schürfungen finden, in optimaler Entfernung zur Rohrleitung, in denen die Algen wachsen und ihre Kohlendioxidentnahme aus der Atmosphäre vornehmen können. Diese zukünftigen Wasserstellen sollen die Stellen sein, in die das Meerwasser hineingepumpt werden soll, um ideale Wachstumsbedingungen für die Algen zu ermöglichen.

Die Tiefbaufirmen hatten sich schnell auf ihre neue Aufgabe eingestellt. Um ein Versickern des mit viel Mühe antransportierten Seewassers in den neu zu errichtenden Seen zu verhindern, nutzten sie die besonderen Eigenschaften von natürlichen Stoffen für ihre Zwecke aus. Die Industrie bot ein Tonmehl an. Sie nutzten da das Quellverhalten dieses Minerals bei Wasserberührung aus. Die Praktiker entwickelten gemeinsam mit den Wissenschaftlern eine Maschine, die die Bodensubstrate der zukünftig wasserseitigen Bodenschicht aufnahm und mit dem

Die Alge

Tonmehl vermischte. Hinterher kam ein Substrat heraus, das bei Wassereinfluss die Durchlässigkeit stark reduzierte. Waren die neuen Wasserstellen frisch mit Salzwasser gefüllt, sorgte eine wasserstandabhängige Pegelsteuerung in dem See für eine Nachschubförderung aus der Pipeline, um zum Beispiel Verdunstungsverluste und andere Wasserabgänge auszugleichen.

Parallel zu den Tiefbauarbeiten züchtete man die Alge, um die Wasserstellen gleich mit der ausreichenden Menge zu bestücken. Diese Alge nahm also das Kohlendioxid aus der Atmosphäre auf, einzig deshalb waren die neu geschaffenen Wasserstellen mit ihrem Algenbesatz überhaupt eingerichtet. Die unkundigen Teile der Bevölkerung dachten dabei mehr an Naherholungseinrichtungen. Sie beschwerten sich bei den zuständigen Regierungsstellen, dass sie so wenig klare Luft dort atmen konnten und außerdem das Wasser durch Algenbewuchs nahezu nicht beschwimmbar war. Aber es war kein neues Naherholungsgebiet. Man ließ einen Zaun herumbauen und anschließend eine Schutzpflanzung einrichten. Damit war die Sache weitestgehend erledigt.

Als sie merkten, wie gut die Alge das Kohlendioxid für ihr Wachstum verbrauchte und dass man zur Erhöhung der Energiebilanz die gesättigte Alge verbrennen konnte, entwickelte man etwas Neues: alle Kohlendioxidsünder erhielten so zusagen einen Algensee, um das Kohlendioxid gleich nach der Entstehung durch die Alge abzufangen, gar nicht erst den Umweg über die Entnahme aus der Atmosphäre zuzulassen. Mit der Algenmethode konnte man auch wieder ohne Bedenken Braunkohlenkraftwerke arbeiten lassen, sonst war eine Braunkohlenverstromung ein so zusagen Umweltfrevel.

Um die Kohlendioxid ausstoßenden Betriebe schuf man wenn sie so wollen ein eigenes Algenrefugium in Seewasser. Die Besonderheit, dieser Bereich wurde zu Dreivierteln überdacht, und zwar mit Kunststoffplatten, die ausreichendes Sonnenlicht für die Photosynthese durchließ. Im letzten Viertel wurde die eigene Algennachzucht vorgenommen. Dies alles funktionierte fast wie ein Perpetuum mobile, Energie im eigenen Saft, nur musste man für deren Gewinnung noch einige Mengen an zusätzlichen Kohlendioxidalgen und Braunkohle heran schaffen, um die Anlage effektiv auszulasten. Die verbrannten Abgase leitete man dann gleich wieder in den eingedachten Algenbereich. Man durchzog die Republik mit einem vermaschten Rohrsystem, um überall das Salzwasser hinzubringen, denn Kohlendioxid fiel in enormen Mengen an, wenn sie so wollen bei jeder Verbrennung und musste deshalb sehr umfangreich aus der Atmosphäre gezogen werden, um es auf der Erde nicht allzu warm werden zu lassen. Der Bedarf war riesig.

Es war die Zeit, da auch der Bereich Wärme neu organisiert wurde. Kleine sepa-

rate Lösungen wurden nur in Ausnahmefällen genehmigt; nahezu jeder Verbraucher wurde an die Fernwärmeerzeugung durch die Algenverbrennung angeschlossen. Da fiel ja auch genug an. Eine ungenutzte Wärmevernichtung wäre Frevel. Rohrleitungen brachten die in den Verbrennungsanlagen hergestellte Wärme zu den Häusern. Dafür brauchten die Menschen nicht extra zahlen; die Steuer machte es. Im Sommer, wenn der Bedarf an Wärme drastisch zurückging, modelte man die Wärmeenergie in Strom um. Neuartige Speicher wurden gefüllt, um in den kalten Monaten Elektrik zur Verfügung stellen zu können.
Auch bei der Trinkwasserbereitstellung handhabte man es so.
Da es keinen Lobbyismus mehr gab, klappte es auch bei der Abwasseraufbereitung. Große technische Lösungen gehörten im Allgemeinen der Vergangenheit an. Vielmehr nutzte man auch in diesem Fall die Selbstreinigungskräfte der Natur. Jede Gemeinde oder jeder größere Ort, dort, wo es sich anbot und die Fläche zur Verfügung stand, richtete man eine Pflanzenkläranlage ein.
Wenn sie das lesen, meine Damen und Herren, werden sie zwangsläufig an Utopia denken. Und in der Tat, so etwas gibt es doch nicht auf dieser Welt, die funktioniert doch nach ganz anderen Gesetzen. Die Menschen rücken nicht zusammen, um gemeinsam ihr Umweltproblem anzugehen. Was heißt hier Umweltproblem, in vielen Ländern geht es den Menschen um ganz andere Probleme, nämlich ums nackte Überleben: wo krieg ich heute Trinkwasser her, wo meine Mahlzeit?
Die großen Konzerne haben ihre Welt gut im Griff, oder sagen wir im Schwitzkasten. Hier kümmert man sich um eine Alge, die das schädliche Treibhausgas Kohlendioxid verbraucht, woanders auf der Welt steinigt der Macho-Mann seine unbotmäßige Frau. Hier fahren wir tausend Kilometer in der Stunde mit der Magnet-Schwebetechnik, dort bewegen sich die Menschen auf Eseln vorwärts.
Aber sie haben eine Nuklearbombe, um die Welt aus den Angeln zu heben...

Der Seiteneinsteiger

Um diesen Mann, Subjekt meiner neuen Geschichte, rankte ein, na ich will mal sagen, regelrechter Mythos.
Der Seiteneinsteiger wohnte in Grünheide, diesem malerischen Ort mit viel Wald und viel Wasser. Neben den bekannten Seen gab es in der Gegend bekanntlich auch einige Flüsse und Flüsschen, die es das Leben in dieser Umgebung so angenehm machten.

Zweites Buch – Nonsens- und Lügengeschichten aus Grünheide
Der Seiteneinsteiger

Das fand auch unser Seiteneinsteiger, deshalb wohnte er in dieser Ortschaft und fuhr im Auftragsfall zu seiner Arbeitsstelle.
Als Seiteneinsteiger hat man sowieso keinen festen Arbeitsplatz, kein Büro oder so etwas Ähnliches. Sie dürfen ihn nicht mit dem Saiteneinsteiger verwechseln. Überhaupt, er wurde sehr häufig irrtümlich für jemand anderes gehalten.
Der Saiteneinsteiger wohnte nämlich in der Hauptstadt, nicht in Grünheide. Der bevorzugte einen, wie sagt man, festen Klangkörper als Arbeitsstelle. Fester Klangkörper, das hört sich zugegebenermaßen irgendwie technisch an, aber gemeint war hier eine Vielzahl von Menschen, die in einem Orchester zusammen kamen, um gemeinsam zu musizieren und so ihr virtuoses Können unter Beweis zu stellen. Darunter war auch der Saiteneinsteiger. Er beherrschte sein Instrument, die Violine, perfekt. Die schwierigen Soli spielte meistens er. Wie gekonnt er einsteigt, raunten die Leute begeistert, und seine Saiten zum Klingen bringt.
Es gab aber auch einen Saiteneinsteiger in einer Gitarrenband. Der Schlagzeuger begann, seinen Rhythmus zu schlagen, und der Saiteneinsteiger zupfte in dem vorgegebenen Takt einen heißen Draht. Die elektronisch aufgenommenen und an die Boxen weiter geleiteten Schwingungen der angeschlagenen Saiten, begleitet von Saiteneinsteigers heftigem Kopfnicken im Trommelrhythmus, sorgten für ohrenbetäubenden Lärm.
Im Gegensatz zu diesen Leuten beherrschte der Seiteneinsteiger kein Instrument. In seinem Fall musste er dies auch nicht können; es war nicht erforderlich, zumindest der Arbeitgeber achtete nicht darauf. Die Besonderheit des Seiteneinsteigers beschränkte sich auf dessen Virtuosität beim Einsteigen.
Seitwärts einsteigen kann nicht jeder, aber unser Mann konnte das, sogar ausgesprochen gut. Da er es exzellent beherrschte, wurde er von fast allen Firmen, Produkthersteller, deren Erzeugnisse von der Seite aus zu betreten waren, sehr gern engagiert. Diese musste er auf Einsteigmöglichkeit testen. Bahnhersteller aller Art, Produzenten von Kraftwagen, selbst Architekten und andere Erzeuger nahmen seine besonderen Fähigkeiten gern in Anspruch.
Bitte verwechseln sie den Seiteneinsteiger nicht mit dem Quereinsteiger, was nun leider des Öfteren geschah. Der hatte eigentlich eine ganz andere Physiognomie. Wer genau beobachten konnte, erkannte dies und ließ sich nicht täuschen.
Auch in der Theaterwelt gab es einen Seiteneinsteiger. Dieser saß an der Bühne in einer sehr beengten Box, verfolgte im Drehbuch Seite für Seite aufmerksam den Text des Stückes, und wenn sich mal ein Schauspieler verhaspelte oder ins Stocken geriet, was ja immer mal wieder vorkam, flüsterte der Seiteneinsteiger dem Mimen seine Textpassage zu, und schon war das Stück gerettet.

Zweites Buch – Nonsens- und Lügengeschichten aus Grünheide

Der Seiteneinsteiger

Auch im Sport gab es einen Seiteneinsteiger, und zwar im Fußball. Das hatte ich bis zum letzten Auftritt der Heimmannschaft auch nicht gewusst. Die gegnerische Mannschaft stürmte, ein Verteidiger der Heimmannschaft rannte von der Seite auf den Stürmer zu, grätschte ihm den Ball vom Fuß, so dass das Publikum begeistert rief: der Seiteneinsteiger! Prachtkerl! Da wusste ich Bescheid. Natürlich fiel der Stürmer äußerst schmerzhaft über die immer noch liegenden Beine des Verteidigers. Das war kein Foul, wusste dasselbe kundige Publikum gleich lautstark zu berichten, denn wichtig war, erst hatte dieser den Ball gespielt, bevor der Stürmer ins Straucheln geriet. So sind die Regeln!

Und dann gab es, ich erwähne das sehr ungern, einen Seiteneinsteiger in der Diebeszunft. Erst waren es nur kleine Delikte, woran er beteiligt war, doch neulich stieg er in den Seitenflügel des städtischen Museums ein und entwendete kostbare Gemälde. Kurzum, ein Seiteneinsteiger der perfiden Art.

Zurück zu unserem Seiteneinsteiger. Einmal stand dieser an einer Bushaltestelle. Augenscheinlich wollte er mit dem Bus transportiert werden. Der Fahrer erkannte ihn, bremste scharf und eilte, als der Bus gehalten hatte, nach hinten, um den Seiteneinsteiger hinein zu bitten.

Der Seiteneinsteiger! Welche Ehre für mich, scharwenzelte er um ihn herum. Natürlich machte er seinem Namen alle Ehre und stieg in bewährter Manier an der Seite ein. Phänomenal, entwischte es dem Fahrer vor Begeisterung. Der war angetan von seinem Können. Aber der Seiteneinsteiger wiegelte mit bescheidener Geste ab. Doch nichts Besonderes, betonte er dem Fahrer gegenüber.

Natürlich brauchen sie nichts bezahlen. Seien sie mein Gast.

Der Seiteneinsteiger schüttelte betrübt mit dem Kopf. Keine Privilegien, sagte er dem Busfahrer, ich will behandelt werden wie jeder andere Fahrgast auch. Die wartenden Passagiere beobachteten den Fahrer, wie er schließlich nach vorn zu seiner Kabine ging, um die Fahrt fortzusetzen. Erst als der Seiteneinsteiger Platz genommen hatte, sprangen sie schnell in den Bus und nahmen ihrerseits einen Sitz ein, ehrfurchtsvoll, denn es war ihnen bewusst, dass sie gemeinsam mit dem Einsteiger in demselben Bus sitzen durften, in ihm hatten sie selbstverständlich die exzellente Persönlichkeit erkannt.

Jetzt darf ich ihnen natürlich auch die tragische Seite der Geschichte nicht vorenthalten.

Der Seiteneinsteiger war zwar ein Naturtalent, aber er wollte über ein Hochschulstudium sein Können vervollständigen. Löblicher Wunsch! Zuhause empfing ihn seine Freundin freudig erregt mit der Nachricht, seine Immatrikulationsurkunde wäre soeben postalisch angekommen.

Zweites Buch – Nonsens- und Lügengeschichten aus Grünheide
Die Wiesen

Das müssen wir feiern, sagte der Seiteneinsteiger zu seiner Lebenspartnerin, ausgesprochen gut gelaunt.
Den Nachmittag wollten sie in einem Seebad ausklingen lassen. Kaum waren sie angekommen, entledigte sie sich ihrer Bekleidungssachen und sprang ins Wasser. So schnell, wie seine Freundin, war der Seiteneinsteiger nicht. Mit ihr gemeinsam wäre er in den See gestiegen, aber er allein am Ufer fand den seitwärtigen Zugang zu dem Nass nicht. Tja, wäre es ein Bassin mit genau eingeteilten Seiten, aber so?
Seine Freundin fuchtelte auf einmal mit den Armen. Ihr Körper tauchte stoßweise ein, und strampelnd, prustend und um Hilfe schreiend tauchte sie immer mal wieder auf. Der Seiteneinsteiger wollte seine Freundin retten, aber er konnte nicht hineinspringen, der See war zu rund, er fand die Seite nicht. So musste er tatenlos zusehen, wie seine Freundin ertrank.

Die Wiesen

Wenn sie die Überschrift lesen, dann werden sie denken, meine Damen und Herren, es ginge in dieser Geschichte um die ökologisch so wichtigen Grasgebiete. Dann hätten sie in sofern Recht, als das es sich wirklich lohnen würde, darüber etwas zu erfahren. Aber ich muss sie enttäuschen, um diese sensiblen Bereiche geht es hier nicht.
Mhm, meint der Leser, geht es nicht darum, um Punkt eins gewissermaßen, dann wird es um den Plural von ‚Wiese' gehen, Aha, eine sozusagen grammatikalisch induzierte Arbeit. Aber auch hier irrt der Leser.
‚Die Wiesen' bedeutet in dem Fall keinen Plural, sondern Volkes Bezeichnung, genauer eine bayrische Bezeichnung, oder um noch genauer zu sein, eine Münchener Bezeichnung. ‚Die Wiesen', jetzt halten sie sich fest, ist ein anderer Name für ein weithin bekanntes Fest, nämlich das so genannte Oktoberfest.
Oder ist es doch ein Plural und nicht mundartlich beeinflusst? Wer weiß das schon so genau. Es kann beides sein. Wahrscheinlich war der Standort, wo dann Buden und anderes Belustigungswerk aufgebaut wurden, vor deren Vereinnahme ein Wiesenstandort gewesen, Refugium für Gräser, Kräuter, Blumen, Schmetterlinge, Käfer und noch diverser anderer Flora und Fauna. Was für eine bunte Vorstellung!
Aber zurück. Ein Fest, werden sie denken, wie schön.
Ja, meine Damen und Herren, ein Oktoberfest, der Initiator hat sich wirklich etwas

einfallen lassen. Ein Oktoberfest, das im September stattfindet. Alle Achtung! Ein enormes Spektakel, soviel sei gesagt!
Schon die Römer handelten nach der Devise: 'Gib deinem Volk Spiele und Wein'. Und so schuf man für das feierlustige Volk, hauptsächlich aus dem bayrischen Sprachraum, aber auch aus dem In- und Ausland, dieses Oktoberfest.
Im TV wird alljährlich der erste Fassanstich übertragen.
Fassanstich? Da wird ein Fass angestochen? Nein, natürlich nicht. Wenn man den Zapfhahn einschlägt, nennt man das so albern. Und wenn man das mit sich ein Fass vornimmt, sticht man es an.
Das muss etwas ganz Besonderes sein, der Anstich des ersten Bierfasses. Mit zwei! Schlägen schafft es der Bürgermeister der Münchener Metropole. Auch das muss etwas Besonderes sein. Zwei Schläge! Wohl an!
Und ihnen sei gesagt, Bier ist etwas Besonderes auf diesem Fest. Dem wird reichlich zugesprochen. Die Medien behandeln ein Maß dieses edlen Getränkes auch fast wie ein Börsenheiligtum. Einer Maßmenge entspricht ein Liter dieser süffigen Flüssigkeit. Und der Preis für ein Glas dieses Gesöffs steigt. Jedes Jahr das gleiche Spiel: ein bisschen mehr darfs schon sein, steigender Preis wie die Inflationsrate. Getreu dem Motto: was nichts kostet, taugt auch nicht viel. Der Veranstalter legt ihn fest, und dann geht die Sauferei los.
Damen, bekleidet mit einem örtlich zünftigen und dekolletierten Dirndelkleid, schleppen die Maße zu den trockenen Kehlen, Schaum spritzend. Der Busen wackelt, die Bierblume in den Gläsern ebenso.
Viele Prominente, bekannt aus dem Fernsehen, treffen sich auf dem Fest und werden dort interviewt. Diese haben dann mitunter einen bierseligen, schiefen Gesichtsausdruck. Sie stieren in die Kamera, weil sie von sich denken, alkoholvernebelter Brägen allenthalben, eine sehr volksverbundene Natürlichkeit an den Tag zu legen. Sie geben sehr gern ihre unmaßgebliche Meinung von sich. Verhaltene Schreie, Gestöhne oder andere tradierte Geräusche erfüllen mitunter die biozönotischen Wiesenreste, Alkohol beeinflusstes Leben allenthalben.

Stubenrauch

Stubenrauchs Haus stand am Waldrand. Wenn er aus dem Wohnzimmerfenster schaute, blickte er auf eine Flussauenlandschaft, die ihn faszinierte. Darum beneideten ihn auch viele Grünheider. 'Ausgerechnet der Durchgeknallte' dachten viele der Leute missgünstig über Stubenrauchs günstige Wohnlage, er weiß es

Stubenrauch

doch gar nicht zu schätzen, meinten sie zu wissen. Und in der Tat, ihm war es wirklich egal, wo sein Haus stand. Für so etwas Nebensächliches wie den Standort verschwendete er keine kostbare Sensorik. Er dachte nur in diesen elektronischen Kategorien.

Auch die Menschen, die neidvoll auf Stubenrauchs Anwesen schielten, waren ihm mehr als egal. Er kümmerte sich kaum um sie und ihre Meinungen. Sollen sie doch denken, was sie wollen! Tja, so ist es nun einmal unter den Menschen. Wenn einer tat, was andere nicht verstanden, retteten sie sich mitunter auf eine Insel der Vulgarität. Ihre Art der Verarbeitung. ‚Durchgeknallt', nur eines von Stubenrauchs vielen nachgesagten Attributen. Damit beschrieben die Unwissenden seinen ständigen Forscherdrang, denn er war Wissenschaftler mit Leib und Seele, ein durchaus anerkannter obendrein. Nun hören sie zu und staunen sie, dieser ‚durchgeknallte' Wissenschaftler war anerkannter Professor an der Universität, dessen Arbeit mit nationalem, ja sogar internationalem Interesse verfolgt wurde. Er vereinigte wie selten einer die Elektronik mit der Mechanik. Über diese Thematik hielt er viel beachtete Vorlesungen. Während seine Professorenkollegen im Hörsaal durchaus mehr Zuspruch erhofften, waren Stubenrauchs Veranstaltungen jedes Mal mehr als gut besucht. Die Interessenten saßen sogar in den Gängen und auf den Treppenstufen. Sie füllten alle freien Stellen im Hörsaal aus. Die Studenten fanden das, was er vortrug, und auch wie er das tat, mehr als hörenswert. Sie tolerierten sogar seinen Tic, etwas, was selten vorkam. Mit anderen gingen sie schärfer ins Gericht. Aber ihn hatten sie quasi ins Herz geschlossen.

Stubenrauchs Tic war ein lustiger. Er trug auf Exkursionen oder sonstigen freien Veranstaltungen sehr gerne Hüte, immer etwas zu klein geratene, wie dieser bekannte amerikanische Schauspieler, ohne ihn nachahmen zu wollen. Wenn er dann eine seiner kleinen Kopfbedeckungen trug, zuckten seine Stirnnerven, dass, äußerst lustig anmutend, sein Hut auf dem Kopf zu tanzen schien. Aber nachdem sie diesen Umstand zur Genüge an ihm beobachtet hatten, belustigend, war es nichts Besonderes mehr, sahen sie darüber hinweg.

Stubenrauch hatte eine große Leidenschaft. Die begleitete ihn sein Berufsleben und seine Freizeit: Roboter! Die kleinen Helfer in Haus, Hof Und Garten. Automatisch oder zumindest halbautomatisch arbeitende mechanische Baugruppen. Daran forschte er. Was für ein glücklicher Mensch, werden sie denken, wenn einer sein Hobby zu seinem Beruf machen kann. Und in der Tat: für ihn war es eine glückliche Fügung. Zuhause hatte er sich eine Werkstatt eingerichtet. Wenn er dann von seiner Forschungsarbeit in der Universität endlich in diese Heimstatt wechselte, konnte er die Theorie in die Praxis umsetzen.

Zweites Buch – Nonsens- und Lügengeschichten aus Grünheide
Stubenrauch

In seinem Haus hatte er einen Zentralrechner installiert, ein sehr leistungsfähiges Exemplar, der alle Daten, die seine Maschinen, die er inzwischen peu a peu in seinem Haus entworfen und eingerichtet hatte, registrierte und alle notwendigen Rechenoperationen vornahm. Man muss sich das so vorstellen, ein kleines Beispiel soll ihnen das verdeutlichen: an jedem Fenster war eine kleine Maschine angebracht, die maß die Sonneneinstrahlung und meldete sie per Funksignal an die Rechnereinheit. Der Rechner hatte nun zwei Aufgaben, zum einen die Daten zu sammeln und zweitens festzulegen, ob die Jalousie notwendigerweise herunter zu fahren sei oder nicht.

Er versuchte, alles was zu messen war, von einem extra dafür entwickelten Roboter erfassen zu lassen und die Messdaten dann zum Zentralrechner zu funken. Zum Beispiel hatte er seine Regenwasser sammelnde Tonne mit Pegelpunkten ausgestattet. Die konnte er separat ansteuern, um so den Füllstand zu erfahren. Alles ließ sich messen, steuern und regeln.

Wenn es an der Tür klingelte, schob sich ein auf kleinen Panzerketten, hier aber aus Gummi, sein so genannter Türbutler in Position. Er öffnete einen Spalt die Tür, schob schelmisch eine besonders echt aussehende Wasserpistole ein klein wenig hinaus und fragte mit blecherner, aber gut verstehbarer Stimme: „Wer da? Freund oder Feind?" Ein kleiner Geck des Konstrukteurs. Wenn die Antwort nicht innerhalb einer Toleranzgrenze ‚Freund' lautete, schoss er seine gesamte Wassermunition auf den Klingelnden, so dass dieser wie ein begossener Pudel vor dem Eingang warten musste. Im Hochsommer mag das ja mitunter sehr willkommen sein, aber im Winter ist das bestimmt sehr unangenehm. Diese Art der seltsamen Begrüßung hatte sich schnell herumgesprochen und die Klingelnden rückten nach dem Betätigen des Klingelknopfes etwas Abseits. Nur Stubenrauch selbst konnte die Prozedur abkürzen.

In seinem Haus fuhren oder schritten die Roboter, je nach ihrem Antrieb, kreuz und quer; der Zentralrechner schickte sie hierhin und dorthin, um etwas zu erledigen.

Seine neuste Errungenschaft war ein automatisch arbeitender Rasenmäher. Dazu hatte Stubenrauch seine Beete und Hecken mit einem dünnen, kaum sichtbaren Draht eingefasst. Diesen tastete der Roboter optisch ab, denn das waren seine Schneidgrenzen. In dem Drahtareal sorgte der Mäher für kurzes Gras, quasi für englische Rasenverhältnisse.

Als Stubenrauch seinen automatisch arbeitenden Rasenmäher beobachtete, fiel ihm das viele Unkraut auf, das in dem Beet mit den Zierpflanzen diese bedrängte und die kleinwüchsigen Pflanzen in ihrer Photosynthese behinderte. Sein Gehirn arbeitete gleich auf Hochtouren. Ich brauche eine Maschine, die mir das Unkraut zieht, dachte er praktisch. In Gedanken entwarf er diese in groben Zügen. Vor allem muss sie das Unkraut von den Zierpflanzen unterscheiden. Das ist der springende Punkt, dachte er. Das muss die Maschine können. Ihm fiel auch eine Variante ein, wie er das erreichte. Er ging in seine Werkstatt, und als er wieder heraus kam, war der mechanische Teil fertig. Jetzt musste er noch seinen Zentralrechner entsprechend auf den neuen Roboter einprogrammieren. Dann war seine neue Maschine leistungsfähig. Er trug ihn in seinen Garten und probierte dessen Fähigkeiten aus. Er setzte ihn in sein Zierbeet. Die Maschine peilte die erste Pflanze an und schickte ihr gescanntes Aussehen an die Zentrale. Diese verglich ihr Aussehen mit den vorher eingegebenen Zierpflanzen. Fand er ihr Aussehen im einprogrammierten Speicher, dann war sie zu schützen. Fand er sie nicht, war sie ein Unkraut und musste herausgezogen werden. So arbeitete sich der Roboter durch das Zierbeet und zog die Unkräuter aus dem Boden. Er brauchte sie nur einsammeln, warf sie in einen Komposter und nach einer längeren Zeit war aus ihm guter Gründünger entstanden.

Ein paar Tage später kam, völlig überraschend, das erste Gewitter des Jahres. Es blitzte und donnerte ausgesprochen heftig. Stubenrauch saß gerade in seiner Küche, als es ihn überraschte. Er stierte aus dem Fenster und beobachtete das Unwetter, wie es sich entwickelte. Ihn fuhren der Schrecken des ersten Blitzes und das anschließende Donnergetöse in die Glieder. Die Lautstärke war so enorm, dass es ihn fast umwarf. Sonst zählte er immer, um heraus zu bekommen, wie weit das Gewitter entfernt war. Diesmal jedoch kam es für ihn zu überraschend. Der war sehr nah, dachte er nervös an die letzte tönende elektrische Entladung. Aber Wissenschaftler durch und durch, vergaß er schnell seine Befürchtungen. Er beobachtete interessiert den einsetzenden Regen, so entwarf er viel lieber in Gedanken einen Regenschirm, der gleichzeitig schützte und das Wasser auffing. Dann blitzte und donnerte es wieder, beides fast gleichzeitig. Er stand gerade in der Nähe seines zentralen Rechners, als dieser das Naturschauspiel mit einer kleinen Rauchwolke quittierte.

Es dauerte eine kleine Weile, nun stand er wieder in der Küche, da sah Stubenrauch verwundert, wie sich seine Kaffeemaschine selbständig machte. Sie füllte einen Löffel voll Kaffeepulver in eine Tasse. Soweit stimmte alles, was sie tat. Zwar nicht von der Uhrzeit, aber von den Arbeitsschritten her. Dann goss sie aber kaltes Wasser auf das Kaffeegranulat und schob dann die Tasse über den Tisch, dass sie mit lautem Knall auf dem Fliesenboden landete und dort zerschellte. Er konnte nur stumm ihr Tun beobachten.

Zufällig warf er gerade einen Blick in eine seiner Regentonnen. Das elektronische Auslaufventil hatte sich geöffnet und entleerte das gespeicherte Wasser ins Erdreich. Derweil fuhr sein Rasenmäher in einer enormen Geschwindigkeit zwischen den Spanndrahtabschnitten hin und her; er schnitt dabei alles, was auf seinem Weg lag, kurz und klein.

Sein elektronischer Türbutler fuhr andauernd zur Eingangstür und wieder zurück. Er klappte sie auf und zu; dabei rief er immer ‚Feind' und schoss aus allen ihm zur Verfügung stehenden Rohren seine Wassermunition durch die Gegend, bis der Eingangsbereich nahezu schwamm.

Die Jalousien fuhren wie wild runter, setzten sich auf das Fensterbrett, drehten um und fuhren danach mit ebensolcher Geschwindigkeit wieder hoch.

Die vielen ungewohnten Geräusche ließen seinen Tic nahezu explodieren. Nervös zappelte die Stirn auf und nieder.

Derweil drehten die Sensoren seiner Photovoltaikmodule auf dem Dach völlig durch. Eigentlich sollten sie Regenmenge, Fließgeschwindigkeit des Regenwassers und die Windgeschwindigkeit messen und die Werte an seine Zentrale übermitteln, meldeten sie nun, was sie sonst nie taten, unaufhörlich die derzeit erzeugte Strommenge.

Dann blickte er zufällig in den Garten. Seine neue Maschine kam gerade angefahren und zog seine mit viel Liebe ausgewählten und in den Boden gesetzten Zierpflanzen heraus, eine nach der anderen. In hohem Bogen warf er sie auf einen Haufen. Danach blieben nur die Unkräuter stehen. Fein säuberlich standen sie, als müsse es so sein.

Er merkte, dass in seinem Körper irgendeine Ungeheuerlichkeit vor sich ging. Er glotzte nach draußen und lachte wie wild, als er die zerstörerische Kraft seines kleinen Gartenaggregates registrierte.

„Wer ist denn der freundlich lachende Mann da draußen?"

Er ging an das Fenster. „Meinen sie den mit dem zu kleinen Hut auf dem Kopf", fragte er seinen Gast und zeigte hinaus?

„Genau. Der dort auf einem Rasenmäher sitzt und heiter durch die Gegend fährt. Das ist unser Professor. Harmloser Zeitgenosse".

Drittes Buch

Nonsens- und Lügengeschichten aus Grünheide

Der Unbekannte

Er schlich durch Grünheide. Die Sonne war schon lange verschwunden. Die Laternen warfen lange Schatten auf die Straße.
Wunderbar dunkel, dachte er zufrieden. Er fühlte sich am wohlsten, wenn die Finsternis ihn anonymisierte.
Zuhause angekommen ging er bedächtig in seine Wohnung. Auf ihn wartete niemand und das war gut so. Er hatte es mit einer Bindung versucht, damals, vor langer Zeit. Aber er hatte es bald aufgegeben. Denn er hatte beizeiten gemerkt, dass er für eine Zweisamkeit nicht geschaffen war. Warum also sollte er sich und die Frau quälen.
Bedächtig auch seine Toilette für die Nacht. Alles lief ruhig ab, keiner hetzte ihn. Dann legte er sich in sein Bett. Er löschte das Licht, verschränkte die Arme hinter dem Kopf, lag mit offenen Augen da und dachte über dieses und jenes nach, ohne sich intensiv mit irgendetwas zu beschäftigen. Er liebte es, einfach nur dazuliegen und über nichts Konkretes zu sinnieren.
Eine ganze Weile ging das so. Der Abendwind wehte lau ins Zimmer hinein und spielte mit seinem Fenstervorhang.
Plötzlich hörte er durch die offene Balkontür ein Geräusch. Er vernahm ganz deutlich, wie jemand an dem Geländer der Kellertreppe kletterte. Von dort aus gelangte man ohne Probleme auf seinen Balkon. Er vermutete, dass es irgendein Jemand vorhatte. Also stieg der Unbekannte nahezu lautlos aus seinem Bett. In seinem Innern vollkommen ruhig, als müsse das alles so sein, griff er sich die für solche Zwecke weitsichtig von ihm bereitgelegte Stablampe und stellte sich am offenen Balkonzugang hinter die träge wehende Übergardine auf.
Es dauerte eine kurze Zeit, da sah er eine Hand vorsichtig durch den Vorhangspalt greifen, um selbigen geräuschlos zur Seite zu schieben. Der Unbekannte rückte etwas näher an das Geschehen heran.
Als der Einbrecher den Stoff etwas gelüpft hatte, standen sie sich plötzlich gegenüber. Lupfen des Vorhangs durch den Einbrecher und Taschenlampe anschalten durch den Unbekannten kamen fast gleichzeitig, als wäre es eine synchrone Bewegung.
Plötzlich standen sich die Gesichter der Männer fast auf gleicher Höhe gegenüber, nur das eine wurde durch das Licht der Lampe angestrahlt, denn der Unbekannte ließ sein Gesicht horrormäßig von unter dem Kinn nach oben anleuchten. Die Schattenbildung verzerrte alles; genaue Konturen konnte der Einbrecher nicht erkennen.

Drittes Buch – Nonsens- und Lügengeschichten aus Grünheide
Der Unbekannte

Kein Wunder, bei dem Anblick bekam der Einbrecher einen mordsmäßigen Schreck. Das hatte der Unbekannte bezweckt. Ruckartig drehte sich der Einbrecher sofort um, fort von diesem grässlichen Bild. Er kletterte so schnell wie möglich wieder zurück. Als er endlich auf der befestigten Zuwegung stand, fiel die erste Anspannung von ihm ab. Was in alles in der Welt war das eben, dachte er. Die Angst saß ihm tief. Ein Schauer, von seinem Schreck ausgelöst, schüttelte ihn. Wer ihn gerade in dem Augenblick beobachtet hätte, würde bei diesen Symptomen fälschlicherweise an eine Sommergrippe erinnert werden.

Der Unbekannte, kaum war der Einbrecher wieder zurückgeklettert, betrat eilig seinen Balkon und beugte sich vollkommen souverän über die Brüstung. Dabei ließ er erneut sein Gesicht von unter dem Kinn aufwärts von seiner Taschenlampe anstrahlen. Dabei grimassierte er, um den schockartigen Eindruck noch zu verstärken. Gerade die Schattenbildung war es, die das Gesicht des Unbekannten entstellte. Der Einbrecher schaute, sich schüttelnd und immer noch vor dem Geländer der Kellertreppe stehend, darüber auf den Balkon, aber jetzt mit einigem Abstand. Hier stand der Unbekannte mit seinem verzerrten Gesicht. Der Einbrecher wusste nach wie vor nicht, was er da sah. Er fühlte sich von dem Schreckensbild bedroht; ihm überkam ein gespenstisches Gefühl. Ein erstickter Schrei ließ erahnen, wie sich der Einbrecher bei dem Anblick fühlte, wie ihn diese Situation bedrängte. Nun gab es kein Halten mehr. Schreiend rannte er davon; der Einbruch war ihm endgültig vergangen.

Für den Unbekannten war das Intermezzo mit dem Einbrecher erledigt. Er musste lächeln, wie das alles eben abgelaufen war.

Bedächtig ging er wieder in sein Wohnzimmer und legte sich in sein Bett. Aber er war noch zu sehr angespannt. Erst langsam legte sich seine Unruhe. Endlich fand er den ersehnten Schlaf.

Der Unbekannte streifte querfeldein durch die Felder, um in den hinter dem Fluss stehenden Wald zu gelangen. Ein kurzes Stück ging er die Landstraße entlang. Hinter einer scharfen Kurve stand es plötzlich wie aus heiteren Himmel vor ihm: ein Automobil. Die Motorhaube war in den Himmel gereckt. Der Kraftfahrer hatte sie offen stehen gelassen. Weit und breit war von ihm nichts zu sehen. Der Unbekannte blickte in den Motorraum und dann in das Innere des Wagens. Er sah niemanden, der Hilfe benötigte. Anscheinend wird hier schon geholfen, keiner zu sehen, dachte er bei sich und schickte sich an, seinen Weg fortzusetzen. Plötzlich kam eine junge Frau aus dem Straßengraben geklettert. Erst bemerkte er sie gar nicht, doch dann rief sie ihm ein paar Worte zu. Verwundert blickte er sich abrupt um, da erst gewahrte er sie. Er erkannte sofort die Situation.

Drittes Buch – Nonsens- und Lügengeschichten aus Grünheide

Der Unbekannte

„Was ist", fragte er sie, „will er nicht mehr?"
„Sind sie so etwas wie ein Spezialist", fragte sie zurück?
„Wenn sie so wollen", antwortete er.
„Ja, richtig", entgegnete sie, „er will nicht mehr. Ich habe zwar die Motorhaube geöffnet, gewissermaßen als Signal, aber hier hält niemand".
„Wie viele sind denn schon vorbei gefahren", wollte er wissen.
„Ehrlich gesagt, in der letzten Stunde zwei, mehr kamen auch nicht hier lang. Aber keiner von denen hat angehalten. Es gibt einfach keine Kavaliere mehr. Die Zeit ist anscheinend vorbei".
„Na, na, junge Frau, nicht gleich die Flinte ins Korn werfen".
„Anwesende natürlich ausgenommen", korrigierte sie sich.
Dann war für ihn die Konversation beendet und er drehte sich zu ihrem Auto um.
„Was hat es denn", fragte er sie, indem er auf das Auto zeigte.
„Ich weiß auch nicht, es ist während der Fahrt einfach ausgegangen".
„Benzin ist noch genug drin?"
„Ich denke, ja", antwortete sie ihm.
Er ging zurück und blickte in den Motorraum.
Nach einer Weile fragte er: „Vorher durch ein Schlagloch gefahren?" Sein Blick blieb aber gesenkt. Er hantierte.
„Woher wissen sie", fragte sie erstaunt, „das stimmt".
Er machte sich am Motorblock zu schaffen.
„Kommen sie, versuchen sie mal zu starten", forderte er sie auf.
Sie setzte sich hinter das Lenkrad, drehte ganz kurz den Zündschlüssel, startete, und der Motor sprang sofort an.
„Ein Glück, dass die Lichtmaschine noch etwas Ladung hat". Er wusste, Frauen neigen zum Nuddeln, solange, bis die Batterie runter ist. Sie gehört anscheinend nicht dazu. Was ihn froh machte, was die Lichtmaschine noch haben soll, erläuterte er ihr nicht näher.
„Fahren sie mal ein Stück, nichts weiter als eine Steckverbindung hatte sich gelöst".
Man sah ihr die Erleichterung an.
Mit einem dankbaren Gesichtsausdruck fuhr sie ein Stück die Straße entlang, drehte und kam wieder an die Stelle zurück, wo sie vorher gestanden hatte. Sie war über seine Hilfe sehr froh und wollte sich bedanken, aber der Unbekannte war nirgends zu sehen. Sie stieg aus und hoffte, ihn eventuell am Straßenrand sitzend und auf sie wartend, anzutreffen. Sie schaute auf alle möglichen Plätze an der Straße, aber sie konnte ihn nicht finden. Er blieb verschwunden.
Ein Ritter ohne Tafelrunde, dachte sie. „Vielen Dank", rief sie einfach in die Luft,

Der Unbekannte

und, so laut sie konnte, „sie sind ein wahrer Kavalier". Man merkte ihr an, sie war wirklich froh; auf Hilfe hatte sie kaum noch zu hoffen gewagt.

Er war Werkstattschweißer und kam mit den besonderen Baustellenbedingungen nicht sonderlich klar. Seine Bemühungen waren eindeutig: Bautempo erhöhen, nur: es gelang ihm nicht. Er sollte eine Rohrleitung schweißen, zweihundert Millimeter im Durchmesser. Die Stahlrohre wurden auf kleine Erdhügel so gelegt, dass er sie zusammenfügen konnte: erst wurden die Rohre aneinander geheftet, später wurden sie verschweißt. Beim Heften brauchte er ein Hebezeug. Doch leider hatte ihm die Werkleitung nur einen Bagger für seine Baustelle zur Verfügung gestellt. Der konnte zwar wunderbar die Erdhügel setzen, aber für das Heften der Rohre brauchte der Schweißer feine Hübe. So ein präzise arbeitendes Halteventil hatte der Bagger natürlich nicht. Der Mann verzweifelte nahezu beim Vorstrecken der Rohre. Er kam einfach nicht auf den erforderlichen Baufortschritt, den er brauchte, um seine Werkleitung und damit sein Portemonnaie zufrieden zu stellen.

Der Unbekannte stieß beim Umherstreifen auf diese Baustelle. Er setzte sich einen Moment in Deckung und beobachtete die Bemühungen des Werkstattschweißers. Der tat ihm leid.

Langsam schlenderte er zu dem Werkstattschweißer auf der Baustele. Der war nahe am Verzweifeln.

„Du", fing der unbekannte Mann an. „Ich sehe, wie du dich rumquälst. Was hältst du davon, wenn ich dir die Leitung vorstrecke. Du musst mir nur ein Schweißaggregat zur Verfügung stellen und den Mann mit seinem Bagger".

„Vorstrecken, was denkst du dir eigentlich, stell' dir das nicht so einfach vor. Außerdem, ich kenne dich doch gar nicht", sagte der Schweißer, dachte aber, das wäre so übel nicht, wenn mir jemand die Leitung vorbereiten würde.

„Pass auf, ich habe schon genug Gasleitungen geschweißt. Ich hefte sie dir vor, du machst die Schweißnähte, so ist dein Risiko ziemlich gering".

Er dachte an den enormen Baufortschritt und an seine Kasse, die dann klingeln würde. Schließlich willigte er ein.

Der Bagger setzte kleine Erdhügelchen, darauf legte er lose die Stahlrohre. Dann kam der Fahrer zu dem unbekannten Mann, denn der hatte ihn gewunken. Der Werkstattschweißer beobachte das Tun des Unbekannten anfangs mit Skepsis, später mit Interesse. Der nahm, so etwas hatte der Werkstattmensch noch nie gesehen, ein Stahlrohr zwischen seine Beine, als wollte er darauf reiten. Aber so hielt er es nur fest und heftete es an das Nächste an. Junge, Junge, eine zweihunderter Stahlrohrleitung, nur mit dem Schenkeldruck gehalten! Er war sichtlich überrascht. So etwas hatte er noch nicht gesehen. Und dabei noch saubere Heftnähte schweißen.

Drittes Buch – Nonsens- und Lügengeschichten aus Grünheide
Der Unbekannte

So streckte der Unbekannte ein Rohr ums andere vor. „Sagenhaft schnell", meinte der Schweißer leise für sich und dachte bestimmt nicht mehr daran, den unbekannten Mann in seinem Elan zu stoppen. Er ging an die ungeschweißte Leitung heran und betrachtete die Heftnähte des Unbekannten. Wahre Meisterwerke, dachte er im Stillen.
Dadurch, dass der Unbekannte die vorzustreckenden Rohre zwischen seine Beine nahm, war er den Blicken des Werkstattschweißers schnell entschwunden.
Derweil heftete der Unbekannte alle Rohre durch. Als der letzte Rohrschuss vorgestreckt war, schickte er den Fahrer mit seinem Bagger zu einem anderen Einsatz. Die geheftete Rohrleitung lag säuberlich auf kleinen Erdhügeln. Er wollte noch etwas tun. So fing er an, einige der gehefteten Verbindungsstellen von hinten beginnend zu verschweißen. Noch habe ich dafür ausreichend Elektroden, dachte er. Er schaffte noch einige Nähte, bevor das Tageslicht nicht mehr ausreichte. Dann packte er die Schweißutensilien zusammen, hängte sie an das Aggregat und verschwand.
Der Werkstattschweißer kam entlang der Trasse gelaufen, denn er wollte sich für die Hilfe bei dem Unbekannten bedanken. Doch er traf ihn nicht mehr an. Er sah sich dessen letzte komplette Nähte an.
Solche sauberen Schweißnähte habe ich noch nie gesehen, dachte er voller Bewunderung.
Er ging über die Brücke und dann weiter am Fluss entlang. Die Aue war auf der einen Seite, auf der anderen ein Wald. Der schien das Fließgewässer zu schützen, schien es vor menschlichen tollpatschigen Eingriffen abzuschirmen. Der Mann lief weiter. Wenig später hatte sich am Ufer des Flusses eine Halbinsel, so eine Art Nehrung, herausgebildet. Natürlich in einer Flussbiegung, dachte er. Sedimentäre Ablagerung, dachte er auch. So etwas fand er immer sehr interessant. Das lohnt sich, es näher zu untersuchen, freute er sich. Er kämpfte sich durch das dichte Gestrüch. Diesen Einfall hatte offensichtlich schon jemand, denn als er die Halbinsel betrat, sah er zuerst eine bunte Decke liegen, darauf saß eine junge Frau, einen Schreibblock auf ihrem Schoß. Sie kaute an ihrem Stift und hatte anscheinend Schwierigkeiten, einen Anfang zu finden, von was auch immer. Er sah nämlich sofort, dass der Schreibblock unbenutzt war.
Als sich das Laub der Gewächse, die die Halbinsel zu schützen schien, sich stark bewegte, schaute sie auf. Der Blick verhieß ihm eine Mischung aus Ärgerlichkeit und Neugier. Abrupt hielt er inne beim Betreten der landschaftlichen Besonderheit. Als sie ihn, den unbekannten Mann, zu Gesicht bekam, beruhigte sie sich gleich wieder. Einer, der so aussieht, führt nichts Arges im Schilde, dachte sie.

Drittes Buch – Nonsens- und Lügengeschichten aus Grünheide

Der Unbekannte

„Es tut mir leid, dass ich sie gestört habe", sagte der Mann zu ihr. Man sah ihm an, dass es ihm peinlich war, sie überrascht zu haben.
„Ist nicht so schlimm", sagte sie in sein offenes Gesicht.
„Ich sehe, sie wollen gerade etwas schreiben"; der Mann deutete auf den Schreibblock.
„Ja, richtig, aber mir fiel sowieso nichts ein. Das passiert mir immer, wenn ich an die Behörden ein Schreiben verfassen muss".
„Wissen sie, ich will mich nicht aufdrängen, aber ich möchte mein Stören wiedergutmachen. In Behördenschreiben bin ich ganz gut. Was halten sie davon, wenn ich das für sie übernehme. Sie sagen mir, was sie bedrückt, und ich verfasse das entsprechende Schreiben".
„Jetzt wird er etwas sehr persönlich", dachte sie über seine Offerte.
„Ich weiß nicht", sagte sie laut. Sie brauchte noch etwas Zeit, um über seinen Vorschlag nachzudenken.
Was zögerst du, sagte sie sich, sei nicht albern, der will dir doch nur ein Schreiben aufsetzen.
Sie willigte ein und erzählte ihm ihr Problem. Er hörte aufmerksam zu, Notizen machte er sich nicht. Das war ihr fast suspekt.
Ich würde vorschlagen, sie gehen ein bisschen spazieren, in der Zeit werde ich ihnen etwas aufschreiben.
So machten sie es. Sie verschwand hinter dem mannshohen Bewuchs und er blieb mit ihrem Schreibblock bewaffnet zurück. Ganz schnell hatte er ihr die Sätze aufgeschrieben, dann stand er auf und drückte sich wie sie hinter das Gestrüch.
Als sie zurückkam, sah sie ein wenig enttäuscht, dass der Mann, sich ohne von ihr verabschiedet zu haben, nicht mehr in der Nähe war. Aber sie sah zwar sofort ihren Schreibblock, aber anfangs nicht seine formulierten Sätze.
Das war es dann wohl, dachte sie doch ein wenig enttäuscht über die Aktion mit dem unbekannten Mann. Sie nahm den Schreibblock und entdeckte erst jetzt seine kurzen, präzisen Sätze. Sie war fast ein wenig betreten, dass sie ihm eben unrecht getan hatte. Sie bedauerte es fast, sich bei ihm nicht mehr bedanken zu können.
Hervorragende Formulierungen, fand sie, das hätte ich längst so nicht hinbekommen.
Er lag schon tagelang im Bett. Ihm ging es überhaupt nicht gut. Bei seiner letzten Aktion, er hatte jemandem beim Außenputz geholfen, hatte er sich an einer harmlos aussehenden, aber korrodierten Blechbüchse geschnitten. Was anfangs nichts Besonderes war, entwickelte sich zu einer schlimmen Angelegenheit. Die Sepsis nämlich hatte sich seines Körpers bemächtigt. Erst vergiftete sie sein Blut, dann

setzte sie seine Abwehrkräfte außer Gefecht. Gleichzeitig fielen seine Lymphdrüsen aus. Dazu kam, dass sich keiner um ihn kümmerte, ihn pflegte, ihm zumindest etwas zu trinken reichte oder seine Wunde pflegte, nichts.
Er halluzinierte. Sein Leben zog noch einmal an ihm vorüber. Obwohl er kaum noch zu Bewusstsein kam, spürte er, dass es das Ende war.
Endlich Schluss mit der Quälerei, dachte er sich. Er fiel in einen Schlaf, aus dem er nicht mehr erwacht

Das Ungeheuer vom Peetzsee

Es brach eine wahre Hysterie in Grünheide aus. Einige der Bewohner wollen es gesehen haben, andere glaubten nur, ihm begegnet zu sein. Der weitaus größte Teil jedoch ließ sich nur anstecken von diesen Turbulenzen.
Dabei ist bestimmt nichts dran an den mysteriösen Geschichten, die plötzlich wie Pilze aus dem Boden schossen, denn: mit Ungeheuern ist das so eine Sache. Diesbezüglich ist nämlich die Fantasie der Menschen grenzenlos. Je unglaublicher, desto hartnäckiger das Gerücht über diese, na sagen wir etwas neutrale Erscheinung.
Es gab Leute, die trauten sich nicht mehr ins Wasser, weil sie Angst vor dem Ungeheuer hatten. Sie wollten nicht gefressen werden. Für die Seen Peetzsee und Werlsee war dieses Verhalten der Menschen natürlich ökologisch günstig: ihre Hautkontakte hatten in den letzten Jahren spürbar zugenommen, und so konnten sich die Seen durch die Enthaltsamkeit der Menschen erholen. Das war ein günstiger Nebeneffekt.
Aber zurück zu dem Ungeheuer. Die Leute trauten sich nur noch sporadisch in und auf die Seen, denn sie wollten kein Risiko eingehen. Sie sagten sich, ähnlich wie der derbe Spruch mit den Fliegen, irgendetwas wird schon dran sein, wenn so viele Menschen daran glauben.
Ein Ungeheuer in unseren Seen, meinten sie in einiger Entfernung, wo denn, und setzten sich fernglasbewaffnet an das Ufer, um die Seen abzuglotzen.
Die gesteigerte Wahnvorstellung, auf dem See eventuell einem Ungeheuer zu begegnen, kann durchaus auch dramatische Auswüchse annehmen. Stellvertretend sei ihnen an dieser Stelle ein Beispiel genannt, wie es mitunter kommen kann: ein beherzter Bewohner von Grünheide, ein Seeanwohner, schnappte sich seinen Ruderkahn, um der Sache auf den Grund zu gehen, der Behauptung nämlich, dass niemand genau wüsste, wo das Seeungeheuer im See sein Quartier hätte. Also, er

Drittes Buch – Nonsens- und Lügengeschichten aus Grünheide
Das Ungeheuer vom Peetzsee

nahm all seinen Mut zusammen, setzte sich vorsichtig in sein schwimmendes Utensil, denn er wollte keinen unnötigen Lärm machen oder gar das Ungeheuer erschrecken, und ruderte in Richtung der Mitte des Petzsees. Sein Blick war sehr nervös. Immer wieder blickte er sich, die Nerven aufs äußerste angespannt, nach allen Seiten um, immer gewärtig, dem Ungeheuer in seine bleckende Fratze zu schauen. Plötzlich kam ein kleiner Baum oder ein Teil eines kräftigen Astes angeschwommen. Der Mann, obwohl er sich ständig umdrehte, sah ihn sich nicht nähern. So stieß der Ast unentdeckt gegen sein Ruderboot, das ergab eine nicht sehr heftige, aber immerhin doch eine Karambolage. Obwohl es wirklich keinen großen Ruck gab, erschreckte sich der Mann zutiefst, sprang schnell auf, weil er in seinem Rücken das Ungeheuer vermutete. Durch diese Aktion aus dem Gleichgewicht gekommen, stürzte er rückwärts über die Bordwand. Er fiel unglücklich mit dem Hinterkopf auf den Ast und verlor augenblicklich, noch bevor er ins Wasser stürzte, das Bewusstsein. So forderte das Ungeheuer sein erstes Opfer.

Ein anderer Anwohner nutzte die Hysterie auf eine man könnte fast sagen spaßige Art. Wie er das zeitlich hinbekam, ohne vorher entdeckt zu werden, bleibt ein Rätsel. Wahrscheinlich nur durch eine maximale Vorfertigung. Jedenfalls endete sein Grundstück unmittelbar am Peetzsee. Eines Tages war es da, das Ungeheuer. In seiner Uferböschung! Es lebte in einer Betonröhre, deren Ausgang mit Rundstahlstäben gesichert war. Dieses Ungeheuerverlies führte rechtwinklig in den Böschungsboden hinein. Eigentlich war es mehr ein friedliches Ungeheuer. Über dem stahlstangengesicherten Ausgang hatte der Spaßvogel ein weithin sichtbares Schild angebracht: ‚Peetzi, das Seeungeheuer'. Nun hatte der See endlich sein sichtbares Ungeheuer. Ein Biologe, immer für Neuigkeiten in der Tier- und Pflanzenwelt zu haben, kletterte neugierig in einen Ruderkahn und fuhr vor den Käfig des vermeintlichen Ungeheuers. Das Tier stand mit hohlem Blick an den Gitterstäben und schaute irgendwie desillusioniert auf die blinkende Wasseroberfläche. Als sie ihn erblickte, sah sie ihn traurig an. „Das ist also euer Ungeheuer", sagte er sich schüttelnd vor lachen. „Weißt du, was das ist", fragte er seinen Freund, der mit im Kahn saß, prustend, „ein Waran ist das, noch dazu ein Vegetarier, vermutlich aus der philippinischen Gegend, vollkommen harmlos. Wie ist euer Spaßvogel bloß an den rangekommen", fragte der Biologe laut.

„Wen meinst du?"

„Na den, der ihn hier versteckt hat".

Er musste seinem Freund, einem Grünheider Bürger, versprechen, niemandem etwas darüber zu erzählen. So blieb der Waran erst einmal Peetzi, das Ungeheuer. Aber bald starb der Waran, wahrscheinlich aus Einsamkeit, denn wer will schon

Drittes Buch – Nonsens- und Lügengeschichten aus Grünheide
Das Ungeheuer vom Peetzsee

ständig in einer Betonröhre leben. „Der hat bestimmt seine philippinische Umgebung schmerzlich vermisst", sagte der Biologe, als er von seinem Tod erfuhr. Jetzt saßen wieder die Leute am Ufer und blickten durch ihre Feldstecher auf die Seeoberfläche, ob sie nicht vielleicht das richtige Seeungeheuer entdecken würden.

Die Lokalpresse hatte natürlich die Seeungeheuerproblematik dankbar aufgegriffen. Sie engagierte Illustratoren und Schriftsteller, um aus dem Ungeheuer irgendetwas Gegenständliches herzustellen, etwas für die Leute, meinte der Chefredakteur, und etwas für die Kassen. Die Illustratoren entwarfen Bilder von Peetzi, denn nicht anders wurde es genannt. Man stand auf dem Standpunkt, wenn es ein Nessi gibt, kann es auch ein Peetzi geben. Die Schriftsteller erdachten einige abenteuerliche Geschichten über das Seeungeheuer, die im Peetzsee und im Werlsee handelten.

Ein Geologe erfuhr von dem Grünheider Ungeheuerphänomen. Wie kann man denn die beiden Seen, den Loch Ness und den Peetzsee, miteinander vergleichen, schrieb er in einem Artikel. Das hieße ja, Äpfel mit Birnen zu vergleichen. Die Pfütze Peetzsee, einfach lachhaft. Hier soll ein Ungeheuer leben, na ja, wer es glaubt? Damit war für ihn die Sache erledigt.

Nur wenige lasen diesen Artikel. Er war für die Allgemeinheit nicht von Belang. Eigentlich war es vollkommen egal, was der Geologe meinte. Die vielen Menschen wollten an etwas Ungeheuerliches glauben, sogar sehr gern. Die Sache mit dem Peetzseeungeheuer passte ihnen irgendwie in den Kram. Sie hielten diesen Kitzel nach wie vor für kein Gerücht, eher für ein Rätsel. Gäste aus Nah und Fern umsäumten beide Seen. Jeder von ihnen wollte der Erste sein, der das Ungeheuer entdeckt.

Und dann geschah das unvermeintliche; jemand sah das Tier im Wasser. Das war so: sie saßen wieder so zahlreich um den See und stierten mit ihrer Sehschärfenverstärkung auf die Wasseroberfläche. Einer von ihnen wurde erst blass, dann drehte er aufgeregt an seiner Schärfeneinstellung, weil er meinte, es nicht deutlich genug zu erkennen.

„Das ist doch …", stammelte er, wie einer, der nicht glaubt, was er sieht. „Das Ungeheuer", schrie er, „es taucht gerade auf". Die anderen, die mit ihm am Wasser saßen, wurden ebenfalls ganz aufgeregt, unter dem Motto: dabei sein ist alles, sahen sie es zwar nicht auftauchen, aber sie wollten nicht als blind gelten, also bestätigten sie seine Worte.

„Ja, schrieen sie mit:…da ist es…!" Es entstand ein wahrer Tumult.
„Jetzt taucht es wieder ab", rief einer ganz aufgeregt. Und da blieb es auch, ver-

schwunden. Stundenlang warteten sie noch an diesem Tag am See, aber das Ungeheuer dachte gar nicht daran, überhaupt nie mehr, sich zu zeigen. Einer von ihnen, sozusagen ein Hobbypsychologe, ließ später alle Anwesenden das Seeungeheuer malen, wie sie es gesehen hatten, aber eigenartigerweise, jeder zeichnete es anders, denn jeder hatte es offenbar anders im Gedächtnis.

Irgendwann taucht alles ab in die Bedeutungslosigkeit, selbst so etwas, wie die Erinnerung der Menschen. Denn nach einiger Zeit dachte keiner mehr an das Ungeheuer im Peetzsee. Anfangs saßen noch die Leute um den See herum, aber mit der Zeit wurde deren Zahl immer kleiner, bis sich niemand mehr für Peetzi interessierte. Im Sommer gingen die Menschen wieder baden wie eh und je; die Wärme war einfach zu drückend und das Wasser zu erfrischend. Der Rummel um das Seeungeheuer hatte sich von selbst gelegt.

Peetzolf

Er hatte sich eine Höhle ausgehoben. Etwas oberhalb der Wasseroberfläche schaufelte er mit seinen Pfoten, die das gut beherrschten, in den lockeren Boden eine sehr geräumige Behausung. Danach sammelte er trockenes Laub aus der Umgebung zusammen und trug es in seinen Bau. Damit kleidete er anschließend seine Schlafstatt aus, denn auch er wollte es nachts gemütlich und warm haben. Nach getaner Arbeit legte er sich vor die Höhle in die Spätsommersonne und döste vor sich hin.

Peetzolf, werden sie fragen, was soll denn das sein, das habe ich ja noch nie gehört. Ein Tier, soweit so klar, aber sonst? Ist der Peetzolf etwa eine europäische Variante eines Bären, abgeleitet von ‚Petz'?

Weit gefehlt, meine Damen und Herren. Es ist viel einfacher, Peetzolf ist die Abkürzung von ‚Peetzseewolf', etwas, was es eigentlich gar nicht gibt. Tja, der Volksmund hat entschieden, das ist ein Peetzolf, die biologische Bezeichnung erspar ich ihnen an dieser Stelle. Für unsere ‚Peetzolfgeschichte' würde ich vorschlagen, bleiben wir bei diesem prägnanten Namen.

Aber das muss ich ihnen noch sagen, der Peetzolf hatte nämlich mit einem Wolf soviel Gemeinsames wie na sagen wir ein Socken mit einem Handschuh. Beides kann zwar schön warm halten, aber darin erschöpft sich auch schon deren Gemeinsamkeit. Der Peetzolf und der Wolf sind beide Raubtiere, zweifellos. Jedoch bei dem Peetzolf muss man sagen, im Unterschied zu dem Wolf ist er ein Allesfresser, was ja der Wolf nun wahrlich nicht ist. Evolutionsmäßig ist der Peetzolf

Peetzolf

ein Auslaufprodukt. Nach ihm wird es kaum noch ein Exemplar seiner Art geben, also, er ist mehr der Letzte, und der hatte sich ausgerechnet am Peetzsee niedergelassen.
Mit ihm war es irgendwie seltsam. Er entwickelte eine merkwürdige Affinität zu allem, was irgendwie nach Grünheide roch. Und das ist wörtlich gemeint. Tiere, zum Beispiel Enten, die auf dem Peetzsee schwammen, wurden von ihm ganz besonders gehegt und gepflegt. Wenn sich ihnen ein Tier, meinetwegen ein Marder, aus schnöder Mordgier näherte, bekämpfte er diese solange, bis sie unverrichteter Dinge wieder verschwanden. Man kann sagen, der Petzolf war ein eigenartigerweise irgendwie besonders grünheidedomestiziertes Exemplar. Die kleinen Kinder aus eben demselben Ort konnten sogar auf ihm reiten; das gestattete er ohne zu murren oder zu knurren. Er litt es mit großer Geduld. Wenn sie im See badeten, kam er zu ihnen geschwommen und führte ihnen etwas Merkwürdiges auf: Wasserspiele. Er nahm Wasser in sich auf und ließ es hernach fontänenartig in die Luft spritzen. Dabei schwamm er ausnahmsweise auf dem Rücken und streckte den Kopf gen Himmel. Ein Gaudi für die Kinder! Peetzi, Klasse, riefen sie! Dabei lachten sie und alberten mit ihm herum, denn sie hatten ihren Peetzolf sehr gern. Aber meistens folgte er seiner Natur und lag am Tag schläfrig in seiner Höhle, denn er war ein nachtaktives Tier.
Nachts ging er dann auf Jagd. Besonders gern kämpfte er gegen Wildschweine. Die hatten es ihm angetan. Die Sauen und Eber ließ er im Allgemeinen links liegen, aber die Frischlinge schnappte er sich. Gegen ihn hatten sie keine Chance. Er holte sie sich, nahezu alle, denn er war ein guter Jäger.
Ach, wo wir bei seinen Jagderfolgen sind, beschreibe ich ihnen einmal kurz seine Physiognomie: spitze, längere Schnauze, die Kiefer konnten einen enormen Beißdruck entwickeln, ähnlich dem Krokodil. Wie ein Alligator sah sein Kopf auch aus. Sein Körper war wie der eines Hundes, oder, wenn sie so wollen, wie der eines Wolfes geformt. Das war aber wirklich die einzige Ähnlichkeit, die der Peetzolf mit einem Wolf hatte. Seine Pfoten waren etwas Besonderes: er hatte Schwimmhäute zwischen den Zehen, damit konnte er sich exzellent im Wasser fortbewegen. Seine Lunge wies ein enormes Volumen auf. Er konnte sehr lange seine Luft anhalten. Wenn er tauchte, war er mitunter für Minuten verschwunden. Das kam ihm natürlich zupass, wenn er im Wasser jagte. Die Schwimmhäute zwischen den Zehen störten ihn kaum bei der Bewegung auf dem Boden. Er konnte stundenlang laufen, aber auch Sprints waren möglich. Wenn es drauf ankam, war er ein Beschleunigungsmeister. Darum, die Frischlinge hatten gegen ihn keine Entkommenschance. Und was er erst in seiner Schnauze hatte, gab er so ohne weiteres

Drittes Buch – Nonsens- und Lügengeschichten aus Grünheide
Peetzolf

nicht wieder her. War der Bestand an Schwarzwild dramatisch hoch, hatte es sich in Grünheide und Umgebung dank des Peetzolfs nach und nach reguliert. Warum seine evolutionäre Linie ausstarb, kann ich ihnen nicht sagen. Laienhaft betrachtet hatten sich seine äußeren Merkmale sehr den täglichen Notwendigkeiten angepasst. Wahrscheinlich waren es Nachwuchsprobleme, die ihn aussterben ließen, denn es gab nach meinem Kenntnisstand weit und breit leider nur noch ihn.
Aber so ist die Natur. Nicht alles durchschauen wir. Gesetzmäßig muss es für uns Menschen zugehen, mit chaotischen Zuständen können wir schwerlich umgehen. Vielleicht ist das Aussterben des Petzolfs ein Beispiel für einen chaotischen Abgang einer Tierspezies, wer weiß das schon so genau.
Doch halt, soweit ist es noch nicht. Noch erfreute sich das Tier bester Gesundheit. Aber schon lauerte das Ärgernis in den Brüdern Heinz und Wilhelm. Die beiden hatten von ihren Eltern einen Hof geerbt. In deren annähernden Mitte, um den die geerbten Gebäude standen, befand sich ein geräumiger Hof. Die beiden Brüder waren für jedweden Blödsinn, brachte er nur Zugewinn ein, zu haben. Selbst vor kleineren Gaunereien, Betrügereien und schofligen Missetaten schreckten sie nicht zurück. Nun hatten die beiden von Peetzolf erfahren und wie er den Schwarzwildbestand reduzierte. Sie erkundeten sich, wo das Tier seine Höhle hatte. Eines Tages schlichen sie, mit einer Hundeleine und einem fast wie ein Folterinstrument aussehenden Halsband bewaffnet, zu seiner gegrabenen Behausung. Sie trafen ihn natürlich schlafend an; wir wissen warum.
„Jetzt werde ich dir zeigen, wie man mit diesen Tieren umgeht", sagte Wilhelm zu Bruder Heinz. „Sie müssen gleich spüren, wer der Herr im Hause ist", sprach Wilhelm, und schnitt mit seiner Peitsche, sie durch die Luft schwirren lassend, diese in Stücke.
Noch eh er sich räkeln konnte, streifte ihm Wilhelm das Halsband um, an dem er sofort die Leine festmachte. Als der Peetzolf richtig erwachte, war alles bereits mit ihm geschehen. Er zerrte an der Leine, doch so einfach ließ sich Peetzolf nicht bewegen. Dieser sträubte sich sehr. Aber trotzdem, Heinz packte mit an und gemeinsam zogen sie ihn brutal an der Leine hinaus. Er wehrte sich so gut er konnte, da schlugen sie ihn mit ihren mitgebrachten Peitschen. Diese Drangsal war äußerst schmerzhaft, aber je mehr er sich wehrte, umso bestialischer schlugen sie ihn.
„Los, Heinz, haue zu", kam es gepresst aus Wilhelms Mund. Atemlos.
Außerdem, das brutale Halsband drückte dem Peetzolf, je mehr sie an der Leine zogen, metallische Dornen in die Halshaut, da ließ er seine wütende Abwehr lieber sein.
Schließlich lag er vor seiner Höhle. Am liebsten hätte er sie gebissen, um ein für

allemal Ruhe vor ihnen zu haben, aber selbst dafür war er zu müde; außerdem: sie hatten ihre Peitschen, er wollte nicht mehr geschlagen werden. So lief er folgsam an ihrer Seite nach Hause. Dort ketteten sie ihn an.
„So", schrie Wilhelm den Peetzolf an, „du bewachst jetzt unser Grundstück!"
Erst einmal ließen sie ihn in Ruhe. Jetzt konnte er sich endlich ausruhen.
Aber nicht lange. Nach etwa einer Stunde kamen sie, ketteten ihn los und nahmen ihn an die Leine.
„So", sagte Wilhelm zu Bruder Heinz, „jetzt werde ich dir mal zeigen, wie man den erzieht".
Wilhelm schrie den Petzolf an, gab brüllend Kommandos. Das Tier kochte innerlich, aber es gehorchte weitestgehend. Denn der Peetzolf war ja ein gelehriges Tier. Aber eine derartige Brutalität, wie sie die Brüder an den Tag legten, war es nicht gewöhnt, woher auch, er war ein Wildtier und liebte wie jedes dieser Tiere seine Freiheit.
Und dann kam die Nacht, als Wilhelm und Heinz mit dem Peetzolf auf Wildschweinjagd gingen. Die beiden jungen Männer glaubten, das Tier soweit erzogen zu haben, dass es alles klappen würde, wie sie es sich vorstellten. Vorher hatten sie ausfindig gemacht, wo sich allabendlich die Schweine zu gemeinsamer wohliger Suhle trafen. In diesen feuchten Grund gingen die Brüder mit dem Peetzolf an der Leine. Sie verbargen sich so, dass der Wind ihren Geruch nicht zu dem Schwarzwild trug. Das kam auch. Der Keiler witterte, doch für ihn war alles friedlich. Er gab der Bache Signale, und froh grunzend ging sie mit ihrem Nachwuchs in die Schlammregion. Erst wühlten sie sich in die Pampe ein, dann stellten sie sich an einen Baum und schäuberten sich die Parasiten aus dem Fell.
Jetzt löste Wilhelm den Peetzolf von der Leine, und der rannte gleich zu den Frischlingen. Zwei von ihnen biss er gleich die Kehle durch. Die anderen Wildschweine quiekten auf und stoben auseinander, ihr Leben zu retten. Schon war die Jagd zu Ende. Der Peetzolf zog die erlegten kleinen Schweine rückwärts aus dem Molloch. Auf dem festen Waldboden legte er sie ab. Für ihn war die Jagd beendet, aber für Wilhelm scheinbar noch nicht. Er schrie den Peetzolf an, warum er nicht hinter den Schweinen hinterher rannte. Mit seinen lauten Schreien zückte er seine Peitsche und wollte sein Tier maßregeln. Doch der Peetzolf war immer noch frei. Das hatte Wilhelm wohl nicht richtig berücksichtigt. Der Peetzolf wich geschickt zurück. Dadurch ging der Schlag ins Leere. Heinz merkte den Irrtum, schnappte sich die Leine, wollte seinem Bruder helfen und den Peetzolf anleinen. Das Tier wurde wütend. Gerade näherte sich Heinz, in der Hand die Leine, dem Kopf des Tieres. Dieses war außer sich vor Wut. Gerade als Heinz das Halsband berührte, durchzogen dem Peetzolf nervale Schübe, die ihn an längst vergessene

Peetzolf

Untaten der Brüder erinnerten, und er schnappte zu, reflexartig. Von der enormen Bissstärke des Tiers habe ich ihnen schon erzählt. Heinz schrie gellend auf, von wahnsinnigen Schmerzen gepeinigt, doch da lag sie schon, Elle und Speiche sauber durchtrennt; der Peetzolf hatte ihm die Hand abgebissen.

Mit Bestürzung sah Wilhelm das alles von weitem. Fassungslos starrte er auf die im Dreck liegende blutbeschmierte Hand, die immer noch zuckte. Der Peetzolf muss verrückt geworden sein, dachte er, schnell Heinz zu Hilfe kommen! Mit einem gezielten Fußschlag wollte er das Tier in die Flucht schlagen. Doch die Sinne des Tiers waren auf das Äußerste angespannt. Wie in Trance sah der Peetzolf den zum Schlag ausholenden Fuß auf sich zukommen. Reaktionsschnell biss er mit seiner ihm innewohnenden ungeheuren Kraft auch in Wilhelms Unterschenkel. Verflucht, dachte der Bruder noch. Knochen knackten. Eh sich Wilhelm versah, hing der Fuß nur noch an einem Fetzen Haut. Der Schreck war so groß, dass Wilhelm anfangs den Schmerz gar nicht spürte.

Der Peetzolf nutzte die Gunst der Stunde, das Chaos, das um ihn entstanden war, um zu flüchten. Wie ein Bombenopfer fiel Wilhelms Blick nun mehr, eher zufällig, auf seinen am Hosenbein hängenden Fuß, der in seinem derben Schuh steckte. Alles irgendwie unwirklich!

Heinz wimmerte immer noch vor sich hin. Plötzlich ein Schrei, der in Mark und Bein gehen konnte. Wilhelm hatte sein einfüßiges Sein erkannt.

Der Peetzolf aber lief derweil weit fort, soweit ihn seine Füße trugen. Er hörte gar nicht mehr auf zu rennen. Bloß weitweg, wird er gedacht haben, diesem Peitschengeschlage entkommen.

Der laufende Peetzolf! Er bildete sich ein, die Brüder wollten ihn mit ihren Peitschen maßregeln, doch die hatten mit ihren abgetrennten Extremitäten zu tun.

Unterwegs biss der Peetzolf ein Schaf tot, hielt sich an ihm gütlich, doch nirgendwo hielt es ihn für längere Zeit. Er streunte, fing an zu morden, nur um seinen Jagdinstinkt zu beruhigen, aber es machte ihn nicht sonderlich glücklich. Wenn er mal zur Ruhe kam, was selten genug vorkam, dachte er oft an den Peetzsee und an die Grünheider Kinder zurück.

Das ging solange, bis ein Jäger eines Tages den wildernden Peetzolf erschoss. Durch Zufall erfuhren die Grünheider Bürger vom Ableben des Peetzolfs. Sie überführten das tote Tier in ihren Ort und ließen es ausstopfen. Alles ihren Kinder zuliebe. Eine Weile stand er ausgestopft in einer Glasvitrine. Die Kinder kamen sehr häufig zu ihrem Peetzi, um sich von früher zu erzählen. Aber irgendwann verblasst jede Erinnerung. Aus Kindern wurden Erwachsene, und nach und nach kümmerte sich keiner mehr um den verstaubten Peetzolf.

Der heidnische Baum

Wie sie wissen, gibt es in Grünheide nicht nur den Peetzsee, sondern auch den Werlsee, den Werla, wie ihn der Zeitgeist nannte. An diesem besagten See stand nun etwas ganz Merkwürdiges.

Aber beginnen möchte ich meine Geschichte mit einer ganz lapidaren Feststellung, der Tatsache nämlich, dass beide Seen von einem starken Baumbewuchs umstanden sind. Bäume sind immer gut, altgermanische Urkraft, um beim Thema unserer heutigen Geschichte zu bleiben. Natürlich auch, wenn sie um einen See stehen, quasi als Schutz. Soweit, so gut, Bäume und Seen, das gibt es auch woanders, werden sie sagen, nicht nur in Grüneide. Und sie haben selbstverständlich Recht. Aber jetzt kommt's, sozusagen das Erwähnenswerte. Am Werlsee gab es eine Stelle, das war richtig auffallend, dort pilgerten ganz besonders zahlreich die Menschen von Nah und Fern hin. Von weitem war an dem Fleckchen nichts Besonderes. Erst wen man mit den beschaulich wandernden Leuten mitging, sah man das Außergewöhnliche des Ortes, nämlich, sie werden es kaum glauben, den stark gebogenen Stamm einer Erle.

Das ist doch nichts Außergewöhnliches, werden sie auch darüber sagen. Erlen wachsen nun einmal verstärkt an Gewässern. Da haben sie wieder Recht, aber sie müssen zugeben, so ein gebogener Stamm ist für eine Erle reichlich ungewöhnlich. Sei's drum. Nun gingen also die Leute an den Werlsee, und das mitunter sehr zahlreich, um diesen gebogenen Stamm unter die Lupe zu nehmen. Das ganz Besondere aber war, dass dort, wo der Baum wuchs, in grauer Vorzeit ein heidnischer Kultplatz gewesen sein soll. Davon sah man natürlich nichts mehr. Aber wenn man leise, an einem Baumstamm gelehnt, die Atmosphäre auf sich wirken ließ, hörte man Urtöne aus den Blättern rascheln. Insider wissen zudem zu berichten, dass es allem Anschein nach den Vorgänger der heute dort wachsenden krummen Erle schon in grauer Vorzeit gegeben haben soll! Vertrauen sie dieses eine Mal der tradierten Gerüchteküche! Auch so ein gebogenes Ding! Seltsam, dann müssen doch die Samen des ersten krummen Baumes auf dem Standort am Werlsee das Erbgut von Baum zu Baum weiter gegeben haben. Von damals zu heute, wirklich beachtlich! Was die Natur so alles möglich macht!

Die Krummheit war aber nur das eine Ungewöhnliche. Viel Bemerkenswerter war, dass sich der Baum in Wochenscheiben mal zum See neigte, und mal dem See abgewandt zum Ufer. Und das, meine Damen und Herren, ließe sich besonders gut feststellen, wenn man ihn sich jede Woche einmal ansah, von mal zu mal seine unterschiedliche Biegerichtung des Stammes bemerkte.

Der heidnische Baum

Aber nicht genug, gab es mit ihm noch eine Besonderheit. Egal, wohin er sich neigte. Wenn er so gebogen dastand, gab er einen feinen Nieselregen unter seinem Blätterdach von sich, fielen aus den Spaltöffnungen seiner Blätter kleine Regentropfen herab.

Behaupten kann man ja Vieles. Aber ein örtlich anerkannter Historiker wollte auch gelesen haben, dass der Platz an diesem Baum unseren Altvorderen als Kultplatz gedient haben soll. Sie werden sich damals gesagt haben, ein Platz mit einem solchen, sich ständig in eine andere Richtung biegendem Baum, noch dazu, wenn dieser Baum regnen kann, mehr göttliche Besonderheit ist beinah nicht drin; der ist ideal geeignet für Rituale.

Er, der Sohn des Stammesfürsten, nahm eines Nachts die Hand seiner Angebeteten und zog das Frauenzimmer ganz zielgerichtet unter den regnenden Baum. Ehrfurchtsvoll beider Blicke, denn sie wussten, dass sie sich auf geweihtem Boden befanden. Noch dazu war Vollmond, welch günstige Konstellation, dachte der junge Mann! Er war sehr stürmisch und sehr flüchtig zu ihr. Sie wunderte sich, ließ aber alles mit sich geschehen, denn sie liebte ihn sehr. Er führte den Fruchtbarkeitsritus mit ihr durch. Dabei stemmte er sie gegen den regnenden Baum, bevor er in sie eindrang. So wie er sich mit dem Ritus beeilte, war ihm der Ort dazu zwar eine große Ehre, aber auch irgendwie nicht geheuer. Er wollte die Zeremonie schnell hinter sich bringen. Sie spürte, weibliche Intuition, dass er sich heute zum letzten Mal mit ihr traf.

Nach der Körperlichkeit trennten sie sich. So wie er das tat, mit solcher Inbrunst, da wusste sie es ganz genau, dass er sie nie wieder aufsuchen würde.

Nach neun Monaten gebar sie ein Kind von ihm, und da sie nicht den Namen des Vaters preisgab, wurde sie geächtet und musste niedere Dienste ausführen. Aber das war ihr egal.

Ihr Junge wuchs prächtig heran. Der hatte den Blick seiner Mutter, viel hellblaues Wasser lag darin! Wer sich von ihm direkt angeschaut fühlte, hatte den Eindruck, ertrinken zu müssen. Diesen besonderen Ausdruck in seinen Augen entdeckte der Schamane. Er nahm den Knaben zu sich und lehrte ihm alles, was der der Alte auch wusste, denn der merkwürdige Blick des Knaben, das spürte er, war der eines Schamanen. Als der Junge älter und reifer wurde, der Nachfolger des Alten wurde, hatte er die außerordentliche Fähigkeit entwickelt, Regen voraus zu sagen. Schon in früherer Zeit waren die Leute seines Stammes deswegen zu ihm gekommen. Später lernte er noch andere Besonderheiten hinzu, vor allen Dingen medizinische.

Ein Botaniker, der auf das Phänomen des regnenden und sich immer zu verschie-

Der heidnische Baum

denen Seiten krümmenden Baumes aufmerksam wurde, wusste gleich zu erklären, „der Baum bewässere seinen Nachwuchs. Seinerzeit bog er sich wahrscheinlich gerade zum Ufer hin, wo er seine Früchte auf dem Boden fallen gelassen hatte, um sie keimen zu lassen". Wie poetisch, diese Aussage, aber auch lebendig formuliert von dem Biologen. Ansonsten sagte er nichts weiter. Dieses Krummbiegen zu verschiedenen Seiten hatte der Wissenschaftler auch noch nicht erlebt. Selbst er konnte keine vernünftige Erklärung dafür finden. „Das ist die Natur", sagte er lediglich begeistert, aber irgendwie auch einfallslos. Er sagte noch," sie, die Natur, ist immer für eine Überraschung gut. Ein Gemeinplatz!"
Er kam in der Folgezeit mehrmals zu der Erle an den See und beobachtete dessen unterschiedliche Neigungspositionen.
Jetzt, zu Beginn der Ferienzeit, schufen sich die Kinder eine kleine Attraktion. Der Baum bog sich gerade zum See hin. Sie banden ein Drahtseil in die Krone des Baumes. Eine Art Pendel entstand, daran hängten sie sich, einer nach dem anderen, und schwenkten sich dann mit lautem Gejohle ins Wasser. Während dessen vollführten sie die seltsamste akrobatische Einlage. Und das Laub des Baumes ließ dabei seinen feinen Niederschlag regnen.
Die Kinder hatten sich, was wunder, schnell an ihren regnenden Baum gewöhnt, auch an seinen gebogenen Stamm. Natürlich hätten sie gern, gerade im Sommer, die Biegung nur zum See. Aber sie sagten sich, was nicht ist, ist eben nicht. Das ist Logik, nicht wahr? Volkes Stimme: was nicht ist, ist eben nicht. Die eigenartige Seltsamkeit, dass der Baum Wasser zog, um es dann zu verregnen, aus den Blättern heraus, interessierte sie nicht sonderlich, vor allem, was da wie botanisch arbeitete. Die Kinder nahmen diesen außergewöhnlichen Fakt einfach so hin, Punkt. Und dann geschah es. Der Baum bog sich wieder einmal zum See. Die Kinder turnten über der Wasseroberfläche an ihrem Seil herum. Sie holten Schwung und ließen sich, indem sie in der Flugphase die seltsamsten körperlichen Verrenkungen vornahmen, in hohem Bogen ins Wasser platschen.
Ein etwas draller, körperlich schwerer Junge war gerade am Seil, als es erst verdächtig knarrte, das Baumholz ächzte und stöhnte, und dann den Jungen mitsamt der abbrechenden Baumkrone in hohem Bogen ins Wasser schleuderte. Die Erle stand auf einmal wie nackt da, ungeschützt, ganz ohne seine übliche blättrige Spitze. Als die Baumkrone mitsamt dem Seil und dem Kind unter lautem Klatschen eintauchte, gab der Baum ein Geräusch von sich; es hörte sich wie ein Schmerzschrei an. Da war selbst die eben noch johlende Menge ganz still.
Ein Junge, den die Kinder nicht kannten, trat an den Baum heran und streichelte seine Rinde, wie zur Beruhigung. Sein Blick war wässrig und verschwommen.

Der alte Brunnen

Am Wochenende besuchte ich wieder einmal meinen Onkel in Grünheide. Wir saßen in unseren Liegestühlen, sagten nichts und blickten, wie immer fasziniert, auf den Peetzsee. Dabei drang mitunter der Pfeifenqualm meines Onkels in meine Nase, je nachdem, wie der Wind stand. Angewidert rümpfte ich sie dann, auch wie immer. Mein Onkel sah das. Wie jedes Mal, wenn das geschah, klopfte er sie aus. Dabei schimpfte er sie aus; mittlerweile ein Ritual zwischen uns beiden. Rauchen ganz aufgeben, brachte er nicht übers Herz. Ich glaube, mein Onkel brauchte das Hantieren müssen, weiter nichts; zumindest nicht den Qualm.
Auch wie jedes Mal musste ich noch warten, aber gleich würde mir mein Onkel wieder so eine Schauergeschichte aus dem Ort erzählen.
Und richtig. „Benno", fing er nach einer Weile an, „mir fällt gerade ein, habe ich dir eigentlich schon die Sache mit dem alten Brunnen erzählt". Wahrheitsgemäß verneinte ich.
„Die Sache mit dem alten Brunnen", wiederholte ich, „hört sich ganz spannend an".
„Nun ja, spannend und merkwürdig", ergänzte mein Onkel. „Pass' auf:
Den alten Habermass kennst du ja glaub ich auch noch, Heinz Habermass".
Ich wühlte in meinem Gedächtnis. Es erschien mir ein flüchtiges Bild. „Heinz Habermass, ja, natürlich".
Mein Onkel fuhr fort. „Heinz war auf der Suche nach einem Grundstück. Eigentlich mehr nach einer Bleibe. Von seiner dritten Frau war er gerade frisch geschieden worden, und so konnte man verstehen, dass es ihn nicht mehr in die eheliche Wohnung, sondern nach was Eigenem zog. Ein guter Bekannter schickte ihn zu einer Adresse etwas außerhalb. Heinz wandte sich dorthin. Mit einem Mann, dessen Mutter zum Haushalt dazu gehört hatte und erst kürzlich gestorben war, hatte er sich verabredet. Der junge Mann wollte sein Anwesen verkaufen und in die Stadt ziehen.
Als er dieses Haus, in dem der Mann mit seiner Mutter gewohnt hatte, von weitem sah, diese altersschwache, windschiefe Hütte, eher wie ein Katen aussehend, wollte er sich schon davor hüten, diese desolate Immobilie zu kaufen. Sein Entschluss stand fest, je näher er kam. Aber auf dem Grundstück entdeckte er etwas, was seine Einstellung vollkommen änderte. Etwas abseits, aber doch vom Haus aus zu sehen, stand ein alter Brunnen. Heinz trat näher heran und betrachtete diese aus Feldsteinen gemauerte, uralte Wasseranlage. Die schiefen Baulichkeiten, die rings um ihn standen, interessierten ihn nicht mehr sonderlich; er hatte nur noch Augen für diesen Brunnen. So etwas hatte er sich lange schon gewünscht, das merkte er ziemlich deutlich. Die Gebäude rings um den Hof sah er kaum noch

Drittes Buch – Nonsens- und Lügengeschichten aus Grünheide
Der alte Brunnen

an; sein Blick wanderte immer wieder auf die granitene Einfassung der alten Wasseranlage.
Der Hausherr kam aus dem Haus und Heinz änderte sofort seinen Gesichtsausdruck. Der sollte nicht merken, dass er mehr als scharf auf diesen Brunnen war, dachte Heinz sofort pragmatisch. Sie begrüßten sich und Heinz setzte sofort sein Pokergesicht auf".
Heinz' besondere Kaufstrategie! Mitleidvoll blickte er sofort den Hausherrn an. „Nicht mehr viel Wert, das Ganze, nicht wahr", beeilte er sich, als erster zu sprechen? „Mit Verlaub, man kann eigentlich alles nur noch zusammenschieben und dann neu bauen. Verfallen, wie das aussieht", setzte er drauf. Er zeigte auf die windschiefen Gebäude. „Anthroposophische Experimente", fragte Heinz schmunzelnd? Der Hausherr verstand nicht. „Na und das hier", Heinz deutete auf den Brunnen, einebnen und Erde drüber. Vielleicht kann man ein paar Steine verkaufen.
Das hast du gut getan, lobte sich Heinz im Stillen. Wunderbar!
Der Hausherr indessen wurde immer kleinlauter, körperlich in sich zusammengesackt. Dass alles so miserabel wirkt, hätte ich nicht für möglich gehalten, dachte er verunsichert; im Gegenteil, der Hausherr hatte mit einem schönen Batzen Geld gerechnet. Aber warten auf das Ansteigen der Immobilienpreise wollte er auf gar keinen Fall. Heinz merkte das alles, denn er hatte ein Gespür für die Verkaufsintentionen seines Gegenübers.
Sie feilschten dann hin und her, wobei Heinz so tat, als würde er hier nur drauf geben und viel zu großzügig bezahlen; ihm, dem Hausherrn, ein Gefallen tun. Schließlich wickelten sie den Kauf gleich endgültig ab. Heinz gab ihm sofort das ausgehandelte Bargeld in die Hand.
Drei Tage später war der Hausherr ausgezogen. Heinz nahm, nur mit einem Koffer bewaffnet, gleich an dem Tag die Gebäude in Beschlag. In einen einzigen Koffer passten seine Sachen, die ihm seine zerrüttete Ehe übrig gelassen hatte. Aber eigentlich war ihm das egal, er wollte bloß schnell weg aus der gemeinsamen Wohnung mit seiner geschiedenen Frau.
In der ersten Nacht im neuen Domizil schlief er kaum. Die vielen ungewohnten Geräusche irritierten ihn. Der Wind pfiff durch das Gebäude. Alle Holzteile knackten in der verschiedenen Luftfeuchtigkeit. Bei diesem Geräuschecocktail war es ihm nicht möglich, zur Ruhe zu kommen. Aber nach ein paar Tagen störte ihn das unterschiedliche Ächzen im Haus nicht mehr, hatte er sich daran gewöhnt. Ganz besonders oft trieb es ihn zu dem Brunnen. Heinz staunte, die Altvorderen hatten die harten Brunnenwandsteine passgerecht zugeschlagen. Jedes Mal, wenn er etwas Bauliches aus längst vergangener Zeit sah, bewunderte er deren Baukunst.

Drittes Buch – Nonsens- und Lügengeschichten aus Grünheide
Der alte Brunnen

Er erneuerte die Förderanlage. Auch eine neue Kurbel installierte er. Mit ihr hob er einen Eimer Wasser nach dem anderen nach oben. Er hatte sich nämlich vorgenommen, seinen täglichen Wasserbedarf nur aus dem Brunnen zu decken.
Da merkte er etwas Ungewöhnliches: nachdem er von dem Brunnenwasser getrunken hatte, reagierten seine Nerven überempfindlich. Erst hatte er es ignoriert, denn das wollte er nicht wahr haben, dass es ausgerechnet das unscheinbare Wasser war, das seine Sinne durcheinander brachte. Aber er hatte es daraufhin untersuchen lassen, und die Fachleute stellten fest, dass das Wasser halluzinogen auf den menschlichen Organismus wirkte. Also, sparsam konsumieren, empfahlen sie ihm, ansonsten können sie es bedenkenlos trinken. Dass wir einmal zu maßvollem Konsum raten müssen, hätten wir auch nicht für möglich gehalten, sagten sie. „Also Vorsicht mit dem Brunnenwasser!"
Mein Onkel machte eine Erzählpause, streckte sich, als wäre sein Körper endlich von einer Last befreit, griff sich seine Pfeife und setzte sie wieder unter Dampf. Mit angewidertem Gesicht nahm ich das zur Kenntnis.
Ja, mein Onkel zog an seiner Pfeife, schmokte zwischendurch, „so war das mit Heinz", meinte er, Rauch ausstoßend. Dann wieder ziehen am Gnichel. Und paffen.
„Ach, da fällt mir ein, habe ich dir eigentlich schon erzählt, Benno, dass vor langer

Drittes Buch – Nonsens- und Lügengeschichten aus Grünheide
Der alte Brunnen

Zeit der Vater von unserem Hausbesitzer verschwand? Einfach so, weg war er. Obwohl ihn alle Welt suchte, tauchte er nirgends wieder auf".
Mein Onkel wird allmählich alt, dachte ich, recht konfuse Erzählweise, ist man gar nicht gewöhnt von ihm.
„Nein, Onkel, hast du nicht", sagte ich nur.
„Also, der Vater von dem Hausbesitzer, sozusagen der Mann seiner Mutter, die ja damals, als Heinz' den Kauf des Grundstücks ausgehandelt hatte, schon tot war, blieb seinerzeit auf unerklärliche Weise verschwunden. Selbst die Polizei suchte ihn, konnte ihn aber nicht finden. Davon erfuhr Heinz aber erst später. Da war der Kauf schon perfekt. Es hätte sowieso nichts geändert".
„Zu der Zeit habe ich Heinz einmal auf der Straße getroffen", sagte mein Onkel. „Mensch, Heinz, ausgerechnet das Haus hast du gekauft", er betonte ‚das', „Man sagt, dort soll der Geist von dem verschwundenen Vater in dem Haus spuken".
„So ein Quatsch, entgegnete er mir nur nüchtern". Ob ich ihm das damals nun sagte oder nicht, auf so etwas reagierte Heinz gar nicht.
„Doch höre weiter, Benno:
Heinz wohnte nun in dem windschiefen Haus. Doch das erste, was er unternehmen ließ, war, nicht etwa ein neues Haus bauen, nein, weit gefehlt, sondern seinen Brunnenneuerwerb rekonstruieren zu lassen. Er wollte nämlich nicht, dass dieser plötzlich irgendwann Sand zog und unbrauchbar wurde. Die Gefahr, das wusste Heinz, bestand gerade bei alten Brunnen.
Die beauftragte Firma grub den granitenen Brunnenkörper mit einem Seilzugbagger an seinen Seiten frei. Es entstand eine riesige trichterförmige Bodenöffnung. Heinz war ganz des Staunens. Irgendwie wirkte es beängstigend. Der mächtige Krater, darin der freistehende Brunnenkörper! Das rief in ihm zwar etwas angst hervor. Ein Grundbruch, und der Brunnen würde umstürzen. Fürchterliche Vorstellung! Aber er hatte Zutrauen zu der Firma. Sie wird schon wissen, was sie dem Boden und dem Brunnen zutrauen kann, dachte Heinz beruhigend.
Heinz ließ sich etwas Besonderes einfallen, nämlich einen Deal mit dem Filterflieshersteller: sie stellten ihm nämlich mittelgroße Behältertüten her, die er mit Filterkies füllte. Er ließ sich dann selbst in die Baugrube absenken. Er musste zugeben, hier unten, so tief und bedrohlich mit Erde umgeben, war ihm sein Aufenthalt gelinde ausgedrückt äußerst ungewohnt und er bekam regelrecht Beklemmungen. Aber da musste er durch. Er wollte das so, er musste die Sanierung seines Brunnens im Wesentlichen selbst vornehmen.
Die gedealten und gefüllten Filtertüten reichte ihm der Bagger hinunter und er stellte sie dann in mehreren Lagen um den alten Brunnen, Dagegen ließ er dann

Drittes Buch – Nonsens- und Lügengeschichten aus Grünheide
Der alte Brunnen

groben Splitt schütten. Das war Baggerarbeit. Den Rest des freien Raumes füllte der Bagger mit normalem Mutterboden auf, den Heinz Lage für Lage verdichtete. So arbeitete er sich Meter für Meter nach oben. Als er endlich wieder seine neu erworbene Umgebung sehen konnte, fiel ihm, er musste es zugeben, ein gewaltiger Stein vom Herzen. Aber eines hatte er zumindest erreicht: mit seiner Arbeit konnte verhindert werden, dass von der Seite her Schwebstoffe ins Brunnenwasser gelangten. Ein riesiger Aufwand, das musste er zugeben, aber irgendwann war das erledigt und zu seinen Lebzeiten, das hoffte er zumindest, war an dem Brunnen nichts mehr tun.

Er ließ erneut das Brunnenwasser untersuchen. Das Ergebnis wich kaum von dem vorigen ab. Viel weniger Schwebstoffe als beim letzten Mal, sagten ihm die Laborleute nüchtern, aber nach wie vor halluzinierendes Wasser. Kochen sie es besser ab, bevor sie es trinken, empfahlen sie ihm diesmal.

Eines Nachts wurde er wach. Unruhig warf er sich in seinem Bett hin und her. Was war das? Wovon war er geweckt geworden? Der Wind heulte. Plötzlich hörte er Geräusche. Ganz deutlich war Getapse im Haus zu hören. Das kam eindeutig aus dem oberen Stockwerk, war Heinz klar. Habe ich heute zuviel von dem Brunnenwasser getrunken? Sind das Halluzinationen? Er lauschte in sich. Nichts. Eindeutig! Klack, klack, klack! Der Holzfußboden von oben ächzte laut. Unzweifelhaft! Es kam von der oberen Etage. Heinz Sinne schärften sich.

Leise stieg er aus dem Bett. Er griff sich seine Taschenlampe und leuchtete den Treppenflur aus. Hier war nichts Außergewöhnliches.

Heinz schlich so leise wie möglich die Treppe hoch. Als der Lichtstrahl der Lampe auf den Flur vor den Mansardenzimmern fiel, entdeckte er sie: eine Spur von nackten Fußabdrücken. Sie führte zur Treppe auf den Boden, dort verlor sie sich. Er bückte sich und prüfte genau einen der Abdrücke gewissenhaft – sie waren ganz rot, stellte er fest, als wäre derjenige in eine Blutlache getreten. Dann untersuchte Heinz die Zimmer, auch den Boden, doch er fand nichts Auffälliges. Nur das Dachfenster stand offen. Er schloss es. Dann leuchtete er, seinen ganzen Mut zusammennehmend, alle Zimmerecken und sonstige potentielle Verstecke ab, aber er konnte nichts Besonderes finden.

‚Fritz!' Den Namen hörte er von draußen rufen. ‚Fritz', erneut Gerufe, ‚was hast du getan, komm rette mich', rief die Stimme. Wer ist Fritz? Ob der Vorbesitzer gemeint ist, fragte sich Heinz im Stillen?

Schnell schlich Heinz wieder ins Schlafzimmer, trat ans Fenster und blickte irritiert nach draußen. Nur sehr schemenhaft konnte er den Brunnen erkennen. Irgendetwas bewegte sich dort, stellte Heinz sehr ungenau fest.

Er ging vor die Haustür.

Drittes Buch – Nonsens- und Lügengeschichten aus Grünheide
Der alte Brunnen

‚Fritz!' Wieder der Schrei von dieser Fistelstimme. Es scheint vom Brunnen herzukommen. Der Wind zottelte an den Zweigen. Gespenstisch! Trotzdem, Heinz beeilte sich, durch das nicht gerade einladende, peitschende Wetter zum Brunnen zu gelangen, denn dem Schrei nach einem gewissen Fritz wollte er auf den Grund gehen. Aber als er zum Brunnen kam, konnte Heinz niemand sehen. Er lief um ihn herum, aber keiner machte sich bemerkbar. Bilde ich mir das alles nur ein, dachte Heinz enttäuscht? Was hatte er auch, bei Lichte besehen, mit einem Fritz zu schaffen! Aber die rote Fußspur oben war echt, dachte er auch. Ein Fremder war in meinem Haus!
Dann blieb alles ruhig. Keiner, der Fritz rief, dachte Heinz. Langsam ging er wieder in sein Schlafzimmer. Doch Schlaf konnte er nicht mehr finden. Wie das immer so ist, wenn man nicht schlafen kann, man denkt über Tod und Teufel nach. Was waren das für rote Fußspuren? Und überhaupt, was für ein Fritz wird da gerufen? Fragen über Fragen.
Tage später dasselbe Spiel. Wieder wurde er nachts von irgendwelchen Geräuschen im oberen Stockwerk geweckt. Wieder schlich er sich, mit seiner Stablampe bewaffnet, nach oben. Aber wieder nichts, nur erneut rote Fußspuren. Auch das Bodenfenster stand wieder offen. Dann auch dasselbe Spiel am Brunnen: wieder wurde ein Fritz gerufen. Erneut konnte er niemand erkennen.
Tage später traf ich Heinz Habermass wieder, sagte mein Onkel. Im Wesentlichen blieb es zwischen uns bei Gemeinplätzen. Doch dann kam Heinz ins Schwärmen. Seinen Brunnen lobte er in den höchsten Tönen. Zum Schluss wollte Heinz wissen, wie sein Vorbesitzer mit dem Vornamen heißt. Seltsame Frage, dachte ich. Laut sagte ich: ich glaube, er heißt Fritz!
Dann verabschiedete Heinz sich schnell. Das war das letzte Mal, dass ich ihn traf. Was dann Tage später bei ihm geschah, wird wohl in Gänze nie vollständig aufgeklärt werden. Wahrscheinlich Folgendes:
Heinz lag im Bett und schlief, als von draußen wieder Rufe an sein Ohr drangen. ‚Fritz, was hast du mir angetan', ertönte es. Und nach einer Weile wieder: ‚Fritz, was hast du mir angetan! Rette mich!'
Heinz wurde vom ersten Ruf wach und warf sich unruhig hin und her. Aber erst nach dem zweiten Mal schaute er sich irritiert um. Er stand behänd auf, riss die Haustür auf und rief: ‚Fritz wohnt nicht mehr hier! Ich bin es, Heinz!'
Ein bisschen albern kam er sich vor, reagierte er auf immaterielle Dinge?
Für eine längere Zeit blieb es ruhig, als müsse sich die Stimme besinnen, mit der neuen Situation fertig zu werden, dann greinte es wieder, aber diesmal: ‚Heinz, rette mich!'
Eindeutig, sagte sich Heinz, es kommt vom Brunnen. Er leuchtete mit seiner Ta-

Drittes Buch – Nonsens- und Lügengeschichten aus Grünheide
Der alte Brunnen

schenlampe hinüber. Das Licht streute so, dass er nur Bewegungen wahrnahm. Aber trotzdem sah er deutlich einen weißen Umhang, Weitere Details konnte er nicht erkennen. Das Ding, was es auch immer war, sprang auf den Brunnenrand. Heinz, komm, rette mich, schrie es und dabei schien es über den Brunnenrand zu tänzeln. Grade wollte es erneut seinen immer wiederkehrenden Satz rufen, ‚Heinz' kam noch, dann scheppterte es. Einen Moment schien alles ruhig, dann gab es einen gewaltigen Platscher. Anschließend wurde wieder alles ruhig. Irgendwie gespenstisch ruhig, dachte Heinz, ohne dass er ahnte, auf gewisse Weise Recht zu haben. Irgendwie war er auch beunruhigt.

Heinz stand in der Haustür und leuchtete mit seiner Lampe zum Brunnen. Dort rührte sich gar nichts mehr. Was vorher dort umher sprang, ließ sich jetzt nicht mehr blicken. Erst nach einer Weile kam es dumpf an Heinz' Ohr: ‚Heinz, Hilfe, rette mich'. Dazwischen Plätschern. Und wieder gedämpft: ‚Heinz, hier unten im Brunnen, rette mich'.

Was auch immer es war, es rief nach ihm, offensichtlich brauchte es seine Hilfe. Scheel schlich er zum Brunnen. Er leuchtete hinunter auf die Wasseroberfläche. Das Licht tanzte dort wie spielerisch auf den Wellenbergen und Wellentälern. Da sah er eine Person, die sich tapfer auf der Wasseroberfläche hielt. Neben der Person sah er ein offensichtlich weißes Bekleidungsstück langsam im Wasser untergehen. Von dem hatte sich die schwimmende Person anscheinend gerade vorher entledigt; es hatte sie, voll Brunnenwasser gesogen, wahrscheinlich unter die Oberfläche gezogen. ‚Heinz', rief die Person zur Taschenlampe, denn richtig sehen konnte sie ihn nicht, ‚komm' zieh mich hier raus'.

Heinz leuchtete den Brunnenschwimmer voll an. ‚Wer bist du denn', wollte Heinz wissen.

‚Ich bin aus deiner Nachbarschaft', rief er hoch.

‚Und was machst du da unten', wollte Heinz natürlich wissen?

‚Eine lange Geschichte. Zieh mich erst mal raus, das Wasser ist ziemlich kalt, oben werde ich dir alles erzählen'.

‚Warte', sagte Heinz immer noch verwundert. ‚Ich muss erst einen Strick holen'. Nach einer Weile kam Heinz wieder und ließ das Ende eines Strickes hinab. Der Schwimmer unten griff das Ende und Heinz begann zu ziehen. Er hatte sich immer für kräftig gehalten, aber die Person hochziehen fiel ihm äußerst schwer. Sie hing am Strick, hatte Mühe, sich festzuhalten. Aber letztendlich schaffte es Heinz bis unter den Brunnenrand. Aber da die Granitsteine mittlerweile innen sehr schlüpfrig waren, sich keine kantigen Fugen gebildet hatten, fand die zu rettende Person keinen Halt, um Heinz' Bemühungen zu unterstützen.

Drittes Buch – Nonsens- und Lügengeschichten aus Grünheide
Der alte Brunnen

Nun hing er unter dem Brunnenabschluss, aber Heinz bekam den Strick nicht weiter gezogen. Die Person schaffte es nicht, seinen Arm über den Rand zu heben, um den ganzen Körper mit Schwung über denselben zu wälzen. Heinz war am Verzweifeln. Festhalten und nach innen greifen, so stellte er sich das Ende der Rettungsaktion vor. Aber die Person musste ihm helfen, sonst schaffte er das nicht. Gerade griff er nach innen, als die Person Heinz' Arm fassen wollte. Einen Augenblick lang waren ihre beiden Festhalten zu labil. Heinz ließ los, einzig für ein rettendes Umgreifen. Gleichzeitig zog aber die Person an Heinz' Arm.

Es kam, wie es kommen musste. Die Person hatte nicht mehr genügend Kraft. Erst rutschte sie an dem Strick wieder zurück, gleichzeitig gab sie, als sie das merkte, Heinz einen haltlosen Impuls.

Die Person platschte wieder zurück ins Wasser, und Heinz, der mit seinem versuchten Griff zum Arm zu tun hatte, schoss kopfüber hinterher. Heinz landete auf ihm, brach sich das Genick und war auf der Stelle tot.

Anfangs suchte die Polizei nur die fremde Person, denn der war verheiratet und seine Frau hatte ihn für vermisst erklärt. Wie sie später ermittelte und wir es schon wissen, war er ein Mann aus der Nachbarschaft. Wenig später wurde auch Heinz gesucht.

Was dort, am und im Brunnen abgelaufen ist, konnte die Polizei später nur vage ermitteln. Aber ihr jüngster Mitarbeiter, der mit der größten Fantasie, konnte sich eine Theorie zusammenreimen, was in der Nacht im Haus und am Brunnen passiert war. Durch Zufall beauftragte die Polizei die Firma, die seinerzeit die Rekonstruktion des Brunnens vorgenommen hatte, für sein Auspumpen, um hinter sein ganzes Geheimnis zu gelangen. Man pumpte also den Brunnen frei. Dabei fand man auf seinem Grund drei Leichen: den von seiner Frau als vermisst gemeldeten Mann aus der Nachbarschaft; man fand Heinz und dann noch, damit hatte nun keiner gerechnet, die Gebeine des verschollenen, seinerzeit nicht auffindbaren Vaters von Fritz. Außerdem fand man ein eigenartiges Gewand, was, wie der junge Kriminalist ermittelte, der Mann aus der Nachbarschaft getragen hatte, um wie ein Gespenst auszusehen. Die Polizei war froh, endlich auch den Fall des Verschwindens von Fritz' Vater aufklären zu können. Die Gerichtsmediziner und der mit dem alten Fall betraute junge Kollege von der Kriminalpolizei stellten fest, dass seinerzeit Fritz' Vater in den Brunnen gestoßen worden sein muss. Dass es damals Fritz' Mutter gewesen war, erfuhren sie erst in Fritz' Verhör. Die Frau wollte seinerzeit nichts weiter, als ihren kleinen Buben vor den maßlosen Schlägen des Vaters schützen. Die Frau war bereits tot, also konnte sie auch nicht mehr zur Verantwortung herangezogen werden. Der Fall wurde also zu den Akten gelegt.

Was den Fall im Haus und im Brunnen betraf, so ermittelte man, dass der Mann aus der Nachbarschaft mit Schweineblut Heinz versucht hatte zu irritieren".
„Was ich dir über Heinz und seine Erlebnisse berichtete", meinte mein Onkel, der sich räusperte, „ist im Wesentlichen das, was der junge Kriminalist so real wie möglich sich zusammenphantasiert hatte. Aber was da im Einzelnen konkret gelaufen war, die ganze Wahrheit, so der alte Hauptkommissar, werden wir wohl nie erfahren".
… die ist wohl für immer im Brunnen geblieben …

Der Kugelblitz

Erst bezog sich der Himmel. Es wurde dunkel. Weltuntergangsstimmung. Dann durchzuckten ihn kontrastreich starkleuchtende Blitze mit solcher Wucht, als zerrissen sie es, das Gewölbe über ihm. Einer nach dem anderen schleuderte seine grelle Urkraft in den Raum, begleitet von lautem Donnergetöse. Die Luft atmete sich schwer, randvoll mit Energie gefüllt.
Er kniete auf einem Stuhl, den er sich ans Fenster geschoben hatte. Von dem Naturschauspiel gefesselt, blickte er auf das, was draußen passierte, am Himmel. Plötzlich schoss ein Blitz nieder, in unmittelbarer Nähe musste er nieder gegangen sein, denn gleich darauf donnerte es markerschütternd. Er war kein ängstlicher Mensch, das wahrlich nicht, aber dieser Donner flößte ihm Respekt ein.
Das muss genau über mir gewesen sein, dachte er. Damit meinte er das Gewitter, welches sich scheinbar direkt über seinem Wohnhaus befand, wenn er die Geräusche richtig deutete. In solchen Fällen zählte er immer im Sekundentakt leise vor sich hin, um in etwa den Abstand zwischen Blitz und Donner und damit zu seinem Aufenthaltsort herauszubekommen.
Mittlerweile schmerzten ihm seine Knie, die immer noch auf dem harten Stuhl aushielten. Er starrte gebannt auf die grellweißen Blitze am Himmel, als es plötzlich in seinem Zimmer laut rumorte. Es war ein Ton, der den letzten zuckenden Blitz mit seinem Gedonner zu verstärken schien. Dieses Getöse ließ ihn nun doch zusammenzucken. Er bekam von diesem infernalischen Geräusch regelrecht eine Gänsehaut.
Schnell blickte er sich um, denn er ahnte, dass sich im Hintergrund seines Zimmers etwas tat, etwas, das augenscheinlich mit viel Lärm verbunden war. Was genau in seinem Zimmer passierte, wusste er nicht, konnte es sich auch nicht denken.
Gerade, als er sich umdrehte, um der Sache auf den Grund zu gehen, sprang ein

Der Kugelblitz

eigenartiger Feuerball an seiner Seite vorüber. Wo der herkam, er wusste es nicht, genauso erst recht nicht, wie er sich gebildet hatte. Er ahnte nur, dass es sich dabei um einen so genannten Kugelblitz handeln musste. Wenn der mit leicht brennbaren Stoffen in Berührung kam, so befürchtete er, musste er damit rechnen, dass er sie ansengen würde. Und in der Tat, es roch inzwischen sehr brenzlig im Zimmer. Hastig schnellte er nach vorn, öffnete rasch das Fenster und der Feuerball fand eigenartigerweise sofort den Weg hindurch an die Luft. Er sah, wie die Kugel durch seinen Vorgarten sprang, Brandspuren hinterlassend, um dann nicht mehr gesehen zu werden. Fasziniert blickte er den springenden Feuerschweif hinterher. Das war also ein Kugelblitz, dachte er und, was müssen eben für exorbitante Energien an mir vorbei gesprungen sein. Ja, Wissenschaftler bleibt Wissenschaftler! Die Begegnung mit dem Blitz war eine einschneidende Sache für ihn. Wenn man die Energie nutzen könnte, dachte er sofort, was hätte das für eine Bedeutung für uns Menschen!

Darüber lohnte es sich nachzudenken. Wie so häufig, ließ er sich wieder einmal mit aller Macht, diesmal von dem Umstand der Nutzbarkeit von Blitzenergien, in rationales Neuland entführen. Herrlich, er war begeistert, urbanes Nachdenken lag ihm.

Von dem Problem ganz ergriffen, las er als erstes in seinen wissenschaftlichen Schriftstücken alles, was über Blitzphänomene zu finden war. Am nächsten Tag ging er dann in die Universitätsbibliothek, um alle diesbezüglichen Veröffentlichungen zu studieren. Dabei entwickelte er sofort in seinem Gehhirn in Auswertung des Gelesenen für sich verschiedene Herangehensweisen, wie sich diese Aufgabe der Energiegewinnung aus Blitzen bewältigen ließe.

Introvertiert saß er dann lange an seinem Schreibtisch zu Hause und entwarf seine zukünftigen Arbeitsschritte.

In seinen Gedanken entwickelte er Schritt für Schritt eine Lösung.

Als erstes suchte er am nächsten Tag ein Kabelwerk auf. Das war in der Lage, aus dem verschiedensten Material ganz dünne Kabel herzustellen, fadendünn, denn sie mussten webfähig sein. Die Verantwortlichen des Werkes, begeistert von seiner Idee, versprachen ihm, seinem Wunsch entsprechend Garnknäuel aus metallenen Kabeln herzustellen.

Als nächstes führte ihn sein Weg in ein Schamottewerk. Er sprach gleich mit dem Produktionsleiter. Dem erklärte er, was er vorhatte, dass er die Energie des Blitzes anzapfen wollte und wie er sich das vorstellte. Dazu brauche er einen Kabelraum, wo der Blitz einschießen kann, sagte er ihm. Ich stelle mir dazu eine feuerunempfindliche Schamottekammer vor, am besten dreiteilig, denn handmontagefähig

Der Kugelblitz

sollte sie sein, in der sich der Blitz in einem Drahtgeflecht zu einer Kugel formieren kann. Nach einigen Rückfragen war ihm das Problem des Wissenschaftlers klar. Womit der sich beschäftigt, dachte der Produktionsleiter ein wenig verächtlich, aber auch etwas ehrfurchtsvoll. Das mit der Blitzenergie interessierte ihn sehr, musste er zugeben. Junge, Junge, dachte er, womit der sich so rumplagt? Laut sagte er ihm aber zu, verstanden zu haben und seinen Wunsch zu erfüllen. Zufrieden fuhr der Wissenschaftler anschließend in ein Textilwerk. Dem Chef dort erklärte er ebenfalls, was ihm vorschwebte:
Durch eine lange aus Rohren montierbare Metallstange will ich einen Blitz aus der Luft anlocken und einfangen, erklärte er ihm. Unten, an dem letzten Rohrteil, müsste dann so ein Anschlusselement dran sein, das Rohr müsste in Kabelenden übergehen, und das muss mit dem kugeligen Drahtteil verbunden sein. Und jetzt pass auf, ganz wichtig: du musst aus den Drahtfäden die besagte Kugel spinnen, in der soll sich der Blitz totlaufen und sich zu einer Kugel formen. Er erklärte ihm die Sache mit der Schamottekammer und deren Größe. Verstehe, sagte ihm der Werkleiter. Insgeheim schüttelte er aber mit dem Kopf. So richtig wusste er den Wissenschaftler nicht einzuordnen; irgendwo zwischen Genie und Wahnsinn. Und das soll funktionieren, ein Blitz in einem Drahtgeflecht, dachte der Produktionsleiter etwas skeptisch für sich? Trotz seiner Zweifel tat er dem Wissenschaftler den Gefallen und überlegte intensiv, wie er dessen Wunsch nachkommen konnte. Wenn er ehrlich war, fühlte er sich von der Aufgabe des Wissenschaftlers herausgefordert. Endlich mal eine außergewöhnliche Aufgabe, dachte er. An ihm sollte dieser ehrgeizige Versuch nicht scheitern!
Zwei Wochen später hatte er von allen Partnern das gewünschte Teil seiner Blitzeinfangmaschine, wie er das Gerät insgeheim nannte. Er holte sich auch die Metallrohre ab, die, zu einer langen Stange zusammenmontiert, den Blitz aus der Luft in seine Schamottekammer locken sollte. Die Rohrstücke waren teleskopartig bis auf zwölf Meter zusammenzuschrauben. Das Kabelwerk hatte aus deren Endeteilen Rohre mit langen Feinkabelausläufen hergestellt, um die Verbindung zu den gewebten Kabelbällen herstellen zu können, durch die der Blitz in den Kabelball musste, um sich als Kugel zu formieren.
Der Zufall spielte eine ganz wesentliche Rolle, dass ihm justament gerade ein ausrangierter Militärjeep angeboten wurde, eines dieser Fahrtzeuge, die früher Funker in ihre Übungseinsätze transportiert hatten. Der Jeep kam ihm deshalb gelegen, weil er damit seine Blitzeinfangstange hydraulisch ausbringen konnte. Früher sind so die Funkerantennen in die Höhe gefahren worden.
Das Fahrzeug baute er sich so um, dass er das Bodenblech zumindest in dem Be-

Der Kugelblitz

reich unter der Ausfahreinrichtung entfernen konnte, um die Schamottekammer hydraulisch auf den Erdboden nach unten fahren zu können, denn: schlug der Blitz wie gewollt ein und fuhr in die Schamottekammer, musste er die dynamischen Kräfte abfangen können. Seinem Fahrzeug wollte er das nicht unbedingt zumuten.
Wenn dann der Blitz eingefangen war, ging es ihm darum, die Kammer, darin der erhoffte kugelige Blitz, auf seinem Grundstück absenken zu können, um die Kammer günstig zu platzieren. Aber so weit war es noch nicht. Noch hatte er diesen ersehnten Energieball nicht eingefangen.
Die Möglichkeit bestand erst ein paar Tage später. Eine Gewitterfront braute sich in der Atmosphäre zusammen. Der Himmel bezog sich. Mit seinem Militärfahrzeug, das er auf einen Blitzeinfangeinsatz präpariert hatte, fuhr er in die Gegend, wo es derzeit am lautesten krachte. Er postierte sich etwas abseits von der Zivilisation, denn er wollte nicht, dass die angelockten Blitze womöglich in ihr irgendwelche Schäden anrichteten.
Er baute sich also auf, fuhr den metallenen Anlockstab in die Höhe und die Schamottekammer mit dem Drahtball darin auf den Boden. Zerstörende Wirkung des Blitzes an dem Fahrzeug wollte er unbedingt vermeiden.
So stand er also im Gelände, aufgebaut und auf den Blitz wartend. Die Luft war mit Donnerlärm angefüllt. Um ihn herum krachte es kräftig. Dann plötzlich fuhr ein Blitz mit besonders großem Lärm in die Stange. Die Kammer schüttelte sich leicht. Es funktionierte also alles bestens, genauso wie er es sich vorgestellt hatte, dachte er, diese Minimalerschütterungen kann ich vernachlässigen. Er hörte ganz deutlich, wie der Blitz in der Kammer rumorte. Etwas Angst hatte er doch, ob dieser Teil der Kugelbildung so ablief, wie er es sich vorgestellt hatte. Dann auf einmal, wie der lang ersehnte Gewitterkrach gekommen war, verzog er sich wieder. Zum Glück blieb an seinem Jeep und seiner Blitzfangeinrichtung alles heil. Mit der Autohydraulik hob er die Schamottekammer wieder ins Fahrzeug, holte den Stab ein und fuhr zufrieden nach Hause. Jetzt hatte er also seinen Blitz eingefangen!
Daheim hatte er schon eine Vertiefung gegraben, um die Schamottekammer absenken zu können. Um sie zu entladen, hatte er vorher den Metallstab, der den Blitz aus der Luft geholt hatte, komplett demontiert.
Sein Nachbar kam. Mit ihm wollte er die oberste Kammerschicht abheben und durch ein photovoltaisches Modul ersetzen.
Noch lag der Blitz sicher in der Kammer verwahrt. Der Hausherr setzte sich prophylaktisch eine stark getönte Brille auf, denn er wusste ja nicht, was für ein Anblick sie erwartete, wenn sie die oberste Kammerschicht abhoben. Seinen Nachbarn hatte er ebenfalls so eine Sicherheitsbrille aufsetzen lassen. Man kann

Der Kugelblitz

ja nie wissen, so dachte er. Mit ihren getönten Gläsern hätten die beiden sogar in eine offene Schweißflamme blicken können, so gut schützten sie ihr Augenlicht. Sie waren beide gespannt, was für ein Anblick sie erwartete. Aufgeregt hoben sie die obere Kammerschicht ab. Die Schamottemasse war sehr schwer, das wusste der Wissenschaftler, aber letztendlich schafften sie es. Da lag er dann, der Blitz, in der Drahtkugel eingefangen. Er leuchtete ungewöhnlich grell. Zum Glück, dachten beide bei dem Anblick, tragen wir Schutzbrillen. „Wie eine kleine Sonne", entfuhr es seinem Nachbar spontan, überwältigt von dem leuchtenden Feuerball. Einen kleinen Moment lang betrachteten sie die Feuerkugel. Dann hoben sie ein Photovoltaikmodul über den Blitz auf die verbliebenen zwei Teile der Kammer. Der Blitzball fing sofort an, Strom zu erzeugen. Das sah der Wissenschaftler mit einem raschen Blick auf das Messinstrument, das an das Modul montiert war. Er freute sich: hervorragend, dachte er, die Stromstärke reicht für einige Haushalte.
Ein paar Wochen später trafen sie sich wieder.
„Der Blitzstrom funktioniert", fragte der Wissenschaftler?
„Ja. Es klappt alles bestens", ging der Nachbar auf ihre gemeinsame Stromvariante ein.
„Und das Gute ist, es bleibt noch viel übrig". Das, was drüber ist, speiste der Wissenschaftler ins öffentliche Netz. Dafür bekam er Tantiemen, die er für die Rückzahlung von Krediten einsetzte.
„Und das alles ganz ohne Dreck", meinte er.
Mit ‚Dreck' spielte er auf die Stromerzeugung an, die ohne irgendwelche Nebenprodukte auskam. Kein Kohlendioxid fällt an, nichts dergleichen, war er stolz.
„Das stimmt", bestätigte sein Nachbar. Minimaler ‚Dreck' war nur vorher entstanden, bei den Fahrten, bei der Drahtherstellung, selbst bei der Drahtkorbproduktion im Werk, aber das können wir vernachlässigen; die Stromproduktion selbst übernahm ja der Blitz, und der war sauber, wussten beide.
„Was hältst du davon, auch das Warmwasser von dem Blitz herstellen zu lassen? Ich habe da konkrete Vorstellungen", schlug der Wissenschaftler vor.
„Das kann ich mir denken". Ja, auch seinem Nachbar gefiel der Vorschlag, zumal beide nichts für die Stromproduktion bezahlen brauchten.
„Und wie wollen wir das angehen", fragte der Nachbar?
„Na, es kommt drauf an".
„Worauf?"
„Ob du für die Wasserbereitstellung bezahlen willst oder nur für die Entsorgung", antwortete er.
„Welche Meinung hast du?"
„Du weißt, ich bin für Autarkie".

Der Kugelblitz

Wissenschaftler! Er konnte zwar mit dem Fremdwort nichts anfangen, aber zur Bestätigung nickte er mit dem Kopf. „Ich auch", sagte der Nachbar unsicher, denn er wusste nicht, was Autarkie bedeutet. „Was schlägst du also vor?" Er wollte nicht zugeben, dass er nur die Hälfte verstand.
„Pass' auf. Ich lasse auf meinem Grundstück einen Brunnen bohren. Zu deinem Haus legen wir einen Kanal".
Wissenschaftler! Wieder so ein Fachausdruck.
„Das mit dem ganzen Kanal, ist das unbedingt nötig", fragte der Nachbar laut? „Wozu denn das?"
Den Wissenschaftler verunsicherte dessen Einwand einwenig. Er überlegte kurz, dann glaubte er zu verstehen und antwortete: „Nicht was du denkst, keinen Kanal, auf dem man Schippern kann. Der Kanal ist so etwas wie ein Hohlraum, musst du dir vorstellen, da kommen die Rohrleitungen rein".
„Ach so etwas meinst du. Ich verstehe".
„Den Kanal lassen wir regensicher ausbauen, dann können wir die Rohre vernünftig isolieren. Außerdem kommen wir immer problemlos an sie rann, wenn mal irgendetwas mit ihnen sein sollte.
Dann lasse ich zwei Kessel errichten, einen größeren als Warmwasserspeicher und einen kleineren als Steuerelement, denn alles soll ja automatisch funktionieren. Hinterher hausen wir das Ganze ein, um jeder Art von Wetter zu begegnen; dann sind wir unabhängiger, Na und den Blitz, wie gehabt".
„Ja, soweit ist alles klar, nur Maurerarbeiten, die erledige ich", antwortete der Nachbar. „Meinetwegen". Damit war das Gespräch beendet.
Na hoffentlich klappt alles, wie er sich das vorstellt, dachte der Nachbar. …Blitz, wie gehabt, dachte er doch etwas skeptisch, aber letzen Endes stimmte er allem zu. Es wurde alles so erledigt, wie der Wissenschaftler es sich vorgestellt hatte. Der Rohrkanal wurde gebaut, die Rohre isoliert und regendicht darin verlegt. Parallel dazu wurde ein Brunnen gebohrt und alles maschinentechnisch angeschlossen. Er fing wieder einen Blitz ein, den beide im eingehausten Kesselhaus unterbrachten. Den Warmwasserbehälter versah er mit Heizdrähten, bevor er den Behälter mit einer dicken Packe Dämmmaterial überzog. Der Blitz, den er einfing, lieferte wie der erste seiner Art genauso hervorragend den Strom. Alles funktionierte perfekt. Auch hier blieb sehr viel Strom übrig. Er speiste auch diesen ins öffentliche Netz ein und bekam dafür Geld, das er für die Rückzahlung geliehener Gelder für den Bau ihrer Wasserlösung eingesetzt hatte.
Alles war prima, bis dieser verhängnisvolle Tag kam. Sie hatten beide ausreichend Warmwasser. Im Winter reichte es sogar für ihre Heizungen. Aber der Winter war

Drittes Buch – Nonsens- und Lügengeschichten aus Grünheide
Der Kugelblitz

vorbei, auch das Frühjahr. Es war wieder Sommer, und wie das in Mitteleuropa so ist, gab es in dieser Jahreszeit das eine oder andere Gewitter, in diesem Jahr außergewöhnlich oft. Die unterschiedlich geladenen Luftmassen entluden sich blitzend und krachend. Doch einen großen Unterschied zu sonst gab in diesem Jahr, dabei regnete es nicht.
Abweichungen zum Regelfall stimmten den Wissenschaftler nachdenklich. Er stand beunruhigt in seinem Garten und schaute bang auf den mitunter grell erleuchteten Himmel. Seine Sorge galt dabei weniger den zahlreichen Blitzen, als vielmehr der Intensität des Wetterphänomens und dem ausbleibenden Regen.
Er wollte gerade wieder ins Haus gehen, da krachte es besonders heftig. Kurz darauf fing das Dach seines Kesselhauses zu qualmen an.
Dann ging es schnell. Er schnappte sich den Feuerlöscher im Wohnhaus und eilte schnell wieder zurück zum Kesselhaus. Mit ihm wollte er den entstandenen Brandherd löschen. Aber das Feuer breitete sich zu rasant aus. Das Dach bestand aus viel Holz, dementsprechend zügig griffen die Flammen auf andere brennbare Bereiche. Als er die Tür aufschloss, hörte er es bereits über sich knistern. Er versuchte, die Flammen zu bekämpfen. Der Löscher, den er benutzte, war mit Stickgasen gefüllt, um das Feuer zu ersticken. Kurzzeitig schien er auch Erfolg zu haben. Aber wenig später loderte es schon wieder.
Ehe er sich versah, brannte das Dach weg. Der Raum war schnell mit den verschiedensten Gasen angefüllt, vom Feuerlöscher und vom Qualm. Seine Lungenflügel und Bronchien waren stark gereizt. Er musste heftig husten. Natürlich hatte er wenig Interesse für das freie Himmelbild über dem Kesselhaus, das sich ihm mittlerweile bot. Friedlicher Anblick mit dramatischem Hintergrund.
Da krachte es wieder. Kurz darauf ohrenbetäubender Lärm. Ein Blitz schlug ein, genau in den artverwandten kugeligen Feuerball. Kleine drahtverstärkte glühende Stücke stoben zu Hauff durch die Gegend. Ein kleiner Urknall, dachte er trotz seiner enormen Anspannung, eben ein Wissenschaftler durch und durch! Gegen diese Vielzahl durch die Luft fliegender Brandherde vom Kugelblitz hatte er keine Chance. Flucht, dachte er, ist hier die einzige Möglichkeit. Doch er stolperte und fiel der Länge nach hin. Dabei schlug er mit dem Kopf kräftig gegen den einen der Kessel. Betäubt lag er auf dem Boden. Denkbar ungünstig in diesem Moment. Ehe er sich versah, deckten ihn die durch die Luft fliegenden brennenden Blitzkleinteile zu. Mit ihrer zerstörerischen Kraft fielen sie auf ihn und, weil es so viele waren, deckten sie ihn bald zu. Sein Körper kollabierte schnell. Die verschmorte Haut konnte nicht mehr atmen und er erstickte. Mit dieser für den Wissenschaftler fatalen Zerstörungskraft wurde sozusagen sein Baby, der Kugelblitz, wieder zurück in die Natur, quasi nach Hause, geholt.

Der Hymnenschrank

In Grünheide, etwas abseits von der Straße gelegen, stand einst ein ziemlich windschiefes Haus. Wenn man es so stehen sah, befürchtete man, dass es beim nächsten stärkeren Wind zusammenkrachen würde. Es sah nicht nur unbewohnbar aus, es war in der Tat auch so, dort wohnte niemand. Wem es gehörte, niemand der Einwohner Grünheides, auch der Alten nicht, konnte es sagen. Seine Fenster drohten heraus zu fallen, ohnehin schon ohne Glasscheiben. Die Türen schleiften auf dem Fußboden, die Zwischenwände wölbten sich zur Seite. Selbst der Putz konnte das nicht mehr kaschieren. Kurz gesagt, es war ein Haus in einem jämmerlichen Zustand. Eigenartigerweise war aber der Dachbelag gut erhalten, jedenfalls machte er einen ganz anderen Eindruck als die übrigen Bauteile. Dadurch, dass der Regen vom Haus ferngehalten wurde, waren auch die Holzkonstruktionen, besonders im Dachbereich, in einem guten, sprich stabilen, Zustand. Wurmbefall war nicht zu verzeichnen.

Wer mit viel Kraft die Eingangstür überwunden hatte, landete im Treppenflur. Von hier aus führte sein Weg direkt zu einer Mitteltreppe, die, erklommen, das obere Stockwerk offenbarte. Wenn nun derjenige in seiner Aufmerksamkeit einfach die oberen Zimmer negierte, gelangte der Gast auf den Boden dieses Hauses. So, wie man Hausböden kennt, voll gestellt mit altem Mobiliar, war dieser mitnichten. Einzig ein einsamer Schrank stand auf ihm, irgendwie schaute er verlassen aus. Er war in einem guten, sprich stabilen Zustand. Kein alter Stuhl, der oben wartete, keine ausrangierte Chaiselongue, oder Kommode, nichts sonst war abgestellt, nur dieser eine Schrank. Wer ihn ausrangiert hatte, niemand wusste es.

Ich gebe es zu, der Zustand des Hauses und seine Verlassenheit machten mich neugierig. Und scheinbar nicht nur mich. Eines Tages kam mein Freund zu mir mit dem für ihn ungewöhnlichen Ansinnen, das Haus einmal zu untersuchen.

„Ein einsames, verlassenes Haus, das muss doch wahnsinnig interessant sein", sagte er mir. Er flüsterte es mehr, ich hatte Mühe, ihn zu verstehen. Dabei setzte er so einen verschwörerischen Gesichtsausdruck auf, als spreche er über eine Revolte, einen Umsturzversuch oder etwas Ähnliches.

Spätabends gingen wir dann, mit unseren Taschenlampen bewaffnet, in dieses mysteriöse Haus. Wir quälten die Eingangstür auf. „Total verzogen", ächzte mein Freund angestrengt. Wir schoben die Tür mit Gewalt auf, Es entstanden Schrammen auf dem Bodenbelag. Sei's drum, wir beachteten es nicht weiter. Dann leuchteten wir in die Paterrezimmer. Nirgendwo irgendein Mobiliar, nichts, als wäre das Haus gerade erst, schlecht gebaut zwar, soeben fertig gestellt worden und

Drittes Buch – Nonsens- und Lügengeschichten aus Grünheide
Der Hymnenschrank

warte auf den Einzug von lärmenden Leuten. Nichts deutete daraufhin, dass in ihm schon jemals Bewohner lebten. Leer und sauber alles, nahezu steril, unheimlich unbewohnt.
Nachdem wir die Räume ausgeleuchtet hatten, stiegen wir vom Hausflur aus über die Treppe ins obere Stockwerk. Auch hier das gleiche Bild: unbewohnte, oder sagen wir nie bewohnte Zimmer allenthalben. Kein Restmobiliar, nichts auch hier. „Verstehst du das", fragte mich mein Freund? „Ein altes Haus, und scheinbar hat noch nie jemand drin gewohnt? Na, das ist doch zumindest merkwürdig, findest du nicht auch?" Das war wohl mehr eine rhetorische Frage, auf die er nicht unbedingt eine Antwort von mir erwartete. Aber in der Tat, etwas seltsam war dieses Haus wirklich.
Die Zimmer hatten wir alle gesehen. „Na dann gehen wir noch auf den Boden, um es komplett gesehen zu haben und dann verschwinden wir wieder", meinte mein Freund. Ja, dachte ich zufrieden, dann verlassen wir endlich diesen unwirtlichen Ort, ohnehin gibt es wenig Sensationelles zu sehen.
„Mal sehen, was der uns bietet", sagte er, die Türklinke schon in der Hand haltend. Sein Erkundungsdrang war offenbar noch nicht erlahmt. Er öffnete sie und gleich fiel uns der einsam dort stehende Schrank auf. „Na endlich", entfuhr es ihm, „ein Schrank", ich dachte schon, wir sehen hier überhaupt kein Zeichen einer Zivilisation. „Ein Schrank", sagte er noch einmal, „das ist doch endlich mal etwas". Wir leuchteten den übrigen Raum ab, aber sonst gab es wieder einmal keine weiteren Reste einstiger Bewohnung. Ich stellte meine Taschenlampe auf Raumlicht und trat an den Schrank.
Bei genauer Betrachtung war es kein monströser Schrank, solche übergroßen Dinger, die in manchen Schlafzimmern stehen, sondern mehr so ein kleines Vertiko, ein kleines Schränkchen mit einem Aufsatz; ein Möbel aus dunklem Holz.
Mein Freund trat an ihn heran, streichelte mit der Hand über dessen glatten Flächen und rief begeistert aus: „Das es so etwas Schönes noch gibt! Hab ich ja schon lange nicht mehr gesehen". An mich gewandt: „So etwas findest du scheinbar nur noch auf Dachböden, nirgendwo mehr sonst". Ich nickte. Ich fand ihn zwar auch ansprechend aussehend, aber trotzdem, wenn ich ehrlich bin, war mir das Schränkchen eigentlich egal Ganz schnell hatte ich seine Türen geöffnet, aber auch dahinter fand sich nichts. Ich wollte mich schon umdrehen und dieses trostlose Haus endlich verlassen, nur noch schnell die Schubladen überprüfen. In der ersten, die ich herauszog, war nichts. Okay, dachte ich, auch in ihnen ist gähnende Leere. Der Vollständigkeit halber zog ich auch die breitere Mittelschublade auf. Nanu, dachte ich erstaunt, hier liegt ja was drin. Auf dem ersten Blick waren es

Drittes Buch – Nonsens- und Lügengeschichten aus Grünheide
Der Hymnenschrank

nichts weiter als ein paar schnöde Papiere. Ich nahm sie heraus, und im Schein der Taschenlampe sah ich sie mir genauer an. Derweil kroch mein Freund in jeden Winkel des Bodens und untersuchte ihn intensiv, aber auch in ihnen fand er nichts Außergewöhnliches.

Die Papiere, die ich nun in der einen Hand hielt, während die andere die Taschenlampe führte, waren…Enttäuschung machte sich breit…Notenblätter. Ja, meine Damen und Herren, sie haben richtig gelesen, Notenblätter waren das, was ich gefunden hatte. Ich wollte sie schon zurücklegen, enttäuscht, die Schublade wieder schließen und verschwinden, da betrachtete ich die Papiere genauer: es waren die Noten von Nationalhymnen, aber nicht irgendwelche Nationalhymnen, sondern die von längst verschwundenen Ländern. Das ist vielleicht nicht ganz unmissverständlich ausgedrückt. Die Länder gab es zwar nicht mehr, aber ihre Territorien waren natürlich nicht verschwunden, sondern sie waren in anderen Ländern aufgegangen. Aber ihre Selbständigkeit war dahin, und damit hörte man auch ihre Hymnen nicht mehr.

Ich blätterte die Papiere durch. Merkwürdig, es waren wirklich nur die Noten von einstigen Nationalhymnen, die man wahrlich nicht mehr hörte. Ich winkte meinen Freund heran, der immer noch die Ecken inspizierte.

„Hier", ich reichte ihm die Papiere. Im Schein seiner Taschenlampe sah er sie durch. „Noten", stellte er lapidar fest. Damit konnte er nichts weiter anfangen. Aber das hatte er erkannt, sozusagen seinen Horizont erschöpft. Lesen konnte er sie nicht, denn musisch war er nun wahrlich nicht veranlagt, noch nie gewesen, Instrumente spielen konnte er demzufolge auch nicht.

„Das ist ja mehr dein Part", sagte er lässig zu mir.

„Erkennst du zumindest deren Inhalt", fragte ich ihn? „Nein? Das sind die Noten von Nationalhymnen, aber von welchen, die es nicht mehr gibt".

„Was du nicht sagst! Die es nicht mehr gibt?"

„Ja, die Länder sind aus der Weltkarte verschwunden, damit auch ihre Hymnen".

„Das ist ja ein Ding", rief er dann doch aus. Er blätterte sie einzeln durch, las ihre Überschriften und bestätigte meine Worte. „Merkwürdig", sagte er, „du hast Recht; warum lagen die in dem Schank hier?"

„Noch interessanter ist, wer hat sie hier reingelegt, sagte ich daraufhin?"

Wir schauten uns an, doch wir hatten beide dafür keine Erklärung.

Ich nahm meinem Freund wieder die Papiere ab und legte sie zurück in die Schublade. Dann schob ich alles an dem Schrank zu und wir verließen diesen seltsamen Ort. Eigenartig, mir war so, als hörte ich plötzlich leise Musik. Warte mal, sagte ich zu ihm und blieb stehen. Ich lauschte. „Hörst du das auch", fragte ich meinen

Der Hymnenschrank

Freund? Aber er schüttelte den Kopf. „Was soll ich hören", fragte er mich und lauschte erneut. Den Wind heulen? Nun war ich dran, mit dem Kopf zu schütten. Nein, „ganz leise Musik", sagte ich ihm. Man hört ganz deutlich die Streicher, und ab und zu Kesselpauken und Becken. „Schade, dass du das nicht hörst, eine Harfe ist auch dabei". Ich war stehen geblieben. Es schien aus dem Schrank zu kommen. Ich trat dichter an ihn heran und lauschte. Wirklich, daraus kamen eindeutig die Intonationen. Ich zog die Schublade wieder auf, in die ich die Notenblätter gelegt hatte. Augenblicklich verstummte die Musik. Das machte ich mehrmals. Immer, wenn ich sie aufzog, ebbte sie ab. Zog ich sie zu, war sie zwar leise, aber deutlich zu hören. Merkwürdig, dachte ich, und merkwürdig, dass mein Freund die Musik nicht hörte.

Die Nichteindeutigkeit oder sollte ich sagen die vielen Fragen um das Haus beschäftigten mich. Seltsam, seltsam, dachte ich. Es ließ mich nicht in Ruhe. Alles windschief und klapprig, aber die Treppe und der Boden sind in Ordnung. Es ist schon alles um das Haus eigenartig, na und der Schrank mit seinem Inhalt, die untergegangen Hymnen, da finde ich nun erst recht keine Erklärung. Und die Musik aus der Schublade, mysteriös das ganze.

Es sind einfach zu viele Fragen um das Haus.

Zwei Abende später schnappte ich mir deshalb erneut meine Taschenlampe. Meine innere Unruhe animierte mich dazu. Ich brauchte einfach mehr Antworten. Es regnete, und stürmische Böen peitschten um die Häuser. Hervorragend, dachte ich, dann ist wenigstens niemand unterwegs, der mich in das Haus gehen sehen und seltsame Fragen stellen konnte.

Ich bekleidete mich wetterfest. Hochgeschlossen, auf meinem Weg durch die Dunkelheit, begleitet nur von den Wetterunbilden, begegnete ich auch keiner Menschenseele.

Hinter der schleifenden Eingangstür stieg ich gleich ins obere Stockwerk. Als ich die Tür zum Boden hinter mir wieder geschlossen hatte und auf seinen groben Dielbrettern stand, leuchtete ich erst einmal das Vertiko an. Von weitem war an ihm nichts Auffälliges zu bemerken, nur seine große Mitteltür stand offen. Musik hörte auch ich heute nicht.

Ich trat dichter an den Schrank heran und leuchtete in das offen stehende Fach. Ich wusste genau, im Mittelteil lag beim letzten Mal nichts. Diesmal jedoch lag dort ein einzelnes Blatt auf dem Einlegboden. Ich nahm es heraus und betrachtete es im Schein meiner Lampe. Wie verwunderlich, es war eine Hymne von einem Land, das es gar nicht gab, zumindest kannte ich es nicht. Aus den Nachrichten wusste ich nur, dass es ein Bestreben der Leute, die dort wohnten, gab, einen ei-

Der Hymnenschrank

genen Staat zu gründen. Aber darüber hatten die Journalisten nur vage Mitteilungen erhalten. Deshalb wunderte ich mich sehr, diese Noten hier zu finden. Offensichtlich lag an dieser Stelle im Vertiko die Hymne eines Landes, das sich auf einem umgekehrten Weg befand: nicht sein Territorium war in ein anderes eingegangen und seine Hymne war verschwunden, sondern, im Gegenteil, sein Land hatte sich neu gegründet, seine Hymne war neu, ganz wie ein eben nach einem warmen Sommerregen neu gesprossenes Pflänzchen lag es da, das nur durch viel Liebe und Zuwendung am Leben bleiben kann. Äußerst seltsam!
Ich summte leise die Melodie vom Blatt. Die Pauken- und Beckenschläge ahmte ich nach, indem ich die Luft geräuschvoll aus der Nase ausstieß.
Interessant. Dieses Notenblatt war offensichtlich extra gelegt worden, weil es immer noch fragwürdig war, ob es das Land überhaupt schaffen würde, sich zu behaupten.
Dann streikte meine Taschenlampe. Das Licht fiel aus, und ich stand im Dunkeln. Überall war nur Schwärze. Ich rüttelte sie wie ein Barkeeper, der gerade die Zutaten in einen Mixbecher gegeben hatte und diesen jetzt schütteln musste, um irgendeinen Drink herzustellen. Aber die Lampe leuchtete einfach nicht mehr. Ich stand im Dunkeln und lauschte. Die Windgeräusche von draußen waren auf dem Dachboden kaum zu hören. Die Mitteltür des Schrankes, die vorhin offen stand und mir einen freien Blick auf die neue Hymne gab, hatte ich wieder zugeklinkt. Jetzt, im Dunkeln und bei geschlossener Schranktür, drang wieder feine Instrumentalmusik heraus. Ich erkannte die neue Hymne; deren Töne hatte ich gerade selbst eben noch mit meiner Stimme frei improvisiert.
Plötzlich erstrahlte wieder wie aus dem Nichts das Licht meiner Taschenlampe. Ich blickte ein wenig erschrocken auf sie und musste mit dem Kopf schütteln. Ich befürchtete, sie würde einfach wieder zwischendurch den Geist aufgeben, darum ging ich schnell zum Schrank und schob die obere Schublade auf. Darin wusste ich die Hymnenblätter von den verschwundenen Ländern. Alles war an seinem Platz, wie ich es beim letzten Mal einsortiert hatte. Hier oben hatte sich nichts verändert. Ich hielt also fest, die einzige Veränderung war im Mittelteil passiert: die Hymne des neu gegründeten Landes. Der Schrank gab wieder Töne von sich, wenn alle Schubladen eingeschoben und die Türen sämtlichst geschlossen waren. Schnell leuchtete ich noch in die Ecken, dann verließ ich wieder das mysteriöse Haus.
Mehrere Wochen vergingen. Ich gebe zu, in der ganzen Zeit kümmerte ich mich überhaupt nicht um das windschiefe Haus. Noch nicht einmal an die Hymnen musste ich denken, mit keiner Silbe.
Bis es mir wieder durch Zufall in Erinnerung fiel. Was mich an das Haus mit sei-

Erstes Buch – Nonsens- und Lügengeschichten aus Grünheide
Der Hymnenschrank

nem seltsamen Inhalt erinnerte, ich konnte es nicht sagen. Jedenfalls schnappte ich mir spätabends meine neu mit geladenen Akkumulatoren bestückte Lampe und suchte das windschiefe Haus auf. Ich stieg gleich über die Mitteltreppe auf den Hausboden, wo das Vertiko stand. Meine Taschenlampe spendete Licht und das erste, was ich tat, ich zog die Mittelschublade auf. Da lagen die Notenblätter der verlorenen Hymnen. Ich kam ins Grübeln: eigenartigerweise lag neben dem Häufchen Notenblätter ein einzelnes Blatt. Jetzt hätte man denken können, einfach ein etwas seitwärts abgerutschtes Notenblatt, so lag es einzeln auf seinem Platz. Na gut, so war es eben. Aber weit gefehlt.

Ziemlich achtlos nahm ich das Papier und wollte es schon auf den Stapel zurücklegen. Aber irgendetwas hielt mich zurück. Vorsicht, schalt ich über meine kurzzeitige Unachtsamkeit, in diesem Schrank passiert doch nichts Zufälliges. Also nahm ich das Papier in die Hand und las es. Wie überrascht war ich, als ich die Hymne eines existenten Landes in meiner Hand hielt. Die Hymne dieses Landes liegt hier oben, dachte ich fragend? Anfangs konnte ich mir nun gar nicht denken, was es damit auf sich hatte. In diesem Schrank, in diesem Fach, die Hymne eines schillernden Landes, dachte ich. Soweit die Fakten. Erst später, Zuhause, kam mir die Lösung, als ich erfuhr, dass sich das Land seinem reichen Nachbarn angeschlossen hat. Es gab dieses Land bald nicht mehr, damit hörte man auch deren Hymne immer seltener. Natürlich! Darum lag das Blatt, wo sonst, in der Mittelschublade, neben den verloren gegangenen Hymnen. Zumindest solange wird es dort liegen, bis das Land endgültig in dem anderen aufgegangen ist, dachte ich, mittlerweile die Motorik des Schrankes erkennend. Dann, wenn der Vorgang des Angliederns abgeschlossen ist, kommt es auf den Stapel daneben. Doch an diesem Tag lag die Hymne noch separat. Wie gesagt, das alles konnte ich mir erst später zusammen reimen. Aber noch stand ich im Haus vor dem Schubfach, ratlos, sinnierend. Na gut, dachte ich, und öffnete den Mittelteil des Schrankes, dann werde ich erst einmal nachsehen, ob die Hymne, die beim letzten Mal dort gelegen hatte, an diesem Ort noch zu finden ist. Ich öffnete beide Türen, um gleich mit einem Blick auf das ganze Einlegebrett schauen zu können. Potztausend, entfuhr es mir! Ich war überrascht! Die Hymne vom letzten Mal war verschwunden. Noch so ein Mysterium, dachte ich.

Mein Licht flackerte. Schon wieder, es beunruhigte mich. Eilig verschloss ich den Schrank und schob die Schublade zurück. Mit einem letzten Kontrollblick vergewisserte ich mich, alles wie vorher geschlossen zu haben und verließ dann schnellen Schrittes den Hausboden, denn eines wollte ich nicht, plötzlich wie damals im Dunkeln stehen.

Erstes Buch – Nonsens- und Lügengeschichten aus Grünheide
Der Hymnenschrank

Einige Wochen später erfuhr ich in den Nachrichten, dass das Land, welches sich neu gegründet hatte, von einem Großteil der Erdenländer anerkannt worden ist. Damit gab es mit ihm kaum mehr ein zurück, zumindest kein friedliches. Dadurch, dass viele der anderen Länder dem Neugegründeten eine Art Lebensgarantie gaben, traute sich das Land, in dem es territorial vordem gelegen hatte, nicht, militärisch zu intervenieren. Seltsam, das muss derjenige, der die Papiere in dem Schrank sortiert, schon seinerzeit gewusst haben.

Auf einmal fiel es mir wie Schuppen von den Augen! Plötzlich war mir klar, warum gerade diese Hymne separat im Mittelfach gelegen hatte: seine dauerhafte Existenz war es, die war zu dem damaligen Zeitpunkt, als ich das letzte Mal in dem traurigen Haus war, noch nicht klar!

Da stellt sich die nächste Frage: wer sortiert das alles in dem desolaten Haus? Wer beschäftigt sich mit dem Sichten und Werten der Papiere? Besonders, woher wusste derjenige, dass es ein neues Land mit einer eigenen Hymne in Zukunft geben wird? Fragen ohne Antworten.

Als ich alle Schubläden und Türen an dem Schrank geschlossen hatte, hörte ich ganz deutlich, wie eine Hymne nach der anderen aus dem Schrank an mein Ohr drang. Für Augenblicke löschte ich das Licht und lauschte ganz konzentriert den Klängen. Dann machte ich mir wieder Licht und verließ das Haus.

Am nächsten Abend legte ich mich etwas Abseits von dem Haus im geschützten Wald auf die Lauer nach demjenigen, der sich in dem desolaten Haus mit den merkwürdigen Papieren beschäftigte. Ich hoffte, ihn abpassen zu können. Ich hätte ihm viele Fragen zu stellen. Aber am ersten Abend lag ich vergeblich in der unangenehmen Kälte. Auch an den Folgetagen hatte ich kein Glück. Ich wollte die Sache schon abbrechen, da sah ich eines Abends einen Mann das Haus betreten. Eigenartigerweise hatte dieser keine separate Lichtquelle. Der Mann nun betrat das Haus und schaltete irgendwo drinnen eine Beleuchtung an. Er blieb eine Weile in dem Haus. Dann ging das Licht wieder aus. Wenig später schlurte die Tür auf dem Bodenbelag und der Mann verließ es wieder.

Ich kam eiligen Schrittes mit eingeschalteter Taschenlampe auf ihn zu. Ungeniert leuchtete ich ihm ins Gesicht. Mit zugekniffenen Augen blieb der Andere stehen.

„Halt, bleiben sie stehen, wer sind sie", rief ich ihn an? Dabei leuchtete ich in dessen Gesicht.

„Was soll das! Machen sie die Lampe aus", empörte er sich. „Dasselbe könnte ich sie fragen", antwortete der Mann schlagfertig.

„Ich hab gesehen, sie waren in dem Haus", rief ich erbost, „und das ist seit langer Zeit unbewohnt, also, was suchen sie hier?"

Der Hymnenschrank

„Es geht sie zwar nichts an, aber ich habe das Einverständnis des Besitzers. Ich will es vielleicht kaufen".
„Was denn, diese windschiefe Hütte?"
„Ja, warum denn nicht. Alles eine Frage des Geldes".
„Dass ich vorher mit dem Besitzer gesprochen habe, beweist schon allein die Tatsache, dass er mir die Stelle genannt hat, wo ich die Hausbeleuchtung einschalten konnte. Nehmen sie das als Beweis, dass sie meinen Worten trauen können", sagte er einlenkend, das hätte ich nun wahrlich nicht wissen können.
Da hat er Recht, musste ich ihm im Stillen beipflichten.
Trotzdem, ich betrachtete ihn im Schein meiner Taschenlampe. Soll der etwas mit den Hymnen zu tun haben? Ich konnte es mir nicht vorstellen. Ein Mensch wie du und ich, dachte ich. Soweit ist es schon gekommen, bedauerte ich meinen hysterischen Ausrutscher. Jetzt belästige ich schon wildfremde Menschen!
„Nichts für ungut", sagte ich laut, mehr kleinlaut. Damit war für mich das Intermezzo vor dem Hymnenhaus beendet. Außerdem war es mir ein wenig peinlich. Eilig verließ ich ihn.
Als ich ein paar Tage später wieder zu dem Haus ging, um im Schrank nach Neuigkeiten zu forschen, traute ich meinen Augen nicht: die windschiefe Ruine war nicht mehr zu finden, hatte sich in Luft aufgelöst. Nahe liegend war ein Abriss, aber danach sah es nun wahrlich nicht aus. Das irritierte mich, ich gebe es zu. In solchen Fällen wäre der Boden sehr zerwühlt, auf dem das Abrisshaus stand. Aber hier sieht man nichts dergleichen, keine Spuren eines Abbruchs, nichts. Das Haus war einfach nicht mehr da.
Mysteriös, sein Verschwinden, genauso wie sein Dasein. An dem Fleck, dort, wo es gestanden hatte, hörte ich nur einen massiven Paukenschlag, und danach ein Fanfarenschmettern…